고릉(高陵) – 고려 공양왕

경릉(敬陵) – 추존 덕종·원비 소혜왕후 한씨

창릉(昌陵) – 예종·계비 안순왕후 한씨

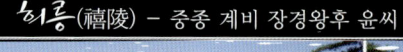
희릉(禧陵) - 중종 계비 장경왕후 윤씨

효릉(孝陵) - 인종·인성왕후 박씨

익릉(翼陵) - 숙종 정비 인경왕후 김씨

명릉(明陵) - 숙종 계비 인현왕후 민씨 · 계비 인원왕후 김씨

홍릉(弘陵) - 영조 원비 정성왕후 서씨

예릉(睿陵) - 철종 · 철인왕후 김씨

건원릉(建元陵) – 태조

현릉(顯陵) – 문종·현덕왕후 권씨

목릉(穆陵) – 선조·원비 의인왕후 박씨·계비 인목왕후 김씨

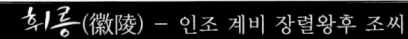
휘릉(徽陵) - 인조 계비 장렬왕후 조씨

숭릉(崇陵) - 현종 · 원비 명성왕후 김씨

혜릉(惠陵) - 경종 원비 단의왕후 심씨

원릉(元陵) - 영조 · 계비 정순왕후 김씨

경릉(景陵) - 헌종 · 원비 효현왕후 김씨 · 계비 효정왕후 홍씨

수릉(綏陵) - 문조 · 신정황후 조씨

<남양주시>

광릉(光陵) - 세조 · 정희왕후 윤씨

사릉(思陵) - 단종 비 정순왕후 송씨

홍릉(洪陵) - 고종황제 · 명성황후 민씨

유릉(裕陵) - 순종황제 · 원비 순명황후 · 계비 순정황후

<양주시>

온릉(溫陵) - 중종 원비 단경왕후 신씨

<연천군>

경순왕릉(敬順王陵) - 신라 경순왕

<파주시>

공릉(恭陵) – 예종 원비 장순왕후 한씨

순릉(順陵) – 성종 원비 공혜왕후 한씨

장릉(長陵) – 인조·원비 인열왕후 한씨

영릉(永陵) - 진종·효순황후 조씨

京畿道 陵園總覽 上

韓國文化院聯合會京畿道支會

경기도는 전국에서 가장 많은 사람들이 살고 있으며, 생산성 높은 경제활동을 하는 대한민국의 사회·경제적 중심지로서 자랑스러운 역할을 하는 곳입니다. 이는 우리 경기도가 가지고 있는 다양한 문화전통과 풍부한 역사적 경험, 그리고 훌륭한 문화유산들이 현재의 경기도를 만드는 데 중요한 초석이 되었기에 가능하였던 것입니다.

예로부터 국가의 중심부에 위치하여 중요한 역할을 수행하였던 경기도에는 수많은 문화유산이 자리하고 있습니다. 특히 백제의 건국 이래 고려, 조선을 거치는 2천여 년 동안 왕도를 포용한 기내(畿內) 지방이란 지역 특성으로 인하여 각 시대의 역사를 조명하는 데 있어 가장 화려한 문화유산으로 꼽히는 왕릉(능원)들 대부분이 바로 경기도에 위치하게 되었습니다.

개성, 장단 지역의 고려 왕릉을 비롯하여 경기도에 있는 조선시대 능원의 그 장엄함과 화려한 위용은 왕조의 역사적 배경과 능·묘의 특성을 말해 주는 우리의 소중한 문화재의 위상을 보여주는 것입니다. 이는 또한 세계인의 문화관광 자원으로서도 손색이 없다는 점에서 당연히 세계문화유산으로 등재되어야 할 자랑스러운 인류 공통의 문화유산이기도 합니다.

현재 경기도에는 신라 경순왕릉, 고려 공양왕릉과 함께 조선시대 능원으로서 31기의 왕릉과 광해군묘, 그리고 12기의 원 및 회묘·성묘·대빈묘 3기가 있습니다. 이들을 중심으로 우선 현 경기도 내의 왕릉에 대한 조사를 심층적으로 진행하여 《京畿道陵園總覽》上을 발간하게 되었습니다. 이는 경기도의 발전과 도민의 삶의 질을 향상시켰던 역사적 원동력을 찾아내고 앞으로 무궁무진한 미래의 가능성을 지니고 있는 우리들의 자화상을 확인할 수 있다는 점에서 매우 뜻 깊은 출간이라고 생각됩니다.

이번 책자의 발간은 우리 경기도의 역사 문화역량을 총체적으로 재삼 확인하는 장이 될 것입니다. 경기도민 여러분께서는 앞으로도 우리 자신의 현재의 힘과 미래의 가능성을 확인할 수 있는 경기도 역사 관련 책자 발간에 아낌없는 격려와 성원을 해주실 것을 바라마지 않습니다. 끝으로 이번 책자 발간을 위해 물심양면으로 지원을 아끼지 않으신 김문수 경기도지사님과 양태홍 경기도의회의장님, 그리고 권영빈 경기문화재단 대표이사님께 감사의 말씀을 전해 올립니다. 아울러 그동안 능원에 관한 원고를 집필하시고 자료조사를 위해 노력해 주신 대진대학교 한정수교수를 비롯한 집필진 및 조사원들의 노고에 치하를 드립니다. 아울러 내년에 발간될 《京畿道陵園總覽》下에 대한 집필과 조사도 원활하게 이루어져 명실공히 경기도 능원을 총체적으로 개관할 수 있기를 기대합니다.

감사합니다.

2007년 12월 일
한국문화원연합회경기도지회장 남선우

　1년여에 걸친 조사 연구 집필 작업 끝에《京畿道陵園總覽》上이 나오게 되었다. 여기에서는 주로 현 경기도에 산재해 있는 왕릉을 다루었다. 고양시의 서오릉과 서삼릉 및 恭讓王陵, 구리시의 동구릉 일원, 남양주시의 洪·裕陵과 思陵·光陵, 양주시의 溫陵, 연천군의 敬順王陵, 파주시의 恭陵·順陵·長陵·永陵 등 경기 북부 지역을 1차 대상으로 삼아 정리하였다.

　'京畿'는 예로부터 도성과 그 주변 일정 범위 내의 지역을 포괄하는 곳을 말하며, 정치·경제·사회·군사·문화적으로 중심 역할을 하였다. 특히 왕조사회의 경우 그 의미는 남다르다. 바로 '京'을 중심으로 하는 인근 畿內에 왕실의 주인이라 할 왕과 왕후, 세자와 세자빈, 왕과 세자의 생모 및 생부 등의 혼백을 모시는 공간을 마련하고 이를 통해 왕실의 신성성을 갖추려 하였기 때문이다. 바로 王陵과 園墓 등이 그것이다.

　현재의 경기도는 조선시대 경기제를 바탕으로 하면서 그 윤곽이 정해졌으며, 27개의 시와 4개의 군으로 구성되어 있다. 물론 이것이 조선시대의 경기 군현과 일치하는 것은 아니다. 그렇지만 그 윤곽은 대략 비슷한데 조선시대 왕릉이 위치한 범주를 통해서 이를 확인할 수 있다. 이러한 경기 군현 가운데서도 왕실의 왕릉으로 정해진 곳은 특정 지역을 중심으로 하였다. 이를 현재의 경기도에 대비시켜 보면 도성 4대문 밖을 대상으로 현 서울특별시와 고양시, 구리시, 남양주시, 파주시, 여주시, 화성시 등에는 최소 2기 이상의 왕릉이 위치하였고, 김포시나 양주시 등에는 각각 1기씩이 있다. 경기 이외의 곳으로 1대 태조의 원비인 신의왕후 한씨의 齊陵, 2대 정종과 정종비의 厚陵, 단종의 莊陵 등은 각기 개성시 판문군과 영월에 있기는 하다. 단종의 장릉이 정치적 이유에 의해 노산군묘로 조성되었기에 이는 다른 경우라 할 수 있지만 제릉과 후릉은 조선시대의 경우 경기에 속한 지역이었다.

다시 정리하자면 조선시대 조성된 왕릉은 태조의 건원릉으로부터 순종황제의 유릉에 이르기까지 36기, 추존 왕릉 5기, 폐위된 왕의 무덤 2기가 있었다. 여기에 세자 및 세자빈, 왕의 사친 등을 위한 원과 묘의 경우, 원은 14기에 달하며 묘는 대원군묘 2기(덕흥대원군묘와 전계대원군묘), 연산군의 생모 폐비 윤씨의 懷墓, 광해군의 생모 공빈 김씨의 成墓, 경종의 생모 희빈 장씨의 大嬪墓 등 모두 5기가 있다.

조선시대 능원은 매우 독특하다. 이는 조성과정과 정비 및 보존과정 등 전체적으로 국가적 차원의 특별한 관리를 받았기 때문이다. 세종대에 이르러 〈五禮儀〉가 정비되고 성종대에《國朝五禮儀》가 편찬되면서 왕릉 조성의 제도는 일단락되었다. 그러나 이를 전후하여서도 조성 과정을 보면 일차적으로 당대의 가장 정밀한 풍수학이 적용되어 명당을 찾았고, 그 주맥과 기운을 보호하기 위해 왕릉지가 미리 정해져 관리되었다. 그러면서도 사주와 승하한 일시 등을 따져 葬日을 정하여 장례를 행하였다. 그리고 孝의 정신에 근본 하는 先塋 의식을 가져 결국 王陵群이 형성될 수밖에 없었다. 여기에 금지구역임을 표시하는 홍살문과 참도, 정자각, 비각, 수복방, 예감, 산신석, 사초지와 능상, 문·무인석, 馬·虎·羊石, 망주석, 장명등, 혼유석, 곡장 등의 각종 석물과 건축물이 일정한 격식에 맞추어 갖춰졌던 것이다. 더불어 중앙의 예조와 해당 능이 있는 곳의 지방관 등은 수시로 능원을 살펴 보고하고 수리하여야 했으며, 때로는 정치적 혹은 풍수적 이유로 천장 혹은 천릉 등이 거론되기도 하였다. 조선시대 능원에는 분명히 조선왕조의 역사 흐름과 역사성이 동시에 담겨져 있었다고 하겠다. 검박함을 기본으로 하면서도 최대한 이를 반영한 화려함을 구사하려 했다는 것이나 성리학적 질서를 표방하면서도 불교적 내세관에 입각한 원찰을 두었던 것, 왕권의 강약에 따른 능원 규모와 석물조각의 차이, 시대적 흐름에 따른 조성 양식의 변화 등 많은 것이 조선시대 능원에 잘 반영되고 있었던 것이다.

《京畿道陵園總覽》上은 크게 두 부분으로 구성하였다. 첫째는 경기도 및 조선시대 능원제도를 일괄할 수 있는 개관 부분을 두어 1. 조선시대 산릉 조성과 경기도의 능원, 2. 조선시대 山陵祭禮와 祭禮服, 3. 조선시대 왕릉 풍수와 그 의미 등을 서술하였다. 두 번째는 경기북부 편을 중심으로 시군별 왕릉을 조사하여 각 왕릉별로 1. 연혁, 2. 왕릉 소개, 3. 능주 소개, 4. 왕릉표석음기, 5. 각 왕릉의 誌文 등의 자료를 실었다.

이상의 기본적 이해와 작업을 바탕으로 본《京畿道陵園總覽》의 기획 조사가 이루어질 수 있었다. 그렇지만 이 작업이 일차적으로 완성될 수 있었던 데에는 무엇보다도 경기도 향토 사료 및 유적에 대한 깊은 애정을 가지신 분들이 있었기에 가능했다. 한국문화원연합회 경기도지회의 남선우지회장님과 관계자 분들, 그리고 현장 관계자 분들의 협조가 그것이다. 깊은 감사의 말씀을 올린다. 모쪼록 이번에 정리된《京畿道陵園總覽》이 경기도민들과 연구자 등에게 하나의 문화 지침서이자 연구 자료로서 활용될 수 있기를 바라 마지 않는다.

2007년 12월 일
대진대학교 연구교수 한정수

차 례

범 례

1. 《京畿道陵園總覽》上에 실린 왕릉은 현 경기도 행정구역의 시군지역 소재를 대상으로 하였다.
2. 왕릉에 대한 이해를 돕기 위하여 시군별 각 왕릉은 연혁, 왕릉에 대한 기본 소개, 왕과 왕후 등 능주 소개, 왕릉표석음기, 왕릉지 등으로 나누어 정리하였다.
3. 왕릉 및 왕과 왕후에 대한 소개는 《연려실기술》, 《증보문헌비고》, 《국조보감》, 《조선왕조실록》및 《고·순종실록》 등의 원 자료와 《한국민족문화대백과사전》 등을 참조하여 작성하였다.
4. 왕릉표석음기 및 왕릉지 사료의 확인 및 정리는 《列聖誌狀通紀》(한국학중앙연구원) 및 한국금석문종합영상정보시스템(http://gsm.nricp.go.kr), 민족문화추진회 간행 각종 문집 등을 이용하였다.
5. 시군별 왕릉 관련 사진은 이번 작업팀에서 촬영 정리한 것을 이용하였다.
6. 시군별 왕릉의 기재 순서는 우선 경기북부와 경기남부로 나누고, 가나다순의 시군별 편성, 그리고 시군별 각 왕릉의 연대순으로 하였다.

개관

조선시대 산릉 조성과 경기도의 능원
조선시대 山陵祭禮와 祭禮服
조선시대 왕릉 풍수와 그 의미

조선시대 산릉 조성과 경기도의 능원

머리말

조선은 각각의 역할과 명분을 중시하는 신분제 사회였다. 이러한 구분은 사후 공간이 되는 묘역 조성 및 호칭, 제사 등에도 반영되었다. 지위에 따라 구분을 하면서 이를 통해 왕실의 권위를 도모하고 한편으로는 군주들의 효에 대한 실천과 그에 따르는 왕조의 안녕을 꾀하고자 하였던 것이다.

이러한 인식에 따라 조선왕조는 왕실 관련 무덤 영역에 대한 구분을 달리하였다.[1] 왕과 후비를 위한 사후 공간을 조성하여 이를 산릉(山陵) 혹은 왕릉(王陵)·능(陵)이라 하였으며[2] 태조의 건원릉(健元陵)을 제외하고는 1자 시

1) 조선시대 왕릉에 대한 집중적 조명은 의외로 그리 많지 않다. 미술사 분야에 주로 집중되어 석상 및 석상의 복식 등과 관련한 연구가 있었다. 이를 제시하면 다음과 같다. 김원룡, <이조왕릉의 석인조각> ≪아세아연구≫ 4, 고려대학교 아세아문제연구소, 1959 ; 권용옥, <조선왕조 왕릉 문인석상의 복식에 형태에 관한 연구>≪복식≫ 4, 한국복식학회, 1981 ; 이진희, <조선 전기 능묘석물의 배치와 조형적 특성에 관한 연구 - 석인상을 중심으로 ->≪한국전통조경학회지≫15-2, 한국전통조경학회, 1997 ; 임영애, <개성 공민왕릉 석인상 연구>≪강좌 미술사≫17, 한국불교미술사학회, 2001 ; 김은선, <조선후기 왕릉 석인 조각 연구>≪미술사학연구≫ 249, 한국미술사학회, 2006 ; 裵允秀, ≪朝鮮時代 王陵 石獸에 對한 硏究≫ 이화여대 대학원 사학과 석사학위논문, 1983 ; 洪慶振, ≪朝鮮前期 王陵 및 石造物 樣式變遷에 관한 硏究≫ 경희대 대학원 사학과 석사학위논문, 1987. 한편 왕릉 조성 과정 전체와 관련해서는 다음의 연구가 참고된다. 金九鎭, <朝鮮 初期 王陵制度 - 世宗大王 舊英陵 遺蹟을 中心으로 -> ≪白山學報≫ 제25호, 1979 ; 이희중, <17, 8세기 서울 주변 왕릉의 축조, 관리 및 천릉 논의>≪서울학연구≫17, 2001 ; 이범직, <조선시대 왕릉의 조성 및 그 문헌>≪한국사상과 문화≫36, 한국사상문화학회, 2007. 왕릉 관련 풍수지리 역시 관심을 받았는데, 이와 관련해서는 金永彬, <風水思想에서 본 조선王陵園墓 造成技法에 關한 硏究(上)>≪韓國傳統文化硏究≫4, 曉星女子大學校 韓國傳統文化硏究所, 1988 ; 金永彬, <風水思想에서 본 조선王陵園墓 造成技法에 關한 硏究(中)>≪韓國傳統文化硏究≫5, 曉星女子大學校 韓國傳統文化硏究所, 1989 등이 참조가 된다. 원찰과 관련해서는 김봉열, <조선왕실 원당사찰건축의 구성형식 >≪대한건축학회 논문집≫ 12-7, 1996 ; 김용기·백난영, <조선시대 능침사찰의 입지성에 관한 연구>≪한국전통조경학회지≫19-1, 한국전통조경학회, 2001 ; 장은미·박경, <조선시대 왕릉의 공간적 분포특성 - 위성영상분석과 지질·지형분석의 방법으로> ≪한국GIS학회지≫ 14-3, 한국GIS학회, 2006 등의 연구가 있다. 한편 최근 문화유산 답산과 관련하여 왕릉은 많은 주목을 받았는데, 이를 위한 왕릉 소개서 등이 다수 편찬되기도 하였다. 경기도 편, ≪畿內陵園誌≫ 경기도, 1988 ; 한국문원편집실편, ≪왕릉≫ 한국문원, 1997 ; 임학섭, ≪조선왕릉풍수≫ 대흥기획, 1997 ; 이호일, ≪조선의 왕릉≫ 가람기획, 2003 ; 장영훈, ≪왕릉이야 말로 조선의 산 역사다≫ 담디, 2005 ; 문화재청, ≪조선왕릉답사수첩≫ 문화재청, 2006
2) 군왕의 무덤을 능이라 부른 것은 전국시대 중기 趙·楚·秦 등의 국가에서 비롯되었다 한다. 그 이전에는 墓 혹은 冢, 墳, 丘 혹은 丘墓, 墳墓, 冢墓 등으로 쓰였다. 군주의 무덤을 능이라는 부른 데에는 군주의 지위를 고려하여 가장 높게 조영한 때문이었으며, 따라서 지고 무상의 황제 권력을 가진 최고 통치자는 산릉으로 비유되기도 하였다. 예컨대, ≪水經注≫<渭水>에서는 '秦에서는 천자의 무덤을 산이라 하고, 漢에서는 陵이라 말한다.'고 하였다. 진시황제릉은 麗山 혹은 麗山園이라 불렸다. 이에 대해서는 양관 저 장인성·임대희 옮김, ≪중국 역대 陵寢 제도≫ 서경, 2005 참조.

호를 쓰는 능호(陵號)를 사용하였다. 세자 · 세자빈 및 군주의 생모로서 후궁의 신분이었던 빈의 무덤 영역은 원(園)이라 하였다. 대군 등 왕자 및 공주 등은 묘(墓)로서 호칭하였다. 군주 및 왕비의 신분으로 있다가 폐위되어 죽은 경우 그 무덤 영역 역시 묘로 불렸다.

조선왕조 시기 태조로부터 대한제국의 순종에 이르기까지 왕위에 올랐던 왕은 27명이며 왕후는 42명이었다. 그렇지만 이 가운데에는 폐위된 왕 2명 [연산군과 광해군]이 있었고 폐위된 왕후는 4명 [연산군부인 신씨와 광해군부인 유씨, 성종의 폐비 윤씨, 숙종의 폐비 장씨]이 포함되었다. 실제 재위한 후 훙한 왕은 25명, 왕후는 38명으로 합 63명에 달한다. 이외에 추존된 왕 5명 [덕종, 원종, 진종, 장조, 문조], 왕후 5명 [소혜왕후, 인헌왕후, 효순왕후, 헌경왕후, 신정왕후] 등이 있었다. 경우에 따라 이들은 합장의 형식을 통해 능이 조성되기도 하여 산릉은 모두 42릉에 이른다.[3] 물론 폐위된 왕과 왕후의 경우는 산릉으로 조성되지 못하였다. 원의 경우도 순회세자를 안장한 순창원(順昌園)으로부터 영친왕의 영원(英園) 및 영친왕 장자의 숭인원에 이르기까지는 모두 14기가 조성되었다.[4]

왕릉과 원의 조성 및 관리 등과 관련해서는 왕실 및 국가적 차원의 관심이 집중되었다. 종묘·사직과 더불어 왕릉 등은 왕조의 상징적 공간 이상의 의미가 있었던 것이다. 이러한 이해를 바탕으로 본고에서는 조선왕조 및 대한제국기까지를 대상 시기로 하면서 왕릉을 중심으로 고찰하는 한편 원까지

---

3) 태조의 선대로서 추존된 4대의 능은 여기에서 제외하였다. 다만 이들을 소개하면 다음과 같다. 목조와 그 비의 경우는 덕릉(德陵)과 안릉(安陵)으로 공주(孔州) 즉 경원(慶源)에 있었으며, 익조와 그 비의 능인 지릉(智陵)과 숙릉(淑陵)은 문주(文州) 즉 문천(文川)에 있었고, 도조와 그 비의 능인 의릉(義陵)과 순릉(純陵), 환조와 그 비는 정릉(定陵)과 화릉(和陵)으로 이들은 모두 함주(咸州) 즉 함흥(咸興)에 있었다.

4) 귀비엄씨의 영휘원과 영친왕의 영원, 영친왕 장자의 숭인원까지를 합하면 모두 14기의 원이 된다. 고종의 홍릉, 순종의 유릉과 함께 이들은 모두 일제 강점기 이후 조성된 것이다.

를 연구 대상으로 삼고자 한다.

이를 위해 우선 조선시대 산릉제도의 성립과 관련하여 조선초기의 논의 등을 정리하고 다음으로는 ≪세종실록≫ 오례의 및 ≪국조오례의≫ 등에서 정립된 산릉제도의 내용을 살펴보고자 한다. 물론 이와 함께 산릉 조성 내용의 변화 또한 검토할 것이다. 마지막으로는 현 경기도 내 각 시군에 산재하고 있는 능원 현황을 정리 개관토록 하겠다. 이를 통하여 조선시대 왕릉과 원이 어떠한 정치 · 사상 · 문화적 기반을 토대로 조성되었는가와 실제 조선왕조에서의 능원의 위상을 확인할 수 있으리라 본다. 더불어 현 경기도 내의 능원 현황을 정리함으로써 앞으로의 능원 연구에 보탬이 될 수 있으리라 생각한다.

1. 조선 초기 산릉제도의 정비

조선시대 산릉의 본격적인 조성은 태조의 계비인 현비 강씨로부터 출발한다. 현비는 태조 5년(1396) 8월에 이득분의 집에서 훙하였고 같은 해 9월 28일에 신덕(神德)의 시호가 올려져 신덕왕후로 불려졌으며 능호는 정릉(貞陵)이라 정해졌다. 태조는 현비가 훙하자 조회와 시장 여는 것을 10일간 정지하여 애도를 표하였고 이튿날 소렴과 함께 상장을 치루기 위해 4도감 13소를 설치하였다.[5] 이는 고려 말의 국장 때 관행을 따른 것이었다. 고려 말

---

5) ≪태조실록≫ 권10, 태조 5년 8월 13일(무술). 이때의 4도감 13색은 구체적으로 나와 있지 않지만 태종 8년 5월에 있은 태조의 국상 때 설치한 4도감 13색과 거의 일치했으리라 본다. 이때 설치된 관서로는 빈전(殯殿)·국장(國葬)·조묘(造墓)·재(齋) 4도감(都監)과 상복(喪服)·옥책(玉册)·복완(服玩)·관곽(棺槨)·제기(祭器)·유거(柳車)·법위의(法威儀)·상유소조(喪帷小造)·산소(山所)·영반(靈飯)·의장(儀仗)·묘소포진(墓所鋪陳)·반혼(返魂) 등 13색(色)이었다.(태종실록≫ 권15, 태종 8년 5월 24일(임신))

에 설치된 도감과 각색은 4도감 12소였다.[6] 정릉의 능지는 태조가 직접 살펴보고 정하였는데 도성안 취현방 북쪽 언덕이었다.[7] 또한 신덕왕후를 위해 조석의 향화를 받들 원찰인 흥천사를 인근에 세웠다.[8] 이와 함께 조준(趙浚)과 김사형(金士衡)의 청에 따라 공신 1인 즉 안평군 이서(李舒)가 3년간 수릉(守陵)의 역을 맡게 되었고[9] 수릉군을 배치하였다.

당시의 능 조성 내용에 대해서는 상세히 알 수 없으나 그 조성에는 고려 공민왕 이후 환관으로 있던 김사행(金師幸)이 관여했을 것으로 보인다. 그는 공민왕비의 정릉(正陵)을 조성하는데 참여하였으며[10] 태조 현비 강씨의 능인 정릉을 위해 조석의 향화를 받드는 사찰이라 할 흥천사(興天寺)의 역사를 감역하였기 때문이다. 이를 고려한다면 현비 즉 신덕왕후의 능은 고려의 공민왕과 그 비의 능인 현릉과 정릉을 모델로 하여 조성되었다 할 수 있다.

현릉과 정릉이 위치한 곳은 개성시 개풍군 해선리 봉명산으로부터 남쪽으로 내려온 무선봉 중턱 남향한 부분이다. 현릉과 정릉의 분묘 및 정자각, 석물 등의 시설물들을 보면 다음과 같다.[11] 능역은 3개의 층단으로 이루어

---

6) ≪세종실록≫ 권8, 세종 2년 7월 19일(을유). 이때 예조에서 계한 바에 따르면 4도감 12색은 다음과 같다. 4도감은 빈전(殯殿)·국장(國葬)·재(齋)·조묘(造墓) 등이었고, 12색은 관곽(棺槨)·유거(柳車)·복완(服玩)·제기(祭器)·소조(小造)·상유(喪帷)·포진(鋪陳)·영반(靈飯)·의장(儀仗)·반혼(返魂)·옥책(玉冊)·상복(喪服) 등이었다.

7) ≪태조실록≫ 권10, 태조 5년 8월 23일(무신). 신덕왕후의 정릉은 태종 9년 신덕왕후에 대한 태종의 숙감과 왕릉이 도성 안에 있는 것은 적당치 못하다는 이유로 사을한(沙乙閑)의 산기슭으로 천장(遷葬)하였다.(≪태종실록≫권17, 이후 태종 9년 2월 23일(병신) 천장한 뒤 본래의 정릉에 있던 정자각과 각종 석물들은 태평관을 짓는데 이용되었고 석인들은 땅에 그대로 묻었다.(≪태종실록≫ 권17, 태종 9년 4월 13일(을유)) 또한 정릉 터에 쓰였던 돌들 역시 광통교의 석교로 쓰였다.(≪태종실록≫ 권20, 태종 10년 8월 8일(임인))

8) ≪태조실록≫ 권11, 태조 6년 2월 19일(임인)

9) ≪태조실록≫ 권10, 태조 5년 8월 16일(신축)

10) ≪고려사≫ 권122, 열전 35 환자 김사행

11) 이에 대해서는 다음의 연구를 참조. 고유섭, <고려왕릉과 그 형식> ≪고유섭전집 4≫, 통문관, 1993 ; ≪조선유적유물도감≫ 편찬위원회 편, ≪북한의 문화재와 문화유적≫, 서울대학교 출판부, 2000, 100~114쪽 ; 임영애, <개성 공민왕릉 석인상 연

졌고 그 아래로 경사단과 정자각이 놓여졌다. 능역의 3개 층단 중 가장 위의 상단 부분을 보면, 쌍릉으로 되어 있으며 각각의 능을 중심으로 석양과 석호가 2쌍씩이 배치되어 있고 난간석과 병풍석을 둘렀다. 병풍석에는 구름을 탄 12지신과 연꽃무늬를 새겼다. 또한 현릉과 정릉 각각에 상석과 상석 받침인 고석(鼓石)을 두었으며 능의 양쪽으로 망주석을 세웠다. 중단에는 현릉과 정릉으로 오르는 계단이 두 개가 놓여졌고 양쪽으로 문인석 2쌍이 세워졌으며 현릉과 정릉 앞쪽으로 석등이 각각 1기가 있다. 하단에는 중단으로는 계단 세 개가 조성되었고 양 옆으로 오르내리는 계단을 만들었으며 무인석 2쌍이 있다. 이어 경사단의 경우 정자각으로부터 5단의 계단을 설치하여 흙이 무너지는 것을 방지함과 동시에 경사감을 완화시키고 있다. 그리고 그 아래로는 영전이라 할 정자각이 세워졌다.

공민왕은 노국대장공주의 정릉을 지키기 위하여 수릉호 114호를 두고, 그 명복을 빌기 위하여 원찰로서 운암사(雲巖寺)를 세운 뒤 전민을 각기 2,240결과 노비 46구를 두었다.[12] 공민왕대에 이루어진 원찰 조성은 불교의 유습에 기인한 것이었으나, 국가 재정에 큰 어려움을 가져오기도 하였다.

공민왕대의 이러한 능 조성 및 원찰 설치에 김사행이 관여했음은 앞에서 언급한 바와 같다. 김사행은 태조의 명을 받들어 신덕왕후 강씨의 능을 조성하는 한편 원찰로서 흥천사를 지었는데 지나치게 화려하게 하여 원성을 받은 데다가 왕자의 난에 연루되어 태조 7년 9월에 참수되었다.[13]

조선왕조의 개국 후 국가적 왕릉 조영의 첫 단추가 된 신덕왕후의 정릉 조성에 반영된 고려 현정릉의 양식은 김사행을 통하여 계승되었고, 그 기본적

구>≪강좌 미술사≫17, 한국불교미술사학회, 2001 ; 정병모, <공민왕릉의 벽화에 대한 고찰>≪강좌 미술사≫17, 한국불교미술사학회, 2001
12) ≪고려사≫ 권89, 열전 2 후비 공민왕
13) ≪태조실록≫ 권15, 태조 7년 9월 3일(을해)

인 구성은 이후의 왕릉 조성에 영향을 주었다고 할 수 있다. 정자각과 무덤 구역의 3개 층단, 그리고 사초지에 해당하는 경사단, 정자각, 각종 석인과 석물 등이 그러하다. 또한 원찰을 세워 조석의 향화를 받들도록 하고 여기에 전민을 사급한 것 또한 조선왕조에 계승된 면이 있다.

조선왕조에 들어와 두 번째로 왕릉 조영이 전개된 것은 태조의 승하 뒤였다. 태조는 태상왕으로 물러난 뒤 태종 8년 5월 24일에 창덕궁 광연루 아래 별전에서 승하하였고, 그 치상 등은 모두 ≪주자가례≫를 따르도록 하였다. 그리고 국장을 치루기 위하여 빈전(殯殿)·국장(國葬)·조묘(造墓)·재(齋) 등 4도감과 상복(喪服)·옥책(玉冊)·복완(服玩)·관곽(棺槨)·제기(祭器)·유거(柳車)·법위의(法威儀)·상유소조(喪帷小造)·산소(山所)·영반(靈飯)·의장(儀仗)·묘소포진(墓所鋪陳)·반혼(返魂) 등 13색을 설치하였다.[14] 5월 29일(정축)에는 청성군(淸城君) 정탁(鄭擢)·공안부윤(恭安府尹) 정부(鄭符)를 명에 보내어 부음(訃音)을 고하고 시호(諡號)를 청하도록 하였다.[15]

태조는 재위 시에 이미 자신의 능이 될 곳을 정하여 조성하고 있었다. 광

---

14) ≪태종실록≫ 권15, 태종 8년 5월 24일(임신). 이때 설치된 4도감의 도제조와 판서에 대해, 태종 8년 5월 27일에 명단이 나오는데 이를 보면 다음과 같다. "영의정부사(領議政府事) 하윤(河崙)·좌정승(左政丞) 성석린(成石璘)·우정승(右政丞) 이무(李茂)·한산 부원군(漢山府院君) 조영무(趙英茂)로 4도감(都監) 도제조(都提調)를 삼고, 옥천군(玉川君) 유창(劉敞)·참지의정부사(參知議政府事) 이응(李膺)·철성군(鐵城君) 이원(李原)으로 빈전 도감 판사(殯殿都監判事)를, 한천군(漢川君) 조온(趙溫)·참찬의정부사(參贊議政府事) 이귀령(李貴齡)·서천군(西川君) 한상경(韓尙敬)으로 재 도감 판사(齋都監判事)를, 의정부 찬성사(議政府贊成事) 남재(南在)·판공안부사(判恭安府事) 박자청(朴子靑)·참지의정부사(參知議政府事) 함부림(咸傅霖)·총제(摠制) 성발도(成發道)로 국장도감 판사(國葬都監判事)를, 이조 판서(吏曹判書) 이직(李稷)·판공안부사(判恭安府事) 박자청(朴子靑)·판한성부사(判漢城府事) 김한로(金漢老)·총제(摠制) 이간(李衎)으로 조묘 도감 판사(造墓都監判事)를 삼았다."(≪태종실록≫ 권15, 태종 8년 5월 27일(을해)) 하였다. 이후 같은 해 8월 17일(임진)에 영의정부사(領議政府事) 하윤(河崙)으로 총호사(摠護使)를 삼고, 이조 판서(吏曹判書) 이직(李稷)으로 산릉사(山陵使)를, 안성군(安城君) 이숙번(李叔蕃)으로 교량 돈체사(橋梁頓遞使)1302) 를 삼았다.(≪태종실록≫ 권16, 태종 8년 8월 17일(임진))

15) ≪태종실록≫ 권15, 태종 8년 5월 29일(정축)

주(廣州)에 수릉(壽陵)을 조영하고 있었던 것이다. 하지만 태조의 의지는 태종에 의해 바뀌었다. 태종은 태조의 붕어 후인 6월 12일에 영의정부사(領議政府事) 하륜(河崙) 등을 보내어 산릉 자리를 보게 하였으나 태종은 다시 살펴보도록 하였다.[16] 이후 6월 28일에 이르러서야 양주(楊州)의 검암(儉巖)의 길지를 얻었고, 이후 조묘도감제조(造墓都監提調) 박자청(朴子靑)이 능 조성을 시작하였다.[17] 박자청은 이미 신의왕후 한씨의 능인 제릉(齊陵)의 난간석과 석인 등의 역사를 감독한 바 있었다.[18] 산릉에는 ≪주자가례≫에 근거하여 회격(灰隔)을 쓸 것인가 고사에 따라 석실을 쓸 것인가를 놓고 의논이 갈리어졌으나 태종은 석실을 만들도록 하였으며,[19] 7월 29일에는 재궁(齋宮)으로서 개경사(開慶寺)의 이름을 내려주고 노비(奴婢) 1백 50구(口)와 전지(田地) 3백 결(結)을 정속(定屬)시켰으며 산릉 수호군 1백명을 두었다.[20] 그리고 8월 7일에는 존시(尊諡)를 지인계운성문신무대왕(至仁啓運聖文神武大王)이라 하고, 묘호(廟號)를 태조(太祖)라 하였다.[21] 당시 능실의 보수는 태종 6년 11월에 예조에 아뢴 기준을 따랐으리라 여겨지는데 사방 각각 1백 61보로 하였다.[22] 그리고 마침내 태종 8년 9월 9일(갑인)에 영구를 받들고 건원릉에 장사하기에 이르렀으며,[23] 태종 9년 윤4월 13일(을묘)에 이르러

---

16) ≪태종실록≫ 권15, 태종 8년 6월 12일(기축)
17) ≪태종실록≫ 권15, 태종 8년 6월 28일(을사)
18) ≪태종실록≫ 권15, 태종 8년 3월 10일(기미)
19) ≪태종실록≫ 권16, 태종 8년 7월 26일(임신)
20) ≪태종실록≫ 권16, 태종 8년 7월 29일(을해)
21) ≪태종실록≫ 권16, 태종 8년 8월 7일(임오). 대체로 조선왕조에서 선왕의 능호를 시호나 존호, 그리고 묘호 등을 정하면서 능호를 정하였다. 이를 고려한다면 태조의 건원릉이라는 능호 역시 이날 함께 정해졌으리라 여겨지는데 관련 기록이 전혀 없다는 점은 의아하다. 다만 건원(健元)이라 한 것 자체가 개국을 한 창업군주를 상징하고 있으므로 다른 견해 없이 태종의 독단에 의해 정해진 것이라 볼 수 있을 듯하다. 다만 이때의 경우 건원(建元)이 되어야 하나 이것 자체가 연호(年號)가 되므로 중복을 피하기 위해 쓴 것이라 여겨진다.
22) ≪태종실록≫ 권12, 태종 6년 11월 1일(정사)

길창군(吉昌君) 권근(權近)이 신도비문을 짓고, 정승(政丞) 성석린(成石璘)과 전 판한성부사(判漢城府事) 정구(鄭矩)가 각각 글을 쓰고 전액(篆額)을 썼다.[24] 이와 함께 태종 8년 11월에 건원릉에 나아가 동지제를 행하면서 능침에 소나무와 잣나무가 없어서는 안된다 하여 소나무와 잣나무를 심도록 하였다.[25]

당시 조영된 건원릉의 구조는 고려조의 현ㆍ정릉을 모델로 하면서도 약간의 차이를 두고 있다. 건원릉은 당시 조묘도감제조 박자청이 중심이 되어 전국 각도에서 6000명의 역군을 동원하여 만든 것이었다. 그 위치를 보면, 수락산과 불암산을 잇는 검암산을 배경으로 하여 계좌정향(癸坐丁向)하고 있다. 3면의 곡장과 함께 능역을 3단으로 하여 상단에는 분묘와 석양과 석호, 망주석, 혼유석 등을 놓았고 분묘에는 병풍석과 난간석, 박석을 설치하여 분묘가 무너지는 것을 막았다. 병풍석에는 구름무늬 속에 떠 있는 듯한 십이지 신상이 새겨졌다. 중단에는 석마와 문인석, 장명등을 놓았고 하단에는 석마와 무인석을 세웠다. 사초지 이하에는 정자각을 만들고 수복방과 비각을 세웠다. 참도로 연결된 홍살문과 함께 판위가 놓여졌고, 그 밖으로는 금천교를 놓았다.

조선 초기 왕릉 조성에 김사행이 공민왕과 그 비의 현ㆍ정릉을 기본으로 하여 조성하였고 박자청은 제릉과 건원릉을 조영하면서 나름대로의 차별화를 시도하였다. 정종과 정안왕후 김씨의 능인 제릉의 경우 현ㆍ정릉을 모델로 쌍릉으로 하면서 각각의 능은 난간석으로 연결하였다. 12면의 병풍석이나 난간석 주두(柱頭) 등이 그러하며 능원의 3개 단에 급한 체감을 두고 있는 것도 그러하다. 하지만 건원릉의 경우는 차이가 보인다. 그 가운데 가장

---

23) ≪태종실록≫ 권16, 태종 8년 9월 9일(갑인)

24) ≪태종실록≫ 권17, 태종 9년 윤4월 13일(을묘)

25) ≪태종실록≫ 권16, 태종 8년 11월 26일(경오)

두드러진 것이 경사단을 두지 않고 인공적으로 사초지를 조성하여 능실의 보호를 꾀하고 있다는 점이다. 또한 능원의 경우도 3개 층단을 두기는 하였으나 그 체감율은 급하지 않고 완만하게 이루어져 편안함을 주고 있다. 이러한 박자청의 시도는 태종 및 세종 초에도 인정받았다. 세종이 태종과 원경왕후 민씨의 헌릉을 조성하는데 그를 책임자로 삼은 것은 이를 말해준다.[26]

세종 2년 7월 10일 원경왕후 민씨의 훙 이후 국장 때에도 그대로 4도감과 각색을 두는 한편 민간의 저자는 5일간, 조정의 조회는 10일간 정지하였다. 또한 빈전에 모신 후로부터 졸곡에 이르기까지 사직을 제한 외에 대·중·소 제사를 모두 정지하였다. 졸곡 전에는 혼인과 도살(屠殺)을 금하는 조처가 연이어 내려졌다.[27] 그런데 이날 있은 이 조처 중 4도감과 각색은 같은 해 7월 19일(을유)에 예조에서 계한 바를 따라 국장·빈전·산릉의 세 도감을 두고 나머지는 모두 혁파되었다.[28] 수릉군은 50호로 조정되었고,[29] 산릉의 조성에는 모두 1만 4천명이 징집되었다.[30] 능 앞에는 예문관대제학 변계량이 찬한 신도비를 세웠다. 이 때 동원된 공장(工匠)의 수는 모두 224명으로 집계되었다.[31] 태종은 원경왕후의 국장 때 석실에는 운반의 위험성 때문에 전석(全石) 사용을 허용하지 않으려 했고 법석(法席)도 열지 않는 한편 원찰 역시 세우지 말라 하였다.[32] 헌릉 조영과 관련하여 특징적인 것은 세종의 명에 따라 산릉제도의 원칙을 크게 정하고 있다는 것이다. 세종 2년 9월 16일(신

---

26) 박자청은 헌릉 조성 때 산릉도감제조의 역을 맡았고, 소헌왕후 심씨와 세종의 영릉 조성 때에는 이천(李蕆)이 이를 맡았다.

27) 《세종실록》 권8, 세종 2년 7월 10일(병자)

28) 《세종실록》 권8, 세종 2년 7월 19일(을유). 태종의 국상 때에도 이 조처에 따라 빈전·국장·산릉 등의 세 도감만을 두었다.

29) 《세종실록》 권9, 세종 2년 8월 4일(경자)

30) 《세종실록》 권9, 세종 2년 8월 15일(신해)

31) 《세종실록》 권10, 세종 2년 10월 1일(병신)

32) 《세종실록》 권9, 세종 2년 8월 17일(계축)

사)[33]과 세종 4년 9월 6일(경신)[34]에 제시된 산릉제도의 내용은 이를 말해준다.[35]

쌍릉 형태로 왕과 왕비의 능을 조성하는 것이 헌릉 때까지의 추세라고 한다면 세종과 소헌왕후의 경우는 합장으로 하고 있어 특징적이다.[36] 합장한 것임을 알아 볼 수 있도록 해주는 것이 봉분 앞에 놓여진 상석 2개이다. 영릉 조영의 중요한 관서인 산릉도감의 실무 책임자로는 이천이 정해졌는데, 이미 그는 건원릉과 헌릉 조성시에도 참여한 바 있었고 사실상 박자청의 후임을 맡은 것으로도 볼 수 있다. 소헌왕후가 돌아간 후 세종은 능의 위치를 헌릉의 서쪽 산등성이로 정하고 동분이실로 하되 왕후의 현실은 동쪽에, 수실(壽室)은 서쪽에 정한 바 있었다.[37] 이때 세종은 이곳을 능지로 정하면서 음양가를 따라 복지(福地)를 얻기보다 선영(先塋) 곁에 장사하는 방식을 택하여 이후 조선시대 왕릉이 선영을 따라 조성되는 계기를 마련하였다.[38] 당시의 산릉제도와 관련하여서는 여주로 천장하면서 비석과 잡상 등을 으슥한 곳에 묻도록 하는 조치가 있어 상세한 내용을 살피기 어렵다. 그렇지만 석실을 쓰고 사대석(莎臺石)에 해당하는 병풍석을 쓰고 있었다.[39] 후일 세조가

---

33) ≪세종실록≫ 권9, 세종 2년 9월 16일(신사)
34) ≪세종실록≫ 권17, 세종 4년 9월 6일(경신)
35) 헌릉 조영과 관련하여 주목되는 것은 태종이 이미 재위 중이었던 15년 11월 15일 (무신)에 수릉 자리를 살펴보게 하고 16년 10월 7일(을축)을 전후해서 수릉 위치를 정하고 있다는 점이다. 위치는 당시의 지명을 따른다면 광주 치소 서쪽 대모산(大母山) 자락이었다. 재위 중에 수릉을 정하고 여기에 그대로 왕릉을 조성한 첫 번째 사례가 될 것이다. 이후 세종 역시 재위 중에 수릉 자리를 살폈는데, 헌릉 옆으로 정한 바 있었다.(≪세종실록≫ 권83, 세종 20년 10월 1일(임자))
36) 조선시대 왕릉은 쌍릉 혹은 동원이강(同原異岡), 합장, 삼연릉, 혹은 완전히 영역을 달리하여 독립능으로 조성되고 있다.
37) ≪세종실록≫ 권113, 세종 28년 7월 19일(을유)
38) ≪예종실록≫ 권4, 예종 1년 3월 6일(경인)
39) 이를 확인시켜주는 것이 세종 28년 7월 19일(을유) 조에 실린 능실제도이다.(≪세종실록≫ 권113, 세종 28년 7월 19일(을유))

남긴 유훈에 따라 석실과 사대석 사용을 금지하여 세조의 광릉과 영릉에 이를 적용하였다라는 기록은 이를 말해준다.[40] 세종 영릉의 신도비는 정인지(鄭麟趾)가 찬하고 안평대군이 전액(篆額)을 붉은 글씨로 썼다.[41]

세종대까지 신덕왕후의 정릉, 태조의 건원릉, 정종 및 정안왕후의 후릉, 태종과 원경왕후의 헌릉, 세종과 소헌왕후의 영릉에 이르기까지 산릉 조성이 지속되었다. 상장(喪葬)의 큰 원칙은 ≪주자가례≫를 토대로 하면서 불교적 유습에 의한 원찰 설치 및 재(齋)의 설행이 행해졌음을 볼 수 있다. 태종이 능원 근처에 원찰을 짓지 못하도록 한 것은 이를 말해준다. 그러면서 세종대에 이르러서는 산릉제도 혹은 능실제도로 정비되기 시작하였음이 보인다. 이는 적어도 세종대에 조선왕조의 왕릉제도의 기본구성이 갖추어졌음을 뜻한다. 이 내용은 일차적으로 ≪세종실록≫ 오례의(五禮儀)로 정비된다.

2. ≪국조오례의≫의 산릉제도 성립과 변화

<오례의> 흉례 치장조에서 정비된 조선 초기의 산릉제도는 다시 몇 가지 점에서 변화를 겪게 된다. 먼저 세조 2년 정월의 기사를 보자. 여기서는 신도비를 세우는 일과 관련하여 세조가 의정부에 의논하여 그 가부를 정하도록 하고 있다.

논의는 당시의 영의정 정인지로부터 시작되었다. 정인지는 이미 세종 영릉의 신도비문을 찬한 바 있었다. 정인지의 의견을 보면 다음과 같다.

"대저 임금의 공업(功業)은 국사(國史)에 기록하는데, 어찌 반드시 비석을 세

---

40) ≪예종실록≫ 권3, 예종 1년 1월 3일(무오)
41) ≪문종실록≫ 권12, 문종 2년 2월 20일(갑신)

워야 하겠습니까? 예전에 세종(世宗)께서 헌릉(獻陵)에 비석을 세우려고 하시므로 신(臣)이 '불가합니다.'고 하였더니, 세종께서 그대로 따르고자 하셨으나, 변계량(卞季良)이 헌의(獻議)하기를, '제왕(帝王)의 원릉(園陵)에 비석을 세우는 것은 예로부터 그러하였습니다. 명(明)나라 태조 황릉(黃陵)에 비석이 있고, 우리 나라 건원릉(健元陵)에도 또한 비석이 있는 것은 모두 창업(創業)한 연고 때문입니다. 이제 태종(太宗)께서는 비록 창업한 임금은 아니나 개국(開國)하고 정사(定社)한 것은 모두 그 공(功)인데 비석이 없을 수 없습니다.' 하여, 세종께서 그 의논을 따랐습니다. 문종(文宗)께서도 장차 영릉(英陵)에 비석을 세우시려 할 때, 신이 또 의논하여 '불가합니다.'고 하였더니, 문종께서 말씀하기를, '세종께서는 대통(大統)을 입계(立繼)하여 우리 조정의 법제(法制)를 환연(煥然)하게 모두 갖추어 후세(後世)에 끼쳤으니, 백세(百世)의 불천지주(不遷之主)이시다. 역시 비석을 세워 덕업(德業)을 기록하지 않을 수 없다.' 하시고, 드디어 세우게 하셨습니다. 문종(文宗)께서는 나라를 다스리심이 오래지 않아 별달리 기록할 만한 일이 없으니, 비석을 세우는 것이 필요치 않습니다." 하였다.[42]

위의 사료를 볼 때 변계량은 제왕가의 입장에서 의견을 전개했었음이 나타난다. 태종의 건원릉은 창업한 군주이기 때문이고 태종은 그 공이 개국정사하여 창업에 가까운 때문에 세워야 한다고 하였다. 이러한 변계량의 입장은 문종에게도 그대로 이해되어 왕실의 입장에서 세종의 업적이 불천지주에 해당할 만큼 크므로 비석을 세워야 한다는 주장으로 나타났음을 알 수 있다.

하지만 정인지의 의견은 제왕의 업적이 이미 실록으로 정리되어 기록되는데 굳이 다시 비석이 필요하겠는가라는 원칙적 입장이었다. 정인지는 원칙적 입장과 함께 문종의 경우 태조나 태종, 세종과 같은 업적이 없는데다가 공업이 별로 없어 비석을 세울 필요가 없다고 본 것이다. 문종과 단종의 계통을 끊은 세조의 입장에서는 이 문제를 진지하게 여겼을 것이다. 그리고 세조는 과감하게 결단하여 앞으로 왕릉에 신도비와 같은 비석을 세우지 말도

---

42) ≪세조실록≫ 권3, 세조 2년 1월 25일(을미)

록 한 것이다.

세종은 재위 20년 10월에 친히 헌릉에 제사한 후 영의정 황희(黃喜)·판서 하연(河演)·첨지중추원사 황자후(黃子厚)·참판 민의생(閔義生)과 도승지 김돈(金墩) 등에게 명하여 풍수 학관(風水學官)을 데리고 수릉(壽陵) 자리를 헌릉 옆에 살펴 정하게 하였다.[43] 그 후 서운부정 최양선(崔揚善)이 수릉의 혈 자리가 임방(壬方) 자리인 것을 감방(坎方) 자리라 하고, 또 허망하게 이르기를, '곤방 물이 새 입처럼 갈라졌다.'[坤水分觜] 하여, 그 해로움을 논하기를, '손이 끊어지고 맏아들을 잃는다.'[絶嗣損長子]고 한 바 있었다.[44] 이와 같이 구 영릉 자리에 대해서는 음양가 등을 중심으로 논란이 많았다. 그러나 세종은 이때,

> "다른 곳에 복지(福地)를 얻는 것이 선영(先塋) 곁에 장사하는 것만 하겠는가? 화복(禍福)의 설(說)은 근심할 것이 아니다. 나도 나중에 마땅히 같이 장사하되 무덤은 같이 하고 실(室)은 다르게 만드는 것이 좋겠다."[45]

라고 하여 선영 곁에 정하는 것을 우선으로 삼았다. 하지만 이 문제는 이후 두고두고 논란거리가 되었다. 최양선은 이미 헌릉의 산맥을 배양하는 일과 관련하여 헌릉의 뒤로 길이 놓여 있는 것을 문제삼은 바 있었다.[46] 세종 재위 기간 중에는 세종이 "그의 공부한 것을 가지고 말한 것이니, 그 마음을 따져보면 실로 충성에서 나온 것이다."[47]라 하여 이해하여 넘어갔다. 상세한 전고를 제시하면서 자신의 주장을 펼쳤으나 최양선 등 음양가가 이 문제를

---

43) ≪세종실록≫ 권83, 세종 20년 10월 1일(임자)
44) ≪세종실록≫ 권99, 세종 25년 2월 2일(무자)
45) ≪예종실록≫ 권4, 예종 1년 3월 6일(경인)
46) ≪세종실록≫ 권49, 세종 12년 7월 7일(을사)
47) ≪세종실록≫ 권61, 세종 15년 7월 18일(기사)

제기하는 것은 결국 제왕가의 흥복과 관련된다. 더욱이 제왕가의 흥복을 언급하는 것은 정치적으로 매우 민감한 사안이 될 수밖에 없었다.

세종이 결정한 선영 곁에 장사하여야 한다는 조치는 길지를 택하여야 한다는 주장보다 일차적으로 우선되면서 후대의 능원은 이를 주로 따르기는 하였다. 하지만 그 결정 안에서도 음양풍수는 왕실 혈통의 계승과 관련하여 매우 중요한 역할을 하였다. 즉, 동구릉이나 서삼릉, 서오릉 등으로 형성되는 계기이기는 하였으나 때로 풍수에 따라 광릉이나 세종의 영릉, 효종의 영릉 등이 따로 정해지기도 한 것은 이 때문이었다.

세조는 대군 때로부터 시작하여 세종의 영릉과 현덕왕후의 소릉(昭陵), 문종의 현릉(顯陵), 소릉의 천장, 의경세자 즉 덕종의 무덤, 예종 비 장순왕후의 공릉(恭陵) 조영에 직간접으로 참여하였다. 능침조성을 하는 과정에서 세조는 그 공역이 근 5개월여에 걸쳐 이루어지고, 역 또한 고되어 사상자가 빈발하는 등의 문제가 있자 재정을 절약하고 민심을 안정시키는 등의 방침을 생각하게 되었다.

산릉 조성 때 가장 문제가 되는 것은 왕의 재궁을 안치하는 현실과 석실을 만드는 것이었다. 정종의 석실 규모를 보면 그 넓이는 8척(尺)이며, 높이는 7척, 깊이는 11척이었다. 이러한 규모의 석실을 만드는데 들어가는 공역은 약간의 과장은 있겠으나 다음의 기사가 참조된다.

> 승정원에 전교하기를, "이제 이미 석실(石室)을 쓰지 아니하니, 역부(役夫)가 너무 많지 않겠는가? 급히 뽑아서 돌려보내게 하라." 하였다. 승정원에서 곧 산릉 도감 낭관(山陵都監郎官)을 불러서 물으니, 대답하기를, "구례(舊例)에 석실을 쓰면 역부가 6천 명이었는데, 이제 이미 쓰지 아니하기 때문에 3천 명만 씁니다." 하였다.[48]

---

48) ≪예종실록≫ 권1, 예종 즉위년 9월 23일(기묘)

예종 즉위년의 기사에서 보듯이 석실을 만드는데 들어가는 공역은 대략 역부 3000명이 동원되는 것이었다. 따라서 석실 조성의 문제는 왕릉 조성 초기부터 문제가 될 수밖에 없었다. 태종은 이와 관련하여 석실에 전석을 쓰지 말고 둘로 나누어 쓰도록 명을 내린 바도 있었다.

> 상왕이 장차 낙천정에 거둥하려고 송계원평(松溪院坪)에 이르러서 유정현·박은·이원·허조·원숙을 불러 석실(石室)의 제도를 의논하기를, "전석(全石)을 사용하여 덮개를 하면 백성의 힘도 어렵고, 큰 일이니 반드시 두 조각을 내어 쓸 것이요, 또 네 모퉁이에 쓸 돌도 두 개나 세 개의 돌을 연합(連合)하여 쓰는 것이 가하다. 나의 백세(百歲) 뒤에도 마땅히 이 제도를 쓰라." 하고, 또 말하기를, "석실 밑바닥에는 돌을 쓰지 말고 다만 석회(石灰)와 세사(細沙)를 쓰라." 고 하였다.[49]

태종의 이 같은 고심은 이후 왕릉을 조성하는데 있어 중요한 문제가 되었다.[50] ≪주자가례≫의 상례 치장조에는 석실이 아닌 회격을 썼는데, 가례의 행용을 중요시 여겼던 조선왕조에서는 그 사용을 고려하게 된다. 하지만 이 문제는 왕실의 존엄함을 생각한다면 택하기 어려운 것이라는 것이 대신들의 의견이었다. 예종 초에 있었던 관련 논의를 보면, 신숙주 등은 이에 대해 첫째 제왕은 석실을 쓰지 않음이 없었고, 둘째 역역이 많지 않아 폐가 되지 않으며, 셋째 명기(明器)·복완(服玩) 등의 물건을 보관하기 위해서라도 필요하고, 넷째 지기(地氣)가 능히 흐를 수 있다고 하였다. 마지막으로는 세조 자신도 이미 의경세자와 장순왕후의 묘에 석실을 썼다고 하여 의견을 말하였

---

49) ≪세종실록≫ 권9, 세종 2년 9월 4일(기사)
50) 태종 6년 윤 7월의 기사를 보면 대신들은 석실 사용을 금지하고 ≪문공가례(文公家禮)≫에 의하여 회격만을 쓰는 것을 원칙으로 해야 한다는 의정부의 의견을 따르고 있다.(≪태종실록≫ 권12, 태종 6년 윤7월 28일(을유)) 따라서 이미 태종 6년 이후 회격 사용이 권장되고 있었음을 알 수 있으며, 이 같은 이해 속에서 왕실의 경우도 석실로 할 것인가 회격으로 할 것인가의 선택의 기로에 서 있게 된다.

다. 이때 예종은 세조의 유명이라는 점과 대비 즉 정희왕후 윤씨의 명이 그러하다는 것을 들어 완고하게 회격을 쓰고자 하였다.[51] 이로써 결국 석실 대신 회격을 쓰는 것으로 일단락된다.

석실 대신 회격을 사용하는 것으로 정리된 조치와 함께 주목되는 것은 봉분이 무너지지 않게 하는 석물인 병풍석 즉 사대석 역시 사용하지 않도록 한 점이다. 이미 세조는 의경세자 묘를 조성하는 조묘도감에 전지하길

> "세자묘(世子墓)에 석실(石室) 및 석상(石床)·장명등(長明燈)·잡상(雜像)은, 아울러 예(例)에 의하고, 그 사대석(莎臺石) 및 삼면석(三面石)과 석난간(石闌干)·삼개체(三磈砌)는 설치하지 말라."[52]

고 한 바 있었다. 임금의 장례와 다른 세자묘이기 때문에 사대석과 삼면석, 석난간을 쓰지 않은 것으로도 이해할 수 있으나 세조의 의지는 '무덤 밖의 모든 일은 비록 나의 장자라 할지라도 반드시 박하게 해야 한다. 한갓 백성만 번거롭게 할 뿐이지 죽은 자에게는 유익할 것이 없다.'[53]라는데 있었다. 검약과 애민이 그 밑바탕에 있다는 것이다.

따라서 사대석 역시 세조의 이러한 유명에 따라 왕릉 조성시에는 설치하지 않는 것이 관행이 되었으며,[54] 의경세자묘의 사례에 따라 왕과 왕비가 아닌 경우는 격을 달리하도록 하였다. 이에 따라 당시 의경세자묘인 경릉(敬陵)은 곡장과 봉분 주위 난간석, 석양 1쌍, 석호 1쌍, 문인석 1쌍, 석마 1쌍, 장명등, 혼유석 등이 설치되었을 뿐이었다.

세조 및 예종대에 걸쳐 조정된 산릉제도의 내용은 성종대에 정비되는

---

51) ≪예종실록≫ 권1, 예종 즉위년 9월 22일(무인)
52) ≪세조실록≫ 권9, 세조 3년 10월 24일(갑인)
53) ≪세조실록≫ 권9, 세조 3년 9월 7일(무진)
54) 이후 조성되는 왕릉들의 경우 병풍석 사용은 일정하지 않으나 회격의 경우는 대체로 지켜졌다. 이와 관련해서는 정리된 표를 참조

≪국조오례의≫에 반영되었어야 하지만 석실과 병풍석을 쓰는 것은 ≪세종실록≫ 오례의의 내용 그대로 정리되었다.[55] 따라서 ≪국조오례의≫ 치장조의 내용과 실제 산릉 조성 때의 내용은 차이가 있을 수밖에 없었다. 석실과 병풍석·사대석의 문제만이 아니라 시대에 따라서는 문인석이나 무인석의 조각기법 및 그 크기 등이 달랐고, 정자각이나 참도 등도 약간씩 차이가 있었다.

어쨌든 산릉제도의 기본구성은 ≪국조오례의≫에서 갖추어졌다. 이러한 오례의 체제에서 약간의 변화가 보이기도 하는데 현종 14년 8월 송시열의 건의에 보면 제왕의 능묘를 알아볼 수 있는 표석(表石)을 세우자고 하는 내용이 나온다.

"신이 전대(前代) 제왕 능묘(帝王陵墓)를 보니 이미 표석(表石)이 없어서 그 자취가 명백하지 않았습니다. 지금 국운이 한창 성대하니 흥폐(興廢)의 일에

---

55) ≪국조오례의≫ 치장조에 석실과 사대석을 그대로 쓰는 것이 유지된 것과 관련하여 성종 9년 7월 26일(을유) 서거정의 의견은 주목된다. 당시 서거정은 "깎아 없애 버린다면 진실로 성상께서 말씀하신 바와 같을 것이니, 그렇게 해서는 안되겠습니다. 옛날 한(漢)나라 문제(文帝)가 패릉(霸陵)을 만드는 데에 와기(瓦器)를 쓴 것은 덕(德)이 지극히 검소한 때문이었고, 세조(世祖)께서도 검소한 덕을 숭상하셨기 때문에 유명(遺命)으로 석실(石室)과 사대석(莎臺石)을 쓰지 말라고 하셨던 것입니다. 그러나 제왕의 능침(陵寢)은 석실과 사대석이 없을 수 없으니, 이어서 이제부터는 모름지기 제도로써 정하여 후세에 전하도록 해야 하겠습니다. 세조께서 영릉(英陵)에 수기(水氣)가 있는가 의심하여 천장(遷葬)하려 하시기에 신이 친히 가서 살펴보니 석실(石室) 안에 있는 기장(器仗)이 어제와 같았습니다. 오늘날은 보판(補板)으로써 석실(石室)을 대신하니, 공이[杵]로 다질 때 판자(板子)가 휘어 구부러져서 단단하게 쌓을 수가 없으며, 또 쉽게 썩거나 수기(水氣)가 스며들어 안으로는 재궁(梓宮)이 젖고 밖으로는 삼물(三物)까지 젖으니, 이는 석실이 없기 때문입니다. 또 건원릉(健元陵)·현릉(顯陵)·헌릉(獻陵)은 자주 무너지는 폐단이 없는데 유독 광릉(光陵)만이 쉽게 무너지는 것은 다름이 아니라 사대석을 쓰지 않았기 때문입니다."(≪성종실록≫ 권94, 성종 9년 7월 26일(을유))라고 하였던 것이다. 왕명에 의해 사대석과 병풍석 사용이 제한되는 것은 현종 14년이었다. 당시 현 동구릉 지역에 있던 효종 영릉을 여주로 천장하면서 현종은 이를 사용치 않았고 그 후 이를 따르고 있었다.(≪춘관지≫권1, 능침 부록)

대해서는 신자(臣子)가 감히 의논할 바가 아닙니다. 그러나 정자(程子)가 말하기를 '인생은 끝이 없는 것이나 국가는 반드시 흥폐의 이치가 있는 것이다.' 하였는데, 흥폐의 일을 숨기고 그 도리를 다하지 않아서야 되겠습니까? 신릉(新陵)의 표석을 세우지 않으면 안 됩니다.”[56]

이 내용을 보면 제왕의 능묘에 표석이 없어 그 자취를 알 수 없었으나 국운이 성대한 때를 맞아 표석을 세우자는 것이었다. 그러나 이에 대한 반론 역시 만만하지 않았다. 대표적인 인물이 영돈녕부사 김우명(金佑明)이었다. 그는 이 문제에 대해 첫째, 국릉에 표석을 세우는 일은 3백 년 동안 행하지 않던 일이며, 둘째, 세종 영릉을 모델로 국릉을 세워야 한다고 했으나 영릉에는 표석이 없고, 셋째 국가의 능침에는 표석이 없다 하더라도 왕릉인 것을 누구라도 알 수 있으며, 넷째 제왕의 덕업이 빛나는 것은 표석의 유무와는 관계가 없다고 하였다.[57]

김우명의 반론에 대해 송시열은 첫째 다시금 표석 세운 것이 자신의 처음 주장이 아니며 이미 건원릉이나 후릉, 헌릉 등의 세 능과 북로(北路)의 여러 능에 모두 표석이 있었으며, 둘째 신하가 임금을 위하는 염려가 의(義)에 해가 없다면 그만 둘 수 없는 것이고, 셋째 공자도 계찰(季札)의 묘에 전자(篆字)로 묘표(墓表)를 썼으니 묘표를 세우는 데 반드시 도리가 있을 것이라는 등 주장을 더욱 강조하였다.[58] 결국 표석의 문제는 당초 송시열이 제기한 바 및 현종의 뜻에 따라 명정(銘旌)의 규정에 의해 전문(篆文)으로 쓰여지게 되었다. 물론 이 표석은 조선초기 건원릉 및 후릉, 헌릉 등에 세워졌던 신도비와는 다른 것이었다. 이로써 표석은 모든 신구 왕릉에 적용되었다.[59] 그

---

56) 《현종실록》 권21, 현종 14년 8월 18일(을묘)
57) 《현종실록》 권21, 현종 14년 9월 9일(을해)
58) 《현종실록》 권21, 현종 14년 9월 17일(계미)
59) 그러나 실제로 표석이 차례로 세워지는 조치가 이루어지는 것은 경종 때부터였다. 여주에 천릉한 효종 영릉(寧陵) 표석의 제도와 모양을 따라 세우도록 한 것이다.(《경

형식은 전면은 전문으로 쓰고 표석 음기는 ≪선원보략(璿源譜略)≫에 따라 탄생(誕生)·즉위(卽位)·승하(昇遐)의 연월일 및 재위(在位) 몇 년, 춘추(春秋) 몇 년을 아울러 새겨 넣는 것이었다.[60] 물론 능묘의 좌향도 들어갔다.

≪세종실록≫ 오례 및 ≪국조오례의≫ 이래 산릉제도의 변화 내용은 다시금 1788년(정조 12) 유의양(柳義養)이 왕명에 따라 편찬한 ≪춘관통고(春官通考)≫에서 정리되었다.[61] 여기서의 가장 큰 변화는 공식적으로 석실과 병풍석을 만들고 있지 않다는 점이다. 이외에도 지석을 묻는 방식이나 지석의 재료를 돌에서 자기로 바꾸었다는 점, 정광의 남쪽에 퇴광을 파고 그곳에 명기(明器)를 넣은 안재궁(安梓宮)을 묻는 것, 또 정자각(丁字閣) 남쪽에 홍전문(紅箭門)과 그 좌측에 망릉위(望陵位), 계(癸) 방향에 산신석(山神石)을 두는 것 등이다.[62]

조선왕조의 왕릉 조성에 있어 가장 큰 변화는 대한제국의 개국 이후이다. 국체가 달라졌기 때문에 왕릉 자체도 황제릉으로 격상되었기 때문이다. 대표적으로 고종의 홍릉(洪陵)과 순종의 유릉(裕陵)이 여기에 해당한다. 이에 따라 정자각 앞의 석물로는 기린석(麒麟石) 1쌍, 상석(象石) 1쌍, 사자석(獅子石) 1쌍, 해치석(獬豸石) 1쌍, 낙타석(駱駝石) 1쌍, 마석(馬石) 1쌍 등이 놓여졌다.

종실록≫ 권1, 경종 즉위년 8월 28일(임술)). 그렇지만 이 조치의 시행도 미루어지다가 영조 30년에 이르러 영조가 현릉(顯陵)·광릉(光陵)·경릉(敬陵)·창릉(昌陵)의 표석(表石)을 먼저 세우라고 명하였고, 이때부터 각릉(各陵)의 표석이 세워졌다.(≪영조실록≫ 권82, 영조 30년 12월 12일(병진))

60) ≪경종실록≫ 권2, 즉위년 9월 18일(임오). 실제 효종 영릉의 표석음기는 다음과 같다. "己亥五月四日甲子 孝宗宣文章武神聖顯仁大王薨其年十月二十九日丙辰葬于楊州健元陵右近岡癸丑十月七日癸卯移葬于驪州英陵東弘濟洞子坐午向之岡越明年甲寅二月二十四日戊午仁宣王后張氏薨以其年六月四日戊戌祔葬在下"

61) 그렇지만 인조의 장릉은 천릉하면서 원래있던 그대로 병풍석과 난간석을 둘렀고, 정조 스스로 생부인 사도세자의 묘를 융릉으로 추존하면서 난간석을 쓰지 않았지만 병풍석을 썼다.

62) 이러한 변화 내용에 대해서는 홍순민, <동구릉 상설(象設) 제도의 내용과 특징>≪조선왕릉 동구릉의 역사와 문화≫, 문화재청, 2006 참조.

3. 경기도 각 능원의 현황과 보존

조선왕조에서 경기도는 동쪽은 강원도 춘천(春川)과 원주(原州)에 이르고, 서쪽은 황해도 강음(江陰)과 배천(白川)에 이르며, 남쪽은 충청도 죽산(竹山)과 직산(稷山)에 이르고, 북쪽은 황해도의 토산(兎山)과 강원도 이천(伊川)에 이르러서, 동서가 2백 64리요, 남북이 3백 64리가 된다.[63] 또한 삼각산이나 감악산, 화악산 등의 명산과 한강, 중랑천, 임진강 등의 대천이 있다. ≪신증동국여지승람≫에 의하면 경기도는 7도호부 2목 7군 19현으로 이루어져 있었다. 이를 좀 더 구체적으로 정리하면 다음과 같다.

<표 1> 조선시대 경기의 군현

행정단위	군현 이름
도호부(7)	이천도호부, 수원도호부, 부평도호부, 남양도호부, 인천도호부, 장단도호부, 강화도호부
목(2)	양주목, 파주목
군(7)	양근군, 안산군, 안성군, 고양군, 풍덕군, 삭녕군, 마전군
현(19)	지평현, 음죽현, 양지현, 죽산현, 과천현, 진위현, 양천현, 용인현, 김포현, 금천현, 양성현, 통진현, 영평현, 포천현, 적성현, 교하현, 가평현, 연천현, 교동현

<표 2> 현행 경기도 시군

행정구분	구 분	시군 이름
남부계	시(19)	수원시, 성남시, 부천시, 안양시, 안산시, 용인시, 평택시, 광명시, 시흥시, 군포시, 화성시, 이천시, 김포시, 광주시, 안성시, 하남시, 의왕시, 오산시, 과천시,
	군(2)	여주군, 양평군

---

63) ≪세종실록≫ 지리지 경기

| 북부계 | 시(8) | 고양시, 의정부시, 남양주시, 파주시, 구리시, 포천시, 양주시, 동두천시 |
| | 군(2) | 가평군, 연천군 |

현재 경기도의 행정구역은 27개의 시와 4개의 군으로 이루어져 있으며 서울을 중심으로 산업과 문화, 교통 등이 집중되어 있다. 전근대사회에서 수도는 국왕의 다스림을 직접받는 수선(首善)의 지역이었고 경기는 그 교화를 직접 받을 수 있는 곳으로 이해되어 왔다. 경기에는 이에 따라 왕실의 능묘와 고관들의 분묘가 각 읍에 들어섰으며 강무장 및 왕실 궁방전 등이 설치되기도 하였다. 경기의 백성들은 다양한 역에 종사해야 했다. 왕릉축조, 선공감 영선 비용 납부, 목장 수리 등이 그것이었다. 이러한 과중한 납공과 역역에 시달렸지만 한편으로 국왕의 능행이나 원행, 강무 등의 때에는 은전이 내려지기도 하였다.

조선왕조의 수도가 한양으로 정해지면서 그 주변지역이 되는 경기는 조선초기부터 왕실의 능원이 자리 잡았다. 조선왕조에서 처음으로 이루어진 신덕왕후 강씨의 능이 위치한 곳은 도성안 취현방 북쪽 언덕이었다. 태종의 정치적 이유도 있었으나 왕릉 등을 도성 안에 짓는다는 것은 당시 곤란한 면이 있었다. 이때를 기점으로 조선의 왕릉 및 원, 분묘 등은 도성 밖을 원칙으로 하며 바깥쪽 한계선은 특별히 폐위된 경우 등 정치적 사유가 없는 한 경기에 위치하게 된다.

조선시대 왕릉의 선정과 관련하여 특징적인 것은 풍수지리에 따라 화복을 구하면서도 선영 곁에서 안식하기를 바라고 있다는 것이다. 세종이 이미 "다른 곳에 복지(福地)를 얻는 것이 선영(先塋) 곁에 장사하는 것만 하겠는가? 화복(禍福)의 설(說)은 근심할 것이 아니다. 나도 나중에 마땅히 같이 장사하되 무덤은 같이 하고 실(室)은 다르게 만드는 것이 좋겠다."[64]라고 표명한 바 있었다. 그러나 왕조를 상징하는 사후공간을 조성하여야 하기 때문에 그것은 상징성을 가질 수밖에 없었으므로 선영 곁을 찾되 풍수를 적용하기도 하였던 것이다.

실제 이를 살펴보기 위해 조선시대 왕릉의 위치가 어떻게 자리하고 있는가와 선영을 축으로 하여 후대 왕릉들이 어떻게 조영되었는가를 보도록 하겠다. 먼저 조선시대 왕릉을 모두 정리하면 다음과 같다.

<표 1> 조선시대 왕릉 일람

	묘호	능호	위치	형식	사적	현 주소
1	태조 신의왕후 신덕왕후	健元陵 齊陵 貞陵	楊州南儉岩山癸坐丁向 豊德北栗村甲坐庚向 楊州南沙河里庚坐甲向	단릉 단릉 단릉	193호 208호	구리시 인창동 62 개성시 판문군 상도리 성북구 정릉2동 산87-16
2	정종 정안왕후	厚陵	豊德東興敎洞東癸坐丁向 大王陵同原	쌍릉		개성시 판문군 령정리
3	태종 원경왕후	獻陵	廣州西大母山乾坐巽向 大王陵同原	쌍릉	194호	강남구 내곡동 산 13-1
4	세종 소헌왕후	英陵	驪州西北成山子坐午向 大王陵同原	합장	195호	여주군 능서면 왕대리 산 83-1
5	문종 현덕왕후	顯陵	健元陵東南癸坐丁向 大王陵左崗寅坐申向	동원이강	193호	구리시 인창동 62
6	단종 정순왕후	莊陵 思陵	寧越北冬乙旨辛坐乙向 楊州南羣場里癸坐丁向	단릉 단릉	196호 209호	강원도 영월군 영월읍 영흥리 산 121-1 남양주시 진건읍 사릉리 산 65
7	세조 정희왕후	光陵	楊州東注葉山直洞子坐午向 大王陵東崗丑坐未向	동원이강	197호	남양주시 진접읍 부평리 247
8	예종 안순왕후 장순왕후	昌陵 恭陵	高陽敬陵北崗艮坐 坡州南普施洞戌坐	동원이강 단릉	198호 205호	고양시 용두동 산 30-1 파주시 조라읍 능거리 산5-1

---

64) ≪예종실록≫ 권4, 예종 1년 3월 6일(경인)

추 존	덕종 소혜왕후	敬陵	高陽東 蜂峴艮坐	동원이강	198호	고양시 용두동 산 30 – 1
9	성종 정현왕후 공혜왕후	宣陵 順陵	廣州西學堂洞壬坐 大王陵左崗艮坐 坡州恭陵南崗 卯坐酉向 之原	동원이강 단릉	199호 205호	강남구 삼성동 135 – 4 파주시 조리읍 능거리 산15 – 1
10	연산군 연산군 부인신씨	연산군	中部長通坊 外孫李安訥 之家	쌍분	362호	도봉구 방학동 산 75
11	중종 단경왕후 장경왕후 문정왕후	靖陵 溫陵 禧陵 泰陵	廣州宣陵東崗乾坐 楊州西山 長興面水回洞亥坐 高陽南 元堂里艮坐 楊州南 蘆原面壬坐	단릉 단릉 단릉 단릉	199호 210호 200호 201호	강남구 삼성동 135 – 4 양주시 장흥면 일영리 산 19 고양시 원당동 산 37 – 1 노원구 공릉동 산 223 – 19
12	인종 인성왕후	孝陵	高陽 禧陵西崗艮坐坤向	쌍릉	200호	고양시 원당동 산 37 – 1
13	명종 인순왕후	康陵	楊州泰陵東崗亥坐	쌍릉	201호	노원구 공릉동 산 223 – 19
14	선조 의인왕후 인목왕후	穆陵	楊州健元陵第二崗壬坐 丙向 大王陵左崗壬坐丙向 大王陵左崗甲坐庚向	동원이강	193호	구리시 인창동 62
15	광해군 부인 유씨	광해군 부인유씨	楊州赤城洞亥坐原	동원이실	363호	남양주시 진건읍 송릉리 산59
추 존	원종 인헌왕후	章陵	金浦後崗子坐午向	쌍릉	202호	김포시 풍무동 산 141 – 1
16	인조 인렬왕후 장렬왕후	長陵 徽陵	交河舊治後子坐午向 健元陵西崗酉坐卯向	합장 단릉	203호 193호	파주시 탄현면 갈현리 산25 – 1 구리시 인창동 62
17	효종 인선왕후	寧陵	驪州英陵東 弘濟洞子坐 午向	쌍릉	195호	여주군 능서면 왕대리 산 83 – 1
18	현종 명성왕후	崇陵	健元陵西南別崗酉坐卯 向	쌍릉	193호	구리시 인창동 62
19	숙종 인현왕후 인원왕후 인경왕후	明陵 翼陵	敬陵東崗甲坐庚向之原 翼陵南甲坐之岡 大王陵右崗乙坐辛向	쌍릉 단릉	198호 198호	고양시 용두동 산30 – 1 고양시 용두동 산30 – 1

20	경종 선의왕후 단의왕후	懿陵 惠陵	楊州治南坐申向寅之原 楊州崇陵內酉坐之岡	쌍릉 단릉	204호 193호	성북구 석관동 1-5 구리시 인창동 62
21	영조 정순왕후 정성왕후	元陵 弘陵	健元陵西第二岡亥坐巳 向之原 昌陵左岡 以乙坐辛向	쌍릉 단릉	193호 198호	구리시 인창동 62 고양시 용두동 산30-1
추 존	진종 효순왕후	永陵	坡州順陵左崗乙坐辛向	쌍릉	205호	파주시 조라읍 능거리 산 15-1
추 존	장조 헌경왕후	隆陵	水原花山癸坐丁向	합장	206호	화성시 안녕동
22	정조 효의왕후	健陵	隆陵西崗子坐午向	합장	206호	화성시 안녕동
23	순조 순원왕후	仁陵	廣州獻陵右岡子坐午向	합장	194호	강남구 내곡동 산13-1
추 존	문조 신정왕후	綏陵	(龍馬峰下癸坐之原) 健元陵左崗壬坐丙向	합장	193호	구리시 인창동 62
24	헌종 효현왕후 효정왕후	景陵	健元陵西岡酉坐卯向 同原庚坐甲向 同原庚坐甲向	삼연릉	193호	구리시 인창동 62
25	철종 철인왕후	睿陵	高陽禧陵右岡子坐午向 同原癸坐丁向	쌍릉	200호	고양시 원당동 산 37-1
26	고종 명성황후	洪陵	楊州郡渼金面金谷里乙 坐辛向	합장	207호	남양주시 금곡동 141-1
27	순종 순명황후 순정황후	裕陵	楊州洪陵左岡卯坐酉向	합장	207호	남양주시 금곡동 141-1

* 이 표는 ≪조선왕조실록≫, ≪연려실기술≫, ≪홍재전서≫, ≪국조보감≫, ≪고순종 실록≫ ≪증보문헌비고≫ 등을 참조하여 작성한 것.

<표 2> 조선시대 원 일람

	시호	원호	私廟	소재지	문화재번호	초명 봉원 연도
1	순회세자·恭懷嬪 尹氏	順昌園		경기도 고양시 용두동	사적 98	順懷墓 고종 7년
2	원종 사친 仁嬪 金氏	順康園	儲慶宮	경기도 남양주시 진접읍 내각리		仁嬪墓 영조 31년
3	소현세자	昭慶園		경기도 고양시 원당동	사적 200	昭顯墓 고종 7년
4	소현세자빈 愍懷嬪 姜氏	永懷園		경기도 광명시 노온사동 산 141-1		愍懷墓 고종 7년
5	영조 사친 淑嬪 崔氏	昭寧園	毓祥宮	경기도 파주시 광탄면 영장리		淑嬪墓 영조 29년?
6	진종 사친 靖嬪 李氏	綏吉園	延祜宮	경기도 파주시 광탄면 영장리		靖嬪墓 정조 2년
7	장조 사친 暎嬪 李氏	綏慶園	宣禧宮	경기도 고양시 용두동	사적 198	暎嬪墓 고종 36년
8	장조 장남 懿昭世孫	懿寧園		경기도 고양시 원당동	사적 200	懿昭墓 고종 7년
9	정조 장남 文孝世子	孝昌園		경기도 고양시 원당동	사적 200	孝昌墓 고종 7년?
10	순조 사친 綏嬪 朴氏	徽慶園	景祐宮	경기도 남양주시 진접읍 부평리		순조 22년
11	獻懿大院王·純穆大院妃 閔氏	興園		경기도 남양주시 화도읍 창현리 산 22-2		순종 1년
*12	고종 후궁 純獻貴妃 嚴氏	永徽園	德安宮	서울특별시 동대문구 청량리동		순종 4년
*13	英親王 李垠	英園		경기도 남양주시 금곡동	사적 207	
*14	英親王 長子 李晉	崇仁園		서울특별시 동대문구 청량리동		순종 15년

* 한 부분은 일제강점기 및 해방 이후 조성된 것임.

조선시대 왕릉과 원을 경기도 지역별로 다시 분류하면 다음과 같다.

<표 3> 현재의 경기 각 지역별 능원 분포

구분	지역	대수	묘호	능호	위치	비고
구리시	왕릉(9)	1	태조	健元陵	구리시 인창동 62	동구릉
		5	문종 현덕왕후	顯陵	구리시 인창동 62	동구릉
		14	선조 의인왕후 인목왕후	穆陵	구리시 인창동 62	동구릉
		16	장렬왕후	徽陵	구리시 인창동 62	동구릉
		18	현종 명성왕후	崇陵	구리시 인창동 62	동구릉
		20	단의왕후	惠陵	구리시 인창동 62	동구릉
		추존	문조 신정왕후	綏陵	구리시 인창동 62	동구릉
		21	영조 정순왕후	元陵	구리시 인창동 62	동구릉
		24	헌종 효현왕후 효정왕후	景陵	구리시 인창동 62	동구릉
남양주시	왕릉(4+1)	6	정순왕후	思陵	남양주시 진건읍 사릉리 산 65	
		7	세조 정희왕후	光陵	남양주시 진접읍 부평리 247	
		15	광해군 광해군부인	墓	남양주시 진건읍 송릉리 산 59	
		26	고종 명성황후	洪陵	남양주시 금곡동 141 – 1	
		27	순종 순명황후 순정황후	裕陵	남양주시 금곡동 141 – 1	

남양주시	원(4+1)		인빈김씨	順康園	남양주시 진접읍 내각리	원종사친
			수빈박씨	徽慶園	남양주시 진접읍 부평리	순조사친
			헌의대원왕 순목대원비	興園	남양주시 화도읍 창현리 산 22-2	
			영친왕	英園	남양주시 금곡동 141-1	
			공빈김씨	成墓	남양주시 진건읍 송릉리 산 55	광해군사친
양주시	왕릉	11	단경왕후	溫陵	양주시 장흥면 일영리 산 19	
고양시	왕릉(8)		공양왕	공양왕릉	고양시 원당 산 65-6	傳공양왕릉
		8	예종 안순왕후	昌陵	고양시 용두동 산 30-1	서오릉
		추존	덕종 소혜왕후	敬陵	고양시 용두동 산 30-1	서오릉
		19	숙종 인현왕후 인원왕후	明陵	고양시 용두동 산 30-1	서오릉
		19	인경왕후	翼陵	고양시 용두동 산 30-1	서오릉
		21	정성왕후	弘陵	고양시 용두동 산 30-1	서오릉
		11	장경왕후	禧陵	고양시 원당동 산 37-1	서삼릉
		12	인종 인성왕후	孝陵	고양시 원당동 산 37-1	서삼릉
		25	철종 철인왕후	睿陵	고양시 원당동 산 37-1	서삼릉
	원(5+2)		폐비윤씨	懷墓	고양시 원당동 산 37-1	연산군사친
			순회세자 공회빈윤씨	順昌園	고양시 용두동	명종세자
			옥산부대빈	大嬪墓	고양시 용두동 산 30-1	경종사친
			소현세자	昭慶園	고양시 원당동	인조장남
			영빈이씨	綏慶園	고양시 용두동	장조사친
			의소세손	懿寧園	고양시 원당동	장조장남
			문효세자	孝昌園	고양시 원당동	정조장남

		8	장순왕후	恭陵	파주시 조리읍 능거리 산 15 − 1	파주삼릉
파주시	왕릉(4)	9	공혜왕후	順陵	파주시 조리읍 능거리 산 15 − 1	파주삼릉
		추존	진종 효순왕후	永陵	파주시 조리면 봉일천리 산 15 − 1	파주삼릉
		16	인조 인렬왕후	長陵	파주군 탄현면 갈현리 산 25 − 1	
	원(2)		숙빈최씨	昭寧園	파주시 광탄면 영장리	영조사친
			정빈이씨	綏吉園	파주시 광탄면 영장리	진종사친
김포시	왕릉(1)	추존	원종 인헌왕후	章陵	김포시 풍무동 산 141 − 1	
여주군	왕릉(2)	4	세종 소헌왕후	英陵	여주군 능서면 왕대리 산 83 − 1	
		17	효종 인선왕후	寧陵	여주군 능서면 왕대리 산 83 − 1	
화성시	왕릉(2)	추존	장조 헌경왕후	隆陵	화성시 안녕동	
		22	정조 효의왕후	健陵	화성시 안녕동	
광명시	원(1)		민회빈강씨	永懷園	광명시 노온사동 산 141 − 1	
연천군	왕릉(1)		경순왕	경순왕릉	연천군 장남동 고랑포리 산 18 − 2	

위의 표에서 정리되었듯이 현 경기도에 있는 왕릉은 신라 경순왕릉, 고려 공양왕릉과 함께 조선시대의 왕릉 32기, 조선시대의 군주의 사친 및 세자와 그 빈의 묘역인 원이 12기가 위치하고 있다. 이들 전체 조성 현황을 보면 조선시대 왕릉의 경우 경복궁을 중심으로 동향과 서향, 남향에 비교적 균등하게 나누어지고 있다. 표에 보이듯이 왕릉은 하나의 큰 능역을 이루는 특징도 나타난다. 동구릉, 서삼릉, 서오릉, 파주오릉, 여주 이릉 등이 그것이다.

이처럼 경기의 여러 주군에 능역을 조성한 것은 선왕 선후의 왕릉이 이를 벗어날 경우 군주의 행차가 어려움을 받을 수 있었기 때문이었다. 즉 안전상의 이유나 혹은 군주의 능행이기 때문에 많은 인원과 비용이 소요될 수 있어

서이기도 하였다.

　이와 함께 중요한 이유로 지적될 수 있는 것은 왕릉의 관리를 위해서였다. 왕릉 자체가 왕조를 상징하는 하나의 성역이라는 점은 그에 따른 엄격한 관리감독과 제향이 따라야 한다는 것을 의미하였다. 하지만 헌관 및 봉심관 등이 근무를 태만히 하거나 향락을 즐기는 일이 자주 발생하기도 하여 이들에 대한 감찰이 요구되기도 하였다. 성종 8년 3월 대사간 이세좌(李世佐)는 "영릉(英陵)은 서울과 거리가 멀어 공경 귀척이 헌관이 되기를 요구하고선 즐겁게 노는 것을 탐하여 오래 머물면서 날짜만 끈다."65)라고 한 것은 이를 말해준다.

　특히 왕릉에는 곡장이나 봉분, 석물, 정자각, 참도, 홍살문 등이 있다. 이들은 폭우나 태풍, 가뭄, 풍화 등등에 의해 훼손 마멸될 수 있으므로 정기적으로 이를 살펴보고 보수 혹은 중건해야 한다. 이와 관련하여 ≪경국대전≫에서는 다음과 같은 봉심(奉審) 규정을 두고 있다.

> ○ 침묘(寢廟)·산릉(山陵)·단(壇)·묘(墓)는 해마다 본조에서 제주와 함께 살펴보고 임금에게 보고한다.[지방이면 관찰사가 임금, 왕비, 세자의 태실(胎室)과 종묘 각 실에 모셔놓은 왕후 부모의 묘지까지 살펴본다.] ○ 여러 능의 주산(主山)의 원줄기를 돌로 잘 정리해 놓은 것이 오랜 세월을 거치는 과정에 빗물로 훼손되어 파인 경우에는 관찰사가 살펴보고 임금에게 보고한다. ○ 매년 정월 초하룻날 제사에 술잔을 드리는 관리가 각 능에 잡목이나 잡초가 있는지 없는지를 살펴보고 임금에게 보고한다. ○ 매년 한식에는 각 능에 난 쑥, 가시나무 등 잡목이나 잡초를 뽑아버린다.66)

　한편 조선왕조에서는 능역을 표시하는 한편 금역임을 나타내기 위하여

---

65) ≪성종실록≫ 권78, 성종 8년 3월 8일(을해)
66) ≪경국대전≫ 예전 봉심

능침을 조성할 때 소나무와 잣나무 등을 심기도 하였다. 태종 8년 11월, 건원릉에서 동지제를 행한 뒤 당시 공조판서 박자청(朴子靑)에게 "능침(陵寢)에 소나무와 잣나무가 없는 것은 예전 법이 아니다. 하물며 전혀 나무가 없는 것이겠는가? 잡풀을 베어버리고 소나무와 잣나무를 두루 심으라."[67]라고 하였던 것이다. 이와 함께 잡인의 출입 및 음주가무, 고성방가, 능역 내에 무덤을 조성하거나 논밭을 만드는 일체의 행위 등이 모두 금지됨으로써 조선왕조의 왕릉은 훌륭히 보존될 수 있었다. 현재도 이는 마찬가지이며 문화재청이 중심이 되어 관리하고 있다.

동구릉의 경우 왕실의 능역이 집중 분포되어 있어 왕조의 역사를 잘 보여주고 있다. 한편으로는 왕릉 조성의 형식과 그 변화 등도 그대로 나타나고 있다. 이러한 여러 가지 이유로 현재 동구릉 지역을 세계문화유산의 하나로 지정하려는 움직임도 있어 매우 고무적이다.

맺음말

조선왕조의 사상적 토대는 국가질서 유지를 위한 효와 충, 춘추대의(春秋大義) 등의 실천윤리와 우주 및 심성의 탐구를 위한 학문적 자세로서의 거경궁리(居敬窮理)를 강조하는 성리학이었다. 주자가례(朱子家禮)는 이러한 성리학의 내용을 일상생활에서 실천하는 큰 틀이었으며 조선왕실의 국장 및 산릉 조성, 제사 등의 원칙이 되었다. 한편으로는 성리학적 수양에 기초한 사대부 및 사림의 비판을 넘어선 억업을 받았지만 마음의 안정과 내세에 대한 축원을 꾀하고자 하는 불교적 심성관 역시 유지되고 있었다. 왕릉 주변

---

67) ≪태종실록≫ 권16, 태종 8년 11월 26일(경오)

에 조성된 원찰이나 왕릉 조성과 함께 실재된 바 있던 수륙재의 실시 등은 이를 말해주는 것이었다.

조선왕조는 성리학 우위의 양면적 질서와 신앙의 틀 속에서 많은 고민을 하면서 왕실의 효를 외연화하기 위하여 화려함보다는 검소함과 자연스런 권위를 내세우고자 하였다. 능역은 이러한 왕실의 고민을 반영하면서 조성 혹은 조정되어갔다.

고려 말 공민왕 및 노국대장공주의 현릉과 정릉을 원형으로 하면서도 세종대 이후 국조오례의 단계에 이르러서는 조선의 왕릉 형식을 갖추게 된다. 한편으로 왕릉은 왕실 및 국가의 정치적 상징성을 가진다. 그렇기 때문에 이를 반영하여 왕과 왕후의 사후 영역은 능으로 정하고 왕을 낳은 후궁 및 세자ㆍ세자빈의 경우는 원으로, 그리고 왕자나 공주, 기타 후궁들의 경우는 모두 묘로 호칭을 달리하였다. 왕릉의 경우에도 폐위된 경우는 왕자의 묘에 준하여 조성하였고, 실제 왕위에 오르지 않았더라도 세자의 지위에 있으면서 후대 왕을 배출한 경우는 왕과 왕후로 추존되면서 그 묘소 역시 능으로 격상되었다. 의경세자 즉 덕종과 소혜왕후의 경릉(敬陵)이 대표적이다. 진종의 영릉이나 장조의 융릉 역시 마찬가지이다. 폐위되었다가 다시 복위되는 경우 역시 왕릉으로 올렸는데, 노산군의 경우 단종으로 추존되면서 그 묘소 역시 장릉(莊陵)이 되었다.

한편 왕실의 서자로서 세자의 지위에 있지 않고, 다만 그 아들이 왕위에 오른 경우도 왕위 계승의 종통과 정통성을 살리려는 정치적 의도에 의해 왕으로의 추존과 봉릉이 행해졌다. 선조와 인빈 김씨의 아들인 정원군은 적통이 아니었음에도 불구하고 아들 능양군이 반정에 성공하여 왕위에 오르자 원종으로 추숭되었으며 그 묘소 역시 장릉(章陵)으로 봉해졌다.

원의 경우 대체로 영조 전의 경우에는 순회묘 혹은 인빈묘 등처럼 시호를 그대로 사용하여 묘소 이름을 썼다. 물론 그 이전 원종과 인헌왕후의 장릉은 인조가 즉위한 뒤 정원대원군으로 추숭하고 그 묘소는 홍경원(興慶園)과 육경원(毓慶園)이라 한 바 있어 국왕 사친인 대원군 묘소는 원으로 정해졌던 것을 알 수 있다.[68] 영조는 자신의 사친인 숙빈 최씨를 추숭하는 정치적 노력을 기울이면서 그 묘소를 소녕원(昭寧園)이라 이름하였다. 이후 정조와 순조, 고종대에 걸쳐 국왕의 사친과 세자 등의 묘역을 원으로 칭하게 되었다.

조선시대 왕릉으로서 현 경기도에 있는 왕릉은 모두 31기(광해군묘를 포함하면 32기)에 달하며 원은 12기이다. 왕릉의 경우 구리시(9), 남양주시(4+1, 1은 광해군묘), 양주시(1), 고양시(8), 파주시(4), 김포시(1), 여주군(2), 화성시(2) 등에 분포되어 있고, 원의 경우 남양주시(4), 고양시(5), 파주시(2), 광명시(1) 등에 분포되어 있다. 이외에 남양주시에는 광해군의 사친인 공빈 김씨의 성묘(成墓)가 있으며, 고양시 서오릉 내에 숙종의 후궁이자 경종의 사친인 옥산부대빈 장씨의 대빈묘(大嬪墓)가 있다. 또한 서삼릉 내에는 폐비 윤씨의 묘역인 회묘가 자리하고 있다. 신라와 고려의 마지막 왕인 경순왕과 공양왕의 능 역시 고양시와 연천군에 위치하고 있다.

현 경기도에 남아 보존 관리되고 있는 능원은 이상에서 본 것처럼 상당수에 달한다. 현재도 문화재청에서 이들 능원을 잘 관리하고 있어 생생한 역사교육의 현장으로 이용되고 있다. 또한 무성한 소나무숲이 형성되어 시민들의 휴식공간으로 애용되고 있기도 하다. 앞으로도 경기도의 능원은 학술조사와 역사교육, 왕조시대 문화의 생생한 현장으로 그 가치가 충분히 입증된 만큼 더 많은 관심과 보존 노력이 아울러 필요하다 하겠다.

---

68) 정원대원군 이전에 선조의 사친인 덕흥군의 경우 덕흥대원군으로 추상되었지만 그 묘소를 원(園)으로 했는가에 대해서는 알 수 없다. 하지만 국왕의 사친인 대원군에 해당하므로 원호가 있었으리라 여겨진다.

조선시대 山陵祭礼와 祭礼服

차 례

머리말
1. 산릉 제례의 성립과 내용
2. 산릉 제례와 제례복
맺음말

머리말

조선왕조는 수백 년에 걸쳐 많은 능원을 조성하고 이를 성역화하면서 관리 보존하였다. 건국 초기부터 왕릉을 조성하고 능역을 잘 정비하고 수릉관과 수릉군 등을 두었다. 한편 때때로 헌관을 파견하여 제향을 섭행케 하거나 왕 자신이 친행하여 제향을 올리기도 하였다. 또한 사초의 관리나 석물 및 곡장, 정자각, 제기 등의 관리를 위해 봉심관을 파견하였다. 혹은 해당 지방관으로 하여금 왕릉의 풍수를 보호하기 위해 능역 및 능역 주변의 수목을 관리하고 주산으로부터 내려오는 혈맥을 보호하도록 조치하였다. 이것은 왕조의 입장에서 볼 때 매우 중요한 국정의 하나로 자리 잡았다.

조선왕조에서 왕릉과 관련하여 왜 이러한 관심을 기울였을까? 크게는 선왕 선후의 영령이 자리한 곳이라는 상징성으로 인해 효를 다하여 왕실의 안녕과 왕조의 번영을 기원하고자 여러 노력을 기울였던 것으로 이해할 수 있다. 그것은 왕위계승의 정통을 이었다는 정통계승의식을 상징하는 것이기도 하였다. 따라서 왕릉은 종묘·사직과 함께 국체(國體)를 유지하는 공간으로 여겨져 신성시되었다. 유교국가이니 만큼 이 명분의식은 매우 중요하였다.

조선왕조에서 능원을 조성하고 왕실 묘역이라는 차원을 넘어 왕조 전체의 상징적 공간화 목적은 이 같은 차원에서 이해할 수 있다. 그런데 이 같은 중요성에도 불구하고 현재까지의 연구 성과를 볼 때 조선시대 왕릉 관련 의례 즉 산릉 제례 및 제례복과 관련한 연구는 미흡한 실정이다.[1] 이를 위해 우선 조선왕조의 산릉 제례와 제례복에 대하여 정리할 필요가 있다.

본 연구에서는 이러한 이해의 바탕 위에서 먼저 산릉 제례의 성립과정과 관련하여 여말 선초 주자가례의 수용[2]과 조선 초기 당·송의 제례 등 고제 및

---

[1] 이와 관련하여 본격적 분석은 아니지만 조선초기 복제와 관련한 연구로는 다음을 참조할 수 있다. 전혜숙, 류재운 저, <조선 태조대 복식정책에 관한 연구> 《한복문화학회 2005년도 추계 학술대회 자료집》, 2005. ; 홍순민, <조선시대 국왕의 복식> 《역사비평》 2005년 겨울호(통권 73호), 2005. 11 ; 문광희·문정선 저, <한국의 傳統服色에 관한 문헌적 연구Ⅱ-조선시대 관료복식을 중심으로-> 《한복문화》 제2권 1호, 1999. 4 ; 전혜숙·류재운 저, <세종대 복식정책과 고제연구의 상관성> 《한복문화》 제9권 1호, 2006. 4 ; 윤양노 저, <朝鮮時代 宮中 儀禮服飾 硏究 - 正祖朝 『景慕宮儀軌』를 중심으로-> 《한복문화》 제8권 2호, 2005. 8 ; 지두환, 《조선전기 의례연구》, 서울대학교 출판부, 1994

[2] 여말선초 주자가례의 수용과 관련하여서는 먼저 성리학에 대한 이해를 살펴보지 않을 수 없다. 이와 관련한 대표적 연구를 정리하면 다음과 같다. 도현철, <여말선초 유학계의 동향과 성리학 수용 배경> 《한국유학사상대계Ⅱ》, 한국국학진흥원, 2005 ; 문철영, 《고려 유학사상의 새로운 모색》, 경세원, 2005 ; 신천식, 《여말선초 성리학의 수용과 학맥》, 경인문화사, 2004 ; 고혜령, 《고려후기 사대부와 성리학 수용》, 일조각, 2001 ; 도현철, 《고려말 사대부의 정치사상연구》, 일조각, 1999 ; 금장태, 《조선 전기의 유학사상》, 서울대학교 출판부, 1997 ; 변동명, 《고려후기 성리학수용연구》, 일조각, 1995. 주자가례의 수용 및 그 행용과 관련한 연구로는 다음

명의 예제 이해 등이 산릉 제례의 정제에 어떠한 역할을 했는지에 대해 고찰하고자 한다. 다음으로는 제례의 주요한 요소라 할 수 있는 국왕 친행 친사 시의 제복과 헌관 및 예관 섭행 시의 제복에 대해 ≪세종실록≫ 오례의 및 ≪국조오례의≫ 등을 중심으로 살펴보고자 한다. 이를 통하여 조선왕조에서 조성하고 제향하였던 능원관련 의례에 대한 이해를 도모하고 그것이 조선왕조의 역사에서 어떠한 의미를 차지하는가에 대해 생각할 수 있으리라 본다.

1. 산릉 제례의 성립과 내용

고려왕조의 경우 왕실을 중심으로 한 오례 중 천 · 지 · 인의 신에 대한 제향의식을 담고 있는 길례는 성종대부터 본격적으로 정비되기 시작하여 늦어도 정종대에 이르러 소사에 해당하는 풍사 · 우사 · 뇌사 · 영성 · 마조 등과 관련한 사전(祀典)이 마련되었던 것으로 볼 수 있다.[3] 이 가운데에는 배릉과 관련한 의례와 그 사례가 대사 중 제릉(諸陵)으로 정리되었고, 군주의 친행배릉의를 중심으로 그 의례 과정이 서술되어 있다. 길례 대사 제릉에서 서술되고 있는 내용은 주로 태묘에서의 제향과 관련되는 것으로 산릉 제향은 오히려 소략하다.

국상에서의 경우 그 상장을 처리하는 과정이 흉례 국휼에 정리되고 있다.

을 참조할 수 있다. 池斗煥, <朝鮮初期 朱子家禮의 理解過程 – 國喪儀禮를 중심으로>≪韓國史論≫ 8, 서울대 국사학과, 1982 ; 도현철, <高麗後期 朱子學 受容과 朱子書 普及>≪동방학지≫77·78·79합집, 연세대 국학연구원, 1993 ; 정긍식, <조선전기 朱子家禮의 수용과 祭祀承繼 관념>≪역사민속학≫12, 한국역사민속학회, 2001 ; 이범직, <圃隱과 朱子家禮>≪인문과학논총≫30, 건국대학교 인문과학연구소, 1998
3) 한정수, <고려시대 개경의 사전(祀典) 정비와 제사 공간> ≪역사와 현실≫60, 2006 참조.

≪고려사≫ 흉례조에 제시된 내용을 보면 전반적으로 고려왕조에서는 경령전이나 종묘와는 달리 산릉 제례가 큰 비중을 갖지 못하였던 것으로 볼 소지가 있다. 다음의 기록은 이를 보여준다.

> A－① 고려에서는 국휼(國恤)의 의식을 세우지 아니하고 나라에 큰 변고가 있으면 모두 임시로 채취하여 꾸려 맞추어서 종사(從事)하고 일이 끝나면 숨기고 전하지 아니하였으므로 그 사서에 보이는 것은 특히 대강뿐이다.[4]

조선시대 산릉 제례의 성립 과정에 있어 고려의 사전체계와 국상의 처리 등은 중요한 사례로 하나의 전거가 될 수 있었을 것이다. 고려왕조에서의 산릉 의례 자체에 대한 연구 및 자료가 매우 적지만 몇 가지 산릉 제례와 관련한 사항을 확인할 수 있다. 먼저 제향 시기를 보면, 사시(四時)와 납향(臘享)과 삭망(朔望)과 한식(寒食)을 중심으로 이루어졌음을 알 수 있다. 이는 길례대사 제릉조 의종 때 기사를 보면 태묘에서의 경우이기는 하지만 이때를 중심으로 제향하고 있기 때문이다.[5] 그렇지만 실제 ≪고려사≫ 세가에 기록되고 있는 대표적 배릉의라 할 태조의 현릉과 관련한 제향을 보면 이 내용이 엄격하게 지켜지지 않았음을 알 수 있다. 이에 대해서는 ≪고려사≫찬수 범례에서 '원구(圓丘)·적전(籍田)·연등(燃燈)·팔관(八關) 등과 같은 상례적인 일은 처음 보이는 것만 써서 그 예(例)를 나타내고 만약 친히 행하였으면 반드시 썼다.'라고 한 점을 염두에 두고 이해해야 하리라 본다.

다음 제향 때 착용하는 제복을 보자. 이에 관련하여서 고려 초의 기록은 찾아보기 어렵지만 선종대의 기사는 나름대로 하나의 사례를 보여준다. 즉, 선종 4년 5월 정묘에 흰 난삼을 입고 현릉에 배알하고 죽책을 올리고 있는

---

4) ≪고려사≫ 권64, 지18 예 흉례 국휼
5) ≪고려사≫ 권61 지15 예 길례대사 제릉 의종. 이는 태묘에서의 향사(享祀)에서도 마찬가지이다.

것이다.[6] 5월이라는 시점이 태조가 죽은 달이기 때문에 그와 관련한 기제(忌祭)의 차원에서 이루어진 것으로 흰 난삼을 입은 것이라 볼 수 있다. 고려시대 제향과 관련한 제복이 어떻게 정해져 운영되었는가에 대해서는 ≪고려사≫ 여복지에서 잘 정리하고 있다. 비록 인종과 의종, 그리고 공민왕대를 중심으로 정리된 기사이기는 하지만 고려왕조에서 군주의 제복이 어떠했는가를 보여주는 것이다. 이를 보면 다음과 같다.

A-② 인종(仁宗) 18년 4월에 조칙(詔勅)으로 체례복장(禘禮服章)을 정하니 구류면관(九旒冕冠)을 쓰고 칠장복(七章服)을 입도록 하였다.[7]

③ 의종조(毅宗朝)에 상정(詳定)하니 무릇 원구(圓丘), 사직(社稷), 대묘(大廟), 선농(先農)의 제사에는 곤복(袞服)을 입고 구류면관(九旒冕冠)을 쓰는데 매 유(旒)에는 12옥(玉)을 달고 옥(玉)은 적(赤), 백(白), 창색(蒼色)을 섞어서 쓰고 소(繅)도 역시 그렇게 하였다. 판(版)은 광(廣)이 8촌(寸)이요 장(長)이 1척(尺) 6촌(寸)인데 앞은 둥글고 뒤는 네모나며 앞 높이는 8촌(寸) 5분(分) 뒤 높이는 9촌(寸) 5분(分)이라 앞은 낮고 뒤는 높으며 겉은 검고 속은 붉은 색이며 앞뒤에 수연(邃延)을 단다. 갓끈·귀막이 끈은 청색으로 하며 귀막이는 푸른 솜으로 한다. 무소뿔의 비녀[簪導]를 꽂는데 길이는 1척(尺) 2촌(寸)이다. 곤복(袞服)은 현의(玄衣) 오장(五章)으로 산(山) 용(龍) 화충(華虫) 화(火) 종이(宗彝)를 그린다. 분홍치마는 4장(章)으로 조(藻) 미(米) 보불(黼黻)을 수놓는다. 분홍색 비(紕)는 작위(爵韋)로 하였으나 지금은 백(帛)으로 대신하고 순(純)은 백색(白色) 실로 하고 순(紃)은 오색실로 하고 산(山) 화(火) 2장(章)을 수놓아 혁대에 꿴다. 백라중단(白羅中單)의 깃에는 보(黼)를 수놓고 대대(大帶)는 갓을 그대로 마무린다. 끈은 간략히 조(組)를 쓰되 조(組)는 적(赤)·백(白)·창(蒼) 3색(色)으로 짠 것을 사용하며 그 수(垂)와 신(紳)은 가지런히 한다. 혁대(革帶)에는 백옥(白玉)을 쌍으로 달고 주조수(朱組綬)는 사망(絲網)에 옥환(玉環)하여 옷 위에 매고 주록대(朱綠帶)는 중단(中單) 위에 맨다. 흰 버선에 흰 끈을 매고 빨간 선을 두르고 청색(靑色)으로 코를 장식하고 흰 띠를 맨

---

6) ≪고려사≫ 권10, 세가10 선종 4년 5월 정묘
7) ≪고려사≫ 권72, 지26 여복 관복 제복

빨간 신을 신는다.[8)]

　④ 공민왕(恭愍王) 19년 5월에 태조(太祖) 고황제(高皇帝)가 면복(冕服)을 사(賜)하였는데 규(圭)는 9촌(寸) 면(冕)은 청주구류(靑珠九旒)이고 청색(靑色) 의(衣)와 분홍색 상(裳)은 9장(章)인데 용(龍) 산(山) 화충(華虫) 화(火) 종이(宗彝)의 오장(五章)은 의(衣)에 그려 있고 조(藻) 분미(粉米) 보(黼) 불(黻)의 4장(章)은 상(裳)에 수놓아 있다. 백사중단(白紗中單)은 깃에 보(黼)를 수놓고 부리 소매 도련에는 청색(靑色) 가선[緣]을 둘렀다. 폐슬(蔽膝)은 분홍색으로 화(火) 산(山) 2장(章)을 수놓았다. 혁대(革帶)에는 금구(金鉤) 철을 하고 옥패(玉佩)는 적색(赤色) 백색(白色) 표색(縹色) 녹색(綠色)의 4색(色)을 달았다. 수(綬)는 소수(小綬)로 두개 사이에 금 고리를 달았다. 대대(大帶)는 안팎이 백라(白羅) 홍록(紅綠)이며 흰 버선에 빨간 신으로 사니 봉사(奉祀) 조근(朝覲)의 복(服)이다.[9)]

　위의 A - ②③④의 사료를 보면 구체적으로 제복의 복식이 갖추어진 것은 고려 의종대부터라고 할 수 있다. 선종 때의 기사만을 놓고 비교하기는 어려운 면이 있지만 군주의 제복이 확정되는 것은 인종을 거쳐 의종대에 이루어졌다고 하겠다. 이 시점이 최윤의 등이 ≪상정고금예문≫을 편찬한 때와 일치하고 있어 인종대 이후 왕실의 권위를 다시 살리기 위해 의례 차원의 많은 노력을 기울인 결과라 할 수 있다.

　배릉의례와 관련해서는 주로 길례 대사 제릉조에 서술되고 있어 대강의 내용 파악이 가능하지만 그 실제 사례 등은 세가에서 간단하게 언급하고 있는 정도에 그치고 구체적으로 알기 어렵다. 그렇기 때문에 조선왕조에서 산릉 의례에 대해 어떻게 이해하고 또 이를 의례에 반영하였는가를 파악하기 위해서는 고려왕조의 산릉 의례만이 아닌 조선 초기 논의된 고제와 ≪주자가례≫, 그리고 명나라의 관련 의례에 대한 이해 등이 필요하다.

---

8) 위와 같음
9) 위와 같음

조선왕조의 건국 후 국가의례 및 복식제도와 관련해서는 예조와 의례상정소를 중심으로 논의가 이루어졌다. 제도와 관련한 논의는 당과 송의 제도를 참고하고 명으로부터 수용한 복식과 의례를 중요 전례로 삼았다. 이 가운데서도 ≪주자가례≫는 국상과 산릉제사 등에 큰 영향을 준 것으로 보인다. 태종 8년 5월 24일(임신)에 태상왕 즉 태조가 광연루 별전에서 승하하자 태종이 치상(治喪)을 한결같이 ≪주자가례≫에 의하도록 한 것[10]이나 같은 달 26일(갑술)에 태종이 창덕궁 동남 모퉁이 여막을 짓고 거하면서 날마다 ≪주자가례≫를 보았다고 한 대목[11]은 이미 태종대부터 국상 때 그 상장의 례를 ≪주자가례≫를 수용하여 치루고자 한 것임을 알려준다.

세종 원년 9월 27일(기사)에는 예조와 의례상정소에서 함께 의논하여 대행상왕 즉 정종 상제에 대해 ≪주자가례≫의 복제를 근거로 하여 성복하도록 청하였다.[12] 이같이 국상 의제를 정하는데 고제와 ≪주자가례≫를 중요한 전거로 삼은 것과 관련해서는 세종 4년 5월 28일(갑신)에 참찬 허조(許稠)가 상서한 데에 잘 언급되고 있다. 그는 여기에서 국상 때 의례와 관련하여 참조한 주요 전거에 대해 밝히고 있다.

> A-⑤ "우리 태상 전하가 을미년에 예조에 명하여 국상의제(國喪儀制)를 제정하게 하였는데, 좌의정 이원(李原)이 그때 예조 판서로서 친히 이 명령을 받았고, 신은 그때 의례상정소(儀禮詳定所) 제조(提調)로서 그 대략을 들었고 동부대언(同副代言) 곽존중(郭存中)은 별감(別監)으로 그 일을 담당하여, 제조(提調) 진산 부원군(晉山府院君) 하륜(河崙)의 계획에 의하여 면재(勉齋) 황씨(黃氏)의 ≪의례경전통해속(儀禮經傳通解續)≫·≪두씨통전(杜氏通典)≫·≪주자가례(朱子家禮)≫와 명나라에서 반포한 태조 고황제(太祖高皇帝)의 발애조장(發哀條章) 및 우리 태조 강헌 대왕(太祖康獻大王)의 상장 의궤(喪葬

---

10) ≪태종실록≫ 권15, 태종 8년 5월 24일(임신)
11) ≪태종실록≫ 권15, 태종 8년 5월 26일(갑술)
12) ≪세종실록≫ 권5, 세종 1년 9월 27일(기사)

儀軌)를 수집하고, 그것을 참고하여 초안을 세우고 수년 동안 <갈고 다듬어서> 성안하였으나, 흉한 일은 미리 정하지 아니하는 것이므로 차마 올리지 못하고 그대로 미루어 둔 것인데, 기해에 공정 대왕(恭靖大王)이 상승(上昇)하였을 때 신이 예조 판서로서 그 시말을 계하여, 상례(喪禮)를 새로 제정한 의제(儀制)에 따라 <시행하고>, 그 이듬해 경자년에 원경 왕태후(元敬王太后)가 승하하였을 때 초상일을 더욱 자세히 심의하여, 그 의궤(儀軌)는 공정 대왕 상장 의궤(喪葬儀軌)보다 더 자상하여, 국상의궤(國喪儀軌)가 제정된 것입니다. (이하 생략)"13)

　여기에서 허조가 언급한 바를 따르면, 국상 의례는 ≪의례경전통해속(儀禮經傳通解續)≫・≪두씨통전(杜氏通典)≫・≪주자가례(朱子家禮)≫와 명나라에서 반포한 태조고황제(太祖高皇帝)의 발애조장(發哀條章) 및 태조강헌대왕(太祖康獻大王)의 상장 의궤(喪葬儀軌)가 중심이 되고 있는 것이다. 이처럼 내용면에서 조선전기 국상 의례의 상당 부분은 고려왕조와는 달리 ≪의례경전통해속≫과 ≪주자가례≫의 행용을 중심으로 정해지기 시작하였다. ≪세종실록≫ 오례 흉례의 복제에서 '복제는 이들 두 경전과 본조에서 이미 시행하던 예전을 참작하여 상정한다'라고 한 대목은 이를 말해준다.14)

　한편 고려의 경우 제릉배릉의(諸陵拜陵儀)는 변사(辨祀)의 면에서 대사(大祀)로 분류하여 그 중요성을 표시하고 있었다. 그런데 조선왕조에서 첫 번째로 국가의례의 전범을 마련한 ≪세종실록≫ 오례의에서는 대사로 분류된 것이 사직과 종묘 의례였다. 제릉배릉의는 길례에서 빠지고 있는 것이다. 대신 고려왕조에서 산릉 관련 내용을 흉례 국휼로 분류하여 정리한 것처럼 흉례의에서 정비하고 있다. 따라서 조선전기에는 고려의 흉례에서 상정되지 않았던 국상 및 각종 절차 등이 상세히 정리되고 있는 것이다. 하지만 배

---

13) ≪세종실록≫ 권16, 세종 4년 5월 28일(갑신)
14) ≪세종실록≫ 오례 흉례의 복제

릉의의 경우 조선후기 영조 20년 왕명에 의해 정리된 ≪국조속오례의≫에서는 길례조에서 행릉의(幸陵儀)로 분류 서술되고 있어[15] 배릉이 갖는 의미가 국휼의 차원만이 아닌 길례를 통한 왕조 번영의 기원이었음을 반영하고 있다.

조선왕조에서는 왕릉을 조성하고 군주가 친행하여 제향을 올리기 위해 행릉의를 갖추었고, 또 한편으로는 정기적으로 제향을 올리는 상일(常日)을 정하기도 하였다. 고려왕조의 경우 상향(常享)을 보면, 제릉에서의 제향일은 정해지지 않았으나 대체로 태묘와 경령전의 상향일과 크게 틀리지 않았으리라 생각된다. 고려조에서는 태묘에서는 사맹월 및 삭망, 한식, 납향으로 정하였고 경령전에서는 정조(正朝)·단오·추석·중구(重九)로 정하고 있었다. 조선에서는 ≪세종실록≫ 오례의 흉례조에서 사시(四時) 및 납일(臘日)·정월·동지·속절(俗節 ; 寒食·端午·中秋) 등에 산릉에서 제향을 올리는 것으로 정하고 있어 고려조와 크게 차이가 없다 할 수 있다. 이 같은 내용은 ≪경국대전≫ 예전에 다음과 같이 정리되어 규정되었다.

A-⑥ 문소전(文昭殿)에는 네 철의 첫 달 상순과 납향일, 세속명절[俗節], 초하루, 보름에 지내며 능에도 마찬가지이다. 대수가 차서 종묘로부터 신주를 옮겨갔으면[去廟] 한식에만 제사를 지낸다. 화상을 모셔놓은 전각[眞殿]에는 납향일, 세속명절에 모두 세속에서 지내는 식으로 제사를 지낸다.[16]

이와 함께 ≪세종실록≫ 오례의 흉례조에서 규정하고 있는 사시(四時) 및 납일(臘日)·정월·동지·속절(俗節) 때 산릉 제례와 관련된 의례 절차를 살펴보면 다음과 같다.

---

15) ≪국조속오례의≫ 길례 행릉의
16) ≪경국대전≫ 예전 제례

A－⑦ 제향 전4일에 행사(行事)할 집사관(執事官)이 2일 동안 산재(散齋)로써 정침(正寢)에서 유숙(留宿)하고, 1일 동안 능소(陵所)에서 치제(致齊)한다. 산재(散齋)할 적에는 일 처리하기[治事]를 전과 같이 하는데, 다만 술을 함부로 마시지 아니하고, 파[葱]·부추[韭]·마늘[蒜]·염교[薤]를 먹지 아니하며, 조상(弔喪)과 문병(問病)하지 아니하고, 형벌을 행하지 아니하며, 형살 문서(刑殺文書)에 결재하거나 서명(署名)하지 아니하고, 더러운 일에 참예하지 아니한다. 치재(致齋)할 적에는 오직 제향(祭享)의 일만을 행하는데, 이미 재계(齋戒)하고서 빠진 자는 대리로 행사(行事)하게 한다.[무릇 제향에 참예할 자는 모두 제향(祭享) 2일 전에 목욕하고 옷을 갈아입는다.]

제향 전 1일에 능사(陵司)가 소속을 거느리고 정자각의 내외를 소제하고, 찬자(贊者)가 헌관의 자리를 동계(東階)의 동남쪽에 서향하여 설치하고, 여러 집사의 자리는 헌관의 뒤에 조금 남쪽으로 서향하게 하되, 북쪽을 위로 한다.[관세(盥洗)는 집사의 자리 뒤 동남쪽에 설치하는데, 땅의 형편에 따라서 적당히 한다. 헌관과 여러 집사는 임시(臨時)에 손을 씻고 들어가서 자리로 나아간다.] 알자(謁者)·찬자(贊者)·찬인(贊引)의 자리는 집사의 남쪽에 서향하게 하되, 북쪽을 위로 하고, 감찰(監察)의 자리는 집사의 서남쪽에 북향하여 설치한다.[서리(書吏)가 그 뒤에 배립(陪立)한다.] 그날에 능사가 영좌(靈座)를 정자각 안에 북쪽으로 가까이 남향하여 설치하고, 전사관(典祀官)과 능사가 각각 그 소속을 거느리고 들어가서 축판(祝版)을 영좌의 오른쪽에 올려놓고,[점(坫)이 있다. 졸곡(卒哭) 전에는 왼쪽에 올려놓는다.] 향로(香爐)·향합(香合)과 초[燭]를 영좌 앞에 설치한다.

다음에 예찬(禮饌)을 진설하고,[사시(四時) 및 납일(臘日)·정월·동지·속절(俗節)에는 유밀과(油蜜果) 14그릇, 실과(實果) 6그릇으로 무릇 4줄인데 화초면(花草麪)·화초병(花草餠)·화초탕(花草湯) 등 12미(味)가 있다. 삭망 제사에는 유밀과(油密果) 14그릇, 실과(實果) 6그릇으로 무릇 4줄인데, 대향(大享)에 비해서 조금 낮다. 면(麪)·병(餠)·탕(湯) 등 9미(味)가 있다.] 준(尊)을 지게문 밖[戶外] 왼쪽에 설치하고 잔(盞) 3개를 준소(尊所)에 둔다. 시각이 되면, 헌관 이하가 최복(衰服)을 갖추고[연제(練祭) 후에는 연복(練服)을 갖추고, 상제(祥祭) 후에는 담복(禫服)을 갖춘다. 내상(內喪)이면 연제(練祭) 후에는 천담복(淺淡服)을 입는다.] 알자(謁者)·찬자(贊者)·찬인(贊引)이 먼저 뜰[庭]로 들어가서 북향하고 서쪽을 위로 하여 네 번 절하고 나서, 자리로 나아가게 한다. 찬인(贊引)이 감찰(監察) 및 전사관(典祀官)·대축(大祝)·축사(祝史)·재랑(齋郞)을 인도하여 뜰로 들어가서 겹줄로 북향하고 서쪽을 위로 하면, 찬자(贊者)가 "국궁(鞠躬), 사배(四拜), 흥(興), 평신(平身)" 이라 창(唱)하여, 감찰 및 전사관 이하가 몸을 굽혀 네 번 절하고 일어나서 몸을 바로 한다. 찬인이 감찰 및 전사관 이하를 인도하여 각각 자리로 나아가게 하고, 알자가 헌관을 인도하여 들어가서 자리로 나아가게 한다. 찬자가 "꿇어앉아 부복하고 곡하라." 고 창하여, 헌관이 꿇어앉아 부복하고 곡한다.[연제(練祭) 후에는 곡하지 아니한다. 뒤에도 이와 같다.] 찬자가 "곡을 그치고 일어나서, 사배하고 일어나 평신하라." 고 창하여, 헌관이 곡을 그치고 일어나서, 네 번 절하고 일어나 몸을 바로 한다. 알자가 헌관을 인도하여 동계(東階)로 올라가서 준소(尊所)로 나아가 서향하고 서게 하면, 집준자(執尊者)가 술을 떠내고, 집사자가 잔으로 술을 받는다. 알자가 아헌관(亞獻官)을 인도하여 들어가서 영좌 앞으로 나아가 북향하여 서게 하고, "꿇어앉으라." 고 찬한다. 집사자 1인이 향합(香合)을 받들고, 1인이 향로를 받들면, 알자가 "세 번 상향(上香)하라." 고 찬하여, 집사자가 향로를 안(案)에 드린다.[향을 받들 적에는 동쪽에서 서향하고, 향로를 드릴 적에는 서쪽에서 동향한다. 잔을 주고, 잔을 드릴 적에도 이에 준한다.] 집사자가 잔을 헌관에게 주어, 헌관이 집잔 헌잔(執盞獻盞)하는데, 잔을 집사자에게 주어서 영좌 앞에 드리게 한다. 알자가 "부복하였다 일어나서 조금 뒤로 물러나 북향하여 꿇어앉으라." 고 찬(贊)하면, 대축(大祝)이 영좌의 오른쪽에 나아가서 동향하고 꿇어앉아[졸곡 전에는 서향한다.] 축문(祝文)을 읽는다. 이를 마치면, 알자가 "부복하였다 일어나서 평신하라." 라 찬하고, 헌관을 인도하고 지게문[戶]을 나와 내려가서 제자리로 돌아간다. 조금 있다가, 알자가 헌관을 인도하고 동계로 올라가서 준소(尊所)로 나아가 서향하여 서게 하면, 집준자(執尊者)가 술을 떠내고, 집사자가 잔으로 술을 받는다. 알자가 헌관을 인도하고 들어가서 영좌 앞으로 나아가 북향하여 서게 하고, "꿇어앉으라." 한다. 집사자가 잔을 헌관에게 주어, 헌관이 집잔 헌잔하는데, 잔을 집사에게 주어서 영좌 앞에 드리게 한다. 알자가 "부복하였다 일어나서 평신하라." 찬하고, 헌관을 인도하고 지게문을 나와 내려가서 제자리로 돌아간다. 조금 있다가, 알자가 헌관을 인도하여 행례(行禮)하기를 아헌의 의식과 같이 하고, 이를 마치면, 내려와 제자리로 돌아온다. 찬자가 "꿇어앉아 부복하고 곡하라." 고 창하여, 헌관이 꿇어앉아 부복하고 곡하여 슬피 한다. 찬자가 "곡을 그치고 일어나서, 사배하고 일어나 평신하라." 고 창하여, 헌관이 곡을 그치고 일어나서, 네 번 절하고 일어나 몸을 바로 한다. 알자가 헌관을 인도하여 나가고, 찬인이 감찰(監察) 및 전사관(典祀官) 이하를 인도하여 모두 배위(拜位)로 돌아가게 한다. 찬자가 "국궁(鞠躬), 사배(四拜), 흥(興), 평신(平身)" 이라 창하여, 감찰 및 전사관 이하가 몸을 굽혀 네 번 절하고 일어나서 몸을 바로 한다. 찬인이 차례로 인도하여 나가고, 알자(謁者)·찬자(贊者)·찬인(贊引)이 배위(拜位)로 나아가서 네 번 절하고 나간다. 전사관(典祀官)과 능사(陵司)가 각각 그 소속을 거느리고 예찬(禮饌)을 거두고, 대축(大祝)이 축판(祝版)을 받들어 구덩이에 묻는다. ○ 만약 왕후와 능(陵)을 같이하면, 왕후의 신좌(神座)를 대왕의 영좌(靈座) 동쪽에 설치하고, 잔(盞) 3개를 준소(尊所)에 더 두고, 각각 예찬(禮饌)을 설치하며, 헌관이 세 번 부잔(副盞)을 드린다. 내상(內喪)이 먼저 있으면, 헌관과 여러 집사들은 11개월의 연제(練祭) 후 제향에는 최복(衰服)을 그대로 입고, 13개월의 상제(祥祭) 후 제향에는 천담복(淺淡服)을 입고, 15개월의 담제(禫祭) 후 제향에는 제복(祭服)을 입는다.[17]

이러한 산릉 제례를 행함과 동시에 조선왕조에서는 왕릉 등에 대해 주기적 혹은 비주기적으로 점검, 수리하는 등의 조치를 취하였다. 세종 2년 윤정월 27일(병신)조의 기사를 보면 봉상시를 설치하여 능에 관한 사무를 당나라처럼 관장토록 하였으므로 산릉 봉심에 봉상판사를 보내 살피도록 한 바 있다.[18] 세조 5년 6월 26일(병자)의 기사에서는 좌의정 강맹경(姜孟卿) 등에게 세종의 영릉에 가서 주맥의 무너진 곳을 봉심토록 하였다.[19] 왕릉에 관한 봉심 조항 등이 법전에서 재정리된 것이 ≪경국대전≫ 예전 봉심조이다. 여기서는 임금의 능침 등에 대해 예조에서 제주와 함께 살펴보고 보고하도록 하면서 그 조사 내용에 대해 밝히고 있다.

---

17) ≪세종실록≫ 오례의 흉례 山陵四時及臘正至俗節
18) ≪세종실록≫ 권7, 세종 2년 윤정월 27일(병신)
19) ≪세조실록≫ 권16, 세조 5년 6월 26일(병자)

A - ⑧ ○여러 능의 주산(主山)의 원줄기를 돌로 잘 정리해 놓은 것이 오랜 세
월을 거치는 과정에 빗물로 훼손되어 파인 경우에는 관찰사가 살펴보고 임금
에게 보고한다. ○매년 정월 초하룻날 제사에 술잔을 드리는 관리가 각 능에
잡목이나 잡초가 있는지 없는지를 살펴보고 임금에게 보고한다. ○매년 한식
에는 각 능에 난 쑥, 가시나무 등 잡목이나 잡초를 뽑아 버린다.[20]

하지만 산릉 제례는 인조대를 거치면서 그 제례 시기와 관련하여 논란이
있었다.[21] 종묘에서의 제향과 겹쳐 번거롭다는 것이 그 주요 이유였다. 다
음의 사례는 인조 2년 2월에 이괄의 난이 있은 후의 일이었다.

A - ⑨ 대신이 호조·예조·양사의 장관(長官)과 함께 제향(祭享)을 적당히 줄이
는 일을 의논하였는데, 다들 각 능(陵)의 오향 대제(五享大祭)와 종묘(宗廟)의
삭망제(朔望祭)를 정지해야 한다 하므로, 예조가 이것을 아뢰니, 상이 대신에
게 다시 의논하게 하였다. 대신이 전에 의논한 것과 같이 하기를 청하고 또 고
사(告辭)를 갖추어 관원을 보내어 고묘(告廟)할 것을 청하니, 상이 따랐다.[22]

인조 2년에 내려진 이 조치는 임진왜란 및 이괄의 난을 거치면서 국가재
정이 어려워진 상황에서 종묘와 겹치는 각 능의 오향대제 즉 사시 및 납향을
정지해야 한다는 것이었다. 이때는 이러한 이유로 정지된 것이었지만 인조
8년 정월 26일(병오)의 상황을 보면 다른 해석도 나오고 있다. 즉, 각 능에서
의 오향대제는 예경에는 없는 것이므로 조선왕조에서만 시행하는 것은 예
에 맞지 않는다는 것이었다.[23] 이러한 간관과 대신들의 논의에 대해 인조의

---

20) ≪경국대전≫예전 봉심
21) 선조대에 이미 한차례 조정이 있었는데 능침에서 기신제까지도 거행하게 된 것이
다. 기신제를 거행해 오던 문소전이 임진왜란으로 전소전이 되었기 때문이었다. 이에 대
해서는 ≪연려실기술≫별집 권2, 사전전고 산릉 참조.
22) ≪인조실록≫ 권4, 인조 2년 2월 29일(계축)
23) ≪인조실록≫ 권22, 인조 8년 정월 26일(병오)

대답은 한결 같았다.

A - ⑩ "상례(喪禮)와 제례(祭禮)를 선조의 예에 따르는 것은 고금의 통례이다. 그런데도 요즈음엔 막중한 제향을 근본 뜻도 생각해 보지 않고 가볍게 줄여 없애 버리니, 이는 실로 대단히 미안한 일이다. 기왕에 이미 다시 거행키로 하였으니 결코 도로 정지시킬 수는 없다. 다시 번거롭게 하지 말라."24)

이에 의하면 선대에 이미 지내 온 것이고 또 ≪오례의≫에도 기재되어 있는 것이므로 산릉에서의 오향대제를 정지할 수 없다고 한 것이다. 이 내용은 인조 2년 당시에 의견을 꺼냈던 예조판서 김상용(金尙容)이 차자를 올려 그 사정을 밝힌 데서도 같은 인식이 깔려 있었다. 김상용은 종묘에서 일단 오향을 지내는데 각 능에서 중첩해 지내는 것은 번잡하며 난리로 인해 없앤 것이기는 하지만 ≪오례의≫에서 각 능에 오향을 거행하는 것이 예문에 있고 또 인조 2년 당시에는 국가의 어공이 회복되는 때를 기다려 다시 복구할 것이라는 의논이 있었다고 하였다.25)

하지만 인조 14년 정월 병자호란이 있으면서 다시 어공의 물선이 모자라게 되자 능침의 오향에 대한 의논이 일어나게 되었다. 이때 김상헌 등은 위태로운 때를 당하였고 경비를 줄이기 위해 또 예가 아닌 예를 혁파하기 위한 조치로서 정파할 것을 주장하였고 이덕형은 혼자 갑자기 정지하는 것은 온당하지 못하다고 하였다. 인조는 이에 대해 일단은 정파하라고 이르면서 제향에 흠전이 가해지는 것을 안타깝게 여긴다는 뜻을 남겼다.26)

---

24) 위와 같음
25) ≪인조실록≫ 권22, 인조 8년 2월 2일(임자)
26) ≪인조실록≫ 권32, 인조 14년 6월 18일(신묘). 효종은 국왕의 친행배릉을 정기적으로 행하여 선조를 받들고 효를 다하는 정성을 보이고자 하였다. ≪연려실기술≫ 별집 권2 산릉조를 보면, "효종 3년에 매년 봄 2, 3월과 가을 7, 8월에 차례로 능에 참배하도록 명하였는데 영구히 정식(定式)이 되었다."라 하여 국왕의 친행배릉의가

이상과 같이 조선왕조의 산릉 제례는 고려왕조를 거치면서 ≪의례경전통해속≫이나 ≪주자가례≫, 당과 송 그리고 명의 전례 및 고제 등을 참조하면서 성립되었다. 그 의례의 전반적인 규정은 ≪세종실록≫ 오례의로 완성되었고, 이후 ≪국조오례의≫에서는 거의 가감없이 이를 수용 계승하였으며 이후의 조선왕조에서도 왕릉 제향의 전범으로 기능하였다. 그러나 오향의 제례는 인조대를 거치면서 종묘와 겹쳐 번잡스러우며 당시의 국난 상황, 예에 맞지 않는다는 의견들이 득세하면서 결국 정파되기에 이르렀다.

2. 산릉 제례와 제례복

조선왕조뿐만 아니라 유교를 사회운영의 중요한 이념 기반으로 삼고 있던 사회에서는 의복제도에 있어서도 유교의 가치를 구현하고자 하였다. 그것은 상하존비의 원만한 질서 구축과 대동(大同)의 사회 구현을 위해 덕으로서 교화한다는 의미인 풍화(風化)와 시대적 상황이나 현실적 여건에 따라 변형 변화시킬 수 있다는 시의(時宜), 그리고 가장 중요한 인륜의 보편적 가치로서의 효제(孝悌)의 의미가 있는 것이었다.[27] 이와 함께 주목할 수 있는 것이 명나라와의 관계 설정 즉 사대관계 속에서 제후국으로서의 조선왕조는 차등적 복제를 취하기도 하였다는 점이다.

이러한 가치에 기반하여 조선왕조가 왕실제례의 한 축인 산릉 제례에 있어서 일찍부터 관심을 가진 것은 당연하였다. 산릉 제례는 두 가지 형태로 나누어 살펴볼 수 있다. 하나는 국왕의 배릉 친행의 경우이고 다른 하나는

공식화되고 있었음을 알 수 있다.
27) 조창규, <의복의 문화적 의미와 유가 복식의 의미 원형>≪동양한문학연구≫24, 동양한문학회, 2007

향관을 보내어 제향을 올리는 것이다. 산릉 제례 때에는 당연히 정해진 복제가 있었다. 여기서는 이 두 가지의 경우로 나누어 살펴볼 것이다. 하지만 그 내용을 보면 초기부터 조선왕조의 제복 형태로 정해져 구현된 것은 아니었다. 다음 사료는 이러한 면을 이해하는데 도움을 준다.

B-① 명나라의 칙지에 따라 제복(祭服)의 등급을 정하였다. 1등 복은 명나라의 3등 복을 본받아서 7류 5장으로 종실이나 재신들이 입고, 2등 복은 명나라의 4등 복을 본받아서 5류 3장으로 중추들이 입으며, 3등 복은 명나라의 5등 복을 본받아서 5류 1장으로 전서들이 입고, 4등·5등 복은 명나라 6등과 7등 복을 본받아서 3류 무장으로 3, 4품이 입으며, 6등·7등 복은 명나라 8등·9등 복으로 무류 무장이고 5품에서 9품까지가 입는데, 7품 이하는 차는 끈이 없다.[28]

② 예부(禮部)에 보내는 자문(咨文)은 이러하였다. "의정부(議政府) 장계(狀啓)에 의거하건대, '봉상시(奉常寺) 정문(呈文)에 의하면, 「본시(本寺)에서 관장하는 사시(四時)의 조묘(祖廟)와 사직(社稷)·적전(籍田)·문묘(文廟) 등의 제사(祭祀)에 사용하는 배신(陪臣)의 제복(祭服) 및 악기(樂器) 등의 물건이 모두 파손되고 오래 되어서 쓰기 어려울 듯하니, 마땅히 경사(京師)에 가서 구입(購入)하여 새 것으로 바꾸어 써야 하겠다.」고 하였습니다. 이에 <의정부에서> 정문(呈文)을 갖추어 장계(狀啓)하였으니, 간절히 생각하건대, 위의 제복(祭服)과 악기(樂器)는 감히 마음대로 경사(京師)에 가서 살 수 없고, 자품(咨稟)함이 이치에 합당하겠기에 번거롭게 주달(奏達)하는 것입니다. 만일 윤허를 받게 되면, 곧 뒤따라 사람을 보내어 값을 가지고 경사에 가서 매수(買收)하여, 이용에 대비하겠습니다." 하였다.[29]

B-①의 기사에서는 조선의 복식을 정하는 과정에서 나온 것으로 볼 수 있는데 7등복으로 제복의 등급을 조정하고 있는 점이 주목된다. 등급 조정은 명에 비해 2등급을 낮추어 정하고 있어 제후국으로서의 입장을 취하였다.

---

28) ≪태조실록≫ 권8, 태조 4년 7월 9일(경자)
29) ≪태종실록≫ 권9, 태종 5년 4월 8일(계유)

이처럼 조선왕조는 명나라와의 관계에 초점을 맞추어 군주·세자의 복식만이 아니라 제복에까지 그 영향을 받고자 하였다. 나아가서는 아예 제복 자체를 명의 수도 연경에 가서 구매하려 하기도 하여 B-②의 기사처럼 예부에 자문을 보내 그 허락을 청하였던 것이다. B-②의 기사를 보면 당시 제복이 모두 낡고 헤어지자 이를 다시 만들어야 했는데, 봉상시에서는 이를 어려워하여 의정부에 청하였고 의정부에서는 다시 이를 태종에게 청하여 예부로 자문을 보낸 것이다.

그렇다면 봉상시에서는 왜 굳이 이러한 의견을 올렸을까? 먼저 당시 조선왕조에서 제복을 만들 기술력이 없어서는 아니었을 것이다. 태종 6년 10월 4일(경인)조의 기사를 보면 본국에서는 나금초단(羅錦綃緞)이 전혀 생산되지 않으므로 예조참의 안노생(安魯生)을 파견하여 백흑저마포 3백필을 가지고 가 제복을 만들 재료를 교역해 오도록 하였다.[30]

조선에서의 관복제도는 태종 16년 예조에서 올린 계문에서 다시금 조정되었다. 당시의 계문 내용 속에서 홍무 3년(1370)에 정해진 것을 참조하였음이 나타난다. 그 주 내용은 B-①의 기사에서 다시 조정된 것처럼 중국에서 9등으로 한 것에 비해 조선은 왕국례 즉 제후국에 의해 2등급을 체강하여 7등으로 하였다고 하면서 ≪홍무예제(洪武禮制)≫에 제3등 이하 각 품(品)의 관복 등제(冠服等第)와 본국의 제제 서례(諸祭序例)의 각 품의 제복 등제(制服等第)를 참고하여 상정(詳定)하였던 것이다.[31] 조선시대에는 명나라와의 관계가 고려되면서 고려 공민왕대부터 따르기 시작했던 명의 조치와 ≪홍무예제≫를 중심으로 관복, 제복 등을 정하였지만 점차 당나라 및 송나라의 예제를 참조하면서 나름대로의 변화를 꾀하기도 하였다. 이 같은 움직임을 보여주는 것이 예조에서 아뢴 다음의 사료라 할 수 있다.

---

30) ≪태종실록≫ 권12, 태종 6년 10월 4일(경인)
31) ≪태종실록≫ 권31, 태종 16년 3월 30일(임술)

B - ③ "삼가 능(陵)에 배례(拜禮)할 때의 복색(服色)을 상고하니, '당(唐)나라 제도의 능에 배례하는 의식(儀式)은, 황제(皇帝)는 소복(素服)이고, 태상경(太常卿)이 여러 능에 거행하는 의식은 공복(公服)이며, 송 태조(宋太祖)가 정한 제도에는, 종정경(宗正卿)이 능에 배례할 때에는 본품(本品)에 해당하는 제복(祭服)을 입는다.' 하였습니다. 이제 본조(本朝)에서 능(陵)에 배례함에는 이미 행(行)하는 예(例)에 따라 친행(親行)일 때에는 천담복(淺淡服)으로, 섭행(攝行)일 때에는 향관(享官)은 조복(朝服)을 입고, 능직(陵直)은 녹삼(綠衫)을 입도록 청합니다." 하니, 그대로 따랐다.[32]

여기서는 배릉할 때 군주와 그 배신들의 복제를 정하기 위해 당과 송의 제도를 참조하여, 친행일 경우 옅은 푸르스름한 빛이 감도는 의복인 천담복으로 하고, 섭행으로 향관을 대신 보낼 때는 향관은 조복을 입고, 능직은 녹삼을 입도록 하였던 것이다. 당시 향관이 입은 조복은 어떤 것이었을까? 이와 관련한 세종 8년의 조치를 보면 예조와 의례상정소에서 홍무 2년 명에서 고려 공민왕에게 관복을 내리는 자문의 내용, 영락 원년 예부에서 태조에게 내린 자문, ≪홍무예제≫, 홍무 35년 예부의 방문, ≪두씨통전(杜氏通典)≫ · ≪문헌통고(文獻通考)≫ · ≪산당고색(山堂考索)≫등을 통해 조사한 당과 송의 제도 등을 참조하여 재조정한 바가 있었다.[33] 향관을 보내 제향을 올릴 때는 세종 6년과 세종 8년의 조치에 따라 조복을 입도록 한 것이라 볼 수 있다.

당시 향관이 입도록 한 조복과 관련하여 향관을 어떠한 지위에 있는 관원으로 하였는가를 먼저 보면, 태종 14년 6월 기사에 보면, 대사(大祀)는 1품, 중사(中祀)는 2품, 소사(小祀)는 3품으로 한다고 하였다.[34] 산릉 제례 때의 향관은 산릉 제례가 중사 이상의 경우로 봤을 때 2품관의 제복을 입은 것으로 볼 수 있다. 세종 8년 2월에 제정된 관복제도를 살펴보면 다음과 같다.

---

32) ≪세종실록≫ 권24, 세종 6년 5월 20일(갑오)
33) ≪세종실록≫ 권31, 세종 8년 2월 26일(경인)
34) ≪태종실록≫ 권27, 태종 14년 6월 3일(갑진)

B-④ 1품의 관은 다섯 줄이며, 혁대는 금을 쓰며, 패(佩)에는 옥을 쓰며, 수(綬)는 노랑·녹색·붉은색·자주색의 실로 구름과 학의 무늬를 수놓은 꽃 비단을 짜서 쓰며, 아래의 매듭은 모두 청색 실의 망(網)을 쓰며, 수(綬)의 고리는 둘인데, 금을 쓰며, 홀(笏)은 상아로 쓰며, 적라의(赤羅衣)·백사중단에는 모두 청색으로 깃에 선을 두르며, 적라상(赤羅裳)에는 청색 선을 두른다. 적라로 만든 폐슬, 대대(大帶)는 적색과 흰색 두 가지의 견(絹)으로 하며, 흰 버선·검정 신·각잠(角簪)으로 한다. 2품의 관은 네 줄이며, 혁대에는 금을 쓰며, 패는 옥을 쓰며, 수는 노랑·녹색·붉은색·자주의 네 가지 실로 구름과 학의 무늬를 수놓은 꽃 비단을 짜서 쓰며, 아래의 매듭은 청색 실의 망(網)을 쓰며, 수의 고리는 둘인데 금을 쓰며, 홀은 상아를 쓰며, 의(衣)·중단(中單)·상(裳)·폐슬(蔽膝)·대대(大帶)·버선·신·잠(簪)은 이에서 9품까지 1품과 같다.

이 자료에 의하면 조복(朝服)에 대한 세주를 달고 있어 관복제도는 이것을 기준으로 볼 수 있다.[35] 그런데 세종 21년 예조에서는 이에 대해 다시금 고제 즉 ≪문헌통고(文獻通考)≫를 상정하면서 능에 대한 봉심 시 제향에는 본품의 제복을 입는다는 내용에 따라 제릉에 대한 견관섭사 때 제복으로 행사토록 할 것을 정하였고, 세종은 이를 따른 바 있었다.[36] 세종 6년과는 차이가 있는 부분이라 할 수 있다.

조선왕조에서는 태종조 이래의 고례와 시의에 맞는 조선왕조의 왕실례 제정을 위해 고려 및 당, 송, 그리고 명의 예제 등을 참조하면서 마침내 문종

---

35) 조선후기 다산은 조복에 대해 다음과 같이 정리하였다. "조복(朝服)의 갖춤으로는, 금관(金冠)[금비녀에 쪽댕기 [藍綾]]과 홍의(紅衣)·홍상(紅裳)[더울 때에는 모시깁을 쓰고 추울 때에는 비단을 쓴다.]·옥패(玉佩)[푸른 깁 주머니가 있다.]·후수(後綬)[여러 채색으로 운학(雲鶴) 한 쌍을 자수한다.]·대대(大帶)[비단을 쓰며 검은 비단으로 장식한다.]·실띠 [條帶][채색 실로 짠다.]·품정(品鞓)[1품(品)은 서각(犀角), 정경(正卿)은 금, 아경(亞卿)은 학정(鶴頂)을 금으로 하며 3품 이하는 은, 7품 이하는 오각(烏角)으로 한다.]·폐슬(蔽膝)[붉은 비단 또는 붉은 깁으로 한다.]·상아홀(象牙笏)·흑화(黑靴)·백삼(白衫)[흰 모시로 만들며 검정 비단으로 동정을 만든다.]·붉은 초피모자 [紫貂帽][당하관(堂下官)은 서피(鼠皮)로 한다.]·해치(獬豸)[오직 사헌부(司憲府)의 신하만이 있다.]가 바로 이것입니다."라 하였다.(≪다산시문집≫ 권9, 議)
36) ≪세종실록≫ 권81, 세종 21년 12월 15일(기축)

1년 허조(許稠) 등이 <오례의>를 편찬하였다. 이 가운데 흉례 복제조에서는 오복제(五服制)를 토대로 하면서 국상 시의 왕세자 혹은 국상 시 국왕의 상복과 각 관원들의 상복, 그리고 13개월 만에 지내는 연제(練祭) 때의 복, 25개월 상제(祥祭)를 지내면서의 복, 27개월 만에 담제(禫祭)를 지내면서의 복, 담제 때부터 만 2년이 되는 재기(再期) 때까지, 그 이후로 나누어 각각의 복을 규정하고 있다. 이후 국왕의 배릉 친행 때 국왕 및 국왕을 배종하는 백관의 복제와 관련해서는 논란이 있었다. 다음의 성종 6년 9월의 기사는 이 같은 상황을 보여준다.

B - ⑤ 원상(院相) 정창손(鄭昌孫)·한명회(韓明澮)가 아뢰기를, "배릉(拜陵) 할 때에 어가를 호종하는 제신(諸臣)의 복색(服色)은, 세종조(世宗朝)에는 예복(禮服)을 하였고, 세조조(世祖朝)에는 융복(戎服)을 하였습니다. 이제 광릉(光陵)을 배알함에 호종(扈從)하는 종재(宗宰)·시신(侍臣)은 마땅히 무슨 옷을 입어야 하겠습니까?" 하니, 전교하기를, "융복(戎服)이 옳겠다." 고 하였다.[37]

이처럼 배릉 때 수종하는 관원의 복색에 대한 논란에 대해 성종은 융복으로 정하였지만 예문에는 시복(時服) 즉 흑의로 정해져 있었던 듯하다. 또한 배릉 친행에는 상하가 담복을 입고 제사하였다. 이후 군주의 배릉 때의 복제와 관련한 사례는 다음과 같다.

B - ⑥ 매상(昧爽)에 상이 익선관(翼善冠)과 곤룡포(袞龍袍)를 갖추고 연(輦)을 타고 동가(動駕)하고 백관(百官)은 다 시복(時服)차림으로 수가(隨駕)하는데, 짙은 안개가 끼어 지척을 가릴 수 없었다. 평명(平明)에 상이 참포(黲袍)를 갖추고 소여(小輿)를 타고 능(陵) 앞의 홍문(紅門) 밖에 이르러 여(輿)에서 내려 걸어가서 의식(儀式)대로 제사를 지내는데, 수가한 백관은 담복(淡服)으로 배

---

37) ≪성종실록≫ 권59, 성종 6년 9월 8일(갑인)

제(陪祭)하였다. 제사가 끝나고서 소차(小次)에 들어갔다가 조금 뒤에 능에 올라가 봉심(奉審)하는데, 찬례사(贊禮使) 김극성(金克成)과 참봉(參奉) 신홍유(愼弘猷) 등이 길을 가리키고 승지(承旨)와 사관(史官)이 시위하였다. 봉심을 끝내고 도로 소차로 내려왔다.[38]

이에 의하면, 동가할 때 임금은 익선관과 곤룡포, 백관은 시복으로 하였다가 제향 때에 임금은 참포를 입고, 백관은 담복으로 배제하였다. 시복으로 할 것인가 융복으로 할 것인가가 논란이 있었던 것이다. 효종 2년 7월 효종은 능소 참배를 하면서 이때 입을 복제에 대해 다시금 논의에 붙였다. 논의의 초점은 ≪국조오례의≫에서는 동가 때 임금은 익선관에 곤룡포, 백관은 흑단령 차림으로 호종한다고 하였다. 이전 능소 참배 절목을 보았을 때 백관은 융복 차림으로 모립(帽笠)에 깃털을 꽂지 않고 어가를 호종, 시위하였다고 하지만 이때 임금의 복색에 대해서는 기록된 책이 없다고 한 것이다. 이에 대해 예조에서는 다음과 같이 품계하였다.

> B-⑦ "선조에서 능소에 참배할 때의 복색에 대해 등록을 상고해 보았더니, 기사년 육경원(毓慶園)에 참배할 때 어가를 따른 백관들은 모두 융복 차림으로 모립에 깃털을 꽂지 않고 환궁할 때는 모립에 깃털을 꽂았으니, 이 예에 의거하는 것이 마땅할 것 같습니다. 전하께서 융복을 입으시므로 백관들도 성상의 복장에 따라 융복 차림으로 모립에 깃털만 꽂지 않고 어가를 호종하는 것이니, 이런 식으로 거행하소서."[39]

즉 임금 역시 융복 차림으로 한다는 것이 예조의 입장이었던 것이고 효종 역시 이를 따랐다는 것이다. 배릉 친제 때의 복제에 관한 논의는 영조 20년 이종성(李宗城) 등이 ≪국조속오례의≫를 편찬하면서 정리되었다. ≪국조

---

38) ≪중종실록≫ 권63, 중종 23년 10월 15일(계축)
39) ≪효종실록≫ 권7, 효종 2년 7월 29일(갑진)

속오례의≫ 길례 행릉의의 내용에서의 복제는 다음과 같다. 먼저 거가가 궁에서 나갈 때 군주와 유도백관(留都百官)·배종백관(陪從百官)은 모두 융복(戎服)을 갖추었다. 주정소 및 능소에 이르러서는 배종 백관은 천담복에 오사모(烏紗帽)·흑각대(黑角帶)로 바꾸어 입고 홍문 밖으로 나아가 동서로 나뉘어 차례로 서면 군주는 익선관에 참포(黲袍), 오서대(烏犀帶)로 바꾸어 입고 대차에서 나왔다. 제향이 끝나고 환궁 때는 다시 올 때처럼 하였다.[40]

이때의 융복이 어떠한 것이었는지에 대해서는 약간의 차이가 있겠으나 정약용의 설명을 통해 이해할 수 있다. 그는 ≪다산시문집≫에서 융복에 대해 붉은 말총 모자[紫騣笠]에 호수(虎鬚)와 공작(孔雀)의 머리털과 옆털로 꾸미고 밀화영(蜜花纓)을 달며 남 깁 철릭[藍紗綴翼]을 입으며 붉은 실띠와 선을 가득하게 두른 호항(護項), 활집[弓韔]·화살통(矢箙)·패검(佩劍)·등편(籐鞭)·수혜자(水鞋子)·팔찌[臂講]·깍지[角指] 등을 갖추는 것이라 하였다.[41] 천담복에 대해서는 무늬 없는 각모(角帽)와 모시 베로 만든 엷은 청색의 단령(團領)과 오정(烏鞓)이고 나머지는 시복(時服)과 동일하며, 또 이른바 무늬가 없고 흉배를 제거한 무양흑단령(無樣黑團領)을 갖춘 것을 말한다고 하였다.[42] 여기서 참포는 보통 엷고 푸르고 검은 색의 옷을 말하지만 ≪세종실록≫ 오례의 흉례 복제편에서는 진하게 물들인 옥색을 사용한다고 하였다.[43] 위의 ≪국조속오례의≫ 행릉의에 규정된 국왕의 복색만을 본다면 친향 때의 것은 왕세자가 25개월의 상제(祥祭) 이후에 입는 것과 동일하였다.

이상에서처럼 산릉 제례 때의 제복은 조선 초기부터 여러 논란이 있으면

---

40) ≪국조속오례의≫ 길례 행릉의
41) ≪다산시문집≫ 권9, 의 공복의
42) 위와 같음·
43) ≪세종실록≫ 오례의 흉례 복제

서 변화가 있었다. 초기의 경우 명나라에서 제복을 받아오거나 혹은 명나라의 예제 및 당·송의 제도, 고례 등에 대한 연구 등을 통해 조선왕조의 각종 복제를 완성시켜 가는 과정에 따라 산릉 제례 때의 제복은 몇 차례 변화를 겪었다. 하지만 세종 및 성종대를 거치면서 산릉 제례 때의 향관이나 배종백관, 국왕의 복식은 어느 정도 정제되었다고 볼 수 있을 것이다.

맺음말

이상을 통하여 조선시대 산릉 제례의 성립과정과 산릉 제례 때의 복식에 대해 살펴보았다. 고려시대의 경우 국휼의 의식이 제대로 정리되지 않은데다가 불교의 영향으로 경령전 및 원찰 등을 중심으로 선왕 선후에 대한 제향이 모셔져 산릉 제례는 제대로 갖춰지지 않았다. 하지만 군주의 친행배릉의를 중심으로 의례 과정이 있는 것이나 실제 군주의 친행배릉이 있었던 것으로 볼 때 고려에서도 나름대로 산릉 제례는 중요시되었다고 할 수 있다. 제향 시기 역시 사시·납향과 삭망·한식 등을 중심으로 치러졌다고 하겠는데 이때는 친행배릉보다는 견관섭향으로 했을 것이며, 이는 조선왕조에 계승되었다.

조선왕조에서는 인륜의 근본이라 할 효의 정신과 왕실의 위엄과 권위를 바탕으로 산릉을 신성시하고 왕조 번영을 위한 기도의 장소로 여기면서 전 왕조에서 정비되지 않았던 산릉 제례를 매우 중요시하였다. 이는 군주가 모범적으로 효를 권장하는 의제가 되기 때문이기도 하였다. 그 제례를 위하여 ≪주자가례≫를 중심으로 하면서도 ≪홍무예제≫ 및 명나라의 예제를 따라 조정하기 시작하였고, 세종대에 이르러 예조와 의례상정소에서 당과 송의 여러 예전을 연구하여 조선의 산릉 제례에 대한 기본적 전범을 갖추었다. 그 것이 ≪세종실록≫ 오례의에서 길례 및 흉례에 반영되었던 것이고 ≪국조오례의≫에서는 완전히 정착될 수 있었다.

하지만 산릉에서의 오향대제가 종묘에서의 오향과 겹쳐 번거로우며, 임진왜란 및 이괄의 난 등으로 국가가 어려운 때를 당해 큰 경비가 소요되어 제향을 치르기가 어렵다는 점, 산릉에서의 오향제가 ≪국조오례의≫에는 있으나 예경에는 기록이 없다는 점 등이 고려되면서 산릉 제례는 축소된 면이 있다. 하지만 기신제는 임진왜란 이후 문소전이 불타 버리면서 산릉으로 옮겨져 제향이 올려졌다.

제례복의 경우 국왕의 친행배릉 및 그 배종백관, 향관 등 및 시대 변천에 따라 달랐다. 조선 초기의 경우를 보면 정제되지 않은 상태에서 명나라로부터 제복을 교역하면서 명의 예제에서 2등급을 낮춘 제복을 입도록 하였다. 그러다 세종 초에 들어서면서 고제의 연구가 진행되어 친행의 경우 친행배릉 때 군주는 천담복을, 향관은 조복을 입도록 하였다. 하지만 세종 8년에 이르러서는 향관의 경우 제복으로 바뀌었다. 성종대에는 친행배릉 때 호종하는 제신들은 융복으로 정하기도 하였다. 그렇지만 친행배릉례 때 하나의 전범으로 정해진 것은 중종 때였다. 궁궐에서 동가할 때 국왕은 익선관과 곤룡포를 갖추고, 백관은 시복으로 수가한 뒤 능에 이르러서는 국왕은 참포를, 백관은 담복으로 배제하였던 것이다. ≪국조속오례의≫ 행릉의를 보면 군주 및 유도백관·배종백관은 모두 융복, 주정소 및 능소에 이르러서는 배종백관은 천담복에 오사모·흑각대로 바꾸어 입고, 군주는 익선관에 참포·오서대로 바꾸어 입었던 것이다.

이상의 내용을 본다면 조선왕조는 산릉 제례에 대해 국왕의 친행배릉과 섭향 등으로 오향대제 및 속절, 기신 등의 제향을 올렸고, 이때의 복제는 산릉을 찾는 효에 비롯한 애통함과 의례의 엄숙함, 그리고 국가 안정과 안민을 위한 기원을 담기 위하여 흑색과 흰색 등이 조화된 복식을 갖춘 것으로 볼 수 있다. 그것은 산릉 배례를 산릉 자체를 신성한 성역으로 만들어 관리하면서 군주의 정통계승을 분명히 하고 효의 정신을 밝히며 능행 때 백성을 살피기 위한 목적에 의해 이루어진 것이기도 하였다. 그렇기 때문에 인조대 이후 오향대제가 정파되기는 하였지만 효종대에 이르러 다시금 국왕의 친행배릉이 정기적으로 시도되었고, 그것이 ≪국조속오례의≫에 반영되었던 것이라 하겠다.

조선시대 왕릉 풍수와 그 의미

머리말

풍수는 '장풍득수(藏風得水)'의 준말이다. 이를테면 바람과 물을 헤아리는 지리의 학문이라 볼 수 있다. 바람과 물은 산과 평지 등에 의해 형성되며 산과 평원, 그리고 물에는 모두 어떠한 기운이 있다고 본다. 그 기운들은 마치 인체의 혈맥처럼 퍼져 있으면서 요소요소에서는 그 기운을 맺고 있다. 바로 혈이라 할 수 있는 부분이다. 이 혈을 얻으면 전후좌우의 흐름이 연결되면서 기운을 잘 살릴 수 있다고 본다. 따라서 풍수는 배산임수라는 아주 기본적인 원리를 확대 재생산하면서 사회와 연관을 맺었다. 양택풍수나 음택

풍수로 나뉘어 인간의 삶을 규정하는 하나의 원리가 되기도 하였던 것이다. 특히 유교의 효 원리와 연결되면서 선조를 잘 모셔야 한다는 의식이 풍수지리와 밀접하게 되었다. 그것은 길흉화복을 재생산하는 도참사상과도 연결된 면이 있었다.

음택과 양택풍수는 양쪽 모두 원리상으로는 같다. 하지만 양택이 주거지를 찾는 것이라 한다면 음택은 사자의 장지를 찾는 것이다. 고려시대나 조선시대에 이르러 효 관념은 부모나 조부모를 잘 모시면 복을 받는다는 아주 단순한 논리를 낳았다. 효의식이 증대되면서 선대의 사후공간을 잘 모시면 역시 복을 받는다는 이해가 나왔고, 장지의 길흉화복에 따라 후손들의 삶이 바뀐다고까지 보았다. 풍수는 바로 이 산자와 사자의 관계를 영속적인 것으로 만드는 학문이라 할 수 있는 것이다.

왕조사회에서 풍수가 무덤자리를 찾는 이른바 명당풍수로 바뀐 것은 이 때문이라 할 수 있다. 그 가운데서도 왕릉은 풍수가나 왕릉 관계자, 혹은 능주 및 그 후손 등에 이르기까지 죽음이나 영화 등과 연결되어 해석되었기 때문에 더욱 중요시되었다.

왕릉은 왕과 왕비를 위한 사후 공간이다. 왕과 왕후의 죽음은 단순한 개인의 죽음으로 끝나지 않는다. 새로운 왕과 왕후의 탄생을 의미하기 때문이다. 조선왕조는 특히 핏줄의식에 바탕하는 효와 계승의식을 가지고 있었다. 단지 살아있는 순간에 부모를 모시거나 혹은 왕권을 이어받는다는 것이 아닌 사후에도 그 영향은 서로 주고받게 된다는 것이다. 이른바 동기감응(同氣感應)의 원리라 할 수 있다. 왕릉에 안장되는 순간 가장 먼저 없어지는 것은 살갗과 피 등이고 가장 나중에 없어지는 것이 골(骨)이다. 바로 골로 상징되는 것을 통하여 선대가 죽은 공간에서 받는 길흉화복의 기운이 후손에게 영향을 주게 된다고 본 것이다.[1]

여기서는 이러한 조선시대 왕릉 조성과 관련하여 주목된 왕릉풍수의 형성과 그것이 갖는 의미를 찾아보고자 한 것이다. 이를 위해 먼저 전시대인 고려왕조에서는 왕릉 풍수에 대해 어떠한 관심을 가졌는가를 살펴보고자한다. 그리고 이를 이은 조선왕조에서는 어떠했으며, 그것이 때로는 왜 정치적으로 이용될 수밖에 없었는가를 조명하고자 한다. 하지만 여기서 각 왕릉의 풍수에 대해 일일이 구체적으로 논할 생각은 없으며 따라서 산릉 조성에 풍수가 어떠한 역할을 했는가에 대한 그 과정과 내용, 의미를 정리하려 한다.

1. 여말선초 장법(葬法)과 풍수학(風水學)

고려시대 풍수와 관련한 기록은 이미 태조 왕건 이전 도선의 활동과 관련하여 나타난다. 삼한을 통일할 왕자의 탄생지를 예언하였다라는 대목이나 <훈요>에서 도선의 풍수지리와 관련한 조항은 이를 말해준다. 고려의 대헌장이나 마찬가지라 할 태조의 유훈인 <훈요>의 제 2조에서는 모든 사원이 산수의 순역의 형세를 추점하여 개창한 것이므로 각종 명목으로 더 창건하지 말 것을 언급하였고, 제 5조에서는 고려왕조의 연기(延基)와 관련하여 수덕(水德)이 순조로운 서경에 사중월(四仲月)에 행차하여 100일이 넘도록 거처하라 하였으며, 제 8조에서는 차현(車峴) 이남과 공주강(公州江) 밖은 산형(山形)과 지세가 좋지 않다고 하였다.[2] 현종의 생부인 안종은 지리에 정

---

1) 왕릉풍수와 관련해서는 다음의 연구를 참조. 목을수, ≪고려·조선능지≫, 문성당, 1988 ; 이창환, ≪조선시대 능역의 입지와 공간구성에 관한 연구≫, 성균관대학교 박사학위논문, 1998 ; 장영훈, ≪왕릉풍수와 조선의 역사≫, 대원사, 2000 ; 이상태, <조선초기의 풍수지리사상> ≪사학연구≫ 39, 한국사학회, 1987 ; 오석민, <여말선초 풍수설의 변화와 특징> ≪건축역사연구≫ 34, 한국건축역사학회, 2003 ; 김기덕
2) ≪고려사절요≫ 권 1, 태조 26년 4월

통한 인물로 알려져 있었는데, 금 1냥을 현종에게 주어 그것을 자신이 죽은 뒤 술사에게 주고 자신을 현 성황당 남쪽 귀룡동에 장사하되 반드시 엎어 묻어달라 한 바 있었다.[3] 자신의 혈육인 현종이 왕위에 오를 수 있다는 이해가 바탕에 있었기 때문이었다.

이후에도 고려에서는 특히 풍수를 숭상하여 고려 인종 때에는 국자감에 잡학을 설치하고 교육시켜 이 생도들이 지리업에 응할 수 있도록 하였다.[4] 공양왕 원년에는 10학을 두어 이 가운데 풍수음양학을 서운관의 교수관이 교육하였다.[5] 신종 원년에는 당시 집정 최충헌의 지휘하이기는 하였지만 산천의 쇠한 기운을 비보하여 연기하기 위해 산천비보도감(山川裨補都監)을 설치한 바 있었다.[6] 이외에도 왕조 연기를 위해 서경 혹은 남경으로 천도해야 한다는 천도론 등에 모두 풍수지리가 그 이론적 기능을 한 것은 말할 것도 없다.

하지만 풍수에 따른 능지 선정 등과 관련한 자세한 기록들은 보이지 않는다. 이에 대해서는 ≪고려사≫ 찬자들이 남기고 있는 다음과 같은 언급을 유념할 필요가 있다. 즉,

> 고려 사람들은 국상에 관한 의식을 제정하지 않았다. 나라에 큰 상사가 나면 언제나 다 임시로 고전을 참고하고 전례를 인용하여 일을 치르고 나서는 기록을 남기지 않았으므로 역사에 나타난 것은 다만 대체적인 것뿐이다.[7]

라고 한 것을 본다면 구체적 자료를 남기지 않은 것이 고전과 전례를 참조

---

3) ≪고려사≫ 권 90, 열전 3 종실 태조 안종
4) ≪고려사≫ 권 74, 지 38 선거 2 학교
5) ≪고려사≫ 권 73, 지 27 선거 1
6) ≪고려사절요≫ 권 14, 신종 원년 정월 기해
7) ≪고려사≫ 권 64, 지 18 예 6 국휼

하여 국상을 치루는 소략함에서 나타난 것으로 볼 수 있다. 하지만 그 이면에는 왕릉의 경우 비보적 및 호국적 성격이 있다고 할 때 그와 관련한 풍수도참의 정보가 전해지는 것을 바라지 않아서였다고도 하겠다.

이상에서 본다면 고려시대 풍수는 주로 국업연장을 위한 산천비보 쪽에서 역할하였다고 볼 수 있다. 장지풍수라 할 음택풍수가 그렇게 두드러지지 않은 것은 불교적 영향이 있었을 것으로 여겨지는데 이를테면 화장 즉 다비를 통해 시신을 처리하고 뼛가루를 골호에 담아 사찰에 안치하였다가 땅에 묻는 것이 일반적 장법이었다 하기 때문이다. 그렇다하고 하더라도 장지를 정하는데 풍수가 일정정도 기능을 하였을 것임은 물론이다. 예컨대 김덕명(金德明)은 최충헌에게 현종이 안종을 건릉에 장사한 뒤 거란병이 쳐들어왔는데, 그 곁에 강종의 후릉을 장사하여 거란병이 내침하였으므로 풍수상 그렇게 된다하여 개장을 청한 것은 이를 말해준다.[8] 능지를 정하는데 있어서 충선왕이 고릉(高陵)에 배알하였다가 복지(卜地)가 불길하다 하여 상지(相地)했던 자와 관련 관원들을 순군에 가두었던 것도 하나의 사례가 된다.[9]

그렇다면 조선왕조에서는 어떠했을까? 주지하듯 조선왕조는 의리명분에 따른 정통의 계승, 인륜의 근본이라 할 효 정신의 숭상 등을 통치이데올로기로 삼았다. 때문에 고려 말부터 유행한 ≪주자가례≫를 주목하였고 그 내용 이해와 실천에 각별한 관심을 기울였다. 포은 정몽주가 충현으로서 숭상을 받는 것은 고려왕조에 대한 의리를 죽음으로써 지켰다는 점과 가례에 따라 3년상과 여묘살이를 하였다는 점 등 때문이었다. 여기서 나타난 ≪주자가례≫에 보이는 상장례의 실천은 특히 주목되었고, 그 가운데서도 치장(治葬)과 관련하여 시신을 습렴하고 시신을 그대로 안장하는 것은 지금까지의 상장풍속과는 다른 면이 있었다. ≪주자가례≫ 치장조에는 '전기해서 장사할 만

---

8) ≪고려사≫ 권 129, 열전 42 반역 최충헌
9) ≪고려사≫ 권 33, 세가 33 충선왕 복위년 10월 기축

한 땅을 택하여 날을 가려 천광(穿壙)하고 토지의 신에게 제사한다.'라 하였는데, 장지와 장일을 고르고 있음이 나타난다.

성리학의 형성과정에서 중요한 역할을 한 정자(程子)는 이에 대해 '땅이 좋다는 것은 흙빛이 윤택하고, 초목이 무성한 것이 그 증거이다. 부조자손(父祖子孫)이 하나의 동기일진대, 저기가 편안하면 여기도 편안하고, 저기가 위태하면 여기도 위태한 것이 역시 이치이다. 그런데 금기에 구애하는 자들이 혹은 땅의 방위를 택하고, 혹은 날의 길흉을 결단하니, 역시 편견이 아니냐.'라 한 바가 있었다. 그것은 좋은 땅에 해당하는 곳에 안장하면 시신 역시 평안하고 자손 역시 평안할 터인데 동기감응의 설을 억지로 끌어들여 길흉화복까지를 정하게 하려는 것은 잘못된 것이다라는 말이었다.

그런데 이에 입각해서 볼 때 다음의 기록을 본다면 조선 초기 상장과정에 특이점이 있음을 발견하게 된다.

장서(葬書)의 망령됨을 논하옵니다. ≪신서재당서(新書載唐書)≫에, '태종은 음양에 관한 서적이 근대에 와서 차츰 와전되어 천착(穿鑿)이 너무 심하고, 금기(禁忌)도 너무 많음을 느껴, 드디어 태상 박사(太常博士) 여재(呂才)에게 해명하여, 학자 10여 명과 더불어 함께 정오를 가하여, 그 천박한 습속을 삭제하고, 쓸 수 있는 것만을 남기어 53권의 신서(新書)와 아울러 구서(舊書) 27권을 편성하여 정관(貞觀) 15년에 완성되자, 조서(詔書)를 반포하여 행세(行世)케 하였다.'고 하였습니다. 여재가 많이 전고(典故)를 들어 정리(正理)를 질정(質正)하였기 때문에, 비록 술자(術者)가 얕보는 경향이 있으나, 자못 경의(經義)에 합치되는 점이 많습니다. 그의 ≪서장서(敍葬書)≫에 이르기를, '≪주역(周易)≫에, 「옛날의 장사는 섶[薪]으로 덮고 봉분도 아니하며, 나무를 심어서 표하지도 않고 상기(喪期)도 일정하지 않았는데, 후세의 성인(聖人)이 관곽(棺槨)을 사용하게 하였으니, 이는 대과괘(大過卦)에서 얻은 것이다.」 하였고, ≪예기(禮記)≫에, 「장사라는 말은 감춘다는 뜻으로 사람이 다시 보지 못하게 하자는 것이라.」고 하였다. 그러나 ≪효경(孝經)≫에, 「택조(宅兆)를 점쳐서 편안히 모신다.」 하였으니, 이는 복토(復土)하는 일이 끝나면, 길이 감모(感

慕)하는 곳이 되며, 둔석(窀穸)의 예를 마치면, 영원한 혼신(魂神)의 집이 마련되는 것이나, 장차 조시(朝市)의 변천도 예측하기 어려우며, 물이 날지, 돌이 깔릴지, 땅속을 미리 알 수 없으므로, 생각다 못해 점을 쳐서 거의 후환이 없게하는 것이니, 신종(愼終)의 예를 갖춘 뿐이요, 길흉의 의(義)는 없었던 것이다. 그런데 근대에 와서는 음양의 장법(葬法)을 가하여, 혹은 연월의 편리를 가리고, 혹은 묘전(墓田)의 원근까지 참작하여, 한 가지만 맞지 않아도 화가 미친다, 화가 생긴다 하고, 무자(巫者)는 재화(財貨)를 탐내어 함부로 방해를 가하지 않는 자 없어, 드디어 하나의 장서(葬書)로 하여금 백가(百家)가 각각 길흉에 대한 설명이 있어 구애와 금기가 많았으며, 더구나 천지가 있는 이상, 건곤(乾坤)의 이치는 갖추어 있고, 강유(剛柔)가 있는 이상, 소식(消息)의 의(義)도 분명하며, 혹은 주야(晝夜)의 도(道)에 성숙되고 남녀의 화(化)에 감동되며, 삼광(三光)이 위에서 운행하고, 1기(氣)가 아래로 통하는, 이것이 음양의 대경(大經)이니, 잠깐이라도 없어서는 안 되는 이 이치마저 상사의 길흉에 견강 부회하여, 요망된 말을 하는 것이다. (중략) 저속한 무식배들이 모두 장서를 믿고있기 때문에, 무자(巫者)가 길흉을 사칭하면, 행여나 하는 생각을 가지고, 드디어 벽용(躄踊)의 즈음에 장지를 택하여 관작이나 바라며, 도독(荼毒)의 궁극에도 장시(葬時)를 가려 재록(財祿)을 꿈꾸고, 혹은 진일(辰日)에 울고 곡하는 것은 좋지 않다 하여, 드디어 웃고서 손님의 조상을 받으며, 혹은 친속은 광중(壙中)에 가까이 못하는 살(殺)이 있었다 하여, 집안 장사에 참여하지 않고 평복을 입고 있으니, 성인의 교화가 어찌 이러하였겠는가. 장사가 세속을 무너뜨리는 것이 이 지경에 이르렀으니, 이것이 제7이다.'라고 하였습니다.[10]

이 내용은 세종 1년 3월 9일(계축)에 ≪장일통요(葬日通要)≫를 정이오(鄭以吾)·이양달(李陽達) 등이 편집하여 올리면서 쓴 전문(箋文)에 실린 글이다. 여기에 보이듯이 장례에 사람들이 길흉화복을 따져 장일과 장지를 택하고 좋은 날이 될 때까지 며칠 몇 달 심하게는 해를 넘기는 경우가 있으며 이를 통해 관작을 바라고 부귀영화를 누리려는 풍속이 있었음이 나타난다. 이 글에 이어 사관이 기록한 것을 보면 '시속이 풍수의 말만 믿고 자손이 많은 자

10) ≪세종실록≫ 권 3, 세종 1년 3월 9일 계축

는 금기가 더욱 심하여, 10년이 넘도록 장사를 못한 자가 있다.'고 한 것은 이를 보여준다.

결국 주자가례에 따른 상장례와 풍수음양을 통한 길복을 따지는 것이 서로 연결되면서 시중에서는 심각한 문제로 나타날 수밖에 없었다. 그렇다면 이러한 문제점에 대해 조선왕조에서도 어느 정도 이해하고 이를 규제하려는 움직임이 있었을 것이다. 물론 대표적인 것이 위의 글에서 나타나듯 장일의 문제를 해결하기 위하여 태종대에 고제를 참고하여 재정리하도록 하였고 세종 초에 편찬된 ≪장일통요≫였다. 다른 하나는 상장례와 장지, 장일의 선택, 주거풍수를 관리하기 위해 조선왕조에서도 풍수지리사상을 국초부터 어느 정도 정리하기 시작하였다는 점이다.

왕조 초기부터 풍수학을 두었던 것은 이를 반영한다.[11] 태조 원년에는 7과를 설치하였는데, 그것은 문음(門蔭)·문(文)·이(吏)·역(譯)·무(武)·의(醫)·음양학(陰陽學) 등이었으며[12], 태조 2년에는 병(兵)·율(律)·자(字)·역(譯)·의(醫)·산학(算學) 등 6학이 설치되었다.[13] 여기서 보이는 과거와 관학은 밀접한 관계가 있었으므로 과거에 음양학이 있었다는 점은 성균관 6학에는 보이지 않으나 그 성격을 갖는 것이 있었을 것임을 상정하게 한다. 이를 구체적으로 보여주는 것이 태종 6년 11월에 설치되는 10학이며 여기에는 음양풍수학이 들어갔다.[14] 이후 세종대에 풍수학과 관련하여서는 세종의 각별한 관심이 있었는데, 경연에서 풍수학 강론을 시도하였다거나 풍수학의 전문성을 살리면서 그 교육을 위하여 풍수학 학관을 두고 정인지를 제조로 삼는 등의 조치를 취하였다. 다음 기록을 보면 이 같은 세종의 관심을 알 수 있다.

---

11) 조선초기 풍수학에 대한 정리는 이상태, 앞의 논문 참조.
12) ≪태조실록≫ 권 1, 태조 원년 8월 신해
13) ≪태조실록≫ 권 4, 태조 2년 10월 기해
14) ≪태종실록≫ 권12, 태종 6년 11월 신미

이제 사헌부에서 올린 글에 이르기를, '근기 지방에서는 굳은 장마가 재해를 일으키고, 경상·전라도에는 역시 오랜 가물로 인하여 파종하는 일이 때를 잃었으니, 이것은 곧 천심이 인애하여서 꾸지람함을 보인 것이온즉, 청컨대 꾸지람하는 하늘 뜻을 받아들여서 토목의 공사를 덜어 줄이고, 여러 도의 수재·한재에는 사람을 시켜 조사해 밝히고, 민간의 질고와 수령의 불법함을 무시로 사람을 보내어 들추어내자.'고 하였으니, 그 말이 성심에서 나온 것이므로 네가 매우 아름다이 여기지마는, 지리의 일 같은 것에 있어서는 예와 이제의 제왕이 혹은 현명하고 혹은 혼암하며, 신하들의 올리는 말도 옳은 것이 있고 그른 것이 있으므로, 채택하여 쓰고 안 쓰는 것은 모두 그때의 임금에 있는 것인데, 이제 사헌부의 아뢴 말에 지리의 술법은 요괴하고 허망하여 경전에 보이지 아니하므로 유식한 선비들이 모두 말하기를 부끄러워하는 것이라 하였으니, 이 말은 과한 것이다. 우리 태조께서 개국하셔서 한양에 도읍을 정하시고 궁궐을 영건하시며 종묘를 세우심에 모두 지리를 쓰셨고, 건원릉에 이르러서도 지리를 썼으니, 이는 곧 우리나라는 지리의 학설을 외면할 수가 없는 것이다. 장래의 일로 말한다면 국가에 혹시라도 변고가 있으면 다만 물 깊고 흙 두터운 것만을 취하고 지리를 쓰지 아니하겠는가. 부모 장사에 땅을 정할 때 대소 관료들이 모두 지리를 쓰면서 그래도 정밀하지 못할까 봐 걱정들을 하니, 지금 내가 이 말을 하는 것은 그 아뢴 말이 행하는 것과 다르기 때문이다. (중략) 지리의 말 같은 것은 그렇지 아니하니, 주 문공(朱文公)이나 채계통(蔡季通)은 세상의 이름난 선비이지만 그 죽을 때에 이르러서는 몸소 묻힐 땅을 정하였었다. 만약 지리의 말을 쓰지 않는다면 모르거니와, 그것을 쓸 것 같으면 주장되는 용과 가지되는 용을 불가불 알아야 한다.[15]

이 글은 풍수지리를 써서 명당을 찾는 것에 대해 사헌부에서 그 헛됨을 논하여 올린 상소에 대해 그것이 이로운 것이라면 필요한 것을 찾아 이용하면 될 뿐이라는 세종의 이해를 보여준다. 이후 세종은 풍수학 교육을 강화시켰고, 이후 성종대에 ≪경국대전≫에서는 명문화되기에 이르렀다.

≪경국대전≫을 보면 풍수학은 관상감에서 교육을 전담토록 하였고 천문

---

15) ≪세종실록≫ 권 61, 세종 15년 7월 27일(무인)

학 20인, 명과학 10인, 그리고 지리학 15인의 생도가 뽑혀 교수되었다.[16) 이 때 구임관(久任官)으로서 지리학 교수 1인과 지리학 훈도 2인을 두게 되었던 것이다. 특히 음양과를 보면 다음과 같이 규정하고 있다. 음양과 초시에서는 천문학 10인 지리학·명과학 각 4인을 관상감에서 녹명하여 시취하는데 주로 강서(講書)로 하되 배강(背講) 및 임문(臨文)을 통하여 실시하였다. 지리학의 경우를 보면, ≪청오경(靑烏經)≫과 ≪금낭경(錦囊經)≫을 배강으로 하고 ≪호순신(胡舜申)≫·≪명산론(明山論)≫·≪지리문정(地理門庭)≫·≪감룡(撼龍)≫·≪착맥부(捉脈賦)≫·≪의룡(疑龍)≫·≪동림조담(洞林照膽)≫·≪경국대전(經國大典)≫ 등을 임문으로 하여 시취하였다.[17)

풍수학이 이처럼 왕실차원에서 주도적으로 받아들여진 면이 있었으나 여전히 사대부들의 경우 이에 대해 배척하는 면이 강하였다. 대체로 궁벽하고 망령되며 요망하다는 것이 주된 이유였다. 예컨대 세종 15년 7월 사헌부에서 상소한 내용 가운데,

> 지리의 술법은 오괴(迂怪)하고 궁벽하며 지리하고 망령된 것이어서 성경(聖經) 현전(賢傳)에 보이지 아니하고, 유식한 선비가 모두 말하기를 부끄러워하는 바입니다. 그 말에 이르기를, '화와 복은 모두 조상의 묏자리나 사는 집터의 방위의 길흉에 연유한다.'고 하오니, 처음부터 사람의 수명이나 화복은 모두 처음부터 타고나는 것이요, 또 착한 일을 하면 백 가지 복이 내리고 착하지 않은 일을 하면 백 가지 재앙이 내리는 것은 이치의 당연한 것이온데, 만약 그 말과 같다 하오면 처음부터 타고난 것은 과연 어디에 있으며 선악의 보응이 틀리지 않는 이치는 또한 어디에 있겠습니까.[18)

라고 한 대목이 있다. 화복이 풍수의 길흉에 연유한다는 것은 요망한 설이라

---

16) ≪경국대전≫ 예전 생도
17) ≪경국대전≫ 예전 제과 음양과초시
18) ≪세종실록≫ 권 61, 세종 15년 7월 26일(정축)

는 것이다. 차라리 선한 일을 쌓아 복을 받는 것이 중요하지 터를 잡아 화복을 다툰다는 것은 이치에 맞지 않는다고 본 것이다. 이같은 입장은 세종 대 대표적인 음양풍수설에 대하여 반대하였던 어효첨이 세종에게 아뢴 데서도 나타난다.

> 산 사람이나 죽은 사람이나 마찬가지입니다. 산 사람의 사는 곳도 반드시 장풍(臟風)하여 살 만한 곳을 씁니다. 하물며, 내 부모의 체백(體魄)을 의탁하는 곳을, 신이 어찌 사통오달(四通五達)한 땅을 쓰고, 둘러싸서 편안할 만한 땅을 택(擇)하지 않는 것을 말하는 것이겠습니까. 다만 눈으로 헤아려서 마땅하면 쓰고, 화복(禍福)의 설(說)은 쓰지 않는 것이 가합니다. 신이 옛날 아비를 장사 지낼 때에, 다만 신의 아비가 명(命)한 땅을 쓰고 지리(地理)의 설(說)은 쓰지 않았으며, 또 신이 어렸을 때에는 혹 하지 못하였으나, 등과(登科)한 이래로는 집안에서 음사(淫祀)를 금(禁)하여 끊어서, 노복(奴僕)까지라도 모두 금(禁)합니다. 그러하오나, 신의 집의 화복(禍福)이 다른 집의 음사(淫祀)를 존숭(尊崇)하여 믿고 장지(葬地)를 조심스럽게 택하는 자와 비교하면, 오히려 서로 다르지 않습니다.[19]

라고 하였던 것이다.

그렇지만 이미 민가에서는 길지를 선점하여 선산 등으로 확보하려는 노력이 일찍감치 나타나기 시작했다. 그것은 왕실과도 충돌될 수 있는 면이 있었다. 세종 13년 정월에 행부사직 고중안(高仲安)은 '장법에 절제가 없어 상하의 분수를 생각하지 않으며 서로 앞을 다투어 길지를 점령하고 있다'고 진단한 바 있었다. 결국 이러한 상황이 계속된다면 전국의 웬만한 길지는 모두 신료들에 의해 임의로 사용되게 될 것이며 왕실은 크게 난감해질 수 있다는 것이었다. 따라서 그는 이 문제를 해결하기 위해 남향으로 된 유리한 곳은 임의 사용을 불허하고 상등의 남향 땅은 분묘가 있으면 길지를 가려 옮겨

---

19) ≪세종실록≫ 권112, 세종 28년 6월 18일(갑인)

장사토록 한 뒤 미리 그 산맥의 기운을 길러야 한다고 제안했다. 이를 위해 도성으로부터 사방 3, 4일 길이 되는 곳에 2, 3명을 보내 남향으로 쓸만한 곳 수십 개소를 찾아 표목을 세운 뒤 소재관으로 하여금 살펴 지키도록 할 것을 청하자, 세종은 이를 따랐던 것이다.

이상에서처럼 여말 선초기에 들어서면서 불교적 윤회에 입각한 다비와 장법은 정치적 차원에서 불교가 비판받으면서 축소되었다. 반면 주자가례의 풍속이 확산되어 3년 여묘살이나 봉분을 마련하여 안택하는 상장례가 정착되었고 이에 따라 선친을 모시려는 의식이 많아졌다. 말하자면 봉분을 마련하고 시신을 습렴하여 안치하는 장법이 확산되었음을 뜻한다. 장법의 변화에 따라 장지와 장일을 택하여 길복을 얻으려는 의식을 낳았고 그것은 풍수학의 확대 심화를 낳기도 하였다. 풍수학 관련 교수와 훈도, 생도 등을 정한 것이나 음양풍수과가 관상감 주재로 이루어진 것은 이를 말해주었다. 세종이 언급한 바 있듯이 왕실과 국가에 이로운 것이 있을 수 있다면 그 장점을 취할 수 있다는 것은 풍수학이 점차 확대되는 토대가 되었다. 하지만 그것이 정치적으로도 이용될 수 있다는 부작용을 불러올 수 있었다.

2. 왕릉풍수와 그 의미

왕릉은 선왕과 선후의 무덤이었다. 따라서 그곳은 성역화 과정을 거쳐야 했다. 이를 위해 조선왕조에서는 능역을 정하고 수호군, 수복호 등을 정해 능역을 보호하였고, 또 개간이나 벌목 등을 절대 금하였으며 능역 안의 무덤들에 대해서는 개장토록 하였다. 그러면서도 미리 능역으로 할 만한 곳을 예정하여 그 주맥과 산맥의 기운을 보호하는 조치도 내려져 소나무나 전나무 등을 심었다. 또한 풍수상의 기운을 잘 갈무리하기 위한 방안도 마련되었었다. 사초지 위에 여러 호석과 문인석, 무인석, 망주석 등을 세웠던 것이나 사초지에 해당하는 곳에 흙을 잘 덮어 그 위에 현궁을 묻을 석실이나 봉분을 하였던 것은 명당의 기운을 북돋기 위한 것이었다. 잉(孕)을 중심으로 그 앞의 육(育)이라 할 혈을 찾아 곡장과 능을 마련했던 것도 이 같은 이유에서였다.

그렇지만 중요한 것은 그러한 곳을 어떻게 찾아 정하느냐는 것이었다. 앞의 장에서 서술한 바처럼 조선왕조에서는 최적의 왕릉지를 찾아 왕과 비를 안장코자 하였다. 인조와 효종대에 활동했던 인물인 조익(趙翼)이 산릉에 대해서 올린 차자의 내용을 보면 주자의 말들을 필요에 따라 인용하면서 특히 왕릉이 길지를 찾아야 하는 이유를 서술하였다.

> 이 일이 국가의 대사(大事)이기 때문에 신이 감히 의논해 보려고도 하였습니다마는, 뭇사람들의 생각이 모두 이를 그르게 여기면서 분분하게 비평하곤 하였습니다. 하지만 신이 마음속으로는 항상 그곳이 전적으로 길지는 못 된다고 의심하고 있었는데, 지금 대행대왕의 장례를 모시면서 또 그곳을 쓰려고 하는 것을 보고는, 삼가 위태하고 두렵기 그지없는 심정을 가눌 수가 없었습니다. 이러한데도 말씀을 올리지 않는다면 이는 안으로 자기의 마음을 속이고 위로 군부(君父)를 기만하는 일이 될 뿐만 아니라, 대행대왕의 체백(體魄)의 안부(安否)야말로 국가의 무궁한 이해와 직결되는 일인데도 관심 없이 걱정도 하지 않는다면 큰 불충(不忠)이 되겠기에, 감히 사람들의 비평을 피하지 않고서 외람되게도 이렇게 진달하게 되었습니다. 대체로 신의 의견은 그 땅을 꼭 쓰지 못하게 하려는 것이 아니라, 다만 자세히 살펴보는 일을 다시 행해서 길지가 되는지를 확인한 뒤에 썼으면 하는 것일 따름이니, 이렇게 해야만 신중하게 처리하는 도리에 맞게 될 것입니다. 삼가 원하건대 전하께서는 자상하게 살펴 주소서. 전하의 하교를 기다리겠습니다.[20]

---

20) ≪浦渚集≫ 권 12, 차 論山陵箚

인조의 인산을 맞아 능을 정하게 되는데 있어 신중해야 함을 밝히는 것이었는데, 여기서 그 이유를 대행대왕의 체백의 안부가 국가의 무궁한 이해와 직결된다고 한 이해가 나온다. 바로 이점으로 요약되듯 왕릉은 단지 왕실만이 아닌 왕조국가 차원의 길흉화복과 연결되는 것으로 여겨졌기 때문에 그 택지는 다른 무엇보다도 중요시될 수밖에 없었다.

이미 태조는 신덕왕후 강씨가 죽은 뒤 그 능지를 찾기 위해 노력한 바 있었다. 또한 태종 역시 부왕인 태조의 능을 잡는데 고심하였다. 태종 8년 6월의 기사를 보면, 영의정부사(領議政府事) 하윤(河崙) 등을 보내어 산릉(山陵) 자리를 보게 하였다. 이때 검교 판한성부사(判漢城府事) 유한우(劉旱雨)·전 서운 정(書雲正) 이양달(李陽達) 등은 원평(原平)의 예전 봉성(蓬城)에서 길지(吉地)를 얻었다 하였으나 하윤은 이곳은 쓸 수 없고 해풍(海豐)의 행주(幸州)의 땅이 지리의 법에 합당하다고 아뢰었다.[21] 태종이 다시 다른 곳을 찾으라 하였는데, 마침내 양주 검암에서 능지를 얻었다는 기사가 나온다.

> 처음에 영의정부사(領議政府事) 하윤(河崙) 등이 다시 유한우(劉旱雨)·이양달(李陽達)·이양(李良) 등을 거느리고 양주(楊州)의 능자리를 보는데, 검교 참찬의정부사(檢校參贊議政府事) 김인귀(金仁貴)가 하윤 등을 보고 말하기를, "내가 사는 검암(儉巖)에 길지(吉地)가 있다." 하였다. 하윤 등이 가서 보니 과연 좋았다. 조묘 도감 제조(造墓都監提調) 박자청(朴子靑)이 공장(工匠)을 거느리고 역사(役事)를 시작하였다.

이 상지(相地) 과정을 통하여 얻은 것이 바로 동구릉 건원릉 자리였다. 이곳은 이후에도 최고의 길지로 꼽히기도 하였다. 변계량은 이곳에 대해 설명하길, 건원릉이 서울과 20리쯤 된다고 하면서 그 형세를 설명하였다. '산 내 맥(來脈)은 장백산(長白山)을 뿌리로 2천여 리를 뻗쳐 내렸다. 철령(鐵嶺)에

---

21) ≪태종실록≫ 권 15, 태종 8년 6월 12일(기축)

와서 꺾어져 서쪽으로 다시 수백 리를 와서 우뚝한 것이 백운산(白雲山)이다. 또 남쪽으로 백여 리를 뻗어 와서, 북으로 모이면서 남으로 향하였으니 곧 검암산이다. 능(陵)은 계좌정향(癸坐丁向)이며, 능에서 바로 병방(丙方)인 4백 21척 지점에 비(碑)를 세워서, 우리 태조 공덕을 기록하였다.'라 한 것이다.[22] 이처럼 상지는 매우 중요시되었다.

또 한편으로는 상지와 더불어 이렇게 매번 상지를 하여 길지를 찾게 될 경우 왕릉지로 쓸 땅을 구할 수 없는 지경에까지 이를 수 있다는 생각이 있었다. 태조나 태종, 세종은 모두 살아있을 때 자신의 능역이 될 수릉을 정한 바 있었다. 공통점은 광주 대모산 남쪽 즉 현재의 헌릉 능역이 그 대상이었다. 어떻게 본다면 조선의 왕릉은 대모산 자락을 중심으로 태조 이하 왕실 능역이 조성될 가능성이 있었던 것이다. 그러나 태종은 그 선택을 달리하여 태조의 능을 검암산 아래로 정하였던 것이고 자신은 대모산 자락으로 안식처를 찾았다. 태조의 건원릉과 태종의 헌릉은 부자관계가 한강을 사이에 두고 떨어진 형국을 가지게 되었다. 이점은 왕실에서 능행을 할 때도 어려운 점으로 이해되었다. 그래서 길지를 중심으로 선영의 형태로 묘역을 가져야 할 것이라는 이해도 대두될 수 있었던 것이다.

세종의 경우를 보자. 세종 20년에 세종은 헌릉에 친히 제사를 올린 뒤 영의정 황희(黃喜)·판서 하연(河演)·첨지중추원사 황자후(黃子厚)·참판 민의생(閔義生)과 도승지 김돈(金墩) 등에게 명하여 풍수학관(風水學官)을 데리고 수릉 자리를 헌릉 옆에 살펴 정하였다.[23] 그리고 소헌왕후가 훙한 뒤 자신의 수릉 자리에 먼저 안장을 하였다. 이때 음양가들은 그 자리에 대해 불길하다고 하였지만 세종은 '다른 곳에 복지(福地)를 얻는 것이 선영 곁에 장사하는 것만 하겠는가? 화복(禍福)의 설(說)은 근심할 것이 아니다. 나도 나중

---

22) ≪春亭集≫ 권 5, 記 健元陵碑陰記
23) ≪세종실록≫ 권 83, 세종 20년 10월 1일(임자)

에 마땅히 같이 장사하되 무덤은 같이 하고 실(室)은 다르게 만드는 것이 좋겠다.' 한 바 있었다.[24] 이후 조선왕조에서 동구릉이나 서오릉, 서삼릉이라 이를만큼 능역이 조성되었다는 점은 한편으로는 길지론보다는 선영을 형성하려는 면으로 이해될 수 있다. 물론 그 가운데서도 길지를 찾았다는 것을 무시할 수는 없었다.

하지만 때로는 택지의 길흉론에 따라 천장의 의논이 끊이지 않았다. 가장 대표적인 것이 세종 대 최양선이 올린 글이었다. 그는 세종의 수릉이 불길하다고 아뢰었었는데, 이에 대한 의정부와 예조에서의 처벌론에 나온 바를 보면,

> "전일에 대군 및 정부의 풍수학제조(風水學提調)가 함께 수릉을 살필 때에, 서운부정(書雲副正) 최양선(崔揚善)이 수릉의 혈 자리가 임방(壬方) 자리인 것을 감방(坎方) 자리라 하고, 또 허망하게 이르기를, '곤방 물이 새 입처럼 갈라졌다.'[坤水分嘴] 하여, 그 해로움을 논하기를, '손이 끊어지고 맏아들을 잃는다.'[絶嗣損長子]고 하여, 《풍수서(風水書)》에도 없는 터무니없는 말로써 제가 옳다고 억지 우겨대고, 또 그 언사가 불순하고 무례하기에, 신 등이 감히 사실 내용을 갖추어서 청하였사온데, 다만 의금부에 가두라고만 명하시고 국문할 것을 허락하지 않으시오니, 신 등이 가만히 생각하옵건대, 여러 지리책들을 상고해 보아도 그 해롭다는 것을 보지 못하겠습니다. 그러므로 이는 마땅히 법관으로 하여금 양선의 말한 바를 가지고 여러 지리책을 대조하여 그 옳고 그름을 분변하여서, 과연 허황하여 근거가 없으면 그 허황하게 말한 죄를 바로잡고, 역사책에 기록하여서 후세의 의혹을 끊어 버려야 할 것이옵니다. 만일 이제 죄주지 아니하시면, 신 등이 깊이 두려워하는 것은 옳고 그름이 정해지지 않아서 여러 사람의 의심이 명백해지기 어렵고, 이 같은 무리가 마침내 조심하는 바가 없이 제멋대로 서로 제 나름의 지혜를 저마다 쓸 것이오니, 옳고 그름을 따져 밝힌 연후에 죄주고 말고를 성상께서 재량하여 시행하도록 하시옵소서."[25]

24) 《예종실록》 권 4, 예종 1년 3월 6일(경인)

라고 아뢴 바가 있었다. 왕실에서 절손이 된다는 것이 의미하는 것은 왕조의
운명에 관계되는 것으로서 절대 언급하기 어려운 얘기에 해당한다. 그렇지
만 여기서처럼 풍수학을 하는 최양선의 발언은 언제나 자기 주장을 목숨을
걸고 내세우는데 나올 수 있었다. 더구나 세종대의 경우 세종의 조정으로 이
문제는 넘어갈 수 있었지만 왕실의 명복과 관련한 것이 정치적 역학관계와
관계될 때는 단순한 파직의 차원을 넘어서게 된다.[26]

물론 능지를 정할 때 당대 최고의 풍수학가들이 동원되어 찾기는 하였지
만 때로는 정치적 이유로 급박하게 서두르거나 혹은 풍수가들의 실수, 지맥
의 흐름이 바뀐다든가의 이유로 길지가 흉지로 바뀌거나 풍수에서 가장 피
하는 물이 솟는 등의 일이 생길 경우 관련 풍수가들에 대한 처벌과 함께 천
장이 이루어질 수밖에 없었다.[27] 한편으로 풍수가들 사이의 의논은 자신들
의 입론에 따라 합일되기 어려운 면이 있었다는 점도 고려할 필요가 있다.

헌릉을 조성하면서 그 뒷길을 막느냐 그대로 두느냐의 문제를 두고 당시
의 풍수가들이었던 이양달이나 고중안과 최양선 등이 의견대립을 하고 여
기에 풍수학 및 예조, 집현전 관원들, 그리고 세종까지 이 문제에 개입하였
던 것은 대표적 사례이다. 또한 세조 13년 4월 세종의 영릉을 개장하는 문제
를 두고 벌어진 일은 이를 잘 보여준다.

　　고령군(高靈君) 신숙주(申叔舟)·능성군(綾城君) 구치관(具致寬)·상당군(上
　　黨君) 한명회(韓明澮)·공조 판서(工曹判書) 임원준(任元濬)·형조 판서(刑曹
　　判書) 서거정(徐居正) 등에게 다시 명하여 영릉(英陵)을 개장(改葬)할 것을 의
　　논하게 하고, 신숙주(申叔舟) 등에게 명하여 경기(京畿)에 가서 땅을 가려 정

25) 《세종실록》 권 99, 세종 25년 2월 2일(무자)
26) 후일 예종 1년 3월에 이르러 세종의 영릉은 세조대 여러 논의를 거치면서 결국 여
　　주로 천장을 하게 된다.
27) 조선후기 능지 선택과 천릉논의와 관련해서는 이희중, <17, 8세기 서울 주변 왕릉
　　의 축조, 관리 및 천릉 논의>《서울학연구》 17, 2001 참조.

하게 하였었는데, 이에 이르러 돌아오니, 불러 보고 새로 만든 자금배(紫金杯)를 내다가 술을 잔에 따라 마시었다. 또 영릉(英陵)의 산형도(山形圖)를 보고 이내 안효례(安孝禮)·최호원(崔灝元) 등을 불러 길흉(吉凶)을 변론(辯論)하게 하였더니, 안효례가 흉(凶)하다고 하면 최호원도 또한 흉(凶)하다고 하고, 안효례가 길(吉)하다고 하면 최호원도 또한 길(吉)하다고 하여, 모두 우물우물하고 길흉(吉凶)을 분명하게 말하지 못하므로, 명하여 의금부(義禁府)의 옥(獄)에 가두게 하고 아울러서 파직(罷職)시켰다.[28]

그렇지만 앞서 언급한 바처럼 능지 선정에 있어 풍수학의 영향을 절대 배제하기 어려운 분위기였던 것은 사실이었다. 이를 반영하면서 정리된 것이 ≪세종실록≫ 오례의 흉례 치장조에 나오는 규정이었다.

> 5개월 만에 장사(葬事)를 지낸다. 기일 전에 예조의 당상관(堂上官)과 풍수학 제조(風水學提調)가 서운관(書雲觀)의 관원을 거느리고 땅의 장사(葬事)지낼 만한 곳을 가린다. 의정부(議政府)의 당상관(堂上官)이 다시 살펴보고 계문(啓聞)하여, 택일(擇日)을 정하여 영역(塋域)을 파헤친다. 영역[兆]의 네 모퉁이[四隅]를 파서 그 흙을 밖으로 퍼내고, 가운데를 파서 그 흙을 남쪽으로 퍼내는데, 각각 한 푯말을 세우고, 남문(南門)에는 두 푯말을 세운다.[29]

여기에 보이듯이 국상이 있게 되면 당상관과 풍수학제조 등이 상지를 할 풍수학관원 혹은 서운관 관원을 거느리고 그 대상지를 찾아 비망하면 논의를 거쳐 왕릉지를 최종 선정하는 과정이 세종대에 정해졌던 것이다.

어쨌든 조선왕조에서 천릉은 대체로 첫째, 풍수상 길지가 아니었기 때문에, 둘째 오환(五患)에 해당하는 물이 솟았기 때문에, 셋째 인조 및 정조의 경우처럼 생부를 추존하기 위해 등의 이유로 이루어졌다. 아래 <표 1> 조

---

28) ≪세조실록≫ 권 42, 세조 13년 4월 5일(경자)
29) ≪세종실록≫ 오례의 흉례 치장

선시대 왕릉 일람에 보이듯이 굵은 글씨로 표시된 왕릉은 이 때문에 천장을 하였던 것이다.

<표 1> 조선시대 왕릉 일람

	묘호	능호	졸년월일	葬日	위치 및 좌향
1	태조	健元陵	太宗8年戊子5月壬申(74)	戊子9月9日	楊州南儉岩山癸坐丁向
	신의왕후	齊陵	辛未9月23日		豊德北栗村甲坐庚向
	신덕왕후	貞陵	太祖5年丙子8月戊戌	丁丑正月	楊州南沙河里庚坐甲向
2	정종	厚陵	世宗1年己亥9月戊辰(63)	庚子9月4日	豊德東興敎洞東癸坐丁向
	정안왕후		太宗12年壬辰6月戊寅(58)	壬辰8月8日	大王陵同原
3	태종	獻陵	世宗4年壬寅10月丙寅(56)	壬寅9月6日	廣州西大母山乾坐巽向
	원경왕후		世宗2年庚子7月丙子(56)	庚子9月17日	大王陵同原
4	세종	英陵	世宗32年庚午2月壬辰(54)	庚午6月	驪州西北成山子坐午向
	소헌왕후		世宗28年丙寅3月辛卯(52)	丙寅7月	大王陵同原
5	문종	顯陵	文宗2年壬申5月丙午(39)	壬申9月1日	健元陵東南癸坐丁向
	현덕왕후		世宗23年辛酉7月戊午(24)	辛酉9月	大王陵左崗寅坐申向
6	단종	莊陵	世祖3年丁丑10月辛亥(17)		寧越北冬乙旨辛坐乙向
	정순왕후	思陵	中宗16年辛巳6月甲申(82)		楊州南羣場里癸坐丁向
7	세조	光陵	世祖14年戊子9月甲子(52)	戊子11月28日	楊州東注葉山直洞子坐午向
	정희왕후		成宗14年癸卯3月壬戌(66)	癸卯6月12日	大王陵東崗丑坐未向
8	예종	昌陵	睿宗1年己丑11月戊申(20)	庚寅2月5日	高陽敬陵北崗艮坐
	안순왕후		燕山君4年戊午12月甲寅	乙未2月14日	
	장순왕후	恭陵	世祖7年辛巳12月辛未(17)	壬午2月25日	坡州南普施洞戌坐
추존	덕종	敬陵	世祖3年丁丑9月2日(20)	丁丑11月24日	高陽東 蜂峴艮坐
	소혜왕후		燕山10年甲子4月27日(68)	甲子5月1日	
9	성종	宣陵	成宗25年甲寅12月己卯(38)	乙卯4月6日	廣州西學堂洞壬坐
	정현왕후		中宗25年庚寅8月己卯(69)	庚寅10月29日	大王陵左崗艮坐
	공혜왕후	順陵	成宗5年甲午4月己巳(19)	甲午6月7日	坡州恭陵南崗 卯坐酉向之原
10	연산군	묘	中宗1年丙寅12月(31)	未詳	中部長通坊 外孫李安訥之家
	부인신씨		中宗32年丁酉4月8日(61)	丁酉6月26日	

11	중종	靖陵	中宗39年甲辰11月庚戌(57)	乙巳2月	廣州宣陵東崗乾坐
	단경왕후	溫陵	明宗12年丁巳12月丙戌(71)	未詳	楊州西山 長興面水回洞亥坐
	장경왕후	禧陵	中宗10年乙亥3月己未(25)	乙亥閏4月	高陽南 元堂里艮坐
	문정왕후	泰陵	明宗20年乙丑4月癸酉(65)	乙丑7月15日	楊州南 蘆原面壬坐
12	인종	孝陵	仁宗1年乙巳7月辛酉(31)	乙巳10月15日	高陽 禧陵西崗艮坐坤向
	인성왕후		宣祖10年丁丑11月辛巳(64)	戊寅2月15日	
13	명종	康陵	明宗22年丁卯6月辛亥(34)	丁卯9月22日	楊州泰陵東崗亥坐
	인순왕후		宣祖8年乙亥正月壬寅(44)	乙亥4月28日	
14	선조	穆陵	宣祖41年戊申2月戊午(57)	戊申6月初	楊州健元陵第二崗壬坐丙向
	의인왕후		宣祖33年庚子6月戊戌(46)	庚子12月22日	大王陵左崗壬坐丙向
	인목왕후		仁祖9年壬申6月甲午(49)	壬申10月6日	大王陵左崗甲坐庚向
15	광해군	묘	仁祖19年辛巳7月1日(67)	辛巳10月4日	楊州赤城洞亥坐原
	부인유씨		仁祖1年癸亥10月(48)	癸亥閏10月27日	
추존	원종	章陵	光海11年己未12月戊寅(40)	庚申2月	金浦後崗子坐午向
	인헌왕후		仁祖4年丙寅正月14日(49)	丙寅5月18日	
16	인조	長陵	仁祖27年己丑5月丙寅(55)	己丑9月20日	交河舊治後子坐午向
	인렬왕후		仁祖13年乙亥12月乙酉(42)	丙子4月11日	
	장렬왕후	徽陵	肅宗12年戊辰8月丙寅(65)	戊辰12月16日	健元陵西崗酉坐卯向
17	효종	寧陵	孝宗10年己亥5月甲子(41)	己亥10月29日	驪州英陵東 弘濟洞子坐午向
	인선왕후		顯宗15年甲寅2月戊午(57)	甲寅6月4日	
18	현종	崇陵	顯宗15年甲寅8月己酉(34)	甲寅12月13日	健元陵西南別崗酉坐卯向
	명성왕후		肅宗9年癸亥12月壬辰(42)	甲子4月	
19	숙종	明陵	肅宗46年庚子6月癸卯(60)	庚子10月21日	敬陵東崗甲坐庚向之原
	인현왕후		肅宗27年辛巳8月己巳(35)	辛巳12月9日	翼陵南甲坐之岡
	인원왕후		英祖33年丁丑3月丁巳(71)	丁丑7月12日	
	인경왕후	翼陵	肅宗6年庚申10月辛亥(20)	辛酉2月22日	大王陵右崗乙坐辛向
20	경종	懿陵	景宗4年甲辰8月乙未(37)	甲辰12月16日	楊州治南坐申向寅之原
	선의왕후		英祖6年庚戌6月丙寅(26)	庚戌10月19日	
	단의왕후	惠陵	肅宗44年戊戌2月丙戌(33)	戊戌4月19日	楊州崇陵內酉坐之岡
21	영조	元陵	英祖52年丙申3月丙子(83)	丙申7月27日	健元陵西第二岡亥坐巳向之原
	정순왕후		純祖5年乙丑正月丁酉(61)	乙丑6月20日	
	정성왕후	弘陵	英祖33年丁丑2月丁丑(66)	丁丑6月4日	昌陵左岡 以乙坐辛向
추존	진종	永陵	英祖4年戊申11月壬戌(10)	己酉1月26日	坡州順陵左崗乙坐辛向
	효순왕후		英祖27年辛未11月丙子(37)	壬申1月22日	

추존/번호	왕·왕후	능	생년월일(수)	몰일	능 위치
추존	장조 헌경왕후	隆陵	英祖38年壬午閏5月癸未(28) 純祖15年乙亥12月乙丑(81)	壬午7月23日 丙子3月3日	水原花山癸坐丁向
22	정조 효의왕후	健陵	正祖24年庚申6月己卯(49) 純祖21年辛巳3月己未(69)	庚申11月6日 辛巳9月13日	隆陵西崗子坐午向
23	순조 순원왕후	仁陵	純祖34年甲午11月甲戌(45) 哲宗8年丁巳8月壬子(69)	乙未4月19日 丁巳12月17日	廣州獻陵右岡子坐午向
추존	문조 신정왕후	綏陵	純祖30年庚寅5月壬戌(22) 高宗27年庚寅4月丙辰(83)	庚寅8月4日 庚寅8月30日	(龍馬峰下癸坐之原) 健元陵左崗壬坐丙向
24	헌종 효현왕후 효정왕후	景陵	憲宗15年己酉6月壬申(23) 憲宗9年癸卯8月乙丑(16) 高宗41年癸卯11月15日(73)	己酉10月28日 癸卯12月2日 甲辰1月29日	健元陵西岡酉坐卯向 同原庚坐甲向 同原庚坐甲向
25	철종 철인왕후	睿陵	哲宗14年癸亥12月8日(33) 高宗15年戊寅5月12日(42)	甲子4月7日 戊寅9月18日	高陽禧陵右岡子坐午向 同原癸坐丁向
26	고종 명성황후	洪陵	1918年12月20日(67) 高宗32年乙未8月戊子(45)	1919年2月3日 乙未10月28日	楊州漢美金面金谷里乙坐辛向
27	순종 순명황후 순정황후	裕陵	1926年3月14日(53) 1904年11月5日(33) 1966年(73)	1926년6월11일 1905년1월4일 1966년2월13일	楊州洪陵左岡卯坐西向

 * 이 표는 《조선왕조실록》, 《연려실기술》, 《고순종실록》, 《증보문헌비고》,
  《열성지장통기》 등을 참조하여 작성한 것임.

 여기에서 보듯이 왕릉풍수는 선왕선후의 체백을 모시는 곳이 되고 또 하늘과 땅의 기운을 받아 자손과 국가에 그 영향을 준다고 생각되었다. 그렇기 때문에 조선왕조에서는 서운관의 풍수학을 아는 자들과 함께 상지를 하여 의논한 뒤 왕릉을 최종 결정하였다. 물론 그 이전에는 미리 왕릉지가 될 곳들에 대해 왕실차원에서 여러 가지 조치, 예를 들면 나무를 심는다든가, 일반 사가의 무덤을 이장토록 한다든가, 벌목을 금지한다든가, 주맥의 기운을 보호한다든가의 일을 하였던 것이다. 여기에다가 서운관의 관원들은 현궁을 내릴 때의 길한 일시를 택하여 그 때에 맞추어서 하현궁을 하였다. 이처럼 조선왕조는 왕과 왕후의 체백을 모시는 왕릉에 대해 풍수학을 동원하여

천시와 인시, 그리고 지리를 맞추어 그 흉을 피하고 길복을 받으려 하였다는 것을 알 수 있는 것이다.

맺음말

이상을 통하여 조선시대 왕릉의 상지와 택지, 그리고 산릉조성에 풍수학이 어떠한 영향을 미쳤으며, 그 의미는 무엇인가에 대하여 살펴보았다.

조선왕조에서는 왕으로서 재위하고 훙서한 대행왕과 대행왕비의 능, 그리고 선왕의 왕위를 승통한 계승왕이 생부를 추존하면서 봉릉한 능 등을 합하면 모두 42기를 조성하였다. 여기에 반정(反正)으로 인하여 폐하여진 연산군 및 광해군묘를 합치면 44기에 달한다. 조선왕조에서는 왕이 거처하는 궁궐과 도성 그리고 종묘 등이 갖는 공간을 신성시하면서 그 공간에 대한 성역화 작업을 하였다. 이와 함께 중요시된 것이 바로 왕과 왕후의 사후공간이 되는 산릉이었다.

산릉은 국가적 차원에서 신성시되었다. 그렇기 때문에 이에 대한 세밀한 관리 감독을 지속적으로 하였으며 수시로 수리하고 지맥을 살피는 일을 계속하였다. 그렇지만 이보다 더 중요시 되었던 것은 바로 풍수학을 이용하여 산릉지를 찾고 안식할 공간을 찾는 것이었다. 여기서의 풍수학은 발복의 명당을 찾고 장일(葬日)을 헤아려 죽은 자들에게는 안식을 갖도록 하고 후손들은 그 복을 받게 할 수 있다는 점에서 이미 조선초기부터 반대 논란 속에서도 풍속에 깊이 자리잡았다. 따라서 왕릉은 선왕선후의 체백을 모시는 곳이 되고 또 하늘과 땅의 기운을 받아 자손과 국가에 그 영향을 준다고 생각되었다. 그렇기 때문에 조선왕조에서는 서운관의 풍수학을 아는 자들과 함께 상지를 하여 의논한 뒤 왕릉을 최종 결정하였다.

　그러나 조선시대 왕릉지를 볼 때 풍수학과 함께 중요시된 요소가 있었다. 도성 밖 경기지역을 그 경계선으로 삼으면서도 세종대 이후 길지라 할 곳을 미리 잡아 관리하였다가 산릉으로 조성하였다는 것과 또 선영처럼 왕릉군이 자연스레 조성되어 왕실의 효와 친(親)의 의미를 증대하고 있다는 것이다. 문제는 풍수학 자체가 엄밀한 조사 결과 위에서 도출된 것이 아니기 때문에 그러한 풍수학에 기반하여 산릉을 잡을 경우 그 자체의 문제로 인하여 길흉이 논란이 될 수가 있었다. 또한 이러한 문제점과 더불어 왕실 및 신하들이 정치적 이유로 산릉이 정할 때부터 흉지였다거나 수환(水患)을 입어 흉지가 된다고 하면서 천릉 혹은 천장을 주도하고자 한 점도 특징적인 것이라 할 수 있다.

시군별 왕릉

고양시 / 구리시 / 남양주시
양주시 / 연천군 / 파주시

고양시

고릉(高陵)

1. 연혁

능   주 : 고려 공양왕(恭讓王)[?~1392, 1389~1392]
위   치 : 경기 고양시 덕양구 원당동
지정번호 : 사적 제191호
봉릉연대 : 1416년(태종 16)
천릉연대 :
왕릉형태 : 쌍릉

2. 왕릉 소개

고양시 덕양구 원당동에 있는 고려의 마지막 왕인 공양왕(재위 1389~1392)과 그의 부인 순비 노씨의 무덤이다. 의정부시에서 양주시를 거쳐 고양시로 가는 39번 국도를 따라 고양시 방면으로 가다가 낙타고개를 넘어서면 고양시청으로 가는 삼거리 옛길이 나타난다. 이곳에서 우회전한 후 서울교외선 철길을 넘어서면 다시 삼거리가 나타나는데, 이곳에서 좌회전하면 바로 공양왕릉 입구 삼거리가 나타난다. 여기서 우회전하여 공양왕릉 쪽으로 들어서면 '왕릉'이라는 간판이 붙은 여러 음식점을 만날 수 있다. 이 길을 따

고릉 전경

라 끝까지 따라가면 고려의 마지막 왕이 잠들어 있는 공양왕릉(고릉)에 도착한다.

바깥에서 바라보면 마치 일반 무덤과 같은 모습을 하고 있다. 공양왕릉 입구에는 공양왕릉 안내 표지판과 삽살개 전설 안내판, 그리고 삽살개와 관련된 연못이 있다. 전설에 따르면 고려의 마지막 왕인 공양왕이 조선 태조 이성계에게 왕위를 빼앗겨서 목숨이 위태로와 무작정 걷다가 고양 식사동에 도착했을 때 머물 곳이 없어 절에 머물게 되었다 한다. 이 절은 현재 박적굴이라고 불린다. 하지만 하룻밤 자는 것이 그리 쉽지만은 않아 공양왕이 빌기까지 하자 스님은 어쩔수 없이 하룻밤 자는 것을 허락했다. 공양왕은 날이 밝자 다시 피신을 하는 도중 너무 힘들어 고개에서 하룻밤을 보냈다. 이 고

공양왕의 무덤

순비노씨의 무덤

개는 현재 대궐고개라 불리운다. 공양왕에게는 절에서 조금 갖다 주는 음식이 전부였다. 이 때 식사동이라는 명칭이 생겨났다. 그런데 며칠 후 공양왕이 없었다. 스님은 이상히 여겨 그냥 돌아갔다. 다음 날도 역시 공양왕은 보이지 않았다. 그런데 이상하게도 공양왕과 같이 다니던 삽살개가 크게 짖었다. 그래서 가보니 연못 근처였다. 삽살개는 그 곳에서 몸을 던졌다. 사람들은 당시 공양왕과 삽살개가 빠져 죽은 연못 옆에 개 모양의 석상을 세웠는데 삽살개를 기리기 위해 세운 것이라고 한다.

현재 무덤은 쌍릉 형식으로 무덤 앞에는 비석과 상석이 하나씩 놓여 있고, 두 무덤 사이에 석등과 돌로 만든 호랑이 상이 있다. 이 호랑이 상은 고려의 전통적인 양식을 보여주고 있으나, 조선 초기의 왕릉인 태조와 태종 무덤의 것과 양식이 비슷하다. 그냥 보기에는 훼손이 많이 되어 전설속의 삽살개처럼 보이기도 한다.

무덤의 양쪽에는 문신과 무신상을 세웠다. 무덤 앞에 만들어 놓은 석물은 양식과 수법이 대체로 소박하다. 비석은 처음에 세운 것으로 보이지만 '고려공양왕고릉(高麗恭讓王高陵)'이라는 글씨가 있는 무덤을 표시하는 돌은 조선 고종 때에 세운 것으로 알려지고 있다. 공양왕의 무덤은 이곳뿐만 아니라 그가 살해된 삼척 지역에도 있다.

3. 능주 소개

고려 제34대 왕인 공양왕은 1389년~1392년에 걸쳐 재위하였다. 이름은 요(瑤)이며, 신종(神宗)의 7대손이기도 하다. 아버지는 정원부원군(定原府院君) 균(鈞)이고, 어머니는 국대비왕씨(國大妃王氏)이다. 비는 창성군(昌成君)

진(稹)의 딸 순비노씨(順妃盧氏)이다. 1389 년 이성계(李成桂)·심덕부(沈德符) 등에 의해 창왕이 폐위되자 왕위에 올랐다. 즉위 후, 이성계 일파의 압력으로 우왕과 창왕을 죽였다. 사회 전반에 걸친 제도 개편을 단행했으나, 이는 신진사대부들이 자기들의 세력기반 확립을 위한 개혁이었다. 1391년 정몽주(鄭夢周)를 살해한 뒤, 조준(趙浚)·정도전(鄭道傳) 등은 관제를 이조·호조·예조·병조·형조·공조 등의 6조로 개편하고, 첨설직을 폐지했다. 유학의 진흥을 위하여 유학 교수관을 두었으며, 과거시험에 무과를 신

석등과 호랑이상

설했다. 배불숭유론에 의해 주자가례를 시행하고, 오교양종(五敎兩宗)을 없애 군사에 보충하고, 절의 재산을 몰수하여 각 관사에 분속시켰다. 경제면에서는 1391년 광흥창(廣興倉)·풍저창(豊儲倉)을 서강(西江)에 세워 조운의 곡식을 비축하게 했으며, 개성 오부에는 의창(義倉)을 설치했다. 신흥세력의 경제 기반을 다지기 위해 과전법을 실시했으며, 인물추고도감(人物推考都監)을 두어 노비결송법을 정했다. 남은(南誾) 등이 이성계를 왕으로 추대함으로써, 1392년에 폐위되었다.

공양왕은 이성계 등에 의해서 즉위한 이름뿐인 왕이었다. 조선 건국 직후 원주로 추방되었다가 1394년(태조 3)에 삼척부에서 두 아들과 함께 살해되었다. 1416년(태종 16)에 공양왕으로 봉하고 고양현에 무덤을 마련하였다. 왕과 함께 묻힌 왕비는 숙녕·정신·경화 세 공주와 창성군을 낳았으나 고려가 멸망한 후 왕과 함께 폐위되었다. 능은 고릉(高陵)이다.

4. 관련기록

成俔, ≪虛白堂詩集≫ 卷5, 詩 過恭讓王陵過

當時種黍盡龍雛 誰把犁鋤付老狐 王氏誰能承絶緒 民心不忍困泥塗 松山落月飛天鏡 漢水祥雲擁斗樞 蕭瑟園陵一坏土 無人相呼禁樵蘇

≪新增東國輿地勝覽≫ 卷11, 京畿 高陽郡 陵墓

고려 공양왕릉[견달산(見達山)에 있다.]

경릉(敬陵)

1. 연혁

능　　주 : 추존 덕종(德宗)[1438~1457]

　　　　　원비 소혜왕후(昭惠王后) 한씨[1437~1504]

위　　치 : 경기도 고양시 덕양구 용두동

지정번호 : 사적 제198호

봉릉연대 : 1457년(세조 3)

천릉연대 :

왕릉형태 : 동원이강형

2. 왕릉 소개

서울시 은평구 역촌동을 지나 고양시 덕양구 용두동으로 접어들면 바로 오른쪽에 해발 235m의 응봉 산자락이 병풍처럼 드리워진 아늑한 곳에 위치하고 있는 서오릉에 도착하게 된다.

원래 서오릉은 '서쪽에 다섯 개의 능이 있다' 하여 붙여진 이름이다. 서오릉에는 5릉(경릉·창릉·익릉·명릉·홍릉), 2원(순창원·수경원), 1묘(대빈묘)가 있어서 동구릉 다음으로 큰 조선 왕실의 가족묘를 이루고 있다. 경릉은 덕종과 소혜왕후 한씨(인수대비), 창릉은 예종과 계비 안순왕후 한씨, 익릉은 숙종의

추존 덕종 (의경세지)의 무덤

원비 인경왕후 김씨, 명릉은 숙종과 계비 인현왕후 민씨와 제2계비 인원왕후 김씨, 홍릉은 영조의 원비 정성왕후 서씨의 능이다. 또 순창원에는 명종의 맏아들 순회세자와 그의 부인 윤씨가, 수경원에는 사도세자의 어머니 선희궁 영빈 이씨가, 대빈묘에는 경종의 어머니 희빈 장씨가 묻혀 있다.

경릉은 서오릉 매표소에서 서북쪽으로 나있는 산책로를 따라 약 10분 정도 걸어가면 나타난다. 정면에 홍살문이 서있고 중앙에 정자각이 보이지만 왕릉의 모습은 제대로 보이지 않는다. 바로 동원이강의 형태를 취하고 있기 때문이다.

경릉은 의경세자(懿敬世子, 추존 덕종)와 그의 비 소혜왕후 한씨의 능이다. 경릉의 능 제도양식은 봉분을 중심으로 하여 좌강(左岡)이 왕, 우강(右岡)이 비인 동원이강형식

봉릉 뒤에서 바라본 추존 덕종의 무덤

소혜왕후 한씨의 무덤

(同原異岡形式)으로 왕우비좌(王右妃左)의 일반적인 예와는 반대이다. 왕비는 생전에 덕종의 추존에 따라 왕비로 책봉되었기에 능의 모습도 형식은 갖추었으나 왕은 당초 어린 나이에 세자로 돌아갔고 또 부왕인 세조의 박장주의(薄葬主義: 능을 사치스럽게 못하게 하는 일)에 따르되 사대석(沙臺石)과 삼면의 곡장(曲墻) 삼채체를 설치하지 말 것을 명하였다. 또 추존 후 왕릉의 제도를 바꿀 것을 아뢰자 "신도(神道)가 안치된 지 오래인데 의상잡물(儀象雜物)로 어지럽게 하는 것이 불가하다"고 하고 더 이상 가설하지 말라고 당부하는 대왕대비의 명으로 세자묘제(世子墓制) 그대로 두기로 하였다. 그래서 이 후 추봉되는 능의 상설제(象設制)의 전례(前例)를 이루게 되었다. 그리하여 우강의 비릉(妃陵)은 능 제도에 따라 왕릉 의상을 모두 갖추었으나 왕릉은 난간망주(欄干望柱)와 석수(石獸)의 호위함이 없이 능 앞에 혼유석(魂遊石)과 장명등(長明燈)이 있고 문인석(文人石)이 시립(侍立)하고 있을 뿐이다.

왕릉과 비릉은 모두 무른 화강암을 써서 풍화가 심하여 섬세한 조각 문양은 판별이 어려웠고 석난

봉릉 뒤에서 바라본 소혜왕후 한씨의 무덤

간주두(石欄干住頭)가 창릉(昌陵)의 법식을 따라 건원릉(健元陵) 등 조선 왕릉의 전형적인 석난간과 그 모양을 달리하였다는 것이 능상 제도의 또 다른 특징이라 하겠다.

추존 덕종의 봉분을 지키고 있는 돌 호랑이

경릉은 다음과 같은 몇 가지 특징이 있다. 첫째, 일반적으로 능은 앞에서 보았을 때, 왕은 왼쪽, 왕비는 오른쪽으로 만드는 것이 보편적이나 경릉은 반대로 되어 있다. 둘째, 왕으로 높여졌음에도 대군묘 형태이다. 셋째, 왕후릉의 형식은 창릉의 제도를 따랐다. 대군묘로서 석물이 간소하게 설치되어 있는 덕종릉은 이후 추존 왕릉으로 조성되는 능의 표본이 되었다.

3. 능주 소개

의경세자는 세조의 원자(元子, 장남)로 1438년(세종 20) 9월 15일 탄생하여 1455년(세조 원년) 왕세자로 책봉되었고 1457년 9월 2일 춘추 20세에 승하하자 같은 해 11월 24일 대군묘제 형식으로 장례를 치루었고, 1476년(성종 7)에 덕종으로 추존되었다. 2남 1녀(월산대군, 성종, 명숙공주)를 두었다.

소혜왕후 한씨는 서원부원군(西原附院君) 한확(韓確)의 딸로서 1437년(세종 19) 9월 8일 탄생하여 1455년(세조 원년)에 세자빈으로 책봉되었다가 성종이 즉위하자 왕대비가 되었으며, 1504년(연산군 10) 4월 27일 창경궁 경춘 전에서 춘추 68세로 승하하여 같은해 5월 왕릉 서쪽에 묻혔다. 월산대군(月山大君)과 성종 형제를 두었으며 불교에 귀의함이 두터워 초(楚)·한(漢)·국(國) 삼자체(三字體)의 불서(佛書)와 부녀자의 예의범절을 가르친 ≪여훈(女訓)≫을 저술하였다. 아들 교육에 매우 엄격하여 세조가 우스개로 폭비(暴妃)라 하였다고 한다.

4. 경릉표석음기

朝鮮國
德宗大王敬陵
昭惠王后祔左岡

德宗懷簡宣肅恭顯溫文懿敬大王　皇明正統三年戊午九月十五日誕生　乙丑初封桃源君　景泰六年乙亥冊封王世子　天順元年丁丑九月二日昇遐　十一月二十四日葬于高陽東蜂峴艮坐之原　壽二十　諡懿敬　成宗卽位後成化七年辛卯追尊爲王　皇朝賜諡懷簡　妃仁粹徽肅明懿昭惠王后韓氏　正統二年丁巳九月八日誕生　景泰六年乙亥冊封粹嬪　德宗追崇時尊爲王妃　弘治十七年甲子四月二十七日昇遐　五月葬于大王陵右岡癸坐之原　壽六十八　崇禎紀元後一百二十八年乙亥二月　日立

5. 경릉지

≪世祖實錄≫ 卷 10, 世祖 3年 11月 24日(甲申) 懿敬世子誌文

天順元年歲在丁丑　我承天體道烈文英武殿下卽祚之三年秋九月癸亥　王世子以疾卒　年二十　越三月二十四日甲申　以禮葬于高陽縣蜂峴之原　王世子諱暲　字原明　以世宗二十一年(成)　[戊]午九月十五日丙申生　寔正統之三年也　舊事諸王子夫人之將娩者必就外第　慈聖王妃特承兩宮眷愛　故生世子於禁中　岐嶷夙成　姿容端雅　世宗親自提抱　異於諸王孫　歲乙丑春正月始拜正義大夫　封桃源君　景泰(六)　[四]年癸酉春正月　進階承憲　夏四月入學　尊禮師儒　遜志受業　宗室子弟雖老成者　莫敢望焉　冬十有一月　以我殿下靖難之勳超拜興祿　乙亥閏六月乙卯　殿下卽位　群臣請早建世子用端國本　於是撰日備儀　冊爲王世子　遣使請命于朝　帝諭曰　王尙敎以忠孝　以副國人之望　初世子入受冊命訖　卽朝于王妃退　又受百官賀　終始益虔　群臣相慶曰我朝鮮萬世之福也　殿下選置師傅賓客及書筵官　以盡敎養之方　世子亦樂學不倦　引書筵官講說者日三焉　嘗讀書至舜典璣衡註　其制度有難以文字解者卽與書筵官登簡儀臺　觀渾天儀　以與書之所載反復參證　無所滯礙　他凡讀書皆然　疑則必問　問則必審　殿下嘗以　兵陣家業也不可不知　親授黃石公等書　服膺聖訓　造次不違　故學日進以就高明　殿下嘗謁齊陵　因以大蒐　命世子居守　授以符節　使專裁決　事皆得宜　丙子夏　帝遣太監尹鳳等　錫殿下誥命　丁丑夏　今皇帝遣翰林修撰陳鑑等　來頒卽位詔　兩使見世子儀觀之美　行禮之詳　皆稱歎不置　每日雞鳴　朝於兩宮　問寢視膳　盡其怡愉之孝　事諸父以敬　友兄弟以信　待左右仁而有威　遇士大夫恭而有禮　故人無間言　且殿下嘗敎之以儉約　凡輿馬衣服之奉　務令朴素　不爲侈靡　故極備元良之德　得民心之歸焉　其始遘疾　殿下憂甚　卽與之避忌于舊邸　禱祀醫藥無所不用其極於是疾小愈　殿下喜之　凡左右侍藥者及軍士之侍衛有勞　庶士之奔走供辦者皆陞一級　旣而疾復劇　以至不諱　殿下與王妃震悼徹膳　爲罷朝市五日　大臣等累請進膳　皆不許　以素服終三十日　宗親百僚下逮里巷小民　莫不悲哀涕

慕曰 臣民之無祿也 吾世子之德 而不克亨其壽以卒也 斂之日 百官會臨
亦以白衣終七日之制 官寮皆服衰 旣葬而除 追諡懿敬 哀榮之典 可謂無憾
矣 嬪韓氏 淸州世家 皇曾祖諱寧贈正憲大夫兵曹判書 皇祖諱永矴贈大匡
輔國崇祿大夫領議政府事 皇考諱確宣授奉議大夫光祿寺少卿 輸忠衛社協
贊靖難同德佐翼功臣大匡輔國崇祿大夫議政府左議政領經筵事西原府院君
諡襄節公 公娶資憲大夫吏曹判書諡文良公洪汝方之女 寔生叔德 世子爲桃
源君時 擇配以歸 承事兩宮 婦道甚順 及世子受冊 同日封爲嬪 生子男二
女一皆幼 昭訓愼氏 權氏 尹氏 亦以衣冠茂族選入宮中 皆無子

창릉(昌陵)

1. 연혁

능   주 : 예종(睿宗)[1450~1469, 1468~1469]

         계비 안순왕후(安順王后) 한씨[?~1498]

위   치 : 경기도 고양시 덕양구 용두동

지정번호 : 사적 제198호

봉릉연대 : 1470년(성종 원년)

천릉연대 :

왕릉형태 : 동원이강형

2. 왕릉 소개

서울시 은평구 역촌동을 지나 고양시 덕양구 용두동으로 접어들면 바로 오른쪽에 해발 235m의 응봉 산자락이 병풍처럼 드리워진 아늑한 곳에 위치하고 있는 서오릉에 도착하게 된다.

원래 서오릉은 '서쪽에 다섯 개의 능이 있다' 하여 붙여진 이름이다. 서오릉에는 5릉(경릉·창릉·익릉·명릉·홍릉), 2원(순창원·수경원), 1묘(대빈묘)가 있어서 동구릉 다음으로 큰 조선 왕실의 가족묘를 이루고 있다. 경릉은 덕종과 소혜왕후 한씨(인수대비), 창릉은 예종과 계비 안순왕후 한씨, 익릉은 숙종의 원비 인경왕후 김씨, 명

창릉 전경

릉은 숙종과 계비 인현왕후 민씨와 제2계비 인원왕후 김씨, 홍릉은 영조의 원비 정성왕후 서씨의 능이다. 또 순창원에는 명종의 맏아들 순회세자와 그의 부인 윤씨가, 수경원에는 사도세자의 어머니 선희궁 영빈 이씨가, 대빈묘에는 경종의 어머니 희빈 장씨가 묻혀 있다.

창릉은 서오릉 매표소에서 서북쪽으로 나있는 산책로를 따라 약 20분 정도 걸어가면 나타난다. 경릉과 대빈묘, 그리고 홍릉을 지나 서오릉의 가장 안쪽 깊숙한 곳에 위치하고 있다. 경릉과 마찬가지로 정면에 홍살문이 서있고 중앙에 정자각이 보이지만 왕릉의 모습은 제대로 보이지 않는다. 바로 동원이강의 형태를 취하고 있기 때문이다.

창릉은 동원이강의 형식을 이루고 있으며, 석물의 배치는 《국조오례의》의 예에 따랐다. 왼쪽이 예종릉이고 오른쪽에 보이는 것이 안순왕후릉이다. 창릉의 석물 배치는 다음과 같은 몇가지 특징이 있다. 첫째, 석상의 받침돌은 문고리 모양을 조각하였으므로 실제 사용하는 북(鼓)과 흡사한 표현을 하였다. 둘째, 난간석의 석주는 원주 밑에 환상 받침을 마련하고 4각 석주형식을 하고 있다.

앞 뒤에서 바라본 예종의 무덤

3. 능주 소개

예종은 1450년(세종 32) 1월 15일에 세조의 둘째 아들로 탄생한 후 해양대
군에 책봉되고 1457년(세조 3)에 왕세자로 책봉되었으며 1468년 9월 7일 수
강궁(壽康宮)에서 왕위에 올랐으나 이듬해 11월 28일 춘추 20세에 2남 1녀
를 남기고 승하하였다.

예종은 의경세자가 요절하는 바람에 19세에 세조의 뒤를 이어 왕위에 올
랐다. 불과 14개월의 짧은 재위기간 동안 남이(南怡)의 옥사가 일어나는 등 정
치적 격동을 겪었다. 효성이 지극했던 예종은 세조의 승하를 너무 슬퍼한 나
머지 건강을 해쳐 세조 때부터 시작한 ≪경국대전(經國大典)≫을 완성했으나
반포하지 못하였다. 1470년(성종 원년) 2월 5일 경릉의 북쪽에 모셔졌다.

안순왕후 한씨는 청천부원군 한백륜의 딸로 장순왕후의 뒤를 이어 세자빈
이 되었다. 1468년(예종 즉위년) 왕비로 책봉되었고 1498년(연산군 4) 12월 23
일 창경궁에서 승하하여 다음 해인 1499년 2월 14일 왕릉 동쪽에 묻혔다.

앞뒤에서 바라본 안순왕후 한씨의 무덤

4. 창릉표석음기

朝鮮國

睿宗大王昌陵

安順王后祔左岡

睿宗襄悼欽文聖武懿仁昭孝大王 皇明景泰元年庚午正月朔日誕生 初封海陽
大君 天順元年丁丑冊封王世子 成化四年戊子九月七日受禪 己丑十一月二
十八日昇遐 庚寅二月五日葬于高陽敬陵北岡艮坐之原 在位一年 壽二十 皇
朝賜謚襄悼 繼妃仁惠昭徽齊淑安順王后韓氏三月十二日誕生 初封昭訓 成
化四年戊子冊封王妃 弘治十一年戊午十二月二十四日昇遐 己未二月十四葬
于大王陵左岡艮坐之原[王后忌辰十二月二十三日誤書以二十四日故謹依
璿源世系書以二十三日] 崇禎紀元後一百二十八年乙亥二月 日立

5. 창릉지

≪睿宗實錄≫ 卷 8, 睿宗 1年 12月 18日(丁卯) 睿宗大王昌陵誌文

恭惟我睿宗大王　諱晄　字平甫　世祖第二子　慈聖王妃尹氏　以景泰元年正月丁丑　誕王子邸　天姿岐嶷　性稟英睿　初封海陽大君　天順元年秋九月　王世子卒　世祖立王爲世子　王內承聖訓　外與賓友切磋　儲德日就　成化二年春　世祖幸學　祠先聖　王行亞獻禮　退而齒胄博士　執經講道　周旋揖遊　皆中規度　觀聽者莫不相慶　三年春　世祖不豫　命王參決庶務　聽斷明允　喜曰　付托得人　吾無憂矣　翼年秋九月　世祖疾大漸　命王嗣位　遺命勿用石室　泊後大臣請用之　手札答曰　山陵諸事　雖不得優於前　不欲減於舊　吾之夙心　第念遺敎重　不能違　未盡誠心多矣　子而思孝　臣而思忠　彌天與地　何敢盡言　更思遺囑　不勝隕涕　今卿等請用石室　是亦出於至誠　然先王末命　怳然在耳　敢忘于懷　太妃天性慈仁　但欲勿違遺敎　卿等所知　宜體此意　冬十月　全羅道觀察使辭　王曰　國家多事　要當鎭靜　不可重煩　其有訴冤者　可勿拘文法　便宜區處　時富商大賈　代納貢賦之物　收直於民　民甚苦之　王命有司嚴禁　賊臣南怡　康純　陰結無賴作亂　命發禁兵　逮捕誅之　事平　第封翊戴功臣三十九人　十一月下敎求言　五年後二月　皇帝賜世祖祭　且錫王命　王遣使奉表謝　是月丙子　以雨雪不時　手敎釋輕繫　諭諸道觀察使　各擧茂才異能之士　淹滯山林者　又諭諸道　訪孝子烈婦以聞　時白烏集苑　大臣按瑞牒請賀　王讓不受　秋七月　久旱王減膳　慮囚疏放　親禱永昌殿　乃雨　有大賈　罪當流　夤緣保母乞免　王曰　王者無私　敢以保母執邦憲　遂杖流之　初世祖遘疾　王視膳嘗藥　日夜左右　睫不交者累月　比薨哀毀逾制　勺飲不進　遂乖節宣　至冬疾作日劇　十一月戊申　薨于景福宮正寢　享年二十　王英毅明斷　溫文仁儉　性至孝　自在春宮　禮謹三朝　及卽位　奉事慈聖愈謹　敦睦九族　禮遇群臣　宮闈肅然　承世祖豐泰之運　能戒盈思危　崇文而不弛武　明罰而不僭賞　務本節用　輕徭薄賦　子養元元　日不遑暇　聽政之餘　留意典墳　觀前古治亂之跡　親撰歷代世紀　又命文臣　撰國朝武定寶鑑　手札每下　惓惓皆願治之意　數引群僚輪對　講究得失　政有不便者　必

釐革之 申諭諸道 刺擧汚吏 審理滯囚 事大字小 務盡誠信 在位甫踰年 槪
見於號令者 焯然可紀 方仰重光 遽爾不天 嗚呼痛哉 今上殿下入嗣大統 喪
祭盡禮 帥群臣上尊謚曰 欽文聖武懿仁昭孝 廟號睿宗 以庚寅二月甲寅 厝
高陽縣治東蜂峴之原 世祖初爲王 以上黨君韓明澮之女爲嬪 生一男 嬪及男
皆先卒 嬪謚章順 世祖疾大漸 命嗣位 以昭訓淸川君韓伯倫之女韓氏爲王妃
卽仁惠王太妃 生二男二女 一男一女先卒 餘皆幼

희릉(禧陵)

1. 연혁

능　　주 : 중종 계비 장경왕후(章敬王后) 윤씨[1491~1515]
위　　치 : 경기도 고양시 덕양구 원당동
지정번호 : 사적 제200호
봉릉연대 : 1515년(중종 10)
천릉연대 : 1537년(중종 32)
왕릉형태 : 단릉

2. 왕릉 소개

　서울에서 문산으로 가는 1번 국도를 따라 통일로를 달려가다 보면 고양시 삼송동 4거리에 도착한다. 이곳에서 좌회전하여 356번 지방도로를 따라 조금 가면 농협대학 입구 삼거리에 이른다. 농협대학 안내 표지판에 함께 써있는 서삼릉 표시를 따라 달려가면 영화와 드라마에서 등장했던 멋들어진 포플러나무 가로수길을 만나게 된다. 바로 이곳을 지나면 서삼릉 입구이다.

서삼릉은 도성 서쪽에 있는 세 개의 능을 의미하는 것으로 희릉(禧陵), 효릉(孝陵), 예릉(睿陵)이 이곳에 있다. 1537년(중종 32)에 조선 11대 중종의 계비 장경왕후 윤씨의 묘인 희릉을 옮겨와 조성하면서 왕릉군(王陵群)을 이루게 되었다.

희릉 전경

하지만 서삼릉의 능들은 많은 우여곡절을 겪었다. 처음 조성된 희릉은 본래 3대 태종의 헌릉(獻陵) 옆으로 택지가 결정되었으나 권력다툼으로 인해 이곳으로 옮겨졌고, 중종의 정릉(靖陵)도 한때 이 희릉 옆에 조성되었다가 명종 17년에 중종의 계비 문정왕후의 주장으로 현 위치인 서울 강남구 삼성동(선릉)으로 옮겨갔다.

그 후 1545년 최단명 임금인 12대 인종과 1555년 그의 비 인성왕후 박씨를 모신 효릉이 자리 잡았고, 고종 때인 1865년 25대 철종과 1878년 그의 비 철인왕후 김씨를 모신 예릉이 들어서면서부터 '서삼릉'의 명칭이 사용되었다. 현재 서삼릉에서 일반인이 관람할 수 있는 능은 희릉과 예릉이다. 효릉은 축협 소유의 초지로 둘러싸여 축협을 통해 들어가야 하기 때문에 일반에게 공개되지 않는 왕릉이다.

이 능역에는 희릉, 효릉, 예릉 외에 소현세자의 소경원(昭慶園), 장조의 아들 의소세손의 의령원(懿寧園), 정조의 아들 문효세자의 효창원(孝昌園) 등 3원과 성종의 폐비 윤씨의 묘인 회묘(懷墓)를 비롯해 조선 말기까지의 후궁·

앞뒤에서 바라본 장경왕후 윤씨의 무덤

대군·군·공주·옹주 등 46묘(墓), 태실 54기(基)가 들어서 있다. 서삼릉은 조선 왕실의 묘가 가장 많이 모여 있어, 왕실의 집장묘가 된 셈이다.

희릉은 서삼릉 중에서 가장 동쪽에 위치하고 있는 능이다. 서삼릉 매표소를 지나 나타나는 산책로의 오른쪽 길을 따라 약 3분 정도 걸어가면 나타난다. 정자각과 함께 나있는 참도가 무척 길게 느껴지는 이곳은 바로 조선 11대 중종의 제1계비 장경왕후(章敬王后, 1491~1515) 윤씨의 능이다. 장경왕후는 정비인 단경왕후 신씨가 폐위되자 1507년 왕비로 봉해졌는데 세자 인종을 낳고 산후병으로 7일 만에 승하했다.

처음에는 헌릉(태종 왕릉) 서쪽 언덕에 조성했다. 그런데 중종의 부마가 된 김안로가 세자(인종)를 보호한다는 구실로 자기 정적을 제거하기 위해 옥사를 일으켰다. 그 중 하나가 희릉 천릉사건인데, 희릉 밑에 큰 돌이 깔려 있어 불길하다 하여 1537년(중종 32) 현재의 위치로 옮기게 되었다.

1544년 중종의 유교에 따라 중종의 정릉을 희릉 옆에 조영하고, 정자각을 왕릉과 왕비릉 중간으로 옮겨 세우고, 왕의 능호를 사용했다. 그런데 1562년 문정왕후의 주장에 의해 중종 왕릉이 지금의 삼성동(선릉) 옆으로 옮겨감으로써 다시 희릉으로 부르게 되었다.

능제는 봉분에 병풍석 없이 난간석만 두른 단릉으로 조선 전기의 능제를 충실히 따르고 있다. 곡장이 둘려지고 석양과 석호가 봉분을 호위하고 있다. 봉분 앞에는 혼유석과 망주석, 장명등, 문·무인석, 석마 등이 배치되어 있다.

3. 능주소개

장경왕후(章敬王后, 1491년 ~ 1515년)는 조선 중종의 두 번째 왕비이다. 성(姓)은 윤(尹), 휘호는 숙신명혜선소의숙장경왕후(淑愼明惠宣昭懿淑章敬王后)이다. 파원부원군 윤여필과 순천부부인 박씨의 딸이다.

1491년(성종 22) 7월에 호현방(好賢坊) 사제(私第)에서 태어나 어렸을 때에 고모인 월산대군부인에게 양육되었다. 1506년(중종 1) 숙의(淑儀)가 되고 1507년 단경왕후가 폐위되자 왕비로 책봉되었다. 1515년 왕세자(인종)를 낳았으나 산후병(産後病)으로 엿새 만에 경복궁 별전(別殿)에서 승하하였다. 그때 그녀의 나이 25살이었다. 1남 1녀(인종과 효혜공주)를 두었다. 능은 고양에 있는 희릉(禧陵)이다.

4. 희릉표석음기

朝鮮國

章敬王后禧陵

宣昭懿淑章敬王后尹氏 中宗大王繼妃 弘治四年辛亥七月六日誕生 正德元年丙寅選封淑儀 丁卯冊封王妃 乙亥三月二日昇遐 閏四月葬于廣州獻陵右岡 嘉靖十六年丁酉九月六日移葬于高陽南原堂里艮坐之原 壽二十五 崇禎

紀元後一百二十六年立

5. 희릉지

≪中宗實錄≫ 卷 21, 中宗 10年 3月 23日(庚辰) 章敬王后禧陵誌文

尹氏系出坡州 最遠而顯 后姓是已 鼻祖莘達在高麗太祖朝 樹勳著名 更
四世至太保門下侍中文肅公諱瓘 平女眞勒功 尤振其門 自是袞袞軒紱 流
益以大高 王父諱璠 卽侍中後 贈領議政諡貞靖 實生我聖母貞憙王后 配光
陵 擁成廟 再安宗社 自非其先積累之厚 孰能鍾是 工曹判書兼寶文閣大提
學諡成安諱士昀 是曾王父 策靖難佐翼功 封鈴平君 後贈左贊成 子諱甫
襲爲坡陵君 贈議政府領議政 皆視秩于國舅 追及祖禰也 國舅諱汝弼 錄勳
靖國 崇祿領敦寧府事坡原府院君 夫人朴氏 順天右族 贈右議政平陽府院
君諱仲善之女 追封順天府夫人 內外烜赫 咸有懿美 鍾爲大慶 啓此沙麓之
祥 維弘治辛亥七月庚辰也 后生好賢坊私第 齡僅八 喪皇妣 哀毀持服 一
如成人 其外從母昇平夫人聞以爲非凡兒 收而育之 教以懿範 授小學內訓
諸篇 遂通書史 大著于行 丙寅秋 聖上卽祚 選入爲淑儀 肅承婉娩 克修內
事 宮中洽然稱之 時 久闕文定 大臣請建妃 上以 選立宜謹 不可遽其事
丁卯又請 下教曰 賢德無如尹氏 可擧冊禮 是年八月初四日 遂正位中壼
孝奉慈殿 不惓問寢 禮遇縢侍 絶意猜妬 恩撫下究於掫婢 愛養尤勞於庶出
處崇益畏 內輔弘多 嘗白上曰 妾觀古事 雖愧賢姒 不欲貽憂於上 妾之願
也 妾有過擧 必須聖規 可亟改也 又曰 外家興敗 在於后妃之賢否 妾不欲
爲私親 求恩也 其果賢也 用自由公 果不肖也 尙誰恕乎 常戒戚里 俾自謹
勑 其爵其罪 未嘗干上 上由是 益賢之曰 賢哉! 妃古有姒莘 此可近之 特

加敬重 母儀九載 左右無間然 歲癸酉春 上祀先農 耕籍田 后亦躬桑于後
苑 所以抑游 末禁女 觀 俾勉於本也 戒深闕詩化敦 葛覃 克勤 以儉交修
成治 何其盛哉! 公主生于辛未 久且無嗣 興望如渴 乙亥二月癸丑 誕生元
子 中外交慶 上亦喜甚 頒教大有 群臣入賀 居數日 后忽罹疾甚危 上憂駭
親臨視疾 且問所欲言 對曰 蒙恩至大 更無所煩 但淚下而已 明日疾轉革
后扶起 以手札啓曰 昨心思昏忘 未能省覺 今思之 去年夏 方有身 夢有人
言 生此兒 可名曰億命 書識諸壁 未有以語人也 上就視之果然 嗚呼! 高
媒錫美 瑞夢兆吉 以永我億萬年無彊之命 於斯焉益可徵 是何奇也 方流厚
祉 百藥莫效 乃於三月初二日 薨於景福宮東宮別殿 上哀慟 特至御白衣素
膳 嘆曰 喜不可常 哀又及之 有慶未幾 何遽此也 死生雖云天命 何早奪予
賢助乎 悲不自勝 教承政院曰 早失賢助 神迷心亂 罔知攸措 只稟襄事 姑
輟雜啓 內而宮掖 外達百僚群黎 莫不號慟 如喪其妣 上諡曰章敬 加徽號
曰淑愼明惠 治玄宮于廣州治西 獻陵之右阜乾坐巽向之原 葬以閏四月辛酉
號曰禧陵 衍後慶也 后聰惠慈柔 實出天武賦 與仁孝俱生 以禮順偕長 始
於家純如也 終於國穆如也 惟德之行 有摯壬自天之命 復周之業 多姜后脫
珥之助 旣厚之德 又篤其敬 于以贊聖上中興之治之祚 殆非人也 而尙靳其
施報 假于世二十五春秋 而止焉 獨何理耶 不知其天也非天也 吁 何天之
酷也忍也 嗚呼 痛哉[直提學金安老製]

효릉(孝陵)

1. 연혁

능　　주 : 인종(仁宗)[1515~1545, 1544~1545]

　　　　　인성왕후(仁聖王后) 박씨[1514~1577]

위　　치 : 경기도 고양시 덕양구 원당동

지정번호 : 사적 제200호

봉릉연대 : 1545년(인종 1)

천릉연대 :

왕릉형태 : 쌍릉

2. 왕릉 소개

　서울에서 문산으로 가는 1번 국도를 따라 통일로를 달려가다 보면 고양시 삼송동 4거리에 도착한다. 이곳에서 좌회전하여 356번 지방도로를 따라 조금 가면 농협대학 입구 삼거리에 이른다. 농협대학 안내 표지판에 함께 써있는 서삼릉 표시를 따라 달려가면 영화와 드라마에서 등장했던 멋들어진 포플러나무 가로수길을 만나게 된다. 바로 이곳을 지나면 서삼릉 입구이다.

서삼릉은 도성 서쪽에 있는 세 개의 능을 의미하는 것으로 희릉(禧陵), 효릉(孝陵), 예릉(睿陵)이 이곳에 있다. 1537년(중종 32)에 조선 11대 중종

효릉 전경

의 계비 장경왕후 윤씨의 묘인 희릉을 옮겨와 조성하면서 왕릉군(王陵群)을 이루게 되었다.

하지만 서삼릉의 능들은 많은 우여곡절을 겪었다. 처음 조성된 희릉은 본래 3대 태종의 헌릉(獻陵) 옆으로 택지가 결정되었으나 권력다툼으로 인해 이곳으로 옮겨졌고, 중종의 정릉(靖陵)도 한때 이 희릉 옆에 조성되었다가 명종 17년에 중종의 계비 문정왕후의 주장으로 현 위치인 서울 강남구 삼성동(선릉)으로 옮겨갔다.

그 후 1545년 최단명 임금인 12대 인종과 1555년 그의 비 인성왕후 박씨를 모신 효릉이 자리 잡았고, 고종 때인 1865년 25대 철종과 1878년 그의 비 철인왕후 김씨를 모신 예릉이 들어서면서부터 '서삼릉'의 명칭이 사용되었다.

이 능역에는 희릉, 효릉, 예릉 외에 소현세자의 소경원(昭慶園), 장조의 아들 의소세손의 의령원(懿寧園), 정조의 아들 문효세자의 효창원(孝昌園) 등 3원과 성종의 폐비 윤씨의 묘인 회묘(懷墓)를 비롯해 조선 말기까지의 후궁·대군·군·공주·옹주 등 46묘(墓), 태실 54기(基)가 들어서 있다. 서삼릉은 조선 왕실의 묘가 가장 많이 모여 있어, 왕실의 집장묘가 된 셈이다.

앞 뒤에서 바라본 인종과 인성왕후 박씨의 무덤

효릉은 서삼릉 중에서 가장 서쪽에 위치하고 있는 능이다. 축협 출입문에서 걸어서 약 10분 정도 서쪽으로 가다 보면 축협 소유의 초지에 둘러싸여 있는 효릉을 만날 수 있다. 현재 효릉은 축협 소유의 초지로 둘러싸여 축협을 통해 들어가야 하기 때문에 일반에게 공개되지 않고 있다.

효릉은 조선 12대 인종(仁宗, 1515~45)과 그의 비 인성왕후(1514~77) 박씨의 능이다. 인종은 중종의 맏아들로 왕위에 오른 지 9개월 만에 이복동생인 경원대군에게 전위한다는 것과 죽은 뒤 반드시 부모의 능 곁에 묻어주고 장사를 소박하게 치를 것을 유교로 남기고 보령 31세의 나이로 승하했다.

인종은 유교대로 어머니 장경왕후(희릉) 옆 언덕에 안장되었고, 인종의 효성을 나타내기 위하여 능호를 '효릉'이라 했다. 인성왕후도 후일 인종 왼쪽에 비워놓았던 왕비릉 자리에 안장되었다.

효릉에 병풍석이 세워져 있는데, 이는 인성왕후 사후에 선조의 지시에 따른 것이다. 인성왕후 능에는 병풍석 없이 난간석만 둘러져 있으며, 난간석으로 연결되어 인종릉과 쌍릉으로 조성되었다. 인종의 능을 먼저 단출하게 조성했다가, 인성왕후 승하 후에 쌍릉(雙陵)의 형식으로 다시 조성하였기 때문이다. 재조성할 때 인종의 능에는 봉분에 병풍석(屛風石)을 두르고 인성왕후 능에는 병풍석을 설치하지 않았지만, 난간석(欄干石)으로 두 능을 연결시켜 놓았다.

효릉은 병풍석을 두르고 대체로 ≪국조오례의≫에 의한 상설제도를 따르고 있으나, 왕비릉은 병풍석이 없어 어딘지 어색해 보인다. 그 외의 상설은 모두 갖추고 있는 소박한 모습이다.

3. 능주 소개

인종(1515~1545)은 조선 제12대 왕(1544~45 재위)으로 이름은 호(峼)이고, 자는 천윤(天胤)이다. 중종의 맏아들로 어머니는 영돈녕부사 윤여필(尹汝弼)의 딸 장경왕후(章敬王后)이며, 비는 첨지중추부사 박용(朴墉)의 딸인 인성왕후(仁聖王后)이다. 성품이 조용하고 욕심이 적었으며, 어버이에 대한 효심이 깊고 형제간의 우애가 돈독하였다. 특히, 학문을 사랑하여 3세 때부터 글을 읽기 시작하였다.

1520년(중종 15) 세자로 책봉되었다. 1522년에 관례(冠禮)를 행하고 성균관에 들어가 매일 세 차례씩 글을 읽었다. 동궁으로 있을 당시에는 화려한 옷을 입은 시녀를 궁 밖으로 내쫓을 만큼 검약한 생활을 하였다. 형제간의 우애가 돈독하여 누이 효혜공주(孝惠公主)가 어려서 죽자 이를 긍휼히 여겨 그로 인하여 병을 얻었으며, 서형(庶兄)인 복성군 미(福城君嵋)가 그의 어머니인 박빈(朴嬪)의 교만으로 인하여 모자가 귀양을 가게 되었을 때에 이를 석방할 것을 간절히 원하는 소를 올려 중종도 그의 우애 깊음에 감복하여 복성군의 작위를 다시 주었다 한다.

중종의 병환이 위독하게 되자 반드시 먼저 약의 맛을 보았으며, 손수 잠자리를 살폈고, 부왕의 병환이 더욱 위중하자 침식을 잊고 간병에 더욱 정성을

다하였다. 1544년 11월에 즉위, 1545년 기묘사화 때 희생된 조광조(趙光祖)·
김정(金淨)·기준(奇遵) 등을 신원하고 현량과(賢良科)를 다시 설치했다. 병
으로 제대로 정사를 살피지 못하다가 왕위에 오른 지 8개월 만에 병환이 위
독하여짐에 따라 1545년(인종 1)에 대신 윤인경(尹仁鏡)을 불러 경원대군(慶
源大君:뒤의 明宗)에게 전위하고 경복궁 정침(正寢)에서 31세로 죽었다.

시호는 헌문의무장숙흠효(獻文懿武章肅欽孝), 묘호(廟號)는 인종이며, 능
은 효릉(孝陵)으로 경기도 고양시에 있다. 시호는 영정(榮靖)이다.

인성왕후(1514~1577)는 조선 제12대 왕 인종의 정비이다. 반남박씨(潘南
朴氏)로 아버지는 첨지중추부사 용(墉)이다. 1524년(중종 19) 11세 때 세자빈
에 책봉되었으며, 1544년 인종이 즉위하자 왕비가 되었다. 재위 8개월 만에
인종(仁宗)을 떠나보내고 외롭게 여생을 보내다가 후사(後嗣)도 없이 64세
의 나이[선조 10년]로 생을 마감하였다. 존호(尊號)는 공의(恭懿)·효순(孝順)
이며, 전호(殿號)는 효모(孝慕)이다. 자식이 없었다. 능은 고양에 있는 효릉
(孝陵)이다.

4. 효릉표석음기

朝鮮國
仁宗大王孝陵
仁聖王后祔左
仁宗榮靖獻文懿武章肅欽孝大王 正德十年乙亥二月二十五日誕生 庚辰冊封
王世子 嘉靖二十三年甲辰十一月受禪 乙巳七月朔日昇遐 十月十五日葬于
高陽禧陵西岡艮坐之原 在位八月 壽三十一 皇朝賜諡榮靖 妃孝順恭懿仁聖

王后朴氏 正德九年甲戌十月朔日誕生 嘉靖六年丁亥冊封世子嬪 甲辰進封
王妃 萬曆五年丁丑十一月二十九日昇遐 戊寅二月十五日葬與大王陵同原
壽六十四 崇禎紀元後一百二十六年立

5. 효릉지

≪仁宗實錄≫ 附錄 仁宗大王孝陵誌文

誌文[右參贊申光漢製進 舍人金魯書]有明朝鮮國仁宗獻文懿武章肅欽孝大
王孝陵誌 謹稽我仁宗大王諱 中宗恭僖大王之長子也 母后尹氏 領敦寧府事
汝弼之女 生王七日而薨 謚曰章敬 后賢有德 以思齊之美 誕岐嶷之資 王乃
降於正德乙亥二月癸丑 三歲能受書解音義 中宗愛而奇之 早置講院 極選師
傅賓僚 養之以正 親製箴以誨之 王常服膺不置 及長 手書于屛 潛心體之
六歲 中宗請封爲世子 十六年辛巳 武宗皇帝遣太監金義陳浩 來錫誥命 嘉
靖紀元之壬午春 行冠禮 入學于成均館 動容周旋 無不中禮 性勤于學 亹亹
不厭 日三進講 又有夜講 雖窮寒極熱 必終日危坐而溫習 至朝又爲讀一再
而出以爲常 由是緝熙之功 日就罔覺 年十三 令宮僚書程子四箴范浚心箴
曁書之無逸詩之七月篇以進 又手書先聖賢格言賓師訓戒 列諸左右 動
必遵行 尤念大學衍義近思錄自警編等書 手未嘗釋 以至盤盂几杖 莫不有
銘 蓋其踐履之篤 根於至性者然也 嘗曰 堯舜之道 孝悌而已 父王以此誨
我 其敢墜 事中宗極其誠敬 自傷不逮于章敬 事大王大妃 益致其孝 王嘗
於問安視膳之外 唯知講學存省 沈靜寡言 恭儉無欲 嘗見侍女有麗服者 卽
令出之 宮庭之內 不嚴而肅如也 又篤於友愛 母姊孝惠公主早卒 爲痛惜之
幾於成疾 幼時庶兄嵋之母朴嬪驕僭得罪 母子俱竄殛 王長始知之 手製疏

極陳而釋之 中宗感念 命復其爵如故 外人未嘗知有是疏 久乃得見 其因心之實 發於疏辭 讀之者無不出涕 王之孝友 出於至性 而能含晦章美 不見於外 聞人譽己 必惡然而惡之 故尋常間雲章寶墨之絶人者 下莫得而觀之 如遇賓師之卒 必爲之素膳致祭 其禮下之誠又如此 甲辰秋 中宗以憂勤之久 比比有疾 王藥必先嘗 寢不能安 及至彌留 衣未嘗解 食爲之廢 羸形瘠容 見者飮泣 病且革 分遣朝臣 遍禱宗社山川 方在冬日 沐浴焚香 露立祝天 自昏達曙 及薨 全廢漿飮者六日 哭不絶聲者五月 唯歠飦粥 不進鹽醬 既葬 常在喪次 屛絶宮人 所侍者唯小宦數人而已 雖世異亮陰 不能無命戒 而軍國之務 一委大臣以任之 言則乃雍 王自初喪 羸毀已極 病以日進 大臣將禮文 請從病則食肉之制 不聽 率百官請之者累日 亦不聽 母妃親自勸之 王不得已 若將進御而竟未也 時皇帝遣太監郭黌行人張承憲 賜祭若賻 謚于中宗 謚曰恭僖 又遣太監張奉吳獻 錫誥命于王及后 后姓朴氏 贈右議政墉之女也 王欽帝命 重詔使 雖在疾病 郊迎館待 靡不盡禮 使者張行人正士也 嘆王之誠 服王之孝 言必稱賢王 至越江 猶貽書謝王 以示無斁之意 使還未幾 王力疾 將親祭于魂殿 仍起居 母妃大臣深憂而固止 王不聽 曰 近因詔使 身且有疾 虧闕子職 予甚痛焉 自是病邃彌重 以至大漸 時雷震慶會樓柱 左右慰王之驚 王曰 予則無驚 其亟問安于母妃 大臣入問疾 王必整冠服而見 嘉靖乙巳六月二十九日 召大臣尹仁鏡等入教曰 予遘厲疾 殆不興悟 傳位于慶原大君峘 卿等其尚勵翼 以副予懷 翼日辛酉朔 薨于景福宮之正寢 享壽三十一 都中士庶 奔走號哭 塡咽街巷 太學諸生會哭于闕外 畿內之儒來哭者相繼 至於遐荒僻陬 靡不號慕 德之流行者未久 而人之感化者至此 三代以下 未之聞也 嗚呼 天與王以大德 既得位得祿 宜若必得其壽 將大有爲於時 而難諶匪常之痛 乃如是耶 王在東宮二十餘年 雖於燕閑 左右未嘗一見其惰容 其篤信聖學 純亦不已之效 見于未周歲之間者

無得以名言　其著於命令　則不改父臣之語　發於論遞之際　必得賢輔之教　見
於卜相之日　天災示異　則省躬而求言　民力告瘵　則約供而減租　襃淸白擧遺
逸之命纔下　而士思激(昻)　[昂]修庠序理冤枉之旨屢諭　而人知恥格　循是以
往　其治效可勝旣耶　纔試期月之可　未見三年之成　豈非天也歟　王妃朴氏無
後　支庶亦無子女　臨薨　把筆欲書而未能　嘆曰　孤之有懷　非文字莫可諭諸
群臣　今乃至斯　雖欲審訓　亦將奈何　尋又敎曰　纔經父王之喪　重遭華使之
來　民未堪命　予又至于此　不克終孝　予死必葬于父母陵側　凡予襄事　無踰
禮文　懋從朴素　以卒予志　以紓民力　是年十月十五日甲辰　安厝于高陽郡治
南靖陵之傍艮坐坤向之原　遺命也　陵曰孝陵　殿曰永慕　謚曰獻文懿武章肅
欽孝　廟號曰仁宗　嗟乎　謚者　天下之公　臣子所不得以私　旣號曰仁　則更千,
億萬年見謚　亦足以知其德矣　嘉靖二十四年十月日謹誌

익릉(翼陵)

1. 연혁

능　　주 : 숙종 정비 인경왕후(仁敬王后) 김씨[1661~1681]

위　　치 : 경기도 고양시 덕양구 용두동

지정번호 : 사적 제198호

봉릉연대 : 1681년(숙종 7)

천릉연대 :

왕릉형태 : 단릉

2. 왕릉 소개

서울시 은평구 역촌동을 지나 고양시 덕양구 용두동으로 접어들면 바로 오른쪽에 해발 235m의 응봉 산자락이 병풍처럼 드리워진 아늑한 곳에 위치하고 있는 서오릉에 도착하게 된다.

원래 서오릉은 '서쪽에 다섯 개의 능이 있다' 하여 붙여진 이름이다. 서오릉에는 5릉(경릉·창릉·익릉·명릉·홍릉), 2원(순창원·수경원), 1묘(대빈묘)가 있어서 동구릉 다음으로 큰 조선 왕실의 가족묘를 이루고 있다. 경릉은 덕종과 소혜왕후 한씨(인수대비), 창릉은 예종과 계비 안순왕후 한씨, 익릉은 숙종의 원비 인경왕후 김씨, 명릉은 숙종과 계비 인현왕후 민씨와 제2계비

익릉 전경

인원왕후 김씨, 홍릉은 영조의 원비 정성왕후 서씨의 능이다. 또 순창원에는 명종의 맏아들 순회세자와 그의 부인 윤씨가, 수경원에는 사도세자의 어머니 선희궁 영빈 이씨가, 대빈묘에는 경종의 어머니 희빈 장씨가 묻혀 있다.

익릉은 서오릉 매표소에서 북쪽으로 나있는 산책로를 따라 약 5분 정도 걸어가면 나타난다. 순창원을 지나 서오릉의 가장 높은 곳에 위치하고 있으며 숙종이 왕릉을 간소화하라는 명(命)을 내리기 이전에 조성된 능이었기에 웅장한 모습을 띠고 있다.

익릉은 조선왕조 제19대 숙종의 정비 인경왕후 김씨의 능이다. 숙종의 명에 의해 간소하게 조성된 능이지만, 숭릉의 양식에 따랐다. 봉분(封墳)은 병풍석(屛風石)을 생략하고 난간석(欄干石)만으로 호위하고, 석물(石物)들의 크기도 명릉(明陵)에 비해 크고 장명등(長明燈) 역시 팔각지붕을 하고 있다. 장명등과 망주석을 두르는 면에 꽃무늬를 새겨 넣었고, 망주석에는 구멍 대신 상행(上行)·하행(下行)하는 모습의 세호(細虎)를 새겨놓았다.

익릉의 능제는 숭릉(崇陵) 양식에 따라 조영한 것으로 다음과 같은 몇 가지 특징이 있다. 첫째, 석상은 숭릉과 비슷한 가공석이다. 둘째, 전·측면이 1

앞뒤에서 바라본 인경왕후 김씨의 무덤

칸씩 늘어난 5칸의 익실이 딸린 정자각을 세웠다. 셋째, 명등석과 망주석의 받침에는 화문 조각을 했으며 특히 망주석 귀에 구멍이 없어지고 위로 향한 세호(細虎)를 새겼다.

3. 능주 소개

인경왕후(仁敬王后)는 숙종의 비이다. 성(姓)은 김(金), 휘호는 광렬효장명현선목혜성순의인경왕후(光烈孝莊明顯宣穆惠聖純懿仁敬王后). 광성부원군 김만기와 서원부부인 한씨의 딸이다. 1661년(현종 2) 탄생하여 1670년 열살 때 세자빈에 간택되어 의동별궁에 들어갔으며, 다음해 3월 책봉되었다. 1674년 현종이 승하하자 왕비가 되고 1676년 정식으로 왕비에 책봉되었다. 슬하에 명선·명혜·명안공주 등 공주 셋이 있었으나 모두 일찍 죽은 것으로 알려져 있다. 왕비 역시 20세의 나이에 천연두(天然痘) 증세로 1680년 10월 16일 경덕궁 회상전에서 승하하여 이듬해 2월 22일 이곳에 모셨다.

4. 익릉표석음기

朝鮮國

仁敬王后翼陵

光烈仁敬王后金氏　肅宗大王元妃　辛丑九月三日誕生　辛亥冊世子嬪　甲寅
進封王妃　庚申十月二十六日昇遐　辛酉二月二十二日葬在明陵北岡丑坐之
原　壽二十

5. 익릉지

宋時烈, ≪宋子大全≫ 卷 181, 陵誌 仁敬王后誌文

恭惟我顯宗大王深惟宗社大計　豫建我今　上殿下爲世子　旣又以爲古之帝
王　其興替莫不由妃匹　而妃匹之賢　蓋本於族姓之德美　蜀塗莘摯是也　於是
我仁敬王后金氏克膺睿簡　辛亥四月初三日甲申　克備大婚正禮　我殿下親迎
于所館之齊宮　禮畢　告于宗廟　頒敎中外　君子曰　黃流之薦　宜于玉瓚　其信
矣乎　謹按金氏籍全羅道光州　其源蓋出於新羅金姓王　有王子興光知國將亂
自遯于光　其後連八代爲平章　人號其居爲平章洞　本朝　諱國光　事我世祖大
王　爲左議政　封光山府院君　子諱克忸　官大司諫　其曾孫諱繼輝　官大司憲
聰明博　達　爲宣廟朝名臣　其子諱長生　以學問道德　爲世儒宗　官參判　贈領
議政　諡文元公　是爲后高祖　其子吏曹參判諱槃　嘗爲大司憲　論斥奸凶李娃
等　以救文正公金尙憲　以明春秋大義　其子諱益兼　生員壯元　丙丁之亂　心恥
苟免　立慬於江都　其配我宣廟外曾孫尹姓也　是生萬基　嘗爲兵曹判書大提學
娶郡守韓有良女　參判與生員皆葬忠淸道懷德縣之貞民里　術人曰　必有德如

任姒者生焉 后果以崇禎紀元之三十四年辛丑九月初三日乙卯寅時 誕降于京師會賢坊私第 旣誕 呱聲絶稀 家人惑且憂 醫者曰 無傷也 性質然也 旣學語不輕發 發必有理致 行步徐遲 亦不輒下庭階 自有天然尊貴相 見同輩在傍者 弄雛戲瓿 爭梨栗取飴餠 常凝然端坐 若無覩也 與之共食 必待其咸集然後乃食 又不愛紛華之物 衣服雖垢弊而無斁 有著鮮好者 亦無歆艷色 己之所有 長者欲移以與人 則曰可也 絶無靳焉 年及七八 深藏不出 視禮之十年則又早矣 嘗有婚姻會 蔂艾聚觀 又有請與看花者曰 彼家隣且親也 皆不肯曰 恐或有外人也 父母曰 是若非女子 則當爲名儒 以繩前烈矣 自是德性日就 溫恭 和粹 莊重齊遬 人不見有傲惰之容鄙俗之言 六親咸異之 未幾承膺德選 時蓋十歲也 先大王嘉其周折中度 應對得宜 諸女官皆曰 倪天之妹也 旣選在別宮 父時往入 始授以小學書 只受音讀一遍 便通其義 讀不錯一字 輒又成誦 兼看內訓 一閱終不忘 喜聽人說古今嘉言善行 早夜不倦 旣上奉三宮四聖 克盡誠敬 晨夕定省 罔敢以疾病而或廢 終日侍側 油油翼翼 四聖眷愛深篤 然狃恩恃愛之意 一毫不萌于內 嘗以政事 先大王終日于別殿 后不勝孺慕 至於釀涕焉 甲寅 荐遭兩大喪 哀慕踰禮 侍御之人 莫不歎其誠孝純至 於是正位中壼 陞判書爲領敦寧府事 封光城府院君 母韓封爲西原府夫人 生員仁廟朝已贈持平 至是加贈領議政 後以光城保社勳 追封光源府院君 配尹受夫人眞誥 后旣承主內治 必敬必愼 必以古聖妃爲法 如後世不求私家恩澤 不足言也 常以輔助聖德爲心 宴私不形乎動靜 箴警不絶乎燕申 我殿下嘗曰 予賴內助者實多 諸主皆尊屬 其接待曲有禮意 御內使恩威並濟 人皆愛而畏之 服御凡百 必戒侈靡 通書本家安否外 不及餘事 所問者稼穡枯興 疾疫燬熄 民生疾苦而已 水旱災異 益軫危惕 其戒懼之意 溢於言色 誠心惻怛 可以感天也 是雖我殿下刑家之則 叶于風火之象 而我聖妃天質之美 家法之懿 寔不可誣也 自甲寅以後 賊臣誣悖謀所以動撓 始勸以親耕 繼

以親蠶備嬪御 蓋將媒進妖艶 以爲離間計也 幸而風雷動威 親耕旣不成而奸
謀中沮 豈后德協天地 受其陰騭耶 厥後又託禮論 將屠戮一二臣 以逮光城
然後 因以上及焉 當是時 后能安土敦仁 不自危而惟宗社是憂 終至於玉度
無玷 雖賴我殿下神聖睿智 而亦豈其 誠孝之德 上感祖宗而然歟 庚申十月
遘痘瘡 憂念聖躬 自忘其疾痛 至發於夢語 父府院君從女醫入診 則必力疾
起坐 收束致敬 肩背聳直 如不病時 及其大漸 精神猶不少爽 竟以其二十六
日辛亥亥時 昇遐于慶德宮之會祥殿 時上奉慈殿殿下 移御昌慶宮 訃聞 震
悼傷慟 命內御凡月制日制之類 皆自內具備 蓋體平日慈儉之心 不欲煩撓市
肆也 群臣上諡曰仁敬 按註 施仁服義曰仁 夙夜儆戒曰敬 陵號曰翼 殿曰永
昭 卜得吉 以辛酉二月二十二日丙午卯時 禮葬 厥衛儀物 皆從 省約 陵在
京畿高陽郡 去都城二十里而近 臣謹竊伏念韓愈曰 詩歌碩人 爰敍宗親 戴
記論娶婦 必擇孝悌世有行義者 臣謹按我聖妃原其族出 實王者之後 而歷高
麗五百年 蟬聯煇赫 及至本朝 名卿大儒祖孫相望 末乃克生聖女 來婦京室
聿成內治 以助王化 源大川豐 理則宜然 而倘非我顯考神聖 雖甚盛德 曷膺
簡選哉 始也仁宣大妃曰 文元金公 實我先考文忠公師也 今予與其孫皆爲王
家婦 亦一奇也 嗚呼 我聖妃氏族德行嘉美之會 其盛若此 宜其永綏福祿 使
我臣民同被慈濡 而 上天不仁 遽闕遐齡 令我三聖悲悼於上 臣民號慕於下
豈所謂神者誠難明 而理者不可推者耶 雖然 仁者善之長 敬者德之基 翼者
思慮深遠 今所上諡與陵號 克著其實 而在天於昭 令聞不已 孔聖所謂大德
必得其名者非耶 抑臣於此竊有所深感而重悲者 記昔嘗侍聖祖于別殿 指示
我先大王所居之東閤而深歎聖嗣之遲期 及其天祐宗祊 我殿下誕生 則聖祖
已不及見矣 逮我聖妃恭承宗事 則常謂則百有慶 以慰我聖祖在天之靈矣 乃
今坤儀遽缺 甲觀不闢 以聖妃之德之 行 終不克蒙聖祖之遺澤 嗚呼痛哉

　　辛酉二月二十二日 領中樞府事臣宋時烈撰

명릉(明陵)

1. 연혁

능   주 : 숙종(肅宗)[1661~1720, 1674~1720]

              계비 인현왕후(仁顯王后) 민씨[1667~1701]

              계비 인원왕후(仁元王后) 김씨[1687~1757]

위   치 : 경기도 고양시 덕양구 용두동

지정번호 : 사적 제198호

봉릉연대 : 1701년(숙종 27)

천릉연대 :

왕릉형태 : 동원이강형 쌍릉 및 단릉

2. 왕릉 소개

서울시 은평구 역촌동을 지나 고양시 덕양구 용두동으로 접어들면 바로 오른쪽에 해발 235m의 응봉 산자락이 병풍처럼 드리워진 아늑한 곳에 위치하고 있는 서오릉에 도착하게 된다.

원래 서오릉은 '서쪽에 다섯 개의 능이 있다' 하여 붙여진 이름이다. 서오릉에는 5릉(경릉·창릉·익릉·명릉·홍릉), 2원(순창원·수경원), 1묘(대빈묘)가 있어서 동구릉 다음으로 큰 조선 왕실의 가족묘를 이루고 있다. 경릉은 덕종

명릉 전경

과 소혜왕후 한씨(인수대비), 창릉은 예종과 계비 안순왕후 한씨, 익릉은 숙종의 원비 인경왕후 김씨, 명릉은 숙종과 계비 인현왕후 민씨와 제2계비 인원왕후 김씨, 홍릉은 영조의 원비 정성왕후 서씨의 능이다. 또 순창원에는 명종의 맏아들 순회세자와 그의 부인 윤씨가, 수경원에는 사도세자의 어머니 선희궁 영빈 이씨가, 대빈묘에는 경종의 어머니 희빈 장씨가 묻혀 있다.

명릉은 서오릉 매표소를 분기점으로 다른 네 개의 능과는 달리 우측에 별도로 떨어져 있으며 일반인들이 능상까지 올라갈 수 있도록 열려 있어, 왕릉의 구조를 이해하는 데 아주 중요한 교육자료로 활용되고 있다.

명릉은 조선 19대 숙종(1661~1720)과 제1계비 인현왕후(1667~1700) 민씨, 제2계비 인원왕후(1687~1757) 김씨의 능이다. 숙종 시기에는 조선 정치사상 정치세력의 기복이 가장 심하고 붕당정치의 정쟁이 격심했지만, 숙종은 왕권을 강화하고 사회체제 전반을 복구·정비하는 작업을 거의 완료하는 치적을 남겼다.

숙종의 원비 인경왕후는 서오릉 안에 있는 익릉에 따로 안장되어 있다. 숙종은 경종을 낳은 장희빈과 영조를 낳은 숙빈 최씨 등을 후궁으로 두었다.

앞뒤에서 바라본 숙종과 인현왕후 민씨의 무덤

인현왕후는 1681년 숙종의 계비가 되었다. 희빈 장씨의 무고로 폐위되었다가 갑술환국 때 복위되었으나 숙종 26년 원인 모를 병으로 승하했다.

제2계비 인원왕후는 1702년 왕비로 책봉되었으며 1757년 승하했다.

숙종은 인현왕후가 승하하여 명릉에 장사 지낼 때 왕비릉 오른쪽(정면에서 보아 왼쪽)을 비워 놓아 쌍릉으로 조성하고 정자각을 중간에 위치하게 했다.

조선 능제의 분수령을 이루고 있는 명릉은 숙종의 명에 의해 간소화한 능 조영 제도를 따르고 있다. 그래서 부장품의 수량도 줄이고 석물의 크기도 실물 크기로 하여 다소 왜소해 보인다. 건원릉 이후의 장명등이 팔각옥개이던 것을 사각옥개로 바꾼 것이 특이하다. 인원왕후릉도 난간석의 무늬만 조금 다를 뿐 나머지 상설은 모두 숙종릉과 같다.

명릉은 조선 능제의 분수령으로서 ≪상례보편(喪禮補編)≫과 ≪산릉의(山陵儀)≫의 기초를 이루었고 다음과 같은 몇 가지 특징이 있다. 첫째, 석수 및 석인의 칫수를 실물에 가깝게 하였으며 부장품 명기의 수량도 감소하였다. 둘째, 문인석(文人石)의 미소와 무인석(武人石)의 늘어진 투구와 이마에 새긴 투구의 파상선 등은 장릉(長陵, 제16대 인조)의 석인상을 따르고 있다. 셋째, 8각의 장명등 옥개를 4각형으로 제도화하였다.

앞뒤에서 바라본 인원왕후 김씨의 무덤

3. 능주 소개

숙종(1661~1720)은 조선의 제19대 왕이다. 휘는 순(焞), 자는 명보(明普), 시호는 숙종현의광윤예성영렬유모영운홍인준덕배천합도계휴독경정중협극신의대훈장문헌무경명원효대왕(肅宗顯義光倫睿聖英烈裕謨永運洪仁峻德配天合道啓休篤慶正中協極神毅大勳章文憲武敬明原孝大王). 현종과 명성왕후의 외아들이다.

1661년 8월 15일에 태어나 1667년에 왕세자로 책봉되었으며, 1674년 8월에 14살의 어린 나이로 조선의 임금으로 즉위하였으나 수렴청정을 받지 않고 직접 나라를 통치하였다.

숙종이 조선을 다스렸던 기간은 조선이 개국된 이래 당파 싸움이 가장 심했던 때였다. 그의 재위 기간 중에 남인과 서인의 당파 대립 관계가 치열해지고, 1680년대에는 서인이 노론과 소론으로 분리되어 이들도 서로 당파 싸움을 하게 되었다. 그리고 어느 한 당파가 다른 당파를 완전히 몰아내고 1당 정치를 하는 환국(換局) 정치가 주된 현상이 되었다.

숙종의 치세는 크고 작은 정치 논쟁으로 하루도 조용한 날이 없었다. 인현왕후를 중심으로 하는 서인과 장희빈을 중심으로 하는 남인이 대립하였다. 인현왕후가 결혼한 지 6년이 넘도록 아이를 낳지 못하자 후궁인 장희빈이 낳은 왕자를 왕세자로 책봉하는 문제로 남인과 서인이 심하게 대립하였다. 결국 서인들이 유배되거나 죽임을 당하고, 인현왕후는 폐위되는 기사환국이 일어났다. 이 사건으로 장희빈은 왕비가 되고 그녀의 아들은 왕세자에 책봉되었으며 남인이 정권을 독점하게 되었다. 그러나 남인의 집권 기간도 오래 가지 않아 갑술환국으로 반전되었다. 이즈음 숙종은 장희빈에 대해 좋지 않은 감정을 가지게 되었고 인현왕후를 폐위시킨 것을 후회하고 있었다. 숙종은 인현왕후의 복위를 계획한 서인들을 감옥에 가둔 남인들을 몰아내고, 장희빈을 빈으로 강등시켰다. 이로써 인현왕후는 다시 왕비로 복위되었으며 인현왕후를 저주한 장희빈은 사형을 당했다.

그러나 당쟁은 서인과 남인의 대립에서 그치지 않고 서인이 다시 노론과 소론으로 나뉘어져 대립하게 되었다.

숙종은 크고 작은 당파 싸움으로 약해진 왕권을 회복하고 세력이 강한 붕당의 힘을 약화시키기 위해 집권 정당을 수시로 교체시키는 환국을 실행하였다. 그 때문에 흔히 숙종의 치세를 일컬어 "환국정치"라고 일컫는다. 그도 그럴 것이 숙종의 재위 기간에서만 무려 3번의 환국이 있었기 때문이다. 숙종은 환국으로 정권을 교체하는 방법으로 붕당 내의 대립을 촉발시켜 신하들 간의 정쟁이 격화될수록 그와 동시에 왕권을 강화시켜 임금에 대한 충성심을 유도하였다. 그리고 이러한 환국정치를 통해 강화된 왕권을 바탕으로 민생 안정과 경제 발전에 상당한 업적들을 남겼다.

숙종은 우선 광해군 이후 꾸준히 실시해 오던 대동법을 경상도와 황해도까지 확대하여 비로소 전국적으로 시행하였다. 그리고 이때부터 활발해지기 시작한 상업 활동을 지원하기 위해 상평통보를 만들어 널리 사용하도록 장려했다. 그리하여 임진왜란과 병자호란 이후 혼란에서 헤어 나오지 못한 사회를 전반적으로 수습하고 정비를 하여 안정기를 구가하는 치적을 남겼다.

또 청나라와 국경 분쟁이 일어나자 청나라와 협상하여 1712년 함경감사 이선부로 하여금 백두산 정상에 정계비(定界碑)를 세워 영토의 경계선을 확정하기도 했다. 그리고 일본에 파견한 통신사로 하여금 에도 막부 정권과 협상하여 일본인들의 독도 출입 금지를 보장받았다. 또한 조선 통신사를 세 차례나 파견(1682, 1711, 1719)하여 왜은(倭銀) 사용 조례를 확정함으로써 왜관무역(倭館貿易)을 정비하였다. 그 밖에도 왕위를 빼앗기고 외롭게 죽은 노산군을 복위시켜 단종이라는 시호를 올림과 동시에 사육신의 명예도 회복시켜 주었으며, 폐서인(廢庶人)되었던 소현세자빈(昭顯世子嬪) 강씨를 민회빈(愍懷嬪)으로 복위시켰다.

그러나 숙종의 왕권 강화 정책은 오직 숙종처럼 정치 세력을 철저히 이용해야 한다는 단점이 있기에 그가 죽은 후 절대 왕권은 그의 치세에서만 끝이나, 숙종처럼 강력한 왕권을 가진 왕은 다시는 나오지 않게 된다.

1720년 6월 8일 경희궁 융복전에서 춘추 60세로 6남 2녀를 남기고 승하하여 같은 해 10월 21일 인현왕후릉 옆에 묻혔다.

인현왕후(1667~1701)는 숙종의 계비이다. 성은 민, 휘호는 효경숙성장순원화의열정목인현왕후(孝敬淑聖莊純元化懿烈貞穆仁顯王后). 여양부원군 민유중과 은성부부인 송씨의 딸이다. 1667년(현종 8년) 4월 23일 탄생하여 인경왕후가 죽은 1년 뒤인 1681년(숙종 7) 계비가 되었다. 경종의 책봉 문제로 폐위되었다가 복위하였다. 1701년(숙종 27년) 8월 14일 창경궁 경춘전에서 춘추 35세로 소생없이 승하하여 같은 해 12월 9일 이곳에 모셨다.

인원왕후(1687~1757)는 숙종의 두번째 계비이다. 성은 김, 휘호는 혜순자

경헌렬광선현익강성정덕수창영복융화휘정정운정의장목인원왕후(惠順慈敬獻烈光宣顯翼康聖貞德壽昌永福隆化徽精正運定懿章穆仁元王后). 경은 부원군 김주신과 가림부부인 조씨의 딸이다.

1687년 9월 29일 탄생하여 1704년 왕비로 책봉되었으며 1757년(영조 33) 3월 26일 창덕궁 영모당에서 춘추 71세로 소생없이 승하하여 그 능을 같은 해 7월 12일 왕릉의 서쪽에 조성하였다.

4. 명릉표석음기

*숙종 및 인현왕후 표석음기
朝鮮國
肅宗大王明陵
仁顯王后祔左
肅宗顯義光倫睿聖英烈章文憲武敬明元孝大王 崇禎紀元後三十四年辛丑八月十五日誕生 甲寅卽位 庚子六月八日昇遐 十月二十一日葬于高陽東蜂峴甲坐之原 在位四十六年 壽六十 繼妃孝敬仁顯王后閔氏 丁未四月二十三日誕生 辛酉冊封王妃 辛巳八月十四日昇遐 十二月九日葬 壽三十五

*인원왕후 표석음기
朝鮮國
仁元王后祔右岡
惠順慈敬獻烈光宣顯翼康聖貞德壽昌永福隆化定懿章穆仁元王后金氏 丁卯九月二十九日誕生 壬午冊封王妃 丁丑三月二十六日昇遐 葬于高陽大王陵右

岡乙坐之原 壽七十一 嗚呼前面篆字及後面陰記小子泣血拜手敬書少伸微忱
焉崇禎紀元後百三十年立于大王陵碑左

5. 명릉지

≪肅宗實錄≫ 附錄 肅宗大王明陵誌文

於戲 恭惟我肅宗顯義光倫睿聖英烈章文憲武敬明元孝大王諱焞 字明普
顯宗大王之適嗣 孝宗大王之孫 母妃明聖王后金氏 敦寧府事清風府院君佑
明之女也 王小字龍祥 孝廟嘗夢 明聖王后寢室 有物覆以衾 開視則龍也
孝廟覺而喜曰 將得元孫之吉兆 乃預命小字以待之 至辛丑八月十五日辛酉
王誕降于慶德宮之會祥殿 實崇禎紀元之王十四年也 王五歲時 明聖王后有
産病 不能進食 王必跪進粥飮 憂形於色 后曰 汝勸何可不從 爲之强進 王
嘗有所養雀雛 死則令母棄而瘞之 內局取牛酪 其犢多悲鳴 王問其故 不進
酪 愛親之誠及物之仁 自幼已如此 乙巳 諸大臣請以宋時烈宋浚吉金佐明
金壽恒 爲元子輔養官 出入講學 浚吉初見王 告于顯廟曰 宗社臣民之福
實在於此 顯廟命內侍 召王出 王向浚吉再拜 禮貌中度 丁未冊封爲王世子
己酉隨駕謁太廟 又行入學禮 庚戌行冠禮 辛亥行嘉禮 甲寅 顯廟禮陟 王
受寶踐位 哀號動人 百官衛士 悲不敢仰視 王自嗣服以來 夙夜祗懼 一以
敬天勤民 爲第一義 以承先王之志事 勉大臣以隨事導迪 王單心典學 夜分
讀書不休 明聖王后 亦憂其過勤 新陵石役甚鉅 王承慈敎 命移用寧陵舊石
大省民力 時 八路災荒 民或有不勝飢困而自縊者 王大驚惻 亟下諭諸道
俾免其轉壑流散 命蠲辛亥以上積逋 今年租賦 計可支用 量減其數 畿內役
煩 特減進上虎皮 又停簽丁 尙方太僕 姑廢燕市貿易 始初之化 人心洽然

矣 乙卯 內下黃金一百六十兩銀一萬六百餘兩于地部 命鐲關北運穀八萬餘
石 又下敎曰 方在哀疚中 方物物膳 姑勿進 夏旱親禱社壇 特命慮囚 王於
水旱飢饉 憂勤惕慮 自此四十餘年 如一日 然每下書藩臣 勉其安集拯濟
曉諭民間 勸其勿離鄉土 歲時必別諭勸農 皆一札十行 至意藹然 癸亥別遣
御史 宣諭諸道 父老之扶杖往聽者 無不感泣 凡鐲徭賜租 減宿逋停新納者
前後幾億萬計 若經費匱乏 則移軍餉之儲 傾內帑之財 亦不惜也 御用人參
減納至半 歲貢朔膳 屢經裁損 至今太官之貢 多未有復其舊者 歲旱多親禱
廟社郊壇 盛熱不入齋室 冊祝必令責躬 不得雨 則疏釋罪囚 或駐輦道傍
進囚諭遣 或駕幸王獄 親決輕重 被災地方 必遣御史監賑 耽羅邈在海外
數年荐飢 又命近臣 船粟往哺 珍島十年不登 疑有冤氣 諭令訪問 此皆王
深仁至澤 浹人骨髓者也 王遇災警懼 甚於剝床 大災之外 雖星度凌犯 日
霓抱珥 必下旨自責 廣求直言 又勉群下 以和衷秉公 對越臨履之誠 自見
于言語之外矣 酬應萬機 少無濡滯 或朝膳夕進 曉漏猶未寢 乙酉有內禪之
命 臣亦隨諸臣入對 終蒙反汗 然仰承聖敎 傷損之祟 蓋在於憂勤 聖心之
極欲脫屣千乘 優游晩暮者 正爲此也 而疾病之後 貳極代政 王猶耿耿於國
事 不暇寧逸 臣敢以頤養之說 懇叩於淸燕之侍 則王曰 予習性然也 不可
變矣 王寢疾十有餘年 以庚子六月初八日癸卯 大棄群臣于慶德宮之隆福殿
在位四十有六年 壽六十 嗚呼痛哉 是日 傾都奔走闕下 雖儓隸下賤 哀哭
如父母 莫不曰 我聖主 爲生民損遐算也 惠順王妃殿下 下敎于大臣曰 聖
上平日盛德 朝紳非不知也 猶或有不能悉者 酬應浩多 晝夜不休 寢膳或廢
敬事上天 遇災恐懼 或雨雪愆期 風日不和 有害於農 則慮不少弛 陰晴之
候 風起何方 或難自察 則必問侍者 國事民憂 念念不忘 常若不及 勤勞爲
祟 致損聖壽 至於喪葬諸具 軫念經費 曾有措置 祭器所造之銀 當下尙方
又備前頭賑民 別置銀子三千七百餘兩 今補國葬之費 可減民弊 內藏衣襨

似無不足 該曹只待書示者 備納 務遵平日省約之意 又教曰 聖上勤勞國事
之外 甚嗜書史 製述甚多 可示朝廷者 曾已深藏 乃命東宮出示 嗚呼 我聖
妃觀感聖德 奉承遺意者 可以宣揚至仁 永固邦本 而況臣伏讀內下御製 多
是敬天勤民之作 凡我含生之屬 將何以追報先王也 昔周公頌文王之德曰
日中不遑暇食 用咸和萬民 受命惟中身 厥享國五十年 我先王沖年嗣位 反
不及於文王之享國 此何天理也 然無逸之德 在王尚其細者耳 王自在視膳
之日 承事兩殿 怡愉敬順 及宅恤 哀戚蹐節 拜辭靈輿 歸路猶號擗 明聖王
后多病 王常澟澟焦憂 竭誠調護 事莊烈大妃 亦無少間 所御萬壽殿 相去
稍遠 王嘗聞大妃有急疾 不遑納履 疾步往候 嘗欲爲兩殿進宴 遇災而止
丙寅始進豐呈癸亥 明聖上賓 戊辰莊烈又上賓 王哀毀蹐禮 一如甲寅 每歲
親享太廟 或無時展謁 春秋必拜陵 遍盡諸陵 而或再三焉 以威化回軍之義
加上太祖諡號 以字數減於諸廟 加上太宗諡號 仁祖成中興之大業 孝宗明
春秋之大義 定爲世室 恭靖舊無廟號 追上爲定宗 摹寫慶基殿太祖御容 奉
安于永禧殿 戊寅 追復端宗大位 蓋丁丑禪代之後 人情冤鬱 數百年未敢言
者 列聖之所未遑 王斷自淵衷 亟擧縟儀 宗廟之禮 有秩 神人胥悅 並及其
六臣而俎豆之 以礪臣節 中廟愼妃 禮有難處 則立廟祭之 王待宗親 甚有
恩 姑妹公主有疾有喪 必皆親臨 昭顯世子嬪姜氏 嘗以罪廢 王察其冤 追
復其位 其孫焜焜被凶人誣 保全而寵遇如前 逆宗楨柟 與其黨謀不軌 杭圖
害國母 並磬于旬 而命殯葬法行 而恩不廢也 王久無嗣 戊辰 後宮張氏 始
誕生我嗣王殿下 亟命定元子號 己巳仁顯王后退處私第 命陞張氏爲妃 甲
戌下教曰 追惟己巳之事 不覺忸怩于中也 莫察悃愊 誤疑良佐 予嘗平心徐
究 怳然覺悟 大加悔恨 寤寐輾轉 積有年矣 今玆渙發綸音 重正壼位 寔出
於天理之公 而賴宗社之默佑也 又教曰 邦運回泰 中壼復位 則民無二主
古今通義 其收張氏王后印綬 又命己巳死諫者吳斗寅朴泰輔等 贈官旌閭

誅竄其時樂禍而干名義者　其後又下敎曰　自今著爲邦家制　勿以嬪御登后妃
嗚呼　以千乘之尊　而躬顏閔之行　奉先而思孝　敦宗而厚風　增光前烈　紋正
彝倫　卽前世明君之所罕聞　此皆王正心修身　成敎於家邦者　其可以俟百世
而不惑　然蓋天下有大義　亘萬古而不可無者　時往事邁　若將晦蝕　王獨以一
身擔荷　乃於甲申春　設壇于禁苑中　遙祭毅宗皇帝　以崇禎運訖之日重回也
將事之日　王感傷惻怛　眞若眼看天地之崩裂　又命設壇於宮城北淨處　名以
大報　歲祀神宗皇帝　以壬辰再造之恩　不可忘也　王嘗命刊行大明集禮　親製
序文　漢人之流寓者　廩其身而收用其子孫　臣曾於槐院故紙中　得皇朝成化
年所賜印跡投進　卽命摹刻作寶　遺命此後嗣位時　勿用淸國寶　而傳此寶　蓋
將欲使萬世子孫　不忘皇朝之恩也　嗚呼　春秋大一統之義　獨我東世守百年
異日中國澄淸　永有辭於天下後世者　不其在是歟　此尤王之超百王竝三古　而
其義可以建天地而不悖者也　王好學尙文　崇儒重道　居常手不釋卷　暮年猶開
講筵　經傳書史　無所不講　自諸子百家　以及東方文集　無不涉獵　凡一經覽
平生不忘　臨文析理明　而見解透　講心經諭心動靜曰　出沒無常　易發難製者
莫如心　故有動中有靜　靜中有動之說　論易納約之說曰　此則大臣當艱險之時
不得已而可用此道　若治平之世　由間道結於君　則不可　論秦扶蘇事曰　君臣
父子　皆有可諫之道　扶蘇見焚坑而何可不諫　幸而用其言　無此禍矣　豈扶蘇
之過也　或以爲過者非矣　又論唐時事曰　蓋蘇文雖惡　太宗命將伐之　猶可也
若不親征　則雖無功　亦未爲大失也　玄宗殺三子　納子婦　此由於太宗之閨門
不正也　王臨筵　不欲資口耳　必欲服行經訓　嘗講禮下敎曰　曾子問一篇　自君
薨以下　言吉事鮮矣　予因此有欲下詢　亦如之何之意也　五禮儀凶禮中　烏帽
黑帶之制　因閔純之議　旣已釐正　而團領衣布裹帽　未有變改　復古制可乎　大
臣儒臣請依朱子君臣服議　答曰　玆事自有朱子定論　本無可疑　斷然行之　及
至大喪　百官承遺命　乃受衰如古禮　視事用布帽衣　嗚呼　漢文短喪以來　臣服

君之禮久廢 我朝以布帽袍成服 猶非古禮 苟非聖學之高明 何能盡革歷代因
循之弊 以復三代之古也 今日縱不能行之於天下 有王者作 必來取法矣 王
又考皇朝典禮 定行王妃世子嬪廟見之禮 王於初 元作舟水圖說 出示大臣曰
君猶舟 臣猶水也 水靜然後舟安 臣賢然後君安 卿等宜體此圖之意 以盡輔
弼之道 取比精切 辭理暢達 絲綸每出 昭若雲漢 詞臣不敢代草 大內亭閣
遍題銘記 無非箴儆寓戒之言 王於講筵 諱程朱之名 文廟陞宋周張二程邵朱
六賢於正殿 黜兩廡漢荀況以下十人 命以宋楊時羅從彥李侗黃幹及我朝李珥
成渾金長生配享御筆親題宋時烈華陽宋浚吉興巖書院扁額 尊尙賢德 以一士
趨也 嘗幸太學 會諸生勉諭學業 從皇朝之制 別立啓聖廟 又命立何蕃陳東歐
陽澈之祠 以激士氣 王於先朝賓師老臣 致敬盡禮 禮羅賢士 由山林拜相者亦
數人 又三選文士 賜暇湖堂 以勸文風 王亦以武略之不競爲憂 每有郊外幸
行 路中操鍊 時於江上閱武 後苑試才 大行褒賞 厚待將臣 優恤士卒 嘗臨
幸關壽亭廟 命竝亨岳武穆於永柔武侯祠 以興起將士之心 戊戌寢疾時 召
見宿衛將士 面諭疾未試閱之意 又賜酒肉 武士皆感泣欲死 王以戚繼光陣
法 便於禦倭 不利於防胡 命諸將確議變通 又以陰雨不備 不可應卒 命增
築江都南漢城砦 講定與都民入保之計 又築北漢百濟古城 先是 孝顯兩朝
行兩湖大同之法 王命繼行於嶺南 將欲大變賦民之制 以紓良役之偏苦 改量
八路之田 以正經界 末年命先量三南田 使臣尙有未復命者 良役之議 不及
稟裁 遂成千古之遺恨 臣民之至痛 尤在於此也 王英明出天 氣貌淸肅 見義
則乾斷爀然 遷善而奮若風雷 旣早登天位 銳意圖治 而邦禮改定 群壬戕賢
賊臣謀亂 國命綴旒 王乃沈幾默運 掃除凶逆 宗社再安 世道淸明 坤議一傾
奸兇得意 流言罔極 事有難言 王乃翻然悔悟 日月更新 長秋復正 肅淸宮闈
此皆王明睿所照 不遠而復者也 而常存欽哉之仁 大獄鮮有枉罹者 王常自戒
以氣質之躁暴 或出綸音 或示言志 恒加省察之工 疾病之際 心氣最難攝 而

十餘年間 未嘗有辭氣之太過者 晚年操存之益 尤可以養壽命矣 己亥以太祖
故事 題名耆社 錫宴老臣 方域之內 正獻北斗南山之祝 昊天不弔 終斬必得
之壽 嗚呼痛哉 安得不怨于天也 王嘗著儆戒十箴勸學文等篇 賜東宮 丁酉
有代理之命 東宮連章固辭 王答曰 眼患又劇 酬應甚難 命爾代理 玆乃國朝
故事 汝何讓焉 付託至重 爾責至大 夙夜寅畏 無敢或怠 念終始典于學 又
答曰 昨日訓戒之言 爾其式克欽承 近日事處分正而是非明 可以不惑於百世
事關斯文 顧不重歟 故特言之 予志汝遵 莫之或撓 蓋末時烈尹拯師生事 爲
一世爭端 而王始定是非 故有是敎 嗚呼 道心相傳 卽王家法 十箴之戒 已
本乎精一之旨 而典學之勉 斯文之托 丁寧反復 貽燕之謨 其亦至矣 王崇儉
節約 從諫如流 袞衣之外 不服錦段 寢殿席弊不改 幃帳皆用靑布 朝夕膳羞
不過數器 近臣以不貴遠物爲言 卽命焚銀鼠皮 又有諫大內牽入橐駝者 夜
開宮門而出送 諫臣以禁苑營小閣 臨大路爲不可 命卽日毀之 王沖謙之德
又出天性 未嘗以聖智自廣 癸巳 群臣歸美聖德 請上尊號 以顯義光倫睿聖
英烈 王嚴辭固拒 久而勉從 中心不樂焉 臣謹稽之天地 驗之往古 王之盛
德弘規 巍乎煥乎 嘉言美政 史不勝書 三代以後 無可比擬 豈所謂蕩蕩乎
民無能名焉者歟 於戲偉哉 領議政臣金昌集右議政臣李健命等議上尊諡曰
章文憲武敬明元孝 廟號曰肅宗 殿曰 孝寧 以是年十月二十一日甲寅 葬于
明陵甲坐庚向之原 始仁顯王后之葬也 王命虛右之制 倣長陵曲墻 築不偏
丁字閣 亦當中 預憂再勞民也 王元妃仁敬王妃金氏 領敦寧府事保社功臣光
城府院君萬基之女 庚申薨 繼妃仁顯王后閔氏 領敦寧府事驪陽府院君維重
之女 辛巳薨 惠順王妃殿下金氏 領敦寧府事慶恩府院君柱臣之女 淑嬪崔氏
生延礽君昑 禖嬪朴氏生延齡君㟓 己亥早卒 嗣王殿下 前妃端懿王后沈氏 贈
領議政靑恩府院君浩之女 中宮殿下魚氏 領敦寧府事咸原府院君有龜之女 延
礽娶郡守徐宗悌女 延齡娶修撰金東弼女 我殿下以臣經幄舊臣 近年久侍醫藥

遂以幽宮之誌 命臣 臣固辭不敢當 終不獲命 顧臣文辭見識 固不足以形摸天日 而臨御旣久 可紀者多 謹書其功德之大者 亦不敢華而不實. 永負天地之大恩云 判中樞府事李頤命撰 兵曹參判李正臣書

≪肅宗實錄≫ 卷35, 肅宗 27年 11月 23日 丙午 仁顯王后誌文

大行妃 姓閔氏 系出驪興 有曰稱道 仕高麗 爲尙衣奉御 始見於族姓書 自是厥後 世有聞人 高祖汝健 官長興庫令 贈吏曹判書 曾祖機 文科官慶州府尹 贈領議政 淸白質行 楷範搢紳 祖光勳 文科官江原道觀察使 贈領議政 謹厚長德 克世家聲 考維重 官領敦寧府事驪陽府院君 謚文貞 蚤歲蜚英 歷遍華塗 以淸名碩望 受知三朝 配曰恩城府夫人宋氏 議政府左參贊贈領議政文正公浚吉之女 文正公道德學問 爲世儒宗 孝顯兩朝 待以賓師之禮焉 以崇禎紀元之四十年丁未四月二十三日丁卯午時 誕后于京師西部盤松坊之私第 先是 天只之夢 日月生于兩肩 自幼嬉戲 絶異凡兒 不與人較爭 不言人過失 或有論人是非者 輒笑而不答 性至孝 六歲喪府夫人 哀戚若成人 自是或鞠養於仲姑洪氏家 或隨文貞公奔迸于田野 嶺海之間 零丁艱苦 備嘗窮厄 而常侍側怡愉 未嘗有憂色 每見時物 文貞公未及嘗 或於家廟未薦 則不先嘗 見他兒之食者 亦必戒責之 文貞公甚奇愛之 嘗曰 是兒之賢 諸子女無能及者 吾未嘗一見其過誤之擧 亦未嘗一見其有疾言遽色也 德性日就 齊邀莊重 未幾承膺德選 時蓋十有五歲也 周折中度 應對合禮 宮中咸曰 倪天之妹也 旣選在別宮 敬受≪小學≫于府院君 辛酉五月二日 冊爲王妃 越十有三日 晃迎于所館之宮 后入宮闈 上奉大妃 篤盡誠孝 承事寡躬 必敬必愼 變異災凶 同予憂惕 齊雞周珥 多所箴警 遇諸宮則恩禮無替 待私親則恩愛曲至 而至若賜予 一遵常例 私親亦無敢有越分干澤者 凡予疾恙 幾廢寢食 御膳潔否 恒必親視 癸亥明

聖王后違豫 后夙夜侍疾 不離跬步 大妃命之退 則暫出戶外 不就私室 時
當(祈) [祁]寒 懍懍難耐 而終不懈 逮至不諱 攀號逾禮 后每以盍斯嗇慶爲
憂 嘗勸予以廣儲嗣 淑儀之選 實從后意 戊辰 又罹巨創 哀毀盡制 己巳
後 在私第時 常自處以罪人 身不御美服 寢不避冷室 夏日不進午飯 常曰
我之得保有今日者 莫非聖恩 尚何敢自同平人耶 甲戌夏 予作長書 備示
悔悟 仍以服御贈之 后謙挹不受 書辭悽惋 令人感動 予又以書懇告 至于
三而乃受 后復正壼位 益自抑畏 自元良以下 撫愛如己出 帥嬪御 和而惠
人皆感而悅服 若夫妬忌慍怒 不惟不萠于心 不作于色 雖勸之 不爲 蓋其
天性然也 丙子冬 后與嬪宮 見于太廟 我朝后妃廟見 自此始焉 庚辰春
溝疾 至翼年不瘳 予嘗命參判閔鎭厚兄弟 出入侍藥 每引見 輒憂名位之
漸顯 內局請設議藥廳 凡三設三罷 辛巳八月 疾忽亟 又設藥廳 砭焫罔效
自知已不可爲 而猶且作氣酬答 至大漸 精神不少爽 竟以是月十四日己巳
薨于昌慶宮之景春殿 壽三十有五 嘗曰 吾豈以死生關心哉 只以疾痛爲苦
耳 又曰 癸亥國恤 因遺敎 喪制無不從儉 民以大賴 卽今民力 非比曩時
而吾病殆不興 若遵此例 則長逝者 心亦可安矣 又曰 凡人死後行錄祭文
多有溢美之語 於死者何益哉 嗚呼 備衣衾於內廂 減常式於祭奠 用彰后
從儉省弊之至意者 夫豈偶然也耶 有司議諡法 施仁服義曰仁 行見中外曰
顯 遂贈諡曰仁顯 陵號曰明陵 殿號曰敬寧 卜兆于翼陵南甲坐之岡 命敦
匠之臣 虜右之制 長陵是傚 將以是年十二月初九日葬焉 嗚呼 今予所撰
欲以資詞臣之誌述 納諸幽而傳諸後 則敢有一字之過實 以違后臨歿之言
嗚呼 脩短縱有數 以后之德而無子無年 何其理反厥常若是歟

李畬, 《睡谷集》 卷9, 陵誌 御製仁顯王后明陵誌後記
　上始命臣畬 撰大行王妃陵誌 旣又下御製行錄 俾資敍述 臣畬謹拜手稽

首 受而讀之 竊不勝感歎涕泣曰 於戲至矣 此可以納諸玄隧 而增重垂之百
代而彌光 臣何敢措一辭哉 遂上疏請以聖錄爲誌 大臣諸臣 亦以爲請 上旣
許之 猶命臣奮以御誌未盡載者 附記于後 臣奮又拜手稽首曰 御誌簡而該
如日星昭揭 無以復加 然臣竊伏念 自昔后妃之德 播在歌詩者多矣 若我聖
妃 蹈坎履危 重正壼位 而玉度無玷 徽音益著 以成我聖上正家之化者 實
簡策所未聞也 其盛德至善 臣下百姓 固有傳誦贊歎而不能自已者 謹演御
誌餘意 略述其一二焉 后我主上繼妃也 始仁敬王后薨無嗣 明聖大妃亟議
于大臣 妙擇令族而立后焉 其事大妃也 洞洞屬屬 終日不離側 夜必二鼓方
退 大妃眷愛特甚 每敎近戚曰 內殿至誠事予 無一事不適意 予自得賢婦
殆忘未亡之恨 又敎曰 內殿每得本家書 必於我前拆見 書中固無諱語 而蓋
其意欲無所隱乎我也 及大妃昇遐 后追慕終身不衰 每語及 輒下淚 丙子廟
見 泣涕汍瀾 歸語侍者曰 瞻望聖妣神座 怳若復承慈顏 逮大漸則曰 吾今
歸侍大妃 復何所憾 其誠孝純篤如此 當己巳初 群壬樂禍不已 朝著空虛
五月丁酉 后出處私第 搢紳章甫 守闕死爭者累數百千 旣不能得 則擧國痛
冤 六年如一日 甲戌上大覺悟 屛黜奸黨 亟遣中使 諭意于后 始后就第 卽
命鎖外門 雖至親無敢出入 至是中使以上命 請得鑰匙開門 后猶不許 及受
御札 始出付焉 是四月丁丑也 己卯 命入處景福宮 遂復位號 戊子 告于宗
社 命以莫察忠言 誤疑良佐爲辭 六月丁酉 備儀物申冊禮 大赦下敎 深陳
旣往之悔 令詞臣明白措辭 布諭臣庶 旄己巳諫臣 討群奸罪以謀害矯誣 或
誅或竄 於是中外臣庶 下至窮閻僻鄕婦孺奴隷 莫不懽忻踊抃 奔走相告曰
惟主上明聖 我聖妃復矣 嗚呼盛哉 是固后德格上下 以臻茲休 而我聖上日
月之更 雖萬世可仰也 后旣復位 宮人或有不自安 后待之如舊 有言前事者
輒叱斥之 終不賞一人罪一人 其大何當死者 亦爲之救解 人人莫不感悅 世
子諱某 聘主簿沈浩女爲嬪 后顧復恩勤 有逾親出 又必隨事誨喩 諄諄不已

世子亦至誠承奉 慈孝兩盡 國人莫不聞焉 宗社無疆之慶 其在是矣 嗚呼猗
哉 嗚呼痛哉

≪英祖實錄≫ 卷89, 英祖33年 3月 26日 丁巳 仁元王后誌文

惟我大行慈聖 卽我聖考肅宗大王之繼妃也 姓金氏 本慶州 始祖闢智 追
尊世祖 二十七代孫傅 高麗封敬順王 其後智允贈忠勤亮節贊化功臣知(文
化) [門下]府事判都評議事 子稛入我朝 開國功臣左贊成鷄林君 謚齊肅 孫
從舜 被選淸白 謚恭胡 歷事世宗文宗端宗世祖睿宗成宗 六代祖萬鈞 文科
壯元 都憲 贈勳領議政月城府院君 生父千齡文科壯元 官至直提學 五代祖
命元 以宣廟朝名勳左議政慶林府院君 謚忠翼 高祖守廉 贈領議政鰲原君
曾祖南重 禮曹判書慶川君 贈左贊成 謚貞孝 祖一振 贈領議政 考慶恩府
院君柱臣 贈領議政 謚孝簡 妣嘉林府夫人趙氏 始祖天赫 仕高麗 爲嘉林
伯 九代祖連城 始入我朝 知洪州事 高祖瑗司馬壯元 文科承旨 曾祖希逸
司馬壯元 文科重試 官至參判 祖錫馨 司馬壯元 贈參判 考景昌 小子嗣服
三十一年 遵昔年故事 特贈左贊成 丁卯九月二十九日丑時 我慈聖誕降于
順化坊私第之養正齋 卽希逸之舊第也 壬午冊封王妃 仍行嘉禮 聖后幼時
從祖母權氏見而異之曰 步履安詳 擧止端正 必也非常 云 可謂鑑識之明矣
我聖母 性本端莊貞一 沈默寡言 周南之化 洋溢宮壼 濯龍之戒 逈出尋常
本家子孫 雖微官小職 輒稱過焉 七年侍湯 一心靡懈 五朔殯殿 雖隆寒盛
暑 未嘗或離 三年祭奠 必誠必敬 以此該司所進祭物 莫敢不致恪 深體昔
年聖德 愛民之恩 恤民之澤 浹于肌髓 慈愛之仁 邁於漢之明德 若小子淺
孝 亦蒙慈渥 雖在靜攝之中 猶眷眷不已 嗚呼 慈恩河海莫量 上冊揚徽 稱
觴奉歡 臣子當然之事 而深自謙抑 絶不受焉 雖或勉從 而幾次進號幾番進
宴 俱不躬臨 顧復之恩 至衰彌篤 一衣一食 莫非慈恩攸曁 而雖今番沈綿

之中 其於粥飮 爲小子必也强進而俯勸 自二十五日以後 不復承聞 此小子
號泣哀慕 寧欲溘然者也 且躬自儉約 以今番自內書留者觀之 可以仰認矣
凡於祭奠 皆定器數 古之所有 今多減焉 內帑銀子御庫正緞 遺命下都監
陵殿所用銀器 以庚子進用者命用 今日襲斂諸具殯殿物件 雖帷帳之屬大舉
之飾 俱皆自內備置 慕昔年之慈心恤經費之懿德 卽往牒未聞 昔年敬天恤
民之盛意 尙今追慕 一風一雨 無一放過 若値小子行禮陵廟之時 則或開閤
觀象 或步楹仰察 其若日朗風淸 則對小子而先諭心喜之意 其或久霖久旱
一陰一晴 輒慰小子 噫 述編旣諭 此正知我心者 莫如父母也 嗚呼 此後小
子 雖欲復承玉音 焉可得也 呼寫及此 不覺淚隨聲下 噫 黨論卽亡國之根
柢 而深軫此弊 語或及此 必也深慨戚屬之相戒無黨 非徒國舅家訓 是亦慈
化攸曁 及夫昭鑑已成之後 慈心欣豫下敎曰 因此而若無黨 邦國幸矣 噫
考諸往牒 雖賢君猶以祛黨爲難 至於后妃 在宋宣仁 亦未聞者 猗歟盛哉
噫 小子之四紀守此心 猶恐或懈者 一則仰體聖考之心 一則上慰慈聖之意
也 昔年祛黨 出於至誠 慈聖勤勤眷眷 又若是卓越前牒 而小子不孝不肖
莫能體聖意慰慈心 闡義之後 舊習猶存 此負昔年負慈聖也 思之及此 寧欲
無語矣 噫 我慈聖母臨五紀 慈化普洽 實算靈長 壽至望八 愛日之誠 岡陵
之祝 交切於中 頃日違豫 幸賴神明之默佑 遄臻回春 因此而彌切 如松如
栢之頌 豈意衰憊之症 挾表氣而眞元日下 醫藥罔效 乃於丁丑三月二十六
日巳時 昇遐于昌德宮景福殿西永慕堂 此蓋小子誠孝淺薄之致 叫天號泣天
不應 叩地欲隕 地亦不應 悠悠彼蒼 此何人斯 此正小子終身永慕者也 噫
是月何月 頃於毓祥宮忌日 慈聖念昔飮涕 勸小子而往焉 纔一望仙馭上賓
雖欲攀也 龍髯莫逮 雖欲養也 長樂闃寂 遙望暮雲 涕淚霑臆 小子自編髮
時 奉我慈聖 慈聖享年望八 小子年亦望七 此誠往牒所稀 心竊慶幸 而近
者氣益衰耄 尤切懍惕 何意戊戌庚子甲辰庚戌之衰麻與杖 復衣復杖於六十

四歲乎 噫 彼內殿不視今日 而吁嗟不肖 白首被髮 慈音漠然 噫 昨年毓祥
宮冬享祭文中 我慈聖一衣一食眷戀之句 專由慰解之意 噫 我慈親今侍慈
聖 必也欣幸 而眷小子之心 其將一倍 此正小子所以尤爲隕心者也 噫 以
慈聖慈愛之心 於皇兄與小子 無少間焉 念三宗之血脈 悶皇兄之無嗣 特命
建儲 往牒無聞 因此而皇兄有子 小子有依 豈意有戊申乙亥乎 此非徒小子
之直欲溘然 實國人之所共憤者 而慈聖聞此 笑而答之 無異平日 此小子所
以欽歎者也 大哉至哉 禮陟越七日 議徽號曰定懿章穆 六月十三日上諡曰
仁元 七月十二日奉葬于明陵右岡辛向原 春秋七十一歲 祔葬 卽昔年之遺
敎 慈聖之至願也 而適因舊標坐向之有忌 幸卜此岡 昔之隔遠者 今爲密邇
丁閣仍舊 三楬儼然 神理人情 俱爲洽然 此豈非陟降之眷佑 慈誠之攸暨耶
從今以後 小子有欣幸歸拜之顔 哀慕之中 庶慰此心矣 下玄宮銘旌梓宮上
字表石前後面 皆躬自敬寫 少伸哀慕之懷 今者行錄 只擧實事 而猶不能悉
何敢以繁文剩語 負慈聖呴日撝謙之德意乎 令都監以此文仍作誌文 一片微
誠 盡載於此 呼寫以畢 血淚被面 我聖考三十九年癸巳受尊號曰惠順 皇兄
二年壬寅又上尊號曰慈敬 小子嗣服二年丙午又上尊號曰獻烈 十六年庚申
又上尊號曰光宣 同年又上尊號曰顯翼 二十三年丁卯又上尊號曰康聖 二十
七年辛未又上尊號曰貞德 二十八年壬申又上尊號曰壽昌 二十九年癸酉又
上尊號曰永福 三十二年丙子又上尊號曰隆化 嗚呼 揄揚慈德 止於此耶 小
子有二男 長孝章世子 初封敬義君 嗣服元年 冊封 娶豐陵府院君趙文命女
卽孝純賢嬪也 次初封元子 丙辰冊封世子 娶判書洪鳳漢女 有十二翁主 第
二和順翁主下嫁月城尉金漢藎 卽議政奉朝賀興慶子 第三和平翁主下嫁錦
城尉朴明源 卽參判贈議政師正子 繼子相喆文科庭試 娶縣令金簡行女 第
八和協翁主下嫁永城尉申光綏 卽右議政晩子 有繼子年幼 第九和緩翁主下
嫁日城尉鄭致達 贈諡孝敏 卽右議政羽良子 有小主 第十和柔翁主下嫁昌

城尉黃仁點 卽參判梓子 第十一十二尙幼 世子有四男 長懿昭世孫 次元孫
皆嬪所誕也 與二王孫俱年幼 有二郡主而年亦幼焉 兼附行錄 永垂千億云爾

홍릉(弘陵)

1. 연혁

능　　주 : 영조 원비 정성왕후(貞聖王后) 서씨[1692~1757]

위　　치 : 경기도 고양시 덕양구 용두동

지정번호 : 사적 제198호

봉릉연대 : 1757년(영조 33)

천릉연대 :

왕릉형태 : 단릉

2. 왕릉 소개

서울시 은평구 역촌동을 지나 고양시 덕양구 용두동으로 접어들면 바로 오른쪽에 해발 235m의 응봉 산자락이 병풍처럼 드리워진 아늑한 곳에 위치하고 있는 서오릉에 도착하게 된다.

원래 서오릉은 '서쪽에 다섯 개의 능이 있다' 하여 붙여진 이름이다. 서오릉에는 5릉(경릉·창릉·익릉·명릉·홍릉), 2원(순창원·수경원), 1묘(대빈묘)가 있어서 동구릉 다음으로 큰 조선 왕실의 가족묘를 이루고 있다. 경릉은 덕종과 소혜왕후 한씨(인수대비), 창릉은 예종과 계비 안순왕후 한씨, 익릉은 숙종의 원비 인경왕후 김씨, 명릉은 숙종과 계비 인현왕후 민씨와 제2계비 인

홍릉 전경

원왕후 김씨, 홍릉은 영조의 원비 정성왕후 서씨의 능이다. 또 순창원에는 명종의 맏아들 순회세자와 그의 부인 윤씨가, 수경원에는 사도세자의 어머니 선희궁 영빈 이씨가, 대빈묘에는 경종의 어머니 희빈 장씨가 묻혀 있다.

홍릉은 서오릉 매표소를 지나 산책로를 따라 약 20분 정도 걸어가면 만날 수 있다. 서오릉 매표소에서 서북쪽으로 나있는 산책로를 따라 걸어가다 보면 순창원과 경릉을 지나 대빈묘에 이르게 된다. 이곳에서 고개길을 넘어가면 홍릉에 다다른다. 군부대와 접해 있는 이곳은 예전에는 공개하지 않았지만 현재는 일반인들에게 공개하여 교육자료로 활용하고 있다.

홍릉은 조선 21대 영조의 원비 정성왕후(貞聖王后, 1692~1757) 서씨의 능이다. 정성왕후는 1704년 숙종의 둘째 아들 연잉군과 혼인했고, 병약하고 후사가 없던 경종의 뒤를 이어 연잉군이 영조로 등극하자 왕비에 올랐다.

영조는 왕비의 행장기(行狀記)에서 정성왕후가 43년의 왕궁생활 동안 늘 미소 띤 얼굴로 맞아주고, 윗전을 극진히 모시고 게으른 빛이 없었으며, 생모 숙빈 최씨의 신위를 모시는 데 정성을 기울였다고 고마움을 표하고 있다.

영조는 정성왕후의 묏자리를 정하면서 능 오른쪽(바라보아 왼쪽)을 자신

앞뒤에서 바라본 정성왕후 서씨의 무덤. 오른쪽 사진에서 비어있는 공간은 원래 영조의 무덤을 조성하려고 하였다.

의 자리로 잡아 쌍릉으로 예상하여 배치해 놓았으나 영조 승하 후 정조는 영조의 능을 완전한 길지라고 주장하는 지금의 원릉 자리(동구릉)에 정했으므로 홍릉은 이처럼 한 쪽에 빈 채로 남아 있다. 영조가 원래 자신의 자리로 정해 놓았던 자리는 비어 있고 [右虛制] 그 앞으로 석물이 놓여 있다. 왕후릉의 오른쪽은 영조의 능지로 하고자 공간을 남겨 두었지만 석수 및 석인은 쌍릉을 예상하여 배치하였다.

3. 능주 소개

정성왕후 서씨는 달성부원군 서종제의 딸로 숙종 18년(1692) 12월 7일 탄생하여 1704년(숙종 30) 숙종의 제4왕자인 연잉군과 가례를 올렸다. 경종 원년(1721)에 경종이 몸이 약하고 후사가 없어, 연잉군이 세제(世弟)로 책봉되자 동시에 세제빈에 봉해졌으며, 1724년 영조의 즉위에 따라 왕비가 되었다.

1740년(영조 16) 혜경(惠敬)이라는 존호가 올려진 뒤 생전에 장신(莊愼)·강선(康宣) 등이 덧붙여졌고, 죽은 뒤 1772년 공익(恭翼)이 추존되고, 인휘(仁徽)·소헌(昭獻)이 추상되어 혜경장신강선공익인휘소헌이라는 존호를 가지게 되었으며, 1778년(정조 2) 휘호로 단목장화(端穆章和)가 올려졌다. 1757년(영조 33) 2월 15일 창덕궁 관리각에서 소생없이 춘추 66세로 승하하여 같은 해 6월 4일에 이곳에 묻혔다.

4. 홍릉표석음기

朝鮮國
　貞聖王后弘陵
惠敬莊愼康宣恭翼仁徽昭獻端穆章和貞聖王后徐氏　英宗大王元妃　壬申十二月七日誕生　甲申行嘉禮　辛丑冊封世弟嬪　甲辰進封王妃　丁丑二月十五日昇遐　六月四日葬于高陽昌陵左岡乙坐之原　春秋六十六　小孫卽阼之九年乙巳十月　日謹書

5. 홍릉지

莊獻世子, ≪凌虛關漫稿≫ 陵誌, 貞聖王后弘陵誌

　詩云 哀哀 父母生我劬勞 又云 無父何怙 無母何恃 嗚呼天乎 余生 胡忍忍書玄宮之志 志我終天之慟耶 惟我母后 贈領議政孝僖徐公諱宗悌之女 母夫人李氏開府岺城 外內譜系 詳於聖上所親製行狀 顧小子不必復贅焉 維歲壬申十二月初七日戌時 母后誕降于京師之嘉會坊私第 卽聖祖在宥之十八年也 始府夫人有娠 夢見白龍從舍後檀木入寢室 及彌月孝僖公適盥洗於內舍 見圓月印于盥器 晃然如晝 孝僖公疑月光之來照也 遂開戶仰瞻 時月初三哉

生明也 大驚異之 諦視者 再三月 猶宛在鹽水之中焉 見者莫不怪之 越三日
有沙麓之慶 明光下燭 異香滿室 彌日不消 過三夜始啼聲 音弘亮若出金石
中 未嘗以疾恙貽親憂 卽幼言笑不輕 喜怒不形 雖嬉戲之際 以針線爲事 常
喜靜坐 一日遊井上 兩娣及一弟男從之 兩娣以水灌弟男頭作沐浴狀 弟男寒
甚氣窒仆水中 兩娣皆驚走 母后哭而就井 親自抱歸遂得甦 蓋慈仁惻怛之心
根於天性 而沉重弘遠之量 不以急遽而少失常度也 類如此孝僖公益奇愛之
歲甲申 被聖祖揀擇 配我聖上 是時春秋十三歲也 封達城郡夫人 吉禮之前
在別宮也 孝僖公授孝經講讀不勞而通曉 歲辛丑景廟冊封聖上爲王世弟 封
母后爲王世弟嬪 歲甲辰 則聖上卽阼元年也 冊封母后爲王妃 歲庚申進號惠
敬 歲壬申加號莊愼 歲丙子又如號康宣 當是時寶籌彌邵 慈德彌隆 琮璜紃
組之化薄于海隅 凡有喙息含生之屬 莫不頌期頤之祝 十年如一日矣 嗚呼天
乎 小子誠淺 不能回司命 乃以今歲丁丑二月十有五日丁丑 昇遐于大造殿西
翼之觀理閤 嗚呼 蒼天曷其有極洪 惟我聖祖慈愛甚篤 每於晨昏承安之時
輒笑顏而見之 母后亦和聲婉色務盡誠孝 洞洞屬屬無愧乎 京室之嗣徽宮中
皆歡服逮聖祖違豫前後 侍湯殆七年 夙宵憂遑罔敢少怠 而及至庚子 弓劒莫
攀 則哀號動人 有不忍聞 嗚呼 尙忍言哉 血泣擗踊 啜粥三年旣免喪 奉御
眞于璿源殿 朔朝月半之拜未嘗或闕 雖祁寒盛暑終始如一 以至春秋遲暮脚
患甚劇 而不憚其憊倦值參禮 盛服行事 自設饌至徹豆 拱手端立 與春秋鼎
盛時 少無間焉 祗奉東朝進見之節誠謹之容 不懈不弛 殆五紀 于玆於乎 盛
德光輝有非彤管靑史所可摹畫 而上奉聖躬必敬必愼 每對饌有聖上所嗜者 必
停筯而不御俾進于上 三時御膳亦親自省撿事 無大小 小心翼翼戊辛之歲 遭
孝章孝純之喪 戊壬之間 兩翁主又逝 哀傷過中幾廢寢啖 撫視小子 如己出
常 燕見必饋以御膳 而多食 則悅豫之色至形於慈顏 至于仲春十四日 則大漸
前一日也 猶恐小子之或勞 旣命之食又命之憩 於小子之諸兒 亦各撫愛 顧

恤女御 且信且正 恩威並行 常戒私親 諸人曰 自古帝王家宮闈之不嚴 由於
戚畹之奢泰縱恣也 汝曹宜戒之 母后見識之高明 訓戒之嚴峻 眞可與內訓女
四書相表裏傳萬世而無止 詔百王而有辭矣 猗歟盛哉 每値三月六月 揮淚敎
小子曰 予當此日 追慕昔年慈愛之恩 心肝如削矣 今歲仲春吉朝 忽敎左右
曰 慈顔森森 心不能自安也 促駕進見 當大漸 泮然冥然之時 左右告曰 慈
殿來臨 則微微作數語以答之 而不能知爲何敎也 嗚呼哀哉 嗚呼慟哉 自今
以後 雖欲更奉嘉悅之音撫愛之德 顧何以得乎 嗚呼 五內崩割 穹壤無垠 而
頑命視息 苟延至今 嗚呼天乎 此何人哉 惟母后黃裳配乾之懿 我聖上旣狀
之矣 以小子攀號莫逮之忱 不忍不以一言刻畫 聲烈用寓 微誠用答 隆恩收
召神精 抆淚和墨 謹以母后幼時事跡之記錄者 與小子平日所仰覲而默識者
綴輯詮次 以諗來者 此何足以形容我母后淵範嫩度之萬一也哉 嗚呼 周有任
姒之聖 宋有宣仁之賢 昭聞美行 輝映數千載之遠 而我母后誠孝之篤而盡養
心之方 慈愛之至而勤遇物之誨 雖當大漸之時 藹然發見於言語夢囈之表 此
可與周宋賢聖之后 匹美而全休 則尤不可不書者也 嗚呼慟哉 至恩至德 昊
天罔極 嗚呼 爲我後嗣者 其敢不以我心爲心也哉 崇歲崇禎紀元後三丁丑季
春念一日 進香文

예릉(睿陵)

1. 연혁

능 주 : 철종(哲宗)[1831~1863, 1849~1863]
     철인왕후(哲仁王后) 김씨[1837~1878]
위 치 : 경기도 고양시 덕양구 원당동
지정번호 : 사적 제200호
봉릉연대 : 1865년(고종 1)
천릉연대 :
왕릉형태 : 쌍릉

2. 왕릉 소개

서울에서 문산으로 가는 1번 국도를 따라 통일로를 달려가다 보면 고양시 삼송동 4거리에 도착한다. 이곳에서 좌회전하여 356번 지방도로를 따라 조금 가면 농협대학 입구 삼거리에 이른다. 농협대학 안내 표지판에 함께 써있는 서삼릉 표시를 따라 달려가면 영화와 드라마에서 등장했던 멋들어진 포플러나무 가로수길을 만나게 된다. 바로 이곳을 지나면 서삼릉 입구이다.

서삼릉은 도성 서쪽에 있는 세 개의 능을 의미하는 것으로 희릉(禧陵), 효릉(孝陵), 예릉(睿陵)이 이곳에 있다. 1537년(중종 32)에 조선 11대 중종의

예릉 전경

계비 장경왕후 윤씨의 묘인 희릉을 옮겨와 조성하면서 왕릉군(王陵群)을 이루게 되었다.

하지만 서삼릉의 능들은 많은 우여곡절을 겪었다. 처음 조성된 희릉은 본래 3대 태종의 헌릉(獻陵) 옆으로 택지가 결정되었으나 권력다툼으로 인해 이곳으로 옮겨졌고, 중종의 정릉(靖陵)도 한때 이 희릉 옆에 조성되었다가 명종 17년에 중종의 계비 문정왕후의 주장으로 현 위치인 서울 강남구 삼성동(선릉)으로 옮겨갔다.

그 후 1545년 최단명 임금인 12대 인종과 1555년 그의 비 인성왕후 박씨를 모신 효릉이 자리 잡았고, 고종 때인 1865년 25대 철종과 1878년 그의 비 철인왕후 김씨를 모신 예릉이 들어서면서부터 '서삼릉'의 명칭이 사용되었다. 현재 서삼릉에서 일반인이 관람할 수 있는 능은 희릉과 예릉이다. 효릉은 축협 소유의 초지로 둘러싸여 축협을 통해 들어가야 하기 때문에 일반에게 공개되지 않는 왕릉이다.

이 능역에는 희릉, 효릉, 예릉 외에 소현세자의 소경원(昭慶園), 장조의 아들 의소세손의 의령원(懿寧園), 정조의 아들 문효세자의 효창원(孝昌園) 등

앞뒤에서 바라본 철종과 철인왕후 김씨의 무덤

3원과 성종의 폐비 윤씨의 묘인 회묘(懷墓)를 비롯해 조선 말기까지의 후궁·대군·군·공주·옹주 등 46묘(墓), 태실 54기(基)가 들어서 있다. 서삼릉은 조선 왕실의 묘가 가장 많이 모여 있어, 왕실의 집장묘가 된 셈이다.

예릉은 서삼릉 중에서 가장 중심부에 위치하고 있는 능이다. 서삼릉 매표소를 지나 정면으로 나있는 산책로를 따라 3분 정도 들어가면 정면에 웅장모습의 예릉을 만날 수 있다.

예릉은 조선 25대 철종(哲宗, 1831~1863)과 그의 비 철인왕후(哲仁王后, 1837~78) 김씨의 능이다. 철종은 장조(사도세자)의 증손자로 강화도에서 농사를 지으며 살았다. 헌종이 후사 없이 승하하자 19세에 순조의 비 순원왕후에 의해 왕으로 즉위하였다. 처음 3년간 순원왕후의 수렴청정이 이루어졌고, 그 후에 친정을 하긴 했지만 왕후 집안의 세도정치로 왕권은 약했다.

강화도령으로 불리며 세도정치에 휘둘렸던 철종의 삶과는 달리, 철종의 뒤를 이어 즉위한 고종은 철종의 능을 매우 거창하고 웅장하게 꾸미게 된다. 이는 왕실의 오랜 세도정치를 타파하고 왕권강화를 꿈꾸던 대원군의 뜻이기도 하였다. 부덕이 높은 여인이었던 철인왕후는 1878년(고종 15)에 승하 후 철종 곁에 안장되었다.

따라서 예릉은 조선 왕릉의 상설제도에 따라 조성된 마지막 능이다. 봉분은 병풍석을 세우지 않고 능을 둘러친 난간석으로 쌍릉을 연결하고 있다. 장명등은 능 앞으로 많이 나와 있어 능상과 사초지가 넓고 웅장하며 그 문양이 섬세하게 조각되어 있다.

3. 능주 소개

철종의 이름은 변(昪)이고, 초명은 원범(元範), 자는 도승(道升), 호는 대용재(大勇齋)이다. 정조의 아우 은언군(恩彦君)의 손자로, 전계대원군(全溪大院君)과 용성부대부인(龍城府大夫人) 염씨(廉氏) 사이의 셋째아들이다. 당시 영조의 혈손으로는 헌종과 원범 두 사람뿐이었다.

1849년 6월 6일 헌종이 후사가 없이 죽자 대왕대비 순원왕후(純元王后)의 명으로, 정조의 손자, 순조의 아들로 왕위를 계승하였다.

이때 나이 19세였으며, 학문과는 거리가 먼 농군으로서, 1844년(헌종 10) 형 회평군 명(懷平君 明)의 옥사로 가족과 함께 강화도에 유배되어 있었다. 그런데 별안간 명을 받아 봉영의식(奉迎儀式)을 행한 뒤 6월 8일 덕완군(德完君)에 봉해지고, 이튿날인 6월 9일 창덕궁 희정당(熙政堂)에서 관례(冠禮)를 행한 뒤 인정문(仁政門)에서 즉위하였다.

나이가 어리고 농경을 하다가 갑자기 왕이 되었으므로 처음에는 대왕대비가 수렴청정을 하였다. 1851년(철종 2) 9월에는 대왕대비의 근친 김문근(金汶根)의 딸을 왕비(明純王后)로 맞았다.

그뒤 김문근이 영은부원군(永恩府院君)이 되어 국구로서 왕을 돕게 되니 순조 때부터 시작된 안동김씨의 세도정치가 또다시 계속된 셈이었다. 철종은 1852년부터 친정을 하였는데, 이듬해 봄에는 관서지방의 기근대책으로 선혜청전(宣惠廳錢) 5만냥과 사역원삼포세(詞譯院蔘包稅) 6만냥을 진대(賑貸)하게 하였고, 또 그해 여름에 한재가 심하자 재곡이 없어 구활하지 못하는 실정을 안타까이 여겨 재용(財用)의 절약과 탐묵(貪墨)의 징벌을 엄명하기도 하였다.

1856년 봄에는 화재를 입은 약 1, 000호의 여주의 민가에 은자(銀子)와 단목(丹木)을 내려주어 구활하게 하였고 함흥의 화재민에게도 3, 000냥을 지급하였으며, 이해 7월에는 영남의 수재지역에 내탕금 2, 000냥, 단목 2, 000근, 호초(胡椒) 200근을 내려주어 구제하게 하는 등 빈민구호책에 적극성을 보였다.

그러나 정치의 실권은 안동김씨의 일족에 의하여 좌우되었다. 이 때문에 삼정(三政:田政·軍政·還穀)의 문란이 더욱 심해지고 탐관오리가 횡횡하여 백성들의 생활이 도탄에 빠지게 되었다. 이에 농민들은 마침내 1862년 봄 진주민란을 시발로 하여 삼남지방을 중심으로 여러 곳에서 민란을 일으켰다.

이로 인해 철종은 삼정이정청(三政釐整廳)이라는 임시 특별기구를 설치하고, 민란의 원인이 된 삼정구폐(三政救弊)를 위한 정책을 수립, 시행하게 하는 한편, 모든 관료에게 그 방책을 강구하여 올리게 하는 등 민란수습에 진력하였다. 그러나 뿌리 깊은 세도의 굴레를 벗어나 제대로 정치를 펴나갈 수 없었다. 이와같은 사회현상에서 최제우(崔濟愚)가 동학(東學)을 창도하여 사상운동을 전개, 확산시키자 이를 탄압, 교주 최제우를 "세상을 어지럽히고 백성을 속인다."는 죄를 씌워 처형하기도 하였다.

그러다가 1863년 12월 8일 재위 14년 만에 33세를 일기로 죽고 말았다. 수용 4본이 천한전(天漢殿)에 봉안되었으며, 혈육으로는 궁인 범씨(范氏) 소생의 영혜옹주(永惠翁主) 하나가 있어 금릉위(錦陵尉) 박영효(朴泳孝)에게 출가하였을 뿐 후사가 없었다.

1865년(고종 1) 4월 7일 경기도 고양의 희릉(禧陵) 오른편 언덕에 예장되고, 능호를 예릉(睿陵)이라 하였다. 시호는 문현무성헌인영효(文顯武成獻仁英孝)이다.

철인왕후는 철종의 비(妃)로 성(姓)은 김(金), 휘호는 명순휘성정원수령경헌장목철인왕후(明純徽聖正元粹寧敬獻莊穆哲仁王后)이다. 대한제국 때에 철인장황후(哲仁章皇后)로 추존되었다. 영은부원군 김문근과 흥양부부인 민씨의 딸로, 1851년 왕비에 책봉되었다. 1878년 창경궁 양화당에서 숨졌다.

4. 예릉표석음기

朝鮮國
　哲宗大王睿陵
熙倫正極粹德純聖文顯武成獻仁英孝大王　崇禎紀元後二百四年辛卯六月十七日誕生　己酉六月八日封德完君　九日卽位　癸亥十二月八日昇遐　甲子四月七日葬于高陽禧陵右岡子坐之原　在位十四年　壽三十三

5. 예릉지

≪哲宗實錄≫ 附錄 哲宗大王睿陵誌文

嗚呼 惟我熙倫正極粹德純聖大王　在宥十四年　典章修明　大猷時升　風雨順序　百嘉豐遂　方迓景命　鞏靈圖躋一世於長治久安之域　乃以癸亥十二月七日有疾弗豫　若翌日庚辰　禮陟于昌德宮之大造殿　春秋三十三　我殿下以太母

命 嗣服恤宅 宗于翼室 與小大臣工 考功象行 謹上尊諡曰 文顯武成獻仁英
孝廟號曰哲宗 將以越明年甲子四月七日丁丑 大葬于睿陵 實禧陵右岡也 殿
下以臣炳學 侍軒墀日久 覩德最詳 命之以幽宮之志 辭謝不獲 命臣竊自惟
念 是役終事也 冥然忍不蓐蟻 托諸觚墨之技 而欲摹畫天日 其敢諛辭溢美
於揚厲布濩之際 俾來許 靡所徵哉 寧約毋濫 惟實匪華 闡明平日謙光之至
德 卽所以圖酬隆渥之萬一也 謹泣血拜手稽首以書曰 王姓李氏 諱昪字道升
純祖大王之子 正宗大王之孫也 正宗大王之弟恩彥君 恩彥君之子全溪大院
君 王以全溪大院君第三子 入承大統 母妃純元王后金氏 贈領議政永安府院
君忠文公祖淳女也 本生母廉氏 龍城府大夫人贈領議政成化女也 以純祖辛
卯六月十七日丁酉 誕降于慶幸坊私第 是時 純元王后夢 永安國舅 奉獻一
小兒曰 善養此兒 后覺而異之 記其事 藏于篋笥 及王御極 龍顏日表 宛若
夢中所見 己酉六月壬申 憲宗大王昇遐 無嗣 純元王后以爲 英宗血脈 惟憲
宗與王 遂定大策 奉迎于江華潛邸 初卦德完君 是月九日 行冠禮 受大寶于
殯殿 卽位于仁政門 尊中宮殿爲大妃 大王大妃王大妃 己於甲午受尊稱大王
大妃 用國朝舊典 垂簾同聽政 凡大小機務 王皆稟決焉 大王大妃 敎于王曰
當此罔極之中 今幸五百年宗社 付托有人 主上卽英宗血孫也 往事多艱難
久居鄉外 古昔帝王 有生長民間 疾苦無不知之 政令之際 每以愛民爲主 遂
爲明主 今主上 亦應習知民間之事 愛民之道 莫如節儉 雖一粒飯一尺布 皆
出於民 若不節儉 其害必歸於民 民不聊生 國不爲國 必須一念惕惕 不忘愛
民二字 雖不知旣往工夫之如何 而人不讀書 則昧於古事 昧於古事 則不能
治國 雖悲遑之中 亦宜常接儒臣 討論經史 聖賢心法 帝王治謨 漸次學習
然後可以處事得當 上以念宗社之重 下以顧民生之困 克敬克愼 克勤克儉
以副萬姓薪顒之意 人君雖曰極尊 元無輕視朝臣之法 大臣尤爲體國之相 所
當禮待 雖於奏事之間 必無不是之言 孜孜聽從而銘肺焉 十四日成服 上大

行大王諡曰 經文緯武明仁哲孝 廟號曰憲宗 十月二十八日壬辰 葬憲宗大王
于景陵 孝顯王后同原也 王 事親奉先 誠敬備至 殿宮之間 祥和融洩 宗廟
之中 儀容齊遫 遇先王先后誕降之甲 登遐之期 御極之年 舟梁之歲 或親詣
先陵而展誠 或替遣大臣而攝享 增拓璿源殿 奉憲宗晬容 因廷臣陳疏 改純
宗廟號爲祖 尊憲宗入世室 奉純祖晬容於南殿 禮官進眞宗祧廟獻議 批曰
親未盡而遽議迭遷 其於天理人情 大涉未安 而帝王家 以統序爲重 古今之
通誼也 憲宗大王 君臨十五載 纘承正純翼嫡嫡相承之大統 今若奉祔二昭二
穆以外之位 則其於天理人情 尤當如何也 然則眞廟之祧遷 自是不得不然之
禮 遂祧於永寧殿 立恩彦君祠 使益平君曦 主其祀 立全溪大院君祠 使永平
君昱 主其祀 以豐溪君入繼于恩全君 而立其後 給免稅三百結 以供烝祀 慮
仁陵綏陵徽慶園風水不叶 親相宅兆而安厝焉 遷大院君墓 專价陳奏 辨恩彦
君辛酉誣案 辛亥加上大王大妃尊號曰正烈 王大妃尊號曰宣敬 追上孝顯王
后徽號曰敬惠靖順 上大妃尊號曰明憲 壬子 加上大王大妃尊號曰宣徽 癸丑
追上純祖大王尊號曰 繼天配極隆元敦休 加上大王大妃尊號曰 英德 追上翼
宗大王尊號曰 聖憲英哲睿誠淵敬 加上王大妃尊號曰正仁 追上憲宗大王尊
號曰 體健繼極中正光大孝顯王后尊號曰端聖 加上大妃尊號曰淑敬 乙卯追
上莊獻世子尊號曰贊元憲誠啓祥顯熙 惠嬪尊號曰裕靖 丁巳 大王大妃昇遐
上徽號曰 睿成弘定 諡曰純元 追上純祖大王尊號曰 懿行昭倫熙化峻烈 純元
王后尊號曰 慈獻 王大妃進號大王大妃 大妃進號王大妃 戊午追上純祖大王
尊號曰 大中至正洪勳哲謨 純元王后尊號曰 顯倫 己未 加上大王大妃尊號曰
慈惠 王大妃尊號曰 睿仁 辛酉 追上純祖大王尊號曰 乾始泰亨昌運弘基 純
元王后尊號曰 洪化 壬戌 追上純祖大王尊號曰 高明博厚剛健粹精 純元王
后尊號曰 神運 命德興大院君祀孫 錄用東班蔭職 推於敦倫之德 施以優老
之典 庚戌 純廟誕辰周甲 命京兆抄啓六十一歲人文蔭武加資 士庶賜以食物

米布 甲寅五月 純元王后誕辰 依英廟朝耆老庭試例 設耆老科 丁巳 以純元
王后將躋七旬 命抄啓士庶六十九歲人 頒賜米綿 大臣耆舊慶壽之晏 或賜衣
資食物 或賜內醞法樂 或宣宸章 或授几杖 用以惠養國老 賁飾昭代 壽域之
化 王 嚴恭寅畏 對越上天 彗孛之示祲 齊心測候 轟爗之告警 拱手修省 癸
丑亢旱 命避正殿減膳撤樂 敎曰 顧予否德 叨承丕基 夙夜憂懼 莫敢遑寧
今此亢旱之災 奚爲而然也 圭璧屢擧 靈應尙邈 言念民情 曷以爲心 災不虛
生 必有所以 民生困瘁 不能救濟 法令壅遏 不能振刷 財穀罄竭 不能節約
貪墨橫行 不能懲治 一則寡昧之罪也 二則寡昧之罪也 戊午十月七日雷 越
四日 又雷 連下求言之敎 減膳三日 己未冬雷 責己求言 視昨年政令之間
一以愛民保民爲心 大書安民二字 扁之殿壁 凡方伯守令之辭陛也 必加面飭
分遣御史 糾察臧否 採訪幽隱 遺棄流丐 贍以恒料 燒爛渰漂優有恤典 辛亥
關西海西被水災 壬子 關北被水災 甲寅 湖南被水災 丙辰 畿邑被火災 嶺
南海西被水災 丁巳 湖西被水災 庚申辛酉 關北連被水災 竝遣道內秩高守
令 或遣近侍 慰諭災民 俾各安堵 壬戌 三南關北 有民擾 遣按覈使宣撫使
究核而拊循之 辛亥 海西饑 許劃本道穀一萬石 京司上納錢一萬兩 壬子 關
西饑 命許貸宣惠廳錢五萬兩 司譯院蔘包稅六萬兩 壬戌 以三政釐正 內下
錢五萬兩 助蠲蕩給代之需 以爲 民生休戚 係於長吏 刺牧廉黷 由於初仕
命備堂及曾經吏兵判 各薦守令已著績者二人 又命九卿及有司堂上 各薦在京
才行二人 以爲需用之資 又敎曰 誠心旁求 豈無人才乎 另飭各道方伯 隨聞
抄薦 使有志之士 無虛老之歎 自銓曹 從先獎用 王 崇獎儒術 蒐羅遺逸 招
旌之禮 殆無虛歲 側席之念 發於誠心 尤眷眷於象賢褒忠之典 國朝名儒 蓋
臣貞亮節義之人 或貤贈爵諡 或錄用祀孫 或賜祭于家于墓 又或不祧其主
以講學衛道 嘉惠士林 取義成仁 服勤王室 其樹立之卓然者 無異於鼎彝旂
常之紀勳伐也 以場屋紛競 科試不公 董飭有司 使之精白對揚 常敎曰 古之

座主 擢置人才 爲國家需用也 今也不然 只聞關節而已 只知奔競而已 且巨
室子弟 不讀一字書 父兄憐其頭角而爲之力圖 是豈收拾人才之道乎 如是敎
飭之後 萬有一用情之入聞者 只當以科律從事 王 明罰飭法 欽恤哀敬 以好
生之念 寓寧失之義 錄囚恒存簡孚 疏決或至全釋 然至於糾王慝振邦憲 關
和不少撓 此皆王事天治人立政圖理之盛節也 癸亥春 有中國人鄭元慶所著
卅一史約編 自燕東來 書我國宗系及開國時事 極其誣衊王 大震驚 馳价陳
辨 竟獲昭雪 群臣援宣廟故事 上尊號曰 熙倫正極粹德純聖 中宮殿尊號曰
明純 又引英廟受號時上號仁元王后故事 遂議上大王大妃尊號曰 弘德 王大
妃尊號曰 正穆 冊寶旣成 未及上而遽遭崩坼之變 嗚呼 慟哉 王妃金氏贈領
議政永恩府院君忠純公汶根之女 誕元子 未晬而卒 一女幼 宮人范氏出 王
遭家多難 舊勞于外 甲辰 自喬桐徙江華也 到大洋 風水相盪 舟甚傾危 王
晏然無慴 慰撫家人 已而風定浪息 舟人相賀曰 此固險津 且遇惡風 理必無
倖 而竟獲利涉 意舟中有天佑之人 王之在江華 有一守臣 操切甚苛 家人病
之 及御極 守臣以承宣入侍 筵退 王謂左右曰 觀其侍講奏對 決非故欲困我
者 嚮日之事 國法然矣 逮待之與諸臣無異 潛邸南山 常有光氣燭天 至奉迎
前日始消 居人始知爲龍興之兆 奉迎到楊花津路傍 群羊分隊而跪 觀者咸異
之 王宅憂亮陰 喪禮必誠必信 命以殿庭果子 薦之殯殿曰 是固先王所嘗玩
者 凡苑果新熟 亦必薦之 殯殿宮人 嘗失所御銀器 王慮累及衆人 命別造而
代之 停藥房例供酪粥曰 牛不字畜不蕃 至於禽鳥蟲豸之微 戒勿令傷害 內廚
常膳 有珍羞異味 輒却而不御 又嘗不喜肉味曰 予若多食肉 則至於士庶 競
相效之 六畜必多傷損 法章之外 不御錦緞 常服之衣 無過紬綿 宮室之可以
修葺者 一榱一楹 無侈前規 是又王懋昭儉德 率躬而導俗者也 侍純元聖母
居處必同殿 飮食必同廚 經筵視事之外 未嘗造次或離 至有不安節 扶持抑
搔 先意承志 蚤夜洞屬 衣帶不解 九年如一日 丁巳 聖母昇遐 五月居廬 饘

奠必親 哀戚之容 哭擗之數 出於至誠 動合禮經 及因封時 王欲隨引群臣
以毀疾請庭籲 乃止 猶觸冒風寒 以臨復土之禮 嘗進饍 輒曰 侍食聖母 聖
母進飯 予亦進飯 今何忍獨食 左右皆掩抑不忍仰視 春秋拜陵 以展霜露之
感 或歲三四爲率 寢園濩遷 必躬臨相基 恔於聖心然後 乃筮兆焉 頻開經幄
孜孜講學 因大臣所奏 遵皇明日講之例 資益弘大 嘗曰 工夫實在於予之立
志 遂以自警十條 書諸屛諭筵臣曰 非書之爲難 行之惟難 嗚呼 王以聰明睿
知之聖 承重熙累洽之運 耕稼陶漁 大舜所以玄德升聞也 爰曁小人 殷宗所
以保惠庶民也 踐先王之位 行先王之禮 修身愼行 繼人志而述人事 詩曰 孝
子不匱 永錫爾類 王實有焉 齊莊肅雝 昭事神明 內盡於已而外順於道 致其
精明之德 禮曰 賢者 祭必受其福 王實有焉 探頤經典 浸灌道義 御家範世
罔不推之於躬行心得之餘書曰 念終始典于學厥德脩罔覺王實有焉 屛玩好而
絶營作 戀大本而制恒産 蓋由深念乎地力之生 物有大數 人力之成 物有大
限 易曰 節以制度 不傷財不害民 王實有焉 刑憲者 民命之所繫 亦國命之
所繫 導迎善氣 祈天永命 惟在於是 庶獄庶愼 有倫有要 周禮曰 刑平國用
中典 王實有焉 深仁厚澤 普被八域 宏綱大目 永垂萬世 是皆本之大易所謂
富有之謂大業 日新之謂盛德 宜其永享難老之錫 用成久道之化 而竟嗇期頤
胡考之年者 其理何在傳曰 大德必得其位 必得其祿 必得其壽 必得其名 以
吾王之德有驗有不驗 臣不敢知謂天可必乎 抑謂天不可必乎 天乎 痛哉 雖
然 君子動而世爲道 行而世爲法 言而世爲則 使親賢樂利沒世而不能忘者
寔王之成功盛化 本乎身而徵諸庶民 嗚呼 懿哉[判中樞府事金炳學製]

≪高宗實錄≫ 卷 15, 高宗 15年 9月 18日(甲子) 哲仁王后睿陵誌文

大行大妃誌文曰 我哲宗大王妃 有疾不豫 以戊寅五月十二日寅時 昇遐
于昌慶宮之養和堂 春秋四十二 我殿下嚴廬皇瞿 靡所逮及 以臣之忝后近

屬 命幽宮之誌 仍降親撰行錄 若曰 后以丁酉三月二十三日申時 誕降于順
化坊私第 自幼性於孝 惟父母意是順 事無大小 罔或自專 其有疾憂戚之容
皇皇如也 疾已乃復初 撫愛同氣 出於至誠 事長之禮 不勉而能 稍長沈默
寡言 笑喜怒不形於色 德器夙就 儼若成人 內外親族 莫不讚誦 辛亥初揀
前幾日 連有瑞虹 見於廳前 盛水盆橫亘 一洞光彩絢爛 見者咸異之 三揀
後 館于別宮 例受小學書 一番解釋 旨義則必言下融會 無所礙滯 未幾月
文理大通 而猶歉然不自有焉 旣舟梁禮成 動止有則 周旋中規 安詳溫厚
存中發外 祥和之氣 一日而洋溢宮中 事我純元聖母 怡愉洞屬 志物備至
晨夕定省之餘 使宮女時時承安 然後心乃釋 晚年聖母諸節 往往欠和 焦遑
憂煎 常侍左右調護扶將 不委傍侍 聖母憫其勞悴 命歸燕寢 而終不退休
丁巳巨創 慟冤崩霣 哭泣之哀 未忍仰瞻 以至三年之內 追慕罔極如一日
根天之孝 咸感服 純元聖母禮陟之後 事我太母 如事聖母 每事必稟而行之
常曰 教導眷愛之恩 曷以仰報 昨秋 太母有不安節 其時玉度在靡寧中 而
猶復每日進候 太母慮有添損 亟令人止之 則至廢寢睡 進膳而不知味 問安
之宮女 殆相續及奏康復 歡忭慶祝 溢於色辭 其篤於誠孝 有如此 癸亥大
喪 哀毀踰禮 時當寒沍 而猶日詣欑宮 奉審玄宮 夙夜不解衣襨 以終三霜
自是盛夏而扇不却暑 嚴冬而席不就暖 非有事未或出而臨軒 經史常常進覽
而每讀五倫行實孝子編 輒三復流涕 蓋侍奉純元聖母聖母甫七載而止 以此
爲至痛 自不禁觸感而然也 每値齋日 必先期行素 朝夕膳需中 或慮肉汁之
和 進箸不一下 水刺時進御者 只蔬菜而已 至於將事之夜 徹曉明燭 待徹
享始就寢 遇私忌亦然 衣襨不近紗緞 只以冬綿夏苧爲常服 崇儉之德 殆古
后妃所未有也 全溪大院君祠宇 銀祭器嘗見失 至於查覈 而慮或有無罪橫
罹者 亟命置之 依樣造成而送之 此可見好生之德也 先王宮人之承恩者 凡
百顧恤 靡不庸極 逮下之德 六宮咸頌 其於永惠翁主 慈愛有別 吉禮旣成

倍自嘉悅 常以善病 深加憂慮 及其喪也 悲苦痛悼 愈久而愈不忍忘 宮人
之年老者 眷待之 年幼者 愛恤之 每有頒賜 其視惟一 舉莫不感恩戴德 而
平日不喜讕語 或有誣毀他人者 默然不賜答 使自知愧 言者惶蹙不敢復言
昇遐前一日 猶復親自梳洗 雖本第人 不以褻衣見 各殿下臨扶而起迎 持敬
之嚴 不少弛 十一日半夜 雷聲起 證候忽添就 問左右曰 雷何壯也 至十二
日曉 益轟轟而寶婺遽掩彩 此其天之示兆歟 嗚呼 慟哉! 惟我聖后盛德至
行 何能倉卒摹畫 而略以平昔傳聞 與夫身親觀感者 謹錄萬分之一 臣伏讀
旣拜手稽首曰 猗其盛矣 臣安敢損益乎 此而臣昔濯龍之起居也 后語臣曰
兩殿常於我乎而靡事不致其極至焉 予心甚樂矣 甲戌大慶 后欣欣然喜曰
繼明照四方 萬億年無疆 其自今基 罔非我列祖眷棐于宗社 亦惟我聖上之德
之仁 有以昭受于天也 休哉 臣安敢不之紀載乎此? 嘗詔臣曰 宦而至相 人
臣之極榮也極位也 兄及弟競爽中書 吾家盈爛一至此 竟當何居 諄諄然提命
者 非再三而輒伏覩兢惕之色矣 臣又安敢以私爲屑 而不之紀載乎此 嗚呼冤
哉 臣竊伏惟念 孝者百行之源也 夫子嘗謂 行在於是」著以爲經 而其極功也
通神明而光四海 猗乎其大 后其盡之 敬者一心之主也 至哉坤元! 至柔而剛
至靜而方 位乎黃裳順乎承天 而其立也直內 猗乎其篤 后其居之 仁者衆善
之長也 包而爲慈良豈弟 見而爲惻隱不忍 微如蚑蠡 初如才乙莫不嫗蘇 生
成於含育中 其擴而充之 如火燃泉達 猗乎其廣 后其行之 儉者風化之本也
已富已貴 而猶能乎德之共 蠶館絺綌亦或汚澣 所以有卑衣之助 猗乎其崇
后其昭之 臣敢以彤史所讚 而蠡管之漢而明德以大練飾身緣補警家其儉修
齊 亦惟鄧后供戒鬱養 掘萌之新飢 推撤饍救阨之惠 其仁好生 於唐太穆之
不釋依履 怡謹於所事 文德之矜 尚禮法女則 以自鑑其孝敬 卽天植然 然
而此猶四德之各稱其一 若夫兼此四德而萬善俱足 集大成於女中者 惟三代
上 其殆庶幾 自西陵至慶都氏尚矣 見於經者略 謹稽虞以來迄于周 聰明且

貞 嬀汭之觀刑也 達義執勳 塗山之逸響也 有娤之訓 正有序高也 摰任之
端 一誠莊性也 倪天媲文德嗣徽盡婦道 以之卷耳審官樛木 逮下聖矣乎我
東方太姒也 天以后克肖其德 若精一心法之傳授 俾配于聖人 奉神靈之統
而理萬物之宜 宜乎厚其餉而退其算 夫何公私詒慼 榮衛隨損 厥享年未及
中身 使斯民遽纏喪妣之至慟 豈所謂神者誠難明 而理者亦難諶者歟? 嗚呼
冤哉! 后於辛亥 冊爲王妃 戊午 誕生元子 早卒 癸亥 群臣上尊號曰明純
今上卽位 進號大妃 三年丙寅 加上尊號曰徽聖 同年夏 加上尊號曰正元 十
年癸酉 加上尊號曰粹寧 至是上尊諡曰哲仁 徽號曰敬獻莊穆殿號曰孝徽 山
陵卜於睿陵同原 九月丁未朔十八日甲子 附左禮也 此可慰平日密邇之志歟 顧
臣冥頑 忍與斯役 思欲以區區者少塞至哀 而若其二十有八載陰功柔化 非臣
蕪學可得以鋪張揚厲 是以敬奉聖製下者 揭之于篇首 嗚呼! 百世之下 其將
徵諸斯也 嗚呼 懿哉! 嗚呼 冤哉[判府事金炳國製]

구리시

건원릉(健元陵)

1. 연혁

능　　주 : 태조(太祖)[1335~1408, 1392~1398]

위　　치 : 경기도 구리시 인창동

지정번호 : 사적 제193호

봉릉연대 : 1408년(태종 8)

천릉연대 :

왕릉형태 : 단릉

2. 왕릉 소개

서울 동북부에 위치한 망우리 고개를 넘나드는 6번 국도를 따라 경기도 구리시 방면으로 넘어가면 교문사거리에 이른다. 이곳에서 좌회전하여 43번 국도를 따라 약 5분 정도 달려가면 동구릉 입구에 도착한다.

동구릉은 조선의 왕과 왕비 17위의 유택이 마련돼 있는 곳으로 '동쪽에 아홉 개의 왕릉이 있다' 하여 이름붙여진 우리나라 최대 규모의 왕릉군이다.

1408년 조선왕조를 세운 태조 이성계가 승하하자 태종의 명으로 파주, 고양 등지에서 좋은 묏자리를 물색하여 능지로 정해진 곳이다.

동구릉의 조성은 조선왕조 전 시기에 걸쳐 이루어졌다. 동구릉이라고

건원릉 전경

부른 것은 추존왕 익종의 능인 수릉이 아홉 번째로 조성되던 1855년(철종 6) 이후의 일이며, 그 이전에는 동오릉(東五陵), 동칠릉(東七陵)이라고 불렀다.

동구릉에는 검암산 중앙 북쪽에 있는 태조 이성계의 능인 건원릉(健元陵)을 중심으로 동쪽 언덕에 14대 선조와 그의 비 의인왕후, 계비 인목왕후의 능인 목릉(穆陵)이, 그 남쪽 아래로 5대 문종과 그의 비 현덕왕후의 능인 현릉(顯陵)이 있으며, 그 다음으로 23대 순조의 세자인 추존왕 익종과 그의 비 신정왕후의 능인 수릉(綏陵)이 자리를 잡고 있다. 그리고 건원릉 서쪽으로 16대 인조의 계비 장렬왕후의 능인 휘릉(徽陵)이, 그 다음으로 24대 헌종과 그의 비 효현왕후, 계비 효정왕후의 능인 경릉(景陵)이 있고, 그 아래로 21대 영조와 그의 계비 정순왕후의 능인 원릉(元陵)에 이어 20대 경종의 비 단의왕후의 능인 혜릉(惠陵)이 있으며, 맨 왼쪽으로 18대 현종과 그의 비 명성왕후의 능인 숭릉(崇陵) 등 모두 아홉 개의 능이 자리 잡고 있다.

동구릉은 능제의 변화와 조선왕조 519년의 부침을 한눈에 볼 수 있는 중요한 문화유산이다. 더욱이 능 전역에 우거져 있는 숲과 능역을 가로지르는 개울물 등 자연경관이 아주 빼어나다.

앞뒤에서 바라본 태조 이성계의 무덤

건원릉은 조선을 세운 태조 이성계(李成桂, 1335~1408)의 능이다. 동구릉에서 가장 중앙, 깊숙한 곳에 위치하고 있다. 고려의 뛰어난 무장이었던 이성계는 1392년 개경(지금의 개성)에서 왕위에 올라 새 왕조를 열었다. 태조는 7년간 왕위에 있으면서 도읍을 한양으로 옮기고 나라의 이름을 조선으로 정하는 등 조선왕조의 기틀을 이루어 놓았다. 태조의 비는 신의왕후 한씨이고, 계비는 신덕왕후 강씨이다.

태종 8년 74세로 승하했으며, 묘호를 태조(太祖)라 했다. 태조는 생전에 계비 신덕왕후와 함께 묻히기를 원해 신덕왕후의 능인 정릉에 자신의 묏자리를 축조해 놓았다. 그러나 태종은 부왕의 유언을 따르지 않고 신덕왕후의 정릉을 도성 밖으로 이장하고, 태조의 능을 지금의 자리에 조성했다. 보통 능호는 외자로 하지만 건원릉만 두 자이다.

넉넉한 크기의 봉분 아래 부분을 12각의 화강암 병풍석이 둘러싸고 있고, 봉분 앞 혼유석 밑을 귀면이 새겨진 고석 5개가 받치고 있으며, 양옆으로 망주석이 서 있다. 특이하게도 봉분에 잔디가 아닌 억새풀이 심어져 있는데 고향을 그리워하는 태조를 위해 태종이 고향에서 흙과 억새를 가져다 봉분을 덮어주었다고 전해진다.

한편 건원릉에는 능제를 마친 후 축문을 태우는 곳인 소전대가 있는데, 3

대 태종왕릉(헌릉)까지만 있고 이후 예감으로 대체된다.

건원릉은 고려 왕릉 중 가장 잘 정비된 공민왕과 노국공주의 현정릉(玄正陵) 제도를 기본으로 조성되었으며, 이후 조선 왕릉 제도의 표본이 되었다. 기본 능제는 현

정자각 오른쪽의 비각 안에 있는 태조 이성계의 표석(사진 왼쪽)과 신도비(사진 오른쪽)

정릉을 따르고 있으나 석물의 배치와 장명등의 조형 등 세부적으로는 새로운 양식의 도입으로 일정한 변화를 주어 새 왕조가 시작되었음을 시사하고 있다. 봉분 주위로 곡장을 두르는 방식은 조선시대의 능제에 새롭게 추가된 것이며, 석물의 조형은 남송 말기의 중국풍을 따르고 있다.

이 외에 태조의 업적을 기록한 신도비도 볼 수 있는데, 현재 우리나라에 남아있는 조선조의 신도비는 건원릉의 태조 신도비와 헌릉의 태종 신도비, 2개 뿐이다.

1408년 5월 24일 74세의 일기로 승하하여 그 해 9월 9일 건원릉에 묻혔다. 시호는 지인계운성문신무대왕이다.

3. 능주 소개

조선의 건국자로 이름은 성계, 호는 송헌이다. 등극 후에 이름을 단(旦),

자를 군진(君晉)으로 고쳤다. 화령부(和寧府: 함경도 영흥)에서 자춘(子春)의 둘째아들로 태어났으며, 어머니는 최씨(崔氏)이다.

비는 신의왕후(神懿王后) 한씨(韓氏)이고, 계비는 신덕왕후(神德王后) 강씨(康氏)이다. 어려서부터 총명하고 담대하였으며, 특히 궁술(弓術)에 뛰어났다.

그의 선조 이안사(李安社)가 원나라의 지배 아래 여진인이 살고 있던 남경(南京 : 간도지방)에 들어가 원나라의 지방관이 된 뒤로부터 차차 그 지방에서 기반을 닦기 시작하였다. 이안사의 아들 행리(行里), 손자 춘(椿)이 대대로 두만강 또는 덕원지방의 천호(千戶)로서 원나라에 벼슬하였다. 이자춘도 원나라의 총관부(摠管府)가 있던 쌍성(雙城)의 천호로 있었다. 이자춘은 1356년(공민왕 5) 고려의 쌍성총관부 공격 때에 내응, 원나라의 세력을 축출하는 데 큰 공을 세우고 비로소 고려의 벼슬을 받았다

1361년 삭방도만호겸병마사(朔方道萬戶兼兵馬使)로 임명되어 동북면(東北面) 지방의 실력자가 되었다. 이성계는 이러한 가문의 배경과 타고난 군사적 재능을 바탕으로 하여 크게 활약함으로써 점차두각을 나타내기 시작하였다.

1361년 10월에 반란을 일으킨 독로강만호(禿魯江萬戶) 박의(朴儀)를 잡아 죽였으며, 같은해 홍건적의 침입으로 수도가 함락되자 이듬해 정월 친병(親兵:私兵) 2,000명을 거느리고 수도탈환작전에 참가, 제일 먼저 입성하여 큰 전공을 세웠다.

1362년 1362년 원나라 장수 나하추(納哈出)가 수만명의 군사를 이끌고 홍원지방으로 쳐들어와 기세를 올리자 그는 동북면병마사에 임명되어 적을 치게 되었다. 여러 차례의 격전 끝에 마침내 함흥평야에서 적을 대파, 격퇴시켜 명성을 크게 떨쳤다.

1364년 최유(崔濡)가 원제(元帝)에 의하여 고려왕에 봉하여진 덕흥군(德

興君)을 받들고, 원병(元兵) 1만 명을 인솔, 평안도 지방에 쳐들어오자, 최영(崔瑩)과 함께 수주(隋州) 달천(獺川)에서 이들을 섬멸하였다. 이무렵 여진족은 삼선(三善), 삼개(三介)의 지휘 아래 동북면에 침범, 함주까지 함락시켜한때 기세를 올렸으나, 그는 이들을 크게 무찔러 격퇴함으로써 동북면의 평온을 되찾았다. 이 해에 밀직부사의 벼슬과 단성양절익대공신(端誠亮節翊戴功臣)의 호를 받았다.

그뒤 동북면원수지문하성사(東北面元帥知門下省事)·화령부윤 등의 벼슬을 역임하였다. 1377년(우왕 3) 크게 창궐하던 왜구를 경상도 일대와 지리산에서 대파하였으며, 1380년에 양광, 전라, 경상도 도순찰사가 되어, 아기바투(阿其拔都: 阿只拔都)가 지휘하던 왜구를 운봉(雲峰)에서 섬멸하였다. 그 전과는 역사상 황산대첩(荒山大捷)으로 알려질 만큼 혁혁한 것이었다.

1382년 여진인 호바투(胡拔都)가 동북면일대를 노략질하여 그 피해가 극심하자, 동북면도지휘사가 되어 이듬해 이지란(李之蘭)과 함께 출진, 길주에서 호바투의 군대를 궤멸시켰다. 이어서 안변책(安邊策)을 건의하였다.

1384년 동북면도원수문하찬성사(東北面都元帥門下贊成事)가 되었으며, 이듬해 함주에 쳐들어온 왜구를 대파하였다.

1388년 수문하시중(守門下侍中)이 되었으며, 최영과 함께 임견미(林堅味), 염흥방(廉興邦)을 주살하였다. 이해 명나라의 철령위(鐵嶺衛) 설치문제로 두 나라의 외교관계가 극도로 악화, 요동정벌이 결정되자, 이에 반대하였으나 받아들여지지 않았다. 그는 우군도통사가 되어 좌군도통사 조민수(曺敏修)와 함께 정벌군을 거느리고 위화도까지 나아갔으나, 끝내 회군을 단행하였다. 개경에 돌아와 최영을 제거하고 우왕을 폐한 뒤 창왕을 옹립, 수시중(守侍中)과 도총중외제군사(都摠中外諸軍事)가 됨으로써 정치적 군사적 실권자의 자리를 굳혔다.

이듬해 다시 창왕을 폐하고 공양왕을 옹립한 뒤 수문하시중이 되었다. 1390년(공양왕 2) 전국의 병권을 장악하였으며, 곧 이어 영삼사사(領三司事)가 되었다. 이 무렵 그는 신흥정치세력의 대표로서 새 왕조 건국의 기반을 닦기 시작하였다.

1391년 삼군도총제사(三軍都摠制使)가 되었으며, 조준(趙浚)의 건의에 따라 전제개혁(田制改革)을 단행, 구세력의 경제적 기반마저 박탈하였다.

마침내 1392년 7월 공양왕을 원주로 내쫓고, 새 왕조의 태조로서 왕위에 올랐다. 그는 즉위초에는 국호를 그대로 '고려(高麗)'라 칭하고 의장(儀章)과 법제도 모두 고려의 고사(故事)를 따를 것임을 선언하였으나, 차차 새 왕조의 기틀이 잡히자 고려의 체제에서 벗어나고자 하였다. 우선, 명나라에 대해서 사대정책을 쓰면서, 명나라의 양해 아래 새 왕조의 국호를 '조선(朝鮮)'으로 확정, 1393년(태조 2)3월 15일부터 새 국호를 쓰기로 하였다. 다음에는 새 수도의 건설이 필요하였다.

우여곡절 끝에 왕사(王師) 무학(無學:自超)의 의견에 따라 한양(漢陽)을 새 서울로 삼기로 결정하였다. 그리하여 1393년 9월에 착공, 1396년 9월에 이르기까지 태묘, 사직, 궁전 등과 숙정문(肅靖門: 北門), 흥인문(興仁門: 東大門), 숭례문(崇禮門: 南大門), 돈의문(敦義門: 西大門)의 4대문, 광희문(光熙門), 소덕문(昭德門), 창의문(彰義門)·홍화문(弘化門)의 4소문(小門) 등을 건설하여, 왕성의 규모를 갖추었다.

한편으로 법제의 정비에도 노력하여, 1394년 정도전(鄭道傳)의 《조선경국전(朝鮮經國典)》과 각종 법전이 편찬되었다.

또한, 숭유척불정책(崇儒斥佛政策)을 시행하여 서울에 성균관, 지방에는 향교를 세워 유학의 진흥을 꾀하는 동시에 불교를 배척하는 정책을 쓰기 시작하였다. 이처럼 그는 새 왕조의 기반과 기본정책을 마련하였다.

그러나 왕자 사이에 왕위계승권을 둘러싸고 치열한 쟁탈전이 벌어졌다. 태조 즉위 후에 세자책립문제로 여러 의견이 있었으나, 계비 강씨의 소생인 방석(芳碩)을 세자로서 결정하였다. 그러나 이에 대한 방원(芳遠: 신의왕후 소생)의 불만은 대단하였다.

1398년 태조의 와병 중에 방원은 세자인 방석을 보필하고 있던 정도전·남은(南誾) 등이 자신을 비롯한 신의왕후 소생의 왕자들을 제거하려 한다는 이유로 사병을 동원, 그들을 살해하였으며, 곧이어 방석, 방번(芳蕃)마저 죽여 후환을 없앴다. 새 세자는 방원의 요청에 의하여 방과(芳果)로 결정하였다. 태조는 방석·방번 형제가 무참히 죽은 데 대해서 몹시 상심하였다. 그는 곧 왕위를 방과에게 물려주고 상왕(上王)이 되었다.

1400년(정종 2)에 방원이 세자로 책립, 곧 이어 왕위에 오르자, 정종은 상왕이 되고, 태조는 태상왕(太上王)이 되었다. 형제들을 죽이고 왕위에 오른 태종에 대한 태조의 증오심은 대단히 컸다. 태종이 즉위한 뒤에 태조는 한때 서울을 떠나 소요산(逍遙山)과 함주(咸州: 지금의 함흥) 등지에 머물러 있기도 하였다.

특히, 함주에 있었을 때에 태종이 문안사(問安使)를 보내면, 그때마다 그 차사(差使)를 죽여버렸다는 이야기가 전한다. 어디에 가서 소식이 없을 경우에 일컫는 '함흥차사(咸興差使)'라는 말은 여기에서 유래한 것이다. 태조의 태종에 대한 증오심이 어떠하였는가를 보여주는 단적인 예가 된다. 태조는 태종이 보낸 무학의 간청으로 1402년(태종 2)12월 서울로 돌아왔다. 태조는 만년에 불도(佛道)에 정진하였다. 덕안전(德安殿)을 새로 지어 정사(精舍)로 삼고 염불삼매(念佛三昧)의 조용한 나날을 보냈다.

1408년 5월 24일 창덕궁(昌德宮) 별전(別殿)에서 죽었다. 시호는 지인계운성문신무대왕(至仁啓運聖文神武大王)이고, 묘호(廟號)는 태조(太祖)이며, 능은 건원릉(健元陵)이다.

4. 건원릉신도비

太祖健元陵碑　(題額)
有明諡康獻朝鮮國太祖至仁啓運聖文神武大王健元陵神道碑銘 幷序
　　　　　　推忠翊戴佐命功臣崇政大夫吉昌君集賢殿大提學兼判內贍寺
事知經筵春秋館事世子貳師臣權近奉 敎撰
　　　　　　輸忠同德翊戴佐命功臣大匡輔國崇祿大夫議政府左政丞判吏
曹事修文殿大提學領經筵事監春秋館事 世子傅昌寧府院君臣成石璘奉 敎書
　　　　　　資憲大夫知議政府事集賢殿提學知經筵春秋館事臣鄭矩奉 敎篆
天眷有德以開治運必先現異彰其符命夏有玄圭之錫周有協卜之夢由漢以降
代各有之皆由天授非出人謀惟我太祖大王之在龍淵也勳德旣隆符命亦著夢
有神人執金尺自天降而授之曰公宜持此正國夏圭周夢可同符矣又有異人來
門獻書云得之智異山巖石之中有木子更正三韓之語使人出迎則已去矣書雲
觀舊藏秘記有九變震檀之圖建木得子朝鮮卽震檀之說出自數千載之前由今乃
驗天之眷佑有德信有徵哉臣謹按 璿源李氏全州望族司空諱翰仕新羅娶宗姓之
女六世而至兢休始仕高麗十三世而至 皇高祖穆王入仕元朝而長千夫四世襲
爵咸能濟美元政衰 皇考桓王還事高麗恭愍王至正辛丑紅寇陷王京恭愍南遷
遣師克復我 太祖先登獻捷明年壬寅擊走胡人納哈出又明年癸卯却逐僞王塔
帖木恭愍恃倚益重累官至將相出入中外樂觀經史亹亹無倦濟時之量好生之
德出於至性恭愍薨異姓竊位權姦擅國濁亂朝政海寇深入焚掠郡縣洪武庚申
我 太祖戰捷雲峯東南以安戊辰侍中崔瑩誅戮權奸過於慘酷賴我太祖全活頗

多乃以 太祖爲右侍中仍授右軍都統節鉞逼遣攻遼師次威化島倡率諸將仗義
旋旆師旣登岸大水沒島人皆神之執退瑩代以名儒李穡爲左侍中方是時也權
奸濁亂狂悖搆隙危亡岌岌禍亂莫測非我太祖轉移之力一國殆矣穡曰今公擧
義以尊中國然非執政親朝則不可尅日如京 太祖爲擇諸子以今我 主上殿下與
穡偕朝高皇帝嘉賞而遣己巳秋 帝責異姓爲王 太祖與將相選立王氏宗親定昌
君瑤盡心輔政革私田汰冗官輩情胥悅功高見忌讒慝交搆定昌頗惑焉 太祖以
盛滿請老而不得謝會因西行遘疾而還謀者益急我殿下應機制變群謀瓦解洪
武壬申秋七月十六日 殿下與大臣裴克廉趙浚等五十二人倡義推戴臣僚父老
不謀僉同 太祖聞變驚起牢讓再三勉登 王位不下堂階而化邦國非天啓佑有德
疇克如玆卽遣知中樞院事臣趙胖奏聞 帝詔曰三韓之民旣尊李氏民無兵禍人
各樂天之樂乃 帝命也繼又有 勑國更何號卽遣藝文館學士臣韓尙質奏請又 詔
曰維朝鮮之稱美可以本其名而祖之體天牧民永昌後嗣緊我太祖威聲義烈升聞
于上簡在 帝心故當請命輒蒙 兪音豈偶然哉越三年甲戌夏有搆國家者 帝命
遣親男入朝 太祖以我 殿下通經達理賢於諸子卽遣應 命旣至敷奏稱 旨優禮
賜還其冬十一月定都于漢陽營宮室建 宗廟甞已追尊四代 皇高祖爲穆王配李
氏爲孝妃皇曾祖爲翼王配崔氏爲貞妃 皇祖爲度王配朴氏爲敬妃 皇考爲桓王
妃崔氏爲懿妃修禮樂而慗祀事定章服而辨等威興學以育才重祿以勸士辨析
詞訟愼簡守令奬政悉革庶績維熙海寇來服四境按堵我太祖巍蕩盛德眞所謂
天錫勇智聰明神武雄偉之主也姦臣鄭道傳以表辭獲譴 帝庭陰謀拒命戊寅秋
八月乘我 太祖不豫之隙欲挾幼孽以肆已志我 殿下炳幾殲除以嫡以長請建 上
王爲世子九月丁丑太祖以疾未瘳禪于 上王上王未有繼嗣且謂開國定社咸我 殿
下之績乃冊爲世子庚申秋七七月己巳獻 太祖以啓運神武太上王之號冬十有一
月癸酉 上王亦以疾禪位于我 殿下遣使請命永樂元年夏四月 帝遣都指揮使高
得等奉 詔印來封我 殿下爲國王繼遣翰林待詔王延齡等來賜 殿下袞冕九章

秩視親王我殿下奉養兩宮誠敬備至永樂戊子五月二十四日壬申 太祖晏駕春
秋七十四歲在王位七年老不聽政十有一年弓劍忽遺嗚呼痛哉我 殿下哀慕罔
極諒闇盡禮奉冊寶上 太祖至仁啓運聖文神武大王之號以是年九月初九日甲
寅葬于城東楊州治之儉巖山陵曰健元及訃聞 皇帝震悼罷朝卽遣禮部郎中林
觀等賜祭以大牢其文略曰惟 王明達好善出於天性敬順天道效義擴忠恭謹事
大保恤一方之民我 皇考深嘉忠誠賜復國號曰朝鮮 王功之著雖古朝鮮之賢王
無以過也又賜誥命諡曰康 又勅 殿下賜賻特厚寵異之典備極無憾蓋我 太祖畏
天之誠 殿下繼志之孝前後相承克享天心故於始終之際大獲天人 上下之助如此
其至嗚呼盛哉首妃韓氏安邊世家贈領門下府事安川府院君諱卿之女先薨初諡
節妃加後諡 承仁順聖神懿王后誕六男二女 上王居二我 殿下居五長曰芳雨
鎮安君先卒次三芳毅益安大君亦先卒次四芳幹懷安大君次六芳衍登科不祿
贈元尹女長慶愼宮主下稼上黨君李佇非一李也次慶善宮主下嫁靑原君沈淙
次妃康氏判三司事允成之女初封顯妃先薨諡神德王后誕二男一女男長芳蕃
贈恭順君次芳碩贈昭悼君女慶順宮主下嫁興安君李濟亦非一李皆先卒 上王
配金氏今封王大妃贈門下侍中天瑞之女無嗣我 中宮靜妃閔氏驪興府院君諡
文度公諱霽之女誕四男四女男長 世子次祜孝寧君次祹忠寧次幼女長貞順宮
主下嫁淸平君李伯剛亦非一李次慶貞宮主下嫁平壤君趙大臨次慶安宮主下
嫁吉川君權跬次幼鎮安娶贊成事池奫之女生二男長曰福根奉寧君次曰德根
元尹益安娶贈門下贊成事崔仁㺷之女生男曰石根益平君懷安娶贈門下贊成
事閔璿之女生男曰孟眾義寧君臣觀歷代受命之君德業之盛符命之神輝暎簡
冊流光罔極今我朝鮮之誕興也盛德貞符于古有光是宜既得其位又得其壽嶠
洪基而流景祚與天地而久長矣臣近濫承勒碑之命敢不竭精鋪張盛德以垂耿
光然臣筆力鄙拙不足以發揚盛美稱塞 明旨謹撰勳德之在人耳目者敢拜手稽
首而獻銘其辭曰天生斯民 立以司牧酒長酒治 酒長有德 非天諄諄 有命赫赫

禹錫玄圭 周夢協卜 惟我 朝鮮 肇基 王迹 夢有神人 授以金尺 符籙前定
天心昭晰 麗運既終 君昏相酷 農月興師 大邦搆隙 我旒義旋 罪人斯得 忠
誠上聞 帝心載懌 歷數有歸 興情斯迫 大業既成 市肆不易 高皇曰咨 惟
爾有國 民無兵禍 樂天之榮 繼賜國號 朝鮮是復 相地定都 于漢之北虎踞
龍蟠 王氣攸積 宮室崇崇 宗廟翼翼 仁深好生 治蔚思輯 百度具修 萬化斯
洽 乃倦于勤 傳付 聖嫡 乃讓于功 惟世惟及 明明我 后 有幾必燭 禍亂再
平 其慶克篤 開國定社 咸我之績 大命難辭 神器有托 祗奉兩宮 慶恭愈恪
孝弟通神 帝眷尤渥 遭喪悼悼 哀慕踊躃 帝聞震悼 遣使弔哭 大牢有祀
厚賻有 勑 美諡褒嘉 恤典備飭 自天佑之 終始不忒景祚緜緜 子孫千億
宗祀悠長 與天罔極

　永樂七年四月　　日立石

　(裏面)

　碑陰記

　　恭惟我太祖以至德豐功草創鴻業日勤于治洒以失豫彌留禪位貽謀久享榮
養於永樂戊子春正月又不豫我殿下至誠克敬祈天請命乃得小瘳五閱月面又
作薨子正寝以禮葬于楊之儉巖山距京城二十許里山之來根於長白蜿蜒二千
餘里至鐵嶺折而西數百里停而峙焉曰白雲又南迤百餘里北搆而面南卽儉巖
也陵則癸坐而丁向直陵之丙方四百二十一尺立石以紀我太祖功德始終之盛
旣詳矣殿下又以爲開國功臣名氏當列于碑之陰其定社佐命功臣亦皆應機定
策以弘大我太祖創垂之業者其幷刻之用示不泯命臣季良識之臣竊惟 天之生
大德以主斯民也必有股肱輔弼之臣奔走先後開之於前守之於後然後大勳以
集大業以久我太祖之興也則有文武大臣灼知 天命實能左右啓迪之至若定社
於戊寅佐命於庚辰亦莫非勳親良弼相與克咸厥功以永洪祚是宜刻名于石垂

耀將來以我殿下顯揚 祖烈褒奬勳臣之美亦當幷傳而不朽矣通政大夫禮曹左
叅議修文殿直提學知製 敎知文書應奉司事 世子左 輔德臣卞季良謹拜手稽
首而爲之記

開國功臣

義安大君和 門下左侍中裴克廉 領議政府事趙浚 上洛府院君金士衡 安平
府院君李舒 漢山府院君趙英茂 奉化伯鄭道傳 判三司事尹虎 興安君李濟
靑海君李之蘭 星山君李稷 漢川君趙溫 議政府贊成事南在 寧城君吳思忠
判漢城府事鄭熙啓 戶曹判書趙璞 興寧君安景恭 叅贊議政府事張思吉 宜
城君南誾 藝文館大學士鄭摠 知議府事金輅 伊城君孫興宗 玉川君劉敞平
城君趙狷 淸城君鄭擢 西川君韓尙敬 藝文館大學士沈孝生 雞林君金稇 判
中樞院事李懃 復興君趙胖 漢山君趙仁沃 平海君黃希顧 知中樞院事趙琦
知中樞院事金仁贊 長城君鄭龍壽 知中樞院事張湛 寶城君吳蒙乙 南陽君
洪吉旼 東原君咸傅霖 叅知議政府事黃居正 興城君張至和 興原君李敷
叅知議政府事閔汝翼 花城君張思靖 瑞城君柳爰廷 完城君李伯由 高城君
高呂 商山君李敏道 戶曹典書趙英珪 判繕工監事任彦忠 上將軍韓忠

定社功臣

義安大君和 益安大君芳毅 寧安丞良祐 靑原君沈淙 奉寧君福根 領議政府
事趙浚 上洛府院君金士衡 領議政府事河崙 議丞府右政丞李茂 漢山府院
君趙英茂 兵曹判書天祐 靑海君李之蘭 漢川君趙溫 戶曹判書趙璞 安城君
李叔蕃 叅贊議政府事張思吉 鷲山君辛克禮 知 議政府事金輅 淸城君鄭擢
知中樞院事張湛 花城君張思靖 中樞院副使張哲

佐命功臣

義安大君和 完川鄭淑 領議政府事河崙 議政府左政丞成石璘 議政府右政
丞李茂 漢山府院君趙英茂 兵曹判書天祐 靑海君李之蘭 星山君李稷 漢川

君趙溫 吉昌君權近 漆原君尹柢 戶曹判書趙璞 安城君李叔蕃 吏曹判書柳
亮 鷲山君辛克禮 汚城君韓珪 蓮城君金定卿 雞城君李來 漢平君趙涓 義
城君金英烈 知議政府事朴錫命 麗山君金承霍 鐵城君李原 谷城君延嗣宗
潘城君朴訔 長川君李從茂 坡平君尹坤 南城君洪恕 豐川君沈龜齡 僉知議
政府事黃居正 麻城君徐益 會寧君馬天牧 漆原君尹子當 利城君徐愈 瑞寧
君柳沂 平江君趙希閔 鷄林君李 升商 照川君金宇 永陽君李膺 原平君尹
穆 越川君文彬 礪良君宋居信

議政府左政丞昌寧府院君臣成石璘年七十二歲書

5. 건원릉표석음기

大韓

太祖高皇帝建元陵

太祖至仁啓運應天肇統廣勳永命聖文神武正義光德高皇帝　元至元元年乙亥
十月十一日誕生　明洪武二十五年壬申七月十六日高麗左侍中裵克廉等見高
麗政亂倡義推戴遂登寶位于松京壽昌宮　追尊　四王　改國號曰朝鮮　甲戌春
秋至六十入耆老所　十一月定都漢陽建宗廟　戊寅傳位于定宗　太宗戊子五
月二十四日昇遐　在位七年　在上王位十年　壽七十四　九月九日葬于楊州儉
巖山癸坐之原　肅宗癸亥加上諡號正義光德　小子嗣服之九年以開國八壬申
追上尊號應天肇統廣勳永命　光武三年己亥十一月追尊恭上諡號曰高皇帝　廟
號曰太祖　配祀圜丘　今立表石于神道碑之次敬書前面與陰記庸伸小子之微忱
焉　光武四年　月　日

6. 건원릉지

≪太宗實錄≫ 卷 16, 太宗 8年 11月 11日 乙卯 太祖大王健元陵誌文

上遣左代言李慥于健元陵 下誌石 其文曰 永樂六年五月二十四日壬申 我太
祖至仁啓運聖文神武大王奄棄群臣 我殿下哀慕罔極 諒闇盡禮 謹率群臣 奉上
尊號 以是年九月初九日甲寅 安厝于城東楊州治之儉巖村健元陵 禮也 謹按璿
源所自 粤新羅氏以來 世有達官 累仁積德 以裕後慶 逮皇高祖穆王始仕元朝
爲千夫長 四世襲爵 土卒樂附 我太祖少蘊器局 勇略絶倫 豁達有濟世之量 至
仁好生 出於天性 早事高麗恭愍王 累官至將相 出入中外 屢立大功 以安國民
行師整肅 秋毫無犯 大小百餘戰 辛丑之殲紅賊 收復王城 壬寅之走納氏 庚申
之捷雲峯 尤所稱道者也 恭愍無嗣暴薨 其臣林堅味等 專擅國政 奪攘土田 貪
汚無度 侍中崔瑩憤行誅戮 以我太祖爲守侍中 從人望也 瑩又不學 妄興師旅
謀欲攻遼 以我太祖爲右軍都統使 逼遣境上 我太祖與諸將議曰 以小事大 古
今之通義 與其得罪上國 貽禍生民 豈若除去權臣 以安一國乎 乃與諸將 仗義
回軍 執退瑩 以正其罪 選立王氏宗親恭讓君 盡忠匡輔 任用賢才 革私田以正
經界 汰冗官以重名器 立經陳紀 規模宏大 前朝弊政 靡不盡除 中外民心 翕
然歸附 而恭讓昏迷多忌 將謀不利 洪武二十五年壬申秋七月 忠臣義士 合辭
推戴我太祖 讓至再三 迫於群情 勉登寶位 遣密直臣趙胖 聞達朝廷 欽蒙高皇
帝聖旨 許更國號 以復朝鮮之稱 戊寅秋九月 不豫 內禪于上王 庚辰冬十一月
上王亦不豫 又禪于我殿下 進尊號我太祖爲啓運神武太上王 春秋七十四歲 在
王位七年 老不聽政 以享榮養 十有一年 終始哀榮 斯其備矣 首妃韓氏 贈領
門下府事諱卿之女 先薨 追諡承仁順聖神懿王后 誕六男二女 長曰芳雨 封鎭
安君 先卒 次上王 我殿下爲第五 曰芳毅爲第三 封益安大君 亦先卒 曰芳幹
爲第四 封懷安大君 曰芳衍爲第六 登科不祿 女長曰慶順宮主 [慶愼宮主] 適

上黨君李佇 非一李也 次曰慶善宮主 適青原君沈淙 上王無嫡嗣 我中宮靜妃
閔氏 驪興府院君諱霽之女 誕四男四女 男長 世子禔 次補孝寧君 次今上諱忠
寧君 次幼 女長貞順宮主 適淸平君李伯剛 亦非一李 次慶貞宮主 適平壤君趙
大臨 次慶安宮主 適吉川君權跬 次幼

현릉(顯陵)

1. 연혁

능   주 : 문종(文宗)[1414~1452, 1450~1452]

           현덕왕후(顯德王后) 권씨[1418~1441]

위   치 : 경기도 구리시 인창동

지정번호 : 사적 제193호

봉릉연대 : 1452년(문종 2)

천릉연대 :

왕릉형태 : 동원이강형

2. 왕릉 소개

서울 동북부에 위치한 망우리 고개를 넘나드는 6번 국도를 따라 경기도 구리시 방면으로 넘어가면 교문사거리에 이른다. 이곳에서 좌회전하여 43번 국도를 따라 약 5분 정도 달려가면 동구릉 입구에 도착한다.

동구릉은 조선의 왕과 왕비 17위의 유택이 마련돼 있는 곳으로 '동쪽에

아홉 개의 왕릉이 있다'
하여 이름붙여진 우리나
라 최대 규모의 왕릉군이
다. 1408년 조선왕조를
세운 태조 이성계가 승하
하자 태종의 명으로 파
주, 고양 등지에서 좋은
묏자리를 물색하여 능지
로 정해진 곳이다.

현릉 전경. 참도가 꺾여 있어 특이하다.

　동구릉의 조성은 조선왕조 전 시기에 걸쳐 이루어졌다. 동구릉이라고 부
른 것은 추존왕 익종의 능인 수릉이 아홉 번째로 조성되던 1855년(철종 6)
이후의 일이며, 그 이전에는 동오릉(東五陵), 동칠릉(東七陵)이라고 불렀다.

　동구릉에는 검암산 중앙 북쪽에 있는 태조 이성계의 능인 건원릉(健元陵)
을 중심으로 동쪽 언덕에 14대 선조와 그의 비 의인왕후, 계비 인목왕후의
능인 목릉(穆陵)이, 그 남쪽 아래로 5대 문종과 그의 비 현덕왕후의 능인 현
릉(顯陵)이 있으며, 그 다음으로 23대 순조의 세자인 추존왕 익종과 그의 비
신정왕후의 능인 수릉(綏陵)이 자리를 잡고 있다. 그리고 건원릉 서쪽으로
16대 인조의 계비 장렬왕후의 능인 휘릉(徽陵)이, 그 다음으로 24대 헌종과
그의 비 효현왕후, 계비 효정왕후의 능인 경릉(景陵)이 있고, 그 아래로 21대
영조와 그의 계비 정순왕후의 능인 원릉(元陵)에 이어 20대 경종의 비 단의
왕후의 능인 혜릉(惠陵)이 있으며, 맨 왼쪽으로 18대 현종과 그의 비 명성왕
후의 능인 숭릉(崇陵) 등 모두 아홉 개의 능이 자리 잡고 있다.

　동구릉은 능제의 변화와 조선왕조 519년의 부침을 한눈에 볼 수 있는 중
요한 문화유산이다. 더욱이 능 전역에 우거져 있는 숲과 능역을 가로지르는

앞뒤에서 바라본 문종의 무덤

개울물 등 자연경관이 아주 빼어나다.

현릉은 동구릉 입구에서 건원릉 쪽으로 향하여 가다가 처음으로 나타나는 수릉 다음에 있는 묘역으로 조선 5대 문종(文宗, 1414~1452)과 현덕왕후(顯德王后, 1418~1441) 권씨의 능이다. 문종은 세종의 장자이며 어머니는 소헌왕후이다. 1450년 왕위에 올라 언로를 열어 민의를 파악했고, 문무를 중용하고 군사제도를 개편하였다. 그러나 몸이 허약했던 문종은 재위 2년 4개월 만에 보령 39세로 승하하였다. 문종의 시호는 공순(恭順)이다.

부왕에 대한 효성이 지극했던 문종은 생전에 영릉 오른쪽 언덕(본래 세종의 영릉이 지금 헌인릉 오른쪽에 있었다)을 장지로 정했으나 그곳을 파보니 물이 나고 바위가 있어 취소하고 이곳 건원릉 동쪽에 안장되었다. 구 영릉이 조성된 후 얼마 되지 않아 옮겨졌으므로 현릉은 ≪오례의≫ 양식을 따르고 있는 가장 오래된 능이다.

능의 형식은 ≪오례의≫의 표본이 되는 영릉 제도에 따라 병풍석의 방울, 방패 무늬가 사라졌고, 고석도 4개로 줄었다.

제일 아랫단에 장검을 두 손으로 짚고 서 있는 무인석은 머리 부분이 지나치게 크고 주먹 만한 눈이나 코로 인해 위엄 있게 보이지 않는다. 문인석도 튀어나온 눈이며 양쪽으로 깊이 새겨진 콧수염이 이국적이다.

현덕왕후 권씨의 무덤(사진 오른쪽)과 그곳에서 바라본 문종의 무덤

현덕왕후는 왕후에 오르기 전 1441년에 원손(단종)을 출산하고 그 산후병으로 승하하여 경기도 안산군에 예장되었다. 1450년 문종의 즉위와 함께 현덕왕후로 추숭되었고, 능호를 소릉(昭陵)이라 했다.

1452년 단종이 즉위하자 문종의 곁으로 천릉하면서 현릉으로 능호를 바꾸었고, 문종의 신주와 함께 종묘에 봉안되었다. 그러나 1457년(세조 3) 현덕왕후 친정이 단종 복위를 도모하다 발각되어 현덕왕후는 추폐되어 종묘에서 신주가 철거되고 능은 파헤쳐져 물가로 옮겨지는 수난을 당했다.

그 후 1513년(중종 8) 종묘의 문종 신위만이 홀로 제사 받는 것이 민망하다는 명분으로 복위되어 현릉 동쪽 언덕에 천장되어 동원이강의 형식을 이루고 있다. 신주는 다시 종묘에 봉안되었다. 이와 같은 과정을 거쳐 문종 옆에 모셔졌기에 봉분 주위에 난간석은 있지만 병풍석이 없는 모습을 하고 있다.

3. 능주 소개

문종은 조선의 제5대왕으로 이름은 향(珦)이고 자는 휘지(輝之)이다. 세종의 맏아들이며, 어머니는 소헌왕후(昭憲王后) 심씨(沈氏)이고, 비는 화산부

원군(花山府院君) 권전(權專)의 딸인 현덕왕후(顯德王后)이다

1421년(세종 3)에 왕세자로 책봉되었고, 1450년 37세로 왕위에 올랐다. 학문을 좋아하였고 학자(집현전 학사)들을 아끼고 사랑하였다. 부왕인 세종은 일찍부터 신체상의 각종 질환으로 1437년 벌써 세자(문종)에게 서무(庶務)를 결재하게 하려 하였으나 신하들의 반대로 이루지 못하였다.

그러나 세종은 1442년 군신(群臣)의 반대를 무릅쓰고 세자가 섭정(攝政)을 하는 데 필요한 기관인 첨사원(詹事院)을 설치하였고 첨사(詹事)·동첨사(同詹事) 등의 관원을 두었다. 또한, 세자로 하여금 왕처럼 남쪽을 향하여 앉아서 조회(朝會)를 받게 하였고[南面受朝], 모든 관원은 뜰 아래에서 신하로 칭하도록 하였으며, 국가의 중대사를 제외한 서무는 모두 세자의 결재를 받으라는 명을 내리기도 하였다.

그리하여 마침내 '수조당(受朝堂)'을 짓고 세자가 섭정을 하는 데 필요한 체제를 마련하였으며, 1445년부터는 세자의 섭정이 시작되었다. 이 섭정은 세종이 죽기까지 계속되었으며 이로 인하여 문종은 즉위하기 전에 실제 정치의 경험을 쌓을 수 있었다. 따라서 문종시대의 정치의 방법과 분위기는 세종 후반기의 그것과 크게 변함이 없었다.

그러나 문종이 즉위하면서 왕권은 세종대에 비하여 약간 위축되었다. 수양대군(首陽大君), 안평대군(安平大君) 등 종친(宗親) 세력의 심상하지 않은 움직임도 이미 이때부터 나타나고 있었으며, 이를 견제하기 위한 언관(言官: 臺諫)의 종친에 대한 탄핵언론으로 상호 긴장된 분위기가 조성되기도 하였다. 이 시대의 언관의 언론은 정치 전반에 걸쳐 활발히 전개되었으나, 특히 척불언론(斥佛言論)이 눈에 띈다. 그것은 세종 말기 세종의 호불적 경향에 대한 유신(儒臣)의 반발로 해석된다.

즉 세종 말기 세종과 왕실에 의하여 이루어진 각종 불교행사와 내불당(內

佛堂)의 건설 등 불교적 경향을 방지하는 데 실패한 유자적(儒者的)인 언관(言官)들은 문종이 즉위하자 왕실에서의 불교적 경향을 불식하고 유교적 분위기를 조성하려 노력하였다.

당시 언관의 언론은 왕권이나 그밖의 세력에 구애되지 않고 활발하였음에도 불구하고 문종은 자주 구언(求言)하였고, 언로(言路)가 넓지 못하다고 생각하여 조신(朝臣) 6품 이상에 대하여는 모두 윤대(輪對)를 허락하였으며, 비록 벼슬이 낮은 신하에 대하여도 부드럽게 대하면서 그들의 말을 경청하였다. 문종조에 편찬된 서적으로는 ≪동국병감(東國兵鑑)≫, ≪고려사≫, ≪고려사절요≫, ≪대학연의주석(大學衍義註釋)≫ 등이 있다.

군사제도에 있어서도, 1445년에 10사(司)에서 12사로 개정되었던 것을 1451년에 5사로 개편하였다. 문종은 그가 세자로 있을 때부터 진법(陣法)을 편찬하는 등 군정(軍政)에 관심이 많았는데, 즉위 후 군제의 개혁안을 스스로 마련하여 제시하였고, 재위 2년여에 걸쳐 이루어진 군제상의 여러 개혁은 매우 중요한 내용을 가진 것이었다. 문종의 학문은 유학(儒學:性理學)뿐 아니라 천문(天文)과 역수(曆數) 및 산술(算術)에도 정통하였고, 예·초·해서(隷·草·楷書) 등 서도에도 능하였다.

그러나 문종은 몸이 허약하여 재위 2년 4개월 만에 39세로 병사하고, 나이 어린 세자 단종이 즉위함으로써, 계유정난, 세조의 찬위(簒位), 사육신사건 등 정치적으로 불안한 사건을 초래하는 계기가 되었다. 시호는 공순(恭順)이며, 능은 현릉(顯陵)이다.

현덕왕후는 조선 제5대 왕 문종의 비(妃)이며, 단종의 생모이다. 본관은 안동(安東)으로 화산부원군(花山府院君) 권전(權專)의 딸이다. 1431년(세종 13) 세자궁 궁녀로 입궐하여 승휘(承徽)·양원(良媛)에 진봉되었다. 1437년 순빈 봉씨(純嬪奉氏)가 부덕하여 폐빈된 후 세자빈이 되었다. 1441년 원손

(元孫 : 뒤의 단종)을 낳았으나 3일 뒤에 죽었다. 그해 현덕의 시호를 받고, 경기도 안산군에 묻혔다. 1450년(문종 즉위) 왕후에 추봉(追封)되었으며, 능호는 소릉(昭陵)으로 명명되었다. 1452년(단종 즉위) 문종과 함께 양주(楊州)에 합장되어 현릉(顯陵)으로 개호되었고, 1454년 인효순혜(仁孝順惠)의 존호가 추상되었다. 1457년(세조 3) 단종복위운동과 관련하여 아버지 권전이 추폐(追廢)되어 서민이 되고, 단종이 노산군(魯山君)으로 강봉되자 왕후에서 폐위되고 종묘에서 신주가 철거되었다. 1513년(중종 8) 신주가 다시 종묘 문종실(文宗室)에 봉안되었고, 1699년(숙종 25) 신원되었다.

4. 현릉표석음기

朝鮮國
文宗大王顯陵
顯德王后祔左岡

文宗恭順欽明仁肅光文聖孝大王　皇明永樂十二年甲年午十月三日誕生　辛丑冊封王世子　景泰元年庚午二月卽位　壬申五月十四日昇遐　九月朔日葬于楊州健元陵東岡癸坐之原　在位二年　壽三十九　皇朝賜諡恭順　妃仁孝順惠顯德王后權氏　永樂十六年戊戌三月十二日誕生　宣德六年辛亥初封承徽　尋進封良媛　正統二年丁巳冊封世子嬪　辛酉七月二十四日昇遐　九月葬于安山景泰元年庚午追冊爲王后　陵號曰昭　正德八年癸酉四月二十一日移葬于大王陵左岡寅坐之原　壽二十四　崇禎紀元後一百二十八年乙亥二月　日立

5. 현릉지

≪文宗實錄≫ 卷 13 文宗 2年 9月 1日(庚寅) 文宗大王顯陵誌文

恭惟我文宗欽明仁肅光文聖孝大王 世宗莊憲大王之長子也 昭憲王后以永樂十二年甲午十月初三日癸酉 誕于漢陽邸 自幼明睿好學 歲辛丑 世宗立爲儲副 入學成均 自是學日進 明年秋 太宗文皇帝遣郞中陳敬 封爲王世子 正統十年乙丑 世宗以疾 乃命參決庶務 凡所施爲 動合於義 世宗喜其有托 而得怡養 王性至孝 嘗藥視膳 必身親之 侍側至夜 分不命之退 不敢退 間引賓友 講論書史 手不釋卷 丙寅三月 昭憲王后薨 景泰元年庚午二月 世宗又薨 水漿不入口者三日 哀毀踰制 喪制悉遵古禮 其遭世宗喪也 病疽新愈 瘡未合 侍殯號擗 大臣咸曰 宜退處調保 固請不許 朔望及上食 涕泣悲哀 終三年 今上皇帝 遣太監尹鳳等 來賜諡致祭賻贈 有加勑封爲王 仍賜九章冕服綵段 幷王后冠服綵段 六月葬世宗于英陵 旣卒哭始視事 臨經筵輪對 一依世宗故事 宵旰勵精 孜孜圖理 不易舊臣 率由舊章 凡外任拜辭者 皆引見丁寧勉諭 愛民恤刑之意 自外而還者 命令各具所見民瘼 實封以聞 七月以我主上殿下爲國儲 明年正月 帝賜顧命 又制封顯德王后爲王妃 封我主上殿下爲王世子 慮賢愚同滯 令政府銓曹 議陞黜京外官 又下手敎 令東班六品西班四品以上 各擧賢能可進用者各數人 兼陳時政得失 民間弊瘼 於是擧賢能 退貪汚 興利除害 人心以悅 四品以上輪對 於聽言觀人爲未廣 乃命六品以上 皆許輪對 必和顔溫語 虛懷聽受 使之盡言 命儒臣撰東國兵鑑 又置五衛 親製陣法 以敎士卒 凡諸軍亦令整理 自是中外軍政益修 屢下恤刑之敎 戒諭臬司 嘗自嘆曰 安得政簡刑淸 使吾民無事耶 以民多遊手 軍額日減 下敎申嚴度僧之禁 嘗語近臣 曰釋氏治心之法 與儒者直內工夫相近 而實甚相遠 終不可以治天下國家 將何所用哉 又論祿命之說曰 往者已所知 而來者

不須預知 有進甘露白鵲白雉 以爲瑞者 皆却而不受 以旱訪救災之策 或請
赦輕罪 曰 赦不可數 下乃命停諸道進膳 及京外公私營繕 九月 以黃海道癘
疫大行 爲之憂慮 手製祭文 遣官致祭 論鬼神之道 極盡精微 十一月 下敎
求高麗王氏之後 尊其爵位 賜田宅臧獲 以奉其祀 令世襲其爵 又命高麗名
臣之有德者 配享于廟 每留意於農桑學校 見監司守令 必以耕墾水利 諄諄
勉之 命職兼館閣大小儒臣 輪詣成均 與諸生講論 頻賜諸生酒食 自疾病諒
闇之後 聖體尙未康寧 而過於憂勤 有請間日視事 怡養精神者 乃曰 君王耽
樂 則雖引之千歲而不足 不然則雖一年亦足矣 必須憂勤 不可自逸 又曰 古
有內作色荒 外作禽獸 甘酒嗜音 峻宇雕墻 一向好著者 此人君之通患也 吾
性不喜此 雖有勸者 不能好也 又謂近臣曰 男女飮食之欲 最切於人 膏粱子
弟 多酒色敗身 予每見諸弟 以此戒之 敬事諸丈 友愛諸弟 皆盡歡心 憐撫
諸弟之子 一如己出 哀母弟廣平大君璵之早沒 收其子養于宮中 出入顧復
慈愛篤至 以是年五月十四日丙午 薨于景福宮之正寢 我殿下年方幼沖 孝誠
天至 哀慕罔極 率群臣奉上尊號 以九月初一日 安厝于顯陵 在健元陵之東
南 在位三年 壽三十九 當其疾革 群臣請赦不許 及薨 雖街童巷婦 莫不悲
號 性寬弘簡重 明毅仁恕 孝友出於天性 事上遇下 一以至誠 不近聲色 聖
學高明 洞觀古今 而尤深於性理之學 時與侍臣 尙論歷代治亂之機 先儒異
同之說 而一歸於理 言簡意暢 至於天文曆算聲韻 皆極其精 又善於草隷 雅
於文詞 而亦未嘗留意焉 臨朝淵默 望之儼然 而其與群臣言 溫溫如在春風
中 言者雖或不中 亦且優容 人亦各盡所懷焉 在儲位三十年 左右先王 贊成
實多 至參決庶務 功德之及人者益深 踐位之初 首廣言路 旌別淑慝 務農愼
刑 崇文重武 尊高年而獎節義 減戍卒而緩田賦 停不急之役 省無用之費 蠲
免逋欠 哀矜無告 方恢遠圖 臣民仰望至治 而遽至於斯 可勝痛哉 顯德王后
權氏 永嘉世族 贈議政府左議政專之女 有淑德婉容 選入東宮爲承徽 後陞

爲嬪 先王十一年而薨 謚顯德 安厝于京畿安山郡之昭陵 及王卽位 追冊王
后 誕一男一女 男卽我殿下 女封敬惠公主 下嫁寧陽尉鄭悰 司則楊氏 生一
女 未笄 景泰三年壬申九月 謹誌

《世宗實錄》卷93, 世宗23年9月21日 甲寅 顯德王后誌文

葬顯德嬪于古安山瓦里山 其誌文曰 謹按嬪姓權氏 遠祖金幸 新羅大姓也
守福州 高麗太祖攻新羅 行至福 幸擧邑以降 太祖曰 幸可謂有權矣 因賜姓
曰權 官至太師 由是金氏始爲權 世多賢哲 榮盛莫比 曾祖諱正平 贈通政大
夫二曹參議行通直郎版圖正郎 祖諱伯宗嘉善大夫檢校漢城尹 贈中樞院副使
父諱專 今爲資憲大夫中樞院使 母崔氏 高麗大儒中書令文憲公諱沖之十二
世孫 書雲副正諱鄘之女也 以永樂戊戌三月壬申 生嬪于洪州合德縣之私第
嬪生而淑懿 姿相異常 言行中節 宣德辛亥 選入世子宮 爲承徽 未幾陞良媛
正統丁巳二月 嬪奉氏以不德廢 遂冊封爲嬪 肅承兩宮 怡愉奉歡 左右媵侍
常蒙假與顏色 克成肅雝之美 歲辛酉七月二十三日丁巳免身 元孫乃生 兩宮
喜甚 一國臣民莫不交賀 是日 上御勤政殿 頒降敎書 大宥境內 又將擧元孫
生之禮 翌日戊午 忽疾發終于東宮資善堂 春秋二十有四 醫不及施其藥 禱
不得徧于神 兩宮軫悼 國人莫不悲焉 嗚呼痛哉 兩宮服大功五日 世子服期
三十 以九月初七日 謚曰顯德 以禮葬于安山郡治之古邑山 嬪天姿閑靜
入宮多譽 克配東宮 生此元孫 一國之慶 夫何一疾 遽至莫醫 嗚呼痛哉 嬪
生一男一女 女旣齔 男卽元孫也 銘曰 柔惠之德 婉孌之容 媚于兩宮 受厥
冊封 式修嬪則 允配元良 元孫乃生 其泣皇皇 慶衍宗祊 喜溢朝野 天乎何
故 年不之假 奄然辭世 莫以享福 悲哉奈何 刻詞于石

金安國, ≪慕齋先生集≫ 卷 14, 墓誌 顯德王后權氏顯陵遷葬誌

謹按王后姓權氏　遠祖金幸　仕羅季　守古昌郡　憤甄萱之亂　擧邑降高麗
太祖喜曰　幸能炳幾達權　乃賜姓權　官至太師　自太師以後　世秉軒冕　爲東
方甲族　皇曾祖考諱正中　贈通政大夫工曹參議　行通直郎版圖正郎　皇祖考
諱伯宗　嘉善大夫檢校漢城尹　贈中樞院副使　皇考諱專　資憲大夫中樞院使
贈議政府左議政　皇妣崔氏　高麗大儒中書令文憲公諱冲之十二世孫　書雲副
正諱鄘之女　以永樂戊戌三月壬申生　后于洪州合德縣之私第　后生而淑懿　姿
容異常　言動中規　宣德辛亥　文宗在儲宮　后選入爲承徽　未幾　進良媛　正統
丁巳三月　嬪奉氏以不德廢　冊后爲嬪　肅承兩宮　怡愉奉歡　恩逮媵侍　雕敬
自持　辛酉七月二十三日丁巳　免身　元孫乃生　世宗喜甚　卽御勤政殿　受群
臣賀　宥境內　翌日戊午　后忽疾發　薨于東宮之資善堂　春秋二十有四　兩宮
震悼　朝野莫不悲傷　兩宮爲服大功五日　東宮服期三十日　以是年九月十四
日丁未　賜諡曰顯德　越二十一日甲寅　以禮葬于安山郡之瓦里山　景泰庚午
世宗薨　文宗卽位　追冊后以顯德王后　陵曰昭陵　帝亦尋賜誥命　壬申五月
文宗薨　奉葬顯陵　世子嗣立　是爲魯山君　越三年甲戌四月　加上后尊號曰
仁孝順惠　乙亥六月　世祖受禪　丙子五月　成三問等謀逆被誅　魯山遜于外
降封君　后弟權自愼以黨三問亦誅　后考專坐子自愼罪　追廢爲庶人　明年丁
丑六月　以議政府請　后亦追廢　至正德八年癸酉　今上因侍從聞其由　惻然
感動　命考實錄　得其本末　果不出於先王之意　卽下宰相議追復　皆謂后薨
在十六年之前　無與自愼之逆　后父雖坐廢　后旣儷尊文廟　母儀一國　不應
幷及　況追廢之事　出於政府之謬請　本非先王之意　義當追復　上卽命追復
位號　以是年四月二十一日戊午　以禮改葬　移祔于顯陵域之左寅坐申向之
原　將以五月初六日癸酉　躋祔新主于太廟　一國臣庶　莫不欣悅感愴　旣幸
我后幽冤鬱抑　得伸於五十餘年之後　復仰聖上誠孝善述　爲能追遠於無窮

嗚呼至哉 后生一男一女 男卽魯山君弘暐 無子 女敬惠公主 下嫁寧陽尉
鄭悰 生子曰眉壽 輔國崇祿大夫海平府院君 亦無子

목릉(穆陵)

1. 연혁

능　　주 : 선조(宣祖)[1552~1608, 1567~1608]

　　　　　　원비 의인왕후(懿仁王后) 박씨[1555~1600]

　　　　　　계비 인목왕후(仁穆王后) 김씨[1584~1632]

위　　치 : 경기도 구리시 인창동

지정번호 : 사적 제193호

봉릉연대 : 1608년(광해군 즉위년)

천릉연대 : 1630년(인조 8)

왕릉형태 : 동원이강형

2. 왕릉 소개

서울 동북부에 위치한 망우리 고개를 넘나드는 6번 국도를 따라 경기도 구리시 방면으로 넘어가면 교문사거리에 이른다. 이곳에서 좌회전하여 43 번 국도를 따라 약 5분 정도 달려가면 동구릉 입구에 도착한다.

목릉 전경   목릉 비각안에 있는 표석

동구릉은 조선의 왕과 왕비 17위의 유택이 마련돼 있는 곳으로 '동쪽에
아홉 개의 왕릉이 있다' 하여 이름붙여진 우리나라 최대 규모의 왕릉군이다.
1408년 조선왕조를 세운 태조 이성계가 승하하자 태종의 명으로 파주, 고양
등지에서 좋은 묏자리를 물색하여 능지로 정해진 곳이다.

동구릉의 조성은 조선왕조 전 시기에 걸쳐 이루어졌다. 동구릉이라고 부
른 것은 추존왕 익종의 능인 수릉이 아홉 번째로 조성되던 1855년(철종 6)
이후의 일이며, 그 이전에는 동오릉(東五陵), 동칠릉(東七陵)이라고 불렀다.

동구릉에는 검암산 중앙 북쪽에 있는 태조 이성계의 능인 건원릉(健元陵)
을 중심으로 동쪽 언덕에 14대 선조와 그의 비 의인왕후, 계비 인목왕후의
능인 목릉(穆陵)이, 그 남쪽 아래로 5대 문종과 그의 비 현덕왕후의 능인 현
릉(顯陵)이 있으며, 그 다음으로 23대 순조의 세자인 추존왕 익종과 그의 비
신정왕후의 능인 수릉(綏陵)이 자리를 잡고 있다. 그리고 건원릉 서쪽으로
16대 인조의 계비 장렬왕후의 능인 휘릉(徽陵)이, 그 다음으로 24대 헌종과
그의 비 효현왕후, 계비 효정왕후의 능인 경릉(景陵)이 있고, 그 아래로 21대
영조와 그의 계비 정순왕후의 능인 원릉(元陵)에 이어 20대 경종의 비 단의

앞뒤에서 바라본 선조의 무덤

왕후의 능인 혜릉(惠陵)이 있으며, 맨 왼쪽으로 18대 현종과 그의 비 명성왕후의 능인 숭릉(崇陵) 등 모두 아홉 개의 능이 자리 잡고 있다.

동구릉은 능제의 변화와 조선왕조 519년의 부침을 한눈에 볼 수 있는 중요한 문화유산이다. 더욱이 능 전역에 우거져 있는 숲과 능역을 가로지르는 개울물 등 자연경관이 아주 빼어나다.

목릉은 동구릉에서 가장 안쪽에 위치한 능역으로 태조 이성계의 무덤인 건원릉 뒤쪽에 자리하고 있으며, 조선 14대 선조(宣祖, 1552~1608)와 원비 의인왕후(懿仁王后, 1555~1600) 박씨 및 계비 인목왕후(仁穆王后, 1584~1632) 김씨의 능이다. 목릉은 정자각 뒤로 세 개의 언덕이 보이는데, 동원이강의 형식의 변형이다. 제일 왼쪽에 보이는 것이 선조의 능이고, 가운데가 의인왕후, 오른쪽이 인목왕후의 능이다.

선조는 중종의 일곱째 아들인 덕흥대원군의 셋째 아들로 하성군에 봉해졌다가 명종이 후사 없이 승하하자 1567년 왕으로 즉위하였다. 임진왜란, 정유재란을 겪은 선조는 전후 복구작업에 힘을 기울였으나 거듭된 흉년과 정치의 불안정으로 인해 큰 성과를 이루지 못했다.

처음에 건원릉 서쪽 다섯 번째 산줄기에 안장되었는데, 이곳에 물기가 있고 불길하다 하여 1630년(인조 8) 지금의 자리로 옮겨졌다. 의인왕후 박씨는

앞뒤에서 바라본 의인왕후 박씨의 무덤

건원릉 동쪽 셋째 산줄기에 안장되었다.

인목왕후 김씨는 선조의 유일한 적통인 영창대군을 낳았으나 광해군에 의해 영창대군은 살해되고 자신은 서궁에 유폐되었다. 인조반정으로 신분이 복위되어 대왕대비에 오른 인목왕후는 건원릉 동쪽 다섯째 산줄기에 안장되었다.

선조릉에는 3면의 곡장이 둘러져 있고, 십이지신상과 구름무늬가 조각된 병풍석이 있으며, 난간석과 혼유석 등 전형적인 상설의 양식을 취하고 있다.

의인왕후릉은 병풍석이 생략된 채 난간석만 둘러져 있다. 전란 뒤라 석물들의 크기만 클 뿐 사실적이지도 입체적이지도 못하다. 그러나 망주석과 장명등 대석에 새겨진 꽃무늬는 처음 선보인 양식으로 인조 장릉의 병풍석에까지 새겨지는 등 조선 왕릉 조영에 많은 영향을 끼쳤다.

긴 전쟁을 겪은 뒤라 인명과 재산 피해가 큰 상태에서 훌륭한 장인을 구하기가 어려워서인지 각 석물의 조형미가 떨어져 조선 왕릉 가운데 가장 졸작으로 꼽힌다.

앞뒤에서 바라본 인목왕후 김씨의 무덤

3. 능주 소개

선조는 조선 제14대왕으로 재위기간은 1567년~1608년이다. 초명은 균(鈞)이며, 뒤에 공(昖)으로 개명하였다.

1552년 11월 11일 한성(漢城) 인달방(仁達坊)에서 출생하였다. 중종의 손자이며, 덕흥대원군(德興大院君) 초(岹)의 셋째아들이고, 어머니는 증영의정(贈領議政) 정세호(鄭世虎)의 딸인 하동부대부인(河東府大夫人) 정씨(鄭氏)이다. 비는 박응순(朴應順)의 딸 의인왕후(懿仁王后)이며, 계비는 김제남(金悌男)의 딸 인목왕후(仁穆王后)이다.

명종의 사랑을 받았으며 성장하자 하성군(河城君)에 봉해졌고, 1567년 명종이 후사없이 죽자 즉위하였다. 즉위 초년에 오로지 학문에 정진하여 매일 강연(講筵)에 나가 경사(經史)를 토론하였고, 밤늦도록 독서에 열중하여 제자백가서(諸子百家書)를 읽지 않은 것이 없었으며, 만년에는 특히 《주역》 읽기를 좋아했다.

훈구세력(勳舊勢力)을 물리치고 사림(士林)들을 대거 등용하였으며, 명유(名儒) 이황(李滉)과 이이(李珥) 등을 극진한 예우로 대하여 침체된 정국에

활기를 불러일으키고자 힘을 다하였다. 당시 사유(師儒)를 선발함에 문사(文詞)에만 치중하는 경향이 두드러져 있는 데다 관리를 뽑는 데도 오직 과거에 의거하여 선비의 습속이 문장에만 치우치게 되어 이러한 병폐를 없애기 위하여 학행(學行)이 뛰어난 사람을 발탁하여 각 고을을 순행하며 교회(敎誨)에 힘쓰도록 하였다.

또 기묘사화 때 화를 당한 조광조(趙光祖)에게 증직(贈職)하는 등 억울하게 화를 입은 사람들을 신원(伸寃)하고 그들에게 해를 입힌 남곤(南袞) 등의 관작을 추탈하여 민심을 수습하기도 하였으며, 을사사화를 일으켜 윤임(尹任)·유관(柳灌) 등을 죽이고 녹훈(錄勳)의 영전(榮典)까지 받았던 윤원형(尹元衡) 등을 삭훈(削勳)하였다.

또한, 명나라 ≪대명회전(大明會典)≫ 등 중국의 역사에 이성계(李成桂)가 고려의 권신(權臣) 이인임(李仁任)의 후예라는 그릇된 사실이 선조대까지 200년간이나 전해내려온 것을 윤근수(尹根壽) 등을 사신으로 보내어 시정하도록 하였다.

그러나 선조대에 들어와 정국을 주도하던 사림들이 1575년(선조 8)에 이르러 김효원(金孝元)·심의겸(沈義謙)을 각각 중심인물로 하는 당쟁이 시작되어 동인(東人)·서인(西人)으로 분당되었으며, 정론(政論)이 둘로 갈라져 조정이 시끄러워졌고, 이이의 조정에도 별로 효과를 보지 못하다가 1591년 세자책봉문제로 집권한 동인도 서인들에 대한 논죄문제로 남북으로 다시 분열되어 정계는 당쟁에 휘말려 국력은 더욱 쇠약해졌다.

1583년과 1587년 2회에 걸쳐서 니탕개(尼蕩介)가 주동이 된 야인

인목왕후 김씨 무덤 원경. 밑에 정자각터가 보인다.

(野人)들이 반란을 일으켜 경원부가 함락되고 부내(府內)의 모든 진보(鎮堡)가 그들의 손에 들어가자 온성부사 신립(申砬)과 첨사 신상절(申尙節) 등을 시켜 그들을 무너뜨리고 두만강을 건너 그들의 소굴을 소탕시켰다.

1590년 일본의 동태가 수상하여 통신사 황윤길(黃允吉), 부사 김성일(金誠一) 등을 일본에 파견하여 그곳 동향을 살펴오게 하였으나, 다음해 돌아온 두 사람이 서로 상반된 보고를 함으로써 국방대책을 제대로 세우지 못하고 있던 중, 1592년 4월에 임진왜란이 일어났다.

부산진을 필두로 각 고을이 무너지고 왜군이 침략한 지 보름 만에 서울도 위급하게 되자 수성(守城)의 계획을 포기하고 개성으로 물러갔다가 적이 한강을 건너 도성이 무너지자 다시 평양으로 퇴각했으며, 임진강의 방어선도 무너지자 의주로 피난하여 고급사(告急使)를 명나라에 보내어 원병을 청하고, 세자 광해군(光海君)으로 하여금 분조(分朝)를 설치하게 하여 의병과 군량을 확보하는 데 열중하도록 하였다.

각처에서 의병이 봉기하여 적의 후방을 위협하였고 무기력하였던 관군도 전력을 가다듬어 각처에서 승첩(勝捷)을 거두고, 바다에서 이순신(李舜臣) 등 우리 수군이 제해권(制海權)을 완전 장악하였고, 명나라 원군이 와서 우리 관군과 함께 빼앗겼던 평양성을 수복하였으며, 권율(權慄)의 행주대첩으로 적의 사기가 꺾여 1593년 4월에 강화를 조건으로 서울에서 철수하여 남으로 퇴각하자 이해 10월 왕이 환도하였다.

다음해 훈련도감을 설치하여 군사훈련을 강화시키고 투항해온 왜군으로 하여금 조총(鳥銃)쏘는 방법과 탄환 만드는 기술을 관군에게 가르치도록 하였다. 임진왜란 초기에는 왜군을 격퇴하는 것이 급선무였으므로 군공사목(軍功事目)을 규정하여 군공을 세운 자는 신분에 따라 응분의 논공(論功)을 시행하는 등 비상책을 강구하였는데, 전쟁이 장기화되고 명나라 원군이 오랜 기간 머물게 되어 군량미 조달이 심각한 국면에 이르게 되자 납속(納粟)을 한 자에게도 납속사목(納粟事目)에 규정한 논공을 설시하도록 하였다.

군공을 세운 자나 납속을 한 자는 논공을 할 때 주로 공명첩(空名帖)이나 실직(實職)을 주었으므로 하층 신분을 가진 자가 양반으로 격상되는 일이 허다하여 조선 후기 신분변화의 계기를 마련해주었다.

임진왜란 중에 굶어 죽는 사람이 속출하고 심지어 사람끼리 서로 잡아먹는 일까지 있어 백성들의 생활이 극도에 이르게 되자 매일 왕에게 공급되는 쌀의 양을 줄여서 굶주리는 사람을 진휼하는 데 보태도록 하였으며, 곳곳에 산재한 유해(遺骸)를 수집해서 단을 설치하고 제사를 올리게끔 하였다.

1597년 명나라와 일본간에 진행되던 강화회담이 깨어지고 재차 왜군이 침입하자(丁酉再亂), 또 명나라에 원병을 청하는 한편 관군의 정비를 촉구하였다. 왜란 중에 3궁(三宮)이 소진되고 귀중한 전적(典籍)을 보관한 춘추관(春秋館)이 불타서 귀중도서가 소실된 것을 애석해 하며 각처에 흩어져 있는 서적들을 거두어 모아 운각(芸閣)에 보관하도록 하였으며, 불타서 없어진 문묘(文廟)에 설단(設壇)하고 제사를 드려 전쟁 중에도 윤기(倫紀)의 소중함을 대내외에 알렸다.

궁궐이 불타서 왕이 정릉동(貞陵洞) 행궁(行宮)에 거처를 정하고 있을 때 실의에 잠긴 선조는 불에 탄 옛 궁궐터에 초가를 얽어 옮기려고 하였으며, 명나라 장수가 왕의 거처가 초라함을 보고 궁궐의 영건(營建)을 권하였으나 왜군의 깊은 원수를 갚기 전에는 지을 수 없음을 분명히 하였다.

정유재란 때 우리 수군함대가 부산에 총집결하자 이를 염려하고 병(兵)은 뜻하지 않은 곳에 나올 수 있는 것이니 부산에만 강한 군사를 집결시킬 것이 아니라 호남지역도 소홀해서는 안되며 육지에도 험한 곳에 군대를 배치하는 것이 계책임을 역설하였다는데 그 추측은 들어맞았다.

두 대비 모시기를 친어머니 섬기듯 효도가 지극하였고, 성품이 본디 검소하여 화려한 것을 좋아하지 않았으며, 성색(聲色)이나 오락에 괘념하지 않았고, 음식과 의복도 절제하여 비빈이나 궁인들이 감히 사치하지 못하였다. 항상 절용(節用)하고 농민들의 노고를 생각하여 한톨의 낟알을 땅에 떨어뜨리는 것도 용납하지 않았다.

왜란이 끝난 뒤 1604년에 호성(扈聖)·선무(宣武)·청난(淸難) 등의 공신을 녹훈하여 전쟁의 마무리를 짓고 전후복구사업에 힘을 기울였으나, 흉년이 거듭되고 동인·서인의 당쟁은 더욱 격심해져서 커다란 시련을 받게 되었다. 더욱이, 왕이 죽기 직전에 측근을 불러 적자 영창대군을 보필해달라고 남긴 유언은 뜻을 이루지 못하고 바로 광해군이 즉위하자 영창대군의 수명을 단축하는 결과가 되었다.

서화에 뛰어났는데, 명나라 이여송(李如松)이 그것을 알고 선조의 어필(御筆)을 받기를 청하였으나 이를 거절하였다. 능은 목릉(穆陵), 전(殿)은 영모전(永慕殿), 시호는 소경(昭敬)이다.

의인왕후는 선조의 비로 본관은 반남(潘南). 반성부원군(潘城府院君) 박응순(朴應順)의 딸이다. 1569년(선조 2) 왕비에 책봉되어 가례(嘉禮)를 행하였고, 1590년 장성(章聖)의 존호를 받았다. 죽은 뒤 1604년 휘열(徽烈), 1610년(광해군 2) 정헌(貞憲)의 존호가 가상(加上)되었다. 소생은 없다.

인목왕후는 선조의 계비(繼妃)로 영돈녕부사 김제남(金悌男)의 딸이다. 1600년(선조 33) 선조의 정비인 의인왕후가 죽자, 1602년 왕비에 책봉되었다. 1606년에 영창대군(永昌大君)을 낳자 왕위계승을 둘러싼 문제가 발생했다. 유영경(柳永慶) 등 소북(小北)은 당시 세자인 광해군이 서자이며 둘째 아들이라 하여 영창대군을 옹립하고, 대북(大北)은 광해군을 지지하여 당쟁이 확대되었다. 1608년 선조가 죽고 광해군이 즉위하자 대북이 정권을 잡았다.

1613년(광해군 5) 이이첨(李爾瞻) 등이 반역죄를 씌워 영창대군을 폐서인시
킨 뒤 죽였으며 김제남도 사사시켰다. 1617년 삭호(削號)당하고 서궁(西宮)
에 유폐되었다가 1623년 인조반정으로 복호(復號)되어 대왕대비가 되었다.
글씨에 뛰어나 직접 쓴 <보문경 普門經> 일부가 금강산 유점사(楡岾寺)에
전한다. 1604년에 소성(昭聖), 1610년 정의(貞懿), 1624년(인조 2) 명렬(明烈)
의 존호가 올려졌다. 휘호는 광숙장정(光淑莊定)이다.

4. 목릉표석음기

朝鮮國
宣祖大王穆陵
懿仁王后祔中岡
仁穆王后祔左岡
宣祖昭敬正倫立極盛德洪烈至誠大義格天熙運顯文毅武聖睿達孝大王 嘉靖
三十一年壬子十一月十一日誕生 隆慶元年丁卯卽位 萬曆三十六年戊申二
月朔日昇遐 六月葬于楊州健元陵西岡 崇禎三年庚午十一月二十一日移葬
于健元陵第二岡壬坐之原 在位四十一年 壽五十七 皇朝賜謚昭敬 妃章聖
徽烈貞憲懿仁王后朴氏 嘉靖三十四年乙卯四月十五日誕生 隆慶三年己巳
冊封王妃 萬曆二十八年庚子六月二十七日昇遐 十二月二十二日葬于大王
陵中岡壬坐之原 壽四十六 繼妃昭聖貞懿明烈光淑莊之仁穆王后金氏 萬
曆十二年甲申十一月十四日誕生 壬寅冊封王妃 崇禎五年壬申六月二十八
日昇遐 十月六日葬于大王陵左岡甲坐之原 壽四十九 崇禎紀元後一百二
十年立

5. 목릉지

≪宣祖實錄≫ 附錄 宣祖大王穆陵誌文

誌文 有明朝鮮國宣宗正倫立極盛德洪烈至誠大義格天熙運顯文毅武聖敬達孝大王穆陵誌 謹稽 我宣宗大王姓李 諱 中宗恭僖大王之孫 德興大院君岹之第三子也 母鄭氏 贈領議政世虎之女 嘉靖壬子十一月十一日 生王於漢城之仁達坊 王生而質美 戲嬉不凡 幼時 明宗恭憲大王召與二兄 偕脫御冠 令以次着 及王 跪而辭曰 君上所御 臣子何敢掛頭 仍問 君與父孰重 對曰 君親雖不同 忠孝無二致 恭憲王大奇之 及長 封河城君 嘉靖乙丑 恭憲王不豫 世子暊旣卒 儲貳未定 首相李浚慶請選於諸姪中 恭憲王命王入侍 隆慶元年丁卯 恭憲王上賓 首相奉遺敎迎王 王持母服 居第涕泣固讓 迫而後乃行 時翰林院檢討許國兵科給事中魏時亮奉穆宗皇帝登極詔入境 聞國君新喪無嗣 甚憂之 及頒詔之日 見王儀表端莊 禮度閑雅 相與旋目賞歎曰 東方眞主出矣 至是 王年十六 遣陪臣 告訃于朝 且請承襲 翌年春 皇帝遣太監姚臣李慶 齎詔封爲朝鮮國王 欽賜誥命冕服彩幣 王嗣服之初 銳意圖治專精學問 日御講筵 討論經史 夜分不寢 時 名儒李滉解官歸鄕 屢召未至 王致誠盡禮 敦諭起之 擢爲貳公 滉疏陳治道六條 又撰聖學十圖西銘考證 手寫程頤四勿箴以進 王虛心嘉納 命皆繕寫爲屛 置諸左右 朝夕觀省 及滉亡 傷悼不已乃曰 滉之隻字片言 皆可傳後 其令有司 裒集刊行 我國自高麗鄭夢周 始倡絶學 至本朝金宏弼鄭汝昌趙光祖李彦迪 相繼而起 講明斯道 發輝經傳 王以此人等 大有功於斯道 特命賜祭 贈官與諡 錄其子孫 且以近思錄心經何氏小學皆有關治道 本朝所撰三綱行實 可扶植倫紀 竝命刊印 且敎該曹曰 近來師儒之選 專尙文詞 至於黌舍游學之士 皆以習文 決科爲業 士習如此 他日成就 將何所觀 擇有學行堪爲師表者 擢授方面 使

之巡行列邑 勸課敎誨 又敎以薦進遺逸爲新政第一務 遂馹召徵士曹植成運
等 不次超敍 嘗於筵中 論賢邪進退之機曰 奸黨(牌) [碑]立 而汴京墟 僞
學籍成 而南宋亡 雖悔於終 亦無及矣 臺官追論先朝奸臣南袞戕害士林之
罪 請削官爵 或以事在旣往爲言 王曰 罪南袞者 所以追慕趙光祖之道學
且以定一時之趨向也 遂罪之 論者又曰 今者朝無權奸 國無邊警 此正爲治
之日 王曰 此說不然 孟子當戰國之時 勸諸侯以行王道 國家雖戰爭多事
豈有不能爲治之時哉隆慶三年己巳秋 納潘城府院君朴應順之女爲妃 萬曆
元年癸酉 太學生上闢佛疏 王以手札答曰 爾等居首善之地 宜益動心忍性
切磋琢磨 爲他日眞儒 立於朝端 上以輔寡君 下以澤斯民 使治隆俗美 則
吾道之衰 異端之盛 不足慮也 何必如太武誅沙門毀佛寺之爲哉 時 王有疾
久而乃瘳 禮曹累請陳賀 王曰 人之疾 殆未必不由於失攝 頃者不意得病
危而復蘇 貽憂大臣 警動群下 方且祗懼悔罪之不暇 豈可偃然受賀乎 萬曆
三年乙亥 恭憲王妃沈氏薨 禮官據五禮儀 卒哭後當用玄冠烏角帶 持平閔
純以爲 三年通喪 無貴賤一也 宜從朱子之議 用白帽布裹角帶 廷議不一
王乃斷然行之 一遵禮制 萬曆五年丁丑 榮靖王妃朴氏薨 禮曹以爲 當從叔
姪之服 服齊衰期年 相臣朴淳等以爲 王於榮靖王妃 有祖孫之義 以繼體之
重 當服三年 王從其議 遂定爲三年喪 先是 奸臣李芑尹元衡等 於乙巳年
間 謀殺尹任柳灌等 至於錄勳 群情久愈冤憤 及是 并命復官削勳 中外咸
快之 萬曆十四年丙戌 聖節陪臣在會同館失火 王驚駭不已 嚴鞫使臣以下
旋遣陪臣 奉表陳謝 皇帝以王忠愼可嘉 降敕優異 錫賚稠沓 翌年日本差使
臣來款時 平秀吉簒君自立 王曰 日本廢放其主 乃簒弑之國 不可接待 當
以大義却之 命廷臣會議 皆以爲 化外之國 不可責以禮義 王雖黽勉許之 而
其守義之嚴如此 萬曆十六年戊子 謝恩使兪泓回自京師 宗系惡名 幷皆消雪
先是 太祖康獻大王被我國叛賊尹彛李初誣告 以康獻王稱逆臣李仁任之後 皇

明祖訓大明會典皆傳襲訛謬 自太宗恭定大王以至先王 累世陳奏 未蒙準改 及王嗣服 慨然發嘆曰 國系受誣二百餘年 何可一日晏然食息於覆載間乎 宜 極擇使价 血誠奏籲 臨行 戒使臣曰 不得準請 則毋還也 其危辭苦語 有可 以感動天地 至是 始得快覩昭雪 王教群臣曰 賴諸卿之力 得有今日 皇恩罔 極 古之人君 莫大於中興祖業匡復舊物 然此不過外物耳 豈如使彝倫攸敍 東 韓再造 雪數百年至痛乎 於是 群臣會議 上尊號曰正倫立極盛德洪烈 萬曆 十九年辛卯 平秀吉遣玄蘇等 致書我國 聲言欲犯上國 脅以假途 言辭悖慢 非臣子所忍聞 翌年壬辰 賊乃空國而來 長驅蹂躪 勢如破竹 是其射天之計 固非一日蓄謀藏兇 待時而發 我國累世昇平 民不知兵 一朝猝遇狂寇 剪焉 不支 南中州郡 覆沒相望 王分遣將士 扼守要衝 下哀痛罪己之 教 徵八道 勤王之兵 以示效死勿去之義 及忠尙兩州之兵 相繼不守 大賊乘之 其鋒不可 當 王知大勢已去 乃謂群臣曰 此賊謀犯天朝 實天下之賊也 我當爲天朝 死 守封疆 而惟其衆寡之勢 萬不相敵 旣不能力抗兇鋒 遮截賊路 則無寧歸近 父母之邦 上訴於聖天子 乞王師以討此賊耳 遂定西遷之計 時 王妃朴氏無 嗣 儲位空虛 王召大臣謂曰 光海君聰明仁孝 好學不倦 年旣長成 可從民望 群臣頓首稱賀曰 宗社臣民之福也 翌日 光海君諱爲王世子 時 國事蒼黃 未 及專奏 先令咨報遼東 轉奏朝廷 未幾 賊報益急 王乃出城西行 世子從王而 行 及平壤失守 王進駐義州 世子乃冒觸危險 所過傳檄 召募奔竄之民 皆思 奮義戮賊 王乃遣陪臣鄭崑壽等 申奏賊情 皇帝遣行人薛藩諭曰 恢復先世土 宇 是謂大孝 急救君父患難 是謂至忠 該國君臣 必能仰體朕心 光復舊物 俾國王奏凱還都 仍保宗社 長守藩屛 庶慰朕意 王在義州 迎于江上 失聲 慟哭 哀動左右 群臣皆哭 冬 皇帝遣提督李如松 領遼廣兵四萬出來 王涕 泣而言曰 蒙皇上罔極之恩 得見大人 小邦一縷之命 惟托於大人 提督見王 忠懇 爲之動色 萬曆二十一年癸巳春 提督協率軍兵 大破平壤之賊 王曰

今日急務 只在天兵糧餉 予欲以匹馬 策應天兵之後 而續來天將 亦當留待
其令世子 前進安州 一以策應 一以督運 舊都黎庶陷賊而死者 竝皆收瘞立
標 仍令傳諭各邑 供膳毋過三四器 夏 聞官軍收復京都 群臣請賀 王曰 可
慰 不可賀也 但當率臣民 行望闕禮 以謝皇恩而已 時 京外飢荒 王見內人
炙食牛肉曰 非牛不能耕 人而殺牛 不仁甚矣 目今蕩敗之餘 雖嚴禁 猶懼
不足以孳息 況任其屠殺乎 嘗於行中 失御弓 有司捕拾遺者欲法之 王曰
旣已失之 必有得之者 卽命放之 聞者咸悅 提督聞王筆法精妙 求之甚懇
王辭以疾不許 蓋其微意 不欲以小技誇示於人也 秋 王還京師 命減內廚日
供之米 分賑飢饉 收集遺骸 設壇致祭 下書八道 減貢稅廢供獻 忠臣孝子
烈女 訪問褒錄 仍敎禮曹曰 喪亂之後 都民之死者何限 意其遺民過半縞素
及入城之日 都民塡塞 而未有服喪者 此必亂後 倫紀墜廢而然 令五部糾檢
是年夏 王遣陪臣 奏謝快復京城 皇帝遣行人司憲諭曰 王以大兵 驅倭出境
表進方物 朕甚嘉悅 仍賜蟒衣綵段 王還都之後 首命收聚書籍 藏于芸閣
且欲親祭文廟 禮官以爲 聖殿燒盡 行祭無所 王曰 予見則異於是 夫神之
在天下 如水之在地中 無所往而不在 鬼神無常享 唯其致誠 則神在是矣
故古人或設壇而祭 豈必待木主哉 予意築壇於學宮之(則) [側] 設位以祭
一以慰先聖之靈 一以重倫紀於干戈之中也 王敎大臣曰 我國人材眇然 其
所用者 只在科擧 四方之廣 豈無懷材異行之士 空老林下 古人曰 大臣以
人事君 昔 晏嬰薦其僕臣 謝安擧其兄子 苟其人也 不以微賤而嫌 不以親
戚而廢 其各薦之 時 王寓貞陵洞行宮 一日謂近臣曰 舊宮城裏 略構草家
欲爲移寓 昔衛君芨舍于漕 此誠何時 欲居大廈乎 天將有以營建宮室爲言
王曰 深讎未復 何以家爲 時 南邊專意舟師 王敎帥臣曰 我方致力於舟艦
集師於釜山 至於陸地之據險他路之要衝 皆不暇及 此蓋有見乎前日水戰之
捷也 但兵無常勢 變出意外 豈可引前事而爲例乎 賊若諜知我師之屯聚於

釜山 自五島因風掛帆 一瞬千里 直向湖南 繞出我師之後 則是我師爲賊所
襲 自湖南湖西 以至海西關西 一帶沿海 無處不到 誰得而禦之 徒聚舟師
於釜山 不置重兵於湖南 不守陸地之險 非計之得也 嘗語講官曰 存心有要
日用之間 千緒萬端 交接於前 廓然大公 順而應之 不以外物之來 動于中
然後 欲靜而靜 欲動而動矣 不然 邪思妄慮 有如雲興 則雖欲消遣 而不可
得矣 時有物怪 天將欲得我國卜者 以占吉凶 王曰 天之賦物 不得其常 是
謂之怪 怪者 失其常也 常者 理而已矣 人事之失其理者 皆足以應之 彼幺
麿瞽者 安能知之 萬曆二十七年己亥 倭賊盡退 二十八年庚子 王妃朴氏薨
萬曆三十年壬寅 冊延興府院君金悌男之女爲繼妃 兵禍之時 誥命冕服皆已
淪失 王遣陪臣 奏請蒙賜 禮曹以冕服長短不稱 請改造 王曰 吾皇之賜 服
之無斁 何敢改也 予於壬辰西遷之日 悉棄宮中之物 唯皇上所賜蟒龍衣 手
索提出 擬於他日必着此以終也 時復披見 不覺淚下 萬曆三十二年甲辰 群
臣復上尊號曰至誠大義格天熙運 王自禍亂以來 憂勞成疾 至于丁未夏 王疾
彌留 證益危苦 世子晝夜侍寢 沐浴齋心 焚香祝天 或達夜露立 終日不食
王嘉其誠孝 每以付托得人爲喜 乃於戊申二月初一日 薨於貞陵洞行宮之正
寢 壽五十七 在位四十一年 王剛毅果斷 恭儉慈仁 誠孝出天 英智過人 迎
詔拜表之儀聖節望闕之禮 率皆虔心精白 肅敬將事 雖在顛沛流離之際 未嘗
少懈 每封進方物 必盥濯齋潔 手自點視 丁寧戒飭 或物力未敷 情意小歉
則比使臣之回 一刻不能忘 宮中得一珍味 則必置之案上 西望拜祝曰 欲獻
吾皇 何可得也 瞻戴之誠 不啻如孝子之慕父母 嘗語臣隣 一則曰皇恩 二則
曰皇恩 一念對越 如在左右 兵興之後 天朝文武將官 前後出來者 蓋不知其
幾 上自元戎 下至軍丁 無不殫誠致款 各盡其禮 今年正月 陪臣之齎詔而回
也 王疾已劇 猶以不得郊迎爲痛 及勅書至 推枕強起 扶人拜跪 出於至情
非強爲也 事兩大妃 如事親母 承顏養志 靡不曲盡 朝夕問安之禮 十餘年如

一日 如有疾則竭誠祈禱 及其喪也 哀毀過傷 友愛天至 敬待二兄一姊 終身
不少替 性素簡約 不喜紛華 聲色游畋之娛 逸豫侈靡之樂 無一掛心 食不重
味 衣常澣濯 妃嬪宮人 亦不敢服侈 節用惜費 務本重農 宮中粒食 不令遺
地曰 此皆農夫粒粒辛苦之物 安坐而食 已足矣 況敢暴殄乎 尙風化 而重節
義 勵廉恥 而愼賞罰 愛惜民命 未嘗妄殺一人 雖昆蟲微物 亦戒其殺傷 每
當決獄 必哀矜惻怛以求生道 謹守成憲 非大謬則不喜紛更 禮遇臺諫 雖或
過激 常示優容 至於籌邊 料敵出人意表 雅尙儒術 孜孜不倦 日接儒臣 講
讀經傳 揚(確) [摧]古今 出入淵微 所論高出 先儒箋註之外 群臣莫敢贊一
辭 淨掃一室 左右圖書 雖於幽獨得肆之地 不示惰慢之容 凝神端坐 手不釋
卷 以至諸子百家雜類之書 無不貫穿融洽 斥絶異端 科場試士 禁用莊老佛
語 晚而好易 雖在搶攘 誦讀不輟 觀書十行俱下 一覽皆記 萬機叢冗 裁決
不爽 發號施敎 輒成典訓 至於前後上號 王皆固執牢讓 群下同請 浹月乃允
謙而益謙 不遑自居 蓋王之天性而然也 嗚呼 王文足以抑揚辭命 武足以戡
定禍亂 明足以察賢辨邪 而初年淸明之理 庶幾千載一時 民到于今 稱頌不
衰 而經亂以來 不幸遘厲 使大有爲之志 終不得展 一國臣民之痛 寧有旣乎
雖然 嗣王仁聖 繼述無憂 元良岐(嶷) [嶷] 國圖鞏固 將見宗廟饗之 子孫保
之 爲億萬年無疆之休 王之受報於天 爲如何 是年六月十二日丁卯 葬于楊
州健元陵西阜西坐卯向之原 謚曰顯文毅武聖敬達孝 陵曰穆 殿曰永慕 廟號
曰宣宗 百世在後 萬世在前 摹天畫日 非敢以爲髣髴 而祇奉綸音 謹撰幽誌
如右 臣而未死 其何以爲心哉 萬曆三十六年六月十二日 [鵝城府院君李山
海製 行朔寧郡守金玄成寫]

沈喜壽 ≪一松集≫ 卷 8, 祭文 裕陵誌 – 懿仁王后朴氏

我王后昇遐之第十三日 領議政臣李恒福以下公卿十數人 咸會闕庭 啓請
大行王妃平生德行實蹟 以資詞臣誌述之徵 上以親札敎曰 自處中壼 承事兩
大妃殿 盡其誠孝 事予必欽必敬 一於無違 不以外家私事干求 待諸嬪御 恩
愛備至 視之不啻如手足 撫諸兒有逾己出 常實坐側 予或試其所爲 戲吡其
兒 輒走隱于大行之後 引其裳而蔽其身 平生未嘗見其有疾言遽色 至於宮人
女奚 亦不曾乘怒而罵詈 若其妬忌之念 作爲之行 修飾之辭 非但不設於意
雖勸之不爲矣 蓋其天性然也 仁慈寬厚 柔順誠信 此皆實錄 證在蒼天 不敢
有一字溢美 嗚呼 天道福善 大德必壽 不幸而無子 壽不遐遠 天道其有知耶
命靡常耶 以馬后之德而旣無子 又不壽 予於是不得不怨于天也 臣恒福等拜
手稽首 莊誦數四 相與感激涕泣曰 至矣哉后德也 大矣哉王言也 以此而納
諸幽 以此而傳諸後 可謂質諸天地鬼神而無憾焉者也 謹按王后姓朴氏 系出
全羅之錦城 有諱尙衷 仕高麗爲右文館直提學 其子諱訔 事我太宗 策勳佐
命 議政府佐議政 錦川府院君 積德種善 再毓沙麓之祥 錦川之曾孫諱林宗
尙州牧使 贈吏曹判書 生諱兆年 吏曹正朗 贈議政府左贊成 生諱紹 司諫院
司諫 贈議政府領議政 生諱應順 領敦寧府事 潘城府院君 寔后之四代 而封
贈視后貴也 妣完山府夫人李氏 文川正壽甲之女 以嘉靖乙卯四月十五日己
卯生后 后生而婉娩 夙著孝誠 稍長不嘉私財 雖紡績之具 亦不肯蓄 父母異
之 隆慶己巳冬十二月二十九日 選入坤極 壼治以正 庚午 穆宗皇帝賜誥命
冠服幷紵絲等物以章之 壬申春 后率諸嬪 親蠶于昌德宮之後苑 務敦本也
萬曆庚寅 群臣奉上尊號曰章聖 蓋以戊子 嘗有璿系辨誣之慶也 庚子六月
后有疾 二十七日戊戌薨于貞陵洞之離宮 春秋四十有六 上傷慟於中 久而彌
篤 命有司曰 喪事必以禮 卜兆可竝存後日計 贈諡曰懿仁 據諡法 溫柔賢善
曰懿 施仁服義曰仁 乃以是年十二月二十二日辛卯 葬于健元陵東阜壬坐丙

向之原 陵號曰裕 嗚呼慟哉后之徽摸意範 已具於十行天章 昭揭日星 其在臣下 固不敢贊一辭 姑以彰徹外間耳目者言之 壬辰之亂 翊聖西遷 蒼黃顚沛之際 亦能從容整暇 不失常度 及賊薄平壤 上命后先往咸興 俄有命還赴行在 路聞凶鋒過浿 一行洶洶思潰 請后所向 后徐言曰 有上命在 衆意乃定丁酉之警 又幸遂安郡 都民從者繼屬 至䴴田江 命駐駕江次 候畢涉乃發 至郡供簡弊祛 人皆悅服 一日教曰 予始至 聞鷄聲多 比漸少 廚供之害 已至此耶 自今禁勿復用 其恭儉愛物多類此 性又喜施 自平時凡遇節日 饋獻悉分與諸王子洎內外宗族 必先其貧者 其駐海州 首飢民母子將塡壑者 后聞而惻然 至出內貯米鹽而救之 州民至今稱之不容口 及后之喪 市廛父老出涕相勉曰 爾輩平日曾聞有中殿貿易乎 送終之用 不容不盡心 其仁澤感人之效有如是夫 噫 后之聖德 無讓塗莘 而又能幽贊中興 功優十亂 宜永享胡福有秭斯麟趾之驗 而今乃不然 使後世不能無疑於報隉之理 抑又何哉 上嘗以光海君某賢 封爲世子 聘開城府留守柳自新之女爲嬪 生元孫 岐嶷出天 億萬年無疆之休 其在於斯歟 其在於斯歟

≪仁祖實錄≫ 卷 27, 仁祖 10 年 10 月 6 日 庚午 仁穆王后誌文

仁穆王后山陵 復土告成 上以臣維 忝長詞掖 命撰玄宮之誌 臣承命悸恐自惟職事 不敢以不文辭 謹按 王后姓金氏 系出新羅王族 其後有坐直諫 謫蚟鹽城 子孫因籍焉 後改延安府 始祖暹漢 高麗四門博士 歷四代至濤 有文章節行 登皇朝制科 宣授東昌府安丘縣丞 東還 官至密直提學 又四傳而至忠貞公詮 官領議政 以淸白聞 於后爲高祖 曾祖諱安道 縣令贈左贊成 祖諱禛 司正 贈領議政 考諱悌男 以文科進 歷官臺閣 天曹郎 進爵延興府院君領敦寧府事 娶光山府夫人盧氏 將仕郎坤之女 以萬曆甲申十一月丙戌 生后幼有異質 懿仁王后薨 宣廟選繼妃 后膺選 壬寅七月十三日 冊爲王妃 遣使

請命于皇朝 神宗皇帝賜誥命冠服及綵幣等物 后旣正坤極 克自敬畏 常慕張
公藝百忍之對 書揭窓壁 以自省焉 冬月念衛卒寒苦 時製襦衣皮帽以賜之
宣廟嘗稱曰 內殿慈仁 雖古賢妃 無以過之 歲甲辰 群臣進徽號曰昭聖 戊申
宣廟昇遐 后哀毀踰禮 盡三年不脫布縗 不進菜果 庚戌 又進徽號曰貞懿 始
光海在東宮 自知失德 及永昌大君生 益懷猜忌 旣襲位 猶挾舊憾 待后無復
子道 奸臣李爾瞻等 乘時得逞 先以蜚語搆釁隙 陰嗾死囚 從獄中上變 謂延
興挾永昌 將爲亂 羅織成獄 延興與三子一壻 皆遇害 永昌甫八歲 后常置諸
懷中 光海奪取殺之 盧夫人栫棘于濟州 爾瞻使其黨倡言 后母道已絕 當廢
脅百僚庭請之 先朝舊臣李恒福李元翼李德馨等五六人 獨持正議 謂春秋之
義 子不讎母 光海雖益恚 猶不敢遽加無道 遂幽之西宮 錮門警守 僅通水火
窘辱萬狀 后痛毒切骨 常欲自裁 賴侍御者護持 幸而得全 嗚呼 尙忍言哉
綱常斁絕 人類淪於禽獸者 將一紀矣 至天啓癸亥三月 今上奮大義定內亂
奉后復位 后下敎 數光海罪惡廢之 放于江華 命今上正大位 承宣廟之統 上
旣踐阼 尊后爲大王大妃 加進徽號曰明烈 復延興官爵 備禮改葬 遣使迎盧
夫人于海島 彝倫復正 中外大悅 后常語侍者 予身遭百罹 頑命不絕 得見聖
孫 再安宗社 拯予水火中 復予父母兄弟之讎 俾予享晚景尊榮之福 豈非天
幸歟 予死無憾矣 李适反 兵逼京都 上幸公山 后下書曉諭八路 以定危疑
王子珙 當光海時 傅會廢母之議 辭絕悖逆 后猶爲之容貸 及珙謀逆事發 廷
臣請按法 上不忍加誅 后下敎 諭以宗社大計 討逆大義 辭旨嚴截 珙竟伏法
甲子庚午兩年 上再進豐呈 后以兵荒國弊 累讓不肯受 上至誠固請然後許之
十年之內 兩宮慈孝無間 和氣藹如 四方無不感悅 崇禎壬申夏 后寢疾 閱月
而彌篤 六月二十八日甲午 薨于仁慶宮之欽明殿 春秋四十有九 有司議謚法
施仁服義曰仁 布德執義曰穆 遂上尊謚曰仁穆 又上徽號曰光淑莊定 以是歲
十月初六日庚午 葬于穆陵東岡甲坐庚向之原 以其近於穆陵 猶祔也 因稱以

穆陵 后天性至孝 自癸丑禍變 三年不嚥穀粒 服除 只啜糜粥 旣復位 猶不
御魚肉 上與中宮 涕泣懇勸然後 始復常膳 蓋茹素者 前後凡十七年矣 安於
儉素 生平罕御錦繡珠翠 恒服紬帛而已 宣廟有一姊 遇之曲盡恩義 敦睦內
外宗族 親疎各適其宜 至於任使奚隸 恩威兼至 故雖久處幽辱 而左右無一
人敢懷二心者 后育永昌大君璡貞明公主 永昌凶夭 公主下嫁永安尉洪柱元
生三男一女 皆幼 嗚呼 以后之懿德塞淵 不幸値人倫之變 閨門遘酷 其卒免
金塘之禍 賴有我聖上靖社一擧耳 先咷後笑 復享國養之盛 摩摩十稔 而岡
陵之壽 天竟斬焉 嗚呼 痛哉 惟其徽音之未沫者 鑱之貞石 列于幽壚 將與
彤管所記 永垂悠久 猗歟 盛哉 大提學張維之詞也 哀冊文曰 維崇禎五年歲
次壬申六月二十八日甲午 昭聖貞懿明烈光淑莊定仁穆王后薨于仁慶宮之欽明
殿 是歲十月初六日庚午 將遷座于穆陵 禮也 畫欑初啓 厥儀已列 鳳旐將葵
龍輴戒轄 苦霧凝而慘慄 晨飈助其悽切 哀孫主上殿下 攀號莫逮 摧慕彌新
悲長秋之永閟 痛厚夜之莫晨 載命彤管 俾讚芳塵 其詞曰 於赫熙朝 修齊化
成 寔天作合 壼範繼貞 曾沙毓靈 婺曜垂精 篤生碩媛 配德聖明 樂存鍾皷
度昭金玉 服禮飭躬 陳詩正則 紞綖罔缺 絺綌無斁 賴玆陰敎 益光乾德 運
鍾陽九 身丁百罹 蒼梧駕遠 班竹淚滋 康回憑怒 絶我坤維 金塘一錮 大隧
誰窺 截髮無賴 奪懷見殫 哀哀父母 戚戚兄弟 彝倫墜地 國命(旒綴) [綴旒]
一紀茹痛 荼甘如薺 天道循環 神孫奮義 西宮啓鑰 東朝復位 武帳發命 玉
牒歸美 再享母儀 肇修人紀 慈孝無間 尊榮兼極 備物致養 含飴自適 大化
隆洽 五福敷錫 岡陵之壽 兆庶同祝 馮相告祲 太史占凶 虹纏桂魄 火入軒
星 美疢忽嬰 兪盧技窮 飈馭不留 星算長終 厚祇震塌 慈雲欻空 萬彙錯愕
三光闇瞢 嗚呼 哀哉 天心難問 神理疇詳 仁未必壽 善或不祥 三朝之榮享
無幾 十載之幽辱何長 厭塵世之積蘇 託眞遊於混芒 尋王母於瑤水 問天孫
於銀潢 賞玉闌之天葩 遺聚窟之異香 嗚呼 哀哉 一人孺慕 千官泣血 黼座

輟爲倚廬　珠旒變以麻絰　委仙珮兮若休　儼靈衣兮虛設　月閤扃兮淒淸　風簾
響兮蕭瑟　違天居之肅穆　踐霜郊之嶙峋　去復去兮乘雲行　悲莫悲兮終天訣
嗚呼　哀哉　白虎騰精　靑鳥協卜　銀海深深　珠丘磊磊　憐九疑之孤墳　幸三陵
之連麓　同香火於寢殿　擁象設於空谷　知幽明之一理　感精爽之不隔　嗚呼　哀
哉　玄造無窮　短生有涯　一氣屈伸　品物同歸　孰長存於悠久　惟德音之罔虧
雖靈質之潛翳　尙徵信乎書詩　託琬琰以載烈　竝汗靑而昭垂　嗚呼　哀哉　大提
學張維之詞也

鄭經世《愚伏集》卷19, 墓誌(穆陵遷陵誌文)

有明朝鮮國宣祖昭敬正倫立極盛德洪烈至誠大義格天熙運顯文毅武聖敬
達孝大王穆陵誌

於戲　恭惟我宣祖昭敬大王姓李氏　諱昖　中宗恭僖大王之孫　德興大院君
昭之第三子也　母鄭氏　贈領議政世虎之女　王以嘉靖壬子十一月十一日　生
於漢城府之仁達坊　生而英睿異常　幼時　明宗恭憲大王召與二兄偕　脫御冠
令以次戴之　二兄者皆如命　王卽跪而辭曰　君上所御　臣子何敢近頭　恭憲
王驚嘆　因問君與父孰重　令書字以對　對曰　君親雖不同　忠孝無二致　恭憲
王大奇之　及長　封河城君　乙丑　恭憲王不豫　時世子暊蚤卒　儲貳未定　領
議政李浚慶請選於諸姪中　恭憲王命王入侍　隆慶丁卯　恭憲王上賓　浚慶奉
遺敎迎王　王方持母服在私第　涕泣固讓　迫而後入就恤宅　時翰林院檢討許
國兵科給事中魏時亮　奉穆宗皇帝登極詔出來　入境聞國君新喪且無嗣　甚
憂之　頒詔日見王儀表　相與旋目嘆曰　東方眞主出矣　是時王甫十六歲矣　遣使
告訃　請承襲　明年春　皇帝命太監姚臣李慶賷詔　封爲國王　賜誥命冕服及綵幣
王自嗣服初　銳意圖治　專精講學　日必三接儒臣　討論經史　或至夜分　時李滉
解官歸鄕里　屢召不至　王以誠意致之　擢爲貳公　滉疏陳治道六條　又撰聖學

十圖 手寫以進 王嘉納之 命工作小屛 宴居觀玩 或不時召對 從容講道 禮遇隆重 及滉亡 傷悼不已曰 滉之片言隻字 皆可傳後 其令有司裒集刊行 本國舊稱文獻之邦 而其於格致誠正之學則罕有傳焉 自高麗鄭夢周始倡絶學 至我朝 金宏弼鄭汝昌趙光祖李彦迪相繼輩出 發揮經傳 講明義理 王以大有功於斯道 特命賜祭 贈官與謚 錄其子孫 命儒臣柳希春等撰次其言行名曰儒先錄 且以近思錄小學心經皆作士之本 本朝所撰三綱行實亦可以使民興行 竝命刊布 教該曹曰 近來師儒之選 專尙文辭 黌舍游學之士皆以決科爲急 士習如此 他日成就 將何所觀 擇有學行堪爲師表者 擢授方面 使之巡行列邑 勸課敎誨 又以登進遺逸 爲新政第一務 馹召曺植成運等 不次超敍 嘗於筵中嘆曰 奸黨碑立而汴京墟 僞學籍成而南宋亡 賢邪進退之幾 顧不畏耶 臺官論南袞等戕害士林之罪 請削官爵 或以事在旣往爲言 王曰 罪南袞者 所以雪趙光祖之冤而定一時之趨向也 遂罪之 己巳秋 冊潘城府院君朴應順女爲妃 萬曆元年癸酉 大臣因天變乞免 王曰 推咎台衡以應災變 吾誰欺 欺天乎 下手札求言 首尾百餘言 無非引咎求助之意 太學生上闢佛疏 王以手札答曰 爾等居首善之地 講論者道義也 期待者程朱也 宜益動心忍性 切磋琢磨 敬義夾持 表裏交養 爲他日眞儒 立於朝端 上以輔寡君 下以澤斯民 使治隆俗美 則吾道之衰 異端之盛 不足慮也 何必如魏太武誅沙門毀佛寺之爲哉 又上疏請以金宏弼鄭汝昌趙光祖李彦迪李滉等從祀文廟 答曰 難愼而不敢輕許者 只緣其事重也 且尊五臣 莫如尊其學 宜懋時敏 相與講劘 共成大儒 勉輔不辟 是予所望也 時王有疾 日久乃瘳 禮官請陳賀 王曰 人之疾 殆未必不由於失攝 頃者不意得病 貽憂母后 驚動群下 方且祇懼悔罪之不暇 何可受賀 累請不許 乙亥 恭憲王妃沈氏薨 禮官據五禮儀 卒哭後當用玄冠烏角帶 持平閔純等以爲三年通喪 無貴賤一也 宜從朱子議 用白帽布裹角帶 廷議不一 而王斷然行之 一遵禮制 丁丑 榮靖王妃朴氏薨 禮官上

請當從叔姪服服齊衰期　相臣朴淳及玉堂諫院以爲上於榮靖王　有祖孫之義
當以繼體之重服三年　若以叔姪論　則諸侯絶旁期　寧有服朞之理　王是其議
遂定爲三年喪　先是　明廟幼沖　李芑與尹元衡結爲腹心　以私怨誣尹任柳灌等
爲陰有貳志殺之　中外冤憤者積數十年　王以事在先朝　不欲輕改　至是命復任
等官　削芑等勳　教書下　八方咸服　丙戌　聖節使在會同館失火　王聞之驚駭
拏治使臣以下罪有差　奉表陳謝　皇帝嘉其忠愼　降勅錫齎以優之　丁亥　日本
差使臣來款　時平秀吉纂奪自立　王曰　日本乃纂逆之國　其使不可納　命却之
廷議皆以爲化外不可責以禮義　或啓邊釁　王黽勉許之　而其義則凜然有不可
犯者　戊子　謝恩使兪泓還自京師　天朝特允我國題奏　命雪宗系惡名　始太祖
初　罪人尹彝李初叛入中原　誣國系爲逆臣李仁任之後　皇明祖訓及會典　皆
載其事　列聖以來累世陳辨　未蒙準改　王嗣服臨朝　嘆曰　國系受誣　久未昭
雪　此祖宗之所深痛　而今其責在予　予不克繼先志雪先羞　死無以見祖宗於
地下　宜極擇使价　血誠籲呼　以得請爲期　每使臣行　必宿齊預戒　丁寧告勅
至誠所發　有可以感動天地　至是　皇帝　命史館悉行刊正　王喜甚　教群臣曰
古之人君固有重恢祖業　光復舊物者　然此猶是外物耳　豈如使彝倫再敍　滌
滌數百年深冤至痛乎　乃祭告于宗廟社稷畢　教曰　今日親奉寶典　祇告廟社
志願畢矣　可大赦　與臣民同慶　且夫子彝倫之主　當親祭以告彝倫復敍之意
遂祭文廟　辛卯　平秀吉遣玄蘇來曰　明年當入大明　可假以道　辭甚悖逆　王
以大義絶之　急遣使具奏天朝　壬辰夏　賊大擧入寇　我國累世昇平　民不知兵
所在瓦解　王分遣將士　據守要害　下罪己教　徵兵爲效死勿去計　及忠尙敗報
至　王知京城不可守　謂群臣曰　此賊謀犯天朝　藩臣職當死守封疆　而奈衆
寡不敵　旣不能力抗凶鋒　遮截賊路　則無寧歸近父母之邦　赴愬於聖天子　乞
王師以討此賊耳　遂定西遷議　大臣白　當此危急　國本不可不定　王乃命光海
君琿爲世子　未幾賊報益急　王出城西行　及平壤失守　進駐義州　遣鄭崑壽等

申奏賊情 皇帝遣行人薛藩降勑慰諭曰 爾國世守東藩 素效恭順 衣冠文物 號稱樂土 近聞倭奴猖獗 大肆侵陵 攻陷王城 掠占平壤 生民塗炭 遠近騷然 國王西避海濱 奔越草莽 念玆淪蕩 朕心惻然 朕今專遣文武大臣二員 統率遼陽各鎭精兵十萬往助討賊 與該國兵馬前後夾攻 務期勦滅兇殘 俾無遺類 夫恢復先世土宇 是謂大孝 急捄君父患難 是謂至忠 該國君臣必能仰體朕心 光復舊物 俾國王奏凱還都 仍保宗社 長守藩屛 庶慰朕恤遠宇小之意 王率百官出迎江上 奉勑慟哭 哀動左右 群臣皆哭 十一月 皇帝特賜白金二萬兩 王拜受感泣 分賜扈從諸臣及陣上將士 十二月 提督李如松以皇帝命領遼廣兵四萬出來 王見提督泣曰 蒙皇上罔極之恩 得見大人 小邦一縷之命 惟託在太人 提督見王忠懇 爲之動色 癸巳春 提督協率本國軍兵 大敗平壤賊 夏 官軍收復京都 群臣請賀 王曰 可慰不可賀 但當率臣民行望闕禮 以謝皇恩而已 卽遣使奉表 謝收復京城 秋還京師 命減內廚日供米分賑飢民 收瘞遺骸 設壇賜祭 下書八道 減貢稅廢供獻 訪問孝子烈女及死國事者悉加襃錄 命收聚書籍藏之藝閣 敎禮曹曰 兵燹之中 都人死者何限 意遺民過半縞素 入城之日 都民塡塞 而未見有服喪者 此必喪亂之後倫紀廢墜而然 令各部糾檢 王欲親祭文廟以慰先聖之靈 禮官以爲聖殿燒盡行祭無所 王曰 神之在天下也如水之在地中 無所往而不有 惟其致誠則神在是矣 故古人或設壇以祭 豈必待木主哉 遂命築壇於學宮之側 設位以舍采焉 冬 皇帝遣行人司憲降勑曰 昨者王以大兵驅倭出境 還歸舊國 上表來謝 朕心深用嘉悅 念玆復國重事 不可照常報聞 今特遣使降諭 兼賜大紅蟒衣二襲 綵段四表裏 以示朕惓惓爲王遙慰之意 時王寓居貞陵洞 一日謂近臣曰 閭閻不可久淹 欲於舊宮城裏略構草家以居 昔衛君茇舍于漕 此誠何時而欲大廈處乎 天將有以營建王宮爲言 王曰 深羞未復 何以家爲 天將歎服 丁酉 賊將淸正襲破閑山島 張兵再搶 先鋒到湖西 時提督麻貴提孤

兵在京城　軍情危懼　王厲氣巡城　堅守不動　經理楊鎬亦自平壤疾馳來援
人心賴以鎮定　遂協助天兵　大翦賊鋒于稷山以却之　時有物怪　天將欲得卜
人占吉凶　王曰　天之賦物　不得其常　是之謂怪　常者理而已矣　人事之失其
理者　皆足以應之　豈幺麼瞽師之所能知乎　己亥　賊悉退　王奉表陳謝　皇帝
降勑慰諭　賜綵幣　庚子　王妃朴氏薨　始王之誥命冕服　淪失於兵中　至是遣
使請照例補賜　皇帝特允所奏　勑曰　爾朝鮮爲國素敦禮敎　懋篤忠敬　稱我
優嘉　自頃以來越在草莽　典章文物　幾于蕩然　朕爲爾洗滌兇妖　恢還土宇
固我師武臣力亦不可謂非爾秉禮之效　否則軍旅安經　政令安行　順物不受
事乃大逆　尚有今玆之捷乎　爾以誥命冕服奔迸莫守　遣使來告　祈得賜如初
夫事上莅下　須此修容　復漢威儀　朕所矜許　是用勑尙方製給　仍錫之誥　爾
尙敬之哉　藍縷啓楚　大布興衛　薪膽伯越　皆王今日事　懋哉毋忝命　王卽遣
使奉表陳謝　禮官以長短不稱請改造　王曰　皇賜服之無斁　何可改也　予於西
遷日　宮中物一無所挾　惟皇賜蟒龍衣　手索以自隨　擬於歸盡時服之　至今時
復披見　不覺淚下也　壬寅秋　冊延興府院君金悌男女爲繼妃　甲辰　遣使押解
漂海人民五十七名　具奏上聞　丁未　又押解十九名　皇帝皆降勑獎諭　竝賜白
金文錦　王自兵亂以來　憂勞成疾　屢有內禪之計　以諸臣不釋之故　黽勉聽政
至丁未夏　疾彌留　戊申二月初一日　棄群臣於行宮之正寢　壽五十七　在位四
十一年　是歲六月十二日丁卯　葬于揚州建元陵西皐酉坐卯向之原　謚曰顯
文毅武聖敬達孝　陵號曰穆　廟號曰宣宗　明年己酉　皇帝遣行人熊化　祭以
大牢　又賜誥命　謚曰昭敬　吏部官謂本國告訃使曰　此美謚　王之德有以得
之也　丙辰　光海加上徽號　改廟號爲祖　王資稟弘毅　德行純備　恪謹侯度
出於至誠　四十年如一日　凡迎詔拜表望闕等禮　必肅敬將事　雖在流離顚沛
之際　未嘗少懈　每封進方物　必親自點視　或物力不逮　情意少歉　則比使臣
還　不能安于心　對群臣語　一則曰皇恩　二則曰皇恩　瞻戴之誠　不啻如孝子

之慕父母 師興之後 天朝文武將官前後出來者無慮數十百人 而上自元戎 下
至都司指揮 無不殫誠致款 各盡其禮 病革之日勑書至 猶自力扶人拜跪 蓋
血誠 非強爲也 事兩大妃如事所生 承顏養志 靡不曲盡 朝夕問安之禮 未嘗
一日廢 有疾則竭誠祈禱 及其喪也 哀戚而盡禮 友愛天至 待二兄一姊 愛敬
兩盡 終身不少替 性儉約不喜奢靡 聲色遊畋之樂 不留於心 食不重味 衣用
澣濯 妃嬪宮人亦不敢服侈 喪亂之後 尤以縞素爲資 宮中粒食 不令遺地曰
此皆農夫辛苦之物 安坐而食已泰矣 況可暴殄乎 嘗見內人炙牛以喫曰 非牛
不耕 人而殺牛 不仁甚矣 況今蕩敗之餘 雖嚴禁猶懼不足以孳息 豈可任其
屠殺乎 嘗於行中失御弓 有司捕拾遺者欲法之 王曰 旣已失之 必有得之者
命釋之 提督聞王筆法精妙 求之甚懇 王辭以疾 蓋其微意不欲以小技示人也
畿民苦催糴 呈訴於駕前 王曰 有司獨不見畿甸田野乎 蓬蒿滿目 而乃忍催
租耶 重惜民命 未嘗妄殺一人 每當決獄 必詳審讞辭 以求生道 謹守成憲
非有大段礙貫 則不喜紛更 禮遇臺諫 雖或過激 務加優容 初年 搆小室於寢
側 以爲讀書之所 亦密令內需司營之 不以煩有司 玉堂覿知之 上箚請停 言
甚切直 而委曲措辭答之 臺官乃引飾非拒諫等語以犯之 聞者縮頸而終不譴
怒 愛用人材 各稱其器 尤重儒術之士 或有擠毁之者 必曲加保全 嘗語大臣
曰 我國人物眇然 而其所以取之者 專在科擧 其間豈無不屑擧業而空老林下
者 以人事君 卿等之職也 宜務求瓌材異行之士 使予得以用之 昔晏嬰薦其
僕臣 謝安擧其兄子 苟其人也 不以親戚而嫌 不以微賤而廢也 其爲政 摠攬
權綱 裁決不差 發號施令 輒成典訓 至於籌邊料敵 策敗算成 莫不出人意表
謙沖之德 出於天性 未嘗以賢智自廣 功業自喜 戊子甲辰徽號之請 發於一
國臣民歸美之至誠 而嚴辭固拒 閱月不許 雖衆情難遏 終不免俯從 而中心
則不樂焉 觀書 十行俱下 一覽皆記 而至其日用功程 則初不以尋行數墨 解
釋文義爲事 酬酢萬機之暇 輒凝神靜坐 玩心高明 其所得有超出先儒箋註之

外者 嘗語講官曰 存心有要 日用之間外物之來 千緖萬端交接於前 必廓然
大公 順而應之 不以動吾中 然後當靜而靜 當動而動 此先儒所謂動亦定靜
亦定也 不然而邪思妄慮有如雲興 則雖欲靜之 而不可得矣 其獨詣之見類如
此 晚而喜易 講讀研窮 或至忘食 嘗曰 論語孝經 特門人記孔子之言耳 聖
人之所自作 只此十翼 天下豈有如此文章 讀之令人自不覺手舞而足蹈也 嗚
呼 王文足以陶甄至治 武足以戡定禍難 明足以辨別忠邪 智足以綜理事務
眞所謂不世出之聖 大有爲之君 其中遭否運 暫罹播越 乃氣數治亂之所關
而卒能剗除戎疾 身致重恢 以永國祚於無窮 則非天下之英武 其孰能與於此
猗歟休哉 王元妃朴氏不育 繼妃金氏誕一男一女 男曰永昌大君瓅 爲李爾瞻
柳希奮等所構誣 年八歲 廢處江華 府使鄭沆希光海旨 鎖之密室 燒其炕 令
鬱冒而夭 女曰貞明公主 恭嬪金氏生二男 長臨海君珒 光海時以謀逆受誣
囚于喬桐 歿不以命 次卽光海君 戊申嗣位 欲敗度 縱敗禮 戕害同氣 幽閉
母后 得罪於宗社臣民 癸亥廢 仁嬪金氏生四男五女 男長義安君珹 蚤卒 次
信城君珝 次定遠大院君諱 次義昌君珖 女長貞愼翁主 次貞惠翁主貞淑翁主
貞安翁主貞徽翁主 順嬪金氏生一男順和君𤣰(王+土) 靜嬪閔氏生二男三女
男長珙 仁城君 戊辰孝立之叛 連謀事覺賜死 次仁興君瑛 女貞仁翁主貞善
翁主貞謹翁主 貞嬪洪氏生一男一女 男慶昌君珘 女貞正翁主 溫嬪韓氏生三
男一女 男長俔 興安君 從逆賊李适于軍中 聽其擁立 爲官軍所戮 次慶平君
玏 次寧城君琢 女貞和翁主 貞明公主下嫁永安尉洪柱元 生三男皆幼 臨海
娶牧使許銘女無子 光海娶知敦寧府事柳自新女 生一男祬光海未廢 封爲世
子 癸亥 以罪廢賜死 信城娶判尹申砬女 生一女適典籍安弘量 大院君娶贊
成具思孟女 生三男 今主上於序爲長 以天啓三年癸亥 撥亂反正 建中興之
業 次綾原君俌 無子 次綾昌君佺 光海時受誣竄海島 冤痬而歿 順和娶承旨
黃赫女 生一女 適校理李景曾 珙娶參贊尹承吉女 生五男 佶億健 二幼 一

女未笄 義昌娶判書許筬女 無子 慶昌娶僉知曹明勗女 生四男五女 男長昌
原正儁 次陽寧君儆 出爲臨海後 次佽 次幼 女長適李後傑 餘幼 慶平娶郡
守崔胤祖女 生一男幼 仁興娶佐郞宋熙業女 生一男二女 皆幼 寧城娶水使
黃履中女 生一男一女皆幼 貞愼翁主下嫁達城尉徐景霌 生三男五女 男長貞
履 縣監 次正履愼履 女長適進士金珪 次適參奉李命寅 次適沈沆 次適正字
權堣 次未笄 貞惠翁主下嫁海嵩尉尹新之 生二男 長墀 承旨 次垼 佐郞 貞
淑翁主下嫁東陽尉申翊聖 生五男四女 男冕昪晃最曑 女長適洪命夏 餘幼
貞仁翁主下嫁唐原尉洪友敬 生一男琯 貞安翁主下嫁錦陽尉朴瀰 生一男世
橋 貞徽翁主下嫁全昌尉柳廷亮 生二男二女 男淰瀁 女長適李重揆 次幼 貞
善翁主下嫁吉城尉權大任 生一男石奮 貞正翁主下嫁晉安尉柳頔 貞謹翁主
下嫁一善尉金克鑌 貞和翁主下嫁東昌尉權大恒 我中殿韓氏 西平府院君浚
謙女 誕三男 長卽世子 次鳳林大君諱 次麟平大君㴭 今主上卽位之八年崇
禎庚午 原州牧使沈命世上疏言穆陵地不吉 且有水氣 上瞿然命大臣禮官議遷
卜 咸曰 建元陵第二岡實先王之所屬意 而戊申特以年月不利不克用 今不可
舍此他就 上從之 以十一月二十一日丙申 奉遷焉 壬坐丙向也 方厎事 命曰
誌文可改撰 蓋以戊申誌文不錄璿派故也 臣經世職掌文翰 旣承綸音 不敢以
不能辭 且嘗逮事先王 有一二嘉謨懿行得之於經幄者 而不見錄 故謹就原誌
中略加檃栝 序列璿派如右 若其盛德大業之巍然煥然者 自當在人耳目 與天
壤俱弊 非區區文字所能與也

휘릉(徽陵)

1. 연혁

능　　주 : 인조 계비 장렬왕후(莊烈王后) 조씨[1624~1688]

위　　치 : 경기도 구리시 인창동

지정번호 : 사적 제193호

봉릉연대 : 1688년(숙종 14)

천릉연대 :

왕릉형태 : 단릉

2. 왕릉 소개

서울 동북부에 위치한 망우리 고개를 넘나드는 6번 국도를 따라 경기도 구리시 방면으로 넘어가면 교문사거리에 이른다. 이곳에서 좌회전하여 43번 국도를 따라 약 5분 정도 달려가면 동구릉 입구에 도착한다.

동구릉은 조선의 왕과 왕비 17위의 유택이 마련돼 있는 곳으로 '동쪽에 아홉 개의 왕릉이 있다' 하여 이름붙여진 우리나라 최대 규모의 왕릉군이다.

1408년 조선왕조를 세운 태조 이성계가 승하하자 태종의 명으로 파주, 고양 등지에서 좋은 묏자리를 물색하여 능지로 정해진 곳이다.

휘릉 전경

동구릉의 조성은 조선왕조 전 시기에 걸쳐 이루어졌다. 동구릉이라고 부른 것은 추존왕 익종의 능인 수릉이 아홉 번째로 조성되던 1855년(철종 6) 이후의 일이며, 그 이전에는 동오릉(東五陵), 동칠릉(東七陵)이라고 불렀다.

동구릉에는 검암산 중앙 북쪽에 있는 태조 이성계의 능인 건원릉(健元陵)을 중심으로 동쪽 언덕에 14대 선조와 그의 비 의인왕후, 계비 인목왕후의 능인 목릉(穆陵)이, 그 남쪽 아래로 5대 문종과 그의 비 현덕왕후의 능인 현릉(顯陵)이 있으며, 그 다음으로 23대 순조의 세자인 추존왕 익종과 그의 비 신정왕후의 능인 수릉(綏陵)이 자리를 잡고 있다. 그리고 건원릉 서쪽으로 16대 인조의 계비 장렬왕후의 능인 휘릉(徽陵)이, 그 다음으로 24대 헌종과 그의 비 효현왕후, 계비 효정왕후의 능인 경릉(景陵)이 있고, 그 아래로 21대 영조와 그의 계비 정순왕후의 능인 원릉(元陵)에 이어 20대 경종의 비 단의왕후의 능인 혜릉(惠陵)이 있으며, 맨 왼쪽으로 18대 현종과 그의 비 명성왕후의 능인 숭릉(崇陵) 등 모두 아홉 개의 능이 자리 잡고 있다.

동구릉은 능제의 변화와 조선왕조 519년의 부침을 한눈에 볼 수 있는 중요한 문화유산이다. 더욱이 능 전역에 우거져 있는 숲과 능역을 가로지르는 개울물 등 자연경관이 아주 빼어나다.

앞뒤에서 바라본 장렬왕후 조씨의 무덤

휘릉은 동구릉을 가로지르고 있는 개천을 사이에 두고 건원릉과 인접해 있는 무덤으로 건원릉 조금 못미친 곳에서 왼쪽으로 나있는 길을 따라 실개천을 넘어서면 처음으로 나타나는 능으로 조선 16대 인조의 계비 장렬왕후 (莊烈王后, 1624~1688) 조씨의 능이다. 장렬왕후는 1649년 인조가 승하하자 26세에 대비가 되었으며, 1651년 효종으로부터 자의(慈懿)라는 존호를 받아 자의대비라 불렸다. 10년 뒤인 1659년 효종마저 세상을 뜨자 대왕대비에 올랐다. 숙종 14년 자손 없이 승하하여 건원릉 서쪽 언덕에 안장되었다. 장렬왕후는 인조 계비에 이어 효종, 현종, 숙종대까지 4대에 걸쳐 왕실의 어른으로 지냈다. 이 시기의 붕당정치는 장렬왕후(자의대비)의 복상문제를 놓고 치열하게 대립했다.

3면이 곡장으로 둘러싸인 능침에는 병풍석이 없고 12칸의 난간석을 둘렀으며, 현종 비 명성왕후의 숭릉을 조성한 5년 뒤에 조영한 능이라서 석물의 형식과 기법이 숭릉과 거의 비슷하다. 석양과 석호는 그리 크지 않으며, 석양의 다리가 너무 짧아 배가 바닥에 거의 닿아 있다.

한 단 아래 중계에 서 있는 문인석은 이목구비가 크지만 마멸되어 윤곽만 남아 있으며 입가에 부드러운 미소를 머금고 있다. 맨 아랫단에 있는 무인석은 목이 없이 얼굴이 가슴에 붙어 있고 이목구비가 지나치게 커 답답해 보이긴 하지만 우직하고 우람한 무인의 모습을 연상시킨다.

혼유석을 받치고 있는 고석은 건원릉의 형식을 따른 5개로 되어 있으며 사악한 것을 물리친다는 뜻으로 귀면(鬼面)이 새겨져 있다.

3. 능주 소개

장렬왕후(莊烈王后)는 인조의 계비(繼妃)로 본관은 양주(楊州)이다. 아버지는 한원부원군(漢原府院君) 조창원(趙昌遠)이며, 어머니는 전주최씨(全州崔氏)로 대사간 철견(鐵堅)의 딸인 완산부부인(完山府夫人)이다.

1638년(인조 16) 왕비로 책봉되어 효종의 잠저인 의동본궁(義洞本宮)에서 가례를 올렸다. 1649년 인조가 죽자 대비가 되고, 1651년(효종 2) 자의(慈懿)의 존호를 받았다. 1659년 효종이 죽자 대왕대비가 되고, 그녀가 입어야 할 복상문제(服喪問題)가 정치문제화되어 당시 집권파인 서인이 기년설(朞年說)을 주장하여 그 절차대로 복상을 치렀다.

이듬해인 1660년(현종 1) 남인 허목(許穆) 등이 그녀의 복상에 대하여 3년설을 주장하며 서인을 공격하는 소를 올렸다. 이에 송시열(宋時烈) 등 서인은 효종이 맏아들이 아니고 인조의 둘째 왕자이므로 계모인 그녀의 복상은 기년설이 옳다고 계속 주장하였고, 이에 남인 윤휴(尹鑴) 등은 효종이 왕위를 계승하였으니 맏아들이나 다름없다고 반박하였다.

그러나 송시열 등이 끝내 기년설을 고집하여 기년복은 그대로 지켜지고, 서인의 세력이 더욱 공고히 되었다. 그뒤 1674년 효종의 비인 인선대비 장씨(仁宣大妃張氏)가 죽자 다시 서인·남인간에 그의 복상문제가 재연되어 서인은 대공설(大功說)을, 남인은 기년설을 각각 주장하였는데, 이때는 남인의 기년설이 채택되어 서인정권이 몰락하고 남인정권이 성립되는 계기가 되었다.

1661년 공신(恭愼), 1676년(숙종 2) 휘헌(徽獻), 1686년 강인(康仁)의 존호가 가상되었다. 1668년(숙종 14) 64세를 일기로 창경궁 내반원(內班院)에서 죽었으며, 자녀를 두지 못하였다.

4. 휘릉표석음기

朝鮮國
莊烈王后徽陵

慈懿恭愼徽獻康仁貞肅溫惠莊烈王后趙氏 仁祖大王繼妃 天啓四年甲子十一月七日誕生崇禎戊寅冊封 王妃戊辰八月二十六日昇遐十二月十六日 葬于楊州健元陵西岡酉坐之原壽六十五 崇禎紀元後一百二十年立

5. 휘릉지

≪肅宗實錄≫ 卷 19, 肅宗 14年 12月 16日 乙卯 莊烈王后徽陵誌文

誌文曰 恭惟我莊烈王后 仁祖大王之繼妃也 履中壺十二載 位東朝三十九載 而未嘗聞內言出外 亦未嘗聞干政一事 然至德淵凝 自然之陰化 周洽於生靈 又惟我聖上承事 竭誠盡禮 上受慈恩 下推孝理 一國臣民 咸祝后岡陵之壽 而乃於上之十四年戊辰 自三月有疾寢飱 上夙夜焦煎 命設侍藥廳 則后慮各司廢務而止之 上令藥房 招集中外名能醫術者從臣之曉藥理者 亦使同參議藥 技殫百方 罔克奏效 上再命禱祀于廟社山川 又命洞開獄門 盡釋死囚

以下 凡所以祈禳之方 無所不至 而皇天不弔 竟以八月二十六日丙寅 昇遐于
昌慶宮 春秋六十有五 諱音之下 窮閻民庶 莫不悲號 市廛父老 尤頌后無一
毫傷財害民之事 士大夫相語曰 自先朝以來 后之私親 人常不知爲戚里 於此
蓋可見后之聖矣 群臣議謚法 履正志和曰莊 秉德遵業曰烈 遂上尊謚曰莊烈
徽號曰貞肅溫惠 殿號曰孝思 陵號曰徽 以十二月十六日 葬于楊州健元陵傍
坐酉之原 上又撰次行錄 命臣端夏 誌諸玄宮 臣以不文 辭不獲 然臣伏覩聖
筆之所形容者 可侔化工 無容臣模畫於其間也 謹稽行錄 若曰 后姓趙氏 系
出楊州之漢陽縣 上祖岑 仕麗朝 贈判院事 入我朝 有諱末生 以文學才器 遭
遇獻陵 歷大司馬大提學 卒官領中樞 謚文剛 五代祖諱邦佐 贈兵曹判書 高
祖諱俊秀 龍仁縣令 曾祖諱擎 贈左贊成 贊成出後同宗 以贈判書連孫爲考
漢川尉無疆爲祖 漢川 卽文剛四世支孫也 祖諱存性 登文科 歷踐內外 官至
知敦寧 贈領議政 謚昭敏 考諱昌遠 屢典郡邑 績著循良 擢授軍資監正 人稱
爲厚德長者 爲國舅 封漢原府院君領敦寧府事 贈謚惠穆 配完山府夫人崔氏
大司諫鐵堅女也 生三女 后於序居季 以天啓甲子十一月丁巳 府夫人誕后于
稷山縣之衙舍 方有娠 府夫人夢月入懷 將誕之夕 又夢祥虹滿至 仙樂自天
玉女數群 彩服炷香而至曰 貴人已降 玉冊將啓 俄而分娩 傍人亦夢虹光月
精 輝暎室中 驚起候之 后已誕矣 甫數歲 性質異常 言語簡默 與同輩嬉戲
必坐高處 同輩亦嘗推而爲尊 恬靜無欲 非長者所與 雖食物之微 未嘗自請
府夫人嘗製姣服而衣之 欲觀其爲 指傍兒曰 可解與否 后卽與之 無恡色 又
令還着 則曰 已與之 何忍復取 府夫人 又得數顆珠 獨與后 后旣受而分與
其姊曰 父母之賜 何可獨專 於他物 類如是 稍長 孝敬益至 親瘰則心憂色
沮 未嘗須臾離側 若見所嗜之物 則必謹藏以待進 於同氣 友愛甚篤 推及於
群從姊妹 宗黨莫不稱歎 自幼念絶忮害 心存仁愛 若見寒飢者 惻傷達於面
目 必思濟恤 恩撫婢御 和氣藹然 人皆感戴 以是惠穆公常奇愛之 戊寅夏

祥虹立于馳駱洞本第 是冬 膺選行嘉禮 后旣正位坤極 飭躬以禮 事上以誠
居常服飾 絶袪華靡 儉約敬畏 終始如一 后每以謙愼戒飭本家曰 自昔宮闈
不嚴 率由戚畹不謹 可不戒哉 府夫人時或入闕 微請宮裏事 后曰 母氏在吾
雖至親 於國家則外人 內裏事 不須知 府夫人歸語家人曰 后敎至此 實爲家
國之福也 己丑夏 仁祖賓天 后雖在哭擗之中 裌絞衣稱之屬 必親檢視 務盡
誠信 孝廟卽阼 尊后爲王大妃 辛卯上尊號曰慈懿 顯廟辛丑 加上尊號曰恭
愼 小子於丙辰 又上尊號曰徽獻 后連遭大戚 常懷悲疚 前後上號之禮 未嘗
親臨 每遇寒暑之感 災異之警 爲小子保護敎戒 旣勤且切 歲在閼茂 八路阻
飢 后命罄出宮儲 俾補賑資 周睦親戚 顧遇諸宮 恩義雖備至 絶不許曲逕干
澤 兩朝曁予 三進宴慶壽 而后每以時詘 不肯受 反覆力請 然後始勉從 甲
子 以周甲之慶 頒赦國內 推恩至于士庶 加資賜物 時以明聖王后喪制未終
不得進宴 丙寅夏 追擧豐呈縟禮 而亦遵后旨 省其節目 又加上尊號曰康仁
孝廟嘗以后御所不便 爲建萬壽殿以奉之 至丁卯秋 忽被回祿之災 后上畏天
戒 不遑寧處 逮至今夏 違豫之候忽亟 小子遑遑 籲天祈祝 竟遭罔極之痛
茫茫穹壤 叩叫靡逮 當惟幾之日 神氣已昏 而憂念小子 無異平昔 顧謂曰
日暮可退休 毋致傷 且痛人心偸薄 世道危險 執予手而歔唏曰 一二宮女蕩
滅國禁者 指虛謂實 指無爲有 隱然嘗試 不少顧忌 昨年一相臣之被誣 亦無
足怪 此而不懲 其何以息浮言乎 伊時兩宮人之进逐 實體后嚴宮禁之意也
聖筆行錄止此 無容臣摸 [畫]而竊以數語 間補闕漏而已 嗚呼 后之德行 可
與任姒同其聖 而獨無≪麟趾≫之慶 天道不可知也 然母儀三朝 慈孝無間
至于當宁 保佑之功益著 天之生后而畀聖德 於是乎可徵矣 臣又竊惟 后大
德 生于名門 媲于聖祖 得其位矣 長樂之奉 極一國之養 徽稱之上 集衆善
之美 得其祿 得其名矣 萬年之祝 雖缺臣民之願 然齡算之永 視前世后妃
實尠其倫 則亦可謂得其壽矣 聖言之取必於四者 斯又盡驗 於戲盛哉[判中

樞府事李端夏製進 ○御製行錄中人心世道一段 最難爲辭 端夏所製 以謹稽
若曰起頭 而不自爲其辭者 無痕跡不礙眼 人稱其得體]

숭릉(崇陵)

1. 연혁

능   주 : 현종(顯宗)[1641~1674, 1659~1674]
       원비 명성왕후(明聖王后) 김씨[1642~1683]

위   치 : 경기도 구리시 인창동

지정번호 : 사적 제193호

봉릉연대 : 1674년(숙종 즉위년)

천릉연대 :

왕릉형태 : 쌍릉

2. 왕릉 소개

서울 동북부에 위치한 망우리 고개를 넘나드는 6번 국도를 따라 경기도 구리시 방면으로 넘어가면 교문사거리에 이른다. 이곳에서 좌회전하여 43번 국도를 따라 약 5분 정도 달려가면 동구릉 입구에 도착한다.

동구릉은 조선의 왕과 왕비 17위의 유택이 마련돼 있는 곳으로 '동쪽에

숭릉 전경   정자각

아홉 개의 왕릉이 있다' 하여 이름붙여진 우리나라 최대 규모의 왕릉군이다.
1408년 조선왕조를 세운 태조 이성계가 승하하자 태종의 명으로 파주, 고양
등지에서 좋은 묏자리를 물색하여 능지로 정해진 곳이다.

　동구릉의 조성은 조선왕조 전 시기에 걸쳐 이루어졌다. 동구릉이라고 부
른 것은 추존왕 익종의 능인 수릉이 아홉 번째로 조성되던 1855년(철종 6)
이후의 일이며, 그 이전에는 동오릉(東五陵), 동칠릉(東七陵)이라고 불렀다.

　동구릉에는 검암산 중앙 북쪽에 있는 태조 이성계의 능인 건원릉(健元陵)
을 중심으로 동쪽 언덕에 14대 선조와 그의 비 의인왕후, 계비 인목왕후의
능인 목릉(穆陵)이, 그 남쪽 아래로 5대 문종과 그의 비 현덕왕후의 능인 현
릉(顯陵)이 있으며, 그 다음으로 23대 순조의 세자인 추존왕 익종과 그의 비
신정왕후의 능인 수릉(綏陵)이 자리를 잡고 있다. 그리고 건원릉 서쪽으로
16대 인조의 계비 장렬왕후의 능인 휘릉(徽陵)이, 그 다음으로 24대 헌종과
그의 비 효현왕후, 계비 효정왕후의 능인 경릉(景陵)이 있고, 그 아래로 21대
영조와 그의 계비 정순왕후의 능인 원릉(元陵)에 이어 20대 경종의 비 단의
왕후의 능인 혜릉(惠陵)이 있으며, 맨 왼쪽으로 18대 현종과 그의 비 명성왕
후의 능인 숭릉(崇陵) 등 모두 아홉 개의 능이 자리 잡고 있다.

　동구릉은 능제의 변화와 조선왕조 519년의 부침을 한눈에 볼 수 있는 중

앞(왼쪽 사진)과 뒤(오른쪽 사진)에서 본 숭릉

요한 문화유산이다. 더욱이 능 전역에 우거져 있는 숲과 능역을 가로지르는
개울물 등 자연경관이 아주 빼어나다.

숭릉은 동구릉의 가장 왼쪽 안부 가장 깊숙한 곳에 자리하고 있으며, 조선
18대 현종(顯宗, 1641~1674)과 원비 명성왕후(明聖王后, 1642~1683) 김씨
의 능으로 미공개 무덤이다. 현종은 효종의 맏아들로 봉림대군(효종)이 심
양(瀋陽)에 볼모로 가 있을 때 태어났다. 1649년(인조 27) 왕세손에 책봉되었
다가 1659년 효종의 뒤를 이어 왕위에 올랐다.

현종은 재위기간 중 양란을 겪으면서 흔들렸던 조선왕조 지배질서의 확
립을 위해 노력했으며, 군비 강화와 재정구조의 재건을 위해 힘썼다. 재정
부족을 메우기 위해 영직첩(影職帖)과 공명첩(空名帖)을 대량으로 발급했는
데, 이것은 이후 정부의 재정보충책으로 보편화되어 신분제의 해체에 크게
기여하였다. 명성왕후 김씨는 현종이 즉위하면서 왕비에 책봉되었다. 명성
왕후 소생으로는 숙종과 명선, 명혜, 명안공주가 있으며, 현종 왕릉 옆에 쌍
릉으로 안장되었다.

왕릉과 왕비릉 모두 병풍석 없이 난간석만으로 연결되었고, 능침 앞에 혼
유석이 하나씩 놓여 있다. 다른 왕릉의 정자각은 맞배지붕을 하고 있는데 숭
릉의 정자각은 팔작 지붕을 하고 있다. 또 보통 정면 3칸, 측면 2칸의 정자각

형식에 익랑이 붙어 규모가 커졌다.

문인석은 미소를 머금고 온화한 모습이고, 무인석은 입을 굳게 다물고 눈을 부릅뜨고 있는 절도 있는 모습이다.

3. 능주 소개

현종은 조선 제18대왕으로 이름은 연(棩), 자는 경직(景直)이다. 효종의 맏아들로 어머니는 우의정 장유(張維)의 딸 인선왕후(仁宣王后)이며, 비는 영돈녕부사 김우명(金佑明)의 딸 명성왕후(明聖王后)이다. 효종이 봉림대군(鳳林大君) 시절에 청나라의 볼모로 심양(瀋陽)에 있을 때 심관(瀋館)에서 출생하였으며, 1649년(인조 27) 왕세손에 책봉되었다가 효종이 즉위하자 1651년(효종 2)에 왕세자로 진봉(進封)되었다.

효종의 뒤를 이어서 1659년에 즉위하여 재위 15년 동안 대부분을 예론을 둘러싼 정쟁 속에서 지냈다고 볼 수 있지만, 1662년(현종 3) 호남지방에 대동법(大同法)을 시행하고, 1668년 동철활자(銅鐵活字) 10여만자를 주조시켰으며, 혼천의(渾天儀)를 만들어 천문관측과 역법(曆法)의 연구에 이바지하였다. 또, 지방관의 상피법(相避法)을 제정하기도 하였고, 동성통혼(同姓通婚)을 금지시켰다.

1666년에는 앞서 1653년에 제주도에 표류해 온 하멜(Hamel, H.) 등 8명이 전라도 좌수영을 탈출하여 억류생활 14년간의 이야기인 ≪화란선제주도난파기(和蘭船濟州島難破記)—하멜표류기(漂流記)≫와 그 부록인 「조선국기(朝鮮國記)」를 저술하는 계기가 되기도 하였다.

그리고 현종은 효종대에 염원되어 비밀리에 계획되었던 청나라에 대한

보복정벌인 북벌(北伐)을 국제관계와 국내사정으로 중단하는 대신 군비(軍備)에 힘써서 훈련별대(訓鍊別隊)를 창설하였다.

한편, 이미 망한 명나라에 대한 숭모(崇慕)의 경향이 현저해졌고, 이러한 숭명의 활동은 다음의 숙종 때부터 구체적으로 나타나기 시작하였다.

현종은 즉위하자마자 기해복제문제(己亥服制問題)라는 예론에 부딪혔다. 즉, 효종의 상을 당하자 인조의 계비(繼妃)인 자의대비(慈懿大妃) 조씨(趙氏)의 복제문제가 정쟁화된 것이다. 당시 일반사회에서는 주자가례에 의한 사례(四禮)의 준칙이 지켜지고 있었지만, 왕가에서는 성종 때 제정된 ≪국조오례의≫에 준칙되어 있었다.

그런데 이 ≪오례의≫에는 효종과 자의대비의 관계와 같은 사례가 없었다. 효종이 인조의 맏아들로서 왕위에 있었다면 별문제가 없었지만 인조의 둘째아들로서 책립되었을 뿐더러 인조의 맏아들인 소현세자(昭顯世子)의 상에 자의대비가 맏아들의 예로 3년상의 상복을 이미 입은 일이 있었기 때문에 다시 효종의 상을 당하여 어떠한 상복을 입어야 하는가가 문제되었던 것이다.

여기에서 서인측에서는 송시열(宋時烈)과 송준길(宋浚吉)이 주동이 되어 효종이 둘째 아들인만큼 기년복(朞年服)을 주장하였고, 남인측의 윤휴(尹鑴)와 허목(許穆) 등은 효종이 아무리 둘째 아들이라고 하여도 승통하였으므로 삼년상이 옳다고 주장하게 되었다.

이 무렵 정치계는 1575년(선조 8) 동인에게 배척되었다가 인조반정으로 정치계에 되돌아온 서인과 동인의 계열이기는 하지만 북인·남인으로 분파된 뒤 북인에게 배척되었다가 역시 인조 때부터 조정에 복귀한 남인과의 대립이 심상치 않았으나, 그래도 인조·효종 때는 그 관계에 감정적인 대립이 적어서 특히 학문적인 면에서는 서로의 교섭이 원활한 때였다.

그렇지만 예론이라는 당론의 극한적인 대립이 양극화되고 이로 인하여 피차의 논쟁이 장기화되자, 감정이 격화되어 서인측의 주장에 따라서 기년복이 조정에서 일단 결정되었다.

이른바 예론이 지방으로 번져 그 시비가 더욱 커지자, 1666년 조정에서 다시 기년복의 결정을 재확인하면서 이에 대하여 항의를 하게 되면 그 이유를 불문하고 엄벌에 처할 것을 포고하기에 이르렀다.

그럼에도 불구하고 1674년 왕대비가 죽자 다시 자의대비의 복제문제가 재론되면서 예론이 또 다시 일어나게 되었다. 즉, 서인측의 대공설(9개월복)과 남인측의 기년설이 대립하게 되었다.

그뒤 이 문제가 기년복으로 정착되면서 서인측의 주장이 좌절되었으므로 현종 초년에 벌어진 예론도 수정이 불가피하게 되었고 이로써 서인측이 많이 배척되었다.

이 문제는 현종이 죽고 숙종이 즉위한 뒤에도 계속되어 1679년(숙종 5) 20년간에 걸친 기해복제문제의 재론을 엄금하는 엄명이 있어 형식적으로는 조정에서 다시 거론되지 않았지만, 이후에도 많은 시비가 내면적으로 계속되었다.

이 예론은 예의 본질론(本質論—不可變性)에 입각한 서인측의 예관념(禮觀念)과 행용론(行用論—可變性)에 치중한 남인측의 예관념의 학문적인 해석이 당론으로 발전하면서 당쟁의 비극으로 까지 파급된 것이다.

시호는 소휴(昭休), 능호는 숭릉(崇陵)이다.

명성왕후(明聖王后)는 현종의 비이자 숙종의 어머니이다. 성(姓)은 김(金), 휘호는 현렬희인정헌문덕명성왕후(顯烈禧仁貞獻文德明聖王后)로 청풍부원군 김우명과 덕은부부인 송씨의 딸이다.

1651년 세자빈에 오른 후, 1659년 왕비에 올랐으며, 1674년 현종이 죽자 대비가 되었다. 어린 숙종이 왕에 오르자 조정의 일에 자주 간섭하려 하였으며, 서인의 편을 들었다. 1683년 42세의 나이로 저승전(儲承殿)의 서쪽 별당에서 승하하였다. 숙종 외에 세 딸을 낳았다.

4. 숭릉표석음기

朝鮮國
顯宗大王崇陵
明聖王后附左
顯宗純文肅武敬仁彰孝大王 崇禎十四年辛巳二月四日誕生 己亥卽位 甲寅八月十八日昇遐 十二月十三日葬于楊州健元陵西南別岡酉坐之原 在位十五年 壽三十四 妃顯烈貞獻文德明聖王后金氏 壬午五月十七日誕生 辛卯册世子嬪 己亥進封王妃 癸亥十二月五日昇遐 甲子四月五日葬 壽四十二

5. 숭릉지

≪顯宗實錄≫ 附錄 顯宗大王崇陵誌

於戲 洪惟我顯宗純文肅武敬仁彰孝大王 姓李氏 諱棩 字景直 孝宗顯仁大王之適嗣 仁祖明肅大王之孫 母妃孝肅敬烈明獻仁宣王后張氏 右議政新豐府院君維之女也 始孝廟在藩邸 爲質北隣 以皇明崇禎十四年辛巳二月己酉 誕王于瀋館 王生有異質 覃訏魁碩 甲申 孝廟將由瀋入燕 乃遣王先還 王方四歲 上謁于仁祖 有所問 應對如成人 問堯舜桀紂 王已能別其聖暴 言皆證古史 嘗有

外藩進豹皮者 毛疎惡 將却 王卽白于仁祖曰 捉一豹 傷民猶必多矣 仁祖聞而大奇之 命勿却 嘗偶出閤門 見一卒形羸墨 問內竪 對曰 此病凍餒者也 王爲惻然 輒命賜之衣 且續食 其自幼少 饒神智仁愛之出天性如此 昭顯旣卒 孝廟以次嫡陟儲副 王亦進號元孫 己丑 冊王爲王世孫 設講書院 是夏 孝廟嗣寶位 王亦進號王世子 辛卯 行冠禮 仍行冊王世子禮 冬 行嘉禮 壬辰 行入學禮 益廣置春坊僚屬 詳延宿儒 以盡其輔導 孝廟嘗再祀文廟 輒命王從 敎右文也 大閱于南津 復命王從 敎不忘武事也 時觀稼弄田 敎重民食也 己亥五月 孝廟賓天王受寶踐阼 旣反苴絰于廬次 哀哭不節 飮歠不饘 饋奠不攝 時盛熱 處倚廬不遷 左右臣庶及遠邇聞者 皆莫不感王之篤孝 王初眡政 惟先孝廟之所敎詔 遺志遺事之是遵 謙己而尙學 儉上而裕下 務敦大周愼 以歸于中正 首用大司憲臣浚吉 言加禮髦士 勉留已至 諭召未徠 時若左贊成宋時烈 已自孝廟朝 受眷遇最深 而尹宣擧李惟泰諸人 亦咸至京 及時烈等救退甚懇 王頻賜手批慰挽備至 命諸道供獻 係祀享外 悉省除之 民已皷舞新化矣 庚子 關東北薔命盡蠲端川逋銀 減三甲貢貂 嶺以東減布 以西減米 辛丑 三南又旱 命復減諸道供獻 減酒房 減廐馬 舊有兩尼院 名仁壽慈壽者 在王城北內 王命撤之構黌舍 遣院尼悉歸俗 秋 王親舍 [菜]于 [頖]宮 壬寅春 命禮部修麗朝諸陵且著令三歲一審 特遣御史南九萬李翻等 蠲湖嶺雜賦 且行賑貸 又遣近臣祭厲于壬丙古戰地 秋 王親幸露梁 講武事 癸卯 命均田使閔鼎重金始振 改量畿田 命減諸宮家海稅及柴場之廣占撓民者 甲辰 畿內比歲旱 秋 湖南又水 發江都南漢穀以哺之 命宰臣三司 竝登薦才雋 遣左參贊金壽恒 往咸鏡道 御史尹深 往耽羅 問邊氓及海外人疾苦 又俱試文武士 王常患眼痾 久不瘳 至乙巳 乃南幸湖西 試沐于溫泉 始有效 至行宮之日 卽罷鄕兵之扈於道者 歸鎭 命兵部 飭將士 毋擾民 毋得損禾稼 命禮部 分祀故勳德之在旁郡者 設文武科 以慰士 命戶部 減徭賦有差 以慰民 丙午春 王奉仁宣太妃 復

幸溫泉 遍賜一道耆老曁以孝行聞者米肉 命吏部 凡年八十以上者 毋論士庶
幷加資級 旣還 大赦 命申明戶口帳籍法漏者罪 徙邊 丁未春 王親御法殿 冊
元子諱焞爲王世子 夏 復幸溫泉 益命道臣 寬民決冤滯 先是 孝廟嘗命行兩湖
大同 以紓民困 唯湖南山郡 未及行 王旣述事 朝臣有胥言不便者 且行且寢
後又皆言便 乃決意行之 湖民以蘇 戊申 關東又饑 命鬻民如庚子 設賑恤廳
命重臣有才誠者幹理之 減各司奴婢貢布 己酉春 復幸溫泉 冬始以神德王后康
氏 躋祔于太廟 復貞陵寢園 擧曠典以章大倫 庚戌 春夏大旱 秋大水 諸路皆
告菑 王又命發江都南漢米三萬 運關西米二萬 分賑內外 辛亥春 又無麥 民大
饑 疫癘滋熾 死亡相藉 王日夜焦憂 設京賑三所 勅諸路諸邑 盡誠賙救 生者
餉糜 死者 [槥]櫝 壬子 下罪己敎 辭旨惻怛 布諭國內 悉蕩除逋賦 決罪囚
開廢錮 惠澤霈然 民遂忘其菑矣 又命宰臣三司 薦有學行文武才能者 又遣
御史李夏 往耽羅 載種食及布以餽 復試士 如甲辰 癸丑 宗人靈林副令翼秀
上疏言 寧陵封石有釁 王大驚憂 決改兆之議 用是冬十月 遂遷孝廟衣冠于驪
陵 禮也 時 王上奉慈懿仁宣二太妃 極志盡物 以致隆養 孝廟時所建萬壽殿
者 慈懿太妃之所御也 在西 王又別構一殿 名曰 集祥 仁宣太妃之所御也 在
東 蓋猶漢長樂長信之制焉 母妃素有疾 王恒左右侍護 以愉婉順適 且頻召諸
姊妹 歡然展親 和樂無間 母妃亦嘗曰 王每在旁 病若去體 至甲寅春 母妃疾
寢劇 王亟命遍擧珪璧 且議釋冤囚 迨遭大戚 王摧毀踰制 而益致潔祀享 自饘
糜爨濯 槪嘗所不飭 始孝廟之喪 大臣與諸儒臣等 議慈懿太妃所宜服 以爲 本朝
五服之制 唯爲子朞而已 遂定爲朞 其後有言 朞非禮 禮當三年者 王乃命詢諸
大臣儒臣 諸儒等因訟言古禮疑亦爲朞 大臣又持前見 以國制唯朞爲對 王乃從
大臣言 仍朞不改 至是 禮官復遽殺慈懿太妃 [服]爲大功 王旣更詢于公卿三司
且親考禮經 盡別其違非曰 夫嫡胡庶也 長胡衆也 先王之於太妃 唯賈疏所稱
取嫡第二長子 亦名長子者 乃是也 亟罪禮官 命改功爲朞 又 [謫]責首相 不從

禮明文而從人說者 制旣定 名旣正 而邦禮益無憾矣 王旣行純茂 性又聰睿特達聽斷之餘 唯常耽經史 沈潛理道 而其發而措諸事者 要必參伍反覆 得其當而後乃行 晩益明習政法 挈綱總紀 方欲大究 輓近軍民之弊 以盡其通變 而王已積瘁過毁 病以日臻 八月初七日朝 命大僚會賓廳 將召與議事 忽感疾益苦 不果亟馳遣承旨 召領議政許積於忠州 又召左議政金壽恒 使至前勉諭 大漸之夕 猶頻問敬思殿膳羞潔否 又聞戶外有風聲 問此何自 曰東風 王驚曰 損稼酷矣 民將殄矣 予何爲又聞此聲乎 猶嗟嘆未已 王世子令諸大臣 齋禱于廟社山川 王竟以是月十八日己酉 大棄群臣于昌德宮之廬次 王在位十有五年 春秋止三十有四 德壽無徵 神理繆錯 嗚呼痛哉 領議政臣積左議政臣壽恒右議政臣知和等議王功德 上謚曰 純文肅武敬仁彰孝 廟號曰 顯宗 臣壽恒 摠陵工 卜兆于健元陵之西南別岡負兌之原 以是年十二月十三日壬寅 葬王于崇陵 當始斂也凡絞 [紟]複褶之屬 皆出諸宮中 毋煩有司 及殯而葬也 事皆從儉約 毋傷民蓋惟我王妃曁惟我嗣王 克體王平日尙樸敦素之遺旨云 王妃金氏 領敦寧府事淸風府院君佑明女也 誕一男三女 男卽我嗣王殿下 女長明善公主 次明惠公主 皆未字而夭 季明安公主 幼 中宮金氏 領敦寧府事光城府院君萬基之女辛亥春 受冊爲嬪 今進位坤極 嗚呼 夫觀天者 識巍然 覩日月者 識輝光 雖以臣甚謏陋 猶事我大行大王 得奉敎承命者 亦已久矣 竊伏有以識我先王之純行懿德卓然 匹諸古昔明聖而無愧 王素恭儉寅畏 無聲色嗜好 無盤遊逸豫常兢兢懍懍而有淵谷之戒 蓋十五年如一日 每當禱雨 或致齋宮中 露立達曉或避正殿損法廚 雖疢疾在躬 曾無時月康豫 而亦弗敢自恤 尤嚴宮禁 以杜絶蹊徑 戒朝著以破除朋黨 亦屢賞諫者以廓言路 昔在丙午冬間 臣嘗從諸講官後入侍王于宣政殿時 妖彗纔息 又有雷異 王益惕然警懼 詢災乞言 一出於至誠臣每頌此事 不敢忘 臣又嘗與儒臣宋浚吉 俱進對內閤 仍論及本朝臣成三問事王許三問以爲皇明方孝孺諸人者流也 此皆可以見王褒忠尙義之盛意矣 且往

歲海西 嘗有上變者 王一問知其誣 放七十餘人 同日賜糧歸鄕 此又足以知
王之世 無一柱死於桁楊之下者矣 嗚呼 豈不盛哉 然臣又嘗敢論之 玆數事
者 在凡主 固爲盛 於先王則尙其細者耳 唯其以千乘至貴 君主至尊 而躬曾
閔之行 執布素之節 且使我環東土數千里之間 雖涝旱罔災 溝壑復廬 盡囿
於鴻仁厖澤之中者 實庶幾茅茨桑林之盛焉 此尤王之所以爲盛德至善 沒世而
不可忘者也 嗚呼 其至矣 嗚呼 其至矣嘉善大夫吏曹參判兼同知經筵成均館
事臣金錫冑 撰進

≪肅宗實錄≫ 卷 15, 肅宗 10年 1月 15日 辛巳 明聖王后誌文

上聞奉朝賀宋時烈將欲南歸 遣承旨敦留 時烈遂進見旣退 又留箚告歸 上
王大妃誌文 其文曰 臣謹按 周雅稱太姒曰 倪天之妹 宋人稱宣仁高太后曰
女中堯舜 嗚呼 若我大行王大妃 擬之而有餘者非歟˙ 始 后以不出之年 作嬪
于王家 則我慈懿殿及我孝宗大王仁宣大妃亟稱其孝敬 及主內治 梱內戴其仁
域中承其化 及居東朝 則外內益無間然於其德矣 及乎去年癸亥冬 皇天感其
至誠 俾我主上殿下 克膺無疾之慶 宇內含生 方祝億萬年遐福矣 嗚呼 何故
皇天格於誠而靳於壽 慶赦纔頒 遺敎遽宣 嗚呼 豈所謂神者誠難明 而理者
不可推者歟 我殿下攀號擗踊 靡所逮及 則乃泣惟以爲有善 而不知不明也
知而不傳 不仁也 遂手錄平日言行 以命肺腑臣淸城府院君金錫冑 文以爲狀
而以狀命臣時烈 俾爲幽誌 臣承命悸恐屢辭 終不兪 臣謹按狀曰 后姓金氏
昔新羅金姓王之後 受籍淸風府 至麗而顯者曰侍中大猷 仍士大夫不絶 本朝
釜司憲府執義 其孫湜 中廟朝爲大司成 訓迪朝紳及章甫 君子曰 開千眼 必有
後 矧以性理之學 啓牖一世乎 其玄孫堉 仁孝兩朝名臣 官領議政 謚文貞 其
第二子佑明 領敦寧府事淸風府院君 卒謚忠翼 所後考曰址 贈領議政 忠翼娶
恩津宋氏 封德恩府夫人 其考參議 贈贊成國澤也 崇禎壬午五月 宋夫人有身

纔八朔 有鳥銜玉 飛過寢房而墮之 文貞公筮得育賢之兆 越翌日乙酉辰時 后
誕于漢師長通坊私第 后德容天成 貞閒婉嬺 動止有則 歲辛卯 孝廟爲顯宗擇
配 后三入揀選 孝廟輒益奇愛之 遂冊爲王世子嬪 仍亟稱之曰 佳哉此婦 終必
福我國家 是歲十二月行嘉禮 后入而承事三宮 退則輒與五公主同處一室 宮闈
之間譪如也 孝廟嘗賜一幅畫曰 此白髮老仙 抱童男以行者 卽予願抱神孫之意
也 己亥夏顯廟嗣服 遂進位中壼 小心翼翼 夙夜靡怠 十六年之間 其所以內資
先王 寬仁恭儉之治者備矣 己酉顯廟奉仁宣大妃 幸溫宮 后以定省之曠 請從
焉 后於喪禮 益致誠信 孝廟仁宣之薨 常哀慕盡制 撫愛諸主 諸主不知有今昔
之異 甲寅秋 顯廟禮陟 后哭擗隕絶 罕御糜粥 我殿下從傍泣請爲之强進 其衾
冒諸具 皆親自辦治 不任有司 時 罪宗楨柟兄弟屬最近 出入禁密 其諸舅兄弟
賓客 爲之羽翼 窺覬非望 事蓋有難言者 又挾外勢 譸張虛喝 誣及先朝 朝臣
愕眙 不敢出氣 后聞而痛盡曰 曾爲先王臣子者 何敢無辨 遂命大臣 究詰其根
因 楨柟等與宮人 踰濫以穢禁嚴 忠翼公駭且憂 上疏言之 鑴穆等急求對 意欲
論以反坐 而忠翼待命于金吾 事機迫矣 后怔悸罔措 遂與上夜御宣政殿西廡
上東向坐 后蔽帾而處閤內 遂召大臣諸宰 旣擧聲哀哭 明言楨柟等姦事 非朝
夕之故 先王亦嘗言之 鑿鑿皆有明證 於是上鞫問宮人 宮人皆首實 楨柟等始
就勘 后又勸上 寬楨等罪 而竝其宮人 只命竄配 后自乙卯 爲密邇先王魂宮
移御通明殿 微不豫 丙辰六月猝劇 我殿下躬待湯劑 分命大臣 禱于廟社山川
盡釋獄囚 以祈冥祐 旣少間 還大內 上每罷朝 常入侍 有疑事必稟決焉 后亦
以爲 主上幼沖 予不敢噤默 輒與之從容商量焉 其所以擁佑嗣聖 全安宗國者
大矣 時 鑴穆宇遠等疑怒益甚 敢肆侵斥語 至有毋令貳過 照管動靜等說 而壽
慶嗣基漶等 前後皷煽 訛誣悖逆 上怒斥漶疏 則穆等又以爲 出於愛君憂國 倘
靡我兩宮止孝止慈之德 則凶徒將不但已也 旣不售則於是鑴誣以照管爲幹蠱
而爲鑴分疏者 乃曰韓琦亦有照管語 在琦時 太后少帝大生嫌怨事 有不忍言者

故琦不得已而請后照管 今引此爲言 則其意益悖矣 庚申 枏與堅台瑞挺昌等謀
不軌 旣伏誅 后深慮獄事或濫 至使楨之子 誣以非所生而不死焉 蓋后性慈仁
雖蟝蠢之微 亦未嘗害傷 有小蛇盤旋於寢室 宮人皆失色 后遍然曰 林樾近 此
無怪也 只令驅而放之 亦不詢諸瞽史 戊午 我殿下泄痢危重 后齋沐露祝 請以
身代 上疾尋愈 后每以我殿下未經痘瘡爲憂 癸亥十月 痘發上躬 后大驚慮 齋
沐請代 如戊午時 十一月上疾平復 而后因示憊少愈 而念上不自克 親往臨視
見上袪疾太半 爲之欣然失喜 未幾疾復革 上力疾入侍 后念上氣疲亟 請就安
而上終不退 仍命大臣行禱 如丙辰焉 十二月初五日未時 竟昇遐于儲承殿之西
別堂 春秋四十有二 有遺教數百言 蓋曰 由初終以至窆藏 其諸具皆自予具修
勿以復煩有司 其中外進香 亦皆停止 而朝夕饋奠器數 竝令太半減省 又曰 目
今國儲蕩竭 民力亦盡 諸大夫毋循舊例 一切省節 則雖予魂魄 亦可以安矣 又
曰 主上仁孝 必體予意 故如是言之 我殿下祗奉德音 卽命有司 一無所違 而
深山窮谷 莫不奉讀悲慕曰 聖母之哀我至矣 今焉棄我 吾其奈何 當丙辰憂吉
群臣上尊號曰顯烈 至是 大臣金壽恒閔鼎重等率諸宰 上諡曰明聖 徽號曰貞獻
文德 先是 崇陵之役 虛其左方 以四月丙申朔初五日庚子祔葬焉 實治命也 巡
衛象設 已具於前 事力又大省焉 群有司得免華樂不臣之罪 而疲氓益受慈儉之
德矣 后丕膺天慶 誕我主上殿下 初聘仁敬王后金氏 亦新羅王冑出 領敦寧府
事光城府院君萬基女 庚申十月薨逝 翌年正月 后議選繼妃 廷臣以太速爲言
后曰 強國在旁 不可膠守 蓋懲勝國事也 其深憂遠慮 類如是 其五月 今中宮
殿下 膺選正位 領敦寧府事驪陽府院君閔維重女也 明安公主下嫁海昌尉吳泰
周 嗚呼 我聖母盛德至善 雖方之任姒 可以無愧 而惟其沈潛不顯 人不得以名
焉 然其言行之懿 自然暗合乎道 當鑴穆欲陷忠翼 以脫楨梗也 后之心以爲 吾
親將以非罪 而陷於不測 吾雖竊負而逃可矣 其孝德 於是而益著矣 其後權凶
誣詆 則又下手札 深自引咎 而無一毫怨怒之意 其時傳誦者 雖無知下賤 孰不

嗚咽哉 己未春 逆堅因忿爭 手歐后小母 至於拉齒 而后終無一言 如不知有此
事 其沈幾睿量 此亦可見 甲寅以後 見諸舊臣創殘 恒切憂傷 我殿下承旨意
雖屢經駭機 終保無他 至於凶徒伏法之後 其疑者從輕 雖明有罪者 必求其可
生之道 罪宗磬旬之後 聖上猶以爲我先王骨肉也 易棺衾 改其藁葬 蓋亦后意
也 其後舊臣有欲退者 以手札勉留 亦宣仁故事也 后資性聰睿 事有一經於耳
目 皆終身不忘 見識昭曠 通曉古今治亂 旣位坤極 誠以事上 義以飭下 尤防
嚴內外 其顧視私懿 嘗有程例 訓戒諸弟以無驕怠 終無敢以纖芥干澤者 公主
三人 長次俱夭逝 只有明安公主 其愛之可謂甚矣 而及其出閤 誦小學書戒之
日 由奢入儉難 其資送粧束 俱損於舊制 時有水旱 人民飢餓 后惻然廢食 至
發上供帑藏 以資賑活 后昇遐後 閭閻或傳 主上疾甚時 宮中有妖巫事 法司囚
之 儒臣言之 上答儒臣疏曰 慈聖於平日 見識高明 巫覡不經之說 未嘗不深惡
而痛絶 則寧有信惑之理哉 於是 群疑氷釋 傳曰 明於天地之性者 不可惑以神
怪 信哉 蓋嘗論之 宋朝高太后 聖則聖矣 而朱夫子嘗以爲 哲宗甚衛 而后常
大慟 則其所遭可謂不幸 而若我聖母 則上義下承 慈孝格天 使群凶悖逆之計
終不得售焉 其視高后 奚但擬之而有餘 蓋不可同年而語矣 然而論二南之化者
只頌后妃 而不本於文王 則朱夫子深以爲非 今我聖母之臻玆 豈非我顯考正身
齊家之明效哉 嗚呼 我聖母大德 宜受天佑 而不幸顯考善病 使我聖母 長時熬
煎 孝廟仁宣之喪 六年哀慕 及其甲寅大喪 惇然含恤 又哭二公主及仁敬賢妃
喪 仍以我殿下沖年病弱 一心憂惱 外則權奸堵立 國命綴旒 當是時也 其隕穫
崩迫 何可勝言 及如去冬 上嬰奇疾 證情不常 則又冒寒竭蹷 請命于天 纔蒙
神勞 旋遘自疾 嗚呼 天之胡爲生此大德 而福祿不降 使我聖上 彌增隕慟 使
此臣民 號慕益深耶 雖然 身有聖德 得位得名 而功存社稷 澤及生民 以垂蔭隲
於億萬斯年 則眞不負上天生德之意矣 復何憾焉 此足以少慰聖上之孝思 而亦
以紓臣民之至慟矣 嗚呼 休哉 上優批獎諭 仍令上來 以濟時艱

혜릉(惠陵)

1. 연혁

능 주 : 경종 원비 단의왕후(端懿王后) 심씨[1686~1718]

위 치 : 경기도 구리시 인창동

지정번호 : 사적 제193호

봉릉연대 : 1457년(세조 3)

천릉연대 :

왕릉형태 : 단릉

2. 왕릉 소개

서울 동북부에 위치한 망우리 고개를 넘나드는 6번 국도를 따라 경기도 구리시 방면으로 넘어가면 교문사거리에 이른다. 이곳에서 좌회전하여 43번 국도를 따라 약 5분 정도 달려가면 동구릉 입구에 도착한다.

동구릉은 조선의 왕과 왕비 17위의 유택이 마련돼 있는 곳으로 '동쪽에 아홉 개의 왕릉이 있다' 하여 이름붙여진 우리나라 최대 규모의 왕릉군이다.

혜릉 전경　　　　　　　　　　　　혜릉의 정자각

1408년 조선왕조를 세운 태조 이성계가 승하하자 태종의 명으로 파주, 고양 등지에서 좋은 묏자리를 물색하여 능지로 정해진 곳이다.

　동구릉의 조성은 조선왕조 전 시기에 걸쳐 이루어졌다. 동구릉이라고 부른 것은 추존왕 익종의 능인 수릉이 아홉 번째로 조성되던 1855년(철종 6) 이후의 일이며, 그 이전에는 동오릉(東五陵), 동칠릉(東七陵)이라고 불렀다.

　동구릉에는 검암산 중앙 북쪽에 있는 태조 이성계의 능인 건원릉(健元陵)을 중심으로 동쪽 언덕에 14대 선조와 그의 비 의인왕후, 계비 인목왕후의 능인 목릉(穆陵)이, 그 남쪽 아래로 5대 문종과 그의 비 현덕왕후의 능인 현릉(顯陵)이 있으며, 그 다음으로 23대 순조의 세자인 추존왕 익종과 그의 비 신정왕후의 능인 수릉(綏陵)이 자리를 잡고 있다. 그리고 건원릉 서쪽으로 16대 인조의 계비 장렬왕후의 능인 휘릉(徽陵)이, 그 다음으로 24대 헌종과 그의 비 효현왕후, 계비 효정왕후의 능인 경릉(景陵)이 있고, 그 아래로 21대 영조와 그의 계비 정순왕후의 능인 원릉(元陵)에 이어 20대 경종의 비 단의왕후의 능인 혜릉(惠陵)이 있으며, 맨 왼쪽으로 18대 현종과 그의 비 명성왕후의 능인 숭릉(崇陵) 등 모두 아홉 개의 능이 자리 잡고 있다.

　동구릉은 능제의 변화와 조선왕조 519년의 부침을 한눈에 볼 수 있는 중요한 문화유산이다. 더욱이 능 전역에 우거져 있는 숲과 능역을 가로지르는

앞뒤에서 바라본 단의왕후 심씨 무덤

개울물 등 자연경관이 아주 **빼**어나다.

혜릉은 조선 20대 경종의 원비 단의왕후(端懿王后, 1686~1718) 심씨 능으로 동구릉 왼쪽 가장 안부에 위치한 미공개 무덤인 숭릉으로 가는 길목에 자리잡고 있다. 단의왕후는 타고난 품성이 어질고 어릴 때부터 총명하고 덕을 갖춰 양전(兩殿)과 병약한 세자를 섬기는 데 손색이 없었다고 한다. 숙종 44년 승하하여 숭릉 왼쪽 산줄기에 모셔졌다가 1720년 경종이 즉위하자 단의왕후에 추봉되었다. 능역이 전반적으로 좁고 길게 자리하고 있으며, 석물도 별로 크지 않게 제작되어 있어 전체적으로 아담한 느낌이다. 조선 왕릉들은 대부분 북침(北枕)을 하고 있는데, 혜릉은 서쪽에 머리를 두고 있다.

능제(陵制)는 인현왕후(仁顯王后)의 능인 명릉(明陵)의 제도를 따라 문무석을 비롯한 모든 석물(石物)을 사람 키만하게 만들어서 전체적으로 아담한 느낌이다. 무인석은 얼굴의 3분의 1을 차지하는 큰 코가 특징이며 이국적인 모습을 하고 있다.

망주석은 다른 곳보다 작지만 세호(細虎)가 뚜렷하게 조각되어 있으며, 오른쪽 세호는 위를 향하고 왼쪽 것은 아래로 기어내려가는 모양이다. 봉분은 병풍석 없이 난간석만 둘렀고 난간석에는 십이지신상이 비교적 뚜렷하게 남아 있다. 봉분 주위에는 능을 보호하는 네 마리의 석호와 네 마리의 석양이 교대로 서 있다. 장명등이 없고 그 터만 남아있다.

3. 능주 소개

단의왕후는 조선 제20대 경종의 비로 성은 심(沈), 본관은 청송이다. 청은
부원군(靑恩府院君) 호(浩)의 딸이다. 1696년(숙종 22) 10세의 나이로 세자빈
에 책봉되었으나, 경종이 즉위하기 2년 전인 숙종 44년 2월 7일 창덕궁의 장
춘헌(長春軒)에서 33세의 나이로 자식 없이 병으로 죽었다. 1720년 경종이
즉위하자 그 해 6월 15일 왕후에 추봉되어 단의왕후라 하고 전호(殿號)는 영
휘(永徽)라 했으며, 능은 혜릉(惠陵)이라 하였다. 1726년(영조 2)에 공효정목
(恭孝定穆)이라는 휘호(徽號)가 추상(追上)되었다.

4. 혜릉표석음기

朝鮮國
　　端懿王后惠陵
恭孝之穆端懿王后沈氏 景宗大王元妃 丙寅五月二十一日誕生 丙子冊封世
子嬪 戊戌二月七日昇遐 四月十九日葬于楊州崇陵左岡酉坐之原 壽三十三
庚子追封王妃 崇禎紀元後一百二十年立

5. 혜릉지

宋相琦, ≪玉吾齋集≫ 卷 14, 墓誌銘 端懿嬪誌文

上之四十四年戊戌二月初七日丙戌 王世子嬪有疾猝劇 卒于昌德宮之長春軒 時上在違豫中 哀悼特深 力疾臨哭 命有司治喪 一遵典禮 擇卜越四月十六日甲午 梓室發引 十九日丁酉 葬于崇陵左崗枕酉之原 世子手草行錄 命臣爲之誌 臣謹按 嬪姓沈氏 系出靑松 靑城伯德符 爲我 朝開國元勳 生領議政安孝公靑川府院君溫 寔我昭憲王后之父也 五傳而爲領敦寧翼孝公靑陵府院君鋼 又我仁順王后之父也 靑陵有孫曰領議政忠靖公悅 繼子弘文館校理熙世 於嬪爲高祖 曾祖權 觀察使 祖義禁府都事鳳瑞 考僉正贈右議政浩 妣高靈朴氏 父郡守鑌 吏曹判書贈領議政長遠之子也 嬪以崇禎後丙寅五月二十一日甲辰 誕生于會賢洞寓舍 先是 觀察使挈家移居楊根先壟下 自忠靖墓至洞外 夜輒有光 晃明如白晝 人皆異之 朴夫人自是始有身 連夢月光雲彩羣鳳 飛翔之兆云 嬪生而夙慧 未晬而能言 稍長 動止有則 足不下階庭 喜怒不形 言語必愼 又能知長者氣色 先意承奉 遇新物必先獻於長者 不命之食則不食 每朝起必適寢問安 然後始退 五歲時 觀察當暑月醉寢 使把扇揮蠅 遵命惟謹 至暮俟醒乃已 其篤行自幼已如此 雅性簡素 見人鮮衣服 無歆艶色 得玩好之物 不以自累 輒分施諸弟 意泊如也 丙子 嬪三入揀選 以離父母爲慽 至於出涕 是歲五月十九日 行嘉禮 其在別宮 終日端坐 受讀小學書 侍女或請游觀 終不應 及入內 奉兩殿事世子 婉娩敬愼 率由禮則 兩殿甚愛之 仁顯王后喪 有疾未克盡制 終身茹痛 哀慕不已 以上疾久不瘳 日夜焦憂 或涕泣廢食 願以身代 宮中莫不稱其孝 盖其德性純行 出於天得 非矯揉勉强而然也 行錄所記如此 嗚呼其至矣 上用廷臣議 取守禮執義溫柔聖善之義 贈謚曰端懿 春秋三十三 臣竊惟沈爲大姓 積德炳靈 再誕聖女 嬪鍾英趾美 早配元良 雖潛德不顯 而令聞麝玷 是宜

永綏天祿 俾昌俾熾 而不幸中嬰疾疢 齡籌遽促 弓釰之慶 天竟靳焉 以致貽慽
於兩殿 結愴於儲宮 此何理也 雖 然 孝者 人倫之本 而嬪能盡其道 柔順和敬
媚于上下 百世之下 徽音不沬 將與兩朝先聖后 並耀於無窮矣 嗚呼 此豈非天
意也耶 謹拜手稽首而敬誌之如右

원릉(元陵)

1. 연혁

능　　주 : 영조(英祖)[1694~1776, 1724~1776]
　　　　　계비 정순왕후(貞純王后) 김씨[1745~1805]
위　　치 : 경기도 구리시 인창동
지정번호 : 사적 제193호
봉릉연대 : 1776년(정조 즉위년)
천릉연대 :
왕릉형태 : 쌍릉

2. 왕릉 소개

　서울 동북부에 위치한 망우리 고개를 넘나드는 6번 국도를 따라 경기도 구리시 방면으로 넘어가면 교문사거리에 이른다. 이곳에서 좌회전하여 43번 국도를 따라 약 5분 정도 달려가면 동구릉 입구에 도착한다.

　동구릉은 조선의 왕과 왕비 17위의 유택이 마련돼 있는 곳으로 '동쪽에

아홉 개의 왕릉이 있다'
하여 이름붙여진 우리나
라 최대 규모의 왕릉군이
다. 1408년 조선왕조를
세운 태조 이성계가 승하
하자 태종의 명으로 파
주, 고양 등지에서 좋은
묏자리를 물색하여 능지
로 정해진 곳이다.

원릉 전경

　동구릉의 조성은 조선왕조 전 시기에 걸쳐 이루어졌다. 동구릉이라고 부
른 것은 추존왕 익종의 능인 수릉이 아홉 번째로 조성되던 1855년(철종 6)
이후의 일이며, 그 이전에는 동오릉(東五陵), 동칠릉(東七陵)이라고 불렀다.
　동구릉에는 검암산 중앙 북쪽에 있는 태조 이성계의 능인 건원릉(健元陵)
을 중심으로 동쪽 언덕에 14대 선조와 그의 비 의인왕후, 계비 인목왕후의
능인 목릉(穆陵)이, 그 남쪽 아래로 5대 문종과 그의 비 현덕왕후의 능인 현
릉(顯陵)이 있으며, 그 다음으로 23대 순조의 세자인 추존왕 익종과 그의 비
신정왕후의 능인 수릉(綏陵)이 자리를 잡고 있다. 그리고 건원릉 서쪽으로
16대 인조의 계비 장렬왕후의 능인 휘릉(徽陵)이, 그 다음으로 24대 헌종과
그의 비 효현왕후, 계비 효정왕후의 능인 경릉(景陵)이 있고, 그 아래로 21대
영조와 그의 계비 정순왕후의 능인 원릉(元陵)에 이어 20대 경종의 비 단의
왕후의 능인 혜릉(惠陵)이 있으며, 맨 왼쪽으로 18대 현종과 그의 비 명성왕
후의 능인 숭릉(崇陵) 등 모두 아홉 개의 능이 자리 잡고 있다.
　동구릉은 능제의 변화와 조선왕조 519년의 부침을 한눈에 볼 수 있는 중
요한 문화유산이다. 더욱이 능 전역에 우거져 있는 숲과 능역을 가로지르는

앞뒤에서 바라본 영조와 정순왕후 김씨의 무덤

개울물 등 자연경관이 아주 빼어나다.

원릉은 동구릉 왼쪽 능선 중심부에 위치한 무덤으로 조선 21대 영조(英祖, 1694~1776)와 계비 정순왕후(貞純王后, 1745~1805) 김씨의 능이다. 1724년 즉위한 영조는 조선의 역대 임금 중 52년을 재위함으로써 재위기간이 가장 긴 왕으로, 탕평책을 써서 당쟁의 근절에 힘을 기울였을 뿐 아니라 균역법을 시행하여 백성들의 부담을 덜어주었다. 그러나 자신은 붕당정치의 폐해 속에서 살아남았지만, 아들 사도세자는 붕당정치의 희생자가 되는 비운을 겪었다.

영조는 서오릉의 홍릉(원비 정성왕후)을 자신의 자리로 정해 쌍릉으로 조영하기를 바랐으나 손자인 정조는 지금의 건원릉 서쪽 두 번째 산줄기에 안장하고 원릉이라 했다.

15세의 나이에 66세의 영조의 비가 된 정순왕후는 훗날 사도세자의 죽음에 빌미를 제공하였고, 순조 때에 수렴청정을 하면서 권력을 휘둘렀다. 정순왕후는 자손 없이 승하하여 원릉의 영조 옆에 묻혔다.

영조는 최장수 임금이었던 만큼 생전에 8회에 걸쳐 산릉원을 조영하거나 천장해 능제에 관심이 많았다. 숙종의 교명을 근거로 제도를 정비하여 ≪국조상례보편≫을 펴냈다. 따라서 원릉의 석물제도는 새로 정비된 ≪국조상례보편≫의 표본과 같다.

원릉은 쌍릉으로 조성되었으며, 병풍석을 세우지 않고 난간석을 둘렀으며, 각 봉분 앞에 혼유석이 하나씩 놓여 있다. 능의 중간에 장명등을 화문으로 장식해 놓았다.

망주석의 세호는 혜릉처럼 오른쪽의 것은 위를 향하고 왼쪽의 것은 땅으로 내려오게 하였다.

문인석이나 무인석은 비교적 섬세하게 조각되어 있으나 입체감이 떨어지는 편이고, 모두 사실적인 미소를 띠고 있다.

3. 능주 소개

영조는 조선 제21대 왕으로 이름은 금(昑), 자는 광숙(光叔), 호는 양성헌(養性軒)이다. 아버지는 숙종이고, 어머니는 화경숙빈(和敬淑嬪) 최씨(崔氏)이다. 비는 서종제(徐宗悌)의 딸 정성왕후(貞聖王后)이며, 계비는 김한구(金漢耉)의 딸 정순왕후(貞純王后)이다.

1699년(숙종 25) 연잉군에 봉하여지고, 1721년(경종 1)에 왕세제로 책봉되었다. 1721년 숙종에 이어 경종이 즉위하였으나 건강이 좋지 않고 또 아들이 없었다. 그해 노론측 정언 이정소(李廷熽)는 경종에게 후계자를 먼저 정할 것을 요청하였다.

한편, 영의정 김창집(金昌集), 좌의정 이건명(李健命), 판중추부사 조태채(趙泰采), 영중추부사 이이명(李頤命) 등 이른바 노론 4대신은 숙종의 제2계비 김대비(金大妃:仁元王后)의 도움을 요청하였다.

이들 노론측은 경종이 병환이 많고 효종·현종·숙종의 3대에 해당하는 혈통(三宗血脈)은 경종을 제하고는 왕제(王弟)인 연잉군밖에 없음을 들어 왕제를 세제로 책봉할 것을 강력히 주장하고 나섰다.

그런데 왕제의 세제책봉으로 기울어지자 연잉군은 소를 올려 왕세제의 자리를 극구 사양하였다. 그리고 소론측인 우의정 조태구(趙泰耈)를 비롯, 사간 유봉휘(柳鳳輝) 등도 시기상조론을 들어 연잉군의 왕세제 책봉을 적극 반대하였다. 그러나 결국 노론측 대세에 밀려 연잉군이 왕세제에 책봉되었다.

이제 왕세제로 기반을 다지게 된 노론의 입장에서는 좀더 실권을 잡기 위해서 대리청정(代理聽政)까지 들고 나오기에 이르렀다.

먼저 노론측은 집의 조성복(趙聖復)을 앞세워 왕세제의 대리청정에 대한 정당한 명분을 주장하게 하였다. 그의 주장은 경종이 병이 많고, 또 1717년(숙종 43)에 숙종이 경종에게 대리청정하게 한 정유고사(丁酉故事)를 들어 왕세제에게도 대리청정을 시켜야 한다는 것이다. 이에 경종은 노론측 주장에 비망기(備忘記)를 내려 왕세제의 대리청정을 일단 허락하였다.

그러자 소론의 찬성 최석항(崔錫恒), 우의정 조태구 등이 읍간으로 대리청정의 허락을 취소시켜줄 것을 강력히 요구하였다. 이어 중앙조정은 물론 지방의 감사·수령·찰방과 성균관학생 및 각도의 유생들까지도 소를 올려 대리청정의 회수를 간청하고 나섰다.

또한, 청정명령을 받은 왕세제도 네번이나 청정명령의 회수를 청하였다. 그러자 노론측 중신들도 의례상 백관의 정청(庭請)을 베풀고 대리청정의 회수를 청하지 않을 수 없게 되었다. 그럼에도 불구하고 경종은 자신의 명분을 세운다는 입장에서 "나의 병이 언제 나을지 모르니 세제에게 대리청정을 시키겠다."는 하교를 내렸다.

그러자 노론측 여러 중신들은 대리청정이 굳어진 것으로 판단, 청정명령을 거두라는 정청의식을 파하였다. 이어 노론측은 연명으로 왕명을 좇는다는 명분으로 숙종 말년의 정유청정의 절목에 따라 왕세제의 대리청정을 청하는 의례적 차서(箚書)를 급히 올렸다.

노론측의 태도가 이와같이 변하자 당황한 경종은 소론 대신 조태구를 불러들여 일의 해결을 다시 요청하였다.

당시 우의정으로 있던 조태구는 "1717년의 정유청정은 숙종이 춘추가 높은 데다가 병이 중하여 부득이하여 그런 것이나 지금 왕세제의 대리청정 주장은 전하(殿下:경종)의 보령이 겨우 34세이고, 즉위한 지도 1년밖에 되지 않았을 뿐만 아니라 지금 전하의 병환과는 형세가 판연히 다르므로 청정명령은 부당하다."고 극간하였다.

조태구의 주장에 노론 대신들도 다른 명분이 없게 되었다. 이에 노론의 입장에서는 전번에 올린 대리청정을 허락하여 줄 것을 청하였던 연명 차서가 잘못임을 인정, 또다시 청정명령의 환수를 청하게 되었다.

처음부터 대리청정을 요구하였다가 청정명령을 거두라는 정청을 베풀고, 이어 다시 연명 차서로 청정을 요구하였다가 결국, 환수의 요청을 하지 않으면 안되었던 노론측의 태도 변화는 신하로서 일관된 명분을 보여주지 못하였기 때문에 소론측으로부터 공격을 받게 되었고 또 그들에게 가장 큰 입지를 마련하여주는 결과가 되었다.

결국 1721년 기회를 잡은 소론들은 대리청정에 앞장섰던 노론 4대신을 탄핵하여 귀양을 보내는 신축옥사를 주도하였다.

이듬해 기세를 몰아 소론의 영수 김일경(金一鏡) 등은 남인 목호룡(睦虎龍)을 시켜 임인옥사를 일으켰다.

이때 소론측은 노론이 삼수역(三守逆:경종을 시해하기 위한 세 가지 방법)까지 꾸며 경종을 시해하려 하였다고 주장하였다. 더욱이 왕세제도 이 모역에 가담하였다는 것이다. 임인옥사를 주도한 소론들은 노론 4대신을 비롯한 60여명을 처형시키고 관련자 170여명도 유배 또는 치죄를 하는 대대적인 노론 축출을 단행하였다.

이때 임인옥안에 왕세제의 혐의도 함께 기록되었다. 이무렵 김일경 등은 또 내관 박상검(朴尙儉)·문유도(文有道) 등을 시켜 왕세제를 보필하던 장세상(張世相)을 몰아내고, 심지어는 왕세제가 형인 경종에게 문안하러 가는 것조차 막았다.

왕세제는 자신의 지지기반이던 노론이 축출되고 신변에 위협까지 받게 되자 계모인 김대비에게 사위(辭位)도 불사하겠다고 호소하였다. 김대비는 이러한 정국(政局)을 깊이 인식, 평소 노론측 입장에 서서 왕세제를 감싸왔으므로 왕세제의 간절한 사정까지 담은 언교(諺敎)를 몇 차례 내려 소론측의 반발을 누그러뜨렸다. 1724년 경종이 죽자 영조는 무사히 등극하게 되었다.

노론·소론의 당론에 처하여 생명의 위협까지 받은 뒤 1724년에 즉위한 영조는 바로 탕평정국의 서곡인 붕당의 폐해를 하교하였다.

영조가 탕평책을 절실히 느끼게 된 것은 아마도 세제로 책봉된 뒤부터라고 생각된다. 왜냐하면 그가 왕세제로 책봉된 뒤부터는 본격적으로 노론·소론의 당론이 심화되어 여러 차례에 걸쳐 거기에 휘말렸으며, 그 때문에 생명의 위협까지도 받았기 때문이다.

영조는 즉위하자마자 소론의 영수 김일경, 남인의 목호룡 등 신임옥사를 일으킨 자들을 숙청하였다. 그리고 1725년(영조 1)에는 을사처분(乙巳處分)으로 노론을 다시 정계로 불러들였다.

그러나 영조가 의도하였던 탕평정국과는 달리 노론내 강경세력인 준론자(峻論者)들은 소론에 대한 공격을 일삼는 등 또다시 노론·소론의 파쟁으로 흘러가자 1727년에는 노론내 준론세력들을 축출하였다. 곧 이어 1729년에는 기유처분(己酉處分)으로 노론·소론내 탕평세력을 고르게 등용, 초기의 탕평정국을 이루었다.

이때 인사정책으로 쌍거호대(雙擧互對)의 방식을 취하였다. 예컨대 노론 홍치중(洪致中)을 영의정으로 삼으면 소론 이태좌(李台佐)를 좌의정으로 삼아 상대하게 하고, 이조의 인적 구성에 있어서도 판서에 노론 김재로(金在魯)를 맡기면 참판에 소론 송인명(宋寅命), 참의에 소론 서종옥(徐宗玉), 전랑에 노론 신만(申晚)으로 상대하게 한 것이 그것이다.

그뒤 영조 자신의 의도대로 정국을 수습하게 되자 기초를 다진 왕권으로 쌍거호대의 방식을 극복, 유재시용(惟才是用)의 인사정책을 단행하게 되었다. 초기에는 재능에 관계없이 탕평론자를 중심으로 노론·소론만 등용하다가 탕평정국이 본궤도에 오르자 이의 정착을 제도적으로 보장하려는 방향으로 그 기반을 강화시켜나갔다. 이러한 정국구도에 따라 노론·소론·남인·소북 등 사색을 고르게 등용, 탕평정국을 확대시켜나갔던 것이다.

그러나 이러한 정책의 시행과정에서 문제가 없었던 것은 아니었다. 즉위 후 을사처분으로 노론을 불러들여 왕위정통성 확보와 탕평정국을 급히 서두르다가 1728년에는 정계에서 밀려난 소론측의 반발세력인 이인좌(李麟佐)의 난을 겪었고, 1755년에는 을사처분 때 귀양을 가서 20여년 동안이나 한을 품어온 소론 윤지(尹志) 등이 주동, 나주에 괘서사건을 일으켰다. 그리고 이듬해 토역과(討逆科)를 보일 때 그 답안지에 소론계 인물들이 조정을 비방하는 글을 써서 물의를 일으키기도 하였다.

1762년에는 탕평책에 따라 다시 정계에 발을 들여놓은 남인과 노론 명분 속에 미약한 권력을 유지하여 온 소론 등이 장헌세자(莊獻世子)를 등에 업고 정권을 잡을 기회만 노리고 있었다.

이를 간파한 노론측 김한구·홍계희(洪啓禧) 등이 나경언(羅景彦)을 사주하여 장헌세자의 비행과 난행(亂行)을 고발하게 하여 뒤주 속에 세자를 가

두어 죽이는 참사를 불러일으키기도 하였다.

한편, 1725년 영조는 압슬형(壓膝刑)을 폐지하고 사형을 받지 않고 죽은 자에게는 추형을 금지시켰다. 그리고 1729년 사형수에 대해서는 삼복법(三覆法)을 엄격히 시행하도록 하여 신중을 기하게 하였으며, 1774년 사문(私門)의 용형(用刑)도 엄금시켰다.

그리고 남형(濫刑)과 경자(鯨刺) 등의 가혹한 형벌을 폐지시켜 인권존중을 기하고 신문고제도(申聞鼓制度)를 부활시켜 백성들의 억울한 일을 왕에게 직접 알리도록 하였다.

또한 영조는 경제정책에 특별한 관심을 기울였다. 1725년 각 도의 제언(堤堰)을 수축, 한재에 대비하였고, 1729년에는 궁전 및 둔전에도 정액을 초과하는 것에 대하여서는 과세를 시켰다. 한편 오가작통(五家作統) 및 이정(里定)의 법을 엄수하게 하여 탈세방지에 힘썼다.

그런데 영조 재위 때에 그가 시행한 경제정책 중 가장 높이 평가되는 것은 바로 균역법(均役法)의 시행이었다. 이 균역법의 시행으로 양역(良役)의 불균형에 따른 일반 백성들의 군역(軍役)부담이 크게 감소되었다.

균역법을 성립시키는 과정에서 영조는 우선 조현명(趙顯命) 등에게 <양역사정(良役査正)>을 올리게 하는 한편, 1750년에는 친히 홍화문에 나가 오부방민(五部坊民)을 만나 양역개정에 대한 여론을 수집하는 의지를 보이기도 하였다.

이 균역법 시행의 가장 큰 의의는 어느 정도 전국적인 양정수(良丁數)의 파악이 실제로 시도되었다는 점이다. 이러한 실제 파악작업은 조선 건국 이래 처음 시도된 것으로 왕권과 양반신분 및 농민층의 이해관계가 얽힌 군역문제 해결에 있어서 지배층의 양보를 강요하면서까지 민생을 위한 개선책을 도모하였다는 데에도 큰 의의를 부여할 수 있을 것이다.

이밖에도 영조는 각 도에 은결을 면밀히 조사하게 하고 환곡분류법(還穀分類法)을 엄수하게 하는 등 환곡에 따른 폐단을 방지하는 데에도 각별한 관심을 보였다.

그리고 1763년에는 통신사(通信使)로 일본에 갔던 조엄이 고구마를 가져옴으로써 한재시에 기민을 위한 구황식량을 수급하는 데 획기적인 일익을 담당하였다.

한편, 사회정책을 실시, 신분에 따른 역(役)을 더욱 명백히 하였다. 양인들의 불공평한 양역에 따른 폐단을 개선하기 위한 균역법의 시행은 물론 천인들에게도 공사천법(公私賤法)을 마련하였다.

1730년에 양처(良妻) 소생은 모두 모역(母役)에 따라 양인이 되게 하였다가 이듬해에는 남자는 부역(父役), 여자는 모역에 따르게 하여 양역을 늘리는 방편을 마련하였다. 그리고 서얼차대(庶孼差待)로 사회참여의 불균등에 의한 불만을 해소하는 방편으로 서자도 관리로 등용시키는 기반을 마련하였다.

영조는 그의 생전의 신념으로 이끌었던 탕평정국을 더욱 확대하기 위해서 붕당의 근거지로 활용되는 서원·사우(祠宇)의 사건(私建) 또는 사향(私享)을 금지시켰다.

또 1772년에는 과거시험도 탕평과(蕩平科)를 처음 시행하는 특례를 보였고, 같은 해 동색금혼패(同色禁婚牌)를 집집의 대문에 걸게 함으로써 당색의 결집에 대한 우려를 환기시켰다.

영조는 즉위한 이듬해에 주전(鑄錢)을 중지시키고 군사무기를 만들게 하였다. 1729년에는 김만기(金萬基)가 만든 화차(火車)를 고치게 하였으며, 이듬해는 수어청(守禦廳)에 명하여 조총(鳥銃)을 만들게 하여 군기(軍器)의 수급에 만전을 기하게 하였다.

그리고 전라좌수사 전운상(田雲祥)이 제조한 해골선(海鶻船)을 통영(統營) 및 각 도의 수영(水營)에서 만들도록 하여 임진왜란 때 떨쳤던 해군력을 계승, 더욱 발전시키도록 하였다.

한편 북방 변방 및 요새 구축에도 관심을 기울였다. 1727년에는 북관군병(北關軍兵)에게 총을 복습하게 하였고, 1733년에는 평양중성(平壤中城)을 구축하게 하였다. 그리고 1743년에는 강화도의 외성을 개축, 이듬해 완성하였다.

영조는 왕세제 때부터 당론에 휘말려 온갖 고초를 겪었으나, 자신이 처한 위치를 슬기로운 탕평정국으로 이끌어나가면서 각 방면에 걸쳐 부흥기를 마련한 영주(英主)였다.

1776년 83세로 죽으니 조선시대 역대왕 가운데에서 재위기간이 가장 긴 52년이나 되었다. 처음에 올린 묘호(廟號)는 영종(英宗)이었으나 뒤에 영조로 고쳐 올렸다.

정순왕후(貞純王后)는 영조의 계비(繼妃)로 본관은 경주이다. 오흥부원군(鰲興府院君) 한구(漢耉)의 딸이다.

영조의 정비 정성황후 서씨(貞聖王后徐氏)가 죽자 1759년(영조 35) 왕비에 책봉된 뒤 가례를 행하고, 1772년에는 예순(睿順)을 비롯하여 성철(聖哲)·명선(明宣)·융인(隆仁) 등의 존호를 받았다.

소생은 없지만 사도세자와의 사이에 틈이 생겨 참소가 심하더니, 아버지 한구의 사주를 받아, 나언경(羅彦景)이 사도세자의 부도덕과 비행을 상소하자 서인(庶人)으로 폐위시켜 뒤주 속에 가두어 굶어죽게 하였다.

그 뒤 당쟁에서 세자를 동정하는 시파(時派)를 미워하고, 그것에 반대하는 벽파(僻派)를 항상 옹호하였으며, 정조가 죽고 순조가 어린 나이로 즉위하자, 수렴청정을 하면서 벽파인 공서파(攻西派) 등과 결탁, 정치적으로 그에 반대하는 시파 등의 신서파(信西派)를 모함하여 천주교에 대한 일대 금압령을 내리기도 하였다.

　이러한 과정에서 이가환(李家煥) 등 천주교 신앙의 선구자들이 옥사당하고 정약종(丁若鍾) 등 간부들이 처형되었으며, 정약전(丁若銓)·약용(若鏞) 형제는 전라도지방으로 귀양갔다. 그리고 종친 은언군(恩彦君)과 그 부인 및 며느리 등도 같은 이유로 사사(賜死)되었다. 한편으로는 그의 과단성 있는 정치수행으로 흐트러진 질서를 다시 찾고 국가의 안정을 회복할 수 있었다.

　정순왕후는 1805년 정월 12일에 61세의 나이로 창덕궁의 경복전(景福殿)에서 승하하였다. 시호는 정순(貞純)이며, 능호는 원릉(元陵)이다.

4. 원릉표석음기

*영종대왕 표석음기
朝鮮國
　英宗大王元陵
英宗至行純德英謨毅烈章義弘倫光仁敦禧軆天建極聖功神化大成廣運開泰基永堯明舜哲乾健坤寧翼文宣武熙敬顯孝大王　崇禎紀元後六十七秊甲戌九月十三日誕生　己卯封延礽君　辛丑冊封王世第　甲辰卽位　丙申三月初五日昇遐　七月二十二日葬于楊州健元陵西第二岡亥坐之原　在位五十二年　壽八十三　二十二日改以二十七日　崇禎紀元後一百四十九秊　月　日立

朝鮮國

　貞純王后祔左

睿順聖哲莊僖惠徽翼烈明宣綏敬光獻隆仁昭肅靖憲貞純王后金氏　英宗大王
繼妃　英宗二十一年乙丑十一月十日誕生　三十五年己卯冊封王妃　丙申正宗
嗣位尊爲王大妃　庚申今上嗣位尊爲大王大妃　　垂簾同聽政三年癸亥特命撤
簾　乙丑正月十二日昇遐　六月二十日祔葬于元陵之左同原異封　壽六十一

5. 원릉지

《英祖實錄》附錄 英祖大王元陵誌文

　誌文曰　於戲　天降大有爲之君　將致一代之洪業　則必先試之憂患困厄
俾有以動心忍性　增益其德智　卒乃濟屯涉險　克底太平萬世之基　考詣近世
於我大行大王見之矣　王姓李　諱昑　字光叔　肅宗大王第二子　母和敬淑嬪崔
氏　以甲戌九月十三日　誕生于昌德宮之寶慶堂　王幼岐嶷　右腕有文如龍鱗
肅宗常器重之　錫軒號曰養性　以勖其德　六歲封延礽君　庚子肅宗昇遐　淸
使來弔　請見王弟　賊臣趙泰耉言上國弔列國之君　竝及公子之爲陪臣者　古
無是焉　陪臣受之　爲冒嫌　逆亂之源自此始　初景宗大王寢疾無嗣　擧國憂
之　辛丑正言李廷熽上疏　請建儲位　大臣金昌集李頤命李健命趙泰采率諸
臣入對　請定大策　景宗稟承王大妃　命諭諸大臣　冊王爲世弟　王上疏辭　景
宗答曰豫建儲嗣　所以重宗廟社稷也　予以不穀無嗣　又有疾　委之以儲貳之
重　小心翼翼　以副國人之望　王再上疏固辭　景宗不許　已而賊臣柳鳳輝上
疏　盛言諸大臣愚弄迫脅　無人臣禮　王上疏辭位　諸大臣率三司　啓請鞫鳳

輝 景宗可之 泰耉上箚言鳳輝之心 出於爲國 斷斷無他 伸救甚力 請收成
命 景宗由是竄鳳輝 卒不之問 後有敎 大小國事 令世弟裁斷 王四上疏乞
寢命 而百官庭請不止 景宗曰左右可乎 世弟可乎 諸大臣聯名上箚 請遵
丁酉代理故事 稟旨而行 是夜泰耉與其黨崔錫恒等 從宣仁門潛入侍 遂寢
代理 王夙夜踧踖不安 先是賊臣金一鏡陰結逆閹尙儉 謀危東宮 尙儉使宮
人石烈必貞 連日夜闔淸暉門 斷東宮問寢之路 王至不得入 乃召見賓客宮
僚 欲出閤以辭儲位 群臣請誅尙儉等 大妃諺敎諭大臣曰世弟之冊爲儲嗣者
此未亡人奉先王之遺敎 而大殿親書爵號以定之 不幸宮人及宦侍 交構兩
宮 欺蔽聖聰 乃敢以悖逆之說 肆然發於黼扆之前 其罪當誅 而卿等亦宜
調護王世弟 以保社稷 母負我先王遺敎 自是賊臣皆戰怖而莫敢售焉 明年
入學 虎龍乃上飛變起誣獄 盡殺建策諸大臣 下世弟嬪從子德修獄考問狀
以逼東宮 方是時禍將不測 王屏營召見宮僚 欲上疏痛辨其誣 而泰耉不少
驚動 佯爲東宮勸景宗 別加慰安 錫恒建言凡虎龍辭連東宮者 皆不書 終
不請正虎龍罪 王朝暮知及於難內危懼 若不自全 而友愛出於天性 事景宗
必盡其誠 每進見景宗怡怡有喜容 時時躬臨世弟宮 左右止之 景宗叱曰寡
人欲聽吾弟讀書聲 爾何沮也 賊臣聞之 不敢復逞其凶 甲辰八月 景宗疾
大漸 李光佐以右議政 不請設侍藥廳 故國人不知也 於是賊臣沈維賢 乃
倡爲凶言 扇動京外 王卽位 光佐執政 擧權益寬李思晟鄭思孝 布置於諸
道藩閫 而戊申三月大亂作 李麟佐入淸州 殺帥臣李鳳祥營將南延年 使其
弟熊輔與鄭希亮 襲安義居昌咸陽 賊勢張甚 京師洶洶 民皆有離思之志
王端冕不動聲氣 而麟佐械至闕下 希亮諸賊之頭 懸於市 收益寬思晟思孝
以靖禍亂 使四方釋兵解甲 安於耕作 三百年宗廟社稷得不亡 於乎盛哉 是
誰之力也 王天姿英明 內行純至 嘗曰講學將以躬行 而其本孝悌是已 自幼
篤於愛親 承事太母 壹意順敬 八獻寶冊 如未足以稱其誠養 以一國如未

能以恭其職　及宅憂　聖壽已過不毀　執喪采勤　六時祭奠　衰絰不脫　深墨之
容　號擗之哀　感動臣隣　至爻陪廞衛　詣陵臨訣　斯誠千古帝王所未有也　事
景宗殫誠不懈　人無以間焉　甲辰大喪　以天倫之篤　念繼體之重　哀毀過制
不自節抑　及宣懿王后薨　一如甲辰　常以不能久侍寧考爲至痛　誕日請賀　輒
引程子語牢拒之　誦蓼莪陟岵詩　悽然泣下　筵臣意或是適然　其後語及誕賀
未嘗不然　常慕西樓故事　几杖躋靈壽閣　命宰臣年七十者　變品入參　以志
慶焉　一日進講禮記曾子問　未及一板　玉音悽咽　殆不成聲　仍泣謂講官曰
皇兄經筵　止於曾子問　予不忍讀此篇　遂廢而不復講　進宴太母敎曰上老老
而民興孝　絜矩之義也　今小子上壽太母　豈可無軆下之道　召庶老于闕庭
設宴賜帛　外則令本道賜宴需於子孫　使之榮親　凡侍從推恩者　竝不待蔵首
皆孝之推也奉先追遠　誠禮兩盡　春秋幸陵　旁近諸陵　亦一一親審　假于廟
齊明將事　愀然如復覩耿光　退候于板位　立容如峙　七旬不衰　群臣彊力者
皆莫能望　若有疾不得躬祀　必自瓣香以傳之　祇送宮門之外　終夕整衣坐齋
殿　聞徹祀始就寢　追上孝宗顯宗徽號　又再上肅宗徽號　肇奉始祖司空　建
祠于全州　以上祀先公之義祭之　戊午宗系辨誣之後　正史頒行於世　辛卯親
覽朱璘陳建稗史　又襲謬說　受誣如前　聖心不勝冤憤　遣使申懇　終得刊去
追復愼妃位號　躋祔太廟　縟儀載擧　神人胥悅　嘗覽大明集禮　特敎自今太
廟親享之時誓戒百官　如皇朝之禮　行于正殿　其無忽　長陵遷奉之後　取孝
宗手植栢樹之種於舊陵　手自播植曰蓋欲章寧陵之孝　亦可見聖孝之無窮也
王尤重尊周大義　式遵列聖家法　每以寧陵日暮途遠之敎　耿耿在心　屢發於
筵席　謁陵之路　幸南城御西將臺　敎曰予自潛邸時　以皇祖尊王之義　聖考
繼述之志　常常追慕　而登臺自然感愴矣　追慕之心雖如此　必繼述皇祖之義
聖考之志　然後乃爲追慕之大者耳　乙卯二月　將大閱于露梁　後十日當親祀
皇壇　筵臣言大閱卜日　皇壇宜命大臣攝祀　王曰國之大事在祀與戎　重戎政

而輕祀典 予未之聞也 己巳春以太祖皇帝肇錫國號 毅宗皇帝命將東援 恩
德不可忘 乃增奉兩皇帝于壇祀 敎曰今予若不竝祀 豈可謂繼述之道乎 此
雖義起 予則曰建天地而不悖 質聖賢而無疑也 歲歲虔誠恤祀 不以親攝有
間 紹先裕後 可以有辭於百世 修明舊典 如視學大射之禮 親耕親蠶之儀
靡不講行 秩有可觀焉 終始典學 上究堯舜精一之法 下逮殷周訓命之文 專
心致知 尤用工於小學大學 八旬猶成誦 洞見精義 無所礙滯 嘗謂予於此受
用最多 著自省編警世問答 以詔後昆 無非格言明訓 且敍既往之悔 諭群臣
曰予若有過失 臣下宜以此編規戒之 後臨朝 有動辭氣者 而群臣無所匡救
王敎曰 予不能踐自省編 有足愧者 然群臣不能規諫 不可無交勉之道 仍
切責之 臨御以來 求賢頗勤 巖穴之士 多被旌招 丙寅徵朴弼周爲吏曹判
書 手諭曰昔孝廟盛際 山林碩德之士 擢冢宰者多矣 今小子一擢此任 其
所以扶世敎者不亦多乎 別遣承旨 俾與偕來 弼周入見 進袖箚言建儲代理
之義 王敎曰後世子孫 以玆事暴之可也 自我彰之 豈不苟乎 旋因相臣起
鬧去國 而恩禮不衰 嶺儒李麟至上疏 斥文正公宋時烈文正公宋浚吉 王敎
曰嗚呼 先王表章二先正 昭若日星 予小子繼述之道 宜遵先志 斥邪說而
已矣 今麟至追陳禮說 誣辱先正 不遺餘力 此非特誣辱先正 其欲背先王
之訓 熒惑王朝者 不可不痛懲 乃投之遠方 安東諸生毀文正公金尚憲祠
王敎曰昔淸兵圍南漢時 文正以義爭之 及林慶業入錦州 文正能爲大明上
封事 精忠大節 炳朗宇宙 今諸生不有國法 恣意毀院 此亂民也 命嚴刑遠
配 衛道之嚴 斥邪之正 有如此者矣 御臣僚嚴而寬 常曰日月無私照 雨露
不擇地而下 所惡朋黨之盛 禍人家國 逆順之辨雖嚴 好惡之偏當祛 與二
三大臣 取皇極之義 董率群下 要使一世之人 消融保合 偕之大道 調劑酸
醎 堅持力行 不協于極者 未嘗不錫之以福 不罹于咎者 未嘗不導之以德
一視而同仁 公聽而竝用 大小寅協 咸囿於陶甄之中 及乙亥逆孽復起 王

曰往者天網恢恢 雖誅渠魁 黨與猶未盡戮者 卽脅從罔治之意 凶徒今又熾
盛 不鋤根柢 則亂逆必不止 乃嚴訊窮覈 悉治其黨 于時鄭翬良李昌壽等
倡諸僚上疏 請孥籍泰耇鳳輝 追奪錫恒光佐官爵 王卽可之 仍收趙泰億職
牒 太學掌議李寅彬 率諸生疏 請祀先正宋時烈宋浚吉太學 從享孔子 王
又可之玆蓋聖化旁達 至誠孚格 不言而信 不令而行 不大聲以色 而綏之
斯來 動之斯和 朝著始淸 士趨一於正 於是乎聖代之治效 益大闡矣 愛恤
軍民 一念不弛 廈氈蔀屋 不遠而邇 召見都民衛士 問其疾苦 時命近臣
遍察州郡 若有匹夫匹婦 不獲其所 若恫在己 爬癢濡枯 如保嬰兒 守令之
不法者 必抵之罪 其有治績最著者 或賜表裏 或晉秩而勸之 黃口之簽 白
骨之徵 嚴飭方伯郡縣 一一釐正 歲惡減田租之半 或至設賑 則移粟捐財
專意拯救 分遣御史 諭饑民曰國之所依者民 民之所依者食也 比年以來
諸路荐飢 予心惻焉 食不甘寢不安 每思爾顚連之狀 爲之愍傷 今之元元
乃聖考子惠之民 寡人踐位而不能救民之焚拯民之溺 是寡人推元元而納之
溝中 玆命御史 特諭予意 仍監荒政 咨爾飢民 體予此意 毋離鄕井 其各
安居 絲綸懇惻 群黎感泣 耽羅則尤致力 船粟往哺 至傾一道 民無捐瘠
頌溢瀛海 常軫良役之弊 民不聊生 如傷之念 必欲拯濟 臨殿臨門 謀及卿
士庶民 而衆議甲乙 汔無定見 廼特敎減夫布一疋 設廳均役 收諸路魚鹽
隱結之稅充其代 又念女貢之非古 一皆蠲除 德音所被 室家相慶 有足以
導揚和氣 迓續景命矣 城內溝洫湮塞 水道汎濫 閭舍多墊沒 民不奠居 命
設濬川司 伐石高築 疏瀹川渠而善導 里戶不沈 擧皆安堵 復置申聞皷 以
通下情 而四方之幽隱畢達矣 王燕寢見天光 則雖暑 必掩戶而臥 或值迅
雷 則雖夜 必正冠而坐 遇災警惕 一心對越 憫旱禱雨 輒有靈應 每歲冬
親臨慮囚 必求諸生道 哀敬折獄 罪疑者輒多傅輕 罷徙邊之律 除非法之
刑 欽恤之意 藹於辭敎 視事必勤 一月六對 未曾或停 雖在靜攝時 若有

狀疏之關於民國者 不淹晷刻 召接群僚 諮諏善道 區劃便宜 或至曉皷下而
罷 不知爲疲 庶務叢委 而裁決無難 如刃迎縷 解錢穀文簿之瑣 一言判剖
毫忽不爽 群下懾服 率職惟謹 性又儉約 不喜紛華 常衣澣濯衣 朝夕膳羞
不過數品 所御別堂 棟宇甚狹小 寢室席弊 有司請改不許 廷臣前後五上尊
號 王執謙固 久而後勉從 專尙質素 痛祛浮靡 簡尙方織造 禁燕貿紋緞 一
國化之 王春秋彌高 精力尙強 自昨年冬 王體頻有不安節 及春病日臻 竟
以丙申三月初五日丙子 禮陟于慶熙宮之集慶堂 壽八十三 在位五十二年
自都中士庶 以至窮谷遐陬之民 莫不奔走悲號 如喪考妣 王以剛毅濬哲之
資 有廣大博厚之德 孝悌通于神明 精誠 夙宵不懈 而自陞儲位 備嘗艱險
凶逆之所以危動者萬端 王素患難 行乎患難 不失其道 賴太母之聖慈 景廟
之仁愛 獲免于難 而群凶稔惡 暗地醞釀 竟至滔天之禍 自辛壬至乙亥 上
下三十餘年 逆變屢起 人心震蕩 王默運神籌 隨機制變 陽舒陰慘 咸得其
宜 克戡大難 而斂然若無所事 益勵聖志 益修聖德 克儉于家 克勤于邦 敬
天法祖 尊賢重道 崇名節而正風敎 誠小民而保世臣 發號施令 如風動而草
偃 逮至季年 淫朋自消 禍亂不作 會極之治 至乎從欲 朝野寧謐 民生安樂
歲有屢豐之祥 人無扎瘥之歎 至化肸蠁 駸駸乎三古之盛 所謂殷憂啓聖 多
難固邦者 詎不信諸 臣謹稽古昔舜納于大麓 疾風雷雨 不迷而卒有天下 禹
治洪水 八年於外 手足胼胝 而終爲夏祖 王之大德神功 巍乎煥乎 將與舜
禹同其傳而無極 天之所以玉成我王 其不在斯歟 其不在斯歟 嗚呼希矣 群
臣攷古制 謹上諡曰 翼文宣武熙敬顯孝 廟號曰英宗 以是年七月二十七日
葬于健元陵西第二岡亥坐巳向之原 陵曰元 殿曰孝明 王元妃貞聖王后徐氏
達城府院君宗悌之女 丁丑薨 葬于弘陵 繼妃金氏 今王大妃殿下 鼇興府院
君漢耉之女 王有二子 長曰孝章世子 靖嬪誕生 初封敬義君 乙巳冊封世子
戊申薨 次曰思悼世子 暎嬪誕生 丙辰冊封世子 己巳代理 壬午薨 王復政

蓋聖人所遇之時然也 而篤於止慈 臨壙伸哀 御書題主 及世孫聽政 俯諒情
理 覽疏語戚然起感 特許記注洗去之請 王之盛德 吁亦至矣 追念孝章世子
冡嗣之重 命思悼世子之子爲嗣 卽今上殿下 後又加賜孝章承統之諡 以示
追隆之意 王疾彌留 機務多曠 命文孫代勞 逆麟執權 與賊厚 百計沮遏 聖
斷赫然 亟命代聽 群情聳喜 國勢鞏固 及宮車晏駕 而嗣王明聖 克膺天眷
誕撫四方 宗社億萬年無疆之休 實基於此 傳曰至誠如神 卽王有焉 我殿下
以臣受知先朝 致位三事 亦嘗忝叨詞苑 命製幽宮之誌 臣竊惟天日之高明
有非如臣鹵莽所可形摸 而區區衷悃 自効在此 不敢以不能辭 略綴平日所
覩記 泣血撰次如右議政府領議政金陽澤撰工曹參判尹得養書

≪純祖實錄≫ 卷 7, 純祖 5年 6月 20日 壬申 貞純王后誌文

惟我大行大王大妃垂簾之四年癸亥 命鑾司撤簾帷 就閒長樂 粤一年甲子
冬 以明年寶甲載周 我聖上 因群情 親上尊號 將以瑤冊金寶 贊揚供休
湛露勻天 賁开太平 歲籥方新 慶赦纔頒 而后遽有疾不豫 上燼煎憂遑 命
設侍藥廳 招聚中外名能醫術者 使之同參醫藥 技殫百方 罔克奏効 則又
命禱于廟社山川 而竟以乙丑正月十二日丁酉午時 昇遐于昌德宮之景福殿
春秋六十有一 嗚呼 豈所謂天不可諶 而理不可推者歟 我殿下攀號靡逮
旣卜因山之吉 乃命臣秉模 俾爲幽宮之誌 臣嚴不敢辭 臣謹按 后姓金氏
籍慶州 新羅金姓王之後 至麗末 有諱自粹 號桑村 有孝行 我太宗大王
徵以官 自以麗氏臣 殺身以立節 入我朝 簪組蟬奕 至諱弘郁 號鶴洲 官
至觀察使 以忠直敢言 名於世 寔后五世祖也 曾祖諱斗光 贈贊成 祖諱選
慶參議 贈領議政 考諱漢耉 領敦寧府事 封鰲興府院君 贈領議政 諡忠憲
配原州元氏 封原豊府夫人 縣監贈判書命稷之女也 后以崇禎紀元百十八
年乙丑十一月丁丑丑時 誕降于驪州邑私第 英宗丁丑 貞聖王后薨 王乃擇

以門族 審以德行 以歲之己卯六月 冊封王妃 仍行嘉禮 后旣正位坤極 小
心翼翼 夙夜靡懈 英廟已躋大耋 而所以內資寬仁恭儉之治者 十八年如一
日 嘗曰 女君聲敎 不出房闥 參預朝政 非美事也 正廟時在東宮 而恩愛
篤至 正廟每涕淚而言于廷臣 乙未間 英廟倦勤 逆臣洪麟漢鄭厚謙等 忌
正廟英明有聖德 深相附結 力沮聽政 謀傾儲位 而厚謙之母和緩主 恃愛
自恣 嘗在永善堂 潛煽以助之 時變起戚畹 禍釀宮省 岌乎殆哉 而后翊護
正廟湯膳之際 未嘗跬步暫離 而察厚謙母辭氣 逆折亂萌 丕贊大策 使凶
謀不得售 而天討遂行 己亥 逆臣洪國榮 敢懷異圖 陰沮儲嗣大計 以逆宗
祹之子湛 號爲完豐 仍肆凶言 圖危國母 后以廣儲嗣之道 布示諺敎 又以
至誠 扶護中宮 榮賊之謀乃沮 及至丙午 文孝世子薨逝 國勢又復孤危 罪
相金尙喆 與具善復 暗挾逆祹 凶謀狼藉 而正廟以因心之友 隱忍而不之
罪 后又下諺敎於賓廳 首尾數千言 痛辨汕徒之情跡曰 未亡人所秉執 將
以明大義 討君讎國賊 保我邦家 則雖死之日 猶生之年 遂盡廢湯劑常膳
大臣三司 因以齊聲庭籲 正廟不得已出置逆祹于江華府 善復等皆伏法 而
正廟不勝鬱陶之思 歲輒召見 又嘗於江館 召接祹 經宿不返 后爲之焦遑
遽下移蹕之命 正廟乃始旋蹕 還配逆宗 逮聖上卽阼之後 祹率其子 穿棘
而出 大臣以下 力請置辟 后以爲主少國危 目下憂虞 異於先朝 遂命罄甸
當庚申崩坼之變 宗國危於綴旒 后勉循群請 行貞熹聖母故事 而保護聖躬
靡不用極 飮啖起居之節 一念憧憧 尤以輔導聖學爲急務 命大臣閣臣 輪
日勸講 以至發一令措一事 憂勤惕厲 幾乎寢膳之不能一夕安也 嗚呼 正
廟平日所秉執之義理 至精至嚴 宮園之儀 亞于太廟 凡所得爲而爲 不得
爲而不爲者 可以建天地而不悖 俟百世而不惑 臨御二十有五年 守之如金
石 后於垂簾之初 特下敎曰 大行大王盛德大業 一則義理 二則義理 一或
違越於此 大行朝逆臣也 當宁朝逆臣也 敢有爲嘗試之計者 斷不饒貸 曉

諭中外　自是厥後　每臨筵以固守先王義理　闡明先王志事　申申飭勵　先是
戚臣洪樂任　背馳義理　角戰公議　流布訛言　詿惑人心　正廟屢發隱歎於中朝
而以恩掩義　曲加全保　至是　益無所忌憚　廷臣乃言　其濤張凶圖　疑亂典禮
今若鋤草　而不祛其根　則滋蔓難圖　后敎曰　予以先王聖心爲心　必欲終始曲
保　久而後從之　西洋邪敎　自十數年前　浸盛於閭巷間　滅倫敗常　貨色以相
誘　嘯聚徒黨　犯刑憲如飮食　視刀鋸如樂地　正廟心常患之　時李家煥丁若鍾
等　包藏禍心　潛通異域　廣播妖書　熾若炎火　混名分瀆風敎　不但爲伊川被
髮之歎　將有綠林黃巾之變　后因臺啓　命鞫治　大臣有以此時輕興大獄　難之
者　后曰　不治則人胥爲禽獸而國亡　治之亦恐召亂　與其汚國而亡　豈若潔而
亡　蒐捕京外　殲其魁　散其黨　申明五家統之法　俾各糾察邪穢之氣　卽日廓
淸　至於恤民之政　尤惓惓焉　嘗敎曰　廟堂諸臣　苟有保恤民生之策　隨事提
稟　雖以身蹈水火　予豈惜之　民弊中還穀　名色無數　吏胥奸弊　由此而生　廟
堂從長相議　以備局句管戶曹穀爲名　賤糴貴糶　略倣常平古法制　又曰　生民
切害　莫急於貪吏　目下貪風之盛　日甚月加　養廉恥嚴法防　然後可以拯救民
生　廟堂講究弊源　嚴立科條　畫一遵守　俾有實效　嘗以繡衣褒貶　諸道殿最
多相左　敎曰　守令罷斥　太牛是無勢蔭官　顯族皆是良吏　弱蔭偏爲不治乎
又以度支經費之不足兩西民庫之蕩然　深加軫念　庚申因山之役　都監所費
皆令壯勇營擔當　辛酉一年度支之用　亦命壯營劃送　兩西所在壯營穀　一付
諸該道民庫　用大臣議　特罷壯營　蓋其設置　卽正廟精義之一端　而庚申以後
則民國事勢　又不容不通變　其設其罷　其揆一也　嘗減罷供上六十　撤簾後
又出付四十五供上　曰　此雖不多　亦可以稍補國用　又慮他日之用　衣衾之具
一皆預備　且以白金三千兩　各色緞屬　爲之措置　聖上擧似　而飭敦匠之臣
敬遵遺意　八方傳誦　感泣不已　用人材　則以激濁揚淸爲務　曰　銓曹但以節
次推排爲事　則一政吏足矣　杜私徑則曰　予不欲以朝廷政令間事　問於私親

有從密逕告知予者 爲予政令之累 開言路 則諭在廷大小曰 凡係予躬之闕
德 朝廷之失得 其各洞陳無隱 雖草野踈蹤 毋或嫌外 每諸臣有所論奏 初
雖不槪於慈心 旋卽轉圜如流 事關宮掖 尤無不言下開納 亦未嘗不深惡痛
斥於怪鬼跳踉之習 前縣監洪履猷輩 欲逐一相臣 誣捏其先臣己亥疏句 轉
而壞亂辛壬大義理 后輒燭其奸 命正其罪 當廷議之請垂簾也 后以守經之
意 十啓靳兪 末乃勉許 及垂簾之日 特敎曰 予則垂簾 沖子侍坐 殊非正名
位之意 更以予則從以垂簾書頒 及其撤簾也 召大臣宰執 敎曰 予否德 久
居不當之地 今主上春秋長盛 聖學日進 萬機可以總斷 予豈可一向蹲仍 不
思所以存國體正大經乎 斷自慈衷 立命撤之 嗚呼 之德之功 太史將不勝其
書矣 臣何能摸畫萬一哉 謹就筵綸敎令及章奏文字之昭布耳目者而撮之 自
附簡嚴之體 而竊伏惟念后妃之德 莫盛於周之任姒 然詩人之所詠美 不過葛
覃樛木思齊諸篇而已 有宋宣仁高太后 以所値之不同 當時有女中堯舜之稱
而讀其史 尙不能無一二可議焉 猗 我太母 以任姒之聖 遭元祐之時 德化
旁流 實宇寧謐 欲報之恩 昊天無極 而其終始而論之 折奸萌以贊丕策 后
之明也 炳幾先以鞏國勢 后之義也 嚴秉執以靖世道 后之正也 杜私逕以肅
宮閫 后之嚴也 察幽隱以奠民生 后之仁也 節供奉以紓經用 后之儉也 蕩
邪穢以新污俗 后之斷也 至若兩宮之間 人無間然 勇撤簾帷 以正其終 又
豈宣仁之所能彷彿也哉 初正廟爲聖上擇配 厥祥已定 而仙馭遽賓 賊臣權
裕 謀欲沮遏 遂投凶疏 指意叵測 后穆然玄覽 不眩不撓 大禮以時 以基我
億萬年關雎麟趾之化 蓋慈覆之天 於是乎益無能名焉 嗚呼 太母之盛德至
善 固已極摯 而亦由我正廟曁我殿下至孝根天 洞洞屬屬 承意順志 動不違
則 慈德愈隆而聖孝彌光 於乎休哉 英廟壬辰 群臣上尊號曰睿順 丙申加上
尊號曰聖哲 正廟戊戌憂吉 又上尊號曰莊僖 癸卯甲辰丁未乙卯 連上尊號
曰惠徽翼烈明宣綏敬 聖上甲子 上尊號曰光獻 又議上曰隆仁 而追進冊寶

於殯殿　大臣徐邁修等　率諸宰　上諡曰貞純　徽號曰昭肅靖憲　殿號曰孝安
山陵卜於元陵同原　以六月癸丑朔二十日壬申　祔左焉　此可以少慰后平昔密
邇之志願也歟 [領府事李秉模製]

경릉(景陵)

1. 연혁

능　　주 : 헌종(憲宗)[1827~1849, 1834~1849]

　　　　원비 효현왕후(孝顯王后) 김씨[1828~1843]

　　　　계비 효정왕후(孝定王后) 홍씨[1831~1904]

위　　치 : 경기도 구리시 인창동

지정번호 : 사적 제193호

봉릉연대 : 1849년(철종 즉위년)

천릉연대 :

왕릉형태 : 삼연릉

2. 왕릉 소개

　서울 동북부에 위치한 망우리 고개를 넘나드는 6번 국도를 따라 경기도
구리시 방면으로 넘어가면 교문사거리에 이른다. 이곳에서 좌회전하여 43
번 국도를 따라 약 5분 정도 달려가면 동구릉 입구에 도착한다.

경릉 전경   정자각

동구릉은 조선의 왕과 왕비 17위의 유택이 마련돼 있는 곳으로 '동쪽에 아홉 개의 왕릉이 있다' 하여 이름붙여진 우리나라 최대 규모의 왕릉군이다. 1408년 조선왕조를 세운 태조 이성계가 승하하자 태종의 명으로 파주, 고양 등지에서 좋은 묏자리를 물색하여 능지로 정해진 곳이다.

동구릉의 조성은 조선왕조 전 시기에 걸쳐 이루어졌다. 동구릉이라고 부른 것은 추존왕 익종의 능인 수릉이 아홉 번째로 조성되던 1855년(철종 6) 이후의 일이며, 그 이전에는 동오릉(東五陵), 동칠릉(東七陵)이라고 불렀다.

동구릉에는 검암산 중앙 북쪽에 있는 태조 이성계의 능인 건원릉(健元陵)을 중심으로 동쪽 언덕에 14대 선조와 그의 비 의인왕후, 계비 인목왕후의 능인 목릉(穆陵)이, 그 남쪽 아래로 5대 문종과 그의 비 현덕왕후의 능인 현릉(顯陵)이 있으며, 그 다음으로 23대 순조의 세자인 추존왕 익종과 그의 비 신정왕후의 능인 수릉(綏陵)이 자리를 잡고 있다. 그리고 건원릉 서쪽으로 16대 인조의 계비 장렬왕후의 능인 휘릉(徽陵)이, 그 다음으로 24대 헌종과 그의 비 효현왕후, 계비 효정왕후의 능인 경릉(景陵)이 있고, 그 아래로 21대 영조와 그의 계비 정순왕후의 능인 원릉(元陵)에 이어 20대 경종의 비 단의왕후의 능인 혜릉(惠陵)이 있으며, 맨 왼쪽으로 18대 현종과 그의 비 명성왕후의 능인 숭릉(崇陵) 등 모두 아홉 개의 능이 자리 잡고 있다.

앞뒤에서 바라본 헌종과 효현왕후 김씨 및 효정왕후 홍씨의 삼연릉

　동구릉은 능제의 변화와 조선왕조 519년의 부침을 한눈에 볼 수 있는 중
요한 문화유산이다. 더욱이 능 전역에 우거져 있는 숲과 능역을 가로지르는
개울물 등 자연경관이 아주 빼어나다.

　경릉은 동구릉 왼쪽 중심부에 자리한 능으로 영조의 무덤인 원릉과 이웃
해 있다. 조선 24대 헌종(憲宗, 1827~1849)과 원비 효현왕후(孝顯王后,
1828~1843) 김씨 및 계비 효정왕후(孝定王后, 1831~1904) 홍씨를 모신 삼
연릉으로, 조선시대 왕릉 가운데 유일하다. 정면에서 보아 제일 왼쪽 봉분이
헌종의 능이고, 가운데가 효현왕후, 오른쪽이 효정왕후의 능이다.

　헌종은 요절한 문조의 아들이며 1834년 순조의 뒤를 이어 왕위에 올랐다.
당시 8세의 어린 나이였으므로 대왕대비 순원왕후 김씨가 수렴청정을 하면
서 안동 김씨의 세도정치가 시작되었다. 이로 인해 삼정이 문란해지고 계속
된 홍수로 백성들의 생활이 곤궁해졌다. 헌종은 혹독한 천주교 탄압정책을
폈으며, 1839년 기해박해(己亥迫害)로 많은 신자들이 학살당했다. 후사 없
이 보령 23세로 승하하여 건원릉 서쪽 산줄기에 장사지냈다. 원래 헌종의 능
호는 숙릉(肅陵)으로 정하였으나 국장기간이던 7월30일 영부사 조인영의
상소에 의해 효현왕후의 능인 경릉을 쓰기로 정하고 왕의 능호는 사용하지
않았다.

효현왕후는 1837년 왕비에 책봉되어 6년 만에 승하했다. 효정왕후는 효현왕후의 뒤를 이어 1844년 왕비로 책봉되었다. 헌종이 승하하고 철종이 즉위하자 왕대비가 되었다. 1908년 헌종은 성황제(成皇帝)로 추존되고 효현왕후, 효정왕후도 성황후로 추존되었다.

경릉의 세 봉분은 병풍석 없이 난간석만 터서 연결했으며, 각 능 앞에 혼유석만 따로 마련했을 뿐 모든 제도는 단릉과 마찬가지로 조성했다.

능 앞에 3단을 2단으로 줄여 장명등과 문·무인석을 조성하였고 문·무인석에는 18세기 이후의 양식인 눈꺼풀·눈동자·입술선 등이 입체적으로 섬세하게 표현되어 있다.

3. 능주 소개

헌종은 조선 제24대 왕으로 이름은 환(奐), 자는 문응(文應), 호는 원헌(元軒)이다. 1827년 7월 18일 창경궁 경춘전(景春殿)에서 태어났다. 순조의 손자로, 익종의 아들이며, 어머니는 풍은부원군(豊恩府院君) 조만영(趙萬永)의 딸 신정왕후(神貞王后)이다.

1830년(순조 30) 왕세손(王世孫)에 책봉되고, 1834년 순조가 죽자 이해 8세의 어린 나이로 경희궁 숭정문(崇政門)에서 즉위하니, 대왕대비 순원왕후(純元王后)가 수렴청정을 하였다.

1837년(헌종 3) 3월 영흥부원군(永興府院君) 김조근(金祖根)의 딸을 왕비로 맞았으나 1843년에 죽자 이듬해 10월 익풍부원군 홍재룡(洪在龍)의 딸을 계비[明憲王后]로 맞았다. 새로 등장한 외척 풍양조씨 일문의 세력이 우세해지면서, 순조 때부터 정권을 전횡해 온 안동김씨를 물리치고 한동안 세도를 잡았으나, 자체 내의 알력과 1846년 조만영의 죽음을 계기로 정권은 다시 안동김씨의 수중으로 넘어갔다.

대왕대비의 철렴(撤簾)으로 1841년 비로소 친정(親政)의 길이 열렸으나 세도정치의 여파인 과거제도 및 국가재정의 기본이 되는 삼정(三政)의 문란 등으로 국정이 혼란해졌으며, 재위 15년 중 9년에 걸쳐 수재(水災)가 발생하여 민생고가 가시지 않았다.

또한, 1836년에는 남응중(南膺中), 1844년에는 이원덕(李遠德)·민진용(閔晉鏞) 등의 모반사건이 일어나고, 1848년부터는 많은 이양선(異樣船)의 출몰과 그 행패로 인하여 민심이 소연하였다.

순조 때의 천주교 탄압정책을 이어받아서 1839년에 주교 앵베르(Imbert, L. J. M.), 신부 모방(Maubant, P. P.)과 샤스탕(Chastan, J. H.)을 비롯하여 많은 신자를 학살하였으며 (기해박해), 이어 천주교인을 적발하기 위하여 오가작통법 (五家作統法)을 실시하고, 1846년 최초의 한국인 신부 김대건(金大建)을 처형하였다.

1849년 창덕궁 중희당(重熙堂)에서 23세로 후사 없이 죽었다. 수용 1본이 선원전(璿源殿)에 봉안되었다.

효현왕후는 헌종의 비이다. 김조근(金祖根)의 딸로 본관은 안동(安東)이다. 휘호는 단성수원경혜정순효현왕후(端聖粹元敬惠靖順孝顯王后). 대한제국 때에 효현성황후(孝顯成皇后)로 추존되었다. 영흥부원군 김조근과 한성부부인 이씨의 딸이다.

1837년 왕비에 책봉되었으나 자손을 두지 못하고, 1843년 16세의 어린 나이에 창덕궁의 대조전(大造殿)에서 사망하였다.

효정왕후는 본관(本貫)이 남양(南陽)인 익풍부원군(益豊府院君) 홍재룡 (洪在龍)의 딸로 태어나 효현왕후(孝顯王后) 승하 후, 1844년 왕비에 책봉되었으나, 5년 뒤에 헌종이 승하하자 철종대(哲宗代)를 이어 고종대(高宗代)까지 왕대비(王大妃)로 지내면서 여생(餘生)을 보냈다. 광무 7년(1903)에 슬하에 소생(所生) 없이 경운궁(慶運宮)의 수인당(壽仁堂)에서 73세를 일기로 사망하였다. 대한제국 최초의 황태후이다.

4. 경릉비문

朝鮮國
憲宗大王景陵
孝顯王后祔左
憲宗經文緯武明仁哲孝大王 崇禎紀元後二百年丁亥七月十八日誕生 庚寅九月冊封王世孫 甲午十一月卽位 己酉六月六日昇遐 是歲十月二十八日 葬于楊州健元陵西岡酉坐之原 在位十五年 壽二十三 元妃孝顯王后金氏 戊子三月十四日誕生 丁酉冊封王妃 癸卯八月二十五日昇遐 十二月二日葬 壽十六

5. 경릉지

≪憲宗實錄≫ 附錄 憲宗大王景陵誌文

於戲 洪惟我大行大王姓李氏 諱奐 字文應 翼宗孝明大王之子 純宗成孝大王之孫 母妃趙氏 豐恩府院君忠敬公萬永女 妃孝顯王后金氏 永興府院君祖根女 癸卯薨 繼妃洪氏益豐府院君在龍女 王 以己酉五月十三日有疾不豫 六月初六日壬申 禮陟于昌德宮之正寢 壽二十三 擧國奔走雨泣 婦孺無知 叫擗哀慕

皆曰 天乎 衆心波沸 若不保時日 我大王大妃殿下 念 宗社付托之至重 從天命
人心之所歸 奉迎我嗣王殿下入紹大統 與小大臣 議王功德 謹上謚曰 經文緯武
明仁哲孝 廟號曰憲宗 以是年十月二十八日壬辰 葬王于健元陵西岡向卯之原 與
孝顯后陵同塋異藏 大王大妃體王平日雅志 在於節用愛民 絞冒衣衾 皆出諸宮中
而殯葬之需 不煩民力焉 嗣王殿下 以臣定鉉 嘗叨侍帷幄 命臣以幽宮之誌 辭謝
不獲命 臣竊惟天命有德 君師下民 必厚其福祿 降以遐壽 使其積累悠久 亭毓涵
漬 措斯民於雍熙大猷之域 考古堯舜禹湯文武之爲君 罔不是乎 則天道之必然也
肆我正宗大王聖德神功 侔擬天地 巍蕩煥爀 民無能名焉 純宗大王 久道化成 深
仁厚澤 浹人肌髓 沒世不能忘焉 翼宗大王 贊化篤慶 基命有密 所以啓佑我後人
深且遠矣 式至于我大行大王 以三宗正體 沖齡嗣服 躬欽明濬哲之姿 繼重熙累
洽之治 顯承謨烈 嚴恭寅畏 凡所以治人事天之方 靡不畢擧 臨御十有五年 朝野
清明 風雨順序 歲比登稔 民不飢寒 時春秋鼎盛 日月方長 將運萬化而捫五辰
長駕遠馭 大造群生 肯搆我祖考作室 誕撫我無疆大曆服 上之所自期然也 臣民
之所蘄望如此也 夫孰知大業未半 中途厭世 遽使含生之倫 如喪考妣也乎 嗚呼
慟哉 有其德矣而嗇其壽 傳所云德必得壽者非耶 王有其志矣 而未究其施 紀所
云 有志竟成 者非耶 三聖朝之仁之德 宜其克昌厥後 而今亦無得而徵焉 所謂天
道於是乎不可知矣 而豈亦斯民者 擧皆無祿 不足蒙至治之澤也歟 嗚呼 慟哉 始
王大妃夢翼宗 授以玉樹 王以丁亥七月十八日 誕降于昌慶宮之景春殿 時有群鶴
盤旋飛繞於殿上 高入雲霄 人皆仰見而異之 王 生有聖質 數歲通周興嗣千文百
餘字 翼宗拈他書試之 輒指所知字 翼宗喜其聰悟 大奇愛之 見屛畫人物 謂左右
曰 毋壓畫中兒 恐兒疼矣 天性仁愛 已著於幼時 庚寅五月翼宗在儲位昇遐 王時
四歲也 聞殯殿哭聲 輒止遊嬉 俯伏號泣曰 吾不欲着華服 是年九月 冊封爲王世
孫 兩殿嘉大禮之成 賜以果受而下淚 純宗爲之動容悲哀 壬辰 行賓客相見禮 始
開講筵 讀數遍 輒成誦 演文義渙然若宿解 甲午 純宗賓天 承旨奉傳大寶 王 撤

哭啓函 審視而後敬受 王時八歲也 臨大事明愼已如此 王卽位 追尊皇考爲翼宗 尊純宗妃金氏爲大王大妃 母妃爲王大妃 大王大妃垂簾同聽政 王事事承順 必稟而後行 淸使見王周旋中禮 相顧聳賀 三年諒闇 哭泣之哀 如成人焉 辛丑 大王大妃撤簾 勉王以敬天愛民 勤學親賢 守先王家法 王 始親政事 式克欽承監于祖宗成憲 命大臣卿宰 薦淸白吏及文蔭武官廉明者 而有治績登聞 則賜書增秩而褒勉之 又令諸道 別薦經行武技 收擧草萊人才 不遺踈遠 軫海民採鰒 夏時尤艱命停六七月進供 敎曰 爲國以儉 當以身先減 嶺南貢蔘 關西北貢鹿茸及內局尙方 每歲燕貿 乙巳淸北諸邑大水 民田舍墊溺而渰死者甚衆 王 大驚憂 遣御史慰諭安撫 辭旨惻怛 凡修頹補弊拯死賑飢之策 纖悉周備 繼以輕徭減稅 發帑移粟設祭水濱 俾勿爲厲 亟黜守宰之怠於撫綏者 民遂得奠居如故 忘其爲菑 遇旱 屢召大臣 憂形于色 夜御法服 焚香躬禱于後苑 以內司及諸宮魚鹽堰洑所在 擅拔䋣戶 害及窮蔀 一切禁斷 著爲令命 觀察居留之臣 各具民隱 條列以聞 廟堂議其便否而施行之 總衛營之始設 慮有軍校橫於閭里 飭法官麗於罪勿貸 取其尤無良者 徇於衆流之絶島 以徵其餘 屛遠宦寺 趨走伏使而已 未嘗假以色辭 尤愼庶獄 恐或有一夫之非辜 國有赦則親閱錄案 必審其輕重而疏決之 惟贓吏不宥焉責官師之無所規陳 戒銓選以勿通關節 常患科擧之不公 前後飭諭甚勤 己酉春 下嚴旨 如有犯者 試官施以不信王言之律 儒生罪其父兄 於是有司震讋 莫敢徇私 謂筵臣曰 每一經科試 輒致人心之不平 今庶其不然乎 克敬禋祀 躬祼太廟 拜跪登降齊遬洞屬 誠心著存 僾然有見乎其位之思 凡百在位 駿奔肅恭 禮儀無愆 陵園時節之享 籩實之餕 必進而嘗之 常憂綏陵風水之未叶 親相宅兆 卜吉于龍馬峰下以丙午閏五月 行遷奉之禮 庀鳩具治方中 躬親董飭 必誠必信 自啓欑之日及復土之時 惟進糜粥 皇皇瞿瞿 哭而結轖 至不能成聲 侍從諸臣 感激掩涕 莫能仰視 時儀曹 因癸丑故制 大王大妃當服淺淡 王 以大王大妃 旣於庚寅服長子三年則應服三年者 改葬服緦 此與癸丑有異 更令詢議 於是大臣儒臣 俱援儀禮 改葬

總貫公彥疏 父爲長子亦同云 則母統於父可知 遂改定以緦服 而邦禮無憾 純宗
翼宗御容 初奉於景祐宮之誠一軒 王 以朝夕瞻依之難 增兩室於璿源殿而移奉之
朔望與誕辰 必早詣展拜 非大雨雪 未之或廢 命纂正宗純宗翼宗三朝寶鑑 剞劂
告成 親上于太廟 以繼述先志而爲監法焉 辛丑 上號于大王大妃 以闡七載簾幃
之化 戊申 大王大妃六旬 王大妃望五之年 追上徽號於 純宗翼宗 加上尊號於大
王大妃王大妃 時王大妃有私制 翌日進饌 稱賀于大王大妃 明年周甲之辰 亦奉
觴上壽 王 沖年違背 常以不記先王御容 爲至痛 每問於逮事之臣 有對曰 眞殿
所奉睟容 猶未及殿下龍顔之克肖矣 王 對鏡汝然 常奉翼宗御褧於案上 無時敬
讀 語及庚寅 輒掩抑嗚咽 事王大妃尤盡忠養 所御殿 常令相近 每罷朝 卽入而
侍坐 不忍須臾離側 饌膳有慈殿親檢 則甚適靜攝 必慈殿臨視 乃爲安 至情深愛
常如孺子 王之大孝 眞終身慕者矣 王端嚴正直 未明盥漱 雖勞倦 體無跛倚 晝
未常臥 雖燕涓 非衣冠不見廷臣 至大漸 如一日 遇雷雨必警惕 在寢輒起 聽斷
之暇 常對方冊 至于夜深 平居以懋實自勉 常愛河間獻王實事求是之語 書揭座
右 以寓警省 性不喜奢華 非袞衣 不御紋繡 常服不逾棉苧 常膳止於數三器 慈
殿嘗言其薄略已甚 對曰 菲衣 所以養德 淡食 所以益壽 常歎英廟儉德 思趾其
美 爲宮室不施丹艧曰 予喜樸素 不須雕繪 服御器用 惟取古雅 無金玉之飾 對
群臣辭氣溫醇 薰炙寵光者 油然如在陽春化日之中 而乾健自彊 臨事果決 凡所
當爲 無所遲疑 至微細也 而知嗇於民 則無或因循 神明內蘊 炳幾燭微 中外臣
僚賢否得失 瞭然默識 而含弘淵穆 山藪莫量 凡一聞而一見者 雖十年之後 輒皆
記存無遺 如左史記注之浩汗 因事援據 如誦己言 大祀典大朝會節文儀制 宿衛
陪扈坐作操練之度 至繁至賾掌故之所不能詳者 如燭照而數計 武經韜略 醫方本
草 象緯璣衡之類 竝皆精通 雅愛書畫 古今名家 畢集於內府 考據金石遺文 補
訂史傳闕漏 雖專門宿學 莫能及焉 爲詩文神解雋潔 取法於古 有元軒集四卷 至
於篆隷 亦臻其奧 罕御身而射必中 此皆天縱之餘事 而尤見其知周萬物泛應曲當

之妙矣 讀經史必研窮義理 剖析是非 明睿所照 貫徹本末 嘗論唐玄宗貌瘦天下
肥曰 玄宗 實厭諫之主也 厭諫而至於瘦 豈若舜之好察邇言 禹之拜昌言乎 論漢
文帝錢穀決獄之問曰 平之辯 雖可喜 不如勃之訥 爲可信也 論司馬光曰 人或言
光 是晉之後 而晉承魏統 故帝魏也 此則不然 雖帝蜀漢晉之爲正統 固自如也
通鑑之誤 只是識有不逮 非出於私也 惜光武之明 而見欺於圖讖 慨桓帝之知善
而不能用 語治國則以紀綱爲本 語節用則以崇儉爲先 又曰 學雖貴於致知 知而
不行 不如不知 最好陸贄奏議 蘇軾文章 令點定句讀 尤以大學衍義 爲經世之典
時値違豫 敎筵臣曰 吾病有間 將讀此三書矣 玉音在耳 而末命遽揚 嗚呼 慟哉
王之盛德至善 非區區文字所能摹畫其萬一 而天地之道 亦可一言盡也 則子思所
謂 惟天下至聖 爲能聰明睿知 足以有臨也 寬裕溫柔 足以有容也 發強剛毅 足
以有執也 齊莊中正 足以有敬也 文理密察 足以有別也 以是五者 狀王之德之純
其或庶幾 乎 嗚呼 庚寅之慟 尚忍言哉 而所依恃者 王時衣若干尺也 甲午大喪
率土震蕩 而所維持而奠安者 亦王父母臨之爾 嗚呼 今日天崩而地坼矣 民其奈
何 以堯舜之聖 不能使斯民爲堯舜之民者 抑亦氣數之使然歟 惟王 爲宗祀爲生
民宵夜一念 上格穹蒼 聖人龍飛 迓續景命 我邦家萬億年丕丕基 復底于泰山磐
石之安 則實王之精誠 有以啓之也 嗚呼 盛哉 [兵曹判書尹定鉉製]

《列聖誌狀》卷 27, 孝顯王后景陵誌文

上之九年癸卯八月二十有五日乙丑 我大行王妃薨于昌德宮之大造殿 春秋
十有六 五月而葬禮也 治方中工訖 殿下以臣蘭淳恭后近屬 命撰玄宮之誌
仍降親製行錄 臣謹拜手稽首受而讀之曰 於乎至哉 我聖后之德而聖上之記
之也 誠無間然矣 敢纂次而叙之 謹按后姓金氏始祖宣平 以古昌城主 佐麗
太祖有大功 封太師亞父 古昌後爲安東府 遂爲姓貫 歷麗代入我朝十五世
有曰尚憲 仁廟丙子主斥和 再拘瀋陽義聲聞天下 官至議政府左議政 謚文正

子光燦同知中樞府事 贈領議政 子壽恒官領議政諡文忠 子昌集官領議政諡
忠獻 世爲國家宗臣 當肅宗己巳仁顯聖母遜位及景宗辛丑英宗建儲竭忠守正
爲群凶構誣 繼受慘禍 而文忠之復官 在肅宗甲戌 忠獻之復官 在英宗乙巳
皆兩聖祖改紀時也 子濟謙承旨贈左贊成 與忠獻同壬寅禍有六子 第四達行
贈左贊成於今明敬文仁光聖大王大妃爲曾祖 而第五坦行於后爲高祖 府使贈
領議政曾祖履素左議政諡翼獻 祖芝淳牧使贈領議政 父祖根領敦寧府事永興
府院君 母韓城府夫人李氏縣監贈吏曹參判羲先女 判書台重曾孫 麗朝名臣
穡之後也 后以純宗戊子三月十四日癸丑寅時誕降于觀光坊安國洞外氏第 時
有瑞氣一道從東來直亘于産室 光明煥爛下及廚中飯羹之鼎 亦熒然 見者皆
異之 后旣生質異凡孝順溫恭得於天賦故自幼孩時一言動一飮食惟父母意是
承遇所嗜物 雖已在口父母言其不可卽棄却不復食 六歲隨父宜寧任所適遘疾
出寅距內堂只隔一門 自秋經冬病已痊而離膝日久戀慕懇至 每向內堂跂望而
以未承親命不踰戶閾跬步 與他兒遊嬉雖或有甚咈意者 未嘗爭競 輒以溫言
調解之 凡花木蔬茹之屬 生於庭除者 必禁其踐履摧拉皆令培植而鬯遂之 及
十歲膺德選入宮 舉止端重 步履安詳 性度沈默 而和順溫厚之意 蘊於中著
於外 非禮之事違理之言一不留視聽 令儀令德儼然若成人 事兩慈殿誠敬俱
至 晨昏問安之節 一心洞屬罔或有怠兩慈殿亦稱 其孝眷愛彌篤大漸前數日
聞慈殿將臨問卽起盥洗奉迎不敢以褻服見其平日莊敬謹畏不以疾痛少忽有如
此矣 每當本家人進見之時 惕惕自飭一言不及於私御下以寬而子諒曲盡指導
敎誨無疾言遽色嘗見 宮人輩以沸湯棄地甚不豫止之曰 恐地上蟲蟻之屬 因
此爛傷此與古仁君漱水避蟻同一意也 惻隱之發 其端雖微若火燃泉達則他日
陰化之成何可量哉 禮陟之粵七日有司議諡法慈惠愛親曰孝行見中外曰顯遂上
尊諡曰孝顯 殿號曰徽定 陵號曰景陵 陵在健元陵西岡而坐庚向甲 是穆陵舊
域也 其地爲已驗大吉之兆載於國乘故僉議允叶以是歲十二月二日庚子行因封

焉 臣竊稽自古聖王之治 必自家而國 故詩三百始以關雎所以見文王后妃之聖
德爲有周治平之基本也 惟我殿下聖德匹美於文王而王后嗣徽之盛庶 無愧於太姒
則坤道承健德合無疆二南歌頌之作可翹足而待奈何 一時无妄神冏有佑竟未 見麟
趾之祥 應於上而鵲巢之化 遍於下 嗚呼痛哉 初旣天作之合終又天嗇其齡 曾謂天
道仁愛而其不可諶至於斯極耶 雖然后之淑德懿行克勵於雲漢之章 而若曰 此皆承
聆於兩慈殿撫實之聖敎 非予有一毫溢美也 大哉 王言炳如日星七載陰功闇然而章
大有以慰㡌域眺號之情而書之簡策비(火+毘)燿且無窮焉 嗚呼盛矣 嗚呼寃矣

　　行大護軍 金蘭淳 撰

《高宗實錄》卷 44, 高宗 41年 3月 15日(양력) 孝靖王后誌文

　我憲宗體健繼極中正光大至聖廣德弘運章化經文緯武明仁哲孝大王繼妃
有疾不豫 以癸卯十一月十五日辰時 昇遐于慶運宮之壽仁堂 春秋七十三 臣
伏奉幽誌製述之命 仍下御撰行錄 若曰大行明憲太后 姓洪氏 系出南陽 以
高麗功臣三重太師殷悅爲鼻祖 簪組蟬聯 勳業炬爀 入本朝 有觀察使贈領議
政南寧府院君春卿 三傳而有觀察使贈左贊成命元 贊成生觀察使贈領議政諡
忠莊處厚 兩世俱以文章節義著於世 忠莊曾孫大司憲贈吏曹判書諡忠簡啓迪
辛壬罹慘禍 義理忠節備載史策 蒙不祧之典 於太后爲五世祖 高祖 蔭主簿
贈祭酒疇泳 曾祖 縣監贈左贊成秉寀 祖 蔭兼工曹判書贈領議政諡獻簡耆燮
父 領敦寧府事益豊府院君贈領議政諡翼獻在龍 母 延昌府夫人安氏 判書光
直之女 純祖辛卯正月二十二日巳時 誕后于咸悅縣之官舍 獻簡夢有神人來言
曰我 玄元老君也 君家當有禎祥 太后果以是日誕降 太后天賦仁厚聰明 自
髫齔時 動止端正 簡言語 律身以禮 未嘗作嬉戲 儼如成人 姆妾輩敬憚之
雖提携在傍與之昵處 而不敢慢褻也 太后孝思純至 事親盡怡愉之色 每先意
將順 而父母有疾恙 瀹藥煮糜 必坐視其熾炭 濾汁漰灕之供 必侍立而省之

察其所嗜 以時易膳 恐其屢嘗而不甘也 承上接下 和敬俱至 姻戚之踈遠 而
藹然若一室 及膺德選入別宮 始受小學 讀數過 輒成誦 自後亦不復常親縹
緗 事純元神貞兩東朝 誠孝懇至 問寢執養 夙宵靡懈 雖當悚息難處之際 一
以至誠委曲 承奉申申如也 丁巳 純元聖后賓天 慟賈靡逮 至制閱 而悲戚之
意 常見於容色 丁丑夏 神貞聖母患洩痢彌留 太后憂形於色 和衣徹明 浹月
不交睫 東朝念其勞瘁 命之退休 則不敢有違 電勉還寢 而彷徨佇立 不忍遽
歸 既歸 使宮人密候動靜 絡繹于殿陛 及平復 始乃進常膳 歡喜不自勝 六
宮咸感歎焉 庚寅 聖母崩 號辟賈絶 左右遑遑 孝慕殿既撤 而居恒悲痛 衫
袖之間 淚痕不乾 蓋終身而慕矣 尤篤於追遠奉先之節 馨香禋祀 必殫誠敬
每於眞殿茶禮 粒糇果餌之品 必親自審視 致其蠲潔 不使人攝之 三紀之間
始終畫一 庚子 眞殿災 太后大驚慟 歷屢日始進膳 太后常以戚畹之榮顯爲
憂 疏近親屬有希恩澤者 輒擧濯龍故事以戒之 每有除拜 太后曰曲庇之恩
固所感激 而若輩之叨冒洪私濫竊華臚 實非其幸也 還用兢惕于吾心 又崇尙
儉約 燕服用土産紬紵 而綺紈曾未有襯身 一切侈靡玩好之物 不令近前 時
常所進應用 亦必務使撙節 衣襦渝 則澣之曰工女之銖積寸累 辛苦而得 不
可浪費 丁未 慶嬪之入宮朝見也 太后顔色愈和 顧謂近侍曰慶嬪姿稟充美
德容幽閒 將使國家麟趾螽斯之慶 本支百世蕃衍昌熾 玆豈非大幸歟 吾復何
憂 純元聖母聞而稱之曰有是哉 中宮之賢也 太姒無以加之 近歲慶嬪出居本
宮 時節慶賀之外 或以時入闕起居 太后歡欣道故 至日昃不倦 及其辭退 不
禁依戀之懷 揮涕而送之 遇有異饌及果餌之甘 雖偏提小盒 必分而餽焉 宮
人之嘗承恩於先王者 至老白首而眷愛撫存 愈繾綣於平昔 此皆太后之盛德
而歷代壼範之所罕比也 自壬午之後 屢經危難 倉皇顚沛 左右皆失措 而太
后雍容無遽色 尤嚴於禮法 本屬之非堂親者 不許入對 御下和易 而宮人有
過失 徐曉以汝不當若是而已 宮人皆感和相戒 無敢欺瞞 或有誤觸器物虧缺

者 自首服罪 遂置不問 亟令易以新者 螻蟻蟲豸之有入戶者 勿令傷害 順其
性而導之使出 春月有雀雛墜階除 命侍娥飼馴之 視控于屋簷則放之 宮娃或
有折花作劇者 戒之曰凡動植之類 皆蒙天地好生之仁 煦濡長養 與人一也
豈可使夭折而不得全其天乎 冬月祁寒 衛士立風雪中 憫其苦 賜以熱粥 値
歲不熟 每減膳 勿使珍錯旁羅曰窮蔀艱食 困於桂玉 菜色遍於閭里 如聞其
呻吟之聲 方丈之羞 吾獨安於心乎 自己酉大喪以後 未嘗啓齒而笑 燕居或
終日恭默 非中夜寢睡時 未或偏倚隱几 及疾寢革 將大漸之日 猶親自梳洗
不御褻衣 命宮人屛去褥席 扶坐臥床曰此當宁所進也 吾將終于此床 以無忘
至誠相愛之德矣 嗚呼 太后之德之仁 可以參天地贊化育矣 孝敬盡於事親 誠
禮篤於奉先 正始逮下 內治是成 仁民愛物 陰功誕敷 猗歟盛矣 採取私邸錄
入言行及宮中所聞覩者 撰次如右 豈足爲形容摹畫於萬一哉 嗚呼 后於甲辰
冊封王妃 哲宗卽位 進號大妃 二年辛亥 上尊號曰明憲 四年癸丑 加上尊號
曰淑敬 八年丁巳 進號王大妃 十年己未 加上尊號曰睿仁 十四年癸亥 加上
尊號曰正穆 今皇帝三年丙寅 加上尊號曰弘聖 同年 加上尊號曰章純 十年癸
酉 加上尊號曰貞徽 二十五年戊子 加上尊號曰莊昭 二十七年庚寅 加上尊號
曰端禧 同年 加上尊號曰粹顯 二十九年壬辰 加上尊號曰懿獻 光武元年丁酉
進號太后 四年庚子 加上尊號曰康綏 六年壬寅 加上尊號曰裕寧 至是 上尊
號曰孝定 徽號曰慈溫恭安 殿號曰孝惠 山陵卜於景陵 同原祔左 甲辰正月二
十九日戊申 葬禮也 臣學茂識謏 凡於文字之事 雖尋常小記 未嘗有與議 況
惟我太后之德之仁 媲隆於古昔 未有盛焉 哲範芳猷 嘉謨懿行 可書之竹帛鐫
之琬琰 垂諸後世 取法於閨壼者 有不勝載 以臣固陋 顧何足以摹畫萬一形容
髣髴 而玄隱之文 又至愼至重 果何如也 雕鏤之役 日字已迫 臣有未暇言辭
而及擎讀御撰 雲漢昭回 典誥渾噩 至矣盡矣 臣無容贊一辭 又何敢點竄而有
所損益也哉 嗚呼 [議政李根命製]

수릉(綏陵)

1. 연혁

능   주 : 문조(文祖)[1809~1830]

           신정황후(神貞皇后) 조씨[1808~1890]

위   치 : 경기도 구리시 인창동

지정번호 : 사적 제193호

봉릉연대 : 1830년(순조 30)

천릉연대 : 1855년(철종 6)

왕릉형태 : 단릉

2. 왕릉 소개

서울 동북부에 위치한 망우리 고개를 넘나드는 6번 국도를 따라 경기도 구리시 방면으로 넘어가면 교문사거리에 이른다. 이곳에서 좌회전하여 43번 국도를 따라 약 5분 정도 달려가면 동구릉 입구에 도착한다.

동구릉은 조선의 왕과 왕비 17위의 유택이 마련돼 있는 곳으로 '동쪽에

아홉 개의 왕릉이 있다' 하여 이름붙여진 우리나라 최대 규모의 왕릉군이다. 1408년 조선왕조를 세운 태조 이성계가 승하하자 태종의 명으로 파주, 고양 등지에서 좋은 묏자리를 물색하여 능지로 정해진 곳이다.

수릉 전경

동구릉의 조성은 조선왕조 전 시기에 걸쳐 이루어졌다. 동구릉이라고 부른 것은 추존왕 익종의 능인 수릉이 아홉 번째로 조성되던 1855년(철종 6) 이후의 일이며, 그 이전에는 동오릉(東五陵), 동칠릉(東七陵)이라고 불렀다.

동구릉에는 검암산 중앙 북쪽에 있는 태조 이성계의 능인 건원릉(健元陵)을 중심으로 동쪽 언덕에 14대 선조와 그의 비 의인왕후, 계비 인목왕후의 능인 목릉(穆陵)이, 그 남쪽 아래로 5대 문종과 그의 비 현덕왕후의 능인 현릉(顯陵)이 있으며, 그 다음으로 23대 순조의 세자인 추존왕 익종과 그의 비 신정왕후의 능인 수릉(綏陵)이 자리를 잡고 있다. 그리고 건원릉 서쪽으로 16대 인조의 계비 장렬왕후의 능인 휘릉(徽陵)이, 그 다음으로 24대 헌종과 그의 비 효현왕후, 계비 효정왕후의 능인 경릉(景陵)이 있고, 그 아래로 21대 영조와 그의 계비 정순왕후의 능인 원릉(元陵)에 이어 20대 경종의 비 단의 왕후의 능인 혜릉(惠陵)이 있으며, 맨 왼쪽으로 18대 현종과 그의 비 명성왕후의 능인 숭릉(崇陵) 등 모두 아홉 개의 능이 자리 잡고 있다.

동구릉은 능제의 변화와 조선왕조 519년의 부침을 한눈에 볼 수 있는 중요한 문화유산이다. 더욱이 능 전역에 우거져 있는 숲과 능역을 가로지르는

앞뒤에서 바라본 추존 문조와 신정왕후 조씨의 합장 무덤

개울물 등 자연경관이 아주 빼어나다.

수릉은 추존 황제 문조(文祖, 1809~1830)와 신정황후(神貞皇后, 1808~1890) 조씨의 합장릉으로 동구릉에서 가장 앞쪽에 있는 무덤이다. 동구릉 입구에서 건원릉 방향으로 나있는 곧은 길을 따라 걸어가다가 제일 먼저 나타나는 무덤이 바로 수릉이다. 문조는 세자 시절부터 대리청정을 하면서 인재를 널리 등용하고, 형옥을 신중하게 하며, 모든 백성을 위한 정책 구현을 위해 노력했으나 22세에 요절했다. 20대 경종(景宗)과 계비(繼妃) 선의왕후(宣懿王后)를 모신 서울시 성북구에 위치한 의릉(懿陵) 왼쪽 언덕에 장사지냈는데, 1846년(헌종 12) 풍수상 불길하다는 논의가 있어 양주 용마산 아래로 옮겼다가 1855년(철종 6) 철종 때 다시 건원릉 왼쪽으로 옮겨왔다. 이로써 수릉은 동구릉의 마지막 아홉 번째 능이 되었고, 이로 인해 동구릉(東九陵)이라는 명칭이 사용되게 된다.

순조의 뒤를 이어 문조의 아들 헌종이 즉위하였고, 헌종은 부왕인 문조를 익종(翼宗)으로 추존했다.

신정왕후는 83세까지 천수를 누리면서 조선 후기의 정국을 좌지우지한 여장부였다. 아들 헌종이 왕통을 이어받아 남편이 익종으로 추대되자 왕대비에 올랐고, 후사 없이 승하한 철종 뒤에는 대왕대비가 되어 왕실의 권한을 한손에 거머쥐었다.

신정왕후 조씨는 안동 김씨의 세력을 약화시키기 위해 대원군과 손잡고 고종을 즉위시키고 수렴청정을 하였다.

합장릉이지만 단릉처럼 봉분과 혼유석을 하나만 마련해 놓았다. 왕릉의 상설물은 대부분 ≪국조상례보편≫을 따르고 있다.

능 앞의 3단(초·중·하계) 중 중계와 하계가 합해져 문인석과 무인석이 한 단에 서 있다. 영조의 원릉부터 철종의 예릉까지 이처럼 3단이 2단으로 되어 있다.

문인석은 융건릉에서처럼 길쭉한 얼굴에 광대뼈가 나오고 눈이 가늘며 얼굴이 어깨에 묻혀 답답해 보인다.

3. 능주 소개

문조, 즉 익종은 조선 제23대 순조의 세자이며 헌종의 아버지이다. 이름은 영(昊). 자는 덕인(德寅), 호는 경헌(敬軒)이며 효명세자로도 알려지고 있다. 어머니는 순원왕후(純元王后) 김씨(金氏)로 조순(祖淳)의 딸이다. 1812년(순조 12) 왕세자에 책봉되었으며, 1819년 영돈령부사 조만영(趙萬永)의 딸과 가례(嘉禮)를 올려 1827년 헌종을 얻었다. 같은 해 부왕인 순조의 명령으로 대리청정(代理聽政)을 하면서 왕실과 인척관계를 맺지 않은 인물을 중심으로 현재(賢才)를 널리 등용하여 권력의 새로운 기반을 조성하고 왕권강화에 노력했다. 대리청정을 시작한 지 4년 만에 창덕궁 희정당(熙政堂) 서협실에서 춘추 22세의 나이로 죽었다. 이후 왕실의 두 외척인 김조순과 조만영 가문의 정권투쟁이 심화되어 왕실의 약화를 가져왔다. 헌종이 즉위한 뒤 익종으로 추존되었다. 묘호(廟號)는 문호(文祜)이며 능은 수릉(綏陵)이다. 시호는 효명(孝明)이다.

신정왕후(神貞王后)는 익종의 비(妃)로 풍양조씨(豊壤趙氏)이며, 헌종의 어머니이다. 아버지는 풍은부원군 만영(萬永)이며, 어머니는 송준길(宋浚吉)의 후손인 목사 시연(時淵)의 딸이다. 12세 때 익종비로 책봉되어 세자빈이 되었고 효부라는 칭찬을 들었다. 1827년(순조 27) 헌종을 낳았다. 1834년 헌종이 왕위에 오르고 죽은 남편이 익종으로 추봉되자 왕대비로 되고, 1857년(철종 8) 순조비인 순원왕후(純元王后)가 죽자 대왕대비로 되었다. 철종이 재위 13년 만에 후사(後嗣)도 없이 죽자 왕실의 권한은 최고 어른인 대왕대비가 쥐게 되었다. 그전부터 흥선군 이하응(李昰應) 및 조카인 조성하(趙成夏)와 손을 잡고 있었으므로 즉각적으로 흥선군의 둘째 아들로 왕위를 계승하게 하였다.

또한 안동김씨(安東金氏) 세력을 더욱 약화시키기 위하여 고종을 아들로 삼아 철종이 아니라 익종의 뒤를 잇게 하였다. 그리하여 내전에 고종의 옥좌를 마련하고 자신은 그뒤에서 수렴청정을 하였다.

1866년(고종 3) 2월까지 계속 수렴청정을 하며 관리 탐학의 방지, 진휼(賑恤), 황해도 도장(導掌) 폐해의 엄금, 공폐(貢弊)의 제거 등을 하였다고 하지만, 실제의 정권은 모두 흥선대원군이 잡도록 하교한 바가 있다. 또한 친정세력들을 대거 기용하였지만, 그들이 잇따른 정변에 희생되어 조씨가문이 쇠락해지자 슬퍼하였다. 더욱이 국가가 여러 재난에 시달리게 되자 눈물을 흘리며 죽지 않는 것을 한탄하였다고 한다.

신정왕후는 1890년 4월 17일 경복궁 흥복전(興福殿)에서 춘추 83세의 나이로 승하하였다.

4. 수릉표석음기

朝鮮國

翼宗大王綏陵

神貞王后祔右

翼宗體元贊化錫極定命聖憲英哲睿誠淵敬隆德純功篤休弘慶洪運盛烈宣光
濬祥堯欽舜恭禹勤湯正啓天建統神勳肅謨乾大坤厚廣業永祚莊義彰倫行健
配寧基泰垂裕熙範昌禧立經亨道成獻昭章敦文顯武仁懿孝明大王　崇禎紀元
後一百八十二年己巳八月九日誕生　壬申冊封王世子　丁丑入學　丁亥　聽政　庚寅
五月六日昇遐　八月四日葬于楊州天藏山西坐原　在東宮十九年　春秋二十二　賜
諡孝明　廟號文祜　墓曰延慶　甲午憲宗卽位追尊爲王　上諡敦文顯武仁懿　上廟號
翼宗　封陵爲綏陵　丙午閏五月二十日遷奉于楊州龍馬峯下癸坐原　戊申追上尊號
體元贊化錫極定命　哲宗癸丑追上尊號聖憲英哲睿誠淵敬　乙卯八月二十六日遷
奉于健元陵左岡壬坐之原　小子嗣服之三年丙寅追上尊號隆德純功篤休弘慶　丁
卯追上尊號洪運盛烈宣光濬祥　己巳追上尊號堯欽舜恭禹勤湯正　乙亥定世室追
上　尊號啓天建統神勳肅謨　丁丑追上尊號乾大坤厚廣業永祚　己卯追上尊號莊
義彰倫行健配寧　癸未追上尊號基泰垂裕熙範昌禧　丁亥追上尊號立經亨道成
獻昭章　妃孝裕獻聖宣敬正仁慈惠弘德純化文光元成肅烈明粹協天隆穆壽寧禧
康顯定徽安欽倫洪慶泰運昌福熙祥景勳哲範神貞王后趙氏　崇禎紀元後一百八
十一年戊辰十二月六日誕生　己卯冊封世子嬪　甲午憲宗卽位尊爲王大妃　哲宗
丁巳進號　大王大妃　癸亥小子嗣服　垂簾同聽政　丙寅特命撤簾　庚寅四月十七
日昇遐　八月三十日祔葬于綏陵而同封　壽八十三　嗚呼前面與陰記小子泣血敬
撰並書　崇禎紀元後二百六十三年　月　日

5. 수릉지

≪純祖實錄≫ 卷31, 純祖 30年 7月 15日 庚午 翼宗大王綏陵誌文

誌文 我淵德顯道景仁純禧主上殿下卽阼三十年庚寅五月六日壬戌 王世子
以疾薨于熙政堂之西夾室 春秋二十有二 上及王妃 號慟賞絶 籲天無階 卿
士大夫 搢紳章甫 莫不痛哭捫胸 飮泣相弔曰 天欲喪我國家耶 儲聖已矣 如
國家何 掖庭衛士諸司吏胥 滿城軍民與僮婦孺 亦皆仰首哀啼曰 我兩聖之至
仁盛德而有斯歟 天胡忍斯 數日之間 悲冤之聲 達于八域 禮官据英宗纂定
喪禮補編 請上服斬衰三年 王妃齊衰三年 是制也 三代以來 歷代及國朝所
未嘗行 上疑之 引先王丙午文孝服制議 命斷以國朝舊制 禮官復攄仁祖時李
楘金弘郁李敬興言 請詢大臣儒賢 遂制斬齊以上 旣(斂) [斂]遷于歡慶殿 成
殯四日而成服 越三日戊辰 賜諡孝明 墓曰延慶 廟曰文祜 秋八月四日己丑
葬于楊州天藏山之左坐酉原 上 命臣以玄室之誌 臣歷屢日悸恐不敢辭 乃涕
泣撰次如左 謹按世子姓李 諱旲 字德寅 我淵德顯道景仁純禧殿下之第一子
我正宗文成武烈聖仁莊孝王之孫 母明敬中宮殿下 領敦寧府事金祖淳女也
己巳八月九日丁酉 世子生于昌德宮之大造殿 先是 母妃有夢龍之瑞 及將産
彩虹起苑中 流于廟井 驟雨作震雷有聲 旣生 天卽霽 殿甍繞五色雲氣 至捲
草日 乃散 世子犀角龍睛 天表秀美 宮中上下 咸曰酷類莊孝王也 卽曰定號
元子 壬申夏 大臣請早建儲貳 七月丙子 冊爲王世子 受冊于熙政堂 行禮如
儀 始四歲矣 丁丑春 上率世子謁太廟 三月齒于學 旣謁聖 請業博士前曰何
修而可以爲聖人 英音清朗 儀度儼若 靑衿之圜泮水者萬數 相顧曰昔聞我先
王入學時盛事 今幸復覩也 己卯春三月壬子 冠于慶熙宮之景賢堂 冬十月壬
寅 行嘉禮豐壤趙氏判書萬永女 今嬪宮邸下 丁亥七月十八日辛酉誕生 元孫
以今年九月 將冊爲王世孫 未及期而鶴馭賓矣 嗚呼 慟矣 辛巳三月 孝懿王

后禮陟 兩聖在哀疚中 世子左右寬慰 勉進粥飲 壬午 綏嬪喪亦然 癸未 上
命大小殿座及臣隣 進接 世子侍坐 是年冬 上 命世子攝行太廟冬享 自是
廟社宮享 一皆攝行 丁亥元朝 以手筆 下令于春桂坊曰余年今爲十九春秋矣
只知燕閒之爲樂 不識典學之至重 荏苒之頃 已過許多日月 自顧其中 不覺
其悚然而懼 赧然而愧 今當月之正日之元矣 頓變前習之悠泛 將務猛省之新
工 惟我兩坊宮僚 各存飭勵之戒 克懋陳勉之義 二月乙卯 上 命王世子代理
是日 上 行賓對 仍下備忘記曰予自辛未以後 多在靜攝之中 雖或粗安 有時
常致機務多滯 國人之所憂 卽予所自憂也 世子聰明穎睿 年漸長成 邇來之
侍坐攝享 意有在耳 遠稽有唐 近法列聖代聽之擧 予心已定 一藉分勞 以便
調養 一使明習 以達治道 宗社生民之福也 咸造在廷 爰告大計 於是時原任
大臣入見 上曰殿下 今爲無憂之文王也 遂請庶政庶事 以乙未故事爲準 世子
三上疏辭 上 答曰予勞爾代 卽亦天道之經 予豈非經之是蹈乎 敬之哉 四勿
修身之本 九經 治國之要 克勤克儉 不作無益 視遠聽德 用孚于人心 越十
日甲子 世子受聽政賀于重熙堂 旣受命 勵精圖理 不遑寢食 朝野延頸拭目
申夜巡之禁 飭坐衙之規 嚴監守之法 禁科場之(弊) [弊] 以都民休戚攸關 誠
銓曹選擇司寇京兆官 監司閫帥守令之辭陛者 皆勉諭而遣之 復命者皆引詢
(弊) [弊]否 文武臣漢學儒生講製輪對官召見 皆以日次周盧衛士 較試演肄
亦皆躬臨而閱視 中外獄案及士民上言 雖多 必先躬覽而付該司 或直判而下
之 以爲常 九月辛亥 上尊號于主上殿下曰 淵德顯道景仁純禧 中宮殿下曰
明敬 親上冊寶 戊子 以母妃春秋滿四旬 二月壬午 進爵于慈慶殿 兩殿同臨
以受 慈孝融洽 祥和之氣 溢於宮闈 是爵也不欲煩度支 自宮中措辦而行也
明年己丑 聖上寶齡 亦躋四旬 二月癸丑 率百官進饌于明政殿 行九爵禮 越
三日 又進小酌于慈慶殿 仍行內宴 是時 大司憲朴綺壽 上書論女伶入禁中
有陳戒語 遂以此被謫 未幾有還 翌春擢爲刑曹判書 下令褒其直 國人大悅

秋令八道道臣 搜求賢才之隱淪者 冬 誅愼宜學 蓋宜學陳書內 欲傾陷搢紳
而外藉先朝五晦筵敎 以眩惑人心也 庚寅春 世子請改摹御容大小二本 旣成
世子手書標題 與書香閣所奉舊本 移奉于奎章閣之宙合樓 象胥自燕歸 購進
皇朝實錄四百餘卷 世子令閣臣 閱其編次 匣而奉安于大報壇之奉室 自四月
旬後 世子有微恙 已而忽患咯血 旬日之間 證形屢變 方藥莫奏其效 祈禱未
獲其靈 五百年磐石之宗 一朝懍乎如一髮 而君臣上下 有餘慟矣嗚呼 冤哉
世子聰明過人 四歲時西賊平捷報至 世子方哺乳 舍而笑曰快好哉 姆問何故
答曰盜已擒 豈不快好 其穎悟類此 及稍長 人或以國朝列聖盛德仰質曰如某
事某事 邸下亦能之否乎 輒曰能 孝友根於天性 聖上雖鍾愛無比 而常存敬
畏 不敢有所恃焉 雖嬉戲嗜好之事 母妃禁之則止 靑陽府夫人卒 母妃處別
殿 哀毀甚 往往至暈絶 世子流涕 徒跣持湯劑 憧憧將護 設幄殿門外 不復
歸寢室 及公除 母妃謂世子曰吾與汝相守月餘 今當歸次 不禁悵然 世子對
曰是亦何難 小子當慰母之心 自是 朝而省 夕而退 昏而定 漏盡而退者數月
大君生 世子奇喜 日撫視曰吾弟何時長如我 及夭 愴惜不自已 視諸妹無貴賤
之殊 而明溫主齒相比 故情尤篤 永溫主朴淑儀出也 生而多病 語不能了 常
憐而撫之 其卒也 世子驚悼垂涕曰其慈母情境 尤可悲也 寬而愛人 與群下
接 氣仁而辭溫 鄕大夫及宮僚之親近者 多字而不名 視民如傷 聞蔀屋窮苦之
狀 輒怛然有不忍色 嶺南湖西饑 大發帑贍其賑資 北路又大水 令船關東嶺南
穀以賑之 南北無捐瘠者 每飯有墮粒必自掇吞 或使侍傍者食之曰天賜不可慢
也 嘗使工 繪耕織於屛 以寓稼穡艱難之意 於祀典 尤致意 自皇壇太廟 以
至社宮之享 齊明承事 必盡其敬 周旋登降 拜跪唱贊之節 尊彝鉶豆漑滌陳
設之事 金石絲革腔調合止之數 佾羽之容 絃歌之詠 靡所不嫺 靡所不審 裸
薦旣畢 猶穆然在位 以竢徹也 自去歲 非上服 不近緞綺 衣襨悉用紬縣 旣
而世孫着斑衣有緞品 世子見之曰穉子何用緞 況余所不服乎 亟令改之 嗚呼

臣以肺腑之親　老白首不先蝣蟻　含哀茹冤　欲以區區筆墨　摹畫明兩之遺光
腸非木石　獨何忍哉　今所撫載　皆國人聞覩之所及　而惟是服成之日　我坤殿
哽咽而語臣曰世子仁孝好善之性　淸明特秀之姿　非短折相　天乎何忍　世子近
嘗從容謂予曰往事多可悔矣　平日信人如己　近覺其不然　世人皆各爲其私　非
眞爲我者　小子從今欲絶去舊習　正心讀書也　又對侍宦　指所創屋而歎曰建此
欲何爲　使余心如今日　昔必不建矣　卽此可知其賢明　天乎冤哉　豈天年止於
此乎　抑憂勞國事　以促其壽乎　天乎何忍　臣承聆未畢　亦失聲掩抑　煩冤不自
勝而退　旣又伏竊思惟　盛矣哉　我世子仁孝淸明之質　毓德春宮　垂二十年　令
聞日播　謳歌日歸　重華之攝　克協人情　區域之內　被其陶冶　宜若無待乎加勉
而惟其不自滿假之意　自與書所稱檢身　若不及孔夫子　所謂一日克己復禮者
心法相合　苟非天縱之能　顧何以與此哉　若使天假年壽　成就其全德　固將爲
堯爲舜　比隆三代　而今不可得矣　天乎冤哉　天乎冤哉　雖然　心法之傳　無遠
無間　異日我世孫　屹然成人　傳此心法之妙　繼而述之　擴而大之　得比於堯舜
之爲聖　國家萬億年靈長之福　實基於此　而我世子未卒身敎之心　亦將無憾於
穹壤冥漠之中矣　嗚呼　惜哉　嗚呼　痛矣　[領敦寧金祖淳製]

《高宗實錄》卷 27, 高宗 27年 8月 30日 丁卯 神貞王后誌文

大行大王大妃誌文曰　嗚呼　惟我大行大王大妃　以太任之聖　當元祐之時
功存宗祐　澤洽寰瀛　轉綴旒而措磐泰　就聞長樂　富有日月　壽考德業之盛
殆簡策所未有　而寔由我殿下至誠準海　天順人信　慈德愈隆而聖孝彌光　宇
內含生　永蘄萬億年無疆矣　庚寅春　后有疾弗豫　翼日乃瘳　越夏四月　惟幾
彌留　上侍疾焦遑　命直宿嘗藥諸臣　醫技罔效　則又禱于廟社山川　竟以十
七日丙辰未時　昇遐于景福宮之興福殿　春秋八十有三　嗚呼　慟矣　豈所謂
神者誠難明　而理者不可推者歟　我殿下攀號靡逮　爰命群臣　攷古謚法　民

無能名曰神 大慮克就曰貞 謹上尊號曰神貞 徽號曰景勳哲範 殿號曰孝慕
卜山陵之吉于綏寢同原 以是年八月三十日丁卯 祔奉于右上命臣以幽宮之
誌 臣昏耗不敢當 疏辭不獲 乃拜手稽首而撰次焉 謹按后姓趙氏 高麗開
國功臣門下侍中諱孟 始籍豐壤 入本朝 吏曹參判漢平君諱益貞 卒於戊午
士禍 贈吏曹判書諡恭肅 五傳而漢城左尹豐安君諱瀚 佐仁廟策靖社勳 贈
左參贊諡景穆 三傳而卽吏曹判書贈領議政景獻公諱尙絅 英廟名臣 秉執
辛壬大義 今上特命世祀 於后爲高祖也 曾祖諱曮 吏曹判書贈左贊成諡文
翼 祖諱鎭寬 有至行 吏曹判書諡孝文 考諱萬永 嘗官吏曹判書 及后正位
大妃 封領敦寧府事豐恩府院君 後贈領議政諡忠敬 配食純祖廟庭 母贈德
安府夫人恩津宋氏 牧使贈贊成時淵女 贊善文元公明欽孫 判書文正公浚
吉之後也后以純祖戊辰十二月初六日丁酉 誕降于荳浦雙湖亭私第 先是曾
祖母洪夫人 夢神人有告以虎異者 及誕果驗 祥光繞室 朗若天曙 家人異
之 后孝友根天 每飲食 未嘗先父母 處昆弟 辭其逸而躬其勞 十二歲己卯
膺德選 冬十月冊封王世子嬪 仍行嘉禮 事孝懿后純祖大王純元后 婉婾備
至 嘗洞屬如也 兩殿稱之曰孝婦丁亥 翼宗代聽萬幾 后小心儆畏 夙夜靡
怠 其所以內資聖考寬仁恭儉之治者至矣 是歲秋七月 丕膺天慶 憲宗誕生
一堂三聖 永綏弟茀祿 國運中否 庚寅五月 翼考薨逝 后却膳哀號 左右不
敢仰視 甲午十一月 純祖登遐 后哭擗踊禮 憲宗嗣服 追尊翼考爲王 尊后
爲王大妃 丁酉憂吉 上尊號曰孝裕 戊申加上曰獻聖 己酉六月 憲宗上賓
哲宗辛亥憂吉 上尊號曰宣敬 癸丑加上曰正仁 丁巳純元后禮陟 進號大王
大妃 己未加上曰慈惠 癸亥加上曰弘德 哲宗賓天 神人靡託 宗國之危在
呼吸矣 后克定大策 奉迎今上于潛邸 入承翼宗大統 於是群臣引國朝故事
請后垂簾聽政 后念沖王宅宗 時事艱虞 乃勉而許之 乙丑重建正衙 丙寅
二月 命撤簾 是年憂吉 上尊號曰純化 加上曰文光 丁卯戊辰己巳癸酉 加

上曰元成肅烈明粹協天 乙亥丁丑戊寅己卯 加上曰隆穆壽寧禧康顯定 癸
未丙戌丁亥 加上曰徽安欽倫洪慶 戊子連上曰泰運昌福 庚寅加上曰熙祥
后於垂簾之初 教于上曰今於罔極之中 五百年宗社 幸有託付 主上卽我仁
祖血孫 英宗旁支 繼祖宗之統 行祖宗之事 則當法祖宗 而敬天愛民卽祖
宗傳授之心法 謹愼節儉 敬天愛民之本也 又曰雖沖年哀遑之時 頻接臣僚
講論經史 明習治法政謨 上念祖宗之重 下副民庶之望 人主雖尊 本無輕
視朝臣之法 況大臣奉祖宗之法輔導者 亦不出敬天愛民之道 必須禮待服
膺 禮臣以太廟祝式 請議大臣 后諭中外曰定策傳教中大統云者 大倫之謂
也 若論傳國之統 則正純翼憲之統 傳至于大行大王而主上承之 豈有二統
之疑哉 其於翼宗稱皇考 於憲宗稱皇兄 於大行大王稱皇叔考孝從子 嘗於
上之燕侍 教曰今之赤子卽堯舜之赤子也 人主當以赤子之心爲心 願主上
以是爲心 又曰斯民 主上之赤子也 減賦稅除徭役去奢侈 推以及之 民自
阜矣 經用有裕矣 又曰竊盜之人 亦我赤子也 彼胡爲此 德不下究而然乎
牧民不得其人而然乎 其必終歲勞苦 一絲半粒 傾入於三稅與貪吏之橐 故
哀彼赤子 飢寒到骨 有此匍匐入井者 然反而求之 咎實在予 予之中申於
主上者 皆民國切至之事 銘念焉 堯之土階茅茨 禹之菲飮食卑宮室 爲萬
古聖君也 叔季之世 奢侈漸盛 珍其食華其衣 以其有限 用之無節 有欠古
聖節用愛民之訓 每念及此 不甘錦玉 諭諸臣曰保護聖躬乃慈母之責 輔導
聖學 惟卿等是望 置勸講官 日開經筵 山林儒賢 屢勤延召 以至一政一事
號令 粹然無不出於大公至正 而尤惓惓於恤民安民 誕辰進上物種及垂簾
時應供有害於民者 皆置之 各貢契舊遺在 實爲積欠 而進排物種 依例受
價 后深軫此弊 教曰國家設置各貢 專爲都民聊活 而經用匱罄 不可無更
張 特蠲三分一 及有司持難 教曰民裕則國富 民瘠則國危 今沖王在上 何
可惜此爲也 各貢遺在 一竝蠲蕩 以示曠絶之恩 自今國計贏絀 一委於中

外有司之臣米爲三十九萬九千二百石零　錢爲四萬九百兩零也　關西添餉穀
輕殖錢　積歲抁欠　命道臣行査　教曰徵督巨逋　害及殘民　易致蕩析　宜以懷
保爲先　亦蠲之　各宮房私遣導掌　都捧結剩於海西各邑　橫挐虐斂　民不堪
其苦　內寺創設無名稅於幸州　侵漁百端　舟楫不通　弊皆到極　教曰非但宮
房內司　至於卿宰家　入於籍賣開洑築堰採礦設庖　無弊不有　哀我斯民　何
以聊生　命廟堂關諭各道　一一竝革逐宮差　又申禁執貨榷利者　罷都民坐更
法　市廛洊罹回祿　特下錢五萬兩木五十同　俾結構之　仍蠲各衙門公貨之貸
市者　凡爲民紓力　無所惜也　嶺南湖南水災　特遣邇臣之宰本道者　發綸音
慰諭災民　撫恤加於恒典　以耽羅處絶海　憂軫特異　揖帑藏賙窮濟乏　加該
牧瓜　俾除迎送之弊　矜愼刑獄　教曰天潢屬籍　爲凶徒所援　往往有不幸事
幽鬱莫伸　勘昧不明者　未必無之　其關義理判忠逆者外　竝爲疏蕩　豈非導
和祈命之本乎　飭大臣禁堂　會坐審覈　又命審理京外獄案　引呂刑哀敬之文
申諭有司　使之斷制　好生之德　洽于民心　然有罪者一於法　不自爲輕重也
前承旨南鍾三等　包藏禍心　潛通異域　傳習邪學　熾若燎原　后大憂之　亟命
鞫訊　竝施誅鋤　飭中外　蒐捕其徒　區宇廓淸　乃后衛正闢異之大政也　飭群
臣　則以尙名節礪廉恥爲本　而碩儒藎臣服勤王室者　或貤爵而賜諡　或致侑
而錄後　用人材　則振拔淹滯　無間疎遠　懲貪墨　則嚴雷霆之威而譴竄之　勸
循良　則寵璽書之典而襃異之　引見守令初仕人　申複面諭曰爾等授職　非爲
榮其身　善斯賞　不善斯罰　斷不容貸　開言路　則使之條陳時務曰上下交勉
隨事警省　豈可以常談而忽之　雖或不槪於后意　旋卽轉圜如流　嚴科試　則
擇差主司　精白考藝　上欲后一時供歡　有趙氏解額人　特付司馬榜末之命
后曰何可與璿派敎宗　比以同之　謙挹屢敎　竟寢上旨　此可見平日濯龍之戒
有以絶蹊逕恩私　而聖上順志之孝　揚慈德於光大也　及撤簾也　召大臣宰執
教曰予未亡人　當此至重至大之擔負　居然爲四年之久矣　從古后妃之臨聽

朝政 乃有國之大不幸 顧予涼德 何敢彷彿於古先哲后 而當天地罔極之會
諸臣以列朝古事 涕泣而請之 予亦以宗社大本 黽勉而許之 今則主上春秋
旣鼎盛矣 聖質天縱 睿知日就 機務之明習 學問之篤實 有可以管庶政親
萬機 以予所處 一向蹲仍 甚非所以尊國體而正大經 自今日大小公事 一
聽主上總斷 而敬天法祖 勤學愛民 禮遇大臣 全保世臣 守我先王家法 主
上其勉之 同寅協恭 遵迪匡輔 鞏固我無疆歷服 深有望於大臣諸臣 遂立
命撤簾 嗚呼 其盛矣大矣 昔宋人稱宣仁高太后曰女中堯舜 聖則聖矣 而
至若我聖母之勇撤簾儀 以正其終 又非宣仁之所能及也 后性端莊貞一 克
仁克敬 平生無疾言遽色 潛心小學 有裨於內行者弘多 喜覽歷代治亂得失
三復存戒 純元后寢患 宵衣侍湯 未嘗暫離 奉先之誠 靡不用極 壬申太祖
元宗御眞移摹時 幀幖之用 皆內下 眞殿祭品及帳褥修改 必盛服親檢 尤
謹於送終之節 凡內外殿宮喪斂襚之備 躬自檢攝 盡誠盡禮 綏嬪喪時 有
腫候 亦躬攝 甲午大喪及仁陵遷奉厇具 純元后必詢后而處之 遇忌辰 必
齊邀 雖邵齡 未嘗或弛 有竊祭用銀器者事覺 宮中悸慄 后慮無辜橫罹 請
上勿問 乃依樣改造 仁愛之及人 多類此 后嘗憂綏陵宅兆不叶 憲宗丙午
哲宗乙卯 瀿遷之禮 皆奉有后旨也 尊禮主上 每進見 雖大耋違豫時 命女
侍 必扶而起坐 以至飲食起居之節 憧憧如不及 二十八年如一日 至勞瘁
而不自恤 友明溫福溫德溫三公主 甚篤 及沒 撫視其子若孫 有加焉 對戚
畹 必正色臨之 見有侈靡 引古曉之 俾自省而自悔焉 后自奉儉約 筆硯之
外 泊然無物 衣裙多澣濯 非翟褕 未嘗御錦綺 處盛逾謙 每揚號進冊 或
勉而受之 猶惕若不居 至其豐豫之舉 則后曰國儲不贍 民力又困 奚用飾
慶爲哉 竟不許 自撤簾帷 收斂光化 若上載之無聲臭 壬午甲申之變 回危
奠安 賴后威靈 而惠鮮懷保之命 若恫在已 由是 我聖上克體遺意 終事凡
具 不煩民市 深山窮谷 莫不悲慕 曰聖母之顧我復我 今焉已矣 吾其奈何

嗚呼 慟矣 臣竊伏聞關雎 后妃之德也 其詩雖若只頌后妃 而不本於文王
則大失詩旨 朱夫子蓋嘗論之矣 今我聖母 身有聖德 視履元吉 豈非我聖
考正身齊家之所推歟 世無象成歌詩者 不能使人愀然如復見盛德之容 然
以我家所覩記 模象而蠡管之 倪天之德 若貞熹 成之者遠 若貞純 思齊之
音 若純元 而惟其中正博大之徽規懿則 日星乎中天 爲聖主開泰平萬世
蓋我聖母慈覆之天 於是乎益有光焉 易曰至柔而剛 至靜而方 傳曰本諸身
徵諸庶民 又曰大德 必得其祿 必得其名 必得其壽 后皆有焉 於乎 休哉
誕一男 憲宗大王 妃孝顯王后金氏 領敦寧府事永興府院君祖根女 繼妃明
憲淑敬睿仁正穆弘聖章純莊昭端禧粹顯王大妃殿下洪氏 領敦寧府事益豐府
院君在龍女 今我統天隆運肇極敦倫正聖光義明功大德堯峻舜徽禹謨湯敬主
上殿下 以興宣大院君第二子 入爲翼宗大王子 妃孝慈元聖正化中宮殿下閔
氏 僉正贈領議政驪城府院君致祿女 誕王世子邸下 以左贊成贈領議政閔
台鎬女爲嬪 嗚呼 后之德之功 彤管之紀 不能殫述 顧臣膚淺 何敢繪畫萬
一 而伏惟我殿下嚴廬皇瞿 孝思根天 書下行錄 多述未備 闇然之章 實有
外廷所未能盡知者 俯仰今昔 不勝愴涕 謹撮大槪 自附簡嚴之體 旁採筵
綸敎令之布方冊塗耳目者輯之 而遣辭之際 華而不實 則不惟後世之無以
徵信 竊恐有違於平日謙光之慈德 兢兢焉忍不敢溢 千歲在後 可以質之矣
[奉朝賀金尙鉉製]

남양주시

광릉(光陵)

1. 연혁

능　　주 : 세조(世祖)[1417~1468, 1455~1468]

　　　　　정희왕후(貞熹王后) 윤씨[1418~1483]

위　　치 : 경기도 남양주시 진접읍 부평리

지정번호 : 사적 제197호

봉릉연대 : 1468년(예종 즉위년)

천릉연대 :

왕릉형태 : 동원이강형

2. 왕릉 소개

　서울 동북부의 공릉동에 위치한 태릉과 삼육대학교를 지나면 남양주시로 나가는 47번 국도를 만나게 된다. 이 길을 따라 계속 따라가면 남양주시 진접읍에 들어서게 되는데, 이곳에서 표지판을 바라보면 광릉을 가리키는 안내판을 쉽게 마주할 수 있다. 광릉이라고 씌여진 안내 표지판을 따라 한적하

광릉 전경   광릉의 정자각

면서도 서늘한 광릉 숲길을 10여 분 달리면 광릉 입구에 도착하게 된다.

광릉은 조선 7대 왕인 세조(재위 1455~1468)와 부인 정희왕후 윤씨(1418
~1483)의 무덤이다. 세조의 유언에 따라서 무덤방은 돌방을 만드는 대신
석회다짐으로 막았고, 무덤 둘레에 병풍석을 세우지 못하게 하였다. 돌방과
병석을 없앰으로 해서 백성의 고통과 국가에서 쓰는 돈을 크게 줄일 수 있게
되었다. 무덤 주위에는 난간석을 세우고 그 밖으로 문인석·무인석·상석·망
주석·호석·양석을 세웠다. 난간석의 기둥에는 십이지신상을 새겼는데 이는
병풍석을 세우지 않았기 때문이다. 이러한 예는 광릉 밖에 없으며, 글자로
난간석에 표시하거나 나중에는 24방위까지 새겨 넣게 된다.

무덤배치에 있어서도 최초의 동원이강의 형식이다. 지금까지는 왕과 왕
비의 무덤을 나란히 두고자 할 때는 고려 현릉·정릉 식의 쌍릉이나 세종과
소헌왕후 심씨의 무덤인 영릉의 형식으로 왕과 왕비를 함께 묻는 방법을 취
하였으나, 광릉은 두 언덕을 한 정자각으로 묶는 새로운 배치로 후세의 무덤
제도에 영향을 끼쳤다.

정자각을 중심으로 좌우 언덕에 세조릉과 정희왕후릉이 각각 단릉 형식
으로 조성되어 있는데, 정희왕후 승하 후 세조릉과 다른 언덕에 왕후릉을 조
성하다가 성종이 먼저 건립한 세조릉의 정자각을 두 언덕 사이로 옮겨 함께

앞뒤에서 바라본 세조의 무덤

제사 지내도록 함으로써 광릉(光陵)의 단독 능호를 유지하게 되어 나타나는
이 같은 새로운 배치양식은 이후 왕릉제에 큰 영향을 끼쳤다. 간략한 의례로
백성들의 노동을 줄여야 한다는 세조의 유언대로 봉분에 병풍석을 두르지
않았고, 관과 광중(廣中) 사이를 석회로 다지는 회격(灰隔)으로 석실과 석곽
을 대신했다.

세종의 영릉이 조선 전기 왕릉 제도를 총정리한 것이라 한다면, 광릉은 조
선 전기 왕릉 제도의 일대변화를 이룬 조선 왕릉 제도상 중요한 위치를 차지
하고 있다.

3. 능주 소개

세조의 이름은 유(瑈), 자는 수지(粹之)이다. 세종의 둘째아들이고 문종의
아우이며, 어머니는 소헌왕후 심씨(昭憲王后沈氏), 왕비는 정희왕후 윤씨
(貞熹王后尹氏)이다. 타고난 자질이 영특하고, 명민(明敏)하여 학문도 잘하
였으며, 무예도 남보다 뛰어났다.

처음에 진평대군(晉平大君)에 봉해졌다가 1445년(세종 27)에 수양대군

앞뒤에서 바라본 정희왕후 윤씨의 무덤

(首陽大君)으로 고쳐 봉해졌다. 그가 대군으로 있을 때는 세종의 명령을 받들어 궁정 안에 불당을 설치하는 일에 적극 협력하고 승려 신미(信眉)의 아우인 김수온(金守溫)과 함께 불서(佛書)의 번역을 감장(監掌)하고, 또 향악(鄕樂)의 악보(樂譜)도 감장, 정리하였다.

1452년(문종 2)에는 관습도감도제조(慣習都監都提調)에 임명되어 국가의 실무를 맡아보았다. 이해 5월에 문종이 죽고 어린 단종이 즉위하니 7월부터 그는 측근 심복인 권람(權擥), 한명회(韓明澮) 등과 함께 정국 전복의 음모를 진행시켜 이듬해 1453년(단종 1)10월에는 이른바 계유정난을 단행했던 것이다.

계유정난은 폭력으로써 정권을 탈취한 사건인데, 하룻밤 사이에 정국을 전복시키고 군국(軍國) 대권을 한 손에 쥐고 자기 심복을 요직에 배치하여 국정을 마음대로 처리하였다. 조정 안에 있는 반대세력을 제거하고 밖에 있던 함길도 도절제사 이징옥(李澄玉)마저 주살, 내외의 반대세력을 제거하였다.

1455년 윤 6월 단종에게 강박하여 왕위를 수선(受禪)하였다. 세조가 즉위하여서는 이해 8월에 집현전 직제학 양성지(梁誠之)에게 명하여 우리나라의 지리지(地理誌)와 지도를 찬수(撰修)하게 하였으며 11월에는 춘추관(春秋館)에서 ≪문종실록≫을 찬진하였다.

1456년(세조 2) 6월에 좌부승지 성삼문(成三問) 등 이른바 사육신(死六臣)이 주동이 되어 단종복위를 계획하였으나 일이 발각되자 이 사건에 관련된 여러 신하들을 모두 사형에 처하였다. 뒤따라 집현전을 폐지시키고 경연(經筵)을 정지시켰으며, 집현전에 장치(藏置)된 서적은 모두 예문관(藝文館)에 옮겨 관장하게 하였다.

7월에 조선단군(朝鮮檀君)의 신주(神主)를 조선시조단군(朝鮮始祖檀君)의 신위(神位)로 고쳐 정하고, 후조선시조(後朝鮮始祖) 기자(箕子)를 후조선시조 기자의 신위로 고쳐 정하고, 고구려시조를 고구려시조 동명왕의 신위로 고쳐서 정하였다.

1457년(세조 3) 정월에 비로소 원구단(圓丘壇)을 만들어 하늘에 제사지내고 조선 태조를 여기에 배향하였다. 이해 6월에 상왕(上王: 端宗)을 사육신의 모복사건(謀復事件)에 관련이 있다는 이유로써 노산군(魯山君)으로 강봉(降封)하여 강원도 영월에 유배시켰는데, 뒤따라 경상도의 순흥에 유배된 노산군의 다섯째 숙부인 금성대군(錦城大君) 유(瑜)가 노산군복위를 계획하다가 일이 발각되자 신숙주(申叔舟)·정인지(鄭麟趾) 등 대신의 주청(奏請)에 따라 이해 10월에 사사(賜死)하고 노산군도 관원을 시켜 죽이게 하였다.

1458년에 호패법(號牌法)을 다시 시행하여 국민의 직임(職任)과 호구(戶口)의 실태를 파악하고 도둑의 근절에 주력하였다. 이해에 ≪국조보감(國朝寶鑑)≫을 편수하였으니, 즉 태조, 태종, 세종, 문종 4대의 치법(治法) 정모(政謨)를 편집하여 후왕의 법칙으로 삼으려는 의도이고, 후에 ≪동국통감≫을 편찬하게 하였으니 이는 전대(前代)의 역사를 조선왕조의 의지에 의하여 재조명한 것이다. 세조는 정정이 안정됨에 따라 왕조정치의 기준이 될 법전의 편찬에 착수하였으니 최항(崔恒) 등에 명하여 앞서 있었던 ≪경제육전(經濟六典)≫을 정비, 왕조 일대(一代)의 전장(典章)인 ≪경국대전≫의 찬술을 시작하였다.

1460년에 호전(戶典)을 반행(頒行)하고 이듬해 1461년에는 형전(刑典)을 반행하였다. 세조는 무비(武備)에 더욱 유의하여 1462년에는 각 고을에 명하여 병기(兵器)를 제조하게 하고, 1463년에는 제읍(諸邑), 제영(諸營)의 둔전(屯田)을 성적(成籍)시키고, 1464년에는 제도(諸道)에 군적사(軍籍使)를 파견하여 장정(壯丁)의 군적 누락을 조사하게 하였다.

또, 1466년에는 관제를 고쳐 영의정부사(領議政府事)는 영의정으로, 사간대부(司諫大夫)는 대사간으로, 도관찰출척사(都觀察黜陟使)는 관찰사로, 오위진무소(五衛鎭撫所)는 오위도총관으로 병마도절제사(兵馬都節制使)는 병마절도사로 명칭을 간편하게 정하였으며, 종래의 시직(時職: 현직), 산직(散職) 관원에게 일률적으로 나누어주던 과전(科田)을 그만두고 현직의 관원에게만 주는 직전제(職田制)를 시행하였다.

세조는 신하들을 통솔함에 있어 자기에게 불손하는 신하는 가차없이 처단하고 자기에게 순종하는 신하는 너그럽게 대하였으니, 양산군(楊山君) 양정(楊汀)은 정난(靖難)의 원훈(元勳)으로서 북변(北邊)의 진무(鎭撫)에 공로가 많았는데도 세조에게 퇴위를 희망하는 불손한 말을 한 이유로 참형에 처하고, 인산군(仁山君) 홍윤성(洪允成)은 세력을 믿고 방자하여 제 가신(家臣)을 놓아 사람을 살해까지 하였는데도, 자기에게 항상 순종한다는 이유로 주의만 시켰을 뿐 처벌하지 않았다.

세조는 왕권을 확립한 뒤 지방의 수신(帥臣: 병마절도사)은 그 지방출신의 등용을 억제하고 중앙의 문신으로 이를 대체시키자 이에 반감을 품은 함길도 회령출신 이시애(李施愛)가 1467년에 지방민을 선동하여 길주에서 반란을 일으켰으나, 세조는 이 반란을 무난히 평정하고 중앙집권체제를 더욱 공고히 수립하였다.

그러나 세조는 정치운영에 있어서는 신하들의 의견을 받아들이는 이른바 '하의상통(下意上通)'보다는, 자기의 소신만을 강행하는 '상명하달(上命下達)'식의 방법을 택하였다. 세조는 즉위 직후에 왕권 강화를 목적으로 의정부의 서사제(署事制)를 폐지하고 육조의 직계제(直啓制)를 시행하였으니, 이것은 어린 단종 때의 정치의 권한이 의정부의 대신들에게 위임된 것을 육조직계제를 시행함으로써 왕 자신이 육조를 직접 지배하여 중신(重臣)의 권한을 줄이는 반면, 왕권의 강화를 기도하였던 것이다.

1456년 6월에 성삼문·박팽년 등 사육신의 단종복위사건의 발생을 계기로 학문연구의 전당인 집현전을 폐지하고, 정치문제의 대화 토론장인 경연을 정폐시켰으니, 이런 까닭으로 국정의 건의 규제 기관인 대간의 기능이 약화되는 반면에, 왕명의 출납기관(出納機關)인 승정원의 기능이 강화되었던 것이다.

즉, 이 시기의 승정원은 육조 소관의 사무 외에 국가의 모든 중대 사무의 출납도 관장하고 있었다. 이러한 승정원 직무의 중요성에 대비하여 그 직무를 맡은 관원은 반드시 국왕의 심복으로 임명하였으니, 신숙주·한명회·박원형(朴元亨)·구치관(具致寬) 등 정난공신(靖難功臣)이 이 승정원에 봉직하면서 모든 국정에 참획(參劃)하게 되었다.

또, 세조는 국가의 모든 정무를 이들 중신 중심으로 운영하였으므로 정부의 중요관직은 자기의 심복인 대신급의 중신으로 겸무하게 하였으니, 즉 외교통인 신숙주는 겸예판(兼禮判)으로, 군사통(軍事通)인 한명회는 겸병판(兼兵判)으로, 재무통(財務通)인 조석문(曹錫文)은 겸호판(兼戶判)으로, 장기간 재직, 복무하게 하였다.

또, 중신들은 현직에서 물러난 뒤에도 부원군(府院君)의 자격으로서 종전대로 조정의 정무에 참여하도록 하였다. 이와같이 국가의 모든 정무는 세조 자신이 직접 중신과 서로 의논, 처결하게 되니 국왕의 좌우에서 왕명을 출납하는 승지의 임무는 한층 더 중요해졌고, 따라서 승정원의 기구는 점차 강화되어 이러한 추세하에서 1468년에는 원상제(院相制)의 설치를 보게 된 것이다.

이 원상은 왕명의 출납기관인 승정원에 세조 자신이 지명한 삼중신(三重臣: 신숙주, 한명회, 구치관)을 상시 출근시켜 왕세자와 함께 모든 국정을 상의, 결정하도록 한 것이니, 이는 세조가 말년에 와서 다단한 정무의 처결에 체력의 한계를 느끼게 되고, 또 후사의 장래문제도 부탁하려는 의도에서 설치한 것이라 볼 수 있다.

그런 까닭으로 세조는 1468년 9월에 병이 위급해지자, 여러 신하들의 반대를 물리치고 왕세자에게 전위(傳位)하고는 그 이튿날에 죽었으니, 세조가 왕권의 안정에 얼마나 주의를 집중시켰는가를 알 수 있다. 이와같이 세조대의 정치는 그 실행면에서 하의상통보다는 상명하달에 치중하였기 때문에 정국 전체의 경색을 초래하여 사회 도처에 특권 횡행의 비리적 현상이 많이 나타나기도 하였다.

결국, 이러한 세조의 무단 강권 정치는 왕권 강화면에서는 일단 긍정할 수도 있지마는, 정치 발전면에서는 세종·성종의 문치 대화 정치에는 미치지 못할 것이라 여겨진다. 시호는 혜장(惠莊)이고, 존호는 승천체도열문영무지덕융공성신명예흠숙인효대왕(承天體道烈文英武至德隆功聖神明睿欽肅仁孝大王)이며, 묘호는 세조, 능호는 광릉(光陵)이다.

정희왕후(貞熹王后)는 세조의 비(妃)로 본관은 파평(坡平)이며, 판중추부사 증영의정 윤번(尹磻)의 딸이다. 1418년(태종 18) 홍주 군아(郡衙)에서 태어나 1428년(세종 10) 가례를 행하였으며, 처음에는 낙랑부대부인(樂浪府大夫人)에 수봉되었다.

1452년(단종 즉위년) 수양대군(首陽大君)의 김종서(金宗瑞) 등의 제거를 위한 거사 때 용병(用兵)이 누설되어 손석손(孫碩孫) 등의 만류가 있었으나, 대군이 중문에 이르자 정희왕후가 갑옷을 들어 입혀서 용병을 결행하게 하였다.

1455년(세조 1) 왕비에 책봉되었고, 1457년 존호를 자성(慈聖)이라 하였으며, 1469년(예종 1) 흠인경덕선열명순휘의(欽仁景德宣烈明順徽懿)의 존호를 더하였다.

또 1471년(성종 2) 원숙신혜신헌(元淑愼惠神憲)을 가상하였다. 예종이 14세로 즉위하자 정희왕후가 수렴청정하게 되었는데, 이는 조선왕조에 들어와서 처음이다. 예종이 재위 1년 2개월 만에 죽자 세조의 맏아들인 덕종(德宗:예종의 형)의 둘째아들 자을산군(者乙山君:뒤의 성종)이 즉일로 즉위하였다.

이는 조종조(祖宗朝)에 전례가 없는 일이었으며, 예종의 아들 제안대군(齊安大君)이 어렸고, 또 성종에게 형 월산대군(月山大君)이 있었는데도 즉일로 즉위하게 한 것은 정희왕후의 결단에 의한 것이다.

그런데 성종 또한 13세의 어린 나이였으므로, 7년 동안이나 섭정을 계속하였다. 1483년 3월 30일 온양에 있다가 행궁에서 죽으니 수가 66세였다. 덕종·예종과 의숙공주(懿淑公主) 등 2남1녀를 두었다.

능은 광릉(光陵: 세조의 능에서 동편 언덕 丑坐)이며, 6월 12일에 장사하였다.

4. 광릉표석음기

朝鮮國

世祖大王光陵

貞熹王后祔左岡

世祖惠莊承天體道烈文英武至德隆功聖神明睿欽肅仁孝大王 皇明永樂十五
年丁酉九月二十九日誕生 宣德三年戊申初封晋平大君 後改咸平又改晉陽
又改首陽 景泰六年乙亥閏六月十一日受禪 成化四年戊子九月七日傳位于
睿宗 同月八日昇遐 十一月二十八日葬于楊州東注葉山直洞子坐之原 在
位十四年 壽五十二 皇朝賜諡惠莊 妃慈聖欽仁景德宣烈明順元淑徽愼惠
懿神憲貞熹王后尹氏 永樂十六年戊戌十一月十一日誕生 宣德三年戊申封
樂浪府大夫人 景泰六年乙亥冊封王妃 成化十九年癸卯三月三十日昇遐 六
月十二日葬于大王陵左岡丑坐之原 壽六十六 崇禎紀元後一百二十八年乙
亥二月 日立

5. 광릉지

≪世祖實錄≫ 卷 47, 世祖 14年 11月 28日 甲申 世祖大王光陵誌文

有明朝鮮國世祖承天體道烈文英武至德隆功聖神明睿欽肅仁孝大王光陵
誌 洪惟我世祖大王盛德大業 巍蕩赫濯 莫罄名言 今略敍梗概 用誌于玄
宮 謹按大王 世宗第二子 昭憲王后沈氏 以永樂十五年丁酉九月丙子誕王
王英睿 好學不倦 爲兩宮奇愛 封晋陽大君 後改首陽 正統十一年丙寅 昭
憲王后薨 景泰元年庚午 世宗薨 王哀毀盡禮 觀者罔不悲感 壬申文宗薨
帝遣使賜諡祭 又錫嗣王誥命 嗣王遣王 奉表如京陳謝 癸酉姦臣顓政 聚
群不逞謀變 王告嗣王誅之 以(勳) [勳]封奮忠仗義匡國輔祚定策靖亂功臣
摠百官輔政 都統中外兵馬諸軍 乙亥後六月 嗣王以幼沖且疾 禪位于王

王既莅祚 夙夜憂勤 常以劭農興學 求賢養兵爲先務 下敎敦勸長民者 七
月立嫡子暲爲世子 王念捍衛之勞 敎封佐翼功臣四十三人 天順元年丁丑
群臣上尊號曰 承天體道烈文英武 秋九月 世子暲病卒 賜諡懿敬 立今上
爲世子 謁先聖 行齒冑禮 王每遇事 必援引譬喩 以誨世子 又親著訓辭一
篇 以恒德敬神納諫杜讒用人勿侈使宦愼刑文武善述十事爲目 常令誦之 命
文臣 纂先朝嘉謀善政 名曰國朝寶鑑 又撰東國通鑑 皆稟睿斷 戊寅立號牌
之法 己卯幸國學 謁聖策士 王患學者師授不明 人各有見 會諸儒 論難五
經同異 親自決定 群疑氷釋 又著易學啓蒙要解 以牖學者 庚辰 王曰 漢
光武以天下之大 尙減損吏職 十置其一 國小官多 食浮於事 豈重天祿之
意也 遂汰冗官一百餘員 秋東女眞浪卜兒哈 謀亂伏誅 其子阿比車 嘯聚
黨類 侵擾邊圉 王發兵討平之 冬 王西巡至平壤 策士宴耆艾於庭 減所過
田租 辛巳命修諸道軍籍 平安黃海二道 民居稀闊 募民徙之 給復十年 癸
未下敎求將 令不拘卑顯親姻 錄才行以聞 王銳意戎事 月再閱陣 春秋講
武 自製兵將等說 訓勵諸將 每語將士曰 武而不文非將也 遂加敦勸 凡在
行間 無不讀書 成化元年乙酉秋 南巡至溫陽 策士養老如西禮 丙戌王以
累朝立法 科條寔繁 商搉損益 定爲經國大典 又以經費無據 貢賦不均 詳
定規式 於是吏易奉行 民弊悉祛 東巡至江陵 策士 蠲逋欠減田租 丁亥咸
吉道之人李施愛 矯殺節度使等 誘民以反 命將討之 師還 班賞將士有差
封敵愾功臣四十五人 秋八月 帝遣使 請兵助攻建州三衛諸虜 王命將領兵
一萬 擊破婆猪江兀彌府諸寨 使獻俘 帝遣中使褒獎 賞賚優厚 諸將亦各
有賜 戊子九月甲子 王以病薨于壽康宮之正寢 享年五十有二 在位十有四
年 王睿智英毅 寬簡仁儉 勇力蓋世 學問融貫內典百家 亦莫不躬研 處事
正大 一言一動 無間然者 敬事諸父 友愛諸弟 皆盡歡心 閨閫雍睦 名分
正肅 敦朴先民 身衣院濯 宮人只備灑灑 餘悉放出 日引大臣 咨訪治道

間延儒雅　尙論歷代治亂之迹　講明道學之奧　亹亹忘疲　或至夜分乃罷　臨

政勵精　日愼一日　崇功尙賢　黜邪遠佞　信賞明罰　勸民積蓄　輕徭薄斂　汰

去浮費　以節財用　不數年間　府庫充牣　民物殷阜　每申儆監司守令　或遣使

廉問　朝臣外補者　皆許陛辭　面諭分憂之意　責以成效　治有異等者　增秩優

褒　或有漁奪濫刑者　雖細不貸　搜羅俊異　士有小善一藝　率皆甄錄　往往擢

以不次　遇士一見顔色　洞照肺腑　後言臧否　無一不中　惠鮮鰥寡　廣詢博訪

務求民隱　田里無銜冤者　十四年間　敬天勤民　一出至誠　事大交隣　皆盡其

道　島夷山戎　奉珍納款　無遠不至　東方之治　於斯爲盛　民罔不小大　顒望

永享　不弔昊天　八音遽遏　可勝痛哉　憑几前一日　王以璽傳于今上殿下　遺

命後事　悉從儉約　今上亮闇盡禮　率群臣上謚曰　承天體道烈文英武至德隆

功聖神明睿欽肅仁孝　廟號世祖　十一月甲申　葬于楊州治東豐壤縣直洞之

原　號曰　光陵　噫　書之聖神文武　易之剛健粹精　詩之明類長君　我世祖大

王　實兼之矣　太妃尹氏　坡平世家贈左議政璠之女也　配聖毓德　誕二男一

女　長則懿敬世子　次我殿下　女懿淑公主　世祖初爲殿下　娶上黨君韓明澮

之女爲嬪　生一男　嬪與男皆先亡　又娶淸川君韓伯倫之女　生二男一女　皆

幼　一男先亡　世祖旣傳位于殿下　命封爲妃　懿敬世子　初封桃源君　娶右議

政韓確之女　生二男　長曰婷　封月山君　娶兵曹判書朴仲善之女　次曰[今上

諱]　封者乙山君　娶韓明澮之次女　女適承賓洪常　懿淑下嫁河城君鄭顯祖

貴人朴氏　生二男　長曰曙　封德源君　次曰晟　封昌原君　德源娶司直金從直

之女　生二男一女　皆幼

≪成宗實錄≫ 卷155, 成宗 14年 6月 12日 癸酉 貞憙王后光陵誌文

　謹按大行王后尹氏　坡平世家　遠祖諱瓘　相高麗睿宗　位太保門下侍郎

恢拓邊疆　功烈蓋世　謚文敬　世濟其美　皇曾祖諱陟　純誠保理功臣重大匡

鈴平君 皇祖諱承禮 贈崇政大夫議政府右贊成 皇考諱璠 贈純忠積德補祚
功臣大匡輔國崇祿大夫領議政府事鈴平府院君 謚貞靖 皇妣李氏 亦仁川著
姓 封興寧府大夫人 正憲大夫參贊議政府事謚恭度公文和之(禮) [女] 以永
樂戊戌十一月丁亥 生太后于洪川之公衙 太后生而淑婉 稟資異常 宣德戊
申 世祖大王初出閣 世宗大王(妙) [抄]擇賢配 太后以德容門望 被選來嬪
封樂浪府大夫人 奉事兩宮 夙夜匪懈 凡膳羞衣襨 必自省視乃進 克盡誠
孝 由是兩宮寵愛 在諸婦之右 宮中事 皆委之(大) [太]后 每當免娠 兩宮
必親臨護視 時有出覲父母 特命司饔設供具 在本邸 若有喜慶 當辦亦如
之 其見眷遇之隆如此 世祖自在潛邸 有經世大志 留神書史 不屑細務 太
后恭儉勤勞 以修內職 景泰壬申 文宗上賓 幼沖在位 宗戚權奸 表裏盤結
國勢帖危 癸酉 世祖(炳) [柄]幾靖難 太后協策贊襄 以濟大事 乙亥 世祖
踐祚 冊爲妃 丙子 帝遣使賜冠服 自是累受欽賜綵段 天順丁丑 群臣上尊
號曰 慈聖王妃 太后自正位以來 益自謙畏 雖宮中日用纖細事 必啓稟乃
行 世祖爲造內敎寶如意圖書 使取 [覽]便焉 然猶不敢擅而行之 成化戊子
世廟賓天 太后哀慕羹墻 几遇世廟平時嗜進之味 不忍嘗之 雖蔬菜 若在
可薦 必薦文昭殿 而後乃敢嘗之 其誠心篤敬 久而不怠焉 睿宗尊爲王大
妃 加上欽仁景德宣烈明順元淑徽愼惠懿之號 己丑 睿廟陟遐 繼嗣未定
太后以我主上殿下有德有望 天命人心之所歸 俾承大統 殿下請太后聽政
太后固讓 力請乃許 惟軍政重事 纔令稟決而已 未幾還政 殿下尊爲大王
大妃 加上神憲之號 國家連遭大戚 庶事艱殷 太后保護聖躬 留神政務 未
嘗暇逸 慈仁煦嫗 與物爲春 數年之間 朝野寧謐 我殿下天性至孝 日三視
膳問安 奉養克備 凡有國家大計 必稟懿旨乃行 太后 自戊子在疚以來 過
於悲傷 節宣稍違 宸衷軫慮 親調藥餌 溫淸無違 庶幾勿藥 壬寅春 太后
移御景福宮 居間調攝 遊神沖漠 殿下夔栗祗懼 益虔孝養 癸卯春 太后幸

溫陽離宮 疾大漸 三月壬戌薨 春秋六十有六 訃至 殿下號慟輟膳 內而六宮 外而大小臣僚 下及僕隷 莫不悲痛 殿下服喪 行三年之制 以太后功德最盛 下旨有司 庀喪務 從隆厚 凡奉葬之儀 同於大王焉 唯斂用之具 則以太后嘗自言 我無功於國 我死勿以厚葬 凡衣稱預爲准造 皆用綿布 不以段綺華麗之物 至是從遺敎 不敢違焉 五月二十五日丙辰 上諡曰 貞熹王后 六月十二日癸酉 安厝于光陵之東丑坐未向之原 禮也 太后生稟聖德 作配世廟 化家爲國 以主內治 身服澣濯 斥去華靡 禮接嬪嬙 恩深逮下 雖至女隷之賤 必加敬愛 好生之德 出於天性 人有罪過 務加恩貸 不欲置之於法 而又處心至公 不爲親戚私惠 修齊治平之化 覃及遐邇 陶鑄至治 垂三十年 雖古夏塗周莘之盛 何以加諸 其尤卓然者 能決定大策 付托得聖 式至今休 吁盛矣哉 意必永享長樂 保乂神孫 而遽聞末命 嗚呼痛哉 太后誕二男一女 長德宗 初封桃源君 乙亥封世子 早薨 上卽位 上諡曰懿敬大王 甲午帝賜諡曰 懷簡大王 次卽睿宗 女曰 懿淑公主 德宗配韓氏 議政府左議政確之女 今封仁粹王大妃 睿宗初配韓氏 上黨府院君明澮之女 早薨諡曰 章順王后 後配韓氏 議政府左議政伯倫之女 今封仁惠王大妃 懿淑下嫁河城府院君鄭顯祖 先卒 德宗 二男一女 我殿下 於次爲季長曰 婷 封月山大君 女曰 明淑公主 殿下初配韓氏 亦明澮之女 早薨 諡曰 恭惠王后 次配廢妃尹氏 生男諱 封爲世子 次配鈴原府院君壕之女 生女 幼 淑儀金氏生一女 嚴氏生一女 淑容鄭氏生二男一女 淑媛洪氏生三男一女 宮人河氏生一男 金氏生一女 沈氏生一女 皆幼 月山娶平陽君朴仲善之女 明淑下嫁儀賓洪常 先卒 生一男 幼 睿宗後配韓氏 生一男一女 男曰 琄 封齊安大君 女曰 顯肅公主 下嫁儀賓任光載

사릉(思陵)

1. 연혁

능   주 : 단종 비 정순왕후(定順王后) 송씨[1440~1521]
위   치 : 경기도 남양주시 진건읍 사릉리
지정번호 : 사적 제209호
봉릉연대 : 1698년(숙종 24)
천릉연대 :
왕릉형태 : 단릉

2. 왕릉 소개

서울에서 망우리고개를 넘어 경기도 남양주 도농삼거리에 이르면 춘천으로 가는 46번 국도와 양평으로 가는 6번 국도의 갈림길에 이른다. 이곳에서 46번 국도를 따라 경춘가도를 달리다 보면 남양주시청 못미쳐 금곡동 사거리에 도착하는데, 이곳에서 좌회전하여 약 5분 정도 달리면 길가에 위치한 사릉에 도착한다. 현재 비공개 무덤인 사릉은 사릉관리소의 허락을 받으면 언제

든지 관람이 가능하다.

조선 6대 단종 비 정순왕후(定順王后, 1440~1521) 송씨의 능으로, 경기도 남양주시에 위치한 천마산의 큰 봉으로부터 남남서 방향으로 향하여 뻗어내려 오면서 이루어진 능선 마지막 부분에 자리하고

사릉 전경

있다. 1970년 5월 26일 사적 제209호로 지정되었다. 이곳은 앞에는 작은 산이 가로막고 그 앞으로는 천마산에서 흘러 내려오는 냇물이 있어 옛적에는 풍치가 수려했으며 특히 천마산으로부터 내려오는 작은 산들은 소나무 숲이 조성되 울창한 산림을 이루었다 하여 이지역을 적송골이라 불려 전해지고 있다.

정순왕후는 1454년(단종 2)에 왕비로 책봉되었다. 다음해에 단종이 수양대군에게 왕위를 물려주고 상왕이 되자 왕후는 의덕왕대비로 진봉되었다. 1457년에 단종을 복위코자 한 사육신 사건으로 단종은 노산군으로, 대비 역시 부인으로 강봉되었다. 그 후 노산군이 강원도 영월로 유배되면서 단종과 생이별을 하고, 동대문 밖 연미정동에 초가를 지어 정업원(지금의 청룡사)이라 이름을 짓고, 그곳에서 단종을 그리워하며 지냈다. 단종이 17세의 나이로 죽음을 당한 것을 알게 된 정순왕후는 매일 절 뒤 산봉우리(동방봉)에 올라 영월을 바라보며 비통해했다. 정순왕후는 소생 없이 82세까지 살았다.

1521년(중종 16) 6월 4일 돌아가시자 중종은 단종부터 7대에 걸친 왕대를 산 정순왕후를 대군부인의 예로 장례를 치렀다. 단종의 누이 경혜공주가 출

앞뒤에서 바라본 정순왕후 송씨의 무덤

가한 정씨(해주 정씨) 가족묘역에 안장하고 제사를 지내주었다. 1698년 숙종에 의해 노산군이 단종대왕으로 복위되자 부인도 정순왕후로 복위되었으며, 신위는 창경궁에 모셔져 있다가 종묘에 안치되었다. 평생 단종을 생각하며 일생을 보냈다 하여 능호를 사릉(思陵)이라고 붙였다.

사릉은 대군부인 예로 장사 지낸 뒤 후에 왕후릉으로 추봉되어 다른 능에 비해 단출하게 꾸며져 있다. 능침을 3면의 곡장이 둘러싸고 있으나 병풍석과 난간석은 설치하지 않았고, 석물들의 크기도 작다. 1984년 사릉에 있던 소나무 두 그루를 영월에 있는 단종의 능인 장릉에 옮겨 심어 두 분의 넋을 풀어주기도 하였다.

3. 능주 소개

정순왕후(定順王后) 송씨는 조선 제6대 단종의 정비로 본관은 여산(礪山)이다. 부사 계생(繼生)의 증손녀이고, 지중추원사(知中樞院事) 복원(復元)의 손녀이며, 판돈녕부사 현수(玹壽)의 딸이다.

성품이 공손하고 검소하며 효우(孝友)가 있어 가히 종묘를 영구히 보존할 수 있는 인물이라 하여 1453년(단종 1) 간택되어 이듬해에 왕비에 책봉되었다.

1455년 세조가 즉위함에 따라 의덕왕대비(懿德王大妃)에 봉하여졌으나, 이듬해 성삼문(成三問)·박팽년(朴彭年)·하위지(河緯地) 등 사육신의 단종복위운동으로 1457년(세조 3) 단종이 노산군(魯山君)으로 강봉되어 영월에 유배되자 부인으로 강등되었다.

1698년(숙종 24) 노산군이 단종으로 추복(追復)되자 다시 정순왕후로 추복, 신위가 창경궁에 옮겨졌다. 능은 사릉(思陵)이다.

4. 사릉표석음기

朝鮮國
定順王后思陵
懿德端良齊敬定順王后宋 端宗大王妃 正統五年庚申誕生 景泰五年甲戌册封王妃 乙亥尊爲懿德王大妃 天順元年丁丑降爲夫人 正德十六年辛巳六月四日昇遐 葬于楊州南羣塲里癸坐之原 壽八十二 肅宗戊寅復位上謚 崇禎紀元後一百四十四年辛卯十月 日立

홍릉(洪陵)

1. 연혁

능 주 : 고종황제(高宗皇帝)[1852~1919, 1863~1907]
     명성황후(明成皇后) 민씨[1851~1895]
위 치 : 경기도 남양주시 금곡동
지정번호 : 사적 제207호
봉릉연대 : 1919년
천릉연대 :
왕릉형태 : 단릉

2. 왕릉 소개

서울에서 망우리고개를 넘어 경기도 남양주시 도농삼거리에 이르면 춘천으로 가는 46번 국도와 양평으로 가는 6번 국도의 갈림길에 이른다. 이곳에서 46번 국도를 따라 경춘가도를 달리다 보면 남양주시청 못미쳐 금곡동 사거리에 도착하는데, 이곳에서 우회전하면 바로 홍유릉 입구에 도착한다.

홍릉 전경　　　　　　　　　　　홍릉의 침전(일자각)

고종황제와 명성황후의 능인 홍릉(洪陵)과 조선의 마지막 왕인 순종황제와 순명효황후, 계비 순정효황후의 능인 유릉(裕陵)이 나란히 위치해 있다. 이 두 능을 합쳐 '홍유릉'이라고 부르며, 우리나라 역사상 마지막으로 조영된 왕릉이다.

홍릉과 유릉은 철종 이전의 무덤과 다른 형식을 취하고 있다. 고종을 황제로 칭하게 됨으로 황제릉으로서의 위엄을 갖추기 위해서 석물의 규모나 종류가 달라졌으며, 임금의 침실, 제사지내는 방의 위치가 달라졌다. 2개의 무덤을 하나로 묶기위해 외곽으로 담장을 설치하였으며, 양릉 중간에 돌로 만든 연못을 두었다.

홍릉은 홍유릉 입구에서 왼쪽으로 나있는 길을 따라 약 5분 정도 걸어가면 나타나는 무덤으로, 조선 26대 고종황제(高宗皇帝, 1852~1919)와 명성황후(明成皇后, 1851~ 1895) 민씨의 능이다. 고종은 재위기간 중에 외세의 침략에 대처하지 못하고, 내부에서의 정치적 변화로 인해 임오군란, 갑신정변, 을미사변 등을 겪었다. 명성황후는 을미사변 때 일본인에 의해 무참히 살해당한 비운의 왕비이다

원래 명성황후의 무덤은 처음에 청량리에 있었으나 풍수지리상 불길하다 하여 고종의 무덤에 합장하였다. 홍릉은 지금까지의 무덤 제도와 다르게 광

앞뒤에서 바라본 고종과 명성황후 민씨의 합장 무덤

무 원년(1897)에 대한제국으로 선포됨에 명나라 태조 효릉의 무덤 제도를 본뜨게 되었다.

　12면의 병풍석을 세우고, 면석에 꽃무늬를 새겼으며, 난간 밖으로 둘레돌과 양석을 세우지 않았다. 무덤 아래에는 정자각 대신에 앞면 5칸·옆면 4칸의 침방이 있는 집, 즉 침전을 세웠으며 문·무인석과 기린·코끼리·사자·낙타 등의 수석을 놓았다. 문·무인석은 크고 전통적인 기법으로 조각되었다.

　고종은 흥선대원군 이하응의 둘째 아들로 철종이 후사 없이 승하하자 익종의 비인 신정왕후 조씨의 지명으로 왕위에 올랐다.

　고종은 조대비에게 수렴청정을, 흥선대원군에게 국정을 총괄하게 하였다. 고종은 1866년 명성황후 민씨를 맞아들였는데, 민씨의 척족들은 강력한 쇄국정치를 폈던 대원군에 맞서 대외 개방정책을 취했다.

　개화파와 수구파 사이가 악화되어 임오군란과 갑신정변 등이 일어나고, 동학농민혁명과 청일전쟁이 발발했다. 그 와중에 일본은 1895년 을미사변을 일으켜 왕궁을 습격, 민비를 살해하는 폭거를 자행했다.

　홍릉은 중국 황제의 능제를 따라 정자각 대신 침전이 세워진 최초의 능이다. 침전이 있는 능은 황제의 능인 홍릉과 유릉뿐이다. 침전 뒤에 능이 있다. 홍릉에 딸린 재실이 잘 보존되어 있으며 관람도 가능하다.

고종은 일본의 압력으로 민비를 폐서인시켰다가 하루 만에 서인에서 빈의 호칭을 내리고, 그 해 다시 왕후로 복위시키는 조서를 내려 숭릉(崇陵) 오른쪽에 자리잡고 숙릉(肅陵)이란 능호를 내려 국장절차를 진행하다가 김홍집 내각이 실각함에 따라 5개월 만에 중단되었다.

1897년 고종은 대한제국 수립을 선포하고, 연호를 광무라 했으며 황제가 되었다. 이때 민비가 명성황후로 추존되고, 능호를 홍릉(洪陵)이라고 다시 정하고 2년 만에 국장이 마무리되었다. 이곳이 오늘날의 청량리 홍릉이라고 불리는 곳이다.

1907년 고종이 순종에게 황위를 물려주고 퇴위한 뒤 1919년 승하하자 지금의 남양주시 금곡동에 고종의 능을 만들면서 천장론이 일었던 민비의 능도 옮겨와 합장릉으로 했다.

침전의 기단 아래 홍살문까지 참도가 깔려 있는데, 세 부분으로 나눠져 좌우보다 한 단 높게 마련된 중앙 길은 황제와 황후의 영혼이 다니는 길이고 좌우의 길은 사람이 다니는 길로 만들어 놓았다. 이 참도 좌우로 석물이 도열하듯 서 있는데, 침전 가까이에 문인석, 무인석, 기린, 코끼리, 사자, 해태, 낙타, 말의 순서로 세워져 있다. 각기 좌우 1쌍씩이나 석마만 2쌍을 이룬다. 문인석과 무인석은 키가 크고 문인석 머리에 금관을 썼으며 너무 매끈하게 조각하여 다소 가벼워 보인다.

3. 능주 소개

고종의 아명은 명복(命福), 초명은 재황(載晃, 후에 형으로 개명), 자는 성임(聖臨, 후에 명부(明夫)로 개자(改字)), 호는 성헌(誠軒)이다. 영조의 현손

(玄孫) 홍선군(興宣君) 이하응(李昰應)의 둘째아들이며, 어머니는 여흥부대부인 민씨(驪興府大夫人閔氏)이다.

1852년 음력 7월 25일 정선방(貞善坊) 소재의 홍선군 사제에서 출생하였다. 즉위 후인 1866년 9월 여성부원군(驪城府院君) 민치록(閔致祿)의 딸을 왕비로 맞이하니 이가 명성황후(明成皇后)이다.

고종이 익종의 대통을 계승하고 철종의 뒤를 이어 1863년 즉위하게 된 것은 아버지 홍선군과 익종비(翼宗妃) 조대비(趙大妃)와의 묵계에 의해서였다. 순종·헌종·철종 3대에 걸쳐 세도정치를 한 안동김씨(安東金氏)는 철종의 후사가 없자 뒤를 이을 국왕 후보를 두고 왕손들을 지극히 경계하였다.

이때 안동김씨 세도의 화(禍)를 피하여 시정(市井) 무뢰한과 어울리고 방탕한 생활을 자행하며 위험을 피하던 이하응은 조성하(趙成夏)를 통하여 궁중 최고의 어른인 조대비와 긴밀한 연락을 취하고 있었다. 철종이 죽자 조대비는 재빨리 홍선군의 둘째아들 명복으로 하여금 익종의 대통을 계승하도록 지명하여 그를 익성군(翼成君)에 봉하고, 관례를 거행하여 국왕에 즉위하게 하였다.

그러나 국왕이 12세의 어린 나이였으므로 조대비가 수렴청정하게 되었고, 홍선군을 홍선대원군으로 높여 국정을 총람, 대섭하게 하였다. 고종은 장성하매 친정(親政)의 의욕을 가지고 차차 홍선대원군과 대립하게 되었고, 이 뜻을 헤아린 민비와 노대신들은 유림을 앞세워 대원군 하야공세를 폈다.

1873년 마침내 서무친재(庶務親裁)의 명을 내려 홍선대원군에게 주어졌던 성명(成命)을 환수하고 통치대권을 장악하였다.

고종의 친정이 시작되었으나 정권은 민비의 척족들이 장악하게 되었다. 민씨척족정권은 홍선대원군이 취하였던 강력한 척사양이정책(斥邪攘夷政策)과는 달리, 안으로 정계 일부에 자라고 있던 대외개방의 움직임과 밖으로 근대 일본의 국교요청(國交要請)을 받아들여 1876년 일본과 수호조약을 맺어 새로운 국교관계를 가지게 되었다.

계속하여 구미 열강과도 차례로 조약을 맺어 통교관계를 가지는 개항정책을 실행하였다. 고종과 민씨정권은 개항 후 일련의 개화시책을 추진하여 관제와 군제를 개혁하는 한편, 일본에 신사유람단(紳士遊覽團)과 수신사(修信使)를 계속 파견하였다.

또한, 부산·원산·인천 등 각 항을 개항하고 개화문명을 수용하는 정책을 받아들였다. 이러한 개화시책을 틈타 일본이 정치적·경제적으로 침투해오자, 국내에서는 개화와 수구의 정견을 달리하는 두 파의 대립이 점차 날카롭게 대립하게 되었다.

1881년 황준헌(黃遵憲)의 ≪조선책략(朝鮮策略)≫의 유입, 반포를 계기로 위정척사파는 마침내 신사척사상소운동(辛巳斥邪上訴運動)을 일으켜 민씨정부규탄의 소리가 높아졌다.

이때 안기영(安驥永) 등에 의하여 국왕의 이복형인 대원군의 서장자(庶長子) 이재선(李載先)을 국왕으로 옹립하고자 하는 국왕폐립음모(國王廢立陰謀)가 꾸며졌으나, 고변(告變)에 의하여 사전에 적발되어 안전을 도모할 수 있었다. 민씨정권은 이 사건을 이용하여 척사상소운동을 강력히 탄압하여 정국을 수습하였다.

그러나 변법(變法)에 의한 근대국가 건설을 추진하는 개화당과 기존 구체제의 유지를 고집하는 수구세력간의 알력으로 1882년 임오군란, 1884년 갑신정변이 발생하였다. 이를 계기로 청국군과 일본군이 조선에 진주하니 자주권에 큰 손상을 입게 되었다.

1882년 임오군란 때는 흥선대원군이 구식군대의 세력을 업고 궁중에 들어와 대권을 장악하였고, 1884년 갑신정변 때는 궁중을 습격한 개화세력의 압력으로 고종은 그들에게 정권을 넘겨줄 수밖에 없는 등 왕권은 큰 도전을 받았다.

임오군란 이후 친청화(親淸化)한 민씨정권은 계속 국정을 논단하면서도 급격한 동북아시아 정세에 효과적으로 대응하지 못하였고 안으로는 동학농민운동이 발생하였다.

또 한편으로는 청나라와 일본이 조선문제를 둘러싸고 교전하게 되었다. 이러한 와중에서 대원군의 손자 이준용(李埈鎔) 등이 동학도와 내통하면서 고종을 시해할 음모를 꾸몄으나 고변하는 자가 있어 무위로 끝나 안전할 수 있었다.

갑오경장 초기 은퇴 중이던 흥선대원군은 일부 개혁세력 추대를 받아들여 궁중에 들어가서 고종으로부터 정치적 실권을 위임받았다. 개혁주도세력과 일본공사 등은 흥선대원군의 직접간여를 꺼려 그의 실권은 거세한 채 군국기무처(軍國機務處)를 중심으로 갑오개혁을 적극 추진하였다. 이해 홍범14조(洪範十四條)를 제정하여 자주독립을 종묘에 서고(誓告)하였다. 일본은 청일전쟁이 진행되면서부터 노골적인 침략적 간섭과 이권탈취에 혈안이 되었다.

이에 대해서 고종은 점차 일본을 혐오하게 되었다. 청일전쟁 후 3국간섭으로 일본의 기세가 꺾이자 일본의 압력을 배제하고자 친로정책(親露政策)을 펴게 되었다.

이에 일본공사(日本公使:三浦梧樓)는 친일정객과 짜고 을미사변을 일으켜 왕궁을 습격, 민비를 살해하는 천인공노할 폭거를 자행하였다. 을미사변으로 고종은 왕비를 잃었으며, 일본의 압력으로 폐서인(廢庶人) 조처까지 취하지 않을 수 없었다.

그러나 얼마 뒤 민씨 복위의 조서(詔書)를 내려 비의 전을 태원전(泰元殿)

에 설치한 뒤 1897년 명성황후(明成皇后)로 추택되고, 비로소 홍릉(洪陵)에 국장되었다(1919년 金谷陵으로 옮김).

이보다 앞서 1884년 러시아와 조러통상조약을 체결한 뒤 러시아가 적극적인 접촉을 벌여오자, 고종은 당시 갑신정변 직후에 벌어지고 있던 청·일 양국군의 서울 진주와 충돌 등에 자극받아 난국을 타개하고자 러시아와 비밀리에 밀약을 추구하였다. 이에 러시아는 밀사를 거듭 파견하는 등 적극적인 침투공작을 편 일이 있었다. 이러한 밀약공작은 안으로는 민씨정권과 밖으로는 청·일의 간섭으로 실패로 돌아갔다.

청일전쟁에서 승리한 일본이 조선에 대하여 군사적 압력과 정치적 간섭을 강화하자, 고종은 친일세력을 물리치고자 친러정객과 내통하고 1896년 2월 돌연 러시아공사관으로 이어(移御)하는 아관파천(俄館播遷)을 단행하였다. 그러나 친러정부가 집정하면서 열강에게 많은 이권이 넘어가는 등 국가의 권익과 위신이 추락하고 국권의 침해가 심하여 독립협회를 비롯한 국민들은 국왕의 환궁과 자주선양을 요구하였다.

이에 고종은 1897년 2월 환궁하였으며, 10월 대한제국(大韓帝國)의 수립을 선포하고 황제위에 올라 연호를 광무(光武)라 하였다.

1898년 7월 안경수(安馴壽)는 현역과 퇴역군인들을 동원한 황제양위를 음모하였다. 또 9월에는 정계를 농락하다 유배된 김홍륙(金鴻陸)이 독다사건(毒茶事件)을 일으키는 등 고종 신상에 거듭 위험이 닥쳤으나 무사하였다. 그 무렵 독립협회 회원을 중심으로 만민공동회(萬民共同會)가 맹렬하게 자유민권운동을 전개하였다.

그러나 보부상과 군대의 힘을 빌려 이를 진압하였다. 고종은 1900년 둘째 아들을 의친왕(義親王), 셋째아들을 영친왕(英親王)에 봉하고, 1901년 순빈 엄씨(淳嬪嚴氏)를 계비로 맞아들였다.

1904년 러일전쟁이 벌어져 일본군의 군사적 압력이 격렬해지는 가운데 장호익(張浩翼) 등이 황제폐립을 음모하였으나 무사하였다.

그러나 일본의 군사적 압력하에 한일의정서(韓日議定書), 제1차한일협약을 맺지 않을 수 없었고, 러일전쟁에 승리한 일본은 마침내 을사조약의 체결을 강요하였다.

고종은 이에 반대하였으나 을사오적의 친일대신들에 의하여 조약이 체결되었다. 이에 대하여 고종은 미국에 조약의 무효를 호소하고자 하여, 1905년 11월 26일자로 일제의 감시를 피하여 청국 즈푸[芝罘]를 경유하여 전 미국공사이며 한국정부의 고문으로 있었던 헐버트(Hulbert)에게 밀서를 보내어 미국정부에 전하게 하였다.

그러나 이미 필리핀에서 미국의 우월권을 인정받는 대신 한반도에 대한 일본의 지배를 용인하는 가쓰라·태프트협정(桂·Taft協定)을 체결한 미국의 도움을 받을 수 없었다.

일제가 통감부를 설치하고 조선국정에 전반적으로 간여하여 외교권을 박탈하자, 고종은 마침내 한국문제를 국제정치의 마당에 호소하고자 1907년 6월 네덜란드 헤이그에서 개최되는 제2차만국평화회의에 특사 이상설(李相卨:전 의정부참찬)·이준(李儁:전 평리원검사) ·이위종(李瑋鐘:주러조선공사관서기관)을 파견하였다.

한편, 러시아황제 니콜라스 2세에게 친서를 보내어 이들 특사활동에 원조해주기를 청하였다.

그러나 일본과 영국의 방해로 고종의 계획은 수포로 돌아가고 이완용(李完用)·송병준(宋秉畯) 등 일제에 아부하는 친일 매국대신들과 군사력을 동반한 일제의 강요로 한일협약 위배라는 책임을 지고 7월 20일 퇴위하지 않을 수 없었다.

고종의 뒤를 이어 순종이 즉위하였으며, 고종은 태황제(太皇帝)가 되었으나 실권이 없는 허위(虛位)였다.

1910년 일제가 대한제국을 무력으로 합방하자 이태왕(李太王)으로 불리다가 1919년 정월에 사망하였다.

이때 고종이 일본인에게 독살당하였다는 풍문이 유포되어 민족의 의분을 자아냈으며, 인산례(因山禮)로 국장이 거행될 때 전국 각지에서 기미년 3.1 독립운동이 일어났다.

명성황후 민씨는 본관이 여흥(驪興)으로 여덟살의 어린 나이에 부모를 여의고 혈혈단신으로 자랐다. 흥선대원군의 부인인 부대부인(府大夫人) 민씨의 천거로 왕비로 간택되어 1866년(고종 3) 한 살 아래인 고종의 비로 입궁하였다.

명성황후가 왕비로 간택된 것은 외척에 의하여 국정이 농단된 3대(순조·헌종·철종) 60여 년간의 세도정치의 폐단에 비추어 외척이 적은 민부대부인(閔府大夫人)의 집안에서 왕비를 들여 왕실과 정권의 안정을 도모한 흥선대원군의 배려에 의해서였다.

소녀시절부터 집안일을 돌보는 틈틈이 ≪춘추(春秋)≫를 읽을 정도로 총명했으며, 수완이 능란한 그녀는 수년 후부터 곧 왕실정치에 관여하여 흥선대원군의 희망과는 달리 일생을 두고 시아버지와 며느리 간의 정치적 대립으로 각기 불행을 겪어야만 했다.

명성황후와 대원군 사이가 갈라진 것은 궁녀 이씨의 몸에서 태어난 왕자 완화군(完和君)에 대한 대원군의 편애와 세자책립 공작 때문이라 하나, 그 배후에는 민씨를 중심으로 한 노론(老論)의 세력과 새로 들어온 남인(南人)과 일부 북인(北人)을 중심으로 한 세력간의 정치적 갈등이 작용했다.

명성황후는 갖은 방법으로 흥선대원군을 정계에서 물러나도록 공작하여 마침내 대원군의 정적(政敵)인 조성하(趙成夏)를 중심으로 한 조대비(趙大妃) 세력, 조두순(趙斗淳)·이유원(李裕元) 등 노대신 세력, 김병국(金炳國)을 중심으로 한 안동김씨 세력, 대원군의 장자 재면(載冕)과 형 이최응(李最應) 세력 및 최익현(崔益鉉) 등 유림세력과 결탁하고, 최익현의 대원군 규탄 상소를 계기로 흥선대원군을 하야하게끔 하여 양주(楊州) 곧은골(직곡[直谷]) 에 은퇴시켰다.

대원군의 실각 후, 민씨척족을 앞세워 정권을 장악하고 고종을 움직여 근대일본과 강화도조약을 맺고 일련의 개화시책을 승인했다.

1882년 민씨 정부의 정책에 불평을 품어온 위정척사파와 대원군 세력이 봉량미(俸糧米) 문제로 폭동을 일으킨 구군인(舊軍人)의 세력을 업고 쿠데타를 감행하자, 명성황후는 재빨리 궁중을 탈출하여 충주목(忠州牧) 민응식(閔應植)의 집에 피신하였다.

이곳에서 비밀리에 국왕과 연락하는 한편, 청국에 군사적 개입을 요청하여 청국군을 출동하게 하고 일시 정권을 장악했던 흥선대원군을 청국으로 납치하게 하였으며, 다시 민씨세력이 집권하도록 암약하였다. 그러나 이때부터 명성황후는 친청사대(親淸事大)로 흐르게 되어 개화파(開化派)의 불만을 사게 되었다.

1884년 급진개화파의 갑신정변이 일어나 잠시 개화당 정부에 정권을 빼앗겼으나 곧 청국세력의 도움으로 다시 정권을 장악하였다. 이때부터 명성황후는 왕궁에서 외교적 국면에 매우 민첩하게 대응하며 정치적 수완을 발휘하였다.

1885년에 거문도사건(巨文島事件)이 일어나자 묄렌도르프(Mo"llendorf, P. G.)를 일본에 파견하여 영국과 사태수습을 협상하면서 한편으로는 러시아와도 접촉하게 하였고, 또한 청국과의 관계에 있어서도 흥선대원군의 환국을 묵인하면서 유연성 있는 접촉을 유지하였다.

1894년 동학농민운동으로 조선의 정국이 얽혔을 때 조선에 적극적인 침략공세를 펴게 된 일본은 갑오경장에 간여하면서 흥선대원군을 내세워 명성황후 세력을 거세하려고 공작하였다. 명성황후는 일본의 야심을 간파하고 일본이 미는 개화세력에 대항하였다.

그러나 청일전쟁에서 일본이 승리하고 한반도에 진주한 군사력을 배경으로 조선 정계에 적극 압력을 가하게 되자, 사세가 불리해진 명성황후는 친러정책을 내세워 노골적으로 일본 세력에 대항하였다. 삼국간섭(三國干涉)으로 일본의 대륙침략의 기세가 꺾이게 되자, 조선 정계의 친러 경향은 더욱 굳어졌다.

이에 일본공사 미우라(三浦梧樓)는 일본의 한반도침략정책에 정면 대결하는 명성황후와 그 척족 및 친러 세력을 일소하고자 일부 친일정객과 짜고, 1895년 8월에 일본군대와 정치낭인(政治浪人)들이 흥선대원군을 내세워 왕궁을 습격하고 명성황후를 시해한 뒤 정권을 탈취하는 을미사변의 만행을 저질렀다. 이때 명성황후는 나이 45세로 일본인의 손에 살해되고 시체가 불살라지는 불행한 최후를 마쳤다.

이때의 정부는 친일정책을 펴 폐비조칙(廢妃詔勅)을 내렸다. 10월 10일 복위되어 태원전(泰元殿)에 빈전을 설치하고 숭릉(崇陵) 우강에 능호를 숙릉(肅陵)이라 하여 국장을 준비하였다.

그 후 1897년 명성황후(明成皇后)로 추책되고 난 뒤 11월 양주 천장산(天藏山) 아래 국장되어 홍릉(洪陵)이라 하였다. 1919년 고종이 죽자 2월 현재의 위치로 이장되었다.

4. 홍릉표석음기

大韓
高宗太皇帝洪陵
明聖太皇后祔左
(뒷면 음기 없음)

5. 홍릉지

≪純宗實錄附錄≫ 卷 10, 1919年 3月 4日 高宗皇帝洪陵誌文

嗚呼 我統天隆運肇極敦倫正聖光義明功大德堯峻舜徽禹謨湯敬應命立紀
至化神烈巍勳洪業啓基宣曆乾行坤定英毅弘休壽康大王 以聰明睿智之姿 有
溫良恭儉之德 厥享國悠久 勵精圖治 大猷時昇 曁海隅含生 莫不涵濡於深仁
厚澤 馨香上聞 錫以純嘏 頃年靈壽閣題帖 則我家五百年間僅四有之禮也
若有虞氏之倦勤 若周文王之無憂 頤養有年 兆庶之愛戴 蘄祝無疆 嗚呼 皇
穹降割 戊午十二月十九日 不豫 二十日癸酉 禮陟于慶運宮之咸寧殿 春秋
六十七 遠邇震驚 自城闉以及窮山僻陬 垂髫戴白者 無不叩胸頓足 冤號之
聲 不絶晝夜 于以見親賢樂利之思 不待勉强而然也 我殿下攀擗靡逮 詢在
廷攷古制 謹上尊號曰文憲武章仁翼貞孝 廟號曰高宗 將以翌年己未二月三
日乙卯 合葬于洪陵 陵在楊州之金谷乙坐 寔王之所豫定壽藏 而明成皇后
先已遷葬于此也 我殿下以臣受知最久 命撰幽宮之誌 臣辭謝不獲 謹泣血
拜手稽首獻文曰 王姓李氏 諱熙 字聖臨 初諱載晃 字明夫 號珠淵 興宣獻
懿大院王第二子也 驪興純穆大院妃閔氏 以壬子七月二十五日癸酉 誕降于

貞善坊私第 癸亥十二月 哲宗章皇帝昇遐 王奉神貞翼皇后命 入承大統 稱
考於文祖翼皇帝 翼皇后垂簾同聽政 王時年十二 丙寅 聘驪城府院君閔致
祿女爲妃 寔明成后也 誕我殿下 序居第二 一男元子 三男大君 四男大君
一女公主 俱夭 完王璏義王堈及三女 俱貴人出 皇貴妃嚴氏 誕我世子諱垠
序居第三 用我太宗故事而冊儲 嗚呼 王天挺英邁 沖年嗣服 建極五十有五
年 盛德大業 史不勝書 而隧誌體嚴 謹撮其大略 講筵召對 無或間斷 質難
經史 奧義論究 往古得失 淺學儒臣 憚入經幄 則王之好學也 奉慈教不暫
離側 愉色婉容 必敬必謹 凡所以適體養志之事 靡所不至 及至宅恤 哭泣
之哀 顏色之戚 感動左右 奠祭必親行 不以寒暑拘 則王之篤孝也 廟社殿
宮以至陵寢親祭與展謁 歲有常規 牲醴圭幣之節 靡不躬檢 務合典禮 則王
之奉先也 擇輔相必以耆舊 進退以禮 一時守道林樊之士 無不旌招 蒲輪束
帛 誠意藹然 則王之親賢也 有以讜言進者 雖不中窾 終必優容 則王之納
諫也 躬裸文廟 優贍餼養之需 振興作育之化 以扶斯文正頹俗爲大綱 則王
之崇儒也 耕耤田 觀刈麥 每歲月正 頒降勸農綸音 村夫野老 感激知勉 則
王之務本也 凶年飢歲 漂舍燒戶 盡心賙賑 無一捐瘠 則王之恤災也 因時
制宜 循群情勉進大號 爰制圜丘配祀及追王之禮 若眞殿第一室之增奉穆淸
殿之改建肇慶壇·濬慶墓·永慶墓之咸秩祀典 則王之所義起而追遠報本也 若
在燕閒言行 爲律度則 有非外人所敢竊覰 而王於天光照臨之地 未嘗偃臥
對聖經賢傳與祖宗譜牒 未嘗不拱手尊閣 臣獲聞於埶御者然也 嗚呼 王之德
至矣 遭時多難 屢經難虞 王每默斡神機 轉危爲安 勤於求治 宵旰靡暇 若
儀物典章之細 亦總覽而指導 群有司奉遵無愆 官名之更張 營伍之變整 咸
有精義而由舊章 祈永命之意未嘗忘也 王嘗教筵臣曰 人君自我造命 故不
當言命 又教曰 人孰無過 改之則善 大哉王言 嗚呼 王之崇德至善 三皇可
四 五帝可六 而治不徯志 終未能挽回頹瀾 則有所謂氣數者存歟 臣不勝抑

鬱痛哭 卽欲蔴蟻而不得者也 明成后壼德懿範 已有御製誌文中詳載 臣無
容贅述 [前議政閔泳奎製]

유릉(裕陵)

1. 연혁

능   주 : 순종황제(純宗皇帝)[1874~1926, 1907~1910]

               원비 순명효황후(純明孝皇后) 민씨[1872~1904]

               계비 순정효황후(純貞孝皇后) 윤씨[1894~1966]

위   치 : 경기도 남양주시 금곡동

지정번호 : 사적 제207호

봉릉연대 : 1926년

천릉연대 :

왕릉형태 : 단릉

2. 왕릉 소개

서울에서 망우리고개를 넘어 경기도 남양주시 도농삼거리에 이르면 춘천으로 가는 46번 국도와 양평으로 가는 6번 국도의 갈림길에 이른다. 이곳에서 46번 국도를 따라 경춘가도를 달리다 보면 남양주시청 못미쳐 금곡동 사

유릉 전경   유릉의 침전(일자각)

거리에 도착하는데, 이곳에서 우회전하면 바로 홍유릉 입구에 도착한다.

고종황제와 명성황후의 능인 홍릉(洪陵)과 조선의 마지막 왕인 순종황제와 순명효황후, 계비 순정효황후의 능인 유릉(裕陵)이 나란히 위치해 있다. 이 두 능을 합쳐 '홍유릉'이라고 부르며, 우리나라 역사상 마지막으로 조영된 왕릉이다.

홍릉과 유릉은 철종 이전의 무덤과 다른 형식을 취하고 있다. 고종을 황제로 칭하게 됨으로 황제릉으로서의 위엄을 갖추기 위해서 석물의 규모나 종류가 달라졌으며, 임금의 침실, 제사지내는 방의 위치가 달라졌다. 2개의 무덤을 하나로 묶기위해 외곽으로 담장을 설치하였으며, 양릉 중간에 돌로 만든 연못을 두었다.

유릉은 홍유릉 입구에서 오른쪽으로 나있는 길을 따라 1분만 걸어가면 나타나는데, 조선 마지막 능으로 27대 순종황제(純宗皇帝, 1874~1926)와 원비 순명효황후(純明孝皇后, 1872~1904), 계비 순정효황후(純貞孝皇后, 1894~1966)의 삼합장릉이다. 조선왕조 무덤 중 한 봉우리에 3개의 방을 만든 동봉삼실릉은 유릉 뿐이다. 12면의 면석에 꽃무늬를 새긴 병풍석과 12칸의 난간석을 세웠다. 무덤 아래에는 침전이 정자각을 대신하였으며 그 아래 문·무인석, 기린, 코끼리, 사자상 등을 배치하였다.

앞뒤에서 바라본 순종과 순명효황후 및 순정효황후의 삼합장 무덤

순종은 고종과 명성황후의 둘째 아들로 고종의 뒤를 이어 1907년 황제로 즉위하면서 연호를 융희로 고쳤다.

순종의 재위기간은 조선왕조 519년의 역사에 종언을 구하는 비사(悲史)와 민족의 주권을 수호하려는 저항의 통사(痛史)의 시기였다. 1910년 한일합방으로 조선왕조가 멸망하고 일본의 식민지가 되었다. '이왕'으로 강등된 순종은 망국의 한을 달래다 1926년 승하하므로 순종황제의 인산(因山)일인 6월 10일이 일제에 항거한 6.10만세운동이 일어난 날로 알려져 있다.

순명효황후는 1897년 황태자비가 되었으나 순종 즉위 전에 승하하여 지금의 능동 어린이공원에 모셔졌다가 순종 승하시 천장하여 함께 모셔졌다.

순정효황후는 1906년 계비가 되었다가 순종이 즉위하자 황후가 되었다. 나라를 잃은 후 일제의 침탈행위, 광복과 한국전쟁을 겪었던 순정효황후는 만년에 불교에 귀의하여 슬픔을 달래다가 1966년 춘추 72세로 승하하여 유릉에 합장되었다.

조선의 마지막 왕릉이기도 하지만, 유일한 동봉삼실의 합장릉이다. 홍릉과 같은 양식으로 조성되어 있지만, 홍릉에 비해 능역 규모가 다소 좁으며 석물들은 사실적으로 만들어져 중후한 느낌이다. 기린(麒麟), 낙타, 코끼리 등의 석물은 홍릉에 비해 중후한 느낌이다.

3. 능주 소개

순종은 조선왕조 마지막 제27대왕으로 이름은 척(拓), 자는 군방(君邦), 호는 정헌(正軒)이다. 1874년 2월 창덕궁의 관물헌(觀物軒)에서 고종과 명성황후(明成皇后)의 둘째아들로 탄생하였다. 탄생 다음해 2월에 왕세자로 책봉되었고, 1882년(고종 19)에 민씨(閔氏, 뒷날의 純明孝皇后)를 세자빈으로 맞았다. 1897년 대한제국의 수립에 따라 황태자로 책봉되었다. 1904년 새로이 윤씨(尹氏)를 황태자비로 맞이하였다.

1907년 7월에 일제의 강요와 일부 친일정객의 매국행위로 왕위를 물러나게 된 고종의 양위를 받아 대한제국의 황제로 즉위하였고, 연호를 융희(隆熙)로 고쳤다.

황제(皇弟)인 영친왕(英親王)을 황태자로 책립하였고, 그때까지 거처하던 덕수궁에서 창덕궁으로 옮겼다.

4년간에 걸친 순종의 재위기간은 침략자 일본에 의한 한반도 무력강점공작에 의하여 국권이 점차적으로 제약되고, 마침내 송병준(宋秉畯)·이완용(李完用) 등 친일매국정객과 일본침략자의 야합으로 조선왕조 519년의 역사에 종언을 고하게 되는 경국(傾國)의 비사(悲史)와 민족사의 주권을 수호하려는 저항의 통사(痛史)의 시기였다.

유릉에 있는 석물

순종이 즉위한 직후인 1907년 7월 일제는 이른바 한일신협약(韓日新協約, 丁未七條約)을 강제로 성립시켜 국정 전반을 일

표석

본인 통감이 간섭할 수 있게 하였고, 정부 각부의 차관을 일본인으로 임명하는 이른바 차관정치를 시작하였다.

내정간섭권을 탈취한 일본은 동시에 얼마 남지 않았던 한국군대를 재정부족이라는 구실로 강제해산시켜 우리 겨레의 손에서 총·칼의 자위조직마저 해체해 버렸다.

또한 1909년 7월에는 기유각서에 의하여 사법권마저 강탈해버렸다. 이처럼 순종을 허위(虛位)의 황제로 만들어버린 이토(伊藤博文)가 본국으로 돌아간 뒤 소네(曾彌荒助)를 거쳐 군부출신의 데라우치(寺內正毅)가 조선통감으로 부임해온 뒤로 일본은 대한제국의 숨통을 끊고자 더욱 거센 공작을 펴게 되었다.

일제는 1909년 7월 각의(閣議)에서 '한일합병 실행에 관한 방침'을 통과시킨 뒤 한국과 만주문제를 러시아와 사전협상하기 위하여 이토를 만주에 파견하였다. 그가 하얼빈에서 안중근(安重根)에 의하여 포살되자 이를 기화로 한반도 무력강점을 실행에 옮기게 되었다.

일제는 이러한 침략에 부화뇌동하는 친일매국노 이완용·송병준· 이용구(李容九) 등을 중심한 매국단체 일진회(一進會)를 앞세워 조선인의 원에 의하여 조선을 합병한다는 미명하에 위협과 매수로 1910년 8월 29일 마침내 이른바 한일합병조약을 성립시켜 대한제국을 멸망시켰고 한반도를 무력강점해버렸다.

야만적인 침략행위에 우리 겨레는 순종즉위 전부터 의병투쟁으로 대항하는 한편, 개인적인 의거로 맞섰으며, 또한 민족의 저력을 키워 일제와 대항하여 주권을 회복하고자 하는 애국계몽운동이 활발히 전개되었다.

그러나 강경과 온건의 민족저항의 역량이 하나로 모아지지 못하고, 일부 친일매국노의 암약으로 나라를 그르치게 되었던 것이다.

순종 주변에는 친일매국대신과 친일내통분자만이 들끓는 가운데, 국가최고의 수렴자로서의 왕권을 제대로 행사하지 못한 한이 남았다.

일제는 무력을 배경으로 원색적인 침략수단을 다하였고, 교묘하게 이들 친일매국세력을 조종하여 민족의 저항역량을 저해하였던 것이다. 대한제국이 일제의 무력 앞에 종언을 고한 뒤, 순종은 황제의 위에서 왕으로 강등되어 창덕궁 이왕(昌德宮李王)으로 예우하는 조처가 취해졌고, 왕위의 허호(虛號)는 세습되도록 조처되었다. 폐위된 순종은 창덕궁에 거처하며 망국의 한을 달래었다.

1926년 4월 25일에 죽고 6월에 국장을 치러 유릉(裕陵)에 안장되었다. 순종의 인산례(因山禮)를 기하여 6·10독립만세운동이 전국적으로 전개되었다.

순명효황후(純明孝皇后)는 순종의 첫번째 황후이다. 아버지는 여은부원군(驪恩府院君) 민태호이다. 1872년 양덕방 계동에서 태어나, 1882년에 11살의 나이로 세자빈으로 책봉되었고, 1897년에는 황태자비로 책봉되었으나, 남편인 순종이 황제로 즉위하기 전인 1904년 11월에 경운궁의 강태실에서 33살의 나이에 사망하였다.

처음에는 경기도 양주 용마산 내동(지금의 능동 어린이대공원 자리)에 안장되었으며, 능호를 유강원(裕康園)이라 했다. 1907년 순종의 즉위에 따라 황후로 추봉되었고, 능호도 유릉(裕陵)으로 바꾸었다. 이후 순종이 붕어한 1926년에 현재의 자리에 이장되어 합장으로 모셔졌다.

순정효황후(純貞孝皇后) 윤씨는 순종의 두 번째 황후로 본관은 해평(海平)이다. 박영효, 이재각 등과 함께 일본 정부로부터 후작 작위를 받았던 친일 인사인 해풍부원군 윤택영의 딸이다.

1894년 서울에서 태어나 1904년에 당시 황태자비였던 민씨가 사망하자 1906년에 13살의 어린 나이에 동궁계비(東宮繼妃)로 책봉되었고, 이때 아버지 윤택영과 순헌황귀비 엄씨 사이에 거액의 뇌물이 오갔다는 풍설이 돌았다. 이듬해인 1907년에 남편이 황제로 즉위함에 따라 그녀는 황후가 되었다.

순정효황후는 1910년 병풍 뒤에서 어전 회의를 엿듣고 있다가 매국노들이 순종에게 한일 병합 조약의 날인을 강요하자 옥새(玉璽)를 자신의 치마 속에 감추고 내주지 않았으나 결국 큰아버지 윤덕영에게 강제로 빼앗겼고, 이후 대한제국의 국권은 피탈되어 멸망을 맞게 되었다. 남편의 지위가 이왕(李王)으로 격하됐으므로 그녀도 이왕비(李王妃)가 되어 창덕궁의 대조전(大造殿)에 머물렀으며 1926년 4월, 순종이 승하하자 창덕궁의 낙선재(樂善齋)로 거처를 옮겼다.

1950년, 한국전쟁에도 창덕궁에 남아 황실을 지키고자 하였으며 궁궐에 북한군이 들이닥쳐 행패를 부리자 크게 호통을 쳐서 내보냈다는 일화가 있다. 그러나 이듬해, 미군에 의해 피난길에 오르게 되었고, 궁핍한 생활을 전전하던 끝에 1953년 남북이 휴전을 맞아 환궁하려 하였으나 이승만 대통령의 방해로 정릉의 수인제(修仁齊)로 거처를 옮겨야 했다.

1960년 전(前) 구황실사무총국장 오재경(吳在璟)의 노력으로 환궁에 성공하였고, 이후 일본에서 귀국한 덕혜옹주 및 의민태자 일가와 함께 창덕궁 낙선재에서 지내며 독서와 피아노 연주로 소일하였다. 평생의 고독과 비운을 달래기 위해 불교에 귀의하여 대지월(大地月)이라는 법명을 받기도 하였다. 죽는 그 순간까지 온화한 성정과 기품을 잃지 않았던 그녀는 대한제국의 마지막 황후로서, 당당함과 냉철함으로 황실을 이끌어 많은 이들의 존경을 받았다. 노령에도 영어 공부에 게으르지 않았고 국문학과 불경 연구에 혼신을 쏟는 등 배움에 대한 열정이 남달랐다. 1966년 2월 3일, 창덕궁 석복헌(錫福軒)에서 심장마비로 72살의 나이에 불우한 일생을 마감하였다. 같은 해 2월 13일 경기도 남양주시 금곡동에 있는 유릉(裕陵)에 순종과 합장되었다.

4. 유릉표석음기

大韓
純宗孝皇帝裕陵
純明孝皇后祔左
純貞孝皇后祔右
純宗文溫武寧敦仁誠孝皇帝　高宗十一年甲戌二月初八日誕降　乙亥冊封王世子　光武元年丁酉冊封皇太子　丁未夏卽皇帝位　隆熙庚戌後丙寅三月十四日昇遐　春秋五十三　在位四年　是年五月初二日葬于楊州洪陵左岡卯坐原　后　敬顯聖徽純明孝皇后閔氏　高宗九年壬申十月二十日誕降　壬午冊封世子嬪　光武元年丁酉冊封皇太子妃　甲辰九月二十八日昇遐　春秋三十三　是年十一月二十九日葬于楊州龍馬山內洞卯坐原　丁未追封爲皇后　丙寅四月二十五日遷奉于裕陵而同封　繼后獻懿慈仁純貞孝皇后尹氏　高宗三十一年甲午八月二十日誕降　光武十年丙午冊封皇太子妃　丁未進封皇后　隆熙庚戌後丙午一月十三日昇遐　春秋七十三　是年一月二十三日葬于裕陵而同封　隆熙庚戌後戊申十月日改立

5. 유릉지

於戲 欽惟我純宗文溫武寧敦仁誠孝皇帝 姓李氏 諱坧 字君邦 號正軒 高宗太皇帝之適嗣 文祖翼皇帝之孫 妣 明成太皇后閔氏 贈領議政驪城府院君純簡公致祿女也 以甲戌二月八日辛巳 帝誕降于昌德宮之觀物軒 實太皇御極之十一年也 先是 宮人虔禱于寧邊郡之妙香山及延安郡之南大池 屢有異兆 未幾而有虹渚之慶 翼年乙亥 冊爲王世子 帝日表龍姿 英偉俊整 時淸國使者來拜仰瞻 亟歎曰 狠胖狠秀 此淸人之方言 見上等容貌而讚稱者 蓋胖則難秀 秀則難胖 胖而秀 非凡常人也 帝自幼有至性 太皇於奉先事親 克殫誠孝 帝涵育於身敎之化 一動靜一事爲 已若長德君子 以近道之資 有根天之孝 又習於庭闈之日用常行 而太皇與太皇后義方之訓 不以篤愛而少弛 是以毓德震邸 令聞日彰 壬午入學于太學 遂行冠禮 仍行嘉禮于純明后 后 贈領議政驪恩府院君忠文公驪興閔台鎬女 生長名門 閨儀克備 帝齊之以正 和而不流 盡志養于兩殿 兩殿宜之而嘉悅 時 神貞翼皇后壽考康寧 一堂三世 怡愉熙洽 從而歲穰民旺 八埏又安 戊子 帝率百官庭請 上太皇及太皇后徽號 庚寅 如之 壬辰 又如之 至甲午 寰宇多事 風雲不變 太皇大度廣運 治具改張 聖算之明睿 群下或莫之及 而惟帝多密贊焉 乙未 明成太皇后崩 帝慟酷禍齎至恨 若無所歸 而恐貽太皇之惟憂 勉自制抑婉 以容色 然每燕居獨處忽忽無樂意 丁酉 太皇盛德日隆 百辟群黎請進大號 卽皇帝位 冊帝爲皇太子庚子壬寅 連上徽號于太皇 甲辰 純明后崩 丙午 行嘉禮于今皇太后 后 領敦寧司事海豐府院君海平尹澤榮女 夙佩家訓 克媲令德 有士女之行 六宮誦之 丁未 帝以太皇命受內禪 固辭不獲 履艱大之業 承付託之重 總萬機而修百度 大者稟裁于太皇 小者委決于政府 四海仰垂拱之治 而封帝弟英親王爲

皇太子 以鞏宗祐之基 卽今王殿下也 戊申 巡狩南服 眡疆場 辨風土 詢民
生之瘼 軫稼穡之艱 不旬日薄海而還 瞻旆聞簫 道路相織 疲癃扶杖 婦孺攜
手 謳歌懽呼 夫覩德化之皦美 數月而西巡至龍灣 亦如南巡時 此前聖朝所
未遑之盛擧也 洎乎庚戌 天運又一變 帝惟宗廟是尊生靈是恤 不以南面爲一
己之樂 而下之所以愛戴者 愈有甚焉 丁巳 親幸北道 展謁諸陵 駕發而雨
北民爭撤其所居屋茅籬栅 鋪諸泥路 以便乘輿之行 而欣欣相告曰 吾君至矣
駕次于咸興也 躬享于殿寢 勞紳士 燕父老 敦宗姓 北之士相與語曰 古之一
遊一豫 爲諸侯度者 吾君之謂也 戊午 太皇崩于德壽宮 帝自乙庚以後 一念
憧憧 惟在奉養太皇 以愛日之忱 欣然忘天下矣 遽遭終天之痛 銜恤靡至 冤
號皇皇 哀毀踰常度 是時 王家制度 新舊有異 帝勉抑心神 與宗戚耆舊 議
愼終之禮 必用舊典 始可以恔於心 以至籩豆之數祝告之文儀仗象設之具 莫
不先期而備循序而行 有司執事 惟命是聽 三年廬次 祀無大小 祼將必躬 太
皇嘗所嗜進者 每於上食時 必另供 制旣闋而猶榮榮 若在疚日也 甲子 寶齡
望六 題御詩于靈壽閣帖 召耆社諸臣而宴之 亦遵太皇壬寅盛事 而列聖以來
僅五有之慶也 從玆期頤之享 胥切顒祝 偶於年來 足部有瘡 頻發旋瘳 丙寅
春 寢膳失度 漸成脹痞 竟以三月十四日卯時 禮于陟昌德宮之大造殿 春秋五
十三 嗚呼痛哉 將以五月二日 葬于洪陵左岡坐卯之原 以四月二十五日 先
遷裕陵 爲合祔地 從治命也 宗戚耆舊議定大行諡曰文溫武寧敦仁誠敬 廟號
曰純宗 帝號曰孝皇帝 嗣王殿下敎宗戚耆舊及有司執事曰 戊午太皇帝喪 大
行皇帝用我家舊禮 以盡誠孝 今於大行皇帝之喪 亦宜遵而無隳 群下奔走率
職 嗣王殿下又敎用求曰 君以王室近戚 出入邇密 爲七十年之久 今此幽宮
之誌 君其撰之 用求感激殊渥 不敢以老病辭 謹以上大行號者 演述之 嗚呼
昔我太皇帝 詔以朕與東宮爲儒敎之宗 昭布天下 帝詩禮之學 得於庭闈之內
閑聖衛道 尊賢愛才 聰明强記 超邁凡倫 國朝故實 百家譜系 政注格式 摺

紳履歷　無有不瞭指而洞悉　尤雅嫺典禮　禮所未載　終身不行　此聖人之爲文
也　咺赫著外而和粹蘊中　平居無疾言遽色　接人不設惰容　其有過誤　不亟加
威罰　曉之以啓自新　鄉曲文官有登侍從　則必詳詢其鄉之事　凡對群下　必隨
其所掌與所長而下詢　故仰達者　無齟齬阻隔之意　所奏得盡其情　或奏對不稱
則必引他言而止其辭　欲不露其失　又不論人短處　人或有相軋　亦兩解之　使
歸于和平　此聖人之爲溫也　自持以莊　故不怒而畏　動必以信　故不令而行　日
接新聞社報　見隣國有難　思所以排解之　子悖其父　女失其行　卑乘尊　賤陵貴
思所以懲治之　聞洪陵監守者芟陵樹之上枝　郤夕膳而不進　自是監守者知戢
老宮女服勞者　偶談及先朝時國事　卽下嚴責曰　汝輩何敢言先朝事　自是　宮
人輩不敢復言　此聖人之爲武也　恒念兩宮顧復之恩　節宣自保　凡寢興飲啖
有妨於衛生者　一切戒愼　祁寒溽暑　念蔀屋之何以奠居　亢暵淫霖　念田家之
何以安業　此聖人之爲寧也　二弟一妹　與同憂喜　嗣王殿下自遊學而歸覲　則
團欒歡慶　臣隣爲之感動　禰享時　義親王以亞獻入來　則喜動于色　行禮之席
必命正之　德惠翁主　極加撫愛　一甘必分　至於近宗戚家勢旁落　則給月廩而
全之　先朝任使之人　雖賤　必優待之　厚施之　此聖人之爲敦也　服官者　不以
微眚而去之　有不得已而去之　必賜之資　俾以代祿　藏垢匿瑕　保合大和　以導
迎禠祥　世臣訐徹　玉色愀然　民有餓莩　宸心如傷　不虐無告　恩及胥蠓　此聖
人之爲仁也　太皇自丁未御德壽宮　三時起居　必以電告　宗廟享祀　非大違豫
不許攝行　有事告時　則分刻不違　無一事欺心　無一語慢人　惟懇踐實　此聖人
之爲誠也　燕居未嘗仰天而臥　正堂揭太皇御眞　以帕掩之　而未嘗偃倚其下
每上陵　雖雨注　不徑還齋殿　北幸時　過文川　淑陵山麓入望　卽卸椅子　起立
拱手　過後始坐　廟殿奉審入稟時　雖夜中　必整衣冠　跽坐而受之　入廟殿　尤
祇肅　官卑年少者　或失次闕儀　則必親命改之　俾中儀節　古之有道德勛業者
不遽呼其名　臨事洞屬　謹獨戒懼　此聖人之爲敬也　財帛聲色　泊然無欲　畦畛

機關 不設於中 藝戲俚俗之言 不接於口 非待聖學 而能天成然也 此聖人之
爲純也 四端之萌 萬善之發 皆從誠孝中來 在沖年 兩宮有疾 憂形于色 減
膳廢寢 翼瘳然後復初 雖尋常膳需 必先獻而後自御 北苑種栗而新熟 率近
臣 至苑剚收 而近臣希有頒賜 聞已盡獻于德壽宮 莫不感歎 諒陰中 所居庭
前 有花盛開 爲布帳而遮之 至行類是者 不可殫述 此皆大聖人之爲孝也 大
行大名 禮固當然 而顧此十字闉闠 曷足形容乎萬一也 嗚呼痛哉 帝之懿行粹
德 動遵太皇 而深仁厚澤 淪浹于臣民 臣民之戊午餘慟 尙未盡艾 而又遭今
日罔極之冤 都人士女 競趨闕門 如失恀怙 號呼攀踊 愚婦稗兒 荒村窮巷
一時縞素 千里奔哭 以至殊域之人 亦皆觀感咨嗟 竊以爲堯殂舜陟之日 其
有是歟 嗚呼痛哉 臣拜手稽首 扰血而獻文 [前判敦寧院事尹用求撰]

≪高宗實錄≫ 卷 45, 高宗 42年 1月 4日 純明皇后裕康園誌文

純明妃姓閔氏 籍驪興 肇祖曰 稱道 仕高麗爲尙衣奉御 三世而有曰令
謨 官集賢殿大學士上柱國太師 諡文景 四世而曰宗儒 官大匡贊成事 諡
忠順 文景忠順 麗史有傳 入本朝曰審言 開城副留守 曰沖源 逸執義 三
世而曰齊仁 左贊成 又四世而曰光勳 觀察使贈領議政 曰維重 誕生我仁
顯聖母 封驪陽府院君 贈領議政 諡文貞 柱石王國 楷範士林 追腏孝宗廟
庭 曰鎭遠 左議政諡文忠 精忠明義 功留宗祊 配享英祖廟庭 曰亨洙 觀
察使贈領議政 寔妃五世祖也 高祖百祥 右議政諡正獻 世所稱辛巳三相之
一 配享莊祖廟庭 曾祖弘爕 吏曹參判贈左贊成 祖致三 贈領議政 考台鎬
行左贊成大提學 贈領議政 諡忠文 宗匠詞林 忠藎公國 前母贈貞敬夫人
尹氏 府使稷儀女 母貞敬夫人宋氏 牧使贈內部協辦在華女 繼母貞敬夫人
南氏 議官命熙女 宋氏以壬申十月二十日辛未戌時 誕妃于京師陽德坊桂
洞寓第 載寢之夕 有光繞屋 似烟非霧 五彩焜耀 數十步之間 見人衣衫玲

瓏 移時不散 隣閭皆異之 妃姿質柔和 德容天成 自幼齡動止有度 雖尋常
婦女之出入閨門 一見皆知爲不凡 妃性聰敏明慧 甫髫齔 讀小學女則 諸
書姆師 纔說其大旨 而輒了其深義 又沈靜寡辭 未見有急遽 小丫鬟群嬉
于前 噪鬧甚劇 至不可耐 而不以聲色加之 惟徐曉之 使自退去 嘗摩挲斗
米曰 吾家眷口 當如此粒之數 其度量已如此 壬午膺德選 將館于別宮 拜
辭家廟 悽悵如不忍訣 遬親黨之不得入內者 與之別 繾綣依戀之意 令人
感歎 此非沖年所能爾也 二月十九日乙亥 冊封爲世子嬪 二十一日 行嘉
禮 丁酉 冊封爲皇太子妃 旣入宮 事三殿如一 問寢視膳 洞屬如不及 朕
念其質弱而勞瘁 或見其微有體中不佳時 使之休息調養於私寢 而雖寒節
侵晨盥櫛 暑月必盛服 至夜分每侍側 雍容怡愉 先意將承 如左右手 朕恩
勤慈愛 惟若提孩 而孝敬愈摯 不少惰倦 法家庭誡 厥有所受 亦稟賦之美
不待勉強而然矣 因時多難 屢經艱險 而妃隨時處變 跬步不失于正方 其
猖獗之中 宮人皆顚倒罔措 妃戒之曰 是心不正 思慮不明 平夷之地 亦未
免躓錯 況於蒼黃欽崎 一有差謬 安危攸判乎 甲申 忠文被害于奸黨時 殿
宮播遷 妃以不得如禮擧哀爲至慟 庚寅 神貞聖母昇遐 朝夕祭奠 妃必哭
泣盡哀 遑遑若靡所依恃 及乙未 凶徒犯于宮掖 妃遮護明成后 被凶徒阻
搪 竟遭天下萬古所未有之大變 妃亦昏仆氣塞 半晌 問女侍以大小朝起居
仍復闔眼不省 以備急藥救之 質明乃蘇 妃由是 常惚惚如幼兒之失乳 或
方食而歔唏悲咽 衣襟枕褥 淚痕縱橫 朕心憐之 撫字愈至 慰諭而裁抑之
妃修飾悅豫之容 亦勉朕以無過度於思念 而恒見其愁慘之色 自然形外 不
能掩矣 明成后之於妃 平日慈愛之恩勤顧復 有可以浹於肌髓 而妃之孺慕
於愈久 亦以孝思之根於性矣 椒塗嚴密 非有召呼 戚畹不敢輒入 常襯書
史 其可以爲鑑戒者 節錄其要義 藏弄巾笥 不以示人 而書法遒勁端正 得
其心劃 非可學而能也 御下以仁 恩意藹如 時有過誤 不爲誚呵 但令勿復

爲此　皆感服無敢欺罔　一言之戒　威於箠楚　恒令諸弟　無爲華靡之習　曰吾
家世守淸德　式至于今　惟當克遵美規　無累於先可也　通書本家安否外　更
無一字　或有懇謁　則曰以吾親屬　躁競如此　他人當何如哉　宮人或言巫瞽
亦多靈異　可以回災爲福　妃笑曰　爾輩癡絶　災福之來　自有分定　若因祈禳
而得之　世間寧有貧且夭者　妃嘗言古今治亂曰　堯舜郅隆　固未易跂及　而
守文繼體　差可少康　在乎勉焉矣　其識見之深遠　有非閨房之言矣　妃自本
年八月寢疾　朕每臨視　雖委苦不克轉動　而必整其衣裳　方危就而猶扶持起
坐　攢手而言曰　聖體保重　民國泰平　是所心心祝天　妃竟以九月二十八日
戌時　薨于慶運宮之康泰室　嗚呼　哀哉　又安可得哉　自初喪襲斂絞衾之屬
皆自內備念　妃平日尙節約省煩費也　考古諡法　中正精粹曰純　照臨四方曰
明　諡號曰純明　園號曰裕康　殿號曰懿孝　卜兆于楊州龍馬山內洞卯坐原
將以十一月二十九日癸卯卯時　而葬焉　嗚呼　哀哉　惟妃純孝之行　嘉言芳
猷　可爲閨範　而書之女史者　本家錄入　僅十得一二　而朕於悲疚之中　亦無
以收拾神思　只採綴如右　甲辰仲冬　親誌　[以上御製行錄］嗚呼　孝順恭敬
妃之德也　柔閒貞靜　妃之性也　承慈愛於供愉　寓箴規於湛樂　斑彩聯翩　天
顏怡如　共擬長奉萬年之懽　豈謂遽有今日耶　惟我父皇陛下　哀憐妃不已　每
哭臨　玉音出於軒櫺　語到妃平日　輒淚下不忍究　凡於喪葬之禮　援引於古
必用其極　亦有聖人緣情起義　洵爲我家金石　又於聖心悲疚之中　親製妃行
錄　典誥渾噩　辭簡義嚴　內下行錄之仍用爲幽誌　爰有已例　梓宮上字亦親書
雲漢昭回　燭於玄隧　其將感泣於冥冥矣　嗚呼　予又何言哉　而本家所錄　其
於宮掖之內　或不能悉　而其幼小時事　舊日婢僕之所傳　宮人多能言之　雖於
提携嬉戲　冗屑尋常之事　亦有可見其志趣　而作爲閨房模楷者　隨聞採輯　庶
或爲補錄矣　妃自幼齡　動止端凝　沈靜寡言　與人居非有問焉　則罕有先以
語人　對案讀書　惟潛心熟翫　聲音不出戶外　或人言讀書必多讀上口　然後

文義自見 妃曰 我常自讀矣 乃使執卷驗之 背誦如流 不錯一字 讀小學時
姆師惟據諺解 而說其大旨 不能窺其微奧 妃乃反覆論難 以近事譬喻 令人
易曉 或未必切中於本義 而才想敏慧 有未暇詰焉 家人爲之語曰 師非教弟
子 弟子乃教師 及膺選 館于別宮 惟匳具與小學一部而已 涉獵尋溫 至夜
分乃寢 家人請召一老宮人諳鍊閱歷者 講劘入宮應對酬接節次 錄爲一通以
演習之 妃曰 皆在此書 不必問矣 且毋不敬三字 常存於心 則雖不中不遠
矣 旣入宮折旋動容 閒雅中矩 奉三殿晨昏寢膳 洞屬如不及 每夜深後乃歸
私寢 或侍立竟晷徹明 父皇陛下念其勞 命休息 然後乃退 亦復披覽諸書
予勉之曰 得無憊乎 妃曰 心乎好矣 不知疲矣 或體中微惄 寤囈有呻吟之
聲 而亦必昧爽便起 盛服而朝 不敢見困倦之色 蓋忠文承藉古家法度 閨門
嚴整 儼若朝典 薰陶涵沐於髫齔之前 所受於庭誡者如此 壬午 亂兵犯闕
殿宮播遷 不知明成聖母行在 妃每食惟噉飯 不嘗魚肉 夜必露庭祝天 不設
衾幬 和衣假寐 以及奉迎之日 甲申諸凶之變 車駕離次 予奉神貞聖后曁我
聖母 避于東城外 妃夜乘小轎 從一掖隷至覺心寺 聖母教曰 吾固疑諸賊有
詐 但殺此輩 自可無事 已而賊果平 妃常言我聖母明見 人所不及料 賊於
未亂之前 慮事於已亂之中 雖古哲后 無以加焉 始妃聞忠文遇害投地 一聲
面慘 墨侍于前 俛首以自掩 聖母憫其不得一洩哀 妃對曰 倫彝之至 豈不
實慟 方兹危難之際 何敢言私 乙未之難 妃遮護聖母 被賊阻攔 跌墜傷腰
仍作痼病 自遭天下萬古所未有之大變 妃常惝焉怳焉 寢夢之間 或號泣曰
某在斯 因怳然驚覺 眼淚淋浪 咽咽之音 猶在喉中 或夜殿深幽 燈穗輝輝
髣髴如有見焉 至誠慟慕 宜其感孝思於影響矣 嗚呼 予小子苫戈之思 曷敢
一息忘之 而因循荏苒 屢經歲年 每相對於邑 妃曰 弘集秉夏 旣已就戮 而
吉濬義淵輩 尙在漏網 被强隣挾持 不得誅致 日月所照 霜露所墜 宜未有
無父母無君上之國 而乃爲逋逃主 失大義於天下 其亦國無人焉 我邦亦萬

乘之國也 豈無一二血氣丈夫哉 杖劍而往 聲明春秋之義 彼必辭絀矣 然則
諸兇自可援首矣 若其昏夜撚取 一夫割刀 此奸人刺客之事也 非所以明正
其罪 誅以王法也 不足以雪國讎矣 辭氣慷慨 泣數行下 予不覺憮然曰 予
之罪也 妃戒飭本家曰 不足生於不節 不節生於奢侈 奢侈之弊 必至於困窮
而無所不爲矣 可不懼哉 以有限之財 用之無限 則雖日增千萬 亦將不足矣
且祭品惟宜蠲潔 若徒欲務爲豐備 則非所謂誠敬也 或有戚里之進獻 輒却
之曰 吾何以私蓄爲也 有書自本家入者 但見有平安二字 便卽拉置箱中曰
細瑣事徒擾人懷 不必看之 嘗論古今治亂曰 堯舜治天下 亦無別般道理 只
是不作不好底 但不作不好底 便是好處 如是而已 後世不及焉者 以不能如
唐虞之純一 未免些有不好處 若其全無好處 則危亡之機 惟黽勉勵精 一心
求治 則雖未可跂及堯舜郅隆 亦可以小康矣 妃平居不甚留心於觚墨 而書
畫遒勁 如綿中裹鍼 雖小赫蹄 未常放過心而縱筆作書 其姿性之端莊貞一
此可見矣 惟不喜示人 筆蹟亦無多存 時於巾衍得碎金 可勝愴情 妃於寢疾
中 每對予必扶起正衣裳 疾將革 神識猶朗然 勉予曰 宗社生民託付之重
惟在於殿下 輔翊我聖人昇平之治 萬年無疆 更無一語及本家事 嗚呼 惟妃
之才之德 天旣與之 而獨不與其年 嗚呼 惜哉 光武八年甲辰仲冬撰 [以上
睿製行錄]臣根命 伏奉純明妃誌文製述官之命 臣何敢當是任 憇惶汗流
不知所圖 又伏奉詔旨 若曰 行錄之仍用爲誌文 爰有已例 今下行錄 以誌
文入用 東宮又攟拾其所聞覩 綴爲一通 庶補未盡而加詳焉 懿德芳猷 亦可
以無憾於傳美永遠矣 一體入刻于誌文之後 亦令製述官 詳載其事實 附記
于下 臣拜手稽首祗受而敬讀 欽仰讚歎 竊惟天地之間 有所謂理者焉 有所
謂數者焉 今夫陰陽五行之氣 日夜流行于上下之間 有清濁粹駁之別 而人
之受是氣而生者 隨其所值而如之 若夫受淸粹之氣者 其品質也必爲賢爲哲
其福祉也必得名得壽 此其理之常也 然而人於是 有不盡然者 夫旣稟得賢

哲之質矣　而其福祉或得於此　而不得於彼　此其數之變也　今妃生忠貞之門
稟聰仁之姿　溫惠莊敬　百度咸宜　以誕配我皇太子殿下　前後二十餘年之間
所以陰助之者深　晨昏之奉　誠動三殿　春秋之義　慟深乙年　處難愈貞　臨下
以仁　裁抑親屬　屏絕祈禳　篤好書史　佩服古訓　明達治體　動稱堯舜　至於書
字之類　亦不學而能之　蓋天將以非常超異之資　用畀我國家　誕毓慶祥　以延
宗祊萬世之昌運　而奈何一朝之間　忽嬰无妄　竟止未中歲之年　嗚呼　夫既爲
賢爲哲矣　又得其名　而獨不得於年壽　此曷故焉　豈向所謂數者非耶　若妃之
稟命于天者　其胡不出於理之常　而必出於數之變也耶　嗚呼　慟哉　伏惟我皇
上陛下　以慈愛篤摯之情　悲疚不已　喪葬之禮　咸用其極　又用明成皇后誌文
已例　親製行錄　仍以爲誌　凡百懿行　大書特書　揭諸日月　而我皇太子殿下
以悲悼之睿衷　又從以紹述之　典誥渾噩　前輝後光　自玆以往　妃之德之行之
修於閨闥中者　可以播於一世　顯於天下　永永爲天下後世后妃之規範　是則
妃之年壽　雖止於三十三　而其令名芳譽之永遠　可與天壤而同久也　嗚呼　懿
哉　而今以後　又以知天理之在人者　昭昭不泯　而所謂數者　可足論耶　臣讀
誌之餘　尤不勝感慟　略綴數言　附於末光　而學識鹵莽　文辭拙澁　不能形容
懿德之萬一　實以爲愧懼焉

양주시

온릉(溫陵)

1. 연혁

능　　주 : 중종 원비 단경왕후(端敬王后) 신씨[1487~1557]

위　　치 : 경기도 양주시 장흥면 일영리

지정번호 : 사적 제210호

봉릉연대 : 1739년(영조 15)

천릉연대 :

왕릉형태 : 단릉

2. 왕릉 소개

서울에서 3번 국도를 따라 도봉산 입구를 거쳐 의정부시로 진입하면 호원 고가차도를 만난다. 이곳에서 고차차도를 타고 의정부 서부외곽도로를 따라 달리면 39번 국도와 만나는 갈림길이 나타난다. 여기서 좌회전한 후 39번 국도를 따라 고양시 방면으로 진행하면 울대고개와 송추삼거리를 지나 길가에 위치한 온릉 표지판을 만나게 된다. 현재 비공개 무덤인 온릉은 문화재청 고양지구관리소 온릉 출장소에서 관리하고 있으며, 서오릉에 위치한 관리소에 우선 연락을 취하여 허락을 받아야만 관람할 수 있다.

온릉 전경

온릉은 조선 11대 중종의 원비 단경왕후(端敬王后, 1487~1557) 신씨의 능이다. 단경왕후 신씨는 중종반정으로 진성대군이 왕위에 오르자 왕비로 책봉되었다. 그러나 왕비의 부친 신수근이 반정으로 참살되어 죄인의 딸이 왕비로 부적하다는 반정공신들의 주청으로 왕비 책봉 7일 만에 폐출되어 사제로 나갔다. 폐비 신씨는 소생 없이 71세로 승하했으며, 친정 묘역 언덕에 장사지냈다.

1698년 숙종은 연경궁 내에 사당을 세워 춘추로 제사를 지내게 하고, 한식에는 묘제를 지내게 했다. 1739년 영조는 익호를 단경(端敬), 능호를 온릉(溫陵)으로 추봉하고 새로이 상설을 설치하면서 추봉된 왕비릉인 정릉, 사릉의 상설을 따랐다. 병풍석과 난간석을 생략하고 능침 주위로 석양과 석호 각 1쌍을 배치하고, 혼유석 1좌와 양측에 망주석 1쌍을 세웠으며, 3면의 곡장을 설치하였다. 한 단 아래에 문인석과 석마 1쌍씩, 중앙에 장명등이 있고, 능 아래에 정자각이 있다.

앞뒤에서 바라본 단경왕후 신씨의 무덤

3. 능주 소개

단경왕후(端敬王后)는 중종의 첫째 부인이자 폐비 신씨의 외질녀이다. 본
관은 거창이며, 성은 신(愼)이다. 조선의 왕비 가운데 최단 재위기간을 보유
하고 있으며, 홀로 자식도 없이 외롭게 살다가 숨을 거두었다.

익창부원군 신수근과 안동 권씨 권람의 딸인 어머니 밑에서 태어난 그녀
는, 1499년(연산군 5년) 12살의 나이에 당시 진성대군에 봉해져 있던 중종과
결혼하였다.

1506년 중종반정이 성공하면서 남편이 왕위에 오르자 그녀도 자연스럽게
왕비에 올랐으나 그녀의 아버지 신수근이 연산군의 처남(폐비 신씨의 오빠)
인 데다가 신수근이 중종반정에 가담하지 않은 관계로, 1506년(중종 원년) 9
월 9일 연산군을 폐위시키고 진성대군(중종)을 왕위에 앉힌 반정세력에 의
해 7일 만에 폐위되어야 하는 신세가 되었다.

그녀가 폐위된 후 새로이 중종의 왕비가 된 장경왕후가 1515년 사망하자,
담양 부사 등이 그녀의 복위를 간하는 상소를 올리기도 하였으나, 복위를 반
대하는 중신들에 의해 복위되지 못하였다(훗날 단경왕후의 복위를 간한 사

람들은 유배형에 처해짐).

신씨의 폐위와 관련해서는 치마바위 이야기가 전해지고 있다. 공신들의 압력에 못이겨 신씨를 폐위하긴 했지만 그녀에 대한 중종의 애정은 남달랐던 모양이다. 그래서 중종은 그녀가 보고 싶으면 자주 높은 누각에 올라가 그녀의 본가가 있는 쪽을 바라보곤 했다. 신씨의 집에서는 그 사실을 전해듣고 중종의 애틋한 그리움의 정을 달래기 위해 집 뒷동산에 있는 바위 위에다 신씨가 궁중에 있을 때 즐겨 입던 분홍색 치마를 펼쳐 놓았다. 왕은 바위에 펼쳐진 그 치마를 바라보며 신씨를 보고픈 마음을 삭히곤 하였다는 것이다. 또한 중종의 임종 직전에 신씨를 궁궐 내에 들였다는 소문이 돌기도 하였다. 그만큼 중종은 그녀를 폐위하려는 생각이 없었으며, 그녀를 매우 사랑했다고 전해진다.

그러나 중종실록 등에는 그녀를 폐위함에 있어서 중종이 크게 반대하지 않은 것으로 보아, 위의 야사가 단순히 지어낸 이야기일 가능성도 배제할 수 없다.

그녀는 폐위된 이후 쓸쓸히 지내다가 1557년(명종 12년) 음력 12월 7일에 71살의 나이에 승하하였다.

그녀는 계속해서 시호도 없이 폐비 신씨로 불리우다가, 영조 때에 이르러서야 1739년(영조 15년) 3월 28일 김태남 등의 건의로 복위되었다. 그 때 단경왕후라는 시호와 함께 공소순열(恭昭順烈)이라는 존호를 받았다.

4. 온릉표석음기

朝鮮國

端敬王后溫陵

恭昭順烈端敬王后愼氏 中宗大王元妃 成化二十三年丁未正月十四日誕生 正
德元年丙寅正位中壼 未幾遜于私第 嘉靖三十六年丁巳十二月七日昇遐 葬
于楊州西山長興面水回洞亥坐之原 壽七十一 英宗己未復位上諡 崇禎紀元
後一百八十年丁卯四月 日立

연천군

경순왕릉(敬順王陵)

1. 연혁

능　　주 : 신라 경순왕(敬順王)[?~978, 927~935]

위　　치 : 경기도 연천군 장남면 고랑포리

지정번호 : 사적 제244호

봉릉연대 : 1748년(영조 24)

천릉연대 :

왕릉형태 : 단릉

2. 왕릉 소개

한강변을 따라 시원스럽게 뚫려있는 강변북로와 자유로를 따라 임진각을
향해 달리면 당동인터체인지에 이르게 된다. 이곳에서 연천방면으로 가는
37번 국도로 옮겨 타고 임진강변을 달리면 가원교차로에 이른다. 가원교차
로를 내려서자마자 좌회전을 하면 비룡대교를 넘어가게 되는데(371번 지방
도로), 다리를 건너서 약 5분 정도 더 가면 장남면 고랑포리로 향하는 372번

앞뒤에서 바라본 경순왕릉

지방도로가 나타난다. 한적하기까지 한 이 길을 따라 10분 정도 더 가면 경순왕릉 입구에 도착하게 된다. 원래 이곳은 휴전선이 가까와 군인들이 지키고 있었기에 신분증을 제시하고 군인들과 함께 올라가 볼 수 있었지만, 현재는 관람의 편의를 위해 누구나 드나들 수 있도록 군인들의 통제를 풀었다.

경순왕릉은 신라의 마지막 왕인 경순왕(敬順王, ?~978, 재위 927~935)의 무덤이다. 경순왕은 신라 46대 문성왕의 후손으로 이름은 김부(金傅)이며, 927년 후백제 견훤의 침공으로 경애왕이 살해된 뒤 왕위에 올랐다. 그러나 왕위에 오른 지 8년 만에 고려에 나라를 넘겨주고 왕위에서 물러남으로써 신라는 56대 922년 만에 막을 내렸다.

왕위에서 물러난 경순왕은 고려 태조 왕건으로부터 후한 대접을 받았는데, 유화궁을 하사받고 정승으로 봉해졌으며 태조의 딸 낙랑공주를 아내로 맞았다. 또한 경주를 식읍으로 받고 경주의 사심관으로 임명되었는데, 이는 고려 초기 사심관제도의 시초가 되었다. 훗날 사람들은 경순왕 사당을 지어 그의 혼을 모시는 민속신앙을 이어오고 있는데, 이것은 그가 고려 태조에게 나라를 넘겨준 것이 백성들을 다치지 않게 하려 한 뜻을 기리기 위함이라고 한다.

경순왕릉은 신라 왕릉 중 경주지역을 벗어나 경기도에 있는 유일한 왕릉으로, 봉분 앞에 비석을 세우고 봉분에 호석을 둘러 십이지신상을 새기고, 주위에 난간석을 두르며 봉분의 삼면에 담장을 쌓았다. 능 앞을 고려 시대의 특징인 2단의 석단으로 정리하였으며, 봉분 앞에는 장명등과 망주석이 있고 문인석, 무인석, 사자석 등을 세우는 형식을 취하였다.

경순왕릉은 조선 건국 후 오랜 세월이 흐르면서 실전되었던 것을 1748년(영조 24) 다시 찾게 되었는데 신라 왕릉 중 경주 지역을 벗어나 있는 유일한 능이다.

왕릉의 구성을 살펴보면 원형의 봉분 하단에 둘레돌을 돌렸고 봉분 앞에 상석, 표석, 장명등과 석양 1쌍, 망주석 2기를 배치하였는데 석물들 대부분은 조선후기 양식을 보여주고 있다.

능 앞에는 단조로운 형식의 비가 있고, 그 전면에 '신라경순왕지릉(新羅敬順王之陵)'이라 새겨져 있으며, 후면에는 간략한 내력이 기록되어 있다. 망국 후에 조성된 때문인지 왕릉으로서는 매우 소박하다.

경순왕릉 묘비석   봉분

3. 능주 소개

경순왕은 신라 제56대 왕으로 마지막 왕이다. 성은 김, 이름은 부로 신라 문성왕의 6대손이며 927년 경애왕이 후백제 견훤의 습격을 받아 사망한 후 왕위에 올랐다.

경순왕이 왕위에 오를 당시에는 국가가 후백제, 고려, 통일 신라로 분열되어 있었고 후백제의 잦은 침공과 각 지방 호족들의 할거로 국가 기능이 마비되는 상태였다. 이에 경순왕은 무고한 백성들이 더 이상 괴롭힘을 당하는 것을 막고자 신하들과 큰아들 마의태자의 반대를 무릅쓰고 고려에 귀부하였다. 이때 마의태자는 금강산으로 들어가고 막내 아들 범공은 화엄사에 들어가 스님이 되었다.

귀부후 경순왕은 태자의 지위인 정승공에 봉해지는 한편 유화궁을 하사받고 경주를 식읍으로 받아 최초의 사심관으로 임명되기도 하였다. 태조 왕건의 딸 낙랑공주와 결혼하여 여러 자녀를 두었으며 43년 후인 고려 978년 (경종 3) 세상을 떠났다.

4. 경순왕릉묘갈

新羅敬順王之陵
王新羅第五十六王　後唐天成二年戊子代景哀王而立　淸泰乙未遜國于高麗
宋太平興國戊寅麗景宗三年四月四日薨　諡敬順　以王禮葬于長湍古府南八
里癸坐之原　至行純德英謨毅烈聖上二十三年丁卯月日改立

5. 관련기록

≪英祖實錄≫ 卷 64, 英祖 22年 10月 14日 丙子

同知金應豪等上疏 略曰臣等之先祖新羅敬順王玄隧之域 久失其兆 今於長湍得其誌石及神道碑 而王墓事例異於私塚 禁伐儀節立石設守 非朝令則莫可 倘蒙朝家參以事宜 許以規式 則上可表聖主追念前代之意 下可慰臣等追遠報本之誠也 批曰 當下詢大臣而處之

≪英祖實錄≫ 卷 65, 英祖 23年 4月 20日 己卯

命修新羅敬順王墓 敎曰 今覽金一豪等碑誌印本 其爲敬順王墓無疑 近千年後得遇今日 亦云奇矣 比前代他陵 事面尤重 令道臣 着意修治 旣已致祭 竪石時役軍 亦令顧助 先是 其子孫陳疏 故有是命

파주시

공릉(恭陵)

1. 연혁

능　　주 : 예종 원비 장순왕후(章順王后) 한씨[1445~1461]

위　　치 : 경기도 파주시 조리읍 능거리

지정번호 : 사적 제205호

봉릉연대 : 1461년(세조 7)

천릉연대 :

왕릉형태 : 단릉

2. 왕릉 소개

서울에서 은평구 불광동과 구파발을 지나 국도 1호선을 따라 북으로 통일로를 달리다 보면 고양시 벽제를 지나 파주삼릉 입구에 도착한다. 부근에는 하니랜드라는 유원지도 있어 많은 사람들이 찾는 명소이다.

파주삼릉은 조선 제8대 예종의 왕비 장순왕후 한씨와 제9대 성종의 왕비 공혜왕후 한씨 그리고 제21대 영조때 세자로 책봉되었다가 일찍 돌아가신

공릉 전경　　　　　　　　　　특이하게 꺽여 있는 참도의 모습

진종과 그 비를 모신 세 능이 있는 곳이다. 원래 공순영릉이라고 불려오다가 2007년부터 파주삼릉으로 명칭이 변경되었다.

공릉은 조선 8대 예종의 원비 장순왕후(章順王后, 1445~1461) 한씨의 능으로 파주 삼릉 입구에서 들어가면 왼쪽에 홀로 떨어져 있는 능이다. 장순왕후는 한명회의 셋째 딸이다. 세조 때 한명회는 영의정까지 오르면서 권력의 중심에 서게 되었다. 병약한 세자(덕종)가 죽고 세조의 둘째 아들(예종)이 왕세자에 책봉되자 한명회는 1460년 그의 딸을 세자빈의 자리에 앉혔다. 그러나 그의 딸은 다음해 인성대군을 낳고 산후병을 앓다가 17세 어린 나이로 승하했다. 장순왕후에 이어 예종도 짧은 재위기간을 마감하고 요절했다.

장순왕후는 아름답고 정숙하여 세자빈으로 간택된 뒤 시아버지인 세조에게 사랑받았다고 전해진다. 이에 세조는 왕세자빈에게 장순(章順)이라는 시호를 내렸다. 1470년(성종 1) 능호를 공릉이라 했고, 1472년 장순왕후로 추존되었다.

공릉은 당초 왕후릉이 아닌 세자빈묘로 조성된 관계로 봉분의 난간석과 병풍석이 생략되고 봉분앞에 상석(床石)과 8각의 장명등을 세우고 좌우 양쪽에 문인석 2기를 세웠다. 또 봉분주위로 석마(石馬), 석양(石羊), 석호(石虎) 각각 2필씩을 두어 능주변을 호위하고 있다. 문인석은 손에 홀(笏)을 쥔

앞뒤에서 바라본 장순왕후 한씨의 무덤

양식으로 홀을 쥔 손이나 몸에 비해 큰 얼굴, 옷주름 등이 조선 전기 문인석 양식을 따르고 있는데 조각 수법이 서툴러 전체적인 선이 유연하게 처리되지 못하고 있다.

3. 능주 소개

장순왕후(章順王后)는 조선조 제8대 예종의 비로 청주한씨(淸州韓氏)이다. 자헌대부 삼사좌복야 문열공(資憲大夫三司左僕射文烈公) 상질(尙質)의 증손녀이고, 영의정부사 기(起)의 손녀이며, 아버지는 상당부원군 영의정(上黨府院君領議政) 명회(明澮)이고, 어머니는 고려의 문하시중 민지(閔漬)의 5대손인 가정대부 한성부윤(嘉靖大夫漢城府尹) 대생(大生)의 딸이다.

내외가가 당대의 문벌인 가문에서 태어난 한씨는 아름답고 정숙하여 1460년(세조 6) 세자빈(世子嬪)으로 책봉되어 가례를 행하였다.

세조의 총애를 받았으나, 1461년 원손(元孫:仁城大君)을 낳은 뒤 병으로 인하여 녹사(錄事) 안기(安耆)의 집에서 요절하였다. 1472년(성종 3) 장순왕후에 추존되었다. 능은 공릉(恭陵)이며, 파주 남쪽 보시동(普施洞)에 있다.

4. 공릉표석음기

朝鮮國

章順王后恭陵

徽仁昭德章順王后韓氏　睿宗大王元妃　正統十年乙丑正月十六日誕生　天
順四年庚辰冊封世子嬪　辛巳十二月五日昇遐　壬午二月二十五日葬于坡州
南普施洞戌坐之原　壽十七　睿宗卽位尊爲王后　崇禎紀元後一百九十年丁
丑枸月　日立

5. 공릉지

≪世祖實錄≫ 卷 27, 世祖 8年 2月 25日 庚寅 章順王后恭陵誌文

嬪韓氏　上黨茂族也　遠祖諱蘭　在高麗初　賜號三韓功臣　其後最著者曰
渥　仕高麗位政丞　謚思肅　配享忠惠王廟庭　曰脩　判厚德府事　謚文敬　於
嬪爲高祖　曾祖諱尙質　仕本朝官至資憲大夫三司左僕射　謚文烈　祖諱起
贈純忠積德秉義補祚功臣大匡輔國崇祿大夫領議政府事領經筵事上黨府院
君行承儀郎司憲監察　父諱明澮　今爲輸忠衛社協策靖難同德佐翼功臣輔國
崇祿大夫上黨府院君兼判兵曹事　勳著鍾鼎　母　驪江閔氏　高麗大儒門下侍
中　謚文仁公諱漬五世孫嘉靖大夫漢城府尹奉朝請大生之女也　內外門閥之
盛　甲於東方　咸能世濟其美　積有餘慶　以正統十年乙丑正月十六日庚寅生
嬪　嬪生而淑婉　柔嘉維則　遂膺妙選　冊封爲王世子嬪　天順四年夏四月甲
子親迎禮成　自是儆戒無違　執婦道惟謹　奉兩宮盡誠孝　克著肅雍之美　翌
年有身　十一月丁酉忽遘疾　兩宮軫慮　親臨視疾　醫藥祈禱無所不用其極

遂彌留不瘳　越三十日丙寅　誕元孫兩宮喜深　宥境內　賜百官資　舉國懽忭
十二月辛未疾革遂卽世　享年十七　兩宮震悼　國人無小大罔不悲惋　嗚呼慟
哉　賜諡曰章順　翌年二月二十五日庚寅安厝于坡州普施洞原禮也　嬪雅性
閑靜　配儲位生元孫　篤敬邦家　夫何一朝遽至於斯　嗚呼　賦之德而嗇其壽
天之不可恃也甚矣　可勝痛哉　銘曰　猗歟勳閥　趾美積德　廼生淑媛　廼配貳
極　思媚兩宮　克修嬪則　不弔于天　仙馭何迫　脩短有數　天耶叵測　元孫克
岐　厥聲喤喤　委祉于後　萬世無疆

순릉(順陵)

1. 연혁

능　　　주 : 성종 원비 공혜왕후(恭惠王后) 한씨[1456~1474]
위　　　치 : 경기도 파주시 조리읍 능거리
지정번호 : 사적 제205호
봉릉연대 : 1474년(성종 5)
천릉연대 :
왕릉형태 : 단릉

2. 왕릉 소개

　서울에서 은평구 불광동과 구파발을 지나 국도 1호선을 따라 북으로 통일로를 달리다 보면 고양시 벽제를 지나 파주삼릉 입구에 도착한다. 부근에는 하니랜드라는 유원지도 있어 많은 사람들이 찾는 명소이다.
　파주삼릉은 조선 제8대 예종의 왕비 장순왕후 한씨와 제9대 성종의 왕비 공혜왕후 한씨 그리고 제21대 영조때 세자로 책봉되었다가 일찍 돌아가신

순릉 전경   장명등 및 석물들

진종과 그 비를 모신 세 능이 있는 곳이다. 원래 공순영릉이라고 불려오다가 2007년부터 파주삼릉으로 명칭이 변경되었다.

순릉은 조선 9대 성종의 비 공혜왕후(恭惠王后, 1456~1474) 한씨의 능으로 파주삼릉 입구에서 들어가면 오른쪽에 영릉과 함께 위치하고 있다. 공혜왕후는 한명회의 넷째 딸로 순릉과 마주보고 있는 공릉의 장순왕후와 자매지간이다.

공혜왕후는 1467년 의경세자(덕종)의 둘째아들 자을산군에게 출가했다. 효심이 깊은 예종은 세조의 장례를 치르면서 건강을 잃어 재위 14개월 만에 승하했다. 이때 예종의 아들 제안대군은 겨우 3세에 불과했고, 15세인 월산군은 병약하여 자을산군(성종)이 왕위를 계승함에 따라 왕비로 책봉되었다.

공혜왕후는 어린 나이에 궁에 들어왔으나 예의바르고 효성이 지극해 삼전(세조비 정희왕후, 덕종비 소혜왕후, 예종 계비 안순왕후)의 귀여움을 받았다고 한다. 왕비로 책봉된 지 5년 만에 후사 없이 승하한 공혜왕후는 왕비의 신분이었기 때문에 세자빈의 신분으로 돌아가신 언니 장순왕후의 공릉에 비해 구성물이 더 많다.

병풍석을 세우지 않았을 뿐 능제나 상설 제도는 모두 조선 초기의 제도를 따랐다. 순릉은 조선 전기의 능 형태를 따르고 있는데 소담한 돌기둥 난간

앞뒤에서 바라본 공혜왕후 한씨의 무덤

(난간석주·欄干石柱)을 둘렀으며 봉분앞에 상석과 8각의 장명등을 배치하고 양쪽으로 문인석과 망주석 2기를 두었다. 또 석양(石羊), 석호(石虎) 각각 2필씩을 두어 능을 호위케 하고 있다. 난간석의 작은 기둥은 태조의 건원릉과 태종의 헌릉을 본받았다.

3. 능주 소개

공혜왕후(恭惠王后)는 조선 성종의 비로 본관은 청주(淸州)이며, 영의정 한명회(韓明澮)의 딸이다. 1467년(세조 13)에 11세에 가례를 올렸으며, 1469년 성종이 즉위하자 왕비에 책봉되었다. 1474년(성종 5) 4월 소생이 없이 춘추 18세로 죽자 '공혜(恭惠)'라는 시호가 추증되었고, 그뒤 1498년(연산군 4) '휘의신숙(徽懿愼肅)'이라는 휘호가 올려졌다. 능호는 순릉(順陵)이며 파주에 있다. 종묘에 봉안되었다.

4. 순릉표석음기

朝鮮國

恭惠王后順陵

徽懿愼肅恭惠王后韓氏 成宗大王元妃 景泰七年丙子十月十一日誕生 成化三年丁亥行嘉禮 己丑冊封王妃 甲午四月十五日昇遐 六月七日葬于坡州恭陵南岡卯坐之原 壽十九 崇禎紀元後一百九十年丁丑九月 日立

5. 순릉지

≪成宗實錄≫ 卷43, 成宗 5年 6月 7日 庚申 恭惠王后順陵誌文

王后韓氏 西原大系 遠祖蘭 高麗時策勳著名 皇曾祖尙德 資憲大夫都評議司使[都評議使司]事藝文春秋館大學士 贈諡文烈 皇祖起 贈純忠積德秉義補祚功臣議政府領議政 議政娶藝文應敎李逖之女 生明澮 今爲輸忠衛社協策靖難同德佐翼保社炳幾定難翊戴純誠明亮經濟弘化佐理功臣大匡輔國崇祿大夫上黨府院君兼領經筵春秋館事兵曹判書 娶閔氏 今封驪興府夫人 知中樞府事大生之女 以景泰七年丙子十月丁未 生王后于蓮花坊私第 后生而聰睿異常 稍長溫懿而肅 成化三年歲丁亥 世祖封我主上殿下爲者山君 爲之擇配 無可意者 知后有德容 召見卽定婚 以其年正月十二日 備禮親迎于其第 命永膺大君琰主之 禮成 后入見 言動中禮 世祖與大王大妃愛而重之 時后年幼 而儼如老成 常侍左右 敬謹愈至 由是眷遇日隆 及上踐祚 冊爲王妃 益自敬畏 奉三殿盡孝 每求珍異 必具甘旨以進 久而不懈 待後宮 寬簡得中 如養老歲元 內殿禮燕儀度 悉合規矩 宮中瞻望贊服 留神書史 讀女傳之類 逐日爲課 后聞

將選嬪御　備衣服極其精麗　待入以賜　自後服飾佩玩　賜與不絶　遇以恩禮　無
纖芥嫌色　癸巳七月　后以疾　移御韓明澮第　上間日臨幸　諭勉服餌　疾愈還宮
十二月疾復　后累陳證勢沈縣　誠恐一朝奄至不淑　願出別殿　辭旨懇款　甲午三
月　命移御求賢殿　上與三殿　日賜臨視　禱于宗社群祀　又爲之大赦　上命明澮
與夫人時入視疾　后臨薨　見明澮與夫人累日不食　命饋飯　與訣曰　死生有命
但恨永違三殿　爲孝不終　以貽父母憂耳　遂薨　四月己巳也　殿下痛失良佐　三
殿亦悲咽　輟膳數日　宮掖侍御曁中外大小臣僚　莫不號哭　上命群臣議諡　賜諡
曰　恭惠　六月庚申　葬于坡州恭陵之東　乙山卯坐酉向之原　號曰　順陵　后德性
之美　鍾於天賦　故克主陰治　宮闈肅穆　上奉慈極　則三殿交歡　內贊至尊　則一
國承化　自古后妃之賢　鮮有儷者　獨其大命有數　享壽不永　臣民罔不悲憾云

장릉(長陵)

1. 연혁

능   주 : 인조(仁祖)[1595~1649, 1623~1649]

              원비 인열왕후(仁烈王后) 한씨[1594~1635]

위   치 : 경기도 파주시 탄현면 갈현리

지정번호 : 사적 제203호

봉릉연대 : 1635년(인조 13)

천릉연대 : 1731년(영조 7)

왕릉형태 : 단릉

2. 왕릉 소개

서울을 가로질러 흐르는 한강 북쪽의 강변북로를 따라 서쪽으로 달리면 자유로와 이어진다. 자유로에 접어들어 오두산통일전망대가 보이는 성동인 터체인지까지 간 후 이곳을 빠져나와 360번 지방도로를 타고 약 10여 분 달리면 장릉입구를 알려주는 표지판을 만나게 된다. 여기서 우회전하여 2분 정도 가면 장릉 입구에 도착한다. 현재 장릉은 미공개릉으로 파주삼릉에서 관리하고 있으며, 파주삼릉관리소의 허락을 받은 후에 안으로 들어갈 수 있다. 장릉입구에서 쭉 뻗어있는 길을 따라 약 5분 정도 걸어가

장릉 전경

면 재실이 나타나고, 이곳을 지나면 널찍하면서도 아늑하게 자리잡은 장릉의 모습을 볼 수 있다.

장릉은 조선 16대 인조(仁祖, 1595~1649)와 원비 인열왕후(仁烈王后, 1594~1635) 한씨의 합장릉이다. 인조는 1623년 인조반정으로 집권당인 대북파와 광해군을 몰아내고 왕위에 올랐다. 인조는 재위 중 이괄의 난, 정묘호란, 병조호란으로 세 차례나 서울을 떠나 다른 곳으로 몸을 피했다. 인열왕후는 효종·소현세자·인평대군을 낳았고 용성대군을 낳은 후 산후병으로 승하했다. 인조는 인열왕후를 파주부 북쪽 운천리에 장사지내면서 그 오른쪽에 미리 자신의 수릉(壽陵)을 마련해두었다가 승하 후 그곳에 묻혔다. 그러다가 1731년(영조 7) 뱀·전갈 등 벌레들이 석물 틈에 집을 짓고 있어 현재

앞뒤에서 바라본 인조와 인열왕후 한씨의 합장무덤

| 장릉의 정자각 | 상석 받침돌에 새겨져 있는 귀면 |

의 위치로 옮겨 합장했다.

처음의 능은 건원릉의 석물제도를 본떠 십이지신상과 구름무늬를 부조한 병풍석, 장명등, 석수 등을 상설했는데 천장하면서 병풍석과 혼유석, 난간석, 장명등을 새로 만들었다. 이외의 석물은 그대로 옮겨놓았으므로 장릉은 17세기와 18세기의 석물이 공존하는 셈이다.

장릉의 석물구조를 살펴보면 봉분아래로 병풍석을 세우고 그 바깥으로 돌 난간을 둘렀으며 봉분앞에 상석(床石) 2좌(座)를 배치하여 2위(位)임을 나타냈다.

장릉의 석물들은 합장으로 인해 척수(尺數)가 맞지 않게된 병풍석과 난간석, 상석만 이전 당시 새로 설치하였고 다른 석물은 구 장릉의 석물을 그대로 옮겨왔다. 봉분뒤로 담장을 둘러 아늑한 분위기를 주었으며 상석 중앙 정면에 장명등과 양쪽에 망주석 2기를 배치 하였다.

또 봉분 정면 양쪽에는 문인석과 무인석이 각각 1쌍씩 세워져 있고 봉분 주위로 석마(石馬), 석양(石羊), 석호(石虎)를 각각 2필씩 배치해 능을 호위케 하고 있다. 장명등, 병풍석 및 석수(石獸) 등은 태조의 건원릉(建元陵) 석물 양식을 따른 것이나 병풍석에 새겨진 문양은 구 장릉의 전통적인 운문(雲文)과 십이지신상이 아닌 화문(花文 – 목단과 연꽃)으로 바꾸고 8각형의 장명등에도 목련과 연화문을 조각해 넣은 것으로 보아 18세기 능석물 문양이 갖는 시대적 특징을 반영한 것으로 보인다. 능 아래에는 정자각(丁字閣)과 비각(碑閣), 수호소 건물이 자리하고 있으며 입구에 홍살문이 서있다.

3. 능주 소개

인조는 조선 제16대왕으로 이름은 종(倧), 자는 화백(和伯), 호는 송창(松窓)이다. 선조의 손자로 정원군(定遠君: 추존왕 元宗)의 아들이며, 어머니는 좌찬성 구사맹(具思孟)의 딸인 인헌왕후(仁獻王后)이다. 비(妃)는 영돈녕부사 한준겸(韓浚謙)의 딸인 인열왕후(仁烈王后)이며, 계비(繼妃)는 영돈녕부사 조창원(趙昌遠)의 딸인 장렬왕후(莊烈王后)이다.

1607년(선조 40) 능양도정(綾陽都正)에 봉해지고, 이어 능양군에 진봉(進封)되었다. 광해군 때에는 대북이 정권을 잡아 왕으로 하여금 영창대군 의를 죽이고 인목대비(仁穆大妃)를 폐하게 하였으며, 또 여러 차례의 옥사를 일으켜 정치가 혼란하여지자, 1623년 서인 김유·이귀(李貴)·이괄(李适) 등이 반정을 일으켜 광해군을 폐출하고, 서궁(西宮)에 유폐되어 있던 인목대비의 윤허를 받아 왕위에 추대되어 경운궁에서 즉위하였다.

즉위 후 광해군 때 희생된 영창대군·임해군(臨海君), 연흥부원군(延興府院君) 김제남(金悌男) 등의 관직을 복관시켰다.

또한 반정공신들에 대한 논공행상에 있어서는 도감대장(都監大將) 이수일(李守一)을 내응(內應)의 공이 있다 하여 공조판서로 임명한 데 비하여, 이괄은 2등에 녹공하여 한성판윤, 이어 도원수 장만(張晚) 휘하의 부원수 겸 평안병사로 임명하자 이괄은 이에 불만을 품고 1624년(인조 2) 난을 일으켰다.

이괄의 군세가 자못 강하여 서울이 점령되자, 인조는 공주까지 남천(南遷)하였다가, 도원수 장만이 이끄는 관군에 의하여 격파된 뒤 환도하였다. 광해군 때에는 명나라·금나라와의 관계를 병존시키는 중립정책을 써왔으나, 인조반정으로 서인이 정권을 잡은 뒤 금나라에 대한 태도가 일변하여 친명배금정책(親明排金政策)으로 바꾸었다.

이에 1627년 후금이 군사 3만여명으로 침략하여 의주를 함락시키고, 파죽지세로 평산(平山)까지 쳐들어오자 조정은 강화도로 천도하였으며, 최명길(崔鳴吉)의 강화주장을 받아들여 양국의 대표가 회맹(會盟), 형제의 의를 약속하는 정묘화약을 맺었다.

1636년 12월 형제의 관계를 군신의 관계로 바꾸자는 청나라의 제의를 거부하자, 10만여군으로 다시 침입하였다. 혹한 속에 질풍같이 쳐들어온 청군을 막지 못하고, 봉림대군(鳳林大君)·인평대군(麟坪大君)과 비빈(妃嬪)을 강도(江都)로 보낸 뒤 길이 막혀 남한산성으로 물러가 항거하였다.

그때 척화파·주화파간의 치열한 논쟁이 전개되었으나, 주화파의 뜻에 따라 성을 나와 삼전도(三田渡:지금의 松坡)에서 군신의 예를 맺고, 소현세자(昭顯世子)·봉림대군을 볼모로 하자는 청나라측의 요구를 수락하고 말았다.

이에 따라 청나라 태종은 두 왕자와 척화론자인 삼학사(三學士), 즉 홍익한(洪翼漢)·윤집(尹集)·오달제(吳達濟)를 데리고 철병하고 조정은 환도하였다. 이로 인하여 임진왜란 이후 다소 수습된 국가기강과 경제상태가 악화되어, 당시의 사회상은 비참하기 짝이 없었다.

그리고 낙당(洛黨)의 영수 김자점(金自點)이 척신으로 집권하여 횡포가 자심하였다. 1645년 오랜 볼모의 생활에서 벗어난 소현세자가 북경에서 돌아와 얼마 안 되어 의문의 변사를 당한 뒤, 소현세자의 아들을 후계자로 하지 않고 2남인 봉림대군을 세자로 세움으로써 현종·숙종 때 예론(禮論)의 불씨가 되기도 하였다.

이듬해에는 소현세자의 빈(嬪) 강씨(姜氏)를 사사시켰다. 1624년 총융청(摠戎廳)·수어청(守禦廳) 등 새로이 군영을 설치하여 북방(北防)과 해방(海防)에 유의하였다. 광해군 때 경기도에 시험적으로 실시하였던 요역(徭役)과 공물의 미납화(米納化), 즉 대동법을 1623년에 이르러 강원도에 확대, 실시하였으며, 점차 지역을 넓혀나갔다.

또한 1634년 삼남(三南)에 양전(量田)을 실시하여, 전결(田結)수를 증가시켜 세원(稅源)을 확보하고, 세종 때 제정되었던 연등구분의 전세법(田稅法)을 폐지하여 전세의 법적인 감하(減下)를 주지(主旨)로 하는 영정법(永定法)과 군역(軍役)의 세납화(稅納化)를 실시하였다.

1633년 상평청을 설치하여 상평통보(常平通寶)를 주조하고, 청인과의 민간무역을 공인하여 북관(北關)의 회령 및 경원개시(慶源開市), 압록강의 중강개시(中江開市)가 행하여졌는데, 개시에 있어서는 상고(商賈)의 수, 개시기간, 유왕일수(留往日數), 매매총수(買賣總數) 등을 미리 결정하였다.

또한, 1641년에는 군량조달을 위하여 납속사목(納粟事目)을 발표하고, 납속자에 대한 서얼허통(庶孼許通) 및 속죄(贖罪)를 실시하였다.

1628년 벨테브레(Weltevree)가 표착하여 왔는데, 그는 이름을 박연(朴淵, 혹은 朴燕)으로 고치고 병자호란 때 훈련대장 구인후의 휘하에서 대포의 제작법과 사용법을 지도하여 큰 공헌을 하였다.

정두원(鄭斗源)과 소현세자가 청나라에서 돌아올 때 화포·천리경(千里鏡)·과학서적·천주교서적 등을 가지고 왔으며, 특히 소현세자는 샬(Shall, A., 湯若望)과 사귀기도 하였다. 서양의 역법(曆法)인 시헌력(時憲曆)을 송인룡(宋仁龍)·김상범(金尙範) 등이 청나라에서 수입하여, 그뒤 1653년(효종 4) 시행하기에 이르렀다.

송시열(宋時烈)·송준길(宋浚吉)·김육(金堉)·김집(金集) 등 우수한 학자를 배출하여 조선 후기 성리학의 전성기를 마련하기도 하였다.

인열왕후(仁烈王后)는 청주한씨(淸州韓氏)로 영돈녕부사 준겸(浚謙)의 딸이다. 원주읍내 우소에서 태어났다. 1610년(광해군 2) 능양군(綾陽君: 뒤의 인조)과 결혼하여 청성현부인(淸城縣夫人)으로 봉하여지고, 1623년(인조 1) 인조반정으로 왕비가 되었다.

1651년(효종 2) 휘호를 명덕정순(明德貞順)으로 추상하였으며, 슬하에 4형제를 두었는데 효종·소현세자(昭顯世子)·인평대군(麟坪大君)·용성대군(龍城大君)이다.

능(陵)은 장릉(長陵)으로 처음 파주 운천리에 장사지냈으나 1731년(영조 7) 교하로 이장하였다.

4. 장릉표석음기

朝鮮國
仁祖大王長陵
仁烈王后祔左
仁祖憲文烈武明肅純孝大王萬曆乙未十一月七日乙亥誕生 初封綾陽君 天啓癸亥卽位 崇禎己丑五月八日丙寅昇遐 在位二十七年 壽五十五 妃明德貞順仁烈王后韓氏 萬曆甲午七月朔日丁丑誕生 癸亥冊封王妃 崇禎乙亥十二月九日乙酉昇遐 壽四十二 初葬于坡州治北雲川里卯坐之岡同原異穴 崇禎紀元後一百四年辛亥八月三十日庚申移奉合葬于交河舊治後子坐之原外則壬坐

5. 장릉지

≪仁祖實錄≫ 附錄 仁祖大王長陵誌文

於戲 洪惟我仁祖烈文憲武明肅純孝大王姓李氏 諱某 字某 元宗恭良大王之長子 宣祖昭敬大王之孫也 母仁獻王后具氏 綾安府院君思孟之女 以萬曆乙未十一月初七日 生王於黃海道海州府 卽元宗以諸王子 扈從行在地也 先仁祖未誕 有日者占之曰 某日當生 貴不可言 誕降日赤光昭曜 異香滿室 外王母平山府夫人申氏處傍 夢見赤龍於后側 又見一人書諸屛八字 語甚神異 申夫人欣然而寤 則王誕矣 狀貌異凡 右股有黑子無數 宣廟見而奇之曰 是漢祖之相 勿泄也 甫二三歲 置諸宮中 寡笑與言 不樂嬉戲 宣廟益奇之 養視益隆 雖親王子莫及 且命以小字若諱 屬意可見 光海聞而不悅 至五六歲 聰明特達 不煩提誨 文理驟進 未成童 宣廟命就外傅 卽舅綾海君具宬所也 王居中表 卑尊間無不順適 無一毫介特事 惟學是勤丁未 進階爲綾陽都正 尋封君 皆以己致 不專爲異恩 仁烈王后韓氏 領敦寧府事西平府院君浚謙之女 宣廟亦親揀而知其德容 使王委禽焉 元宗當光海時 遭忌甚 王第三季綾昌君佺 弱冠扞文網而死 元宗遂憂惱疾病 王割指血以進不效 是時一家凜凜 皆爲王懼然 王未嘗輟哭泣節 處氷雪上水漿不近口者累日 喪祭必以禮 聞者以爲難 久之 光海爲無道 惟日不足貴賤者關賄門 兀山寫石 日作千餘人 宮室是崇是雕 民不堪命 十室九散群兇跳踉 內嬖外燗 拸棘母后 謂之西宮 矹傮骨肉 無辜籲天 國之將亡無愚智皆知 王雖以韜晦自貴 然不能不繫心宗國 時復泣數行下 誓不以李氏社稷 移於莽卓之手也 於是 申景禛具宏沈命世具仁垕等 居日月之際素服王有君人之度 乃紹介于金瑬李貴金自點崔鳴吉李曙洪瑞鳳諸民望屛居者 進于王 王一見契合 遂相與揮泣 願戴王効死 天啓癸亥三月十二日癸卯

王擧義旅 自彰義門入 光海衛宮將士 捨鑰擴門迎王 王肅淸宮禁 卽詣慶運
宮 起居金大妃 仍再拜伏哭 群臣皆哭 大妃命設宣廟虛位 命中官引王入
王再拜哭 從臣亦哭 大妃又命傳國寶於王 王辭以否德 大妃作而敎曰 臣
民愛戴 非德而何 寧獨未亡人脫錮羿 宗社之福也 爾可陟王位 不可辭 王
拜出 卽位於宣廟舊時別堂 遵大妃命也 大妃又下敎書 明告中外曰 王聰
明仁孝 且有非常之表 宣廟憑玉几 至握手噓唏 今日之撥亂反正 實遂宣
廟之志 云 大妃又下敎曰 光海無天而行 刑戮我父母 屠殺我兄弟 劫奪我
八歲孺子 忍而殺之 予今幸見天日 置此人而不致諸刑 春秋復讐之義何在
王諫曰 彼雖無道 乃十五年君臨一國之人 不可施刑 大妃猶不肯 王婉容
愉色 三諫堅懇 大妃意解 王乃改館光海 令尙食供廚饌 戒政院曰 今日廷
臣 擧曾錯質光海之人 盡心檢護母忽 及其屛置也 王使廢妃及幸姬從 又
爲之豐餼廩 時被服 中使相屬於道 國人聞而贊歎 王又命司寇 討昏朝時
有罪者 誅狐媚用事妾 韃爾瞻續男造訒偉卿等於市 虎而冠而助虐者朴燁
鄭遵 卽其所在梟之 戊申以後 文致株累之獄盡原之 營建調度 戚畹權貴
田庄免稅 害及元元者 母論鉅細 幷皆革罷 削僞勳 辜借述 斬內需堅橫者
二人以徇 滌四方民之逋租不徵 都鄙辟遠田畯野婦 無不叫歡相賀曰 生見
聖世矣 王旣親政 首起李元翼於逖荒 爲領議政 召鄭蘊於濟州 爲司諫 鄭
弘翼於光陽 爲大司成 金德誠於泗川 爲司諫 宣廟朝舊臣樹惇而文者 如
尹昉申欽吳允謙李廷龜鄭經世等 亦皆登庸 又以束帛迎張顯光金長生等 咸
除爭職 其他孝悌行能之士 無不勸駕致之 識者以爲 天下精英之氣 萃於朝
廷 云 夏五月 遣陪臣李慶全尹暄等 齎大妃奏文 如京請封典 越二年憙宗
皇帝遣司禮監太監王敏政御馬監太監胡良輔 錫王誥命冕服 勅諭曰 朝廷
封植藩邦 用以屛衛疆域 屬當多事之秋 宜定君國之主 玆據該國昭敬王妃
曁臣民 奏結爾倫序相應 人心攸屬 且翼戴恭順 輸助兵餉 特用封爾爲朝

鮮國王 統領國事 壯我外徼 奠爾提封 卽遣陪臣朴鼎賢等 奉表陳謝 冬閏
十月 命定靖社功臣位次 錄金瑬等五十人 甲子正月 适以平安兵使 稱兵
反王 奉大妃出巡湖西 命張晩李守一討平之 二月還都 夏 日本關白源秀忠
傳位于其子家光 遣使來聘 王遣鄭岦等回答 刷還俘擄一百四十餘人 冬 尊
大妃爲明烈大王大妃陳賀 設進豐呈于慶德宮 幷奉仁獻王后上壽 乙丑 仁
城君珙以罪出置杆城 初 珙當光海朝獻議不道 及反正 大妃大怒 欲置之法
賴王反覆爭辨得免 及治适黨 諸賊引珙不一 有司論之累日 至是上始許出
置 爲之悲咽流涕 召見其子 下諭江原監司 使之殊待 無何召還京中 孝立
等逆作 諸逆又引珙 且言矯誣慈旨事 大妃愈益大怒 王遂無奈何 使之自
裁後 悼念不已 命復其爵 官其諸子 夏四月 率靖社振武兩功臣 親行會盟
祭 因賜宴 賜手札以敎曰 微卿等 彝倫斁而宗社覆 卿等之功信大矣 然君
與臣各盡其道 宜克去己私 共圖至理 不亦可乎 秋九月有災異 下罪己敎求
直言 丙寅八月 仁獻王后薨 王命卜兆宅金浦 吉遷元宗大王方上同原異墓
是爲章陵 丁卯正月 金人以戊午降帥姜弘立爲導 大擧深入 王幸江都 命元
老李元翼 翼世子鎭湖南 王御行宮中門 面諭島中父老 又御燕尾亭 獎勵將
士 民皆感泣 士知親上 金人遣遼人劉海請和 書中有勿助南朝之語 王仗義
却之 金將聞之以爲 朝鮮守禮義之國 不可脅以非理 止 請結隣通好 朝廷
始應其請 三月還都 遣權怗等 以被寇危迫羈縻等情 奏聞天朝 禮部回咨
奉聖旨略曰 通問來往 權宜罷兵 非王本意 至於君臣大義 皎如日星 王之
忠藎 朕所洞鑑 八月 熹宗皇帝崩 王率群臣擧哀 遣李忔等 賀新皇帝登極
己巳夏 對馬島酋遣僧玄方 請勿減公貿木貨 王却之以無舊例 止於玄方加
錫賚 戊辰春旱 至七月不雨 王下手札敎曰 御供之物 減刴殆盡 而獨貂裘
未減 西民凍死時 身着輕裘 於予心安乎 今年罷貂裘進獻 庚午四月敎曰
敬老尊賢 治國之本 古昔帝王或親臨宴 慰賜爵帛 今予涼德 不能克享天

心 七八年間 兵火飢饉荐臻 言念耆老 不覺面赧而心忸焉 其賜老人爵惟
遍 鰥寡孤獨廢疾者 無貴賤亦賜米脯 洪瑞鳳等諸宰會宴 壽其老母 王命
賜雪綿人二斤 五月 椵島裨將劉興治叛 殺都督陳繼盛 王遣李曙鄭忠信聲
罪致討 興治走 天朝諸將聞而義之 其後關內被兵 遣鄭斗源奉表陳慰 又
獻兵器 又遣高用厚賀平復 久之 耿仲明 孔有德等 擧衆投金 王命發舟師
與天將掎角 帝降勑奬諭 壬申 追尊父王爲元宗大王 母妃爲仁獻王后 遣
洪霻李安訥等 如京請追封 帝降勑追封 錫以誥命 賜謚恭良 其勑書曰 惟
爾世守東藩 夙稱忠順 爾父諱未膺襲爵 早已云亡 玆者奏請追封 孝思可
念 特允部議 追封爾父諱爲朝鮮國王 母具氏爲朝鮮國王妃 錫之誥命 予
以謚號 爾被玆榮寵 光昭藩服 尙其益堅誠節 勿替前休 癸酉夏 遣韓仁及
等 請封長子諱某爲世子 明年 帝遣司禮監太監盧維寧 賚世子誥勑綵段
來宣勑書曰 王世屛東藩 秉禮遵義 恭順之傳 必能續服 而封彊多事 須亟
綢繆 今旣立世子 宜明示此訓 俾率由罔替 以保邦家 三月 王朝群臣 領
議政金瑬進曰 近日百隸怠職 紀綱懈弛 實由於徇私護黨 王曰 兵火水旱
之災 實未蹠於黨論 如此等輩 不可以尋常法度治之 苟有護黨事覺 甚者
當斬不貸 乙亥十二月 仁烈王后薨 后正壼位十有三載 有任姒之德 文德
之風 多所助與 王命太學士張維 誌幽室 丙子春旱 夏大水 王迺大徹動
下敎書痛自責己 令諸道停今年物膳 罷供上紙 又令審被災處賑周之 又命
兩銓 愼簡守令 愼擇邊將曰 親民者守令 撫軍者邊將 非其人 兵民何賴
國家何恃 四月又下敎書曰 國之治亂 係於君德 君德敬怠 興喪判焉 予用
是懼 不敢荒寧 而耆舊不存 敬畏漸弛 出治之原 曷得其正 毋怪夫人心潰
裂 國家汲汲也 又敎三司六曹曰 三司職在繩糾 吏曹職在掄選 戶曹職在節
用 禮曹職在長庠序 兵曹職在擇將才 刑曹職在恤刑 工曹職在修廢 凡百庶
司 其各盡心 無廢厥職 否則有常刑 五月又下敎曰 爲政之要 在於得人 致

治之務 急於求賢 予念世不乏人才 而求賢之道未弘 爾持身方正 有德行者
潛心義理 有學術者 智勇過人 可以制敵者 氣節堅確 可以直諫者 不畏彊
禦 奉公剛果者 通達世務 處事明敏者 皆可大用 其令在外文武官 各擧所
知 又令諸道監司 搜訪啓聞 且曰 自古卓爾之才 亦有自薦者 雖在割烹飯
牛之中 予將釁沐而庸之 [○]三月金人稱帝 改國號曰淸 遣使來告 先是
金以增幣助兵脅我 王斥以大義 責以渝盟 及今使來 國人咸憤小我 請斬
金使 使狙知之 逸國中 始疑而洵 王猶執義不小變 十二月 金人乘其怒氣
輒肆襲侵 大駕避之廣之南漢 敵兵日滋 圍我數重 時天寒雨雪 將士無人
色 王露立焚香祝天曰 眇予不量力 欲申大義於天下 値此大敵 不卬自恤
維此百官萬民 何辜于天 而將盡作凍死鬼 願天少霽寒威 無助敵爲虐 因
伏地雪涕 御衣盡濕 三軍莫不感激忘生 王又解御衣裘及氎被 片判分賜守
堞之卒 孤城受圍四十餘日 援兵外岨 芻餉內竭 終無反意 敵屢請和不得
則盡幷其銳 多竪雲梯 魚貫而登 期一穿揗 我軍連擊欲之 益用命 不意江
都敗報猝至 人皆墜膽 事無可爲者 領議政金瑬吏曹判書崔鳴吉等進說曰
昔漢高屈體於鴻門 唐代宗親拜回紇於馬首 是知爲人君者 爲國家萬世慮
非若匹夫之計 一身外無復之耳 世子亦泣而請曰 苟可以紓君父之禍 死且
不避 出質何足言乎 王爲宗社生靈 涕出而從之 丁丑正月 大駕還都 廟貌
宮闕如故 都民之老弱免俘獲者 日漸繦屬而集 三月取江都敗亡三帥 悉置
之法 瘞戰卒暴骸 遣近臣爲壇而祭之 遣戶曹參判辛啓榮 齎地部金三千兩
入瀋 贖被擄男女以還 人心悅而忘亡 戊寅冬十二月 納趙氏爲繼妃 領敦
寧府事漢原府院君昌遠之女也 甲申三月 兇賊器遠以左議政謀反 先置腹
心將士於扈衛中 將作亂事覺 執器遠訊之 反形具棄市 賞告者 王念器遠
靖社功 緣坐皆從輕律 乙酉春 昭顯世子自燕京大歸 尋疾革殂逝 長子幼
而且多病 王以國有長君 社稷之福 乃詢諸大臣及卿大夫 定策立鳳林大君

諱某爲王世子　一國人心莫不翕然　至於燕藩外人之聞者皆曰　朝鮮得賢儲
君矣　命下之日　世子涕泣　再上章固辭　王再降手批以答　一則曰　以爾聰明
孝友　故特用兄亡弟及之禮　爾其勿讓　益修孝悌之道　視兄子猶己出　再則
曰　予志先定　詢謀僉同　爾毋固辭　敬守道心　丙戌　廢嬪姜庶人以大逆賜死
初　姜在藩多行僭擬　及還益肆悖惡　言不悛　又行蠱呪　事敗露　廢出賜死
下敎曰　今日之事　意在明倫杜患　彼若志小事疑　安忍斷然行法　使諸子　日
呱呱無所依乎　古語曰　小不忍　則亂大謀　予實不得已也　然不可全無恩例
其令有司禮葬　三年祭需　亦使官給　丁亥春大旱　秋大水　命出戶部米五萬
碩　以代民之貢賦　設賑恤廳　爲糜粥以食饑民　又爲之發倉移粟　使內外菜
色之民　均蒙惠澤　己丑正月　王御仁政殿　冊元孫諱某爲王世孫　時年九歲
氣質凝重　禮貌雍容　百僚相賀　五月初八日丙寅　王以疾棄群臣于昌德宮之
正寢　壽五十五　在位二十七年　王自壬申　居憂思慕　勞悴爲祟　添得寒濕之
症　展轉沈綿　十有七載　至戊子冬後六七朔間　疾頗良已　頻接廷臣　憂天災
念時事　動于玉色　至於南虞西喝　靡不顧悆　有備局堂上臣進言城池兵事者
王曰　禦敵之道　不在城與兵　惟在於將　天語約而切　諸臣退而喜曰　吾王庶
幾無疾矣　居未閱月　王不豫　纔浹旬　遂至大漸　然大臣問疾　則不以體疲不
冠帶　藥房請設侍藥廳　則以有弊不許　玉聲未泯　天崩遽爾　於乎痛哉　九月
群臣上諡曰憲文烈武明肅純孝　廟號曰仁祖　是月二十日丙子　葬長陵卯坐
酉向之原　在坡州治北二十里　仁烈王后之葬也　王命曲墻不偏於一邊　丁字
閣亦當中央　凡象設制度　皆倣孝陵　使無重煩百姓　其尙素朴而爲後慮也至
矣　霸陵瓦器何加焉　王體貌凝嚴　悳宇淵弘　一動一靜　無非準繩　待家人子
弟　亦無惰容肅如也　眞所謂穆穆君王者矣　好學　性也　自潛邸時　未嘗一日
廢書不看　卽乎位　修興治國之道　思與三代齊　延登賢俊　招顯側陋　日若不
足　勤於經筵　日三晉接　璇璣玉衡之密微難識周誥殷盤之灝灝噩噩　無不綱

提而維挈 風雅比興之詠 箋註紛挐之處 無不貫穿而洞見 雖自謂老師宿儒
至承難疑之問 鮮不口呿而舌縮 其盡聖孝也 元宗大王仁獻王后大漸時 皆
割指血以進 三年孺慕不忘 仁穆王后性嚴 亦感王起敬起孝 安之十有年 膚
受莫敢間 辛未正月 仁穆大妃疾亟 王爲之遣近侍 禱山川 理冤獄 頃之 大
妃疾起曰 微王誠孝 吾疾殆已 至壬申大妃疾再劇 王侍藥 衣不解帶 藥必
親嘗 禱於宗社山川 有加於前 及大妃薨 自仁慶宮遷殯儀于慶德宮 王斥小
輿 徒步以從 亦前古帝王之所未嘗行者 其親九族也 與綾原大君俌 友愛
隆洽 念其無第宅 特賜梨峴別宮 駙馬宗室家男女 有俘虜於丁丑亂者 出
捐重價以贖 親戚中有以訐告者 行素不以違豫廢 仁興君瑛持母服 仍賜品
祿 以別國家待王子之道 仁城君珙子孫 亦加收恤 光海與廢東宮 皆有庶
女 其幼廩養之 其長命嫁之 多與之土田臧獲 俾享安富 其敬大臣也 李元
翼老病不良行 賜之几杖 命以肩輿赴闕 使小宦扶掖上殿 乃老也 命縣官
就構瓦舍 賜以布被布褥 以稱其意 其容直臣也 人或有言 鄭蘊直則直矣
比殿下於曩時 非人臣之義也 王曰 古人有以桀紂比其君者 蘊之言何傷 李
命俊直斥宮人事 疏語甚硬 王特賜褒美 兪伯曾姜鶴年等 雖矢口而言 指擬
非倫 王容而受之 亦不之罪 其褒節義也 丁卯之難 南以興金浚死於安州
崔夢亮死於義州 褒贈有加 錄用其子孫 丙子之難 相臣金尙容都正沈諿掌
令李時稷等 相繼蹈烈 王命旌其閭 賜其廟額曰忠烈 念金應河之忠 賜其
家銀數百兩 判書金尙憲參判鄭蘊 臨難慷慨 刜刃自經 王變乎色 遣醫齎
藥以救 洪翼漢尹集吳達濟 視死如歸 王哀憐不已 特恤其家 其恤刑獄也
每於逆獄之作 王輒曰 民之怨叛 由予不德 祇誅其魁 不治脅從 雖入死律
情苟晻昧 已承者亦多平反 由是 逆節累起 而國中無冤民 其畏天威而恤
民隱也 敬天勤民 出於至誠 遇災異則必曰是予之過也 必使廷臣 悉陳闕
失 審理冤獄 嘗閔雨 衣大布衣而坐 召群臣 使各盡言 自責亦極摯言 未

畢而雨大注 王嘗謂 民惟邦本 食惟民天 視之如傷 使之以時 雖山陵之役 勅使之需 毋令專責之民間 空諸司所儲以用之 時亦以內府藏助之 其尙儉 德而惇敎化也 毛都督送鸚鵡 王命放之海隅 嘗謂筵臣曰 若使廷臣 皆淸 儉寡欲 治平何遠 躬行儉德 終始如一 非法服 不用文錦 夏服麻布而亦厭 精細 至于袥斂 太胥閱御衣服 紬製居多 癸亥 初命譯五倫歌 印三綱行實 幷布中外 又命校書館 印小學 頒賜群臣 又令禮曹 敎童蒙 專尙小學曰 育 材化俗 莫善於此 以三經及諺解心經近思錄等書 送兩界 庸勸峨子 近年西 北文風之盛 蓋由於此云 至若事大之誠 一以宣廟爲率 朝宗一念 不以造次 顚沛 有所變易 圍城中亦行望闕禮 還都之後 亦闕中獨行 不使外人知也 經筵講詩小雅 至樂只君子 殿天子之邦 王爲之太息 潸然涕下 左右皆於邑 不敢視 嗚呼 臣事我大行大王 侍邇列者二十餘年 彎龍虎之文 而襯日月之 光 亦已多矣 謹稽之天地 驗之往古 大行大王功德規模 足以跨商軼周 群 行焯焯 特其餘事耳 不幸而遇丙丁險艱 譬則文王之明夷孔聖之火山 彼二 聖不得免焉 則于我大行大王何病 末年尤覺繼序之不易 得我殿下 付之以 二百年宗統 其所以耳提而面命者 首之以人心道心 堯舜禹相傳之心法 重 之以殷鑑不遠 在於昏朝 終之以島夷之嗜殺 傳世用趣 其丁寧反覆告戒之 辭 以聖傳聖之間 三致意焉 夫豈非險阻艱難 有以相聖人之大知乎 漢昭烈 勿以善小而不爲 惡小而爲之者 放而無足數者 一國臣民 莫不以必得之壽 反歉於聖人 泄庸鍾鑫之佐 不生於今時 歸咎于天而爲之深痛 是固然矣 臨 御卅七載 深仁厚澤 入人肌骨 醞釀而不竭 昭揭綱常於長夜 日月乎萬古常 鮮 其何紛綸群辟之享國長久 圖王圖伯者 能及是哉 猗歟休哉 王元妃韓氏 誕三男 長昭顯世子諱𣳚早卒 次今上殿下 次麟坪大君㴭 貴人趙氏生二男 一女 男長崇善君徵 娶承旨申翊全之女 次樂善君潚 女孝明翁主 下嫁洛城 尉金世龍 昭顯世子有三男三女 男二死 一幼 三女未笄 我中殿張氏 右議

政新豐府院君維之女 誕三男五女 男王世子諱某 初封世孫 今陞儲位 女長
淑安公主 下嫁益平尉洪得箕 次淑明公主 其次三公主皆幼 男二早卒 麟坪
娶贈領議政吳端之女 生五男 長枏 次楨 出繼義昌君 其下三男皆幼

張維, ≪谿谷集≫ 卷11, 墓誌 仁烈王后長陵誌文

惟韓氏出西原 積德炳靈 妻發沙麓之祥 蓋稱我東摯莘云 其先有諱蘭
佐麗祖定三韓 官至大尉三重大匡 自是簪組蟬嫣 比五世相繼爲宰執 入我
朝 有諱尙敬 策開國勳 封西原府院君 官領議政 再傳而至文靖公繼禧 議
政府左贊成 西平君 於后爲六代祖 高祖諱承元 旌善郡守 贈左贊成 曾祖
諱汝弼 中樞府經歷 贈領議政 祖諱孝胤 鏡城府判官 贈領議政 考諱浚謙
實有將相德業 歷官八座, 五道都元帥 用國舅恩例 進爵西平府院君領敦
寧府事 配曰檜山府夫人黃氏 昌原大族 禮曹佐郎贈參判諱珹之女 以萬曆
甲午七月丁丑 生后 生有異質 不妄游戲 言貌動止 迥異凡兒 生閱月 而
黃夫人下世 稍長 事西平公 晨夕候問 必先諸兄姊 丙午歲 后年十三 會
有簡選處子之擧 宣廟知其賢 命我殿下聘之 既納幣 而宣廟陟方 越三年
庚戌九月 始行親迎 封淸城縣夫人 初后在室嘗夜寢 忽若魘而驚者 西平
公就問之 后言夢屋宇拆開 日月從天而下 入懷中 至是將膺聘 患瘡疹幾
殆 西平公夢宣廟謂己曰 無憂也 疾當自愈 已而果然 西平公益心異之 時
元宗大王在定遠邸 后既入門 奉事尊章 誠孝篤至 待諸小叔 恩逾私親 綾
昌禍起 內外權倖 乘時索賕 無以滿其欲 后悉捐奩資以應之 殊珍瑰寶 無
少吝焉 元宗嘉之 癸亥靖社之擧 實預密謀 幽贊弘多 上既踐大位 后旋膺
冊禮 天啓乙丑 天子遣中貴人王敏政, 胡良輔 冊封我殿下 倂賜后誥命冠
服 后既正位長秋 母儀一國 密勿陰敎者 十有三載 崇禎乙亥冬 妊娠誕男
子子 旋不育 后傷悼熱作 疾遂亟 以十二月初九日 薨于昌慶宮之麗暉堂

春秋四十有二 有司議諡法 施仁服義曰仁 有功安民曰烈 遂上尊諡曰仁烈
以明年四月乙酉 葬于長陵 在坡州治北十里而遙 其原枕甲向庚 后資性柔
順貞靜 仁孝之德 出於天得 仁穆太妃性嚴 后事之 起敬起孝 以至旁側長
御 皆曲致禮意 兩宮慈孝 終始無間 及大妃上昇 哀慕盡禮 事上一於敬順
上或不豫 則坐而待曙 而能隨事箴規 多所裨益 上嘗觀覆舟圖 后進言曰 願
上覽此 思危思懼 毋令徒爲玩具而已 上或欲修治苑囿 后輒不悅 上爲之輟役
者婁矣 上或特遞言官 后諫曰 言雖不中 官以諫名 處置之際 不循公議 恐累
君德而妨言路也 尤嚴於內外之分 朝政外事 不欲與聞 未嘗爲外家希求恩澤
親屬或累擬未點 而不爲一言 卽有得官者 后或未之知 上亦不省其爲何人
也 宮闈之內 肅雍整齊 動容出辭 自中儀則 雅志廉儉 不喜華飾 不事蓄
藏 慈愛諸子無不至 然敎之必以義方 周恤親戚 恒先內而後外 御下寬平
嚴而有惠 淑儀張氏之入也 恩賚優洽 逮下之仁 人皆悅服 隆寒盛暑 軫念
衛士辛苦 時致餉賜 昇遐之日 雖窮閻婦孺 靡不奔走號慕焉 后誕育三子
王世子以世適居儲貳 次鳳林大君淏 次麟坪大君㴭 王世子聘大司憲姜碩期
女 鳳林娶新豐君張維女 生一女幼 麟坪娶校理吳端女 臣觀自昔帝王之興
必有賢妃哲后輔相內治 故十亂之列 有婦人焉 恭惟我殿下 受命穆清 奠
安宗社 而后天作之合 密贊鴻業 含章配德 順承乾極 將見孝敬之敎 慈仁
之化 熏烝曁達 協于關雎麟趾之風 以成我東方太平無疆之休 而岡陵之壽
天竟靳焉 嗚呼慟哉 臣維祗奉敎旨 纂次德行 勒石玄宮 永眡無極云

趙文明, 《鶴巖集》 冊 4, 應製文 長陵遷葬誌文

於戲 恭惟我仁祖憲文烈武明肅純孝大王葬坡州長陵之八十三年 曁王妃
明德貞順仁烈王后葬其岡右之九十六年 實我殿下卽阼之七年辛亥也 大臣
有以有虫蛇灾仙寢不潔 宜亟遷奉爲言者 殿下聞甚驚惕 ■■再遣大臣禮官

奉審 旣又詢問文武宗親二品以上以及在外元老儒臣 咸無異辭 遂卜吉於
交河縣舊治後子坐午向之原 以八月十六日並啓玄宮 以其月二十七日戒屍
衛 以其月三十日庚申 如禮合窆焉 是議也前此累發而累止 今殿下聞卽斷
然行之 非以風水說也 實出於孝思之無窮已矣 哀冊命仍舊無改 命臣文命
合舊陵兩誌撰爲一文 以藏玄宮 盖用英陵例也 臣曾忝太史 不敢以不文辭
敢就舊誌 略加檃括而書之 謹按王姓李氏 諱■字■■ 元宗恭良大王之子
宣祖昭敬大王之孫 母仁獻王后具氏 綾安府院君思孟女也 當宣廟乙未 元
宗以王子避倭警于黃海道之海州 王以是歲十一月七日 誕降于州舘 未誕
而日者言某日當生 貴不可言 王果如期而誕 忽有紅光照耀 異香滿室 仁
獻王后母平山府夫人申氏睡於傍 夢赤龍在后側 又有人書諸屛八字語甚神
異 申夫人欣然而寤則王已誕矣 姿表異常 右股有黑子無數 宣廟奇之曰此
漢祖之相 勿泄也 二三歲育于宮中 命諱若小字 旨意異常 光海聞而不悅
自五六歲 聰明特達 文理驟進 出就具氏綾海君具宬學 處中表間 絶無驕貴
意 惟讀書甚勤 丁未進階爲綾陽都正 尋封君 元宗在光海時被猜疑甚 王季
弟綾昌君佺先見害 元宗憂恐疾頷 王割指血以進 及喪處氷雪絶水漿者累日
不絶哭泣 喪祭必以禮 光海無道日益 幽廢母后 砧戮骨肉 重之以滛侈殘虐
於是三綱淪而九法斁 擧國嗷嗷然如在水火 王雖務自韜晦 然眷念宗國 時復
泣下 義不忍見社稷之亡也 會王肺腑之親有若申景禛具宏沈命世具仁垕等
素服王有君人度 諸氏望屛居者 金瑬李貴崔鳴吉李曙洪瑞鳳張維等不謀而合
天啓癸亥三月十二日癸卯擧義旅共戴王 自彰義門入 光海衛士 至捨鑰擴門
而迎王 王肅淸宮禁 卽詣西宮 起居金大妃 仍再拜哭 羣臣皆哭 大妃命設宣
廟虛位 命中官引王入 王又再拜哭 從臣亦哭 大妃命授傳國寶於王 王辭以
否德 大妃曰臣民愛戴 非德而何 爾宜陟王位 不可辭 王拜而出 卽位於宣
廟舊時別堂 遵大妃命也 大妃下敎書 明告中外 略曰王聰明仁孝 有非常之

表 宣廟握手於憑几之際 命名於幼小之時 厥有微旨 今日之事 實宣廟之志
云 大妃又下教曰光海無天 刑戮我父母 屠戮我兄弟 刦奪我懷中兒 忍而
殺之 此宗社之罪人 明春秋之義而法之可也 王謂彼雖無道 旣嘗君臨 置
之法不可 反覆譬曉 懇諫者三 大妃意少解 王乃改舘光海 令尙食供廚膳
及其屛置也 使廢妃及幸姬從 又豊其餼廩 時其衣服 無不足焉 又命司寇討
昏朝時有罪者 誅嬖姬金姓人 鞭爾瞻繼男造訒偉卿等於市 助虐者朴燁鄭遵
卽其所在梟之 雪寃獄削僞勳 凡營建調度 戚畹權貴田庄減稅害及生民者並
革罷之 斬內奴作弊者二人以徇之 王旣親政 首起李元翼於荒野爲領議政
舊臣尹昉申欽吳允謙李廷龜鄭經世等次第收用 召鄭蘊鄭弘翼金德誠於謫
所 徵儒臣金長生張顯光等除憲職 夏五月遣陪臣李慶全等 齎大妃奏文 詣
京師請封典 越二年熹宗皇帝遣大監王敏政胡良輔 錫王及王妃誥命冕服
甲子西帥适稱兵犯京 王奉大妃出巡湖西 命張晩李守一等討平之 冬尊大妃
爲明烈大王大妃 陳賀進豊呈于慶德宮 幷奉仁獻王后上壽 夏四月率靖社振
武兩功臣 親行會盟祭 仍賜宴 賜手札勉之以毋忘在莒之意 丙寅春 母妃仁
獻王后寢疾 王又割指進血 及遭喪 追念父王葬地當廢朝時未甚擇吉 改卜
于金浦郡 自楊州移奉 與仁獻王后同岡而異墓 是爲章陵 丁卯金人以戊午
降帥弘立爲前導 擧兵深入 王幸江都 命大臣李元翼輔世子撫軍湖南 金人
請和 書中有勿助南朝語 王仗義却之 金人聞之 以爲朝鮮禮義之國 不可迫
以非理 只請結隣通好 朝廷始許之 旣還都 卽以與寇羈縻等情 遣使奏聞于
天朝 戊辰大旱 王下手札教曰 御供之物 減剋殆盡 而獨貂裘未減 西民凍
死之時 身着輕裘 於予心安乎 其罷今年貂裘進獻 庚午四月教曰 敬老尊賢
治國之本 其賜老人爵有差 鰥寡孤獨廢病者 無貴賤亦賜米脯 洪瑞鳳等諸
宰會宴壽其老母 王命賜雪綿人二斤 教曰卿等皆有老母 備盡榮養 予心感
焉 椵島將劉興治叛殺都督陳繼盛 王遣李曙鄭忠信聲罪致討 天朝諸將聞而

義之 聞關內被兵 遣鄭斗源奉表陳慰 献兵器 又遣高用厚賀平復 耿仲明孔有德擧衆投金 王命發舟師 與天將掎角 帝降勑獎諭 壬申追尊父王爲元宗大王 母妃爲仁献王后 遣洪靌等詣京請追封 帝降勑略曰 爾父未膺襲爵奏請追封 孝思可念 特允部議云 癸酉夏遣韓仁及等請封長子왕(氵+山+王)爲世子 毅宗皇帝遣太監盧維寧賜世子誥服 越二年丙子 春旱夏大水 王乃下敎書 痛自責己 停諸道物膳 罷貢上紙 命兩銓愼簡守令 愼擇邊將曰親民者守令 撫軍者邊將 非其人 兵民何賴 國家何恃 又令文武官及諸道監司各擧人才 十二月金人大擧猝迫都城 王幸廣州之南漢城 先是金稱帝改國号曰清 遣使脅以增幣助兵 王以大義斥之 或有請斬其使者 使聞而逸國中洶駭 王猶執義不少變 卒以受兵 在圍城中 一日天寒雨雪 將士無人色王露立焚香祝天曰 眇予不量力 欲伸大義於天下 予不足恤 百官萬民 何辜于天 將欲凍殺盡也 願天少霽 活我軍民 仍伏地流涕 御袖盡濕 王又解所御裘及毛衾片裂而給守堞卒 受圍四十餘日 城中食盡 而三軍終無叛意 敵人屢要和不許 及江都敗報至 領議政金瑬吏曹判書崔鳴吉等 因勢急進說曰 皮幣珠玉 湯文所不得免 固請出城 世子亦請自往爲質 王爲宗社生靈泣而從之 丁丑正月二十九日 大駕還都 乃誅江都失律之將 瘞戰卒暴骸遣近臣爲壇而祭之 捐地部金 贖還士女之被虜者 戊寅冬十二月 納趙氏爲繼妃 漢原府院君昌遠女也 盖仁烈王后薨於乙亥 而旋値喪亂 中壺久虛至是始擧聘冊之禮 甲申逆賊器遠以左議政謀叛 事覺伏誅 王猶念其靖社功 緣坐俱從輕律 乙酉春昭顯世子自燕京歸 尋疾革殂逝 其長子幼且病王以國有長君 社稷之福 乃詢諸大臣及卿大夫 定策立鳳林大君爲王世子王世子涕泣再上辭章 手批以答曰 予志先定 詢謀僉同 惟汝之賢 爾毋固辭 敬守道心 後王從容謂世子曰 向者疏批中敬守道心 乃上古相傳之心法也 治國之大要 不外乎是 爾其精究精一之理 力行執中之道 世子起而稽首

受命焉 丁亥春旱秋大水 命出戶部米五萬石 以代民貢賦 設賑恤廳 爲糜粥
以食飢民 己丑正月 策元孫爲王世孫 五月初八日丙寅 王以疾薨于昌德宮
之正寢 春秋五十五 在位二十七年 王體貌凝嚴 德宇淵弘 一動一靜 不蹈
準繩 臨御二十七年之間 所以盡孝敦倫 講學親賢 敬天勤民 惇教礪俗 嚴
宮闈惜名器 崇節儉納諫諍 恤刑獄消溺朋者 一出至誠 未或少間 其盡孝
敦倫也 事親極其志養 嚴於喪制 有斬焉之行 及侍仁穆大妃疾 衣不解帶
藥必親嘗 及薨自仁慶宮遷厥儀于慶德宮 王斥小輿步從 其處置仁城 固迫
於慈教與廷議 而悼念不已 旋復其爵 並官諸子 仁興君持母服 仍賜品祿
終三年 綾原大君無第宅 特賜梨峴別宮以處之 廢主及廢東宮皆有庶女 幼
則廩養之 旣長命嫁之 厚賜土田臧獲 其講學親賢也 自潛邸時未嘗一日廢
書 卽位以後勤御經筵 討論忘倦 經傳奧義 貫穿難問 老師宿儒 尠不口呿
藥房以伏暑嘗請停筵 王謂學問當惜寸陰不許 間或停筵 輒召對儒臣於便
殿 講論治道 尊禮山林之士 終始靡替 如金長生張顯光初政登進之外 金
集宋浚吉宋時烈等晚年相繼旋招 以遺後嗣 其敬天勤民也 遇災異則必曰
是予過也 輒使廷臣悉陳闕失 嘗謂金瑬曰元勳與國同休戚 不言予失可乎
弭災之術 無過於人主之改過 悶旱未嘗不親禱 禱輒有應 晚年作疾 弗能躬
祀 衣大布對羣臣於便坐 自責深切 言未已雨大澍 又嘗謂民惟邦本 使之必
以時 凡有民役 或助以內藏 頻遣御使 訪問民隱 廉察守令而賞罰之 其惇
教礪俗也 譯五倫歌印三綱行實 並布中外 又命禮曹以小學造蒙士曰 育材
化俗 善莫於此 頻幸太學祭先聖 擇師儒分掌四學 教導儒生 褒崇忠孝 輒
加旌表 死事者父母妻子皆撫養之 賜金應河家銀數百兩 官金浚子六品 旌
金尙容沈誢等之閭 恤洪翼漢吳達濟尹集之家 金尙憲不屈瀋庭 以身任天
下大義則擢置百僚之首 又命勿書年号於告身 以風一世 謂李元翼卽先朝耆
德 而有廉儉操 命所在官搆瓦屋賜布被素褥 其他廉吏如李直彥崔震立成夏

宗皆以尊官旋擢 其嚴宮闈惜名器也 未嘗以惰容 見子孫大君朝謁禁中 輒命年少宮人避匿曰 大君雖予子 旣出閣卽外人 帝王家自有禮法 內外之別不可不嚴 嘗擧昏朝戚倖妾御通賄亂政之弊 以敎孝廟曰 此由昏弱之性 貪慾無厭 卒至於欲爲匹夫而不得 予爲是懼 力防其微 臨政處事 無復拘牽心神亦覺泰然也 貴戚恩澤 皆有分限 使不敢望僥倖 其崇節儉納諫諍也 性不喜侈靡 尤以昏朝爲戒 宮中服飾 務尙朴素 非法服不御 文錦床榻 不施丹桌 夏月服麻布 亦厭精細 昇遐之日 斂用紬衣 多平日所預製 容受直言未嘗有忤 李命俊指斥宮省 言甚鯁切 生而獎擢 死則優恤 崔晛被逮逆獄當杖訊 思其曾有直諫而特貰之 鄭蘊兪伯曾姜鶴年等雖矢口而言 指擬非倫 皆優容而不之罪 人或言鄭蘊直則直矣 比殿下於昏朝 非人臣義也 王曰古有以桀紂比其君者 蘊之言何傷 其恤刑獄消溶朋也 每當治逆 輒曰民之怨叛 由予不德 誅止其魁 不問脅從 自在民間 洞知黨論必亡人國 痛戒臣僚毋敢朋比 朝臣章奏少涉於傾軋矯激者 輒裁抑之 不少貸 嘗語筵臣曰爲人臣子 見先王龍灣詩 宜若少懲 而黨習日甚可恨 又謂首相金瑬曰 黨論之禍 甚於水旱兵火 此不可以常法治 後有護黨甚者 當斬不貸 羣下由是愓息 終王之世 黨禍不甚云 蓋自古英傑興創之君 亦或功烈外盛而行誼內闕 始事勤勵而終於怠荒 惟王撥亂反正 修德立政 內外交修 始終如一固已卓冠乎百王 而至於恢山藪之量而並納汚疾 建皇極之道而務歸平蕩 躬率儉德 而弋綈之化大行 嚴杜私逕而淸明之治無累者 尤足以扶樹國脉 啓佑後嗣 末年付托傳授之訓 又深契乎古昔聖王相傳之心法 卒以基四五聖百年之治 藐軾所謂社稷長遠 終必賴之者 其在是矣 若夫奉天之厄會稽之恥盖亦廹於氣數之伸屈 而尊周一念 罔或以顚沛有間 在圍城亦行望闕禮 泊還都 每於後苑 時節望拜 不使外人知 講詩之小雅 至樂只君子殿天子之邦 爲之潸然太息 嘗欲以泛使密申誠悃於中朝 竟未之達 其萬折必東之志

有可以質諸神明而無愧也　后姓韓氏　韓西原大族　其先有諱蘭　佐麗祖定三
韓　官至太尉　入我朝有諱尚敬　策開國勳封西原府院君　官領議政　再傳而
至文靖公諱繼禧　議政府左贊成西平君　於后爲六代祖　考諱浚謙　有將相德
業　歷官八座五道都元帥　例進爵西平府院君　配檜山府夫人黃氏　贈參判諱
珹之女也　后以萬曆甲午七月丁丑生　生閱月而黃夫人下世　稍長事西平公
晨夕候問　必先諸兄姊　孝於親　天性然也　丙午后年十三　會因簡選處子　宣
廟察后德容於衆中　命王作配　旣納幣而宣廟陟方　越三年庚戌九月始親迎
封淸城縣夫人　初后在室　嘗夜寢忽若魘而驚者　西平公就問之　后言屋宇坼
開　日月從天而下入懷中　至是將膺聘　患瘡疹幾殆　西平公夢宣廟敎曰　毋
憂也　疾當自愈　已而果然　西平公益心異之　時元宗在定遠邸　后奉事尊章
藹有誠意　待諸小叔　無異同氣　及綾昌禍起　內外權倖　乘時索賕　后悉捐奩
資而應之　苟可以弛其禍者　雖殊珍瓌寶　無少恡　癸亥靖社之擧　后實有密
勿之贊　及正壼位　隨事箴規　亦多裨益　王嘗觀覆舟圖　后進言曰願上覽此
思危思懼　毋徒玩具爲也　王嘗特遞言官　后諫曰言雖不中　官以諫名而特遞
之　恐累君德而妨言路也　或欲修治苑囿則后輒不悅　王爲之輟役者屢矣　崇
禎乙亥冬　妊娠誕男子子　旋不育　后傷悼熱作　疾遂亟　以十二月九日　昇遐
于昌慶宮之麗暉堂　御坤極者十三載　先王十五年而薨　春秋四十有二　后資
性柔順貞靜　其飭躬發言　自中儀則　事仁穆大妃　起敬起孝　務盡婉愉　以至
傍側長御　無不曲致禮意　大妃雖性嚴　而少無不可於心　兩宮慈孝　終始無
間　逮大妃上昇　哀慕久愈篤至　雅志廉儉　不喜華飾　不事蓄藏　周恤親戚
而未嘗一言爲外家干恩澤　卽有得官者　后或未之知　王亦不省其何人也　以
此王益加重焉　蓋觀古昔帝王之興　必有賢妃哲偶之輔成內治者　后於王　其
帝嚳之姜嫄　文王之太姒歟　長男昭顯世子蚤卒　次孝宗大王以次嫡陞嗣　次
麟坪大君㴭　次滾蚤夭　贈龍城大君　后所誕生也　崇善君澂樂善君潚曁一女

廢趙貴人出也　孝宗大王妃仁宣王后張氏　右議政新豊府院君維女　誕一男六女　男顯宗大王　女長淑愼公主蚤卒　次淑安公主下嫁益平尉洪得箕　次淑明公主下嫁靑平尉沈益顯　次淑徽公主下嫁寅平尉鄭齊賢　次淑靜主公下嫁東平尉鄭載崙　次淑敬公主下嫁興平尉元夢鱗　安嬪李氏生淑寧翁主下嫁錦平尉朴弼成　顯宗大王妃明聖王后金氏　淸風府院君佑明女　誕一男三女　男肅宗大王　女明善明惠兩公主蚤卒　次明安公主下嫁海昌尉吳泰周　肅宗大王妃仁敬王后金氏　光城府院君萬基女　誕二女不育　繼妃仁顯王后閔氏　驪陽府院君維重女　繼妃大王大妃殿下金氏　慶恩府院君柱臣女也　大嬪張氏誕景宗大王　又生一男蚤夭　淑嬪崔氏誕今上殿下　又生二男　卽上伯季也　皆夭　延齡君𥘽　명(ネ+冥)嬪朴氏出也　娶判書金東弼女　景宗大王妃端懿王后沈氏　贈靑恩府院君浩女　繼妃宣懿王后魚氏　咸原府院君有龜女　俱無嗣　今上聘贈達城府院君徐宗悌女　卽我中宮殿下　靖嬪李氏誕孝章世子　聘右議政豊陵府院君趙文命女　又生二女　長夭　次和順翁主　未及下嫁　暎嬪李氏生三女二夭　一和平翁主　昭顯世子愍懷嬪姜氏　右議政碩期女　生二男三女　男長慶善君栢蚤卒　次慶安君檜　女長慶淑郡主適贈綾山副尉具鳳章　次慶寧郡主適錦昌副尉朴泰定　次慶順郡主適贈黃昌副尉邊光輔　麟坪大君娶監司贈右議政吳端女　生四男二女　男長福寧君柟及禎柟梗　崇善娶參判申翊全女　生二男四女　男長杭　次東城都正棡　樂善娶奉事金得元女　無後　取臨陽君桓爲子　此外曾玄揔若干人　於戱　王以中興之主　昭揭倫常　奠安宗社　仁之至也　后以十亂之德　匹配乾剛　陰育萬物　亦仁之至也　宜其振振詵詵　本支百世　而顧乃有相戾者　此東土臣民所不能無恨於心者　然天之報施於仁理也　否極則泰　亦理也　而惟我三百年宗社之托　惟殿下一身　則其報施回泰之運　正在於今日　姬周瓜瓞之慶　安知不自今日而綿綿也歟　臣於此誠不勝區區顒祝之至焉

영릉(永陵)

1. 연혁

능   주 : 진종(眞宗)[1719~1728]

효순황후(孝純皇后) 조씨[1715~1751]

위   치 : 경기도 파주시 조리읍 능거리

지정번호 : 사적 제205호

봉릉연대 : 1728년(영조 4)

천릉연대 :

왕릉형태 : 쌍릉

2. 왕릉 소개

서울에서 은평구 불광동과 구파발을 지나 국도 1호선을 따라 북으로 통일로를 달리다 보면 고양시 벽제를 지나 파주삼릉 입구에 도착한다. 부근에는 하니랜드라는 유원지도 있어 많은 사람들이 찾는 명소이다.

파주삼릉은 조선 제8대 예종의 왕비 장순왕후 한씨와 제9대 성종의 왕비

영릉 전경   영릉의 정자각

공혜왕후 한씨 그리고 제21대 영조 때 세자로 책봉되었다가 일찍 돌아가신 진종과 그 비를 모신 세 능이 있는 곳이다. 원래 공순영릉이라고 불려오다가 2007년부터 파주삼릉으로 명칭이 변경되었다.

영릉은 영조의 장자 진종(眞宗, 1719~1728)과 효순황후(孝純皇后, 1715~1751)의 능으로 파주삼릉 입구에서 들어가면 순릉과 함께 오른쪽에 위치하고 있다. 진종은 1725년 7세에 왕세자에 책봉되었으나 1728년 숨을 거두자 시호를 효장(孝章)이라 했다. 영조는 사도세자를 뒤주에 갇혀 죽게 한 뒤 사도세자의 맏아들인 왕세손(정조)을 효장세자의 양자로 입적시켜 왕통을 잇게 했다.

정조가 즉위함에 따라 효장세자는 양부(養父)로서 진종으로 추존되었으며 그 후 1908년 황제로 추존, 진종소황제가 되었다.

효순황후는 1727년 세자빈에 간택되었고, 1735년 현빈(賢嬪)에 봉해졌으나 37세에 소생 없이 승하했다. 정조가 즉위한 후 효순왕후로 추존되었으며, 1908년 다시 효순소황후로 추존되었다.

영릉은 세자와 세자빈의 예로 능을 조성했기 때문에 다른 능들에 비해 간소하게 꾸며졌다. 쌍릉으로 봉분 주위에 석양과 석호 한 쌍이 능을 호위하고 있으며 봉분 앞에 각각 혼유석을 두고 망주석 한 쌍이 서 있다. 또 명릉식의 사각장명등과 문인석이 아담하게 제작되어 있으나 무인석은 생략되었다.

앞뒤에서 바라본 추존 진종과 효순황후 조씨의 무덤

정자각 우측(보는 방향)에는 비각이 두 채 있다. 위에 있는 비각에는 능 조성 당시의 세자 신분의 능비가 있으며, 아래 비각에는 정조 때 왕으로 추존한 후 세운 비와 순종황제 때 황제로 추존하고 세운 비 2기가 있다.

3. 능주 소개

진종(眞宗, 경의군, 효장세자)은 조선 제21대 영조의 맏아들로 이름은 행(緈)이고, 자는 성경(聖敬)이다. 어머니는 정빈 이씨(靖嬪李氏)이며, 비는 좌의정 조문명(趙文命)의 딸 효순왕후(孝純王后)이다. 1724년(영조 즉위) 경의대군(敬義大君)에 봉해졌고, 다음해 세자로 책봉되었다. 그러나 요절하여 이복동생 장헌세자(莊獻世子)가 세자로 책봉되었다. 양자인 정조가 즉위한 뒤 진종으로 추존되었다. 시호는 효장(孝章)이다.

효순왕후(孝純王后)는 풍양조씨(豊壤趙氏)로 좌의정 문명(文命)의 딸이다. 1727년(영조 3) 세자빈에 간택되어 효장세자(孝章世子)와 가례(嘉禮)를 올리고, 1735년 현빈(賢嬪)에 봉하여졌다.

소생은 없었으나 죽은 뒤 1752년 효순(孝純)이라는 시호를 받았고, 1776

년 장헌세자(莊獻世子)의 장남(뒤의 정조)을 입양받아 승통세자빈(承統世子嬪)의 호를 받았다가, 정조의 즉위로 왕비로 추존되었다.

4. 영릉표석음기

朝鮮國
眞宗大王永陵
孝純王后祔左

眞宗溫良睿明哲文孝章大王　崇禎紀元後九十二年己亥二月十五日誕生　甲辰封敬義君　乙巳冊封王世子　戊申十一月十六日薨逝　壽十　贈諡孝章　己酉正月二十六日　葬于坡州順陵左岡乙坐之原　甲申特命我殿下爲嗣　丙申賜號承統　今上卽位追尊爲王　妃徽貞賢淑孝純王后趙氏　乙未十二月十四日誕生　丁未冊封世子嬪　乙卯賜號賢嬪　辛未十一月十四日薨逝　壽三十七壬申正月二十二日祔　贈諡孝純　丙申追尊爲王妃

5. 영릉지

≪英祖實錄≫ 卷 21, 英祖 5年 1月 26日 辛未 孝章世子誌文

世子諱緈　字聖敬　己亥肅廟四十五年二月十五日申時　生于順化坊彰義宮私第　及其妊娠　夢見瑞鳥集于室　復見金龜焉　卽靖嬪李氏所誕也　甫數歲有若成人　行動擧止　超于凡兒　辛丑秋　承儲入闕也　世子年纔三歲　故沖幼之年　趁未能同詣闕中　姑留私第矣　遊戲之中　夢想之間　頻呼也　或因呼嗚

咽者 孝親之心 根於天性故也 其冬入闕之後 侍於東朝兩殿也 跪膝正坐
應對如響 三殿奇愛之 甲辰冬 始封敬義君 乙巳春 進冊儲副 卽予元年 年
甫七歲 而及夫大庭行禮 正堂受賀 動容周旋 無不中禮 是本性之然也 豈
常敎所及哉 方在沖年 承此貳極 而非特接待宮僚 燕居與中官處 儼若大人
未嘗遊戲焉 一日小內官兩人 相與言詰 擧措不謹 故世子默視良久 招他中官
而言曰 此內官須更勿侍 中官莫知其由 請問其故 乃曰 俄於余前相詰 不恭
故也 中官請以此 稟于大朝警飭焉 則始許 其造次之間 從容嚴肅若此也
且於平時 與中官 講學書字也 不與年少內官遊 而每與老成中官處焉 其超
于常情 一如也 凡諸玩好 其無潛心 常曰 雖可觀者 一見足也 何必心着
自雲觀進問辰鍾 此亦一覽而已 實諸書堂矣 年少一內官 見而偶傷 以此告
于予 以事出無情 勿問矣 世子從傍而笑焉 予顧問其由 對曰 此微物也 而
因微物 請罰人 是以笑 云 故予不覺心歎而自喜曰 世子器度寬容若此 吾
東之福矣 畢講孝經 殿講于予 予問孝經者何事 對曰 事親盡道者孝矣 其
得要旨 若此也 於胄筵召對 宮官所達者 其或差焉或所陳者 前所講者 則
及夫講畢 問于左右曰 前後宮官之言 其何相違 且所東者 非孝經某章 小
學某篇所在者耶 其潛心聽焉 常時留意 可知也 丁未春 謁先聖 齒于學 同
年秋九月 行冠禮 又同月行醮禮 時九歲 而講聲淸朗 動容禮節 儼若成人
六禮之日 日氣俱淸明 心自喜曰 不見其形 願察其影 凡事難乎一日之暇
而自冊封與夫入學冠嘉之日 日皆淸朗 而夜朝雖陰 及夫行禮 每也如此 天
祐宗祊 可以仰料 予雖涼德 東國其庶幾 豈意今日 遽以逝焉 興言及此 不
覺長吁 每當新物 不忍先嘗 必皆獻之 雖有疾恙 不至重焉 必盥洗衣帶而
見予焉 每當國忌 以其沖年 若不備素饌 則以中官召掌饌宮人 嚴辭諭焉
內外之人 莫不動色矣 友愛同氣 亦由本然 闕中事例 所處異焉 頻頻往視
而左右宮人 若有不協之言 世子痛其或流間焉 飲泣告予 其孝友之性 一若

此也 且凡事有未安之事 則不以遽色 以中官嚴正曉諭 宮人莫不畏以歡服
焉 嗚呼 疾篤也 聞其師之入 幡然起坐 更以斂容 又聞賓客之入 欲起而力
未能焉 此亦可見平日性稟也 一疾沈綿之後 補瀉相眩 醫藥罔效 歡聲告予
曰 世無名醫 雜施諸藥 徒致煩告 願勿更藥 從容自靜焉 其却乎陳根 付之
天命 若非老師宿儒達理者 何可及也 及夫臨革 予以顔接顏 呼而知予否云
則微微應聲 眼淚霑腮 洞洞孝心 不泯于耿耿中故也 嗚呼 痛哉 戊申十一
月十六日亥時 薨逝于昌慶宮之進修堂 卽私忌日也 壽甫十歲 居貳極者纔
四年矣 同年十二月初二日 議諡曰孝章 己酉正月卄六日 以禮葬于坡州條
里洞乙坐辛向原 順陵左岡也 嗚呼 予以匪德 所恃者惟元良 而性又若此
冀東方萬年之福矣 何意年纔一旬 至於此境 言念宗社 痛尤難抑 今玆行錄
只述平日表表者 豈一字一句 夸乎本事 予雖不學 不爲此也 皆中官之所共
聞 朝臣之所共覩者也 至於夢瑞 雖近傅會 前後諡狀 已有此等語 而俱予
所夢也 略記于此焉 嗚呼 哀痛之中 思焉若割 略略撰焉 而因大臣陳達 不
以詞臣 更撰誌文 而只以行錄 添補如干文字 親寫入石 藏于幽室 嗚呼 此
懷庶可伸也夫 嗚呼 痛哉 嗚呼 痛哉

《英祖實錄》卷 75, 英祖 28 年 1 月 22 日 甲申 孝純王后誌文

孝純賢嬪趙氏 系出豐壤 始祖高麗開國功臣上柱國三重大匡門下侍中平
章事孟 十一代祖府使贈司僕寺正愼 我太宗以龍潛甘盤之舊 命給守塚軍
高祖贈判書珉 曾祖贈左贊成鼎 以判書珩子 爲珉後 祖都事贈領議政豐
興府院君仁壽 先正文純公朴世采門人 考奮武功臣左議政豐陵府院君文忠
公文命 妣貞敬夫人李氏 讓寧大君後同知中樞府事贈參判相伯之女 李夫
人夢 有人授形筆 遂生嬪于東部崇敎坊 寔我聖考乙未十二月十四日也 容
貌端雅粹潔 性度溫良貞一 自幼遊戲 異於凡兒 予卽祚三年丁未 選爲孝

章世子嬪 雖在沖年 其於問安侍奉之節 必誠必敬 我兩慈聖 嘉之愛之 嗚
呼痛矣 嘉禮翌年仲冬十六日 孝章夭逝 自古豈無靑孀 而其有如嬪者乎
喪出之日 委席哭泣 勺水不入口 予萬般開諭 則嬪飮泣而對曰 旣無其後
生何爲乎 予揮涕有答語 慈聖至誠勸勉 嬪雖勉强而或啜 居喪執禮 無異
成人 五時祭奠 躬自看視 氣常溧綴 挨過三載 初豈料哉 其尤痛者 加筓
于衰服中也 自戊申以後 舅婦相依而慰懷 今則嬪雖有歸依 予則其將何慰
嗚呼 嬪雖無世念 而事上之節 一心匪懈 恒抱難醫之奇疾 而諸殿起居之
禮 一如前日 宣懿國恤 在於闋服之年 嬪尤悲痛 究其心彌切慼焉 嬪性本
澹泊 不喜華美 居常恬然 怡然以其執心之貞確 處事之周詳 無愧於有識
君子 其叔爲相 心常憫焉 聞解則喜 聞拜則慼 眉造標識 分與私兄弟之妻
凡問安書札 憑此爲驗 而必使示其家長 然後乃入 其謹嚴可見 豐陵與夫
人之喪 荐出數年之內 以嬪孝心 尤何堪焉 猶能支撐于今 其亦幸矣 而其
欲先歸 卽嬪至願 于今遂願 同月以歸 嬪何憾也 而予所慟者 世孰無舅婦
而未有若予與嬪者矣 舅婦相爲知心 今至二十有五年 又訣知心之孝婦 從
今以往 追慕之懷悲疚之心 復將語誰而瀉懷 恒日誠孝 難以筆記 若其大
略 則常時自奉 不過數器 亦甚齟齬 而予所嗜者 不忍食焉 近者悶予少食
若臨其宮 諸饌必極滋味 誠孝所致 能感侍御 纔坐而膳隨至 先期烹飪 其
若豫知 雖房內坐榻 恐其褥之或冷 鋪榻下而取溫 雖以身溫被之孝 何以
加此 一日飯不過一次 是不過數擧 所食者唯予餘膳 而予多食則喜而多食
只下筋則悶而不食 以予所食 親自熟栗 長逝之日 有所熟尙在于盤 蓋欲
進而疾篤不能 吁亦痛矣 嬪於今年 爲予用心尤過 予往見而回 則必隨至
門 或恐予知 不履而隨者多 豈其心動而然歟 嗚呼痛哉 動駕經宿之日 則
不解衣而坐 沿路傳語 恐人踐踏 聚而裹封 書以年月 此亦敬謹之一端也
昨年溫幸時 膳續于道 偶得小紙于篋笥中 排日以記 又書所送之人 予見

痛泣 親納梓室 噫 孝章之忌日 卽嬪私姑忌日也 每逢其月 前期行素 吐
黃之證 積年所祟 而欲歸於同日 乃其志也 疾篤之夜 初昏以前 勸予水刺
報漏以後 只聞今將逝矣之一聲 不復聞勸進矣 嗚呼痛哉 戊申和淚 作孝
章之行錄 今此孝婦行錄 又復和淚而記 遙望蒼蒼 只自摧腸 辛未十一月
十四日 隔孝章忌一日 薨逝於昌德宮之宜春軒 卽建極堂之東室 而予故居
也 嬪得年三十七 命號賢嬪 在於乙卯 而壬申正月十一日 賜諡孝純 哀我
孝婦 得其諡矣 其月二十二日 祔于孝章墓左乙坐 而外封亦向西 依戊申
例 以行錄作誌文 亦令集摹 予所寫孝章誌文字 補其闕字以鐫 予今衰暮
前後作子與婦行錄 心雖無憾惝 舊悲今慟懷曷喻 泣涕呼寫 夜如何其深
刻以藏永垂于後 時 皇明崇禎紀元後百二十四年予卽阼二十七年仲冬識

▶집필진
백남욱(동서울대학교 교수)
박혜숙(건국대학교 교수)
이상은(건국대학교 교수)
한정수(대진대학교 교수)
이도남(건국대학교 강사)

▶조사연구원
신안식(건국대학교 강의교수)
방기철(부천대학교 강사)

京畿道 書院總攬 上

인쇄일 초판 1쇄 2007년 12월 25일
　　　　2쇄 2015년 05월 13일
발행일 초판 1쇄 2007년 12월 31일
　　　　2쇄 2015년 05월 15일

편집인 윤종준 백은영
발행인 남 선 우
발행처 한국문화원연합회 경기도지회
　　　　경기도 수원시 팔달구 인계동 1116-1(경기문화재단 6층)
　　　　Tel. 031)239-1020
　　　　Fax. 031)239-3785
인쇄처 국학자료원
　　　　서울시 강동구 성내동 447-11 현영빌딩 2층
　　　　Tel : 442-4623~4
　　　　Fax :6499-3082
　　　　www. kookhak.co.kr
　　　　E- mail : kookhak2001@hanmail.net
ISBN 978-89-6137-329-6
가 격 38,000원